人物与思想

抒情·人物·地方

陈国球——
著

四川人民出版社

目 录

序言   I

导论 "抒情"的传统
    ——一个文学观念的流转   i

辑一 "传统"的流转

通往"抒情传统论"之路
    ——陈世骧论中国文学   3

异域文学之光
    ——陈世骧论鲁迅与波兰文学   27

诗意的追寻
    ——林庚文学史论述与"抒情传统"说   40

"抒情精神"与中国文学传统
    ——普实克论中国文学   56

从律诗美典到中国文化史的抒情传统
    ——高友工"抒情美典论"初探   75

辑二　现代文学与抒情论述

左翼诗学与感官世界
　　——重读"失踪诗人"鸥外鸥的三四十年代诗作　　121

放逐抒情
　　——从徐迟的抒情论说起　　165

"梁文星"与"林以亮"的因缘　　194

诗意与唯情的政治
　　——司马长风文学史论述的追求与幻灭　　204

辑三　抒情与地方

南国新潮
　　——香港早期文学评论与境外文学思潮　　279

情迷中国
　　——香港五六十年代现代主义文学的运动面向　　293

诗里香港
　　——从金制军到也斯　　345

诗人刘以鬯
　　——读刘以鬯《浅水湾》作品札记　　369

抒情　在弥敦道上
　　——香港文学的地方感　　386

辑四　书写浮城

"文学大系"与"香港文学"
　　——《香港文学大系1919—1949》总序　　409

书写浮城
　　——论叶辉与香港文学史的书写　　444

我城景物略
　　——三序陈智德香港文学史论　　473

附录　原刊出处　　486

序言

"抒情"的观念在中国文学史,可谓源远流长。无论屈原的"发愤以抒情"、班固的"抒下情而通讽谕",或者骆宾王"贵抒情于咏歌"、杨万里"以尺纸之敬,抒中情之勤"、李梦阳"歌以咏言,言以阐义,因义抒情",以至由李商隐到朱彝尊、洪亮吉的"述德抒情"诗,在在说明这个观念之"知"与"行",并非罕觏。

至于正式宣告"中国文学传统从整体而言就是一个抒情传统"者,众所周知,是在加州大学伯克利校区任教的陈世骧。不少人就据此说:这是北美汉学家的发明。然而,"抒情传统"作为一个诠释中国文学的切入点,实渊源有自:早自王国维1906年发表的《文学小言》已有"抒情的文学"与"叙事的文学"之分,而前者为"东方古文学之国"之所擅。以下如胡适、郑振铎、朱光潜、郭绍虞、傅东华等民国时期的文学研究者,都有类似的思考。我们再细考"抒情传统论"以前的陈世骧,会发现其说本就是承接晚清到民国的文学思潮而来。陈世骧本是二十世纪三十年代北京大学的毕业生、卞之琳的同学好友,曾经是朱光潜在慈慧殿3号主持的"读诗会"中一位年轻参与者,《大公报·文艺版》《新诗》等文学报刊的发表人。1948年他在美国加州大学,写成《文学作为对抗黑暗之光》,寄给胡适校长,为母校五十周年纪念志庆。1971年去世前不久,陈世骧发表《论中国抒情传统》一文,影响了不止一代的中国文学研究者。

作为"抒情论"重心人物的陈世骧,其学术因缘尚有许多可说之处。他与北京大学老师艾克敦(Harold Acton)合作完成中国现代诗的第一本英译选集(*Modern Chinese Poetry*, 1936)。当中入选数量最多的诗人是陈世骧的学友,也是朱光潜"读诗会"的常客——林庚。林庚是朱自清在北平清华大学任教时的学生、闻一多的教学助理、王瑶的同窗。他对中国文学的理解实在与陈世骧声气相通;他认定中国就是"诗的国度"。1947年林庚出版了诗意洋溢的《中国文学史》,1985年接受访谈时,也总括中国文学史为"以十五国风为代表的抒情传统"。林庚的诗学穿梭古今,在他活跃的时世可谓别具一格,只可惜未有适切的社会气候让他的诗学思想尽量发挥。陈、林各自的学术与人生命途,很值得细味。

陈世骧于1941年得到机会出国赴美,1945年开始在伯克利谋得教职,从此任教至1971年逝世。二十世纪六十年代初他偶尔在加州斯坦福大学客串讲课;课堂内其中一位听众,是该校的汉语讲师高友工。这位尚在赶写哈佛大学博士论文的年轻老师,在留学美国之前,曾先后就读北京大学、台湾大学,受到废名、台静农、戴君仁、郑骞、方东美等的文学熏陶。博士毕业后,长期在普林斯顿大学任教。他的学思历程,结晶成论述精密、体貌庄严的"中国抒情美典论"。随着文章中译的流布,以及几次在台湾大学、新竹清华大学客座与系列演讲,高友工大半生发展成形的"美典说"在二十世纪最后三四十年撼动了不同地区许许多多的华人文学思想。

1964年4月,捷克斯洛伐克汉学家普实克(Jaroslav Průšek)访问加州大学伯克利校区,陈世骧以东亚系文学教授的身份主持了他的三场演讲，分别是：《鲁迅的艺术方法》《中国现代文学与社会运动》，以及《中世纪传奇故事的抒情精神与写实主义》；从题目可见出他的布拉格结构主义与左翼文学思想的一体混沌。普实克和夏志清的一场笔战（1962—1963）是中国现代文学在欧美学界的历史事件。前者的学术影响原在欧陆；其后他在哈佛大学客座时的学生李欧梵把他散落在不同学刊的论文编成《抒情的与史诗的》（*The Lyrical and the Epic: Studies of Modern Chinese Literature,* 1980）一书，影响就更为深远。尤其他以"抒情精神"串联起中国新旧文学，从此"抒情传统论"就不限于古典诗学的研究；从李欧梵、王德威、黄锦树，到梁秉钧、陈惠英的现代小说研究，都见到"抒情精神"的发扬。

文学的意义本来就存乎文字语言在传与受之间的不息生发；中国文化思想每每究义于心与物、人与我的互动。"情，动乎遇者也"；当个我与外界相触动所产生之经验，经历反复内省，而赋予某种生活或者生命价值时，其感受以一定形式之媒介（例如文字、音声、色彩、线条、姿势）呈现，那就是"抒情"。"情"，其关涉不仅限于个人私有领域，人事伦理、社会秩序，无不缘情而形构成各种状态，而各种世态亦转化为人情而为个人所感所思，这就是"道始于情"的真义。创作或者诠释文学而用心于"抒情"，并不是说眼里只有风云月露，反而是现实世界与浩瀚心灵的深层对话。正如国难当前的徐迟，于流离飘荡之际，思考"抒情"与时世的关系，就引起战时文坛的激烈反响（《抒情的放逐》，1939）。"情动乎遇"的更鲜明例证，可以举出二十世纪三四十年代一位未来派诗人鸥外鸥。他的感官诗学，将桂林的夺目山形镕融铸成现代文明的善恶之省思（《被开垦的处女地》，1942）。鼎革废兴，家国情迷。吴兴华与宋淇遥递高山流水之音、司马长风寓怀于无何有之乡、刘以鬯寄存诗心于天涯；离散南来还有如马朗、如华盖（蔡广），他们又在历史的催促之下，与本地养成的文艺青年李英豪、鲸鲸（叶辉）、也斯（梁秉钧）、陈灭（陈智德）等，先后汇聚于天际一座浮城之上。他们或则在现代主义灯火下映照出孤愤身影，或者跨境越界、求索四方，却不脱焦虑彷徨；诸般哀乐忧喜，为浮城抛下人情盛满的文字重锚。由是一个物理"空间"转化为可亲可恨的"地方"。这样的一个"地方"，其升降浮沉、幽明异路，或者值得笔之于史，叶叶关情的文学史。

以上粗疏的几笔勾勒，算是本书内容的素描；书稿各篇，是个人多年来对文学与人情、地方、世变的一些思考记录。在这漫漫而修远的路途上，难免有不少进退颠簸；集稿的时候，又遇上人生旅程一大转角。无论是回想往昔、体味当下，还是想象未来，我心存感恩之情。旅途上我得到许多朋友的扶助与提点，或则打气加油，或则匡谬谵正；临纸未及言尽，谨铭刻内中。本书之结集成编，有赖李浴洋博士热心推动与襄助，编辑刘盟赟先生更提供了非常专业而有效率的支援，志此以表谢忱。

2020年8月16日于相思湖畔

导论

"抒情"的传统
——一个文学观念的流转

一 "中国文学"的"抒情传统"

"中国文学究竟有何特质?"

"经历数千年发展的中国文学,是否构成一个自成体系的传统?"

打从"中国文学"成为一个现代学术的概念以后,类似的问题就不断被提出。当然,中国的诗词歌赋或者骈体散行诸种篇什,以至志怪演义、杂剧传奇等作品,本就纷陈于历史轨道之上;集部之学,亦古已有之。然而,以诗歌、小说、戏剧等崭新的门类重新组合排序,以"文学"作为新组合的统称,可说是现代的概念。亦只有在这个"现代"的视野下,与"西方"并置相对的此一"中国"之意义才能生成。于是"中国"的"文学传统"就在"西方文学传统"的映照下得到体认,或者说得以"建构"。1971年加州大学伯克利校区东方语文学系教授陈世骧在美国亚洲研究学会(Association for Asian Studies)年会的比较文学小组致开幕词时,宣称:

中国文学传统从整体而言就是一个抒情传统。(Chinese

literary tradition as a whole is a lyrical tradition.）[1]

其立说的语境，显而易见；解说的方向，也呼应了现代学术思考的需要。这篇原题"On Chinese Lyrical Tradition"（《论中国抒情传统》）的英文发言被译成中文后，广为流播；"中国抒情传统"之说，不胫而走。加上长期在美国普林斯顿大学任教的高友工，从二十世纪七十年代后期到八九十年代发表了好几篇有关"中国抒情美典"的论文——其总合性的论述见于2002年的长篇论文《中国文化史中的抒情传统》[2]，对台湾和香港以至海外的中国文学研究，造成深远影响。数十年来，有不少著述认同"抒情传统"之说，甚至以之为不辩自明的论述前提。事实上，这个论述系统也显示出强大的诠释能力，于中国文学史或比较文学研究，贡献良多。及至晚近，此说之潜力续有发挥，应用范围更由古典文学延伸至现当代文学的研究。然而，学界也开始有不同的看法，有认为此说只照应诗歌体类及其精神，未能周到解释中国文学其他重要面向；也有认为"抒情"一语本自西洋，"抒情传统"之说仅为海外汉学家的权宜，不足为中国本土文学研究的基石。对于绵延数十载而深具影响的一个论说传统，作出反思检讨，自

---

[1] Chen Shih-hsiang, "On Chinese Lyrical Tradition: Opening Address to Panel on Comparative Literature," AAS Meeting, 1971,*Tamkang Review* 2.2 & 3.1（1971–1972）: 20. 本文有杨铭涂译本《中国的抒情传统》，载《纯文学》第10卷第1期（1972年），页4—9；后来经杨牧（陈世骧弟子，本名王靖献）删订，收入《陈世骧文存》（台北：志文出版社，1972），页31—37。杨牧本是这篇重要文章最通行的版本。然而笔者认为两个中译本尚有不少可以改进的空间，故此处引文以及下文引述，皆为笔者在参酌两个译本后按原文重新译出。

[2] 高友工：《中国文化史中的抒情传统》，《中国学术》第3卷第3期（2002年11月），页212—260；又见高友工：《美典——中国文学研究论集》（北京：生活‧读书‧新知三联书店，2008）。但收入后者之文本有部分缺漏。

是应有之义。我们尝试汇集相关的主要文献，释名章义，原其始表其末，以了解这个论述系统的变化轨迹及其文化意义，并思考其说进一步发展的可能或者需要。

二 "抒情诗"在中国

陈世骧在他的"宣言"里指出：

> 与欧洲文学传统——我称之为史诗的及戏剧的传统——并列时，中国的抒情传统卓然显现。我们可以证之于文学创作以至批评著述之中。标志着希腊文学初始盛况的伟大的荷马史诗和希腊悲剧喜剧，是令人惊叹的；然而同样令人惊异的是，与希腊自公元前十世纪左右同时开展的中国文学创作，虽然毫不逊色，却没有类似史诗的作品。这以后大约两千年里，中国也还是没有戏剧可言。(可是)中国文学的荣耀别有所在，在其抒情诗。
>
> (自《诗经》《楚辞》以后)中国文学创作的主要航道确定下来了，尽管往后这个传统不断发展与扩张。可以这样说，从此以后，中国文学注定要以抒情为主导。[1]

自"新文学运动"以来，这种中西对比以见差异的论点并不罕见。胡适1918年发表的《建设的文学革命论》就是以西方传统作基准，批评"中国文学的方法实在不完备"：

---

1 "On Chinese Lyrical Tradition," p. 18.

韵文只有抒情诗，绝少纪事诗，长篇诗更不曾有过，戏本更在幼稚时代，但略能纪事掉文，全不懂结构。[1]

他的《白话文学史》(1928)也说：

故事诗(epic)在中国起来的很迟，这是世界文学史上一个很少见的现象。要解释这个现象，却也不容易。[2]

又如朱光潜在1926年发表的《中国文学之未开辟的领土》说：

中国文学演化的痕迹有许多反乎常轨的地方，第一就是抒情诗最早出现。世界各民族最早的文学作品都是叙事诗。……长篇叙事诗何以在中国不发达呢？抒情诗何以最早出呢？因为中国文学的第一大特点就是偏重主观，情感丰富而想象贫弱。……因为缺乏客观想象，戏剧也因而不发达。[3]

从二十世纪二十年代到四十年代发表类似见解的还有郑振铎、郭

---

[1] 胡适：《建设的文学革命论》，见《胡适古典文学研究论集》(上海：上海古籍出版社，1988)，页64。
[2] 胡适：《白话文学史》(上海：新月书店，1928)，页75。
[3] 朱光潜：《中国文学之未开辟的领土》，《东方杂志》第23卷第11期(1926年6月)，页81—82。此外，朱光潜1934年发表的《长篇诗在中国何以不发达》也可以参考，文章原载《申报月刊》第3卷第2期(1934年2月)；二文收入《朱光潜全集》(合肥：安徽教育出版社，1993)，第8卷，页134—143、352—357。

绍虞、傅东华、闻一多等。[1]与陈世骧在二十世纪三十年代颇相往来的林庚，也发表过《中国文学史上一个谜》(1935)，尝试解释中国为什么没有史诗、没有悲剧，早期文学中也没有长篇叙事诗和长篇小说。[2]

文学史上之"缺项"，成为许多论者不易解开的心结。"抒情诗"之一枝独放，在胡适眼中是应予批评的；但愈往后期，这个现象却渐渐被看成值得欣羡的特色。例如前引朱光潜的文章就提过："做抒情诗，中国诗人比西方诗人却要高明些"，他在另文《长篇诗在中国何以不发达》(1934)也说这是"中国人艺术趣味比较精纯的证据"。[3]闻一多《文学的历史动向》(1943)说："从西周到春秋中叶，从建安到盛唐，这中国文学史上两个最光荣的时期，都是诗的时期。"[4]到了陈世骧笔下，则更是整个中国文学传统的荣耀所在。

这个中西比较文学的入门话题，今天听来已是陈腔滥调。我们不必一再重复其内容，但不妨深思这种看来疏简粗率的比较怎样发展成一种具备诠释力量的论述系统，当中文学的概念到底经历了怎么样的流转(circulation)旅程。

---

1 参郑振铎：《抒情诗》，《文学旬刊》第86期(1923年9月)，页1；《史诗》，《文学旬刊》第87期(1923年9月)，页2；郭绍虞：《中国文学演进之趋势》，《小说月报》第17卷号外(1926)，页21—37；傅东华：《中国文体的特色》，《学生时代》第1卷第4期(1938)，页8—11；闻一多：《文学的历史动向》，原载《当代评论》第4卷第1期(1943年12月)，收入孙党伯、袁謇主编《闻一多全集》(武汉：湖北人民出版社，1994)，第10册，页16—21。

2 林庚：《中国文学史上一个谜》，《国闻周报》第12卷第15期(1935年4月)；收入《林庚诗文集》(北京：清华大学出版社，2005)，第9卷，页50—59。这一篇论文后来就浓缩为《中国文学史》(1947)的第二章《史诗时期》。

3《朱光潜全集》，第8卷，页135、355。

4《闻一多全集》，第10册，页17。

三　从"抒情诗"到"抒情的"

　　以上提到的中西的对举主要是围绕"史诗"（"长篇叙事诗"）、"戏剧"与"抒情诗"三种文学体类作议论，主要的判断是：前二者属中国之所缺，后者则为中国之所擅。然而，即使被肯定为中国文学所擅长的"抒情诗"，却不是中国原有的观念；中国传统的文体论述中并不曾有过等同于"lyric"的"抒情诗"或"抒情体"的词汇。换句话说，"五四"以还的文学论述，是在西方现代文学观念流转过程中进行的。大家似乎都认同了一套"普世的"基准——戏剧（drama）、史诗（epic；或作叙事诗，后来再演化为叙事体的小说）与抒情诗（lyric）三分的文体观念（triadic conception of genres）。现代的中国文学史论述中，有直接套用这个三分法的，如刘大白《中国文学史》（1933）说："文学底具体的分类，就是诗篇，小说，戏剧三种……咱们所要讲的中国文学史，实在是中国诗篇，小说，戏剧底历史。"[1] 刘大白再辅以"内容律"和"外形律"的概念，上置于三分的框架，尝试以这框架收纳"中国旧文学作品"的诸种体裁。[2] 这是很有创意的移植。更多的文学史论述是从三分架构中再添"散文"一体，变成诗歌、散文、小说和戏剧。[3] 这种新的分体方式，其实不符合原来西方文体三分的基本原则；

---

[1] 刘大白：《中国文学史》（上海：大江书铺，1933），页10。
[2] 同上书，页16—33。
[3] 学衡派的梅光迪早在1920年左右，讲演"文学概论"时，就发表这样的讲法："文学分散文、戏曲、小说、诗四种。"见梅光迪讲演，杨寿增、欧梁笔录《文学概论讲义》，《现代中文学刊》第7期（2010年8月），页97。

但其背后的文化依据却是更深厚的"诗""文"二分传统[1]，加上原来旧文学的边缘体类因西方文体观念而集结重组成"小说"与"戏剧"，兼且文学位阶上移，变成了文体四分说。这是中西体类观念的一种奇异结合，也是文学观念流转中"施"与"受"互动的结果。

当然，现代认知的"三分文体"在西方文学理论史（或者说"诗学史"，history of poetics）上也有一个发展的过程。"三分"的架势在柏拉图转述的苏格拉底话语中，只是隐性的存在，其讨论的中心点是"模仿"（或者"再现"）的不同表现。亚里士多德的《诗学》则聚焦于戏剧[2]，再以此为参照讨论史诗；至于"抒情诗"这时还未进入"命名"的阶段[3]。中世纪阶段出现的许多文体论述，就不见得被"三分说"支配。现代学者会认为"三分说"到文艺复兴后期明图尔诺（Antonio Sebastiano Minturno）的《诗艺》（*L'Arte Poetica*, 1564）才正式浮现；

---

[1] 传统集部之学本就有"诗""文"二分；但这个分野与西方的"verse"与"prose"之分不同；按Jeffrey Kittay与Wlad Godzich的研究，这一对术语的指涉比"genre"更为宽广，而又在历史的过程中互相牵扯；"prose"虽然面世较迟，但后来的"verse"却受其制约。参Jeffrey Kittay and Wlad Godzich, *Emergence of Prose: An Essay in Prosaics* (Minneapolis: University of Minnesota Press, 1987)；George A. Kennedy, "The Evolution of a Theory of Artistic Prose," George A. Kennedy, ed., *The Cambridge History of Literary Criticism, Vol. 1: Classical Criticism* (Cambridge: Cambridge University Press, 1989), pp. 184-199。

[2] 更准确的说法是：《诗学》的重点在于悲剧；喜剧的讨论可能因流传下来的《诗学》版本不够完整而未充分显示。从今存部分看，喜剧只被看作是次等的文类，参Stephen Halliwell, "Aristotle's Poetics," *The Cambridge History of Literary Criticism, Vol. 1: Classical Criticism*, pp. 165-183。

[3] 参考 Jeffrey Walker, "Aristotle's Lyric: Re-Imagining the Rhetoric of Epideictic Song," *College English* 51.1 (1989.1): 5-28。按："命名"是重要的意指过程（signification），陈世骧就以"诗"之命名作为文学观念演进的一个指标；见陈世骧：《中国诗字之原始观念试论》，《"中研院"历史语言研究所集刊·外编》第4册(1961)，页899—912。

及至史诗、抒情诗、戏剧被歌德（1749—1832）描述为"自然的形式"（natural forms），三分之说就很稳固，成为浪漫主义时期的文学共识，而"抒情诗"在文学体类的价值阶次更上升至最高点。[1]

由此观之，如果要讲述一个从希腊罗马下来的"抒情诗"谱系，其实也要通过一个"追认"的过程。[2]事实上，以西方"抒情诗史"来看，从浪漫主义承传至今的"抒情诗"定义，包括其篇幅之短小、富音乐性、直抒诗人之胸臆情绪等，并未完全把这文体在文学史上的表现综括。尤其是早期"抒情诗"的吟唱演出形式及场所，其表义空间究属"个我"还是"公众"，其界限就不易分划；一直到十八世纪，"抒情体"中蕴含的修辞学及演辩元素，更不容今天的评论家轻率抹掉。[3]考虑到"抒情体"在西方有这样的历史旅程，我们就不难明白，现代理论家如本雅明（Walter Benjamin）、阿多诺（Theodor Adorno）等虽然经过"浪漫主义"的洗礼，但还是会对"抒情诗"的社会意义有更为辩

---

[1] 以上的相关讨论，详见 Earl Miner, "On the Genesis and Development of Literary Systems," *Critical Inquiry* 5.2（1978）: 339-353; Alastair Fowler, *Kinds of Literature: An Introduction to the Theory of Genres and Modes*（Cambridge, Mass.: Harvard University Press, 1982）; John Frow, *Genre*（London: Routledge, 2006）。

[2] 参考 Paul Allen Miller, *Lyric Texts and Lyric Consciousness: The Birth of a Genre from Archaic Greece to Augustan Rome*（London: Routledge, 1994）；作者试图以"内省主体性"为基准回溯希腊罗马时期各种诗篇及其载录，检视哪些可以归入"抒情诗"体；其判断是见为文本的罗马诗作，比起口传的希腊诗歌，更为合格；此说亦有学者不表赞同，见 Stephen Instone, "True Lyric," *The Classical Review, New Series* 45.2（1995）: 267-268。

[3] David Lindley, "Lyric," Martin Coyle, Peter Garside, et al ed., *Encyclopedia of Literature and Criticism*（London: Routledge, 1990）, pp. 188-198; Douglas Lane Patey, "'Aesthetics' and the Rise of Lyric in the Eighteenth Century," *Studies in English Literature, 1500-1900* 33.3（1993）: 587-608; Scott Brewster, *Lyric*（London: Routledge, 2009）, pp. 43-111.

证的深思。[1]晚近西方对"抒情诗"的公、私意识,以及"抒情"与政治和历史的关联,已有更多的反省;当中一个重要的倾向是不断回眸西方的"抒情传统",既反思眉睫之前的浪漫主义与新批评的影响,更向古典、中世纪,以至文艺复兴时期的遗产致敬。[2]要言之,现今西方对"抒情诗"与"抒情传统"的思考,大概有三个方向:

一、认为过去的"抒情诗"冷对历史与政治,仅在个人的私有空间打转;今后"抒情诗"应要创新发展,要介入社会,对各种操控和压抑的力量作出反应。

二、质疑"抒情诗"是否有可能成为"非历史"(ahistorical)的文本;尝试采用异于传统的阅读方法,以"读出"作品中的文化政治。

三、思考"抒情诗人"的"拒绝介入"姿态,是否有更深层的政治意义;探讨"抒情诗"在政治版图中的"留白",是否有抗议统治者所布置之意识形态牢笼的一种可能。

---

[1] 参考 Walter Benjamin, Charles Baudelaire, *A Lyric Poet in the Era of High Capitalism* (London: Verso, 1997); Theodor Adorno, "Lyric Poetry and Society," trans. Bruce Mayo, *Telos* 20 (1974): 56-71。我们应该注意,阿多诺在文中特别提出古典抒情诗人如萨福(Sappho)、品达(Pindar)等的作品与当代的抒情诗定义并不能简单对应。

[2] 我们可以略举数例如下:Chaviva Hošek and Patricia Parker, eds., *Lyric Poetry: Beyond New Criticism* (Ithaca: Cornell University Press, 1985); Mark Jeffreys, ed., *New Definitions of Lyric: Theory, Technology, and Culture* (New York: Garland Publishing, 1998); Anne Janowitz, *Lyric and Labour in the Romantic Tradition* (New York: Cambridge University Press, 1998); Thomas A. DuBois, *Lyric, Meaning, and Audience in the Oral Tradition of Northern Europe* (Notre Dame, Ind.: University of Notre Dame Press, 2006); Steve Newman, *Ballad Collection, Lyric, and the Canon: The Call of the Popular from the Restoration to the New Criticism* (Philadelphia: University of Pennsylvania Press, 2007); Jacob Blevins, ed., *Dialogism and Lyric Self-fashioning : Bakhtin and the Voices of a Genre* (Selinsgrove, Pa.: Susquehanna University Press, 2008)。

再者，当"抒情诗"被置放于一个广阔的思想空间时，何谓"抒情"、如何"抒情"、能否"抒情"等超出"文体论"以至"诗学"框框的问题就会萌生；于是衍生出"抒情的"（lyrical）、"抒情主义"或"抒情精神"（lyricism）、"抒情性"（lyricality）等概念。事实上史诗、戏剧和抒情诗的分野，从来就不能停留于简单的形式分类。文体形式在文学史过程中必定有发展和变化；个别作品挑战规范而作出各种变奏，亦是艺术之常态。因此，正如现代德语区非常受重视的一本诗学著作——施塔格尔（Emil Staiger）的《诗学基本观念》（1946），就表明其关注点不是史诗、戏剧和抒情诗，而是"史诗的""戏剧的"和"抒情的"。作者认为值得讨论的是其中相对稳定的"性质"（qualities），构成这些性质的是创作者的意识风格（style of consciousness），以至存在模式（mode of being）。[1] 施塔格尔的诗学有其哲学取向，我们不必在此讨论；[2] 但他从三分的形式分类转进文学呈现的模式，其实是柏拉图以至亚里士多德论说的呼应。依此方向，"悲剧的""史诗的""抒情的"等观念的应用空间可以非常广阔，以至上面提到与"抒情"相关的一系列词汇，都有其"越界"的能量。例如"抒情精神"可以提升为美学的典范，成为不同媒介的艺术共同追求的一种理想：音乐美学以

---

[1] Emil Staiger, *Basic Concepts of Poetics*, trans. Janette C. Hudson and Luanne T. Frank (University Park, Penn.: The Pennsylvania State University Press, 1991), p. 15, pp. 198-205.

[2] 有关施塔格尔诗学的评论，可参看René Wellek, "Genre Theory, the Lyric, and Erlebnis," *Discrimination: Further Concepts of Criticism*（New Haven: Yale University Press, 1971）, pp. 225-252; William Elford Rogers, *The Three Genres and the Interpretation of Lyric*（Princeton: Princeton University Press, 1983）, pp. 37-41。

及视觉艺术就常有"抒情精神"的讨论。[1] "抒情精神"甚至可以作为跨文化研究的据点：日裔美国学者杉本（Michael Suginoto）就曾以"'西方'抒情精神'观念讨论日本古典文学的问题[2]；普林斯顿大学的厄尔·迈纳（Earl Miner）则以为"抒情的"与"抒情精神"等观念是比较诗学非常有效的出发点[3]。

我们要讨论陈世骧和高友工的"抒情传统"论，也可以从这个背景去理解。陈世骧的《论中国抒情传统》一文以英文发表，所论之"抒情"的相关词汇就是英语的"lyric""lyrical""lyricism"。他对"lyric"之取义，理所当然是从他撰文年代的西方"抒情诗"论述归约而来；更准确地说，他主要是参考了颇能反映当时诗学研究水平和观点的《诗与诗学百科全书》（1965）。他引用的乔伊斯（James Joyce）、阿博克罗姆比（Lascelles Abercrombie）、德灵克沃特（John Drinkwater）等的话

---

1 有关现代音乐的"抒情精神"讨论可参：Arnold Whittall, *Exploring Twentieth-Century Music: Tradition and Innovation* (New York: Cambridge University Press, 2003), pp. 145-166；有关视觉艺术以"抒情精神"为理想的讨论见：Kim Grant, *Surrealism and the Visual Arts: Theory and Reception* (New York: Cambridge University Press, 2005), pp. 13-72. 此外，又有论者以"lyricism"为音乐美学的观念，借音乐以论视觉艺术，见 Robert Reiff, "Lyricism as Applied to the Visual Arts," *Journal of Aesthetic Education* 8.2 (1974.4): 73-78；以此论建筑的例子有 Jean-Louis Cohen, *Le Corbursier, 1887-1965: The Lyricism of Architecture in the Machine Age* (London: Taschen, 2004)。

2 Michael Suginoto, "'Western' Lyricism and the Uses of Theory in Premodern Japanese Literature," *Comparative Literature Studies* 39.4 (2002): 386-408.

3 Earl Miner, "Some Theoretical and Methodological Topics for Comparative Literature," *Poetics Today* 8.1 (1987): 123-140. 厄尔·迈纳后来依这个思路写成比较诗学的专著：Earl Miner, *Comparative Poetics* (Princeton: Princeton University Press, 1990)。

导论

语,都可以从此书找到。[1]然而,他要从中国的《诗经》《楚辞》开始论述"中国的""Lyrical Tradition",他就必须与中国的诗学传统协商,而以中文的"抒情"二字来作观念对应。在《中国诗字之原始观念试论》(1961)中,陈世骧说:

> 我国古来的诗,即就《诗经》而论,是多于抒情的短章,而希见叙事的长篇。但希腊到亚里士多德时已传下不少的叙事长诗。……
>
> 我们的诗学思想一直到近世还是以言志抒情并韵律为基本观点。[2]

四 "抒情"在中国

我们说在现代中国文学论述中广泛应用的"抒情诗"一语本自西方,其对应的英文原词就是"lyric"。然而"抒情"一语,却非舶来品。屈原《九章·惜诵》曾说"惜诵以致愍兮,发愤以抒情"[3],已是一般的文学常识,所以朱自清在《诗言志辨》中谈到"抒情诗"时,就说这是"现代译语",又说:

---

[1] Alex Preminger, ed., *Encyclopedia of Poetry and Poetics* (Princeton: Princeton University Press, 1965), pp. 460-470.
[2] 陈世骧:《中国诗字之原始观念试论》,页911、912。又参见他的英文论文 "The *Shih-Ching*: Its Generic Significance in Chinese Literary History and Poetics," *Bulletin of the Institute of History and Philology, Academia Sinica* 39.1 (1969): 371-413;以及杨牧翻译并经他认可的中文版本《原兴——兼论中国文学特质》,《中国文化研究所学报》第3卷第1期(1970年),页135—162。
[3] 朱熹:《楚辞集注》(上海:上海古籍出版社,1979),页73。

"抒情"这个词组是我们固有的,但现在的涵义却是外来的。[1]

近世学者也有说:

从词源学角度看,"抒情"概念可追溯到屈原,但那仅说明它古已有之,并非生造而已。王国维以前,中国正统文人不大使用它。……

"五四"之前,除屈原外,几乎无人使用("抒情"一词)。[2]

这个讲法很有代表性。现在对"抒情传统"论述作出反省和批评的学者,于应用"西方的"观念来讨论"中国的"文学,会非常警惕;这是学术研究应有的严谨态度。然而,具体来说,认为中国文学传统罕用"抒情"一词,却恰恰显示出现代学者对传统的陌生,今天的知识架构让我们与"传统"之间,确有相当的距离。因为"抒情"一语,在中国传统中并不是不寻常的词语。

屈原在《惜诵》篇说"发愤以抒情","抒"字一作"杼";据王逸《楚辞章句》和朱熹《楚辞集注》,"抒"字又作"舒"或"纾"。[3]姜亮夫《楚

---

[1] 朱自清:《诗言志辨》,收入《朱自清全集》(南京:江苏教育出版社,1996),第6卷,页172。
[2] 见李珺平:《中国古代抒情理论的文化阐释》(北京:北京大学出版社,2005),页270、282。
[3] 王逸:《楚辞章句》,见洪兴祖《楚辞补注》(北京:中华书局,1983),页259;朱熹:《楚辞集注》,页72。

导论

辞通故》则以为"杼"字之用可能在魏晋以后。[1]"抒"的释义是"渫"或者"挹",也就是宣泄、倾注或者汲出;用于"抒情"一语,即是属于主体内在的"情"基于某种原因往身外流注,或者这流注达成某种效应。相关词汇和观念在《楚辞》中已有多例:《惜诵》的"发愤以抒情"、《思美人》的"申旦以舒中情"、《哀时命》的"抒中情而属诗"及"焉发愤而抒情"。此外,《昭明文选》中还有西汉王褒《圣主得贤臣颂》的"敢不略陈愚而抒情素",东汉班固《两都赋》的"抒下情而通讽谕";及至两晋六朝,我们还可见到左芬《离思赋》有"援笔抒情,涕泪增零",傅亮《为宋公修张良庙教》有"抒怀古之情,存不刊之烈",江淹《悼室人十首》之八"抒悲情虽滞,送往意所知"。这些例子都在叙述情怀由内心向外流注的过程;再者,其往外流之情,又凝定为相对考究的语言形式,如颂、赋、教、诗等。当中情感、情绪的波动固在于个人——"抒中情""情滞",但其指涉范围却可以扩展到公共领域——"通讽谕"。

这种"抒情诗学"的发展,在唐宋以后一点没有稍减。唐人喜欢

---

[1] 姜亮夫说:"《九章·惜诵》'发愤以杼情',王逸注'杼,渫也,言己身虽疲病,犹发愤懑,作此辞赋,陈列利害,渫情思以风谏君也'。'杼,一作舒。'洪补曰'杼,渫水槽也,音署,杜预云"申杼旧意"。然《文选》云"杼情素",又曰"杼下情,而通讽谕",其字并从手'。按《哀时命》亦谓'焉发愤而抒情',王逸注'言己怀忠直之志,独悁悒烦毒,无所发我愤懑,泄己忠心也'。按《说文》'杼,机之持纬者',即后世之梭字。疑古读如舒,抒,《说文》'挹也'。大徐'神与切'。《管子·禁藏篇》'抒井易水'。《通俗文》'汲出谓之抒'。《广雅·释言》'渫也'。则抒情当作抒,《九章》作杼,字误也,叔师训渫,当不误,则误在魏晋以后。今人言发抒,犹言发泄尔。杼字误。抒又作舒,同音通用也。《九章·思美人》'申旦以舒中情兮',舒中情即抒情也。"《楚辞通故》(济南:齐鲁书社,1985),第1册,页612,标点略有改动。

在诗题或诗序中标示这种"抒情"作用。例如：骆宾王《秋日送陈文林陆道士》序中"陟阳风雨，贵抒情于咏歌"，就是借西晋诗人孙楚《征西官属送于陟阳候作诗》中"晨风飘歧路，零雨被秋草"的诗境，比喻当前透过"咏歌"以"抒送别之情"；李幼卿有诗《前年春，与独孤常州兄花时为别，倏已三年矣，今莺花又尔，睹物增怀，因之抒情，聊以奉寄》，题目说明旧事回忆与当前感慨所触动的"抒情"；孟郊《抒情因上郎中二十二叔、监察十五叔，兼呈李益端公、柳缜评事》诗中有"方凭指下弦，写出心中言"之句，应是借音乐为喻，却又书之于诗，是多向度的抒情。白居易《初除官，蒙裴常侍赠鹘衔瑞草绯袍鱼袋，因谢惠贶，兼抒离情》、刘禹锡《令狐相公频示新什，早春南望，遐想汉中，因抒短章，以寄情愫》及《牛相公见示新什，谨依本韵次用，以抒下情》、李商隐《南潭上亭宴集，以疾后至，因而抒情》等诗题，都在解说因何以诗"抒情"。从这些诗序诗题的说明看来，当中显示出时人对"诗"之倚重、对诗功能的信任，认为"情"可借此而得以"抒"，得以"寄"。

唐代"抒情诗学"值得注意的地方是："诗"以其"抒情"功能，在社会生活上起着重要作用，使得人际互动不止于实利物质，还有其精神情感的一面。当然，当"抒情"被接纳为社会上的流通货币，就表示从个人空间转进到公共领域，其间的"情"与"物"或许是不能分割的。"诗"之"用"除了见诸上面罗列的例子之外，我们还可以举出杨巨源《怀德抒情寄上信州座主》及李商隐《五言述德抒情诗一首四十韵，献上杜七兄仆射相公》之题，以及白居易《寄献北都留守裴令公》序文所说："司徒令公分守东洛，移镇北都。一心勤王，三月成政。形容盛德，实在歌诗。况辱知音，敢不先唱。辄奉五言四十韵寄献，

导论

以抒下情",都是"形容盛德"与"抒情"的结合,是具体"诗用"的显示。这种风气到后世都有沿袭,如清代朱彝尊《万柳堂记》就提到建堂后"一时抒情述德,咸歌诗颂公难老"。洪亮吉亦有诗题作《岁暮急葬归里,率效述德抒情诗一百十韵,呈大兴朱先生》。

唐代的"抒情诗用观"还可以透过参阅两本性质不易厘清的书稍加推演:一是孟启(或作孟棨)所撰《本事诗》,另一是卢瓌的《抒情集》。后者已经遗佚,但《太平广记》《诗话总龟》《说郛》中颇有抄录;书名或作《抒情录》《抒情》等;前者收入丁福保辑《历代诗话续编》,是常见易得之书。这两本书被胡应麟并列,指一般书目往往"例以诗话文评,附见集类",然而"究其体制,实小说者流也"。[1]究竟二书是诗话、总集,还是小说,我们不必急于判定,但从现存的文本所见,这两本书的内容和表述方式的确非常相近,都是以事系人,以诗系事:从所记人物的角度来说,当中包括生活上各种遭际,而必然有诗穿插其中;若以各则文字出现的诗篇为中心,则所记为诗之"本事"、诗缘何而生。孟启在《本事诗》序说:

> 诗者,情动于中而形于言。故怨思悲愁,常多感慨。抒怀佳作,讽刺雅言,著于群书,虽盈厨溢阁,其间触事兴咏,尤所钟情,不有发挥,孰明厥义?[2]

胡应麟视此书为记录逸闻异事的小说,但孟启序告诉我们他的

---

[1] 胡应麟:《少室山房笔丛》(上海:中华书局,1964),页375。又胡应麟《诗薮》亦说:"卢瓌有《抒情集》,亦《本事诗》类也。"见《诗薮》(上海:上海古籍出版社,1979),页167。

[2] 丁福保辑:《历代诗话续编》(北京:中华书局,1983),页2。

着眼点在于当中的"诗"与"情",视"事"为触媒;或者可以说,在他心目中,"事""诗""情"本就紧密关联,不能割切。《本事诗》中屡被称引的一则是有关杜甫为"诗史"之说,其意义实在可以从这个关联来深入解释,[1]《本事诗》一集以序文解释人生各种遭际的意义如何从"诗情"中得见;《抒情集》我们不得见全貌,但既然以"抒情"命题,可以推想作者亦有类似的文学观或者人生观。从唐代出现孟启和卢瓌二集看来,诗与社会上各种活动行为有所关联已是当时的共识,而这个关联的意义,正正由诗的"抒情"作用所彰显。

往后无论诗赋等作品,或者诗文相关的序跋和论述,都颇有用到"抒情"一语,以下我们再稍作例列。如晚唐沈颜《书怀寄友人》:"登楼得句远,望月抒情深。"北宋韦骧《再和岩起以诗答谢惠团茶之句》:"芜句聊纾情内动。"又《二月》:"纾情聊且缀诗篇。"韩淲《读鲍谢诗》:"摇毫抒情思,莫知蛙黾鸣。"释文珦《白日苦短行》:"景行不可忘,抒情为此篇。"元代赵孟頫《咏怀六首》其四:"抒情作好歌,歌竟意难任。"马祖常《贡院再用鸡字韵》:"射策第高天上奏,抒情诗好竹间题。"谢应芳更爱用"抒情愫"三字,如"赠别殷勤抒情愫"(《送杨纯夫归琴》)、"援毫抒情愫"(《怀郡城诸亲友》);明代皇甫涍也较多用"抒情"二字入诗,如"遥过京口沧江路,抒情漫属归田赋"(《雪夕醉歌别兄弟兼赠周山人》)、"抒情告君子,太康毋我尤"(《秋宵宴会与周山人以言》)。何景明《待曙楼赋》:"佩嘉名以绎义,顾朗景以抒情。"徐媛《临兰皋赋》:"聊抒情以寄恨,结长风以东归。"清代如汪由敦《送比部伯南还》:"抒情述芜词,聊代青门酒。"看来作品中用

---

[1] 参阅陈国球:《浅谈〈本事诗〉与"诗史"——张晖〈诗史〉序》,载张晖《诗史》(台北:学生书局,2006)。

到这二字,或多或少都有点"后设"的意味,把本来居于背后的"抒情"活动前景化。

至如唐代李峤《与夏县崔少府书》:"顷者关塞羁游,风尘旅泊,抒情歌事,略有短篇,未足追踵词人,亦以言其所志。"南宋杨万里《与湖北陈提举》:"今乃欲以尺纸之敬,抒中情之勤,以纳交于英簜之末光。"明代李梦阳《送杨希颜诗序》:"夫歌以永言,言以阐义,因义抒情,古之道也。"顾大典《怀故园赋序》:"昔庾信赋《小园》,眷长林而偃息;陆机赋《怀土》,抚征辔以踌躇。虽寄兴不同,而抒情则一。"胡震亨《唐音癸签》:"尝谓读太白乐府者有三难:不先明古题辞义源委,不知夺换所自;不参按白身世遭遇之概,不知其因事傅题、借题抒情之本指;不读尽古人书、精熟《离骚》《选》赋及历代诸家诗集,无繇得其所伐之材,与巧铸灵运之作略。"清代魏裔介《复安庆郡丞程昆仑书》:"尝以为诗以抒情,贵得《三百篇》讽谕之意,故子美可尊也,而并喜香山。"路德《关中书院课士诗赋序》:"凡作诗赋,写景抒情者,风之意也;揆时审势者,雅之遗也;歌功论德者,颂之体也。"以上这些言说,有些是个人思想行为的表白,有些是社会活动的申述,更有对经典作家以至文学传统的体悟;这些不同的层次和空间,都见到"抒情"概念的渗透。

从以上各种"抒情"实况,又可见当中的"情"并没有锁定在一个狭小的范围。事实上,"情"之意义原就不止一端。它可以指向从"形而上"到"形而下"的真实,如《易·系辞·上》云:"设卦以尽情、伪。"孔颖达《正义》:"情,谓实情。伪,谓虚伪。"《左传·哀公八年》云:"鲁有名而无情。"杜预注:"有大国名,无情实。"可以指常情常理,如《淮南子·主术》云:"人之情不能无衣食,衣食之道,必始于耕织，万民之所公见也。"当然也指人的情绪、感情，以至情欲，如《礼记·礼运》云："何谓人情？喜、怒、哀、惧、爱、恶、欲，七者弗学而能。"《荀子·正名》云："性者天之就也，情者性之质也，欲者情之应也。以所欲为可得而求之，情之所不免也。"董仲舒说："情者，人之欲也。"故"情"之广被，往往见于古代思辨，如郭店竹简《性自命出》中所云："道始于情，情生于性，始者近情，终者近义。知情者能出之，知义者能入之。"晚近李泽厚所提出的"情本体"之说，也是以为"情"即为中国文化中的"立命"问题。[1]

故此，屈原赋中，"情"与"志"可以互相支援；[2]直到清代，还可见到以杜甫、白居易的"讽谕"之意向诗之"抒情"方向问责。当

---

[1] 有关"情"在中国文化传统的意义，可参考 A. C. Graham, "The Meaning of Ch'ing," in Graham, *Studies in Chinese Philosophy and Philosophical Literature* (New York: State University of New York Press, 1990), pp. 59-66；李珺平：《中国古代抒情理论的文化阐释》；蒙培元：《情感与理性》(北京：中国人民大学出版社，2009)；黄意明：《道始于情——先秦儒家情感论》(上海：上海交通大学出版社，2009)。"情"在中国文学批评史上的意义，可参考 Siu-kit Wong, *Ch'ing in Chinese Literary Criticism* (PhD Thesis, Oxford University, 1969)。"道始于情"之说参见涂宗流、刘祖信《郭店楚简先秦儒家佚书校释》(台北：万卷楼，2001)，页144—147。有关"情"与"欲"关系的讨论可参 Anthony C. Yu, *Rereading the Stone: Desire and the Making of Fiction in Dream of the Red Chamber* (Princeton: Princeton University Press, 1997), pp. 53-109。李泽厚"情本体"说见《论实用理性与乐感文化》(2004)及《情本体、两种道德与立命》(2006)，均收入李泽厚《人类学历史本体论》(天津：天津社会科学院出版社，2008)，页203—252、255—280。

[2] 参考廖栋梁：《骚言志——论"发愤以抒情"说及其在后代的演绎》，见《灵均余影——古代楚辞学论集》(台北：里仁书局，2010)，页319；以及饶宗颐：《骚言志说》，见《文辙》(台北：学生书局，1991)，页97—116；胡晓明：《从诗言志到骚言志》，见《诗与文化心灵》(北京：中华书局，2006)，页35—41；曾守正：《中国"诗言志"与"诗缘情"的文学思想——以汉代诗歌为考察对象》，《淡江人文社会学刊》第10期(2002年3月)，页1—34。

然，我们还没有很细致地把以上引录的种种与"抒情"相关的言说"历史化"，各处的"抒情"原有其具体语境，各自负载不尽相同的内蕴（connotations）；但这些引例最少可以让我们看到"抒情"已经内化于传统诗学之中，供诗人或批评家灵活地应用于文学活动的解说。然而，"抒情"一语的应用范围虽广，却又不至于变成一个覆盖无限的废词；我们回顾"抒情"的传统用法时，会见到其要义都限定在人文活动中情感流注的范围之内；而应用者基本上都意会"抒情"只是这些活动的一个环节、一个层面；换句话说，他们大抵明白，"抒情"很重要，但不是一切。因此若要提出一个"抒情传统"的观念，不是说这个传统除了"抒情"，别无其他；而是说，在这个文化传统之中，"抒情"意识的渗透性极强。从这个角度作出诠释，可以看到这个传统的繁复面貌底下，隐隐然有一种贯串力量。

五 "中国抒情传统"论述及其发展

从字源学来看，"抒情"与"lyric"得义的基础不同，但不难找到相通的元素。在中国文化传统中，"抒情"的意义在"情"之流注，此种流注往往以诗赋等文学形式，以直述或者暗喻的语言透露。西方的"lyric"源出与乐器演奏相关的"歌"，而其"音乐性"（musicality）在印刷文化成主导以后，渐渐消退为一种隐喻，音乐的流动感常常被诠释为情感的流动，而这正是后来浪漫主义论述借以发挥的据点，也是中文翻译为"抒情诗"的主要原因。¹回到陈世骧等的"抒情传统"论，其出发点虽然是浪漫主义定义下的"抒情诗"，但他们从"情感流动"及其保存和流传的角度去观察中国文学，就必然要回到"抒情"在中国文化传统的现场，从历史实况及意识根源作出梳理与分析。"诗者，志之所之也；在心为志，发言为诗"与"惜诵以致愍兮，发愤以抒情"，同样指涉内心到外在表现的某些倾泻流动；"赋诗言志"与"述德抒情"的"演出"性质，清晰地说明诗赋文学这种情志倾注活动可以具备的公共意义；"吟咏情性，以风其上"与"诗以抒情，贵得《三百篇》讽谕之意"更是政治关怀的直率宣示。这都见出中国"抒情传统"与西方浪漫主义定义的"抒情"有所不同，但却不一定与西方整个抒情谱系有绝对的差异。中国文学传统的"抒情精神"本来就很丰富；然而，以其为中国文学传统主要特色，却是西方的"lyricism"观念流转到中国以后才渐次萌发的思想。以之对照"现代主义"观念流转的情况，或者可以看到现当代文学面对"现代"的微妙态度。

粗略地说，中国现当代文学创作对"现代主义"的追求，一直带着时间差的焦虑与遗憾；西方的"现代主义"被视为一种"真正"切合现代社会的普世价值，我们的诗人小说家都很努力要赶上这个"现代"的潮流，免得落后于人，于是引进西方的理论和创作典范便成急务。然而"抒情"之义，却可以反求诸己，从中国传统中找到丰富的资源；而"抒情精神"的求索，恰恰也是现代西方文学的一种重要倾向，在

---

1 余国藩在讨论中国文化上的"情欲"观时，旁及陈世骧和高友工的"抒情传统"论述，以为从字源学看来，"lyric"义主乐韵声觉而"抒情"偏重内心情愫，两者不可对译；他又认为陈、高之说未有全面照顾"情""志""欲"的关系。见 Anthony Yu, *Rereading the Stone*, p.99. 然而余国藩对陈、高之论述掌握并不全面，对中西"lyricism"与"抒情"之义的历史变化也欠考察，故所论似未中肯綮。

"现代主义"的"前卫"占有一席；讲求"抒情"不见得是"保守"和"落伍"，中国现当代文学论述与实践的"六朝风"和"晚唐风"，就是这种思路的表现。陈世骧等现代学人，透过与西方文学传统比较对照而建构的"中国抒情传统"，为中国在文学的世界地图找到可以赢得尊重的位置，"文学"在文化政治的功能，于此可见。

以上的高度简括的论述，当然不足以解说大半个世纪以来，众多"抒情传统"论者在学思道路上的风尘阅历如何与生命轨迹共浮沉。事实上，如果我们有机会细思陈世骧在逃避战祸而离家去国之时，以卞之琳的《慰劳书简》为中心写下《战火一诗人》（"A Poet in Our War Time", 1942），又以"文学作为对抗黑暗之光"阐释陆机写《文赋》的心境（"Literature as Light Against Darkness", 1948），在"闻道长安似弈棋"，长考去留一着时，与老师艾克敦再度合作翻译《桃花扇》，相信会比较了解"中国抒情传统"的体认，其实载负了陈世骧对现代中国命运前途的思索。[1] 至于高友工的"抒情美典"论，其始也居高望远，操持分析哲学的手术刀以剖析"经验之知"，宣称"个人根本对中西文化比较这个题目没有太大的兴趣"[2]；然而乘之愈往，识之愈真，高友工归结他的理论时，就回到文化史的人间世，以中文撰写《中国文化史中的抒情传统》，不仅用心于中国文学史，更深入音乐、书法、绘画等不同门类的艺术去追踪其中的"抒情"意蕴，领悟"我们文化中抒情美典中憧憬的人生的中和性"[3]。他对这美的境界的道德价值有深刻

---

1 参考陈国球：《"抒情传统论"以前——陈世骧早期文学论初探》，《淡江中文学报》第18期（2008年6月），页225—252。
2 高友工：《文学研究的美学问题（下）》，见《美典——中国文学研究论集》，页88。
3 高友工：《中国文化史中的抒情传统》，页260。

的体会，或者是他在远戍多年以后的文化回归。

再依"抒情传统"论述谱系往前推，我们应该留心闻一多为何在战火倥偬、悲愤忧戚的岁月，写下《歌与诗》（1939）、《文学的历史动向》（1943）等篇；[1]朱自清如何在心路与亲历上欧游，受到瑞恰慈与燕卜荪的"科学的"批评意念冲击以后，埋首《三百篇》以还的"志"与"情"，完成《诗言志说》（1937）以至《诗言志辨》（1947）的论述。[2] 在多难的日子里，"情"何以"抒"？鲁迅和朱光潜就曾因钱起的"曲终人不见，江上数峰青"两句诗而有所争辩。[3]鲁迅忧愁忧思，正是"发愤以抒情"；而朱光潜则羡慕陶渊明在乱世中"泯化一切忧喜"，进入"静穆"之境。两人选择了不同的抒情之路，却未能证明谁人的判断较为正确。与朱光潜共为"文学守望"的沈从文，也曾经从"抒情"的角度理解个人的文学事业，以为"一切艺术都容许作者注入一种诗的抒情"[4]。但最终"时代"让他深深陷入"抒情"意义的沉思，在《抽象的抒情》（1961）一文，认定知识分子的文字语言表现，"不过是一种抒情，……和梦呓差不多"[5]。今天看来，这话音的绝望沉痛，仿似投江前的屈原行吟。人生实难，"抒情"与"忧患"如何协商？宗白华借用方东美《生命情调与美感》（1931）的思路，在战时写下《中国艺术意

---

1 见《闻一多全集》，第10册，页5—15、16—21。
2 《诗言志说》，见国立清华大学中国文学会编《语言与文学》（上海：中华书局，1937），页1—44；《诗言志辨》，见《朱自清全集》，第6卷，页126—307。
3 朱光潜：《说"曲终人不见，江上数峰青"——答夏丏尊先生》，见《朱光潜全集》，卷8，页393—397；鲁迅：《题未定草》（七），见《鲁迅全集》（北京：人民文学出版社，1989），卷6，页425—430。
4 沈从文：《短篇小说》，见《沈从文全集》（太原：北岳文艺出版社，2002），卷16，页505—506。
5 沈从文：《抽象的抒情》，见《沈从文全集》，卷16，页535—536。

境之诞生》(1943，1944增订)；在方东美和宗白华眼中，中国人之宇宙，就是艺术之"意境"，就是"诗"；方东美发现"诗人词客，虽置身于弹丸之地，亦能发抒性灵，拓展心意，以充塞无涯虚境"[1]；宗白华则描述艺术家怎样以"心灵映射万象"，"透过秩序的网幕，使鸿蒙之理闪闪发光"。[2] 他们这一番研寻，不是纯艺术的玄思，而有其实际的关怀，目的是要了解中国过去"人们如何追求光明，追寻美，以救济和建立他们的精神生活，化苦闷而为创造，培养壮阔的精神人格"，是大时代底下"民族文化的自省工作"。[3]

以上不同层次和面向的思考，都在体察中国文化传统之中"情"如何灌注流动，可以有多大的能量，可说是陈世骧、高友工等"抒情传统"论述的先导。陈、高两位的文学思想透过几篇重要论文传扬，其学术架势齐整庄严，方法学上取法西方现代，但内容上却是传统文学意义的开发。这样的规模，正好迎合二十世纪七十到八十年代台港文学界面对西学挑战的需要，尤其赢得年轻一辈学人的支持。当时发扬"抒情传统"论最力的是蔡英俊与吕正惠，分别以《抒情精神与抒情传统》(1982)、《中国文学形式与抒情传统》(1982)两篇深入浅出的文章，普及化并充实了陈世骧和高友工的主张。[4] 他俩的台

---

[1] 方东美：《生命情调与美感》，见《生生之德》(台北：黎明文化，2005)，页177。

[2] 宗白华：《中国艺术意境之诞生》，见《宗白华全集》(合肥：安徽教育出版社，1994)，卷2，页358、366。

[3] 宗白华：《〈论世说新语和晋人的美〉等编辑后语》，见《宗白华全集》，卷2，页286；《中国艺术意境之诞生》，见《宗白华全集》，卷2，页357。

[4] 蔡英俊：《抒情精神与抒情传统》，载蔡英俊编《抒情的境界》(台北：联经出版公司，1982)，页69—110；吕正惠：《中国文学形式与抒情传统》(原题《形式与意义》，载《抒情的境界》，页17—65)，见《抒情传统与政治现实》(台北：大安出版社，1989)，页159—207。

湾大学学长柯庆明则先是结合了老师叶嘉莹的说诗方法，以王国维"境界说"为宗旨；叶嘉莹有《〈人间词话〉境界说与中国传统诗说的关系》(1980)，说明她所鼓吹的"兴发感动"——"抒情"本义的一种表现——的渊源。[1]另一方面，柯庆明又相继探索与"抒情传统"论述相关的各种议题，如悲剧意识、叙事诗传统等，他的《从"现实反应"到"抒情表现"——论〈古诗十九首〉与中国诗歌的发展》(1999)指出"抒情表现"其实消解了"现实"，对唯"抒情"是尚的诗学提示警觉。[2]此外，我们还见到张淑香以《兰亭集序》为据，从"本体意识"的角度探究"抒情传统"，写成《抒情传统的本体意识——从理论的"演出"解读〈兰亭集序〉》(1992)；[3]萧驰早期参与"抒情传统"讨论的文章《从"才子佳人"到〈石头记〉——文人小说与抒情诗传统的一段情结》(1996)，以"唯美主义""退避主义""沉湎于艺术和感性生活的传统"作为"抒情传统"的定义，又以为"才子佳人"小说的结构仿似律诗的"对仗原则"。[4]这都是以"抒情传统"的观念作具体文本的解读，见证了这一个论述的诠释能力。与蔡英俊、吕正惠同为二十世纪八十年代

---

[1] 叶嘉莹：《〈人间词话〉境界说与中国传统诗说的关系》，见《王国维及其文学批评》(香港：中华书局，1980)，页313—354。

[2] 柯庆明：《从"现实反应"到"抒情表现"——论〈古诗十九首〉与中国诗歌的发展》，原刊《纪念许世瑛先生九十冥诞学术研讨会论文集》(台北：文史哲出版社，1999)，页193—215；收入柯庆明《中国文学的美感》(台北：麦田出版社，2000)，页153—180。

[3] 张淑香：《抒情传统的本体意识——从理论的"演出"解读〈兰亭集序〉》，《中外文学》第20卷第8期(1992年1月)，页85—99；收入张淑香《抒情传统的省思与探索》(台北：大安出版社，1992)，页41—62。

[4] 原题《从"才子佳人"到〈红楼梦〉——文人小说与抒情诗传统的一段情结》，《汉学研究》第14卷第1期(1996年6月)，页249—278；收入萧驰《中国抒情传统》(台北：允晨文化公司，1999)，改题《从"才子佳人"到〈石头记〉——文人小说与抒情诗传统的一段情结》，页275—320。

台湾文学界新一代的龚鹏程，则以《从〈吕氏春秋〉到〈文心雕龙〉——自然气感与抒情自我》(1988)一文，参与"抒情传统"的讨论。文中反对蔡、吕等以魏晋时期诗人摆落两汉的"社会群体的共同意志"，"抒情自我"正式出现；他认为"感性主体"早已因汉代的气类感应哲学而生。事实上，龚鹏程所针对的不仅是个别课题如"抒情自我"定型时期的成说，他要挑战的是整个"五四"所形成的诠释系统。[1]他的批判精神还表现在晚近对整个"抒情传统"观念的质疑，如《不存在的传统——论陈世骧的抒情传统》(2008)、《成体系的戏论——论高友工的抒情传统》(2009)等篇。[2]有关"抒情自我"的讨论，更新的发展是郑毓瑜在新世纪的研究。她在《〈诗大序〉的诠释界域——"抒情传统"与类应世界观》(2003)提醒我们："诗言志"和"在心为志，发言为诗"的具体语境是"乐教"而不是诗歌创作；她发现"伤春悲秋"的抒情活动，其凭借是"类应"的"知识结构"，而非简单的个人感怀。[3]这是"抒情传统"论述的一个转向，聚焦点从"个我"感情倾诉的狭小范围，转入共享"知识结构"的"公共"领域。

以上提到的是几位学者对中国文学的理解，以及相关的研究进路；另外还有几位学者对中国文学传统的感应，也很值得关注，尤

---

[1] 龚鹏程：《从〈吕氏春秋〉到〈文心雕龙〉——自然气感与抒情自我》，见《文心雕龙综论》(台北：学生书局，1988)，页313—345。

[2] 龚鹏程：《不存在的传统——论陈世骧的抒情传统》，《政大中文学报》第10期(2008年12月)，页39—50；《成体系的戏论——论高友工的抒情传统》，《清华中文学报》第3期(2009年12月)，页155—189。

[3] 原题《诠释的界域——从〈诗大序〉再探"抒情传统"的建构》，《中国文哲研究集刊》第23期(2003年9月)，页1—32；收入郑毓瑜《文本风景——自然与空间的相互定义》(台北：麦田出版社，2005)，改题《〈诗大序〉的诠释界域——"抒情传统"与类应世界观》，页239—292。

其当中国文学被置放于世界文学版图之中的时候。我们可以以美国汉学家宇文所安（Stephen Owen）为例。他不是"抒情传统"论述的自觉参与者，但在他的随笔集《追忆——中国古典文学中的往事再现》（1986）其中《断片》一章，对中西文学传统作出比较，对中国传统的审美主体之阅读过程予以辨析，都可以和陈世骧和高友工等的论述参照对读，甚至互相印证。[1]至若捷克斯洛伐克学者普实克，更认为西方在第一次世界大战以后文艺界掀起一波"lyricism"的浪潮，与中国文学传统倾重主体意识流注非常相似。他的著名论文《中国现代文学中的主观主义和个人主义》（1957），主旨就在追踪中国的"新文学"的主体意识如何承接传统的"抒情精神"而得到解放。[2]普实克的论述虽然不尽完善，却触发了论者如王德威等更细致地思考现代文学与"抒情传统"的关联。

长时间以来中文学界的"抒情传统"论述都以古典文学为重心，从现代"写实主义"研究出发的王德威，意识到现代文学中"抒情"的大用；他在最近发表的《"有情"的历史——抒情传统与中国文学现代性》（2008）长文，以陈世骧、沈从文、普实克三个不同身份的文学活动参与者为中心，探讨二十世纪中西文学的"抒情"论述之"现代"意义，又揭示出现代文学的"抒情精神"与传统诗学"兴与怨""情与

---

[1] "Fragments," Stephen Owen, *Remembrances: The Experience of the Past in Classical Chinese Literature* (Cambridge: Harvard University Press, 1986), pp. 66-79. 中译见郑学勤译：《追忆——中国古典文学中的往事再现》（上海：上海古籍出版社，1990），页79—96。

[2] Jaroslav Průšek, "Subjectivism and Individualism in Modern Chinese Literature," *Archiv Orientální* 25 (1957): 261-286.

物""诗与史"等课题的隐然呼应。[1]关注现代"中国性"的黄锦树,也在《抒情传统与现代性——传统之发明,或创造性的转化》(2005)一文,用心勘测陈世骧以还的"抒情传统"论述谱系及其影响,指出这个"传统"实为"抒情"论者的"发明",体认出论者的"抒情姿态"更可以解释现当代文学如沈从文、汪曾祺,以至朱西宁、朱天文、朱天心,甚至胡兰成的文学话语。[2]又陈国球著有《"抒情传统论"以前——陈世骧早期文学论初探》(2008),考察以古典文学研究名世的陈世骧的学术历程,试图联系他早期的现代文学论述与后期"抒情传统论",以为"现代"与"传统"对话的一个案例。[3]

从以上粗陈的梗概,我们可以见到中国的"抒情"观念其来有自,"抒情传统"论述也是中国文学研究者在"现代状况"下对研究对象的文化归属及其意义的省思。以这个角度切入以诠释中国文学,包括古典与现代,其效用非常显著;据最近的发展看来,这个诠释系统还有相当巨大的开拓潜力。当然,"抒情传统论"只是诠释中国文学的其中一个可行方案而不是开启中国文学仓库的"百合匙"。"因有洞见,故尔不见",晚近学界对"抒情传统"论述的反思,揭示当中可能存在的偏蔽与遮盖,以作警示,对此一诠释系统的未来走向,应有更积极的意义。

---

1 王德威:《"有情"的历史——抒情传统与中国文学现代性》,《中国文哲研究集刊》第33期(2008年9月),页77—137。
2 黄锦树:《抒情传统与现代性——传统之发明,或创造性的转化》,《中外文学》第34卷第2期(2005年7月),页157—185。
3 陈国球:《"抒情传统论"以前——陈世骧早期文学论初探》,页225—252。

辑一

"传统"的流转

通往"抒情传统论"之路
——陈世骧论中国文学

一 前言：由几则旧闻说起

（一）2009年7月，李欧梵在香港书展的系列公开讲座，以"伟大的抒情传统在21世纪是否还有意义？"为题。他要讨论的是《老残游记》的情思和意境。人们对《老残游记》的关注向来在其政治、哲学意味——"为中国的衰亡、帝国的末日而哭泣"；然而在李欧梵的心目中，它却是一部精彩的抒情作品，俨然一幅中国的山水画。刘鹗在自序中写道"灵性生感情，感情生哭泣"。《老残游记》超越山水意境，透视种种当代危机。李欧梵认为"抒情"的意义，就在于此。

（二）2006年，台湾的"文化艺术基金会"第十届"文艺奖"得主之一是电影剪接师廖庆松。评论家张靓蓓介绍他的作品时说："打从《风柜来的人》起，廖庆松尝试自'叙事逻辑'转向'情感逻辑'，继而发展出以中国文学'抒情传统'为依归的剪接手法；就在剪接《悲情城市》时，他开始以杜甫、李白为师，着眼于捕捉、探索及呈现东方式的情感世界，碰触创作之神秘。"早在1992年《悲情城市》的编剧朱天文接受《今天》杂志的访问，表示这电影充溢"诗意"，属于"东方情调"；她引大量陈世骧《中国的抒情传统》一文的论述作支援，说："诗的方式，不是以冲突，而是以反映与参差对照。既不能用戏剧性的冲突来表现苦痛，结果也就不能用悲剧最后的'救赎'来化解。诗是以反映无限时间空间的流变，对照出人在之中存在的事实却也是稍纵即逝的事实，终于是人的世界和大化自然的世界这个事实啊。对之，诗不以救赎化解，而是终生无止的绵绵咏叹，沉思，与默念。"[1]

（三）1999年春天，斯科特·波拉德（Scott Pollard）发表一篇题为"抒情的文化：阅读《诗经》后对西方文学的反思"的文章[2]，作者自言是一个受西方批评理论训练的学人，明白"正典"的建构及拆解的意义。然而，他在大学讲授"世界文学"时，觉得以下一种"大叙述"有其魅力：文学源起于史与悲剧，构成一个自野蛮到文明、神性到人性、非理性判断到理性法则的连续体。如此一般去解释世界各地文学非常有效。直到他读到《诗经》以后，碰到中国源自抒情诗而非史诗的传统：诗经的"文"传统，一开就是高度自觉与天真并存，非稚拙的抒情民歌传统；也不是如西方的史诗与悲剧就有显示连续性的文化自觉的提升。于是，他得重新思考阅读西方文学传统的态度和方法，发现中国式的抒情诗观照，其实可以带来阅读西方文学传统的许多可能；重新听到原来被压抑但事实上是存在的声音。

三则资料中，李欧梵之论提示我们注意"抒情传统论"隐含了一个"时间"的框架。这个传统存在于过去的文化传统中；他要问，至今还有意义吗？他的答案似乎是正面的：现代中国虽已进入"史诗"的年代，但"抒情"仍有其意义。《悲情城市》的例子说明现代艺术如电影，也有自己的文化诉求，一种东方或者中国的"情调"足以让这

---

[1] 朱天文：《〈悲情城市〉十三问》，《今天》第2期（1992年）。
[2] Scott Pollard, "Lyrical Culture: Rethinking Western Literature after Reading *The Book of Songs*," *College Literature* 26.2（Spring 1999）.

些地区的电影别树一帜,与世界其他地区的作品争胜;而这"情调"的根源就是"抒情传统"。第三例则说明跨文化意识对本体文化的参照作用,被认定为源于史诗、悲剧的西方文学传统,在中国抒情文化映照下,幽微为之洞烛,长期被埋没的文化元素能够再次显现。由这三例看来,"抒情传统"论述至今还可以是文学以至文化研究的一股重要的力量。

这个"抒情传统"的论述,首揭于旅美学人陈世骧的论述,而以他在1971年离世前发表的宣言——《中国的抒情传统》为标志;[1]其后张扬于高友工的几篇重要论文,最后总其成于2002年的《中国文化史中的抒情传统》长文。[2]在21世纪的现代文学研究领域中,更有王德威在2008年发表的长文《"有情"的历史——抒情传统与中国文学现代性》[3],对"抒情传统"的现代意义作出深入透辟的探讨。这几位学者之中,高友工的论述理论性最强,笔者另有《从律诗美典到中国文化史的抒情传统——高友工"抒情美典论"初探》一文作过初步分析。[4]至于王德威的论述还一直在深化的过程中,其相关书写层出不穷,值得

---

[1] Chen Shih-hsiang, "On Chinese Lyrical Tradition: Opening Address to Panel on Comparative Literature," AAS Meeting, 1971, *Tamkang Review* 2.2 & 3.1(1971.10–1972.4):17-24. 本文曾有杨铭涂中译本,经杨牧删订后收入《陈世骧文存》,见《陈世骧文存》(台北:志文出版社,1972),页31—37。然而,这个通行的中译文本颇有疏漏(详见下文第六节),笔者与杨彦妮博士已另作中译,题"论中国抒情传统",载《现代中文学刊》第29期(2014年4月),页53—57。

[2] 高友工:《中国文化史中的抒情传统》,《中国学术》第3卷第3期(2002年11月),页212—260。

[3] 王德威:《"有情"的历史——抒情传统与中国文学现代性》,《中国文哲研究集刊》第33期(2008年9月),页77—137。

[4] 陈国球:《从律诗美典到中国文化史的抒情传统——高友工"抒情美典论"初探》,《政大中文学报》第10期(2008年12月),页53—90。

引领企踵,我们暂且不作讨论。[1]本文将集中探析陈世骧的中国文学史论,以见这位抒情论述的奠基者的学术历程。

二 陈世骧:由北大到伯克利

陈世骧,字子龙,号石湘。河北人,1935年北京大学外国语言文学系毕业,留校任讲师。抗日战争爆发后离开北平,在长沙湖南大学任教,1941年转赴美国,在哈佛大学及哥伦比亚大学从事教研工作,1945年受聘加州伯克利大学,曾任该校东方语文学系主任,又筹办比较文学课程。[2]他的著述以中国古典文学为主,兼及中国当代文学以至翻译研究,文章散见各学刊或论文合集。其中十篇中文

---

[1] 补记:王德威后来完成英文著作 The Lyrical in Epic Time: Modern Chinese Intellectuals and Artists Through the 1949 Crisis(New York: Columbia University Press, 2015);其中文译本为《史诗时代的抒情声音——二十世纪中期的中国知识分子与艺术家》(台北:联经出版公司,2017)。

[2] 有关陈世骧的生平概况,可参考商禽:《六松山庄访陈世骧教授问中国文学》,见《从真挚出发》(台中:普天出版社,1971),页1—18;史诚之:《桃李成蹊南山皓——悼陈世骧教授》,《明报月刊》第68期(1971年8月),页14—22;谢朝枢:《断竹·续竹·飞土·逐宍——陈世骧教授谈:诗经·海外·楚辞·台港文学》,《明报月刊》第68期(1971年8月),页23—30;杨联陞:《追怀石湘——陈世骧选集序》,《传记文学》第19卷第5期(1971年11月),页18—19;夏志清:《悼念陈世骧并试论其治学之成就》,《传记文学》第19卷第5期(1971年11月),页16—23;杨牧:《伯克利——怀念陈世骧先生》,见《传统的与现代的》(台北:志文出版社,1974),页218—232;Cyril Birch, "Obituary: Shih-Hsiang Chen, April 23rd, 1912-May 23rd, 1971," *Journal of American Oriental Society* 91.4 (October-December, 1971): 570-571; Charles Witke, "Chen Shih-Hsiang: In Memoriam," *Tamkang Review* 2.1 (1971): 1-2; *Memoirs of an Aesthete* (London: Methuen, 1948)。本文提到陈世骧的毕业年份主要根据白之(Cyril Birch)所撰讣文,并参考艾克敦的《唯美者回忆录》(*Memoirs of an Aesthete*)。

著作和译文由杨牧(王靖献)编选入《陈世骧文存》;[1]大部分以英文写成的论文还未结集,因而流通不广。[2]陈世骧的学术成就无疑是远赴美国以后才渐渐显现,但他去国以前,其实和中国二十世纪三十年代文坛颇有渊源,他在北大攻读时,深受老师艾克敦(1904—1994)赏识,二人联合英译第一个新诗选本——《中国现代诗选》(*Modern Chinese Poetry*)。[3]他和"汉园三友"卞之琳、李广田和何其芳是先后同学;老师朱光潜在北平慈慧殿3号宅中举行"读诗会",他是常客之一。[4]他自己也创作小说、散文和诗歌,但作品至今已不易得见了。有关情况详见笔者《"抒情传统论"以前》一文,本文不再赘述,而以陈世骧去国后的学术发展为论。

---

1 杨牧编《陈世骧文存》收入中文论文八篇,英译中论文两篇;简体字本由陈子善校订,增收中文两篇,英译中一篇,于1998年出版。

2 杨牧在《陈世骧文存》的《编辑报告》曾说明陈世骧的英文著作"委由加州大学Cyril Birch教授编辑"(页268);又参杨牧:《伯克利——怀念陈世骧先生》,页230。至今白之已从加州大学退休,此一英文专集仍未面世;大概这个计划不会实现。陈氏的中英文著作目录见Alvin P. Cohen, "Bibliography of Chen Shih-hsiang, 1912-1971, Part I: Writings in English," *Chinese Literature: Essays, Articles, Reviews* 3.1 (Jan., 1981): 150-152; C. H. Wang and Joseph R. Allen, III, "Bibliography of Chen Shih-hsiang, 1912–1971, Part II: Writings in Chinese," *Chinese Literature: Essays, Articles, Reviews* 3.1 (Jan., 1981): 153-154。这两个目录其实并不完备,尤其1941年离开中国以前的著作均没有记载。

3 Harold Acton and Chen Shih-hsiang, trans. *Modern Chinese Poetry* (London: Duckworth, 1936).

4 参考沈从文:《谈朗诵诗》,见《沈从文全集》(太原:北岳文艺出版社,2002),第17卷,页247。沈从文这里的记述是今人谈到慈慧殿"读诗会"最常征引的资料,当中没提及陈世骧。但据以下提到陈世骧写给沈从文的信,可见他是"读诗会"的参与者之一。

三 《文赋》英译

陈世骧在美国最早之学术成果为陆机《文赋》之英译，发表在1948年出版的《北京大学五十周年纪念论文集》(*National Peking University Semi-Centennial Papers*)第十一集，题为"文学作为对抗黑暗之光"("Literature as Light Against Darkness")。全编共71页，分成三部分：一、陆机生平与《文赋》之撰定时间；二、译文中部分概念和术语析论；三、《文赋》英译。[1]

第一部分用了21页交代陆机的生平、考证《文赋》的撰写时间。有关陆机生平事迹、《文赋》以外的其他文学作品，以至《文赋》撰写时间的考定，对陈世骧本文的立意来说，是非常重要的。他据以说明《文赋》如何重视诗人的崇高地位、重视原创性、强调诗人的心灵活动。更重要的是，他考定《文赋》完成于永康元年（公元300年）。[2] 陈世骧以为陆机正处于一生中的黑暗时期，心灵受尽折磨，而只有文学才是这有限人生的回应。《文赋》中所强调的"秩序"，代表生命创新的希望，在黑暗世界中灼耀闪亮。所以他期望读者能体会陆机的内

---

[1] Chen Shih-hsiang, "Literature as Light Against Darkness," *National Peking University Semi-Centennial Papers* 11 (1948): 1-71.

[2] 学界对有关问题还有不同的说法，例如王梦鸥以为《文赋》之作约在元康八年（公元298年）以前，见王梦鸥：《陆机文赋所代表的文学观念》，《古典文学论探索》（台北：正中书局，1984），页101—115；近期又有胡耀震的元康元年（公元291年）说，见《文赋撰年疑案推断》，《天津师范大学学报》第5期（2003年），页57—61。张少康在检讨过不同的说法以后说："目前尚无材料可以确切地说明《文赋》的创作年代，不能轻下结论。好在这个问题对理解《文赋》的内容并没有甚么影响。"见张少康：《文赋集释》（北京：人民文学出版社，2002），页3—4。然而，创作年份的确立对陈世骧来说，却是一个非常重要的问题。

心感受。

第二部分以24页讨论16个翻译问题，在此陈世骧很用心地去说明他的根据。[1]不过，我们现在关心的不是他的翻译是否准确，对《文赋》的理解是否得当；我们要看的是他如何去体会《文赋》，他以什么文学理念去诠释这篇中国文学批评的重要著作。我们可以把他的说明分三类作考察：一是对《文赋》中的关键概念的诠释；二是在《文赋》中寻找现代批评观念；三是比较技术层面的翻译问题。其中第三项的理论意义没有前二者那么强，不必在此深论。以下兹就第一和第二项作进一步讨论。

对《文赋》关键概念的诠释，我们可以举出两个例子。

例一："情"

陈世骧译"每自属文，尤见其情"的"情"字，用上"ordeal"（试炼）一词，他声明是非常规的译法。借此机会，他指出"情"是一个具备双重意义的词：同时指向"主观经验"及"客观景况"，所以一般分别译作"feeling"或者"situation"。[2]更值得注意的是：他指出此词成了中国艺术与文学批评的专门术语，基本上它是不能翻译的一个词；就凭这个词的核心意义可窥见中国艺术思维本质就是主观与客观不能分

---

[1] 这16个翻译问题是：1.情；2.意；3.中区；4.批评的角度；5.叹逝；6.六艺；7.古今须臾，四海一瞬；8.班；9.岨峿；10.形内；11.理；12.义；13.赋；14.姿；15.嘈杂而妖冶；16.课虚无以责有。见"Literature as Light Against Darkness," pp. 22-45。

[2] 例如宇文所安的翻译是"their state of mind"或"the situation"，见Stephen Owen, *Readings in Chinese Literary Thought* (Cambridge, Mass.: Harvard University Press, 1992), p. 80。

"传统"的流转

割的统一,在功能上同时是"再现"和"表现"。[1]我们必须留心陈世骧这个论点,尤其是我们在回顾他的"抒情传统"论述时,就会明白他并没有停留在"表现论",也不是仅仅重视创作主体的一面。我们注意到:陈世骧以为这种主客体并容的文学观,与恩斯特·卡西尔《人论》(Ernst Cassirer, *An Essay on Man*)中的"新康德主义"的艺术哲学观点相同。

例二:"意"

陈世骧统一译作"meaning",而放弃在不同地方选用如"idea""conception""opinion"或"intention"等其他可能的翻译。因为陈世骧认为这又是陆机一个特定的术语:"意"与"物""文"构成的关系,是当时知识界在思考的一个重大问题,显示当时社会对"言意之辨"的关注;陈世骧认为这与现今批评家对"语意学"的重视相近。[2]这也是陈世骧的一贯思路,既参酌现代"语意学"的进路,又不会忽视传统文化资源如"言意之辨"的背景论述。

在《文赋》中发掘与现代批评相通的观念。

例一:"班"

"选义按部,考辞就班"从文意看来,不外指谋篇布局;徐复观云:

---

[1] "The Chinese conception of art as being in its nature an undifferentiated unity of the subjective and the objective, and in its function at once 'representative' and 'expressive'."

[2] 他特别推荐读者参考汤用彤的《言意之辨》一文,认为当时知识界体会到的看重"意"的超越性,解释了经籍语言模棱繁复的现象,肯定了"无名""无相"的概念,超越儒、道二家以经典文献的诠释之争。汤用彤文见《汤用彤选集》(天津:天津人民出版社,1995),页280—298。

写作首须谋篇布局。"选义按部"两句，皆谋篇布局之事，而以"选义按部"句为主；盖辞附于义（内容），辞之班次，乃由义所决定。[1]

现代有学者对"选义按部，考辞就班"的比喻性感到兴趣，以为是政治官场的比喻，重点是"考"和"选"，而"选义"比"考辞"重要。[2]然而，陈世骧显然对"按部就班"比较感兴趣。因为横亘于他胸中的是"秩序"的重要性。他译之为"order"，然后引用柯勒律治（S.T. Coleridge, 1772—1834）在 Table Talk 所讲的：

诗＝以最恰当之秩序布置最佳字词。（Poetry=the best words in their best order）

定义本身并非特别高深，但陈世骧再进而追问"最恰当之秩序"从何而来？是以谁的观点来判定？所以他再从柯勒律治的《文学传记》（Biograhia Literaria）第十八章找答案。在此章柯勒律治非常热心地细论"秩序"的意义。其论点有二：

一、"秩序"观的本源在于诗人创作；

二、批评的目标在于如何写作而不在如何褒贬。

陈世骧以为这与陆机之说同一立场。再者，他又看到柯氏与陆机均强调创作过程的"沉思"阶段。柯氏清楚表示"沉思比观察重要"，于次序而言，也是先沉思，后观察。陈世骧认为陆机同样先论"其

---

[1] 见张少康：《文赋集释》，页86。
[2] 此说始见于唐大圆《文赋注》，见张少康：《文赋集释》，页62。

始也,皆收视反听,耽思傍讯……",然后才是视觉和听觉世界的观察。所谓"诗之秩序",陈世骧以为是一种"活"的、有生命之物的表现;这秩序由诗人的内在能力来调控。诗的经验是在有机的、鲜活的成长过程中见秩序,这秩序是由诗人内在力量来调控以至化成的。用陆机的话是"苟达变而识次,犹开流以纳泉"。[1]这种对诗人内在力量的倚重,从陈世骧的角度看来,正是以文学抗衡黑暗的关键;缘此,文学就可以安顿心灵。

例二:"姿"

陈世骧对《文赋》中"其为物也多姿"一句非常感兴趣。以为公元三世纪的中国文学批评中出现了"姿"的概念,与二十世纪西方一位出色的批评家布拉克墨尔(R. P. Blackmur, 1904—1965)的"gesture"概念很相似。我们知道布拉克墨尔的思想最初从瑞恰慈(I. A. Richards, 1893—1979)而来,对诗与科学的区辨,以及诗的心理因素,特别留心。陈世骧参考的是他在1942年写成的《语言之为姿势》("Language as Gesture")。[2]布拉克墨尔在此则以伯克(Kenneth Burke, 1897—1993)的"诗歌语言为象征的行动"(Poetic language = Symbolic action)一说为主要根据;只是伯克的重点是语言变成象征行动的过程,布拉克墨尔则以过程终结的象征为思考对象。[3]布氏以为:文学以语言去作成我们在实际生活中由肢体和声音所表现出来的姿势;其不同者,在于文学所作出来的姿势,是以能够持续、长存为

---

[1] "Literature as Light Against Darkness," pp. 50-52.

[2] R. P. Blackmur, *Language as Gesture: Essays in Poetry* (New York: Columbia University Press, 1981), pp. 3-24.

[3] 参考 Stanley Edgar Hyman, *The Armed Vision: A Study of the Methods of Modern Literary Criticism* (New York: Vintage Books, 1955), pp. 214-215。

目标（gesture as "movement arrested"），所以要表现"美"、要能"示意"（significance），其形象却又非止一端，而是多样化的。陈世骧认同布拉克墨尔的观点，并以为这就是陆机所说的"多姿"。他很用心地研究"姿"与"movement arrested"的类同之处。整个研究方式，是他后来许多更具规模的论文的一次预演。就这个具体问题，他后来更撰写一篇长文《姿与Gesture》，详细发挥他的论点。[1]

通过这类排比印合、汇聚分解的程序，陈世骧特别省悟到，距今超过一千五百多年的陆机，其实已思考过许多文学上具普遍意味的议题；即使今天的批评家也应该对这些议题感兴趣。另一方面，陈世骧又以为现代文学批评以"科学性""学术性""分析性"为重；对照陆机这种出诸深情之作，我们应会看到现代批评的错失和遗憾。[2]

四 起源的追索

英译《文赋》是陈世骧到美国以后最先出版的重要学术著述，但发表的地方是当时的北平。为了纪念五十周年校庆，北京大学隆而重之地筹划出版这本论文集；然而到正式面世时，适值中国政局剧变，其流通量似乎非常有限。1953年陈世骧重新修订《文赋》英译在美国出版。[3]可惜原来北大译本中反映他的想法的"系年考订"和"术语析论"两部分都被删去。陈世骧在美国正式发表的第一篇学术论文，应

---

[1] 陈世骧:《姿与Gesture》,《"中研院"历史语言研究所集刊》第28册(1956年12月),页319—334。
[2] "Literature as Light Against Darkness," pp. 20-21.
[3] Chen Shih-hsiang, trans. *Essay on Literature* (Portland: The Anthoensen Press, 1953).

是1951年发表的重头文章：《探求中国文学批评的起源》("In Search of the Beginnings of Chinese Literary Criticism")。[1]这篇文章的重要性在于表现出陈世骧对中国文学精神的把握，而且在方法论上也见到他如何周旋于"现代"与"传统"之间。与这篇论文相关的另一篇文章是1961年发表的《中国诗字之原始观念试论》。[2]就具体内容的学理和论据而言，十年后的中文论文当然比较周密详查；然而，以论述涵盖的规模和视野看来，则这篇英文论文更能说明陈世骧的中国文学观念之发展路向。

这篇文章开首有两段题词，分别引自柯勒律治和布拉克墨尔。上面讨论陈世骧英译《文赋》时，就已提到他如何借重这两位西方批评家的论见，[3]以解释中国文学一些未得彰显的批评观念。这篇文章的进路大抵相同，两段题词都集中在"字词"所承载的意义及其解释力量；[4]

---

[1] Chen Shih-hsiang, "In Search of the Beginnings of Chinese Literary Criticism," in Walter J. Fischel ed., *Semitic and Oriental Studies: A Volume Presented to Professor William Popper* (Berkeley: University of California Press, 1951), pp. 45-63.

[2] 就好像《文赋》英译中的"术语析论"所讲的"姿"字，后来发展成一篇有分量的中西比较文学论文，《探求中国文学批评的起源》一文的前半部分论"诗"字，后来也被进一步改写，先于1958年以"试论中国诗原始观念之形成"为题在台湾大学演讲，然后于1961年以"中国诗字之原始观念试论"为题写成长篇论文，发表于《庆祝董作宾先生六十五岁论文集》(《"中研院"历史语言研究所集刊・外编》第4册，台北："中研院"历史语言研究所，1961)，页899—912；1966年再撰写成 "Early Chinese Concepts of Poetry" [Transactions of the International Conference of Orientalists in Japan, 11(1966):63-68]。陈世骧对这个问题的思考长达十余年，在他的学术研究中可说占有一个主轴的位置。

[3] 柯勒律治是西方十九世纪浪漫主义的诗人批评家，布拉克墨尔是二十世纪上半期美国新批评的健将。

[4] "There are cases in which more knowledge of more value may be conveyed by the history of a word than by the history of a campaign." (S. T. Coleridge) "The dictionary, that palace of salutatory heuristics." (R. P. Blackmur)

陈世骧也由此出发，在本篇的上半部一直围绕"诗"字所代表的意义作讨论，再引出与"诗"字相关的"志"字，然后以"诗言志"说的发展与"诗缘情"说并论，探讨"情志"一词生成的意义。陈世骧当然不是第一个从字源意义去考究"诗"字的学界中人，杨树达(《十文说义·释诗》)、闻一多(《歌与诗》)、朱自清(《诗言志说》)等都作了许多基础功夫。[1]在此之上，陈世骧除了征引了一些外语词汇作参证之外，更重要的是他把这些文字学的功夫结合文学理论来作出省察，再进一步把思考的范围拓展到中国文学批评以至整个文学传统的理解的层面。

陈世骧先根据"诗"字在《诗经》三次出现之情况推断"诗"字出现于公元前十到前八世纪初之时。[2]然后从"文字学"的角度，据其声旁象"足"形，而义兼"止"(停止)与"之"(前往)，去说明诗字之原始意义。因为"足"之又停又动，正是构成节奏之自然行为，也是上古诗、歌、舞一体的综合艺术的基本元素。而"诗"字的形旁"言"，表明"语言"的成分从原来的综合艺术中独立出来。陈世骧认为这个"命名"的行为，象征了中国文学批评的萌芽阶段，为"诗"立下定义：一种包含节奏的文字艺术。因为强调了语言的成分，于是自孔子开始，大家可以从社会、伦理、政教、美感等角度诠释诗歌的语意内涵；文学批

---

1 杨树达：《十文说义·释诗》，《国立武汉大学文哲季刊》第5卷第2期(1935年)，页358—359；朱自清：《诗言志说》，见国立清华大学中国文学会编《语言与文学》(上海：中华书局，1937)；闻一多：《歌与诗》，《中央日报》(昆明版)《平明》副刊1939年6月5日第16版。在陈世骧之后，周策纵对"诗"字源起又有更新的诠解，见 Chow Tse-tsung, "The Early History of the Chinese Word Shih (Poetry)," in Chow Tse-tsung, ed., *Wen-lin: Studies in the Chinese Humanities* (Madison: University of Wisconsin Press, 1968), pp. 151-209。

2 后来在《中国诗字之原始观念试论》再根据这三次"诗"字出现之语境，认为当中有从"歌"区别之意，应是"语言的艺术意识渐渐醒觉时"，见《庆祝董作宾先生六十五岁论文集》，页901—903。

评的各种理念(conceptions)渐次成形。陈世骧将"诗"字之出现视同一种批评观念的诞生,也是中国文学批评的一种表现——术语简约却义深韵长。

往下陈世骧又举出与"诗"字声旁相关而较后出现的"志"字,以为"志"也因其声旁有"止"及"之"的"相反为义",所以兼有"在心"和"向往"二义。早期"诗"与"志"可以通用,所以《说文》有"诗,志也"之说。因此,陈世骧认为从"言"的"诗"重点在语言成分,而从"心"的"志"则重视心理因素;由描述性的"诗",到朝向心理层面推进的"志",显示诗论的一大演化。至于公元前四世纪初出现的"诗言志"一说,是首次从心理目的论(psychological teleology)的角度界定"诗",承认诗有其"目标价值"(purposive value)。陈世骧认为"诗言志"又是后世许多诗学争论的源头,因为论者可以从实用性的角度来诠释"志向",指向政教道德的目标;也可以按照"心之所之"的解释,指个人内心的情感趋向。陈世骧继而简略地描述这两大方向在中国历代文学史上的起伏和影响。[1]

顺着这个思路,论文的下半部继而讨论另一个中国文学批评关键词——"情",并以陆机《文赋》的"诗缘情而绮靡"来说明这个公元三世纪开始的重情倾向。但陈世骧不忘指出陆机《文赋》并没有完全摒弃文学的实用成分,赋中所说的"伊兹文之为用,固众理之所因"就是明证。他又以为这种比较平衡的观点,或者说从二元对立中提升

---

[1] 这种历史描述很容易让人联想到周作人在1932年发表的《中国新文学的源流》(上海:华东师范大学出版社,1995)以"言志"和"载道"之间的摆荡来描述中国文学史的先例。这种二分对举的历史论述自有其简洁明晰的好处,但也难免有粗疏泛驳的地方。相对来说,陈世骧的论述逻辑比周作人之说可取。钱锺书就曾批评周作人之对举"言志"和"载道"是犯了混淆诗、文基准的毛病;见《中国新文学的源流》附录,页81—87。

的更高层次（a third, more well-rounded and well-balanced idea to carry forward the progress in equilibrium），表现在"情"与"志"新组合成的"情志"（陈世骧译作"emotive purposiveness"）一词。其中范晔《后汉书·文苑传》、刘勰《文心雕龙》、钟嵘《诗品》等，就用到"情志"这个术语，或者以"情"与"志"对举合论，以见二者之不能偏废。最值得注意的是：陈世骧以"情""志"的融合，说明中国文学批评已进入一个以美学为基础而又富于分析精神的"现代文学批评"的领域。换句话说，中国文学批评的"远古起源"始于"诗"字之成形，到"诗言志"一说出现已前进一大步，然后因所言之"志"的诠释而开始钟摆式的变化，首先是向政教道德的实用方向倾侧，后来再摆荡到内心感情的一面，因而促生了"诗缘情"的主张，再而结合成"情志"综合体，为中国文学批评奠下"现代"的基础。

陈世骧这篇文章的结论是：中国文学批评后来的发展还是处于这钟摆式的摇荡过程，往后固然有其他新的原则和意念出现，但从"情""志"发展出来的理念仍然是中国文学批评的主要部分，而且这些"情""志"相关的理念更扩大影响，进入了中国艺术批评的领域。他又指出，中国文学批评理念往往以简约的表达方式出之，尤其见于大量的诗话、词话和曲话当中。他认为这些简约的点评语汇，还是有其通幽洞微的意义，问题是今天我们能不能以"科学"的方法去作分解梳理。[1]

---

[1] 他以采矿为喻，要开采矿地上的金粒，必须要以金属学家而不是炼金术士的精神去进行（not with the spirit of the alchemist, but with that of a good metallurgist）。

"传统"的流转

五　中国文学的文化本质

在《探求中国文学批评的起源》以后，陈世骧再有两篇全面地论述中国文学的文章，分别是1952年出版的《美国大百科全书》中的《中国文学》专条[1]，以及1953年发表的《中国文学的文化本质》[2]。前者的对象是对中国文学没有什么认识的西方读者，后者是陈世骧为联合国"教育科学与文化组织"的文化交流项目而写的文章。由于写作有其特定目标和对象，文中有不少篇幅用以陈述一般的文学史常识和意见。不过，也因为文章要求对中国文学有整体的论述，作者可以借此机会展示他个人的文学史观。我们在此不必重述那些通行文学史都有交代的常识，只选择部分比较能显示个人见解的论点作介绍。

我们首先注意到，陈世骧在这两篇一长一短的文章当中，都举列了他所总括的中国文学五项特征，只是表达的文字稍有变化。这五项特征是：

一、在封建时代，宫廷常是文学潮流的中心，然而文学创新的资源与灵感，往往来自民间。尤其境外传入的思想和意念，常先立足于民间文学，然后经由文人"再经验"（re-experienced）而提升。

二、中国古代虽不乏神话传说，但却没有因此而产生辉煌正宗

---

[1] Chen Shih-hsiang, "China–Literature," in *Encyclopedia Americana*（New York: Americana Corporation, 1952）:Vol. 6, pp. 541-548.

[2] Chen Shih-hsiang, "The Cultural Essence of Chinese Literature," in C. C. Berg, et al eds., *Interrelations of Cultures: Their Contributions to International Understanding*（Paris: UNESCO, 1953）, pp. 43-85. 其实这几篇文章的撰写时间差不多是同期的，因为当时出版作业时间长短不一，所以撰定与出版时间距离可能有或大或小的差距。例如《文赋》英译的前言就提到在此之前一年已经写完《美国大百科全书》有关中国文学的短文。

的史诗（full-fledged epic poetry）；诸神和传说英雄都被转化为圣人贤君，写进充满道德教化的文章中。同时，中国亦没有西方希腊的悲剧。

三、中国文学重"文"轻"武"，罕有歌颂战争或者激进爱国主义式（militant patriotism）的篇章。

四、中国文学没有真正符合西方浪漫主义精神本质的"异世界观"（otherworldliness）、极端个体主义，以至维特式的激情（Wertherian love），中国文学中虽然不乏探幽索隐的浪漫想象，但其驰骋的领域始终离不开人本或者自然的世界。

五、中国文学的语言特质如意符文字、单音节成词、声调辨义等，容易与美术和音乐等其他艺术门类融通；即如散文也可以达致诗歌的抒情性（lyricism）。

陈世骧要向世界读者解说中国文学的特质，当然只能概略言之。同时，他从比较的角度立论，也是应有之义。所提到的各项只能视之为一些主要的观察角度，不宜以严格的逻辑去考问其间是否周密无漏。例如第五项对中国文学语言的"陌生化"阅读，本是西方学者如费诺洛莎（E. F. Fenollosa, 1853—1908）等首倡，对西方现代主义思潮曾有深远的影响。[1] 二十世纪以来这些理解也常常进入中国文学史的论述之中；陈世骧认同这个观点，也以此为他后来的"抒情传统"论述的出发点之一。又如第一项中国文学演变源自民间一说，其实是新文学运动以来文学史论述的老生常谈，现今学界亦多注意到此说的漏洞。但若检视陈世骧对这个议题的反复论述，我们看到他虽然也没

---

[1] E. F. Fenollosa, *The Chinese Written Character as a Medium for Poetry* (1936, San Francisco: City Lights Bookstore, 1968).

"传统"的流转　　19

能将之证成为颠扑不破之真理，却又对不少文学史现象的诠解有所帮助。[1] 至于第二项指出中国无史诗与悲剧，其说更是近世中国文学史论述祛拔不去的魅影，到今天其正负面的意义都不容忽视。第三项申述中国文学的"尚文"精神，初看或会推想是中国在抗日战争及第二次世界大战时抗衡军国主义的遗音，然而陈世骧在《中国文学的文化本质》一文对此论尚有不少开发，值得我们注意。

事实上，《中国文学的文化本质》的一个中心论点就是中国文学中的"文"的传统。文章一开始就指出"literature"在汉语中的相应字词就是"文"。他又运用他一贯以"文学理论"结合"文字学"的研究方法，展开对"文"字的分析，以为"文"的基本意义就是"美学的"，象征某种组合的能力，使碎乱不成形的细部构成有机的整体、对立的化成和谐、混沌得其秩序；由此宣示人类创造力所可臻之善与美，而这能力正能显现在中国文学之上。[2] 于是，中国文学又成为中国历史与文明的一种融和凝聚的力量（unifying force）。在"文"的精神主导下，不必仰赖国族主义或军国主义（nationalism or militarism），中国文化都能持续不衰。在划定这个思考框架之后，陈世骧又就几个具体的历史现象作分析。首先，他指出《诗经》是"尚文""反武"精神的源头，既有语言的音乐美，也彰显和谐与秩序。又如魏晋南北朝，在他眼中是文学批评的黄金时期，"文"的精神表现为美学的视野。至于元明以后，"文"驻足于戏曲小说之上，也就是说"文"在民间再显示

---

[1] 参见 Chen Shih-hsiang, "Chinese Poetry and its Popular Sources," *Tsing Hua Journal of Chinese Studies* n.s. 2.2（1961）: 320-325; "The *Shih-Ching*: Its Generic Significance in Chinese Literary History and Poetics," *Bulletin of the Institute of History and Philology, Academia Sinica* 39.1（1969）: 371-413。

[2] Chen Shih-hsiang, "The Cultural Essence of Chinese Literature," pp. 43-44.

其融和凝聚之力，使得文人士大夫与黎庶无间同存其中。比方说，章回小说的开端往往展示出某种宇宙起源论（cosmogony）或者世界观（weltanschauung），就源于士人与民众同享之"文"的精神。

《中国文学的文化本质》一文的论述虽然庞杂而枝蔓，但却清楚表明陈世骧正提出中国文学的一种"尚文传统"。这一传统的诠释力量似乎并不比"抒情传统论"薄弱多少。尤其陈世骧的弟子杨牧，就结合了"尚文"精神与中国有无史诗的问题，作出深刻细致的探析，指出中国别有一种"尚文"的史诗，《诗经·大雅》中《生民》《公刘》《绵》《皇矣》《大明》等篇合成了他所谓的"周文史诗"（Weniad），为这个诠释开出典型。[1] 本文开首提到斯科特·波拉德因读《诗经》而得感动，进而反思西方文学传统，正是承受了其中"尚文"的诠释观点。最近傅君劢也就"文"之"仿佛"于"物理"的意义，作出探究，虽然其说不一定传承自陈世骧，但亦可以参证这个诠释方向的效用。[2]

六 "抒情传统"论

在评介了几篇陈世骧的重要论文之后，让我们再回看陈世骧最

---

[1] 见 "Towards Defining A Chinese Heroism," *Journal of the American Oriental Society* 95.1（1975）: 25-35; "The Weniad: A Chinese Epic in *Shih Ching*," in Chan Ping-leung et al ed., *Essays in Commemoration of the Golden Jubilee of the Fung Ping Shan Library*（Hong Kong: Hong Kong University Press, 1982）, pp. 105-142; 二文又收入 *From Ritual to Allegory: Seven Essays in Early Chinese Poetry*（Hong Kong: The Chinese University Press, 1988）。

[2] Michael A. Fuller, "The Aesthetic as Immanent Assent to Pattern within Heterogeneity, or Wen（文）," 收录于郑毓瑜编《中国文学研究的新趋向——自然、审美与比较研究》（台北：台湾大学出版中心，2005），页47—80。

为传诵的文章:《论中国抒情传统》。

陈世骧《论中国抒情传统》一文是他在美国亚洲研究学会1971年年会比较文学组的开幕词,其书面刊布已在他身故以后。在此以前,他曾经发表的古典文学论文包括:

1957年:"Chinese Poetics and Zenism"(《中国诗学与禅学》)

1958年:《时间与律度在中国诗之示意作用》《中国诗之分析与鉴赏示例》

1959年:《中国诗歌中的自然》

1961年:"Chinese Poetry and Its Popular Sources"(《中国诗歌与其民间来源》)

1966年:"Early Chinese Concepts of Poetry"(《中国诗字之原始观念试论》)

1968年:"To Circumvent 'The Design of Eightfold Array'"(《〈八阵图〉圜论》)

1969年:"The *Shih-Ching*: Its Generic Significance in Chinese Literary History and Poetics"(《〈诗经〉在中国文学史与诗学上的体类意义》,杨牧译本题作《原兴——兼论中国文学特质》)

1971年:"On Structural Analysis of the *Ch'u Tz'u* Nine Songs"(《〈楚辞·九歌〉的结构分析》)

另外在他离世后,还有:

1973年:"The Genesis of Poetic Time: The Greatness of Ch'ü

Yuan"(《诗时间的诞生——屈原之伟大》；古添洪译本题作《论时——屈赋发微》）

其中《时间与律度在中国诗之示意作用》《中国诗歌中的自然》是中国古典诗歌现象的论述；《中国诗之分析与鉴赏示例》[1]和《〈楚辞·九歌〉的结构分析》两篇，是针对个别作品的分析文章；《诗时间的诞生》一文则介乎二者之间；《中国诗字之原始观念试论》《〈诗经〉在中国文学史与诗学上的体类意义》是《探求中国文学批评的起源》有关"诗"的原始意义部分的进一步发挥。综观陈世骧的古典文学著述，还是对文学现象的源头用力最多。[2]他在1968年给夏志清的信提到自己的学术计划：

> 《诗经》《楚辞》多年风气似愈论与文学愈远；乐府与赋亦失浇薄。蓄志拟为此四项类型，各为一长论，即以前《诗经》之文为始，撮评旧论，希辟新程，故典浩瀚，不务獭祭以炫学，新义可资，惟求制以宏通。庶能稍有微补，助使中国古诗文纳入今世文学巨流也。[3]

当研究视野以早期的古典文学为重心时，抒情诗的主导位置显而易见；《论中国抒情传统》一文缘此而来，也是顺理成章。

现在学界引用陈世骧这篇短文时，多以杨牧删订后的译本为

---

[1] 英文稿 "To Circumvent 'The Design of Eightfold Array'" 是本篇的增订版。
[2] 陈世骧现存有关古代文学研究的文稿中，只有《中国诗学与禅学》一文以文学史后段的宋代诗学为论，算是显著的例外。
[3] 夏志清：《悼念陈世骧并试论其治学之成就》，页22。

据。文章的重点内容在杨牧删本中基本上保留下来；然而，其中部分细节和行文语气被省略以后，会让读者对陈世骧原来的为文用心把握得不太准确。以下我们复案原文，对此稍作分解。

首先我们必须明白，这是美国亚洲研究学会年会其中一个分组的开幕词；它并不是一篇按严格学术标准的要求而完成的论文。原文第一段是客套话，说自己"抛砖引玉"，第二段声明他只作"引言"，把内容局限在"中国的抒情传统"而不涉及其他东亚文学传统。第三段才是杨牧删本的第一段，解释"比较文学"的目标。我们必须了解，"东西"或者"中西"比较文学，在当时只处于起步阶段，陈世骧是其中重要的先锋人物。在这个场合要多作点题——呼应"比较文学"的研究——也是必须的。原文第五段被杨牧删掉；陈世骧其实在这一段说明本篇"不能避免的危险"：致辞的时间有限，因此有可能会"简约过度"或"渲染夸大"（oversimplification or overstatement），由是可知陈世骧对此文的局限是自觉的。再者，陈世骧在原文中又说明部分论题将会在"比较文学组"内由其他学者申论，例如部分"东西比较"的论述会见于一位日本文学专家和两位韩国学者的报告。又陈世骧论及中国小说的部分并不完足，原文有说明米乐山教授（Professor Miller）将会就小说艺术与抒情精神的关系作深入精微的讨论，可惜至今笔者未能查检到整个小组的报告人和题目名单，否则可以对陈世骧此文所详所略的理由，或其中是否有疏漏缺失，有更充分的认识。

通行中文本另一个问题是对原文最主要的概念的翻译颇有"未达"之处。原文多次用"lyricism"一语，这抽象的词语几乎是不可译的，无论译作"抒情主义""抒情性""抒情精神"都不理想。中文本在各处分别译作"抒情诗""抒情体""抒情文体"，把当中的抽象精神层面坐实了。更严重的是：原文的"tradition"一语，中文本在不同地方分别译成"传统"和"道统"；二者之间，其实有相当的差异。后来不少学者引用译本讨论时，就以陈世骧视"抒情传统"为一文化"道统"深予发挥，甚而批判"抒情传统"论述的霸权倾向。这大概是因译文而生的错觉。

最后，杨牧删本以"所有的文学传统'统统是'抒情诗的传统"一句收束，看来铿锵有力，颇具气势。然而，所谓"统统是"原文作"in a 'pure' sense"，当中可能有"限定范围"的意思——"若从其（最）'精纯'之意义而言"。这样说就表示一般情况并非如此"精纯"。事实上，原文下面紧接的一句话就是："我肯定这是夸张（之言）。"（I am sure this is exaggerated.）往下陈世骧还说他是充分意识到"东方抒情传统"的局限以及其真正的光芒。换句话说，他对自己所认知或者建构的"抒情传统"，并非毫无节制地推许。所谓"光芒"，应是指这个"抒情"的文学倾向，固然异于西方伟大的史诗与悲剧传统，却无须有半点愧色，反而以其辉煌成就更值得世人珍视。至于"局限"，大概是指它不能全面地支持这个传统以外的文学生态；或者可以说，陈世骧充分了解，这个概念并未能完备地解释中国文学史上的所有现象。

七 结语

回头细看陈世骧从英译《文赋》开始的学术研究道路，我们可以理解他为何特别重视文学主体的"心""志""情"等元素；同时，我们如果体会陈世骧的去国经历和对国族文化的眷恋，要向国际人士讲解中国文学、文化的意义，就会明白他为何站在中、西比较的立场发声。如果我们仔细琢磨他的名文《论中国抒情传统》的措辞和立意，如果我们没有忽略他还有"尚文传统"的解释方案，就会领会"抒情传统"的论述并非偏至之论，其解释中国文学和文化的潜力，尚有不小的发展空间。

异域文学之光
——陈世骧论鲁迅与波兰文学

一 "抒情传统论"与陈世骧的著作

"抒情传统"之论早在二十世纪七十年代具体成形。其中最重要的推手，是学者陈世骧（1912—1971）。他在1971年美国亚洲研究学会年会的比较文学小组致开幕词，讲稿被译成中文，题作《中国的抒情传统》；文章刊出后传诵一时，再经几代学者发扬，几乎成为中国古典文学研究者的共识。回顾"抒情传统论"的发展，研究焦点与态度方向，已有不少变化：由古典文学到现当代文学、由本体论到认识论、由中西比较到古今对话，以及许许多多具体文学现象的诠释与重新认知，其影响既深且广。在现代状况下"抒情论述"如何与为何开出文学研究的一个重要路向，值得我们深入探讨。其中奠基者陈世骧由北京到伯克利的学思历程，尤具象征意义。过去学界对他的认知，主要依靠他的弟子王靖献（杨牧）所编的《陈世骧文存》（于1972年由台北志文出版社刊行）一小册。及至2015年，北京三联书店出版由张晖（1977—2013）新编的《中国文学的抒情传统——陈世骧古典文学论集》，增补不少文章。经过多年的累积，现今学界大抵对陈世骧的生平以至学术发展有了更多的了解。不过由于陈世骧仍有不少重要文章未及著录与流播，以致大家对他的学术成就以及他的"抒情传统论"

未能准确评估。例如《波兰文学在中国与作为"摩罗诗人"的密茨凯维奇》就是值得关注的一篇佚文。

二 陈世骧读鲁迅《摩罗诗力说》

《波兰文学在中国与作为"摩罗诗人"的密茨凯维奇》("Polish Literature in China and Mickiewicz as 'Mara Poet'")一文刊于1956年出版的《世界文学中的阿当·密茨凯维奇》(*Adam Mickiewicz in World Literature*),可说是陈世骧对鲁迅在半个世纪以前发表的《摩罗诗力说》的阅读与诠释。[1]

鲁迅的《摩罗诗力说》写于1907年,发表于1908年2、3月,[2]即光绪三十三年到三十四年,大清王朝日薄西山的时候。当时鲁迅留学日本,在异域中读古国文化史,想到印度、希伯来、伊朗、埃及等古文明,"灿烂于古,萧瑟于今";由是感怀故国,思量如何发扬"国民精神":

> 意者欲扬宗邦之真大,首在审己,亦必知人,比较既周,爰生自觉。自觉之声发,每响必中于人心,清晰昭明,不同凡响。(页58)

---

[1] Shih-Hsiang Chen, "Polish Literature in China and Mickiewicz as 'Mara Poet',"in Wacław Lednicki, ed., *Adam Mickiewicz in World Literature* (Berkeley: University of California Press, 1956), pp. 569-588.

[2]《摩罗诗力说》,原刊《河南》月刊第2、3号(1908年2月、3月),署名令飞;收入鲁迅《坟》(北京:人民出版社,1988),页56—108。以下引用以《坟》本为据,仅注页码。

鲁迅认为有必要透过比较的视野，审察外国的经验，以反思本邦未来的取向。观察与比较的目光，于鲁迅来说，就应该放在寄寓"心声"的诗歌之上：

> 盖人文之留遗后世者，最有力莫如心声。古民神思，接天然之閟宫，冥契万有，与之灵会，道其能道，爰为诗歌。其声度时劫而入人心，不与缄口同绝；且益曼衍，视其种人。（页56）

而异邦诗歌中：

> 力足以振人，且语之较有深趣者，实莫如摩罗诗派。（页59）

至于何谓"摩罗诗派"？鲁迅作出如下的界定：

> 凡立意在反抗，指归在动作，而为世所不甚愉悦者悉入之。……凡是群人，外状至异，各禀自国之特色，发为光华；而要其大归，则趣于一：大都不为顺世和乐之音，动吭一呼，闻者兴起，争天拒俗，而精神复深感后世人心，绵延至于无已。（页59）

这个定义重点在于"反抗""争天拒俗"，要求诗歌能刺激、振动人心；而其基本观点是诗的作用与人的本能是相通的：

> 盖诗人者，撄人心者也。凡人之心，无不有诗，如诗人作

诗,诗不为诗人独有,凡一读其诗,心即会解者,即无不自有诗人之诗。无之何以能解?惟有而未能言,诗人为之语,则握拨一弹,心弦立应。其声澈于灵府,令有情皆举其首,如睹晓日,益为之美伟强力高尚发扬,而污浊之平和,以之将破。(页61)

鲁迅一方面说"摩罗诗派"是异邦新声,但另一方面却指出这新声其实也源自"凡人之心,无不有诗"的普遍人性。[1]看来传统诗学的"在心为志,发言为诗""情发于声,声成文谓之音"的观念,也是"摩罗诗力"的基础;只因本邦"后贤"尽力"设范以囚之",才有"持人性情""诗无邪"等违反人性的主张。(页61)所以异邦的"摩罗诗派"其实是在普遍原理之上发扬其动态的面向,而为诗的目标仍是"发为光华""令有情皆举其首,如睹晓日";也唯有在这种体认和主张之下,"别求新声于异邦"才有可能,才有意义。

陈世骧这篇在1956年发表的文章,对鲁迅的"摩罗诗力说",有以下这些重要的观察:

一、相对于清朝末年知识界追求西方科技物质上之富强、沦为口号的"众治",青年鲁迅的思想绝对超前;他接引尼采、克尔凯郭尔(Søren Kierkegaard, 1813—1855)等的哲学思想,以人为本,认同"个人主义";[2]

---

[1] 鲁迅又说:"由纯文学上言之,则以一切美术之本质,皆在使观听之人,为之兴感怡悦。文章为美术之一,质当亦然。"(页64)
[2] "Polish Literature in China and Mickiewicz as 'Mara Poet'," p. 573. 鲁迅《破恶声论》也提到:"故今之所贵所望,在有不和众嚣,独具我见之士,洞瞩幽隐,评骘文明,弗与妄惑者同其是非,惟向所信是诣。"见鲁迅《集外集拾遗补编》(北京:人民出版社,1993年),页22。

二、鲁迅对大众群相讴歌西欧以及美国之财富物力，不以为然；他关心苦难中被压迫的民众，支持"革命理想主义"（revolutionary idealism），重视弱势的斯拉夫民族——尤其波兰——的文化与艺术；[1]

三、鲁迅早期的文言文论述标志了他个人的思想史历程，尤其这篇以典雅而充满诗意的古文写的《摩罗诗力说》，从视野到文体，都贯注了鲁迅对本邦文化传统的关怀。[2]

陈世骧这些半个世纪以前的洞见，多年后才有其他鲁迅研究者陆续注意而加以探究。[3]

鲁迅在《摩罗诗力说》中分别讨论了裴伦（G. Byron, 1788—1824，现今通译拜伦）、修黎（P. Shelley, 1792—1822，雪莱）、普式庚（A. Pushkin, 1799—1837，普希金）、来尔孟多夫（M. Lermontov, 1814—1841，莱蒙托夫）、密克威支（A. Michiewicz, 1798—1855，

---

[1] "Polish Literature in China and Mickiewicz as 'Mara Poet'," p. 573-574. 鲁迅在不少文章提及对波兰的好感，例如《破恶声论》说："波兰虽素不相往来，顾其民多情愫，爱自繇，凡人之有情愫宝自繇者，胥爱其国为二事征象，盖人不乐为皂隶，则孰能不眷慕悲悼之。"《题未定草·三》又说："介绍波兰诗人，还在三十年前，始于我的《摩罗诗力说》。那时大清宰华，汉民受制，中国境遇，颇类波兰，读其诗歌，即易于心心相印。"分见鲁迅《集外集拾遗补编》，页30；《且介亭杂文二集》（北京：人民文学出版社，1958），页111。

[2] "Polish Literature in China and Mickiewicz as 'Mara Poet'," p. 574. 鲁迅在《坟》的《题记》说："因为那编辑先生有一种怪脾气，文章要长，愈长，稿费便愈多。所以如《摩罗诗力说》那样，简直是生凑。……又喜欢做怪句子和写古字，这是受了当时的《民报》的影响。"

[3] 参考 Jon Eugene von Kowallis, "On the Critical Reception of Lu Xun's Early Classical-Style Essays of the Japan Period," *Journal of Chinese Literature and Culture* 3.2（Nov., 2016）: 357-399. 寇志铭（Kowallis）在文中详细交代中外学界对鲁迅《摩罗诗力说》等早期文言论文的接受史，可惜他没有注意陈世骧这篇1956年的论文。

密茨凯维奇)、斯洛伐支奇(J. Słowacki, 1809—1849, 斯洛伐斯基)、克立旬斯奇(Z. Krasiński, 1812—1859, 克拉辛斯基)、裴彖飞(S. Petőfi, 1823—1849, 裴多菲)等"摩罗诗人";然而陈世骧则只聚焦于波兰诗人密茨凯维奇。这个选择固然有可能出于实际的需要:《世界文学中的阿当·密茨凯维奇》一书由美国波兰文理学院(Polish Institute of Arts and Sciences in America)为纪念密茨凯维奇逝世一百周年而编集。陈世骧应邀撰稿,文章必然与密茨凯维奇密切相关。然而,我们阅读这篇文章时应该注意的是:二十世纪中叶在美国的陈世骧如何阅读与诠释二十世纪初在日本的鲁迅对密茨凯维奇的诠释。

正如上文所述,鲁迅的确对波兰文学有所偏爱,而陈世骧也细心地从相关的传记资取证,[1]他认为:

> 在此时,即便有着语言隔阂且地理位置相距遥远,波兰文学中一道伟大的光芒,早已深深触动鲁迅的想象力。或许不能说是出人意表,但确实也如奇迹一般,这道照亮鲁迅这颗伟大的中国文学心灵的光芒,就是早已享负盛名近半世纪的密茨凯维奇。[2]

为陆机《文赋》中闪耀的光芒所撼动的陈世骧,想象到鲁迅心灵

---

[1] 陈世骧曾参考小田岳夫《鲁迅传》及周遐寿《鲁迅的故家》的说明,见"Polish Literature in China and Mickiewicz as 'Mara Poet'," p. 574, 577。有关鲁迅对波兰文学的态度,又可参考李坚怀、贾中华《异域盗火——论鲁迅与波兰文学》,《赣南师范学院学报》第4期(2007年8月),页55—59。

[2] "Polish Literature in China and Mickiewicz as 'Mara Poet'," p. 574.

也曾触动于密茨凯维奇在半世纪前开始照亮人心的文学之光。[1]他认为鲁迅的《摩罗诗力说》摆落当时盛行于中国知识界的庸俗的物质主义和浅薄的"民主思想",彰显"文学的尊严与功效"(the dignity and efficacy of literature),启迪了众多新一代的中国作家。[2]陈世骧又认为鲁迅这篇文章开首关于拜伦以至雪莱的论述,较多宗教神学意义的联想;到了中段谈论斯拉夫诗人时,就转入人间世,所感应的尽是民族感情以至人格德行等人世事。换句话说,陈世骧对鲁迅的阅读,就在于后者如何感应密茨凯维奇诗篇中的人情。[3]

他明白由于当时书册匮乏,加上语言的隔阂,鲁迅其实未必能直接阅读密茨凯维奇的作品,只能透过勃兰兑斯(Georg Brandes, 1842—1927)的间接述说了解。[4]有关《摩罗诗力说》的取材所据,日本学者北冈正子作了很细密的查考对照,从中我们更加清楚见到鲁迅论述与材源之间的异同和依违所在。[5]陈世骧未及看到这些考证,但还是能够从细读中忖度鲁迅如何理解密茨凯维奇。他认为鲁迅在阅读

---

[1] 陈世骧曾英译陆机《文赋》,并作系年考证,合为一文,题作《文学作为对抗黑暗之光》; Shih-Hsiang Chen, "Literature as Light Against Darkness," *National Peking University Semi-Centennial Papers* 11 (1948): 1-71。

[2] "Polish Literature in China and Mickiewicz as 'Mara Poet'," p. 575.

[3] 鲁迅的确关心人间世,但密茨凯维奇一生经历和文学观却不乏宗教神学甚至非正统的神秘教义的影响,参考Jan Parandowski, "Introduction to the Life and Work of Adam Mickiewicz," Jan Parandowski et al., *Adam Mickiewicz 1798-1855: In Commemoration of the Centenary of His Death* (Paris: UNECO, 1955), pp. 11-35; Wiktor Weintraub, *Adam Mickiewicz, 1798-1855: A Biographical Sketch, Adam Mickiewicz in World Literature*, pp. 589-601。

[4] George Brandes, *Poland: A Study of the Land, People, and Literature* (London: William Heinemann, 1903)。

[5] 北冈正子著,何乃英译:《摩罗诗力说材源考》(北京:北京师范大学出版社,1983)。

"传统"的流转

密茨凯维奇的过程中，添加了许多中国传统的想象。例如密茨凯维奇因初恋失败而走上浪漫主义之路，其初恋对象本是出身名门，鲁迅却称之为"邻女"，陈世骧以为这种安排让读者以中国社会常见之少年暗恋邻家女孩的故事作想象；又例如密茨凯维奇与俄国诗人普希金有往来交谊，陈世骧又指鲁迅根据传统文人结交时以诗互相赠答的习惯来比附两人的不同作品。陈世骧可说运用了他的"抒情式"阅读，尝试了解鲁迅为文时的用心。

陈世骧也注意到鲁迅论密茨凯维奇之为"摩罗诗人"，其要紧处在于"复仇"之声。他说这声音并非源自"摩罗"与"上帝"之争，而是人间的抗争英雄与压迫者的对垒。鲁迅引录《先人祭》(《摩罗诗力说》作《死人之祭》)中三个囚犯分别唱的歌，然后作总结说：

> 报复诗华，盖萃于是；使神之不直，则彼助自报之耳。(页88)[1]

陈世骧的判断是鲁迅正当辛亥革命前夕，密茨凯维奇那借来的声音，正四处回荡。[2] 不过，鲁迅复仇之念，可能有更具体的事由：《摩罗诗力说》撰写于1907年；该年7月，鲁迅同乡徐锡麟、陈伯平、马宗汉，以及秋瑾等因"安庆起义"失败，相继被清政府杀害。消息传到日本，鲁迅当时内心的怨愤，可以推知。[3]

然而，鲁迅意识到自身不是行动者，他的使命是文化批判。《摩

---

[1] 参考 Poland: A Study of the Land, People, and Literature, pp. 260-261。
[2] "Polish Literature in China and Mickiewicz as 'Mara Poet'," pp. 580-581.
[3] 参考 Jon Kowallis, "Lu Xun and Terronrism: A Reading of Revenge and Violence in Mara and Beyond," Peter Zarrow, ed., Creating Chinese Modernity: Knowledge and Everyday Life, 1900–1940 (New York: Peter Lang, 2006), pp. 83-97。

罗诗力说》最后一节说：

> 今索诸中国，为精神界之战士者安在？有作至诚之声，致吾人于善美刚健者乎？有作温煦之声，援吾人出于荒寒者乎？（页93）

鲁迅在往后的日子，的确以"精神界之战士"自任。陈世骧指出鲁迅日后的革命文学理论，意识上以"摩罗诗人"为前驱；《摩罗诗力说》所宣示的反抗精神，可说是1917年文学革命的先导；新文学运动要对抗古老落后的社会制度、道德陋习与顽固偏执，必须有强大的战斗力。鲁迅以《狂人日记》《阿Q正传》等小说冲击旧中国，继而以杂文作匕首投枪，批判时弊；陈世骧认为他已然化身为中国的"摩罗诗人"。[1]

三　从中国阅读波兰

《波兰文学在中国与作为"摩罗诗人"的密茨凯维奇》一文的结构方式也值得我们注意。鲁迅于1907年完成的《摩罗诗力说》是全文焦点，约占一半篇幅。然而陈世骧的文章是以1921年10月文学杂志《小说月报》的"被损害民族的文学号"作起结。从他引述专号的《引言》，我们很容易理解其关心所在：

> 他们（按：指"被损害的民族"）中被损害仍旧向上的灵魂更

---

[1] "Polish Literature in China and Mickiewicz as 'Mara Poet'," p. 581.

感动我们,因为由此我们更确信人性的砂砾里有精金,更确信前途的黑暗背后就是光明。[1]

这里"黑暗"与"光明"的比喻,正是陈世骧阅读《文赋》时的感受。按照他的阅读,专号中有关波兰的描述是以"抒情的语言"(lyrical language)出之,当中充满亲近相通的情愫,有力地表达了高度的推崇;同时,"对于中国人来说,从这个国家的身上可以奇妙地看到自身的影子"。

以《小说月报》打开话匣子以后,陈世骧更展示他对事况起源的兴趣,[2]开始追溯波兰与中国的关联。他以波兰史家扬·德乌戈什(Jan Długosz, 1415—1480)写于1455—1480的《波兰史》(*Historiae Polonicae*)、1370年贝琼应召编修的《元史》中的《术赤传》,以及俄罗斯汉学家贝勒(E. Bretschneider, 1833—1901)《中世纪研究》(*Medieval Researches*, 1888)的发现,串联起波兰与中国的历史;再以浓墨重笔刻画《摩罗诗力说》面世以前20年,康有为向光绪帝呈上所撰的《波兰分灭记》所引发的晚清政治危机:康有为以波兰历史上被三次瓜分的悲剧作借鉴,劝光绪帝实行变法图强,以免重蹈被列强瓜分的覆辙;结果引发"戊戌政变",慈禧太后重掌政权,光绪帝被幽囚,"戊戌六君子"被杀,康有为逃亡海外。陈世骧指出中国多难,与意想中的波兰同病相怜:

---

[1] "Polish Literature in China and Mickiewicz as 'Mara Poet'," p. 569;《被损害民族的文学号·引言》,《小说月报》第12卷第10号(1921年10月),页2—3。
[2] 参考陈国球:《陈世骧论中国文学——通往"抒情传统论"之路》,《汉学研究》第29卷第2期(2011年6月),页231—235。

在1898年的政变之后，中国仍处于革命、内战与外国强权侵略交逼所带来的动乱与苦难之中。对于中国人来说，波兰所呈现的形象是另一个同样遭逢磨难的国家，一个他们认为具备了诸多美好品德与格调，并进而唤起自身认同与同情之心的兄弟之邦。[1]

以下陈世骧就进入鲁迅《摩罗诗力说》的讨论，以鲁迅对密茨凯维奇的阅读阐发文学的信念，再借由这位伟大诗人燃亮之光引领，回到1921年前后《小说月报》翻译波兰文学的意义。

陈世骧认为当时对波兰文学的介绍，是有意的选择；经过译者的处理，《小说月报》上的作品"呈现出某种一致性"，"足以说明波兰文学在中国的呈现方式与精神内涵"，"深受中国读者喜爱"。陈世骧把当中的性质作出如下的归纳：

> 当中纵有深沉的忧郁，但绝不会有灰暗阴郁的悲观主义；有着悲哀，却不失去欢欣与幽默的心；或许秉持着反抗的精神表达异议，但却少见极端愤怒的怒吼或狂暴的心绪。中国人也格外看重并珍视波兰作者那超乎寻常的细腻感性，这份感性在他们的文学创作中表露无遗。就好像波兰灵魂中似有某种让中国人自然而然感到意气相合的特质，这份特质不仅在自然与生命万物中找到自身的表达，同时也升华了与其相合呼应的一切万物。[2]

---

[1] "Polish Literature in China and Mickiewicz as 'Mara Poet'," p. 573.
[2] Ibid., p. 583.

我们可以看到，这是借波兰论中国，是陈世骧对他心中的民族文化的描述；这也是他的"抒情传统"观的基础。他注意到这些译自波兰的小说一般只有一两个人物，在他们面前的往往是广漠的大自然景观；这好比国画山水中有疏落的点景人物；波兰和中国有美感经验的汇通之处。不过，陈世骧更在意的是当中人与自然的关系。他看到波兰作品中"以受尽折磨与挣扎的人性对比大地上的浩瀚无垠"，尤其重要的是：

> 在这些故事里人与自然仍是和谐共存，甚或在自然中找到寄托、启示或慰藉。然而自然也被人性照亮（humanity in turn illuminates nature）。[1]

陈世骧说中国读者在波兰小说中体味人与自然的共存；实际上他正在中国文化与波兰文学的对读中，思量人性（humanity）的照明力量。或者这就是儒家所秉持的"人能弘道"的信念。

在文章的末尾，他不再停留于评论鲁迅或一般中国人如何阅读波兰作品，而是径自进行小说的文本分析。他以含英咀华的方式读戈木列支奇（Wiktor Teofil Gomulicki, 1848—1919）的《农夫》和《燕子与蝴蝶》、式曼斯奇（Adam Szymański, 1852—1916）的《犹太人》、普路斯（Bolesław Prus, 1847—1912）的《影》、显克维支（Henryk Sienkiewicz, 1846—1916）的《二草原》、莱蒙脱（Władysław Stanisław Reymont, 1896—1924）的《审判》、科诺布涅支加（Maria Konopnicka, 1842—1910）的《我的姑母》。这些波兰小说中的主要人物，在面对

---

[1] "Polish Literature in China and Mickiewicz as 'Mara Poet'," pp. 583-584.

外在无端的广漠时，往往显示出"恒久无尽的忍耐与最纯真无垢的心灵，将一切担负在他的肩头"；更见深意的是"身处在我们当中驱逐黑暗，但却不为人们所见"的"荷光者"。

陈世骧在这些作品中看到足以启迪"中国新文学运动在1920年代早期的发展"，例如其中有以"写实粗犷的笔法描绘农民……，庶民性被转化为理想化的无产阶级性质"，有以"细腻地刻画一位独身女子和儿童在相处时复杂而微妙的心理情结"，于中国"革命文学"及"女性主义文学"的产生，有着推动作用。[1]

陈世骧之阅读鲁迅、阅读波兰文学，看来是他读陆机的延续。他在寻绎文学的"光"，思索文学在纷乱、黑暗世界的意义。在他心中，"光"就是"人性"高尚而坚韧的一面。这个求索而得的信念，支撑了他在多难的时局中往中国文化的人情深处探照，他在学术路上的"抒情传统论"也缘此而生。

---

[1] "Polish Literature in China and Mickiewicz as 'Mara Poet'," pp. 584-586.

诗意的追寻
——林庚文学史论述与"抒情传统"说

一 "抒情传统"论述与林庚

最近，中国文学与"抒情传统"的研究又成为中国文学研究的一个备受关注的课题。去年（2009年）四月台湾大学和政治大学合办了"抒情文学史"研讨会，八月政治大学"百年论学"讲座举行一场由蔡英俊主持，颜昆阳和龚鹏程反思"抒情传统论"的对谈；王德威前年在北京大学举行相关议题的系列讲座，在上海、苏州等地也作了巡回演讲，刚过去的十二月又在政治大学的"王梦鸥教授讲座"以"世变与诗心"为题讲了三场。同时，台湾大学即将出版由柯庆明和萧驰主编的《抒情传统之再发现》论文集，而我和王德威主编的《抒情之现代性》也将在短期内由北京三联书店出版。本人亦在去年九月上海华东师范大学的"思勉人文讲座"、十月香港的"方润华学术讲座"，作过有关"抒情传统论"与中国文学研究发展史的关系的演讲。

今天在北京大学举行纪念林庚先生的研讨会上，我认为还是值得把这个课题的意义再作陈述；当然我的重点是林先生与这个论述的学术关联，并借此补充时论未注意的部分。

在中国大陆以外，讨论"中国文学抒情传统"一说时，一般都会举出陈世骧晚年发表的《中国的抒情传统》一文，作为讨论的起点。

这篇文章的英文原文"Chinese Lyrical Tradition"，是当年在加州大学伯克利校区任教的陈世骧于美国"亚洲学术年会"（1971）发表的讲话。其中译本出现以后，对台湾、香港以至海外的中国文学研究影响极大。至于在内地，现今也有相当文章论及陈世骧；一般仅视之为美国汉学家的一员，以为其学说是域外汉学的一种表现。然而我想指出的是，陈世骧以及其"抒情传统"论述，其实与北京大学的学统密切相关；他和林庚先生也是二十世纪三十年代北平文坛的同群。在北京大学就读期间，陈世骧与他的老师艾克敦合力完成中国现代诗的第一个英译选本《中国现代诗选》（*Modern Chinese Poetry*），当中收入林庚先生的诗最多。[1] 陈世骧在晚年接受访问时提及林庚先生的《楚辞》研究，说林先生是"我的同学"，[2] 其时二人分别就读于清华大学和北京大学，陈1935年毕业于北京大学外文系，林1933年毕业于清华大学中文系。相信二人来往甚多，在不同的场合都有共同活动。我在《"抒情传统论"以前——陈世骧与中国现代文学及政治》已有交代。[3] 以下我想就林庚先生的文学史观和陈世骧等后来发展的"抒情传统论"稍作辨析，以见现代中国文学研究的流向和轨迹。

　　首先我们简单交代相关论述产生的背景，并对"抒情传统"的概念略作勾勒，作为下文讨论的根据。

---

[1] 全书选录15人共96首诗，其中林庚入选最多，凡19首；见 *Modern Chinese Poetry*（London: Duckworth, 1936）。

[2] 1971年陈世骧接受谢朝枢的访问，谈到《离骚》时说"我同意我的旧同学林庚的说法"，见谢朝枢：《断竹·续竹·飞土·逐宍——陈世骧教授谈：诗经·海外·楚辞·台港文学》，《明报月刊》第68期（1971年8月），页28。

[3] 陈国球：《"抒情传统论"以前——陈世骧与中国现代文学及政治》，《现代中文学刊》第3辑（2009年12月），页64—74。

二 "中国文学传统就是一个抒情传统"

中国文学究竟有何特质？经历数千年发展的中国文学，是否构成一个自成体系的传统？打从"中国文学"成为一个现代学术的概念以后，这些问题就不断被提出。当然，中国的诗词歌赋或者骈体散行诸种篇什，以至志怪演义、杂剧传奇等作品，本就纷陈于历史轨道之上；集部之学，亦古已有之。然而，以诗歌、小说、戏剧等崭新的门类重新组合排序、以"文学"作为新组合的统称，可说是现代的概念。亦只有在这个"现代"的视野下，与"西方"并置相对的此一"中国"之意义才能生成。于是"中国"的"文学传统"就在"西方文学传统"的映照下得到体认，或者说得以"建构"。从二十世纪之初到今日，学者对"中国文学"的一个重要的"认知"，或者可以用陈世骧的一句话来概括："中国文学传统从整体而言就是一个抒情传统"（Chinese literary tradition as a whole is a lyrical tradition）。[1] 如果我们以陈世骧的《中国的抒情传统》，以及此论的另一位重要旗手高友工的长篇论文《中国文化史中的抒情传统》[2]，作为这个论说系统发展臻于成熟的主要标志，我们大约可以归纳此一论说的基本论点如下：

（一）在中国文学传统中，"诗"——具体而言，专指"抒情

---

[1] Chen Shih-hsiang, "On Chinese Lyrical Tradition," *Tamkang Review* 2.2 & 3.1（1971–1972）: 20. 本文有杨铭涂译本《中国的抒情传统》，载《纯文学》第10卷第1期（1972年），页4—9；后来经杨牧删订，收入《陈世骧文存》（台北：志文出版社，1972），页31—37。杨牧本是这篇重要文章最通行的版本。然而笔者认为两个中译本尚有不少可以改进的空间，故此处引文以及下文引述，皆为笔者在参酌两个译本后按原文重新译出。

[2] 见高友工：《美典——中国文学研究论集》（北京：生活·读书·新知三联书店，2008）。

诗"——比其他文类占更重要的地位；在这个判断之上的进一步推衍是："诗"甚至可以有超文类、超形式的存在，渗入其他文学体制的意蕴世界，成为中国文学以至文化精神的最高表现。于是"抒情传统"（lyrical tradition）的论述范围，就从"抒情诗"（lyric）出发，再引申到"抒情精神"（lyricism）、"抒情体现"（lyricality），从而归纳演绎出"抒情美典"（lyric aesthetics）。

（二）"抒情传统"中"抒情"一词所采是其广义，它既可包括"在心为志，发言为诗"的"诗言志"的主张，也可以容纳"诗缘情而绮靡"的审美态度；至于"发愤以抒情"一路的"诗可以怨"，更是其中重要的一脉。

（三）"抒情"或者"言志"，其"情"与"志"属于创作主体内在领域，"抒"与"言"则指其向外呈现的行动，行动的结果就是"诗""赋"等语言艺术成品。中国文学的"抒情传统"也就是以创作主体的"情"与"志"为重心以体认文学意义的一个传统。

（四）"抒情传统"既以"情""志"为重，则如何以艺术形式以寄寓、传达"情志"，也就成为其中不能轻忽的环节。提倡"抒情传统"论者，并不会忽略作品的"外在形式"，因此与重视艺术形式的理论（如"新批评""结构主义"等）有相类似的表现，在建立论述的过程中，也往往从这些形式理论取资；然而二者的出发点与终极关怀实有所不同。

（五）"抒情传统"论述以创作主体之内在"情志"为关注对象，易招"脱离现实""遁逃于个人世界"之讥。然而，正如此论源头的"发愤以抒情""诗以言志"等说，当中不乏现世的指涉。事实上，在这个论述系统中，由"情志"所统括的"心象"或者内在世界，处处与现实世

"传统"的流转

43

界相关照、相呼应；"抒情传统"论者以为透过这种相互映照，更能洞悉"人与外界"的真正关系。

从以上几个根据点来检视林庚先生尤其以1947年厦门大学出版的《中国文学史》为代表的文学史论述，我们认为当中具备了许多抒情论说的特征。虽则林先生并没有在《中国文学史》中明确提出"抒情传统"一说，但其一贯的文学史思考角度却是同向同质的；而林庚先生之幽怀别抱，以至其独特的表述模式，也可以在这个论述的脉络下，展示出更深刻的意义；这也是我们从"抒情传统"论述的角度讨论林庚先生的理由所在。因篇幅关系，本文先就以上最为关键的第一点，剖析林庚先生文学史论说的"抒情论"面向。其他几方面将在另文细论。

三 "诗的国度"与"抒情传统"

1940年林庚在厦门大学一次中国文学会上的讲话中就提到：

> 中国本来是一个诗的国度。[1]

同样的话又见于1943年发表的《漫话诗选课》。[2]半个世纪以后，在不同的访谈录中，还可以见到他的同一意见，如1993年见刊的一篇说：

---

[1]《新诗的形式》，见《林庚诗文集》(北京：清华大学出版社，2005)，第2卷，页91。
[2]《漫话诗选课》，见《林庚诗文集》，第2卷，页90。

> 中国文学史事实上乃是一个以诗歌为中心的文学史。[1]

2000年发表的另一篇访谈说:

> 中国的文学传统不是戏剧性的,而是诗意的,……中国还是诗的国度,所以我写文学史,也是拿诗为核心。[2]

这个讲法,可说是林庚一贯的主张,从三十年代到二十世纪完结,他以大半个世纪的时间,成就了三个阶段的文学史论述(分别以1947、1954—1957、1995三本文学史为代表),但从没有放弃这个观点。所谓"诗的国度",可以从两个方面去理解:一是以为中国文学虽体裁众多,但最重要的表现就在"诗"——这牵涉到诗与其他文体的比较;二是以为中国文学的起源时期缺少西方文学传统中的史诗和悲剧,因而抒情短诗发展成为主流——这是国族文学文化现象的比较。这两个方面应该都是林庚对中国文学史的见解,其中后者更是他的思考出发点。在1935年发表的《中国文学史上一个谜》,林庚就颇用力去解释中国为什么没有史诗、没有悲剧,早期文学中也没有长篇叙事诗和长篇小说。这一篇论文后来就浓缩为《中国文学史》的第二章《史诗时期》。他的文学史论述,也就是以这一个匮乏现象作为基础;其中最简单直接的判断是:

---

[1] 林清晖:《谈古典文学研究和新诗创作》,见《林庚诗文集》,第9卷,页241。
[2] 张鸣:《谈文学史研究》,见《林庚诗文集》,第9卷,页276。

> 中国文字的起源是诗的，西方文字的起源是故事的。[1]

多年后，林庚在《漫谈中国古典诗歌的艺术借鉴——诗的国度与诗的语言》(1985)一文再度扼要地总结这些观点，并提出"抒情传统"的观念：

> 中国的诗歌一开始就走上了一条抒情的道路，而不是叙事的道路。因为同样的缘故，中国的戏剧也产生得很晚。……就文学史来说，这的确是一个很大的损失，并且没有含有神话的悲剧和史诗，古代完整的神话保留下来的自然也就较少。付出了这么大的代价，得到的是甚么呢？那就是以十五国风代表的抒情传统。……
>
> 中国的诗歌是依靠抒情的特长而存在和发展的，并不因为缺少叙事诗，诗坛就不繁荣。相反，正因为走了抒情的道路，才成其为诗的国度。[2]

这一论点，完全可以与陈世骧的重要宣言《中国的抒情传统》相连接。陈世骧说：

> 与欧洲文学传统——我称之为史诗的及戏剧的传统——并

---

[1]《中国文学史》，见《林庚诗文集》，第3卷，页39。
[2]《漫谈中国古典诗歌的艺术借鉴——诗的国度与诗的语言》，见《林庚诗文集》，第7卷，页171—172。林庚又说过："中国人是'诗'的，西方人是'剧'的。西方文学不是以诗歌为核心，从古希腊一直到莎士比亚、歌德、雨果等等，西方的整个文学发展是以戏剧为核心的。"林在勇：《我们需要"盛唐气象""少年精神"》，见《林庚诗文集》，第9卷，页256。

列时,中国的抒情传统卓然显现。我们可以证之于文学创作以至批评著述之中。标志着希腊文学初始盛况的伟大的荷马史诗和希腊悲剧喜剧,是令人惊叹的;然而同样令人惊异的是,与希腊自公元前十世纪左右同时开展的中国文学创作,虽然毫不逊色,却没有类似史诗的作品。这以后大约两千年里,中国也还是没有戏剧可言。(可是)中国文学的荣耀别有所在,在其抒情诗。……

如果说中国文学传统从整体而言就是一个抒情传统,大抵不算夸张。[1]

说中国文学的始源阶段与西方早期文学史相异,这不过是简单的现象罗列排比。比之更为重要的,是据此作出的诠释——中国文学自此形成了其"抒情传统",于是整个文学甚至文化的发展,都含蕴着这个"抒情传统"的特质。在二十世纪三四十年代撰写《中国文学史》时,林庚仍未正式使用"抒情传统"一词;数十年后,当他回顾自己的文学史书写时,却不期然用上这个概念。[2] 我们不能证明林庚在八十年代的说法与陈世骧在七十年代发表的宣言有直接关系;然而,我们似乎也不能仅仅用"巧合"来解释这同一词语的运用。我们注意到林庚与陈世骧早期学术训练和时代熏染的共同背景,还可以参酌属林庚和陈世骧

---

[1] "On Chinese Lyrical Tradition," pp. 18 & 20.

[2] 林庚在1986年写成的《中国文学简史》的修订后记中再次用到"抒情传统"一词,他在文中说明这次修订补充"主要是加深描述了寒士文学的中心主题,语言诗化的曲折历程,这与浪漫主义的抒情传统,无妨说乃正是先秦至唐代文学发展中的三个重要组成部分,理应多费些笔墨"。按:这个说明是针对《简史》上卷而作,所以说"先秦至唐代"。见《林庚诗文集》,第4卷,页593。

"传统"的流转

二人的师长辈，又曾在二十世纪三十年代同时任教过清华大学和北京大学的闻一多的类似言论。[1]闻一多在1943年发表的《文学的历史动向》，也是从比较的角度去说明中国的文学传统：

> 人类在进化的途程中蹒跚了多少万年，忽然这对近世文明影响最大最深的四个古老民族——中国，印度，以色列，希腊——都在差不多同时猛抬头，迈开了大步。约当纪元前一千年左右，在这四个国度里，人们都歌唱起来，并将他们的歌记录在文字里。……印度，希腊，是在歌中讲着故事，他们那歌是比较近乎戏剧性质的，而且篇幅都很长，而中国，以色列则都唱着以人生与宗教为主题的较短的抒情诗。

对于中国的诗歌之成为文学传统的主脉，他还有这样的说法：

> 中国，……在他开宗第一声歌里，便预告了他以后数千年间文学发展的路线。《三百篇》的时代，确乎是一个伟大的时代，我们的文化大体上是从这一刚开端的时期就定型了。文化定型了，文学也定型了，从此以后二千年间，诗——抒情诗，始终是我国文学的正统的类型。……所以我们的文学传统既是诗，就不但是非小说戏剧的，而且推到极端，可能还是反小说戏剧的。[2]

---

[1] 林庚在1933年毕业于清华大学后，留校任助教，曾为当时任教清华的闻一多批改学生作业。
[2] 孙党伯、袁謇主编：《闻一多全集》（武汉：湖北人民出版社，1994），第10卷，页16—18。

林庚在《中国文学史》中的论述似乎在呼应闻一多：

> 《诗经》这部书一向被人奉为经典；它仿佛是这民族最古的一声歌唱，便从此唤醒了人们的爱好。……这些简短的诗歌的表现，便是我们最早的文艺特色，它同时暗示了我们将来文艺的发展。[1]

闻一多《文学的历史动向》很明确地指出诗歌在中国文学传统的重要位置，以为：

> 诗，不但支配了整个文学领域，还影响了造型艺术，它同化了绘画，又装饰了建筑（如楹联、春帖等）和许多工艺美术品。诗似乎也没有在第二个国度里，像它在这里发挥过的那样大的社会功能。在我们这里，一出世，它就是宗教，是政治，是教育，是社交，它是全面的生活。……此后，在不变的主流中，文化随着时代的进行，在细节上曾多少发生过一些不同的花样。诗，它一面对主流尽着传统的呵护的职责，一方面仍给那些新花样忠心的服务。[2]

林庚在《漫谈中国古典诗歌的艺术借鉴》也说过：

> 中国是一个诗的国度，诗歌历史很长，而且从没有间断

---

[1]《中国文学史》，见《林庚诗文集》，第3卷，页29、31。
[2]《闻一多全集》，第10卷，页17。

过，为我们留下了丰富的文学遗产。……

  诗歌在中国古典文学中因此成熟得最早，深入到生活的每个角落。……诗简直成了生活中的凭证，语言中的根据，它无处不在，它的特征渗透到整个文化之中去。中国的文化就是以诗歌传统为中心的文化，因此才真正成为诗的国度。[1]

这些观点和论述态度，在陈世骧及以后的"抒情传统"论者的著述中，都有所继承。

在陈世骧来说，中国文学到处洋溢着"抒情精神"（lyricism）。不但"赋"与"乐府"受此影响，即使后来的"戏曲"和"小说"，也备受"抒情精神"的支配、渗透，或者颠覆，因此陈世骧认为中国文学传统的本质（essence），就是这种"抒情精神"。[2]后来高友工更细致地论述中国文化史上不同艺术表现（包括音乐、诗、画、书法等）的"抒情传统"。[3]这种对中国文学和文化的诠释，其精神无疑可以溯源至闻一多所说的"诗，不但支配了整个文学领域，还影响了造型艺术，它同化了绘画，又装饰了建筑（如楹联，春帖等）和许多工艺美术品"。又或者林庚所说的"中国的文化就是以诗歌传统为中心的文化，因此才真正成为诗的国度"。当我们将闻一多、林庚的论说，与陈世骧或者高友工等对"抒情传统"的讨论并置，实在不难见到其中思维与认知的同质与同向。

---

1 《林庚诗文集》，第7卷，页170、173、174。
2 "On Chinese Lyrical Tradition," pp. 20-21.
3 参见高友工《中国文化史中的抒情传统》。

四　诗外寻诗意

在《中国文学史》中,林庚当然奉行一己的宗旨:"拿诗为核心"以写文学史。他对诗歌的发展,尤其诗的语言形式与艺术的关系,特别究心,并且时有精彩的考析和论断。但我们不应忽略林庚对诗以外诸种文体的讨论,因为这是他的"诗歌传统"说——或可称为林庚式"抒情传统"说——文学史诠释能力的展现,从中我们可以见到林庚的敏慧睿智,独到见解。例如他谈到先秦散文中的《老子》和《庄子》,先说:

> 中国文字的起源是诗的。……诗是原始的语言,一切以此为归宿。

再指出:

> (老子以为)万有都归于无,……又以为"有"是变动的事物,而无才是永恒的主人。这归宿论的要求,便是老子不完全唯物,而富有诗意的缘故。[1]

他又表示庄子散文:

> 富有文艺趣味,正因为他追求绝对,而成为心灵的归宿。……散文到了这个地步,它一方面完成了自己,一方面却

1《中国文学史》,见《林庚诗文集》,第3卷,页39。

更近于诗;散文的高潮乃重新又走向诗去。[1]

讲到魏晋风流,便说:

> 一些快意的人物,一些超然的行径,乃成为时尚的追求。然而这一个诗的国度,既追求着一切的归宿,它的人物乃永远就完成在刹那的风度上;这一个艺术的形式,使得中国后来的字画美术,都发展在这同一的领域,这是东方特有的形式,它似乎倾向于智慧,而又要求着感情上的自由。[2]

这些评断虽然看来恍惚迷离,但其指向并不难掌握。林庚主要以诗的理想境界、结合中国的思想及其形式载体,融汇而为观察的凭借;于是,以此可以诠释散文,也可以诠释人物风采;甚至如下文的诠释中国文学史上发展较迟的叙事体——林庚和闻一多一样,称之为"故事"[3]:

> 从诗的爱好走向故事,也必仍带有诗的情调。诗是生活的指点,在刹那间完成;刹那以后,我们仍然落在生活中,不过觉得心地更不同罢了。它虽然是完整的,却并不就是生活的结束,它与欧洲以整个生命,去换取一个意义的形式不同,中国

---

[1] 《中国文学史》,见《林庚诗文集》,第3卷,页47—48。
[2] 同上书,页112。
[3] 闻一多《四千年文学大势鸟瞰》把元世祖至元十四年到民国六年的"第七大期"称作"故事兴趣的醒觉",其思考的模式与林庚也很相似;见《闻一多全集》,第10卷,页31。

故事所以从来缺少悲剧的结构，这对于经验日增的文艺恰好成为一个说明。[1]

所谓"从诗的爱好走向故事"，是林庚对中国文学史自宋元以后小说戏曲为文坛的主角的承认；[2]然而，在林庚眼中，中国的叙事文学仍然不脱"诗的情调"。于此林庚以其感悟式的观察，对诗歌的存在意义，或者艺术与生活的关系，作出极为精到的判断。他视诗为一个完整的文学存在：文学虽然从生活而来，但两者并不完全对等。人生布满多向庞杂、不同层次的各种经验；文学却在它的结构中有一个完整的表现。这个完整的经验可以给予人生无穷的启示。当作者或者读者经历一次完整的文学经验以后，回到生活，就得到许多的"指点"。这个观察与二十世纪七十年代后期高友工的几篇"抒情美典"的基础理论文章的见解相同。[3]林庚之论说更值得注意的是他如何把这个观察所得延伸到"故事"结构的讨论。他以为欧洲文学的"悲剧结构"是"以整个生命，去换取一个意义的形式"。换句话说，西方的叙事文学与生命同构。然而，中国叙事文学则是生活之外的一个驰想园地，林庚更以"梦"作为中国故事结构的比喻：

梦的写作一方面是想象的自由，一方面是避免悲剧的结

---

1 《中国文学史》，见《林庚诗文集》，第3卷，页318。
2 用他的话来说："元曲以来，文坛已是故事的天下，诗文毫无起色。"《中国文学史》，见《林庚诗文集》，第3卷，页382。
3 参阅高友工《文学研究的理论基础——试论"知"与"言"》(1978)、《文学研究的美学问题(上)——美感经验的定义与结构》(1979)、《文学研究的美学问题(下)——经验材料的意义与解释》(1979)等文；均见《美典——中国文学研究论集》。

"传统"的流转

果。因为梦中的事最多不过是一场梦罢了。东方的故事所以始终是一个诗意的欣赏。[1]

东方式的生活正是一种欣赏的生活,一切都持一种静观的态度,诗如此,故事亦如此,庄子的蝴蝶梦便首先适应这一个趣味而成为东方典型的故事。[2]

西方"悲剧结构"指向一种身陷其中、不能自拔的命运;中国"梦的结构"则是置身局外的、抽离的"静观"和"欣赏",好比庄周对"蝴蝶梦"的凝想冥思。由此而言,人世的生活经验可以"梦"为镜像作映照,然而镜像之自成结构毕竟又与生活不同。林庚从存有"诗意"的角度对中国叙事文学作出诠解。于是,中国文学作为"诗的国度"并没有因为小说戏曲的出现以至兴盛而有本质的变化,仍然不离"诗的传统"或者"抒情传统"。

五　结语

"抒情传统"的概念在近时有相当炽热的讨论,但多只聚焦于陈世骧、高友工等海外学者身上,罕有对这个论述系统的源起作出探察。本文以林庚先生的文学史论述为中心,说明此说其来有自;在二十世纪三十年代的中国评论界,相关的思想和论述已经出现。我们在评定这个论说系统的意义时,有必要同时审视其学术背景与文化脉络,以了解现代中国文学研究的发展过程,从而鉴往知来,拓展学术

---

[1]《中国文学史》,见《林庚诗文集》,第3卷,页324。
[2] 同上书,页319。

的前路。

另一方面,针对陈世骧等的"抒情传统"说,部分批评者往往举出中国文学在"诗歌"以外还有不同文体的表现,又或者以为中国文学在诗词的"抒情"元素以外不乏史传等"叙事"元素。这些评论其实都没有真正明白,"抒情传统论"是一个诠释问题多于考订史实问题的论说。本文以上的讨论,也希望说明我们面对这个论述应有的态度;我们要关注的是这一论述系统的文学史解释能力,而不是据现今文学史后出转精的研究积累,去指摘主张"抒情传统论"的学者在某些个别文学史判断的不准确。以林庚先生的论述为例,我们以为其成效是显著的,对我们理解中国文学史的不少现象,都有助益。对于前辈的贡献,我们更应珍视和尊敬。

附记:本篇为2010年1月10日
林庚先生百周年诞辰学术研讨会发言稿

"抒情精神"与中国文学传统
——普实克论中国文学[1]

"抒情精神"（lyricism）是现今中国文学研究的一个重要概念。随着普实克（Jaroslav Průšek, 1906—1980）教授那影响深远的英文论著《抒情的与史诗的——现代中国文学研究》于1980年面世，1987年又被翻译为中文出版，[2] 这位捷克汉学家对"抒情精神"（lyricism）的论述得到广泛传扬。他更被视为"中国抒情传统"说的重要倡导者之一。[3] 事实上，普实克对"中国抒情精神"关注已久，《抒情的与史诗的》书中最为传诵的《中国现代文学中的主观主义和个人主义》（"Subjectivism and Individualism in Modern Chinese Literature"）一文

---

1 本文原以英文撰写，题为"The Conception of Chinese Lyricism: Průšek's Reading of Chinese Literary Tradition"，并在2006年10月于捷克查理斯大学主办之"通往现代之途：普实克纪念学术会议"（Paths towards Modernity: Conference on the Occasion of the Centenary of Jaroslav Průšek）上宣读；全文载 Paths Toward Modernity: Conference to Mark the Centenary of Jaroslav Průšek, ed., Olga Lomová, (Prague: The Karolinum Press, 2008): 19-32。中文初稿由香港科技大学人文学部博士班研究生张春田翻译，笔者校订。

2 The Lyrical and the Epic: Studies of Modern Chinese Literature（Bloomington: Indiana University Press, 1980）；李燕乔等译：《普实克中国现代文学论文集》（长沙：湖南文艺出版社，1987）。本文引述普氏此书时曾参考李燕乔等之译本。

3 另一位奠基人是美国加州伯克利大学的陈世骧（1912—1971），他的《中国的抒情传统》一文对北美以至中国港台的古典文学研究有极大的影响。

早在1957年就正式发表,当中论述重点正是中国现代文学的"抒情精神";此外,几乎在他所有中国古代和现代文学的研究著述中,都有呼应这个问题。笔者认为,考察普实克对"抒情精神"的论述,既有助于中国文学的整体认识,又能揭示一个研究概念的建构和运作方式。虽然普实克之著述对汉语地区的影响主要在于现代文学范围,但本文所论并不以此为限,希望可以更全面地清晰揭示普氏的中国文学研究的特色和贡献。

一

我们不妨以普实克写于1958年的文章《白居易诗歌札记》("Some Marginal Notes on the Poems of Po Chü-I")一文来开展我们的讨论。这是给一本捷克语白居易诗选译本所作后记的节译。[1]文章一开始,普实克就提出了一个重要的问题,正是这问题的思考构筑起他的中国文学研究之基础。他问道:

> 为什么中国抒情诗成了中国人最主要的艺术表达形式?以至于,至少在某些欧洲文学批评家眼中,整个中国文学里,只有抒情诗能够在世界文学高峰中,与希腊的史诗、莎士比亚的戏剧和俄国的小说并列,占据一席之地。[2]

普实克继而引述一本捷克百科全书对于"抒情诗"所下的定义:

---

[1] Po Ťü-I, "Drak z černé tůně" (Dragon from the Dark Well), Praha: ČSAV, 1958.
[2] Jaroslav Průšek, *Chinese History and Literature: Collection of Studies* (Dordrecht, Holland: D. Reidel Publishing Co., 1970), p. 76.

> 抒情诗——主观性的诗歌，是内在生命的宣扬，主体感受和思想的表达。它和客观性的诗歌相反，客观性诗歌采用史诗和戏剧的形式，表现外部世界的现象，客观的现实和事件。……抒情诗是最私己、最隐秘、最个人化的诗歌形式，非常的自我本位。抒情诗人极力表述自我，即使他的个体存在不是他人所感兴趣的。[1]

以这个百科全书定义作参照，普实克发现白居易的"抒情作品"与西方的观念有显著区别。他提到白居易《与元九书》所说的"文章合为时而著，歌诗合为事而作"，他意会到白居易对时世——"外部世界"——有深刻的关切，然而这种社会关怀与"抒情诗"的领域又密不可分。按照普实克的理解，白居易的例子代表了一种既写客观现实又抒发主观情感的创作：

> 与(西方的"客观性诗歌")仅仅描写现实相对照，诗人观察现实、反映现实，又感怀现实、评断现实。诗人的感兴波动，为他所呈现的图景添上情感的色彩。[2]

在普实克看来，白居易的诗歌中存在一种两重性。首先是某一现实的客观图景，其次是溢出现实的情感之流。二者并不背反，也无损于"结撰的统一"（compositional unity），它们看起来是本质上相同的成分。之所以会有这样的效果，是因为"现实"通过单一的"抒情的

---

1 Ibid., pp. 76-77.
2 Ibid., p. 78.

视域"（lyrical vision）来呈现。

普实克深入分析了白居易的诗作《新丰折臂翁》。他认为诗中有一个"抒情基址"（basic lyrical ground-plan），"为诗的主题及其情感划定了界限"；在这个基址之上是一个完整的复杂故事，而这故事并没有削弱"诗歌抒情的统一性和同质性"。基于这个分析，他以为白居易诗具备的"抒情精神"的特点是："客观现实"与"个人经验"的并置。

除了白居易，普实克在文章中还提到了杜甫。他把杜甫和白居易都视为唐代抒情诗大家，他们能够"把中国的抒情诗转化为刻画社会的一种强而有力的工具"[1]。

观此，我们可以发现中国文学在普实克心中有不止一种的"抒情精神"，因为中国文学史上并非每位诗人都如杜甫和白居易二人那样有强烈的社会关怀。[2] 事实上，普实克对中国抒情诗的一般特征有这样的概括：

> 长久以来，中国抒情诗一直在探索如何从自然万象中提炼若干元素，让它们包孕于深情之中，由此以创制足以传达至高之境或者卓尔之见，以融入自然窈冥（mysterium of Nature）的一幅图像。其背后的基本假设是艺术家具备敏锐的观察能力，能于毫末照见大端，深入自己意想向读者表达的情景。诗歌的目标是成为芸芸经历大自然的同类体验之本质或精华，好比画于画家之为用。这种取态使艺术家究心于摘选各种现象中之典

---

1 Ibid., p. 80.
2 在中国文学传统中，杜甫诗号为"诗史"，而白居易则以"惟歌生民病，愿得天子知"为志向；这都是文学史上的特殊事例而非普遍现象。

型，将之归约为最基本的特性，以最简洁的手段作表达。[1]

在这段概括性的论述中，普实克有两点观察。首先，他以为中国抒情传统中倾向于表现"自然窈冥"（mysterium of Nature）；此说并非无据，但却有需要作进一步考察。事实上，并非所有中国诗人都以"自然"为其主要的题材。然而，中国诗学又的确非常重视"情"与"景"之安排以至其交融。缘此，我们再看普实克的第二点观察：中国诗人每每以"景"传"情"，以最简捷的手段将事况的经验提升到本质化的境界。正是这种观察的角度，让普实克的"抒情精神"论述从主题延伸到艺术结撰层面。就在这篇论白居易诗的文章后半，普实克对唐代诗学作了非常"结构主义式"的分析。

二

普实克并没有留下许多专门研究中国诗人和诗歌的论文。[2]然而他曾于1966年在《新东方》期刊（New Orient）发表过一篇分期连载的长篇论文《中国文学大纲》（"Outlines of Chinese Literature"）[3]，当中从文学史的视角，对中国诗歌的整体概况和重要诗人诗篇作出精简的

---

[1] Op. cit., p. 80.

[2] 参见Boris Merhaut, "Jaroslav Průšek Bibliography 1931–1956," *Archiv Orientální* 24（1956）: 347-355; "Bibliography of Academician Jaroslav Průšek 1956–1965," *Archiv Orientální* 34（1966）: 574-586。

[3] Jaroslav Průšek, "Outlines of Chinese Literature," *New Orient* 5（1966）: 113-120; 145-151; 156-158; 169-176. 普实克在文章标题下注释道："我们杂志的下一期将刊登一篇关于《亚洲与非洲文学百科全书》的详细报告，此书是捷克东方学学者的集体著作，将于1967年用捷克语出版。本篇论文是相关各国文学的导论之第一篇，我们预备在以下数期继续刊登此一系列比较重要的导论文章。"

评论。文章的开首先讨论中国语言的特色，其要点包括：

1. 中国语言倾向于以"类同的语法结构"构成"规律的节奏部件"，又不擅构建复杂的长句。
2. 句子成为孤立自足、以词为单位的概念系列，适合把现象作为静态的项目来把握，但却弱化了情绪的动感。
3. 所有这些现象导致一种对现实作抒情感应的倾向，宜于抒情诗的创制而不宜史诗。[1]

自十九世纪以来，中国文化常被拿来与西方现代文明作比较；这种看待中国语言文学的观点已是寻常习见。普实克之说，印合了西方汉学家们心中的"事实"。准此，中国文学是命定"抒情"的了。问题是：究竟抒情是一种限制，还是一个优势？从普实克的叙述态度看来，似乎他是批评多于称赏。然而，当文章中讨论到唐诗繁荣时，普实克表达出对这个抒情传统的赞美，认为"中国对世界文化宝库最原创的贡献便是它的诗歌"。他更认为中国文学在五言、七言律诗的"形式"中找到了"表达心灵体验、感觉和情绪的最合适的媒介"[2]。他认为中国古典文学与西方文学不同，抒情诗不仅止于抒发个人的情绪，更可以表达哲理、针砭时弊，成为创作主体与其置身的时世间的最密

---

[1] Ibid., pp. 113-114.

[2] Ibid., p. 145. 普实克对中国律诗的观点，后来在另一位研究中国抒情美学的学者高友工的论述中得到呼应，参见 Kao Yu-kung, "The Aesthetics of Regulated Verse," in Shuen-fu Lin and Stephen Owen ed., *The Vitality of the Lyric Voice* (Princeton: Princeton University Press, 1986): 332-385; 高友工：《中国美典与文学研究论集》(台北：台湾大学出版中心，2016 三版)，页 199—249。

"传统"的流转

切、最紧要的关联。因为普实克非常关注文学与社会的关系，所以特别留心中国抒情诗有没有可能从事"写实"。在他眼中，中国抒情诗别具一种"非寻常的写实主义"（unusual realism）；这些抒情诗可以非常精确地刻画诸种情况与环境：

> 诗人能够在一幅合成图像中表现某一特定的现实，揭示出它的一般特性和普遍意义；同时，又表达出自己对此现实的感受和判断。[1]

基于这个观察，普实克以为抒情诗在中国文学传统中，已成为一种全面的表达工具（universal vehicle of expression）。从普实克在文中的论述，我们可以归纳出他所意会的中国抒情精神的表现：作品既有其主观性，亦不失其社会性；一方面诗人以精简的方式刻画现实，显露其本质意义，另一方面，又对此一现实触兴感怀，批评议论。可以说，普实克所称扬的是一种"抒情的现实主义"，或者"批判的抒情主义"。[2] 缘此，普实克在对中国文学的考察中，特别重视像屈原、曹操、曹植、李白、白居易、苏轼等诗人，他又认为蒲松龄与曹雪芹的作品成功将诗歌的抒情精神转移到小说文类中。[3]

---

[1] Ibid., p. 145.

[2] "批判的抒情主义"之说早见于王德威的沈从文研究，参见 David Der-wei Wang, *Fictional Realism in Twentieth-Century China*（New York: Columbia University Press, 1992）。

[3] Op. cit., p. 157,170; 也可见 Průšek, "Chinese History and Literature," p. 122; *The Lyrical and Epic*, pp. 13-14, 99。

三

因为中国诗歌与"抒情精神"的关联最为直接,故此上文的讨论重点就是普实克如何体会中国诗歌。不过,普实克更有影响力的论述在于宋话本和现代文学研究。于此,衡诸普实克的"抒情的"和"史诗的"二元文学观,后者明显占有一个更重要的位置。

普实克指出,从宋代开始,话本小说奏响了中国叙事艺术中"现实主义的音符",甚至是"自然主义的音符"。他在《中国文学大纲》中对这些文字记录下来的"说话艺术"大加称赞,以为中国文学从此有了"真实、可信的普通老百姓的各种各样、千姿百态的形象";他以为这些短篇小说是真正的市井民间的故事,其佳者显现出:

> 说话人生动传神的口头叙述以及所有讲故事的技艺,如语言的变化、视野宽广的"史诗式"描写、为吸引听众而作戏剧性的现场气氛调度等。[1]

在普实克看来,以"表现力强而又活泼多变的口语"进行"史诗式叙述",是话本小说的艺术基础。[2]

然而,在这个基本上属于"史诗的"文类中,普实克却又侦测到当中的"抒情精神"。他注意到话本的作者经常在"客观的"史诗式叙述中添加抒情诗。由是,"琐碎的现实"(trivial reality)的描述得以诗化,而更具姿彩。普实克又认为,这些描述性诗歌的穿插,"不仅加

---

[1] Op. cit., p. 149.
[2] Jaroslova Průšek, "The Realistic and Lyric Elements in the Chinese Mediaeval Story," *Archiv Orientální* 32 (1964): 4.

强人物的塑造或事件的描摹,更进而将这些人事的情貌从个别具体提升到一般性的层次,赋予它们一个普遍的,也往往是典型的意义"[1]。因此,这些"抒情性"元素的穿插,"在原来故事之上建构了第二个层面,上升为一种哲学向度的世界观"。普实克以为话本中的佳作是一种"二层建筑"(two-plane construction):基础部分是"史诗的",上置的是"抒情的"。换句话说,"抒情性"元素使"话本小说"可以成为一种"多音结构"(poloyphonic structure),一种繁复的艺术结撰。[2]

于此,我们再次看到普实克从肯定的意义去理解"抒情精神"的概念,并视之为相关结撰(composition)甚至结构(structure)的元素。

四

上文检视了普实克对于中国古代诗歌和话本小说中的"抒情精神"的见解,为我们讨论他的中国现代文学研究提供了更好的准备,例如写于1957年的著名论文《中国现代文学中的主观主义和个人主义》(以下简称《主观主义和个人主义》)。

虽然常常被征用引述,但《主观主义和个人主义》这篇长达二十多页的论文并不容易理解。文中论述穿梭游移于中国文学史的不同领域。有时谈到儒、释、道等"宗教或传统道德"的影响;有时说明"国语"与"文言"的语言分野;有时解释诗文与小说的文类阶次易位;也有相当多的篇幅讲到"前现代"文学如韩愈古文、黄淳耀日记、蒲松龄的诗文小说,以至《红楼梦》《浮生六记》等。另一个可能困扰读者

---

[1] Jaroslava Průšek, "Urban Centres: The Cradle of Popular Fiction," in Cyril Birch ed., *Studies in Chinese Literary Genres* (Berkeley: University of California Press, 1974), p. 281.

[2] Průšek, "The Realistic and Lyric Elements," pp.12-14.

的问题,是普实克所设定的"新""旧"文学的对立。在本文和其他现代文学的讨论当中,普实克有一个明显的倾向:将中国"旧文学"同质化(homogenizing),把古典文学的各种特质及其间差异模糊掉。[1]但从上文讨论所见,普实克并非不了解"旧文学"之历史变化及其多样性。我们只能推断,当他在聚焦于"新文学"时,为了发扬"文学革命"的正面意义,就尽量简化其对立面的"旧文学"。事实上,普实克对"新文学"兴起和发展的历史叙述,基本依循二十世纪五十年代中国官方的正统文学史模式,着重发扬左翼文学的反封建思想和革命思潮。[2]

我们暂且把篇中牵涉到的意识形态问题按下不表,《主观主义和个人主义》一文有一项非常重要的观察。普实克指出在旧文学向新文学转变的历史过程中,出现了文类阶次等级的重组。传统诗文不再像过去那样占据优势,当时的重要作家都以小说为他们的创作活动场所;而小说的与社会时事紧密相关的叙事倾向,正是普实克所定义

---

[1] 林理彰在评论《抒情的与史诗的》一书时,就指摘普实克视中国古代文学为"某种静态的、同质的物项"(some kind of static, homogeneous entity),以为这是普实克借自郑振铎等人的文学史的二手论见;参见 Richard John Lynn, "The Lyrical and the Epic: Studies of Modern Chinese Literature" (Book Review), *Pacific Affairs* 56.1 (Spring 1983): 140-142。

[2] 普实克对中国现代文学的历史叙述悉依中国大陆的"正史",这一点正是他和夏志清辩论时遭抨击的关键;然而普实克现代文学论述的意义不在于历史叙述,而在于对这个历史进程之别具心眼的解释。参见 K.K. Leonard Chan(陈国球), "Writing the History of Modern Chinese Literary History: The Průšek-Hsia Debate," paper presented at The Seventh Saintsbury Conference: (Re) "Writing Literary History," University of Edinburgh, October 2005; revised version, "'Literary Science' and 'Literary Criticism': The Průšek-Hsia Debate," in *Crossing Between Tradition and Modernity: Essays in Commemoration of Milena Doleželová-Velingerová (1923-2012)*, ed., Kirk A. Denton (Prague: Karolinum Press, 2016), pp. 25-44。

的"史诗的"表现。顺此思路而下,普实克理应全力推许"新文学"摆脱传统局限、迈向社会写实的"史诗的"发展方向,并且批判"旧文学"囿于个人空间的抒情性。但是相反,普实克却细心寻绎"新文学"中的"主观主义"和"个人主义",而二者的源头分明是中国文学传统中的"抒情精神"。这样一来,普实克的现代文学论述就变得繁复多义了。

普实克在篇末作结时指出:中国现代文学中出现主观主义和个人主义,"证明了个人从传统思维方式中得到了一定程度的解放";这些现象"也是封建制度强加于个人身上的束缚变得松弛的一个标志"。[1]这个对特定历史时刻(从清末到民初,新文学运动兴起的时代背景)所作的具体判定不无可议。然而,若我们视之为一种具普遍意义的解释,就比较易令人信服:秉持信念的作家总会对各种各样的限制和疆界——不管这限制是文学规条、社会习套,还是政治压制——有所抗拒,寻求解放;对外而言是反抗建制,对内而言是忠于自我。中国文学传统的"抒情精神"正是此一解放欲望的某种面相。正如普实克论文中所揭示的,这种解放的精神不仅发生在"新文学"出现的时世,更表现在清初蒲松龄的短篇小说、明代黄淳耀的日记,甚至唐代韩愈的古文中。[2]通过这种深刻的读解,普实克找到了"旧文学"与"新文学"之间的联系,而这也是他与官方文学史叙述对同样现

---

[1] Průšek, *The Lyrical and the Epic*, p. 28.
[2] Ibid., pp. 13-18, 21-23, 10-11.

象有不同诠解的原因。[1]

五

正如上面提到的，普实克的"抒情精神"概念其中一个重要指向，在于作品的艺术结构和组合功能。在"文人文学"的诗文传统当中，"抒情精神"意味着个人感应能力的形塑，以及对外在现实作精确的把握和本质层次的呈现。于话本而言，"抒情精神"冲和了"史诗式"叙述的单调。那么，"抒情精神"对现代文学又有何贡献呢？普实克在《中国文学中的现实和艺术》（"Reality and Art in Chinese Literature",1964）一文中指出：

> （中国）古典文学的伟大作品得益于个人经验的形塑，新文学亦同此，这是毋庸置疑的。[2]

其中《红楼梦》就是他所举的一个范例，他以为这部小说包含的个人经验，以及作者的生命悲剧，成了全书组合的动力，把当时社会情事巨细无遗地聚合融会为一，其间显示出"抒情性的感受力"（lyrical sensibility）如何渗透到"史诗的"结构（即小说的本质结构）之中。[3]这

---

[1] 夏志清曾批评普实克"甚至在理论上也不能接受其他不同于官方的关于中国现代文学的观点"，看来并没有体会到二者虽然有类似的历史叙述，但往往对具体现象有不同的诠解。参见 C.T. Hsia,. "On the Scientific Study of Modern Chinese Literature-A Reply to Professor Průšek," in The Lyrical and the Epic, p. 236；又参见 Chan, "'Literary Science' and 'Literary Criticism' : The Průšek-Hsia Debate"。

[2] Průšek, The Lyrical and the Epic, p. 100.

[3] Ibid., p. 99.

番话又在《在中国文学革命的语境中对照传统东方文学与现代欧洲文学》("A Confrontation of Traditional Oriental Literature with Modern European Literature in the Context of the Chinese Literary Revolution", 1964)一文以另一种方式表达,普实克说:

> 旧中国的文学主流是抒情诗,这种偏向也贯穿于新文学作品中,以至主观情感成为主宰,并往往突破了"史诗的"形式。[1]

明显地,普实克以为"抒情精神"是中国文学的杰出作品的动力,无论其为"旧文学"还是"新文学"。

紧接这里对中国"抒情精神"价值的申论之后,普实克在文中更提出了一个很值得注意的观察。他认为中国古典文学和西方当代文学都曾呈现"抒情精神",而两者之间有其近似性:

> 类似的抒情主义浪潮在第一次世界大战以后也席卷了欧洲文学,对(西方)传统的客观形式也起了同样的分解作用,尤为明显的表现是打破了十九世纪经典小说的形式。取代严谨的"史诗性"结构的,是"纯抒情"或"抒情–史诗"(lyrico-epic)元素的自由组合。[2]

而中国现代文学正是这两种精神或者情调的交会。在《中国文学中的现实和艺术》中,普实克再次提到这欧洲新文学潮流:

---

[1] Ibid., p. 84.

[2] Ibid.

> 当代欧洲文学与十九世纪文学的区别在于，它非常强调作家是文学创作中的主导因素。……在判断一件艺术作品的高下时，个人的经验、个人的视野、自我忏悔与评断等，都被视为通往现实的唯一途径，必然的价值标准。[1]

普实克以中国的"抒情精神"为参照系统，将当代欧洲文学的革新——包括当时的"前卫运动"——描述为"史诗"被"抒情"所渗透，以及"传统的史诗形式"之解体。他认为如鲁迅等之"新文学"的发展，既继承自中国传统，又与西方当代文艺思潮相通。[2]

普实克这个炫目的论说后来受到他以前在哈佛的学生李欧梵的质疑。李欧梵以为普实克之说不足信，因为：

> 从波德莱尔以来充斥于欧洲艺术和文学的前卫气质（avant-gardist ethos），据我的判断，源自完全不同的艺术前提，所以与"五四"的文学气质大相径庭，尽管两种文学作品在形式上有相似之处。[3]

李欧梵以为二十世纪三四十年代（或者二十世纪六十年代在台湾）文坛出现的"现代主义"诗歌和小说，才与这欧洲浪潮有直接关联。如果我们从直接影响的角度去考察中西文学的交通，李欧梵的质疑不无道理。不过，我们或许可以从更宽广的视野去理解普实克对于

---

1 Ibid., p. 100.
2 Ibid., p. 107.
3 Leo Lee, "'Foreward' to *The Lyrical and the Epic*", p. x.

"抒情精神"的把握。普实克从个人主体意义的呈现去体会"五四""新文学",以为这是"旧文学"的"抒情精神"的传承,而此一"抒情"表现,又恰与西方当代文学之重视主体精神相近。若果我们再从西方现代主义以至前卫思潮的源头去思考,则我们不能抹杀其中东方文艺的"抒情精神"所起的作用。[1]因此,普实克之联系中国传统文学、西方现代文学与中国现代文学,并不是无的放矢的举措。这个初步的观察或者可以提示后来者沿此思路深入探索,将"抒情精神"与中西文学交流的意义进一步发扬。

六

从普实克的著述所见,他一直非常关心欧洲当代文学。当他研究中国文学时,常常把中国作家的艺术成就跟当代西方作家一起讨论。以下是一些比较明显的例子:

> 鲁迅的例子能证明这个观点:所谓"前卫艺术",其始就表现为艺术家对笔下的现实的新见,揭示出他所关怀之处,并对此现实作出评断。(《中国文学中的现实和艺术》)
>
> (对中国古代文学传统的认识)有助于我们理解中国现代文学为什么能如此迅速掌握当代欧洲文学所达致的各种成就。(《中国文学中的现实和艺术》)

---

[1] 比方说,中国的"气韵生动"概念,对于庞德等的"旋涡派"文艺运动(Vorticist movement)有重要影响。参见 Qian Zhaoming, *The Modernist Response to Chinese Art: Pound, Moore, Stevens* (Charlottesville: University of Virginia Press, 2003);David Peters Corbett, "Laurence Binyon and the Aesthetic of Modern Art," *Visual Culture in Britain* 6.1 (2005): 102-119。

我们讨论的这篇小说,其整个风格表明,鲁迅作品与欧洲文学最新潮流有着许多相同之处。(《鲁迅的〈怀旧〉:中国现代文学的先声》)

中国现代作家与欧洲作家的联系,不应该归结为欧洲新文学对中国的直接影响;应该说,中国传统的写作与欧洲现代作品的表现手法非常相近。(《叶绍钧和安东·契诃夫》)[1]

所有这些论断,清楚显示出普实克的汉学研究的方向和定位;也提醒我们应该注意普实克的学术志业与"两次世界大战之间"及其后的欧洲文学的关系。

要进一步了解普实克的学术背景,我们可以参考加林·提哈诺夫(Galin Tihanov)的一篇论文:《为什么现代文学理论起源于中欧和东欧?》("Why Did Modern Literary Theory Originate in Central and Eastern Europe?")他在文中指出:

> 在两次大战间的那些年月,捷克和波兰正经历奥匈帝国瓦解后的二次民族复兴期。我们必须明白,俄国形式主义,或者更直接相关的布拉格学派(the Prague Circle),都与以新的政治认同来建构一个新国家的进程有着内在的联系。能够成为这些转变的先锋,就会有一种新浪漫主义的自豪(a neo-Romantic pride)。[2]

---

[1] Průšek, *The Lyrical and the Epic*, pp. 89-90, 100, 108-109, 193.

[2] Galin Tihanov, "Why Did Modern Literary Theory Originate in Central and Eastern Europe?" *Common Knowledge* 10.1 (2004): 66.

提哈诺夫再就其间的文化脉络作出分析：首先，前卫艺术的形式实验需要学术支援，让这些实验艺术在学理上得到承认，而俄国形式主义和布拉格学派理论正是应此而生；其次，这两个理论群体的方略和意念，其实可以追溯至浪漫主义文学创作和批评传统，它们有着同样的关注点。他接着说：

> 这些俄国和捷克理论家们对浪漫主义一直抱好感，这兴趣的持续其实根植于浪漫主义与前卫艺术之间的内在关联，因为俄国形式主义者和布拉格学派都极为看重前卫主义者的艺术实验。[1]

假设提哈诺夫的论断也适用于作为捷克理论家的普实克，我们就能够更好地理解普实克强调"主观性"和"抒情精神"的理由。前卫主义、浪漫主义和抒情精神可说是同一归属的关联项。由这个前提出发，普实克就会深入中国文学之中，阐发其"抒情精神"的幽微。

至此，我们要验证的是：究竟普实克算不算是一位布拉格学派的成员？从普实克的著述看来，我们几乎可以肯定当中具备布拉格结构主义（the Prague Structuralism）的特色。他所使用的大部分概念——如艺术结构和结撰、社会和审美功能等——都可以在布拉格学派的理论家穆卡若夫斯基（Jan Mukařovský，1891—1975）的著作中找到踪迹。实际上，穆卡若夫斯基就是普实克在查理斯大学（Charles University）的同事。根据现存的记录，普实克曾经两次在布拉格语言

---

[1] Ibid., pp. 75-76.

学会（the Prague Linguistic Circle）的系列讲座中作报告。[1] 他的汉学研究充满着理论的兴趣，譬如他在《在中国文学革命的语境中对照传统东方文学与现代欧洲文学》一文开篇，就表现出他的捷克结构主义的理论思维：

> 一般文学史和文学理论研究有一个非常重要的课题，那就是亚洲各国因革命变化而产生的亚洲新文学。[2]

《中国文学中的现实和艺术》一文也有以下的理论关注：

> 现在，从我们自己的国度可以看清楚，打碎文学教条主义的努力，已经引发了关于新文学形式的异常炽热的讨论；大家认识到，要创作一部完全合乎真实的作品，必先要创作一部富高度艺术性的作品，要能在艺术上足以完成表达那新现实的任务。这个问题是一贯存在的，我们在评价中国新文学的总体时也必须考虑到这一点。[3]

---

1 参见 Chan, "'Literary Science' and 'Literary Criticism': The Průšek-Hsia Debate"；Lubomír Doležel, "Prague School Structuralism," in Michael Groden and martin Kreiswirth eds., *The Johns Hopkins Guide to Literary Theory and Criticism*（Baltimore: Johns Hopkins University Press, 1994）, p. 592; Bruce Kochis, "List of Lectures Given in the Prague Linguistic Circle（1926-1948）," in Ladislav Matejka ed., *Sound, Sign and Meaning: Quinquagenary of the Prague Linguistic Circle*（Ann Arbor: Department of Slavic Languages and Literatures, The University of Michigan. Kochis 1978）, pp. 607-622。

2 Průšek, *The Lyrical and the Epic*, p. 74.

3 Ibid., p. 89.

"传统"的流转

当然，最清楚的说明见于他在二十世纪六十年代为《捷克斯洛伐克的亚洲和非洲研究》一书撰写的序言；文中普实克回顾了1918年自奥匈帝国解放出来以后，捷克斯洛伐克如何重建东方研究，如何得助于"布拉格语言学会"的语言学，以及文学和文学史理论的支援，由是建立了具本国特色的研究。不难推知，当中有不少正是夫子自道。[1]

　　从种种例证看来，我们如果仔细重绘普实克的学问地图，将可以揭示他在文学领域上的追求是何其广泛。他固然可以深入地钻研一个专题，比如某一部艺术作品中"抒情精神"如何发挥，但他的宏图是探求普遍诗学的原理。我们以为普实克的中国文学的研究，不仅在汉学领域作出了重要的贡献，而且也丰富了广义的文学理论。本文对普实克所提出的"抒情精神"概念的分析，只是非常初步的探索；有关普实克的学问成就及其意义的研究，还有待中外学者共同努力开发。

---

[1] Průšek, "Preface", *Asian and African Studies in Czechoslovakia* (Moscow: Nauka Publishing House, 1967), pp. 3-9.

从律诗美典到中国文化史的抒情传统
——高友工"抒情美典论"初探

一 高友工震荡

1972年11月,创刊刚半年的《中外文学》月刊发表了黄宣范翻译的长篇论文——《分析杜甫的〈秋兴〉——试从语言结构入手作文学批评》。本期《编后记》说:

> 《分析杜甫的〈秋兴〉》一文,原由两位中国学者(一位对我国诗词造诣极深,一位为语言学专家)用英文在美国发表,因为它的方法新颖,见解深到,曾受到国外汉学界普遍的重视。……像这种利用最新语言科学方法来讨论我国古典文学的论文,是每一位严肃而又关注学术的中国人所不能忽视的。[1]

这是梅祖麟和高友工的名字第一次在台湾学界出现。他们合写的另外两篇长篇论文——《论唐诗的语法、用字与意象》《唐诗的语意研究——隐喻与典故》,同样由台湾大学外文系任教的黄宣范翻译,先后在1973—1974年及1975—1976年于《中外文学》分期连

---

[1]《中外文学》第1卷第6期(1972年11月),页198—199。当时的总编辑是台湾大学外文系的胡耀恒。

载。[1]《中外文学》自面世以后,其文学研究的文章,一直引领风潮,长期成为台湾以至大陆以外华文地区的学术圣殿。[2]梅、高三文正是《中外文学》奠定其学术地位的重头文章之一部分。

1978年高友工应台湾大学文学院院长侯健之邀返台客座。在这学年之内,他参加了第三届比较文学会议,提交论文《文学研究的理论基础——试论"知"与"言"》,另外又撰写了《文学研究的美学问题(上)——美感经验的定义与结构》《文学研究的美学问题(下)——经验材料的意义与解释》几篇大文章,都在《中外文学》发表。[3]文章面世后,激发了学界的热烈讨论,一时有"高友工震荡"之说。[4]1987年夏,高友工又应邀参加台湾清华大学主办的文学理论研讨会,讲述有

---

[1]《论唐诗的语法、用字与意象》(上)(中)(下),分见《中外文学》第1卷第10期(1973年3月),页30—63;第1卷第11期(1973年4月),页100—114;第1卷第12期(1973年5月),页152—169。《唐诗的语意研究——隐喻与典故》(上)(中)(下),分见《中外文学》第4卷第7期(1975年12月),页116—129;第4卷第8期(1976年1月),页66—84;第4卷第9期(1976年2月),页166—190。

[2]《中外文学》创刊之初,曾由发行人朱立民、社长颜元叔、总编辑胡耀恒署名发表给读者的信,当中提到刊物的第一个重点是"文学评论",并说:"我们将邀约并欢迎海内外的学者专家,对古今中外著名的作家和作品,撰写有分量的批评分析文章。对中国古典及现代文学的论评,我们强调使用新方法、新观点。同时,我们将以比较文学的方法,用中国文学的观点谈论外国文学,用外国文学的观点谈论中国文学,期得相互参证的效果。"《中外文学》1972年第1卷第1期夹页。

[3]《文学研究的理论基础——试论"知"与"言"》,《中外文学》第7卷第7期(1978年12月),页4—21;《文学研究的美学问题(上)——美感经验的定义与结构》,《中外文学》第7卷第11期(1979年4月),页4—21;《文学研究的美学问题(下)——经验材料的意义与解释》,《中外文学》第7卷第12期(1979年5月),页4—51。

[4] 思兼:《高友工谈文化理想》,《联合报》1979年7月19日;高大鹏:《介绍高友工先生的文学思想》,《书评书目》第80期(1979年12月),页16—23。

关中国抒情美典的问题。这次演讲的流风不坠,又影响许多年轻学人。"中国抒情传统"之说,在台湾先有陈世骧开风气之先,[1]继而由高友工的"抒情美典"进一步发扬;二人先后的论述,虽然不一定有直接的传承关系,但都能造成耸动的声势。中国文学文化具备"抒情精神"的讲法,已成为大陆以外华文地区的共识。本文以高友工的"抒情美典"相关文章为探讨对象,试图厘清这一套体大思精的思辨系统的论述脉络和意义。

二 高友工的文学论述历程

高友工,安东省凤城(现属辽宁省)人,1929年生于沈阳;于重庆及北平完成中学教育,1947年考入北京大学法律系,1948年举家移居台湾,1949年入台湾大学。1952年中文系毕业,两年后赴美国哈佛大学,在杨联陞教授指导下攻读中国历史。1962年以"方腊研究"取得博士学位,并在普林斯顿大学任教。二十世纪七十年代末到九十年代间,曾多次到台湾及香港讲学,到1999年正式退休。

高友工第一次到台湾大学客座时,以三篇论文惊动学界,很多人邀请他撰写文章,但都没有应约。不过他曾经表示要完成两本学术著作,其一是《中国文学的抒情传统》,从语言艺术探讨文化主流的形成,内容包括五篇文章:《诗经中语言的艺术》《楚辞的结构》《五言诗的形成》《律诗的艺术性》《小令和长调的语言结构》;其二是《关于文学研究的几个问题》,以《中外文学》的几篇文章为主。[2]可惜,与陈世

---

1 参陈世骧:《中国的抒情传统》,载《陈世骧文存》(台北:志文出版社,1972),页31—37。
2 思兼:《高友工谈文化理想》。

骧的宏图未遂一样，[1]高友工的学术构想也未曾实现，两本专著都没有完成。然而从二十世纪六十年代到本世纪初，他发表了相当数量的学术论文，其线索亦不离上面所提及的章节内容。只是各篇散落在不同的书刊之中，寻检不易。2004年台湾大学柯庆明为此搜罗编集，整理成《中国美典与文学研究论集》一书，收入文章共十二篇；[2]2008年北京三联书店又以台湾大学版为据，增收四篇文章，合共十六篇为一册，题作《美典——中国文学研究论集》，是目前讨论高友工学术研究最方便的文集。[3]然而，这两本文集尚有不少遗漏，其编辑工作主要是按类相次，未有随文记录各篇出处和发表时间，对理解高友工的整个学术和思辨的历程，尚有遗憾。因此，笔者将所见的高友工（以及与梅祖麟合著的）中英文论文略作整理，依发表先后排列如下，以便进一步讨论：

1968　Tsu-lin Mei and Yu-kung Kao, "Tu Fu's 'Autumn Meditations': An Exercise in Linguistic Criticism"

1969　Yu-kung Kao and Tsu-lin Mei, "Ending Lines in Wang Shih-chen's *Ch'i-chüeh*: Convention and Creativity in the Ch'ing"

1971　Yu-kung Kao and Tsu-lin Mei, "Syntax, Diction, and Imagery in T'ang Poetry"

---

[1] 夏志清序《陈世骧文存》提到陈世骧曾说："《诗经》《楚辞》多年风气似愈论与文学愈远；乐府与赋亦失浇薄。蓄志拟为此四项类型，各为一长论，即以前《诗经》之文为始，撮评旧论，希辟新程，故典浩瀚，不务獭祭以炫学，新义可资，惟求制要以宏通。庶能稍有微补，助使中国古诗文纳入今世文学巨流也。"页27。

[2] 《中国美典与文学研究论集》（台北：台湾大学出版中心，2004）。

[3] 《美典——中国文学研究论集》（北京：生活·读书·新知三联书店，2008）。

1974　"Lyric Vision in Chinese Narrative: A Reading of *Hunglou meng* and *Rulin waishi*"

1978　Yu-Kung Kao and Tsu-lin Mei, "Meaning, Metaphor, and Allusion in T'ang Poetry"

1978　《文学研究的理论基础——试论"知"与"言"》

1979　《文学研究的美学问题(上)——美感经验的定义与结构》

1979　《文学研究的美学问题(下)——经验材料的意义与解释》

1980　"Approaches to Chinese Poetic language"

1982　"The Aesthetics of Regulated Verse"

1985　"Chinese Lyric Aesthetics"

1986　《诗经的语言艺术》

1986　《试论中国艺术精神》

1987　《中国戏剧美典的发展》

1987　"The Nineteen Old Poems and the Aesthetics of Self-Reflection"

1989　《中国语言文字对诗歌的影响》

1990　《词体之美典》

1992　《小令在诗传统中的地位》

1994　《中国戏曲美典初论——兼谈"昆剧"》

1997　《中国之戏曲美典》

1997　《从〈絮阁〉、〈惊变〉、〈弹词〉说起——艺术评价问题之探讨》

2002　《中国文化史中的抒情传统》[1]

---

[1] 各篇文章按最早发表(包括提交学术会议)时间先后排列;部分未能追查最早发表之形式,则据登载于书报之时间排列。

三　高友工与梅祖麟

从高友工的著述历程来看，与梅祖麟合著的三篇唐诗论文可以是考察他的文学研究的一个起点。[1]《杜甫的〈秋兴〉——语言学批评的练习》一文，曾被周英雄及郑树森视为结构主义的代表作。[2]然而，梅、高二人早在文章中申明他们的方法论：

> 从整体规程可以看出，我们的（研究）可以归类于与燕卜逊及瑞恰慈等名字连在一起的语言学批评。[3]

燕卜逊（William Empson, 1906—1984）是瑞恰慈（I. A. Richards, 1893—1979）的学生，二人是所谓"剑桥学派"的代表，将语意学带到文学批评来，瑞恰慈更是文学批评的"细读"法（close reading）的重

---

[1] 他虽然以方腊研究取得博士论文，但从《杜甫的〈秋兴〉——语言学批评的练习》一文开始，他似乎不再涉足历史研究，对文学所处的历史脉络，也没有太多的探索。

[2] 周英雄更将这篇文章与雅各布森（Roman Jakobson, 1896—1982）及李维-史陀（Claude Lévi-Strauss, 1908—2009）合写的结构主义文学研究著名论文《波特莱尔的〈猫〉》（Baudelaire's "Les Chats"）相比。见周英雄、郑树森：《结构主义的理论与实践》（台北：黎明文化公司，1980），页211；周英雄：《结构主义与中国文学》（台北：三民书局，1983），页212—214。又本文提及高友工相关英文论文，以原文为据；其中文题目的中译或内容撮述，除特别提出，均笔者为之，故与现行译本不尽相同。

[3] Tsu-Lin Mei and Yu-Kung Kao, "Tu Fu's 'Autumn Meditations': An Exercise in Linguistic Criticism," *Harvard Journal of Asiatic Studies* 28 (1968): 44. 高友工后来在一篇访谈中提到这篇文章，说："我们所谓的语言结构，可以说是跟结构主义毫无关系，可以说仅是从语言的构成和纯语言的形式来讨论文学。"见高天生：《谈文学理论与文学批评——与高友工教授一席谈》，《书评书目》第71期（1979年），页81。

要推手；他们也被视为英美"新批评"的前期代表。这篇论文之创新之处，并不在改变历来文学史对杜甫的判断，事实上梅、高二人承认他们的研究"不能动摇杜甫的地位"；然而过去的评论以为杜甫之伟大在于他的"博学多闻、记述时事细致入微，或者充满忠君爱国、民胞物与的精神"，梅、高二人认为这些都是外缘的解释，他们不能同意。在两人眼中，诗的主要关怀是如何造就优质的语言制品（to make excellent verbal artifacts），所以要从"内在的标准"（intrinsic criterion）如音位、节奏、句构、语法、意象、措辞等语言元素入手探测，以见杜诗之语言艺术冠绝同侪。由二人之立场声明，可见梅、高思考的方向，主要还是新批评所提出的"内在""外缘"之分，而新批评"重内"的倾向，促使他们对此一"语言学批评的练习"的合理性毫不怀疑。[1]

《唐诗的句法、措辞与意象》和《唐诗的意义、隐喻与典故》两篇论文，是高友工和梅祖麟合作"近体诗研究"计划的部分。这个计划看来并没有完成，但所留下的两篇文章仍然是空前的成就。[2] 这两篇文章视野比前更加宽阔，关注面由个别作品扩展到文体的范围。《唐诗的句法、措辞与意象》的出发点仍是燕卜逊式（Empsonian），[3] 这是《杜甫的〈秋兴〉》一文的"语言学批评"的延续；文中所征用的主要理论还包括休姆（T. E. Hulme, 1883—1917）、费诺罗萨（Ernest Francisco Fenollosa, 1853—1908）、卡西勒（Ernst

---

[1] "Tu Fu's 'Autumn Meditations'," p. 73.

[2] 参考 Tsu-Lin Mei and Yu-Kung Kao, "Syntax, Diction, and Imagery in T'ang Poetry," *Harvard Journal of Asiatic Studies* 31（1971）: 51, note 1；梅祖麟：《我的学思历程》，台湾大学共同教育委员会编《追求卓越》（台北：台湾大学出版中心，2007），页12—15。

[3] "Syntax, Diction, and Imagery in T'ang Poetry," p. 90.

Cassirer, 1874—1945)、朗格(Susanne K. Langer, 1895—1985)等之说,其实他们都不是严格的语言学家。休姆和费诺罗萨与庞德(Ezra Pound, 1885—1972)有关,对现代主义尤其是"意象派"的诗学观念起过重要的作用;朗格则深受卡西勒影响,二人从哲学角度研究"象征"的意义。当然这些论者都关心语言与诗或者艺术的关系,因此高友工和梅祖麟借以支撑其文的语言学论述,效果益彰。

《唐诗的句法、措辞与意象》一文值得注意的地方有二:

一、作为语言学与文学研究的结合,这是梅祖麟与高友工二人研究的一个新起点。在此以前梅祖麟曾发表过《文法与诗中的模棱》,专论唐代律、绝诗;当中的燕卜逊式取向已很明显,同时因着乔姆斯基(Noam Chomsky, 1928—　)的"转换—生成语法"(transformational-generative grammar)的影响,其重点放在"诗语言"怎样生成,而不是"诗功能"如何发挥;至于《杜甫的〈秋兴〉》一文则是个别作品的实际批评(practical criticism),对唐诗以至中国诗歌传统的普遍现象未暇深究。此文则开展了二人对"诗功能的理论"(theory of poetic function)的探讨。[2]

二、此文主要是沿着意象的/论断的、非连贯的/连贯的、空间的/时间的、客观的/主观的几组轴心作讨论。[3]其二元论色彩非常浓厚,高友工后来的"美典"论的思考模式与此相近。

《唐诗的意义、隐喻与典故》则是旗帜鲜明的结构主义研究;全文以雅各布森的"等值原则"为主要论据,并根据中国近体诗的状况

---

1 梅祖麟:《文法与诗中的模棱》,《"中研院"历史语言研究所集刊》第39册上(1969年1月),页83—123。

2 "Syntax, Diction, and Imagery in T'ang Poetry," p. 63.

3 Ibid., p. 59.

对雅各布森之说作出批驳和修订。特别是指出雅各布森以"诗语言"与"日常语言"为两种截然不同的语言之不当；认为二者其实只有程度的差别——日常语言有较多分析成分，而诗语言有较多的隐喻成分；而隐喻成分与意象语言、神话思维相关，分析成分则与论断语言（propositional language）、概念语言（conceptual language）有关。[1]这个观察角度正好将《唐诗的句法、措辞与意象》与此文连贯起来。两篇文章，一从语法角度，另一从语意角度，分途切入，而互为呼应，又补足了雅各布森专意于语音的论述。《唐诗的意义、隐喻与典故》值得注意的另外两点是对"抒情诗"的专节讨论，以及超越新批评和结构主义的"文本中心"的意识。

文中举出英语词典所下的"抒情诗"定义：内容偏重主观与情感，形式则简约紧凑。以此观测中国的近体诗，尤其最短篇的五言绝句，认为最能符合这个定义。而诗联作为近体诗的意义单位，更可说是一首小型的抒情诗。又从刘勰和钟嵘等的言论，判断抒情论述的自觉意识始于六朝时期，甚至以为刘勰之论印证了"等值原则"，对诗的结构分析实有其中国的本源。[2]这里对"抒情诗"的讨论只能算是未来高友工"抒情美典"论的雏形，但却可以显示这个论述的起步点。

至于"文本中心"论的超越，主要见于高、梅对雅各布森的"等值原则"说的不满，以为雅各布森自囿于文本的"言语"（parole），而他

---

[1] Yu-Kung Kao and Tsu-Lin Mei, "Meaning, Metaphor, and Allusion in T'ang Poetry," *Harvard Journal of Asiatic Studies* 38.2（1978.12）: 349-351. 事实上，雅各布森也曾为文研究中国的律诗，当中指出梅祖麟曾经提供意见；见 Roman Jakobson, "The Modular Design of Chinese Regulated Verse," in *Roman Jakobson Selected Writings Vol. 5: On Verse, Its Masters and Explorers*（The Hague: Mouton, 1979）, pp. 215-223。

[2] "Meaning, Metaphor, and Allusion in T'ang Poetry," p. 319, pp. 323-324, p. 349.

们的论述则注意到诗中"言语"的语意运作牵涉更大的范围,更触及诗与传统的关系,因此他们自以为摆脱了新批评和结构主义语言学的教条。[1]现在看来,此文的论述范围其实还停留在文学的"内部脉络"立言,对社会时代的大背景,仍没有触及。不过,我们可以留意这种往外看的意识后来在高友工的"美典"论有何发展。

四 文学研究与美感经验

2000年梅祖麟在台湾大学演讲,回忆他和高友工合作撰写"近体诗研究"的计划搁浅:

> 我渐渐了解我的性格根本不适于研究文学。……于是,"Meaning and Metaphor in T'ang Poetry"1976年发表后,我就跟文学分了家。[2]

这就是说,在《唐诗的意义、隐喻与典故》一文以后,基本上二人不再作共同研究,高友工独自上路。他1978年到1979年在台湾大学客座时发表了三篇非常理论化的文章——《文学研究的理论基

---

[1] "Meaning, Metaphor, and Allusion in T'ang Poetry," pp. 347-348.
[2] 《我的学思历程》,页12—15。文中有些细节不太准确:"Meaning, Metaphor, and Allusion in T'ang Poetry"一文发表于1978年,但文稿已早交由黄宣范中译,于1975—1976年在《中外文学》刊载。梅祖麟后还有与文学相关的著述,如1982年的《从诗律和语法来看〈焦仲卿妻〉的写作年代》,《"中研院"历史语言研究所集刊》第53卷第2册,页227—249;1991年与梅维恒(Victor Mair)合写"The Sanskrit Origins of Recent Style Prosody," HJAS 50.2(1991.12):375-470,篇中引用了高友工《律诗的美典》(1986)一文的主要观点。

础——试论"知"与"言"》《文学研究的美学问题》上篇和下篇，由"经验之知"于人文研究的意义，到"美感经验"的结构与解释，细意析论；可说奠定了他的"抒情美典"论的基础。后来若干重要的理论文章都与此有所呼应，又或者在这个基础上增润、发展。有关理论建构部分，下文再有讨论；现在我们先检视这几篇文章的上下承传的作用。

高友工在《文学研究的理论基础——试论"知"与"言"》中花了相当多的气力去指陈"分析语言"的局限，但其实他的整体进路基本上也离不开英美分析哲学或者语言哲学的框架。对此，他在《文学研究的美学问题(上)》有所解释：

> 我的理想是勾画出一个"美学理论"的蓝图，一方面是接受了这分析传统的语言和方法，但另一方面却能兼容中西文化中的美学范畴与价值。[1]

高友工努力的方向是在认清分析哲学的效用边界后，谋求开拓疆土甚至冲破边界的可能。他从分析哲学的"知识论"切入，以"经验之知"扩展知识论的领域，揭示语言的感性方向，以观测"想象世界"，以及其中所能体现的文化理想和价值。《文学研究的美学问题》上下两篇之以"美感经验"为重心，也是因为：

> "美感经验"正是假设这经验是导源于一个外在的，共同的艺术(或自然)媒介。……可以从我们对这外在的共同"媒介"的

---

[1]《文学研究的美学问题(上)》，见《美典——中国文学研究论集》，页19。本文引述高友工的中文论述，除非别有声明，皆以北京三联版《美典》为据。

"传统"的流转

认识和对这"经验"的想象来了解这个"经验之知"的性质、形态。所以最后或许我们能以艺术的美感经验来体会智慧的某一境界。[1]

观此,高友工的个人学术发展虽然仍是沿着语言学和语言哲学之路前行,但其宗旨目标已远远超过《杜甫的〈秋兴〉》《唐诗的句法》和《唐诗的意义》三文。比方说,《唐诗的意义》大量借用雅各布森的"等值原则"讨论近体诗的对联问题,同时指出对"毗邻原则"的诗学作用之轻忽有待将来补足;到《文学研究的美学问题(下)》,高友工于"毗邻轴"就有深入的讨论。文中规划出一个对"美感经验"的相关艺术过程作"解释"和"观照"的论述架构,认为面对"经验材料"可以有四种可能的解释方式:直觉的(intuitive)、等值的(equivalent)、延续的(continuous)、外缘的(contextual);"直觉的"出现在初始的接触阶段,而"等值的"和"延续的",属于结构阶段,"外缘的"指向最终的理想体现阶段。于是,前文的偏重和未处理的部分,现在都有兼顾,重新被置放于一个森然的系统架构之内,从"等值原则"和"毗邻原则"的角度解释"等值"="通性""延续""传移"等结构作用。[2]

再如以往《唐诗的意义》谈到"抒情诗",明显以"体类"为着眼点,以西方文类的"lyric"定义为据,与中国近体诗中最短小的五绝作配对,以证成雅各布森的"诗学功能说":"诗的功能在于把等值原则从选择轴投射到组合轴"[3]。在《文学研究的美学问题(下)》,"抒情"的

---

[1] 《文学研究的美学问题(上)》,页20。高友工以为"美感经验"为"价值"之表现方式,因此"道德理想"也可以自成一种美的境界的实现;见页38。

[2] 《文学研究的美学问题(下)》,见《美典——中国文学研究论集》,页60—77。

[3] "Meaning, Metaphor, and Allusion in T'ang Poetry," pp. 315-319.

重点已经不在于"一个传统上的'体类'的观念","不只是专指某一个诗体、文体，也不限于某一种主题、题素"；广义的"抒情"涵盖了"整个文化史中某一些人的'意识形态'，包括他们的'价值'、'理想'，以及他们具体表现这种'意识'的方式"。基于此，他正式提出"抒情传统"的观念，以广义的"诗言志"申明中国"抒情"传统的根本精神。设定了这个背景，体类的意义就不再是说明"这个作品属于何体？何类？表现何种价值与理想"，而是"为什么它属于此体类，能表现此种价值"。这时，高友工举出"律诗"（而不是包含更广的"近体诗"，或者更具体的"五言绝句"，如《唐诗的意义》所述）作为"抒情诗之典型"，以为"'律体'自有一美典"，而"视之为抒情精神的核心"。由于这篇文章涉及的面向广泛多向，无论"抒情传统"和"律诗美典"都只能稍稍触及。[1] 更深入的探讨，见诸随后的长篇专论，例如高友工回到美国，在1982年参加"诗的演化：从汉到唐"会议（Evolution of Shih Poetry from the Han through the T'ang）所提交的论文——《律诗的美典》（"The Aesthetics of Regulated Verse"），就是进入"体类"而又超出"体类"之限囿的文学研究示范。

五　律诗的美典

在未进入《律诗的美典》一文的中心论旨前，我们可以先谈谈"美典"一词的意义。中文的"美典"二字，可说是高友工论述的一个标签；他在北京出版的论文集就径题作《美典》，副题才补足"中国文学研究论集"的说明。前此高友工在他的中文文章《文学研究的美

---

[1]《文学研究的美学问题（下）》，页80、83—84、85。

"传统"的流转

学问题（下）》第一次用到这个术语；文中提到他将"律体的一种自有的'美典'（esthetics）"，视作"抒情精神的核心"，但没有进一步解说"aesthetics"（或"esthetics"）为何要译作"美典"。[1]在本文的开首，他提到律诗有"潜藏的美典"（underlying aesthetics），说这美典由许多因素组成，包括诗人如何在一定形式规限之下构结作品，如何及为何选择某种主题，作什么思想取向等；这些所有的选取作为总合起来（this integral of choices），就造成了诗的美感和价值。高友工又说这是诗人和读者共有的一种"诠释的符码"（an interpretative code）。有了这符码，诗人可以不受制于字面的意思（textual meaning），而读者也可以领会文本背后的意义（contextual significance）。这种"符码"并非个别的私用密码，但又不是一些明文细则；作者读者都是对典范作品心领神会（internalizing models）而得以掌握。[2]高友工对一般译作"美学"的"aesthetics"作这样的理解，自有其一贯的条理，也与其理论的焦点有关，下文再会论及。而《律诗的美典》所论，则是高友工对律诗体式相应的各种美典的辨识。

　　《律诗的美典》主要有两大部分：一是论"五言诗"，二是论"律诗"。在两部分各冠以论"音律规则"及"修辞规则"两节，然后于"五言诗"部分再有"早期抒情美典与《古诗十九首》""六朝美典：从山水

---

[1]《文学研究的美学问题（下）》，页85。

[2] "The Aesthetics of Regulated Verse," in Shuen-fu Lin and Stephen Owen eds., *The Vitality of the Lyric Voice: Shih Poetry from the Late Han to the T'ang*（Princeton: Princeton University Press, 1986），pp. 332-333. 高友工在文章的第一个注释声明他所用的"aesthetics"一词，是以宇文所安的《盛唐诗》一书所说为据。但复检宇文之书，读者会发觉当中所用"aesthetics"一词只是一般的用法，并没有高友工所讲的特殊意思；见Stephen Owen, *The Great Age of Chinese Poetry: The High T'ang*（New Haven: Yale University Press, 1981），p. 14。

诗到宫体诗"两节；"律诗"部分则有"初唐诗人的艺术视境""盛唐'山水诗人'的生命视境""盛唐末期杜甫的宇宙视境"三节。有关五言诗和律诗的"音律规则"与"修辞规则"之发展成形，古今论述所在多有；如指出五言诗开展了音节（syllable）上有规律又有变化的诗行格式，律诗在"平仄""对仗""粘对"等成规的演进等，均是文学史上常见之论。比较值得注意的是高友工于此沿用他和梅祖麟合作讨论的方向，从语法与语意的角度申论；例如分析"名词"主导诗行与少用"虚字"的意义、"题释句"（topic-comment）和"主谓句"（subject-predicate）对诗行与诗联的影响、"诗联"渐渐成为结构单位、"行"（line）与"句"（sentence）之别等。更精彩的是从"等值原则"去思考"类同"与"对照"在律诗成规上的作用，以及因"对等"造成的诗联独立与弥补独立分割而出现的"连续"性诗联的意义结构。[1]事实上，这些论见都萌发于早期高、梅合撰的唐诗论文，在此再有深化。

　　以上这些"规则"，还不能等同于高友工所谓"美典"。高友工认为随着五言诗体制确立而新生的"抒情美典"，根源于古已有之的"诗言志"诗学传统；他又从"表现"的角度来诠释这句话，指出：要表达"志"——内心世界——必须要透过艺术语言——"诗""文"（如《左传》所谓"言以足志，文以足言"）；心志之呈现，又使得"自我"（self）得以抒发、"自我"得到体认；其中关键的两个程序是"内化"（internalizaton）和"形式化"（formalizaton）。高友工以为这两个程序是"抒情美典"的基本。他认为诗自始有三种模式："叙事模式"（narrative mode）、"描写模式"（descriptive mode）和"抒情模式"或"表现模式"（lyric or expressive mode）。"叙事模式"在民间文学中流行，

---

[1] "The Aesthetics of Regulated Verse," pp. 335-338, 351-361.

"描写模式"则发扬于汉赋,而"抒情模式"则在"五言诗"成立以后成为主流。因为五言诗的体制特征,不利于"叙事模式"的应用:如诗联的独立自足妨碍了叙述的线性发展,避用虚字弱化了叙述的语法等。"描写模式"的情况好一点,因为新体制的诗联结构,可以在时间流程中呈现空间,有助描写的发挥。以《古诗十九首》来说,其中十七首是"抒情",两首是"描写",无一是"叙事"。

高友工又认为大部分《古诗十九首》的开端,无论与下文有无直接关联,往往是自然景物的呈现;仿佛诗人在触物而动之后,要借诗向你倾诉他的感受。高友工又以为《十九首》各篇的结尾往往呈现诗人与他的朋友的交流互动。这种开端与结尾的结构方式,都是日后抒情诗的发展方向。至于《十九首》中的"描写模式"诗篇,所刻画亦是诗人面对外界自然的印象,其深层仍是诗人的抒情。其他诗篇中固然不乏描写成分,但都被融合到抒情的表达模式之中。对外物的用心描写其实就是用间接的方法去表达那难以言喻的内心世界。内心深处既不易触摸,则以高度形式化的语言(formalized language)写能见的外物,是曲径通幽的一个可行方法。因此依高友工的观点,"抒情美典"的主要方向就是发展一种足以表达内心世界的形式化语言。[1]

在《古诗十九首》以后,高友工以为"描写模式"发展成"咏物诗","表现模式"演化成"咏怀诗"。沿着这个思路,他再探索了"游仙诗""玄言诗""山水诗""宫体诗"。其中"宫体诗"被认为是"律诗"的"祖型"(prototypes),高友工细致地梳理"抒情美典"在此期间的发展。他着意追踪诗人的内心经验:如阮籍咏怀的挫折、孤独、无奈;嵇康、郭璞在游仙、隐逸与自诉衷怀间游走,带来了乐观的色彩;曹

---

[1] "The Aesthetics of Regulated Verse," pp. 338-345.

丕、张华、谢灵运,以至谢朓等对感官经验的开发。他也留心表达形式的进展:如《古诗十九首》以对仗技巧的演进,谢灵运以对偶呈现山水游踪的巧妙,以及音律的发展,等等。他的结论是到了"宫体诗"时,诗所表达的内心世界,已经不限于意向、意念,也不止于思想和感情;感官体验正式被纳入艺术经验的范围。不知不觉间,诗的烦忧心曲被美观与和谐的图像取代了。"印象"与"表现"不再对立。由是"宫体诗"的新美典也发挥了持续的影响力。[1]

高友工笔下"真正的律诗"在七世纪初面世。他举出由初唐到盛唐三种"律诗美典"作为讨论对象;这三种美典分别由初唐诗人、王维,以及杜甫的作品中之视境(vision)展现出来。

讨论律体开始定型的初唐时,高友工继续关注"表现"与"描写"(即"咏怀传统"与"宫体传统")的结合;进而解释一首律诗有"四联"的意义。相对于长篇大制,律诗只有四联;这篇幅的限制,使得律诗的结构必须紧凑,一般就只作"本体"与"结语"的二重架构。这样一来,支撑律诗美典的"内化"与"形式化"两个支柱就更形巩固了。他又引用王夫之的说法,指出篇幅太大的诗篇"非言情之体"[2],因为诗人的声音难以支配全局,而时间延宕又使诗篇失去了"现时感"。四联的长度则让"抒情声音"比较突出,"抒情自我"(lyrical self)和"抒情时刻"(lyrical moment)得以呈现。他又认为律诗的"描写"与"表现"成分,分别带来了外向的(extroverted)、印象式的(impressive)呈示(exposition),以及内向的(introverted)、表现式的(expressive)自省(reflective introspection);而外向其实又是一种"内化"(internalization

---

[1] "The Aesthetics of Regulated Verse," pp. 345-351.
[2] 高友工引王夫之之说见戴鸿森《姜斋诗话笺注》(北京:人民文学出版社,1981),页57。

of the external），内向却又为了"外化"（formalization of the internal）。这里的论述好像说内即是外、外又是内，看来高友工在演出一场文字游戏，以表现机智。事实上，这正是高友工论述位置最清楚的显示。的确，当关注点在"自我"与"现时"的特定经验时，则内心与外界的互动自然会被锁定于一个艺术的视界之内。[1]

以上所述，应该是高友工所理解的"律诗美典"中最为中正的一种。接下来所论的王维与杜甫的视境，大概是初唐美典的增润或者焦点更换。例如王维从陶渊明的"田园诗"中有所体会，就推动了"律诗美典"的发展路向。据高友工的理解，王维学陶，不在于田园山水的主题层面，也不在于隐逸避世的行为；他从陶渊明所得的是于时间流程中对事的"不用心"（casualness in the temporal flow of events），以及于空间延展中"完整"地感知当前之境（completeness in the spatial extension of one's field of perception）；这"不用心"和"完整"可以无瑕地融入当前的"律诗美典"之中——各自独立的诗联并列可见其"不用心"，诗联之内成一自足世界是"完整"。当进入律诗的本体（前三联）时，作者和读者就会沉湎于这个时间停顿、忘我的幻境之中。王维所造就的另一种视境是如"江流天地外，山色有无中"的一种世外的"空无"，其背后实有佛教"彼岸"的象征意味。高友工指出王维以所营造的这些人生视境（life vision），创立了异于初唐正宗的新美典；虽则他的山水诗以外的大部分作品其实沿袭着比较传统的美典，而他的诗篇也有若干不能成就视境的失败之作。[2]

---

[1] "The Aesthetics of Regulated Verse," pp. 361-368.
[2] Ibid., pp. 368-375.

至于杜甫的美典则建筑于历史的视境——包括个人的历史、国家时局的历史,以及文化传统的历史。于杜甫而言,这三个层次历史实在不可分割,全都内化为个人的记忆和想象。盛唐的美典或以"自然"的象征(symbols from nature)传递个人感觉;杜甫的美典则以"具体专名"作象征(symbols of proper names)来传达历史意蕴。杜诗的历史感为诗篇中各个象征力量建立关系,从而在记忆与想象中构成一个历史文化的象征世界。依高友工的归纳,在杜甫的新美典中,律诗的首三联呈现这个内心的象征结构,而结尾则往往显示出投入生命的热忱和缘此而生的沉痛。这历史感所营造的恢宏气象,就是高友工所讲的"宇宙视界"。[1]

从论文的议题组织看来,《律诗的美典》一文是高友工著述中最有文学史意味的一篇。全文从律诗的"原型"(五言诗)开始,一直讲到律体的成熟(初唐诗人)与变化发展(王维、杜甫)。然而,此一文学史论述基本上从属于高友工的理论架构;他是从他要建立的理论逻辑去发掘相应的历史材料,而加以编派诠释。我们在高友工往后的论述中,也见到这种以理论结构吸纳历史的论述方式。

六　从美典到抒情传统：中国文化史中的抒情传统

（一）三篇相关文章

《律诗的美典》完成以后,高友工的"美典"论述开始进入高峰时期。1985年5月在美国纽约大都会博物馆举行的"诗书画三绝"研讨会,高友工在会上发言讨论"中国抒情美典"(Chinese Lyric

---

[1] "The Aesthetics of Regulated Verse," pp. 375-384.

Aesthetics），后来增改成长篇英文论文，与研讨会其他文稿同收入1991年出版的《文字与意象——中国诗歌、书法与绘画》(*Words and Images: Chinese Poetry, Calligraphy, and Painting*)论文集中。[1]1986年12月6日《九州学刊》举办创刊年会，高友工发表《试论中国艺术精神》；文章后来在1988年1月出版的《九州学刊》第二卷中刊载。除了这两篇文章，高友工还有一篇全面讨论"抒情传统"的中文论文，刊登在2002年3月出版的《中国学术》。[2]

三篇文章中的第一篇(英文)与第三篇(中文)发表时间相隔十多年，但似乎是同一文稿的不同版本。《中国文化史中的抒情传统》一文在结尾部分还提到"诗书画三绝"的问题，似是早年会议主题的呼应。此外，全文分四节，文中屡屡提到这是四次系列演讲之讲稿，很有可能是指1987年7月高友工参加台湾清华大学主办的"文化、文学与美学"研讨时所作之四次演讲。这篇中文论文到2002年正式发表，当中应该包含了高友工多年来对"抒情精神"或者"抒情传统"的思考积聚。当中内容较英文版《中国抒情美典》丰富，但基本架构和主要论点没有太大的改变。至于《试论中国艺术精神》的讨论角度则变化较多，[3]我

---

1 Kao Yu-kung, "Chinese Lyric Aesthetics," Alfreda Murck and Wen C. Fong, ed., *Words and Images: Chinese Poetry, Calligraphy, and Painting* (New York: The Metropolitan Museum of Art, 1991), pp. 47-90.

2 高友工：《中国文化史中的抒情传统》，《中国学术》第3卷第3期(2002年11月)，页212—260。高文收入《中国美典与文学研究论集》和《美典——中国文学研究论集》时，有部分遗缺；因此本文引述，以刊于《中国学术》者为据。

3 本篇原未收入台湾大学版《中国美典与文学研究论集》，北京三联版《美典——中国文学研究论集》据《九州学刊》补入；这里的引述仍用《美典》本。

们在此一并讨论。[1]

高友工在这三篇论文都采用同样的二段模式：先以"一个较普遍的理论架构"开始，然后作"历史性的叙述"。根据《中国文化史中的抒情传统》的解释，前者有助历史性叙述"不至于流于支离琐碎，而局限在某一个特定文化的范围中，失去理论解释的可能性"；而后者为理论架构提供了例证，而使之"免于空疏"。[2]我们也可以顺着这个次序来检视高友工的论述。

《中国抒情美典》等三篇论文，沿着《文学研究的美学问题》的思路，以"美感经验"作为"美学"或者"美典"的主要思辨范围。我们在此可以再检讨高友工对"aesthetics"一语的理解。"Aesthetics"本义指对感官刺激的反应，十八世纪一位德国哲学家鲍姆加登（Alexander Baumgarten, 1714—1762）正式以此词命名"感官经验的科学"，也就是现代所理解的"美学"的开端。自康德以还，"美感经验"（aesthetic experience）已是传统"美学"的中心环节。高友工在《中国抒情美典》中也说："从比较传统的意义来说，美学（aesthetics）指在理论架构下从事美感经验的研究。"[3]在《中国文化史中的抒情传统》一文中，他又说："西洋美学（aesthetics）一词通常译作美学，是作为哲学中的一门，但此词另一用法常用以指一个创作者甚至欣赏者对创作、艺术、

---

[1] 三篇文章一脉相承处可以从其重复征引的论证见到，例如各篇都曾引用分析哲学家查尔斯·泰勒（Charles Taylor, 1931—   ）关于人性的讨论："他认为人的基本定义是他寻求自我解释的需要。"高友工用以说明"经验之成为自省，本身就有高一层的意义。此种经验在实现生命意义时，可以说把美感带进了一个真正撼人心弦的层次。这时美感实与真理、道德融为一体"，页220。又参"Chinese Lyric Aesthetics," p. 52；《试论中国艺术精神》，页162。

[2] 《中国文化史中的抒情传统》，页212。

[3] "Chinese Lyric Aesthetics," p. 48.

"传统"的流转

美以及欣赏的看法,故实当译作'创作论'或'审美论',可以简名之为'美论'或'美观'。"[1]接着,他再引申这"看法":

> 我则认为这套理论在文化史中往往形成一套艺术的典式范畴,因之称之为"美典"。也即是承认它不仅是一个个人对美的独特看法,更有意无意地演变为一套可以传达继承的观念……,可以是无意地蕴藏在作品本身,而由经对作品的欣赏而传播。而我们的讨论正是奠基于这种客观的现象之上,进而推想艺术家主观的创造过程。[2]

事实上,高友工对"aesthetics"作出这样的诠释,最低限度有两个方面值得注意:

一、他重视美感经验的研究,而这经验又以创作者(艺术家)的"创造过程"所涉者为基础;欣赏者的作用和欣赏过程,主要是追溯和印证创作过程的美感经验,而这也是高友工所重视的"中国传统文学批评"的主要倾向。据此,大概可以说明"美学"与"美典"的意义关联。

二、他的"美典"牵涉到"传承"和"典范"的意识,也就带动了超越个人的"集体"和"历时"层面的思虑;高友工由此进入文化史的论述,看来也就自然而然了。

然而,看似顺流而下的论述背后其实有相当多的曲折。正如上文交代,高友工的思考模式和论述工具主要得自他最熟悉的英美分析哲学;其美学的理论资源也是同一方向。这种"分析美学"(analytic

---

[1] 《中国文化史中的抒情传统》,页213。
[2] 同上。又参《中国之戏曲美典》,页306;《中国戏曲美典初论——兼谈"昆剧"》,页326。

aesthetics)的思潮,讲求概念的明确和语言的清晰;认为传统的美学论述充斥着含糊不清的概念,有若泥沼烂泽。"美感经验"也就是其中的大块泥团。大部分"分析美学家"对这个论题都抱着怀疑的态度,又或者略而不提。高友工《中国文化史中的抒情传统》就说:"恐怕美感经验已经被大家忽视了几十年"[1];他又在《中国抒情美典》引述他所敬佩的分析美学家斯克鲁顿(Roger Scruton, 1944—2020)的话:

> 在我看来,当代分析美学过度关注艺术的质性(the nature of art)问题,而忽略了康德所关心的、更基本的问题——审美趣味的质性与价值问题(the nature and value of aesthetic interest)。[2]

高友工接着解释,斯氏所讲的"审美趣味"即是他要重点讨论的"美感经验"。事实上,高友工和斯克鲁顿一样,要在分析美学的语境内重新检视几被弃置的主体"经验"的问题。[3]

另一方面,分析美学首重概念和语言的厘清,着意把问题拆解成基本单元,以探问其最根本的组合逻辑或活动模式,其"并时"(synchronic)和"非历史"(ahistorical)倾向成为思考的主导;即使讨论艺术史时,也会以内部发展(internal development)为焦点,坚持其独

---

[1]《中国文化史中的抒情传统》,页214。

[2] "Chinese Lyric Aesthetics," p. 49. 又高友工在《中国语言文字对诗歌的影响》说:"斯氏是近年西洋美学家中我所钦服的一位,他的《艺术与想象》(1974)和《美感认识》(1983)都是不可多得的好书。"见页211。

[3] 有关分析美学中的美感经验研究,可参考Richard Shusterman, "The End of Aesthetic Experience," *The Journal of Aesthetics and Art Criticism*, 55.1 (1997): 29-41。

"传统"的流转

立自主的（autonomous）地位；[1]因此，这一派的美学家通常不愿意处理艺术的社会和文化背景问题。[2]我们必须理解英美分析美学的基本取向，然后再检讨高友工如何以分析美学为基础开展他的"美典"论，才能更深刻地体会其取径的艰难和用心之苦。

采用分析哲学的入手门径，高友工以"活动理论"（theory of action）和语言理论（theory of language）开展他的论述。在《文学研究的美学问题》中他把"经验"视作活动的"内在目的"，作为实现外在目的的手段，因此也是"活动的一环"。[3]在《中国抒情美典》中高友工则提出我们对人类行为可以有不同的诠释态度（different philosophical interpretations of the human act）：可以是"离心的（centrifugal）诠释"，也可以是"向心的（centripetal）诠释"。"离心的"活动理论会留意行动的外在目的和关联，把行动置放于更大的脉络之中；"向心的"活动理论却专注内在经验（inner experience）如何成为思想行为的多个层面和多种流向的汇聚，并以经验的过程为一自主和自足的行为或状态。高友工先界定人类行为包括外向和内向部分，再把对这两个不同的方向的论述理解为不同的诠释态度，进而把这不同态度归结为不同的文化

---

[1] 如斯克鲁顿就坚持艺术史的自主："The discipline of art history … has the kind of autonomy constitutive of a genuine independent subject." Roger Scruton, *Aesthetic Understanding: Essays in the Philosophy of Art and Culture* (London: Methuen, 1983), p. 167。

[2] 在高友工撰写《中国抒情美典》及《试论中国艺术精神》时期，有关英美分析美学传统的发展变化可参 Richard Shusterman, "Analytic Aesthetics: Retrospect and Prospect," *The Journal of Aesthetics and Art Criticism*, 46.3（1988.3）: 115-124；文中指出了当时分析美学的"非历史"倾向。有关此一美学思潮更周全的历史叙述可以参考 George Dickie, *Introduction to Aesthetics: An Analytic Approach* (Oxford: Oxford UP, 1997)。

[3] 参《文学研究的美学问题（上）》，页24。

取向；于是，被视为"重现实"（reality-oriented）的"西方传统"，会倾向接受"离心"诠释；而"中国传统文化"则表现为"向心"关切。[1]

以"向心的"诠释立论，高友工再解析"经验"的三个阶段：一、意识行为（act of consciousness）；二、反省行为（act of reflection）；三、反省的反省（reflection of reflection）。其中"反省行为"是一种将"内外"和"过去、现在"的印象整合的心力（integrative mental force），而"反省的反省"则是综摄全局以保存于记忆之中，以为"再经验"之资。再换一角度看，"经验"是可觉知的表面与潜藏的内中的互动，也是从"印象"（impression）到"表现"（expression）之间的中介。高友工认为这个内化的活动过程（process of internalization），正是"抒情美学"的神髓。[2]

至于语言理论方面，高友工则讨论了语言的"代表功能"（representational function）和"体现功能"（presentational function）[3]；以为语言的"代表功能"的确比较明显，其"体现功能"不及其他艺术媒体般即刻与直接，但其声音及可持久存在的图像，也有其效用，不应被忽略。他指出西方语言学家比较偏重语言的代表功能，重视语言的交际作用（communication）；这是因为他们的观察对象是口语，以为书面文字只是口语的记录。高友工认为"书写的语言"的根本功能是保存——包括公共事务的记录和个人私我的记忆。譬如写诗，固可

---

1 "Chinese Lyric Aesthetics," p. 50.

2 Ibid., pp. 50-51.

3 高友工《文学研究的美学问题（下）》把"representational"及"presentational"分别译作"代表"和"体现"，与现今文学研究的通常译法不同；但高友工的翻译直接反映他对这些概念的理解，与他的论述又有密切的关系，故本文讨论也采用了他的译法。

以传情达意，但也可以是为了个人的内省，以了解现在和重拾过去。书面语言之超越时间的能力正好切合那反省和回忆的要求。此外，高友工又注意到语言的"代表"功能又包括"外指"（extension）和"内涵"（intension）两种意义[1]：前者呼应了"离心的诠释"，作具体的指涉，有助交流；后者指向"向心的诠释"，倾向反省与想象，意义由是更深刻繁富。[2] 高友工又认为词语的"内涵"义使符号转化成象征，脱离具体指涉而指向抽象的"性质、本性"（qualities）；这样一来，就与其他视觉艺术及听觉艺术的媒介导向"性质、本性"的情况相同。高友工这个方向的思考，促使他修正了立原先所立以"内化"（internalization）及"形式化"（formalization）作为抒情美典的基本原理的讲法，改为"内化"及"象意"（symbolization）。"形式化"变成"象意"表示高友工更加重视由"符号形式"化生丰富"内涵意义"的过程，也有助他申论"抒情美典"如何体现人生意义和文化理想。[3] 这是高友工从文学论述扩展为艺术甚至文化传统思考的重要出发点。

上述对人类行为和语言的分析，都牵涉到观察和诠释态度的问

---

[1] "Chinese Lyric Aesthetics," p. 55；《中国文化史中的抒情传统》，页225。"外指"与"内涵"的译法也是以高友工所用译词为据。

[2] 除了当前讨论的三篇论文以外，高友工更有专文《中国语言文字对诗歌的影响》（1989）讨论中国的"文字语言"所造成的内省、想象和内在解释的架构，其关注点也在于"抒情美典"的构成；见《美典》，页179—216。前此他先有论文 "Approaches to Chinese Poetic Language" 承接他和梅祖麟在唐诗研究的论见，对中国文字和语言的诗歌功能以至形成"抒情美典"的作用，开展了同一方向的理论探索。"Approaches to Chinese Poetic Language," Proceedings of the International Conference on Sinology: Section on Literature (Taipei: Academia Sinica, 1981), pp. 423-453.

[3] "Chinese Lyric Aesthetics," pp. 55-57；《中国文化史中的抒情传统》，页215、225。

题,在高友工的辨析中,很容易就出现了对立二分,[1]从而引入"抒情美典"(或称"内向美典")和"叙述美典"(或称"外向美典""构象美典")的比较对照。三篇文章中有大量的篇幅是这种对照的申论。我们稍加整理如下:

	抒情美典	叙述美典
性质	内向(introversive, centripetal)	外向(extroversive, centrifugal)
对象	创作过程−美感经验	创造的成品−艺术品
目的	保存"自我""现时"的经验	交流
方法	从"内化"(internalization)到"象意"(symbolization)	始于"外现"(display)而终于"代表"(representation)
创作理想	传神	如真
作品的表现	由"结构"透过"象意"达致觉悟人生意义的"境界"	由"对立""冲突"到"超越对立""化解冲突"

---

[1] 高友工曾指出"美典"尚有其他类别,见"Chinese Lyric Aesthetics," p. 49;《中国文化史中的抒情传统》,页215。然而几乎他的所有理论分析都指向二元对立的模式。

"传统"的流转

续表

	抒情美典	叙述美典
读者重点	重新经验原始的创造过程	诠释过程
欣赏准则	创作/阅读的美感经验	作品的客观解释/分析
理论分类	美典/美学（aesthetics）	诠释论/艺术论（theory of art）

高友工在论析这两种"美典"时，照理可以不分高下而仅说明其相异之处；但他明显有所偏重。事实上，据高友工的定义，"美典"一词本就"着眼于创作者的心理状态和活动以及他所运用媒介的方式和目的"，是因应他心中的"抒情美典"而立下的；要将重点在于"艺术品"的"叙述传统"容纳到这个论述架构，反而有需要作出调整。[1]因此，正如《中国文化史中的抒情传统》说：

> 我将会讨论若干以上抒情美典基础而产生的细节。至于叙事美典只会作为对照而偶然提及。详细的讨论只能留待将来了。[2]

---

[1]《试论中国艺术精神》，页143—144。
[2]《中国文化史中的抒情传统》，页215。高友工说将来再论"叙事美典"即"叙述美典"，但这个诺言其实并没有正式实践；高友工的部分想法，大概可在讨论"戏曲美典"的几篇文章见到。

高友工这个态度在三篇论文都是一贯的；"叙述美典"在他的论述位置的重要性远远比不上"抒情美典"。虽然他表明要在"较普遍的理论架构"下讲"美典"问题[1]，但他刻意用力的地方是"内向""内化""反省""内涵""象意"等与他所界定的"抒情美典"直接相关的范畴。比方说，分析美学也有讨论"美感经验"，高友工之考析"感性""结构""象征"等，都是分析美学的理论工具；但正如高友工所说，他们是"从作品讲美感"，[2]而高友工却聚焦于创作的经验，取径明显不同。这就是说，他应用了他所掌握的西方理论利器，去开发西方理论所忽略的领域。进一步而言，他细意析论的"抒情美典"，实在是西方文化传统未及发扬的部分。例如，他注意到在西方传统中也有重视艺术的"内化"和"内象"的理论家如克罗齐，然而：

> （克罗齐的学说）倍受西洋美学的攻击。……他的思想是非常接近抒情美典的，在以叙述性的小说戏剧为艺术中流砥柱的世界中自难以立足。[3]

高友工言下之意是：因为克罗齐的论说接近"中国的"抒情美典，所以他在以叙述性文学为主的"西方"世界备受抨击。由此可见

---

1 《中国文化史中的抒情传统》，页212。
2 同上，页218；参见 Richard Shusterman, "The End of Aesthetic Experience"; Diané Collinson, "Aesthetic Experience," in Oswald Hanfling ed., *Philosophical Aesthetics: An Introduction* (Oxford: Blackwell, 1992), pp. 117-178; Nelson Goodman, "The Activitiy of Aesthetic Experience," in John W. Bender and H. Gene Blocker eds., *Contemporary Philosophy of Art: Readings in Analytic Aesthetics* (Englewood Cliffs, NJ: Prentice Hall, 1993), pp. 396-401。
3 《试论中国艺术精神》，页155。

高友工是有意识地从文化传统的角度去解说"美典"。《试论中国艺术精神》一文就说：

> 一言以蔽之，中国艺术精神是在抒情美典中显示。[1]

《中国文化史中的抒情传统》也说：

> 讲抒情传统也就是探索在中国文化（至少在艺术领域）中，一个内向的（introversive）价值论及美典如何以绝对优势压倒了外向的（extroversive）美典，而渗透到社会的各阶层。[2]

从"文化传统"的角度观察现象，其启示就是真理不止于一种；换言之，不同的传统可以有不同的立场，对事物有不同的诠释。上文已经提到，高友工有意在这一系列的三篇论文把许多论题的基础化解为不同的"诠释"，譬如《中国抒情美典》对"人类行为"分析部分，就题作《人类行为的诠释》("Interpretation of the Human Act")。再如《试论中国艺术精神》一文，更声明"美典"是一个"信念"的问题。[3]《中国文化史中的抒情传统》又指出"抒情传统""体现了我们文化中的一个意识形态或文化理想"[4]。这些论点背后的思维，其实已很明晰了。

---

1 《试论中国艺术精神》，页151。
2 《中国文化史中的抒情传统》，页217。
3 高友工说："艺术活动与美感经验到底是和一般活动经验同类，还是有本质的差异呢？其实回答这个问题就已经决定了个人所相信的美典。"见《试论中国艺术精神》，页144。
4 《中国文化史中的抒情传统》，页212。

原本分析美学是以揭示"人类"普遍行为或思想为鹄的,并没有文化意识的思考牵涉其中,更不倚赖"文化史"的背景来辅佐议论。但无可否认,英美分析美学家们的确是处身于西方文化的森罗万象之中,其思维模式和思考范围受制于他们所熟悉的世界,亦难避免。高友工深入于这种论述时,一方面感受到其为器用之锋利,另一方面又发觉此利器不能直接操作于自己最了解的中国文化现象,于是文化区别的意识被唤醒,试图从"文化传统"的角度去补充分析美学之不足。这一点可以从高友工就"抒情美典"和"抒情传统"所作的区分来体会。他在《中国文化史中的抒情传统》说:

> 我提出对抒情传统的建立与发展的解释是基于一套基层的美典的成长。这套美典因为与抒情传统息息相关,我们可以名之为抒情美典。……抒情传统中的诗篇可以是不符合抒情美典的。这一方面由于抒情传统是较广义的,而抒情美典也可以说是我们假设的一个理想架构。另一方面又是因为传统是不断在演化,它所表现的美典也即有阶段、层次的差异。[1]

在高友工心中,"抒情传统"与"抒情美典"的意义有广狭之别。他以"非历史"的分析美学作理论工具,可以建设"抒情美典"这样一个"理想架构","并时"地与"叙述美典"来作对照。然而,他又意识到这种理论设定,很难圆足地解释在"历时"层面的种种演化。于是他把视野放宽,以"美典"在文化史中的递变来把握文化传统中的"抒

---

[1]《中国文化史中的抒情传统》,页213。

情精神"，而以"抒情传统"的理解作为他的理论探索的更高目标。[1]

以下我们要进一步分析高友工体会的"中国抒情美典"的历史表现及其与中国文化史的关系。

（二）抒情美典的文化关联

高友工长于思辨；当他试图从以律诗为典型的"抒情诗"跨步到"抒情精神""抒情美典"，以至"抒情传统"，借以辨析中国文学的精神结构与理想时，都能提出精微而独到的见解。然而，每当触碰到更广阔的文化脉络时，他却表现得非常谨慎，有时甚或是回避。问题是：他是主动引导他的读者注意文化的关联，然后又说要交由文化史的专家去处理。高友工的典型讲法是这样的：

> "文化史"中各型思想如何形成传统而且相互影响自然是一个人人都应该关切的题目。但勾画这一种文化的"形态、结构"的全图是文化史家的工作了。[2]

> 我认为中国抒情思想很早成为了一个主导系统，……细节以后我还会谈，这儿我愿回到一个更迫切的问题，即是为什么中国文化会有这个取向？真正的回答是要待文化史家的努力。[3]

> 在讨论任何中国美典以前，无疑地我们该问何以此种美典在当时的文化背景中产生，抒情美典自亦不能例外。至少我们应该看一下跟美典最有关系的思想背景，解释一下整体的思想

---

[1] 这也可能是同一篇文章的前后稿采用不同题目的原因：较早出现者题作"Chinese Lyric Aesthetics"，后来发表就题作《中国文化史中的抒情传统》。
[2] 《文学研究的美学问题（下）》，页88—89。
[3] 《试论中国艺术精神》，页152。

体系。这样这整个体系中的美的观念也自迎刃而解。但是我不但没有篇幅,也没有能力这样做。这些大的文化史与思想史的问题只有留给文化史家、思想史家去解决。[1]

高友工这个模棱的态度,或者可以反映出一种微妙的心理。这一点我们下文再谈。现在我们再具体检视高友工的文化史视野。

观乎他所引用的权威,比较重要的就是徐复观、牟宗三,以及余英时。高友工以为徐复观《中国艺术精神》论孔子和庄子,有助他说明"抒情美典"的先导;而牟宗三所讲的"境界形态的形而上学"说法,正好解释了中国的"抒情美典"如何从"境界形态"的"自我实践中发展出来"。[2] 至于余英时的论述,更是高友工所搭建的文化史架构最重要的支柱。在《试论中国艺术精神》一文,高友工的自述很值得注意:

> 三年前我曾写过一篇中国抒情美典的发展一文,……迄今我大体上仍然相信这个发展嬗变的间架,只是始终觉与整个文化史的发展似乎一直不能找到一个因果脉络。但一年来在两个不同的场合听到余英时教授讨论到中国文化史上的四个重要的突破,事后又与他讨论过我关中国艺术史上的几个转捩点,觉得我自己的想法在很多方面可以包容在他所提出的框架之中。[3]

高友工所说的三年前的文章,是指英文论文《中国抒情美典》。

---

1 《中国文化史中的抒情传统》,页226—227。
2 同上,页227。
3 《试论中国艺术精神》,页164。

当中讲到此一"美典"的四个阶段：第一阶段为"发端"——以先秦音乐美学为论；第二、三阶段"精进"（分二阶段）——分别以陆机《文赋》及刘勰《文心雕龙》的文学理论、唐代律诗成立及草书理论为中心；第四阶段"正典化"——以北宋各派画论的汇合为证。高友工又指出第四阶段由公元第十世纪延展到二十世纪初古典时期的终结。[1]

高友工以这个框架对"抒情美典"的演进作出历史追踪。先是音乐以最早的艺术形式出现，而"乐由中出"的观念奠定了"内向"的道路。继而出现了抒情美典的宣言——《文赋》，以及博大精深的《文心雕龙》；陆机《文赋》正式把文学理论带到"创作论"之上，而作品的意义只在于记录创作的行为；刘勰的《神思》与《情采》两篇讨论"心"的作用，以至由"形文""声文"及"情文"显示出"纯粹形式"和"象意形式"的意义。[2]到了唐代，律诗的建立证成了"意的形构"（structuralization of aesthetic idea），将情、景化为"意境"[3]成了"美典"目标；而同期草书理论则发挥了以"点划为情性，使转为形质"，也就是"气的质现"（materialization of inner force），以"气势"为美典的理想。再而"意境"和"气势"分别又是山水画和水墨画的主要宗尚，而其总汇又在于宋

---

1 "Chinese Lyric Aesthetics," p. 47.
2 高友工在文中直接把"情采"翻译作"Lyrical Expression"，又认为"情文"可被视为"lyrical form"；见"Chinese Lyric Aesthetics," pp. 66-67。
3 高友工于此以"inscape"译"境"和"意境"，见"Chinese Lyric Aesthetics," p. 74。前此他也以同一词译"境界"。

108　　　　　　　　　　　　　　　　　　　　　抒情·人物·地方

以还的"文人画"。[1]

《中国抒情美典》和《中国文化史中的抒情传统》两篇相关的文章,都以"文人画"作为"抒情美典"的历史叙述的终点。当中的论述和举证固然比以上的摘要介绍丰富和具体,但我们刻意精简正想突显高友工的论述逻辑。他的历史书写其实还是离不开"分析美学"所偏重的"内部史"(internal history),主力在追踪"抒情美典"的内部结构——尤其是"内化"与"象意"——的发展,有关"美典"变化的文化史"因果脉络"的交代,实在极不充分,其解释能力亦嫌薄弱。

对"抒情美典"作"文化史"解释既然成为高友工"美典"论述的追求目标,而他又自觉力有未逮,于是余英时(高友工在普林斯顿大学的同事)对中国社会文化作思想史诠释的论述,就成为他最亲近的"解倒悬"方案。高友工比较积极地应用余英时的"中国文化史四次突破论",并尝试为"美典"的演进提供更多的思想文化背景的解释,见于《试论中国艺术精神》一篇,文中第三节《中国艺术精神的发展阶段》先有余英时之说的介绍:

> (余英时)提到的四次突破,代表了中国文化在本体或形式上的重要转变。第一个突破是东周时期从春秋末季到战国中期,也即是公元前五世纪到前四世纪。第二个突破是在汉魏之

---

[1] 高友工在《中国文化史中的抒情传统》说:"以'游心空际'总结中国诗中意境的领域,以'写意象外'代表中国书法中气势的指向。而二者是文人画的始与终。……抒情美典在游心一层作到内化的一面,在写意一层显示它特有的象意的方法。……由于绘画在典上继承、综合、扩展了诗与书的美典,所以在表现的形式上亦能达到相辅的境界。诗书画三绝的理想几乎是这新美典的水到渠成的成果。"见页258。

"传统"的流转

际,亦即公元二三世纪的时代。第三个突破可以说是唐宋之际,五代与北宋特别是十及十一世纪正是其关键时期。第四个突破是明清之交替从万历到顺治的十七世纪反映了这个转变。[1]

高友工在撰写他这一系列文章时,其实并未见到余英时对中国思想的"四次突破"的完整论述,但这里的简介大致不差。[2]余英时近期发表《我与中国思想史研究》,对自己如何发展这"四次突破"论,有扼要的介绍,在此我们可以引为讨论的根据。按照余英时的看法,每次思想"突破"都有其政治文化的因缘:第一次突破的背景是"礼乐崩坏",先秦诸子的思想缘是而生;第二次突破发生在汉帝国开始分裂之时,出现"群体秩序"与"个体自由"、"名教"与"自然"、"情"与"礼"之争;第三次突破关乎唐、宋之际的大变动,这时"新禅宗"的"入世倾向"引导出宋代"道学"伦理,以"得君行道"为理想;第四次突破具体以王阳明的"致良知"之教为表征,"得君行道"既不可得,于是"觉民行道"的思想代之而兴。[3]

将余英时的具体论述与高友工提出的中国抒情美典发展间架相较,可以见到两者既有互相融会的可能,但也有不少看来是圆凿而方枘的地方。高友工论"第一次突破",借用了余英时的"礼乐崩坏"而至"人性觉醒"的观察,[4]进一步推衍解释音乐内在结构的形式基础与自

---

[1]《试论中国艺术精神》,页164。
[2] 高友工在文中亦交代自己从不同的场合听到余英时的说法,加上二人长期在普林斯顿大学共事,讨论的机会不会太少,所以高友工较早得知余说的梗概,也是可能的。
[3] 见余英时:《我与中国思想史研究》,《思想》第8辑(2008年),页1—18。
[4] 更准确地说,余英时以为这时期中国的"哲学突破"是以"心学"取代了"神学";见《我与中国思想史研究》,页7。

然现象的关系，认为当中出现了以"等值性的比喻关系"补充自古以来的"延续性的因果关系"，使"音乐"与"情志"的象征关系得以建立；而这种人文主义的思潮，又是抒情传统的主流。高友工此说虽然也有许多心证的成分，但与余英时的讲法没有明显的矛盾，甚至可以说是扩阔了余说的空间。

至于"第二次突破"的文化背景，在高友工眼中表现为在"名教"的危机下"个人从社会的、外在的道德世界退隐到一个自我中心的、内在的心象世界"；当中"由自我精神的内省到表现"，就是抒情美典的发展方向。高友工这样的分析，不难和余英时之说调协。二人的不同处在于对这次"突破"的范围之理解。余英时以为这次"突破"由汉末开始，持续到南北朝。高友工则不单由《古诗十九首》讲到陆机《文赋》和刘勰《文心雕龙》，更要把盛唐的书法和诗学视为"第二次突破"的"余波"。这样的扩张又似乎太过宽松，可能是因为他要为自己"抒情美典"论述的关键——律诗美典——寻找适当的位置和意义。

更多问题是对唐宋之际的"突破"的论述。高友工说唐代艺术"在以后文化上的突破已经由'果'转变为'因'"，如古文运动就推动了"第三次突破"；但将古文运动与"抒情精神"扣连其实并不容易，更何况从唐"律诗"到"艺术"，再到"古文运动"，中间还有不少论证的缺口有待补充。按高友工的另外两篇论文（《中国抒情美典》和《中国文化史中的抒情传统》）的论述架构，这次"突破"的主体应是北宋以还的绘画和理论，但他在本文又添加了七绝（绝句与偈语"同源、同形"）和词体的"长调"（依循诗人心声而伸屈），试图证明当时"形式上的探求"都反映了"人生意义的追寻"。同样，如果我们不想简单以"牵强"二字下判语，则有必要进行更大规模的论证工程。

"传统"的流转

为了配合王阳明"心学"所代表的"第四次突破",高友工提出了戏曲新美典之说;但据他另外一些论文的解释,这已是"外投美典"的问题,与纯粹"内向"的"抒情美典"分属不同的发展趋势了。[1]或者,历史书写总让人期待一个结局。前此高友工探讨过《红楼梦》与《儒林外史》的抒情视界,[2]在此正可供应用;高友工指出这两本小说"融合抒情、叙事传统","也可以被看作抒情美典的'天鹅之歌'"。只可惜无论在早前的论文还是本篇,都没有见到高友工尝试探讨这两阕"天鹅之歌"如何与王阳明启动的"觉民行道"相关联。

既然余、高二人对思想史或者文化史都有相同的诠释范围,我们可以稍稍比较二人的态度。余英时说:

> 我研究每一个思想变动,首先便从整体观点寻它的历史背景,尽量把思想史和其他方面的历史发展关联起来,其次则特别注重"士"的变化和思想的变化之间究竟有何关系。[3]

事实上,余英时第二点提到"士"的主题,就好比高友工论述中的"抒情精神"或者"内化"到"象意",同是在历时研究中建立观察点的方法。高友工也和余英时一样,觉得有需要把研究的对象置放到一个更大的脉络中,就如前面引述过的话"该问何以此种美典在当时的文化背景中产生"。或者因为余英时得助于其史学训练,可以将"思

---

[1] 参《中国之戏曲美典》,见《美典》,页306—322;《中国戏曲美典初论——兼谈"昆剧"》,见《美典》,页323—343。

[2] "Lyric Vision in Chinese Narrative: A Reading of *Hunglou meng* and *Rulin waishi*," Andrew H. Plaks, ed., *Chinese Narrative: Critical and Theoretical Essays* (Princeton, N.J.: Princeton University Press, 1977), pp. 227-243.

[3] 余英时:《我与中国思想史研究》,页9。

想史和其他方面的历史发展关联起来",而高友工在穷心于内部理论分析之后,无余力解释"整体的思想体系",只能"留待文化史与思想史家去解决",又或者"假设这方面的问题已经解决"。有时甚而会感慨地说:

> 在复杂而且整体的文化现象分辨因果往往只是徒劳。[1]

当然他这句话的目的是想说明历史上的文化现象可以互为因果,又或者既是因也是果,但多少也反映了他在面对庞杂的历史状况时,或有难以措手的焦虑。

七 结语

我们回看高友工建立他的"抒情美典"论述的过程,见到他(和梅祖麟)先是从"抒情诗"这个西方的"体类"观念起步,其定义是:内容偏重主观与情感、形式则简约紧凑;最初找到中国文学上的对应是五言绝句。但随着对"主观"和"简约"等观念的深入思考,高友工渐渐觉得律诗才是更有代表性的"抒情诗之典型",而抒情诗又是"抒情传统"之理想最圆满的体现。从这个方向观察律诗的成立过程,高友工又得出"内化"和"形式化"是"抒情美典"的基本原理。后来"形式化"被置换为"象意",表示他对"抒情"的文化意义有更多的思考,他的探索范围拓展到音乐、文学理论、书法,以至绘画与画论,追寻其间共通的"抒情精神",以至"抒情美典"与中国文化的关联。

---

[1]《试论中国艺术精神》,页165。

我们也看到高友工的理论资源主要是探求人类思想和行为之普遍原理的语言学和分析哲学，以及这哲学系统影响下的分析美学。掌握了这些理论工具，高友工为现代的中国文学研究示范了前所未有的细致解剖和精微观测。然而，他的作为与二十世纪七八十年代港台比较文学研究盛行套用西方文学理论以说明中国文学现象之暗合者不同。高友工从借用这些看似"普世"的理论之始，就警觉其未能圆足解说中国文学的现象，而谋求补救甚至重新改造。譬如对雅各布森的"诗歌功能说"之偏重"选择轴"而轻忽"毗邻轴"，对现代语言学之强调口语及语言交流功能而贬低文字及其记忆功能的意义，对分析美学之重视艺术客体而疏略创作以至欣赏过程之主观经验等，都作出了重要的修订，甚而是全力开发这些西方论述所不及的领域。"抒情美典"的思考就在这个论述语境中渐次成熟。

我们说高友工的文化意识是在开发"抒情美典"的过程中被唤醒的。对于西方理论之不周延，高友工归因于文化理想之价值取舍不同于中国。于是"文化"和"传统"的解释在高友工的论述中愈来愈重要。这从他前后两篇文章的观点差异可以见到。在1979年发表的《文学研究的美学问题（下）》的结论部分，高友工说：

> 无疑地有人会推想我是在以此抒情精神为中国的文化精神，以悲剧精神为西方的文化精神。姑不论这种简化的公式是否有意义；我个人根本对中西文化比较这个题目没有太大的兴趣。我的兴趣毋宁是贯注在几种不同的思辨、表现的方式。……各种的表现方式在它最简单的形式阶段可能（而且必须）在任何一个成熟的文化中出现。……但是文化的演变必由简单日趋

复杂，而各种条件的交综错离就形成了无数的文化的"复合结构"，这就不是每一个文化都能共有的了。我们可能做的只是忠实地描写这些结构，而观察它们在一个文化中的相互影响与排斥，以及它们的消长兴衰。[1]

于时，高友工的兴趣在于思辨和表现方式，关心的是这些方式如何在一个文化中组成"复合结构"。思考方向是以结构模式作为主导的，历史变化也被吸纳到结构思考之中，这也是分析美学的"非历史"以至"内部史"的基本特色。但随着思辨层次的递进深入，高友工的文化区别的意识渐强。到了2002年的《中国文化史中的抒情传统》，其文的尾声有这样的讲法：

> 我希望在高处看，所讲的还可以在理论层次与西洋文化有一种比较。我个人一直以为比较文学在欧洲文学限制之内是可以有很大贡献的，但若就两个迥异的文化，其比较只能在理论的层次上进行。而中西艺术精神的比较正只能从两种不同美典在两种文化中的比重来看。用最粗浅的话来说，中国的抒情精神正和西洋的戏剧精神分别在它们文化中同样居于一个中心的枢机。[2]

从对"中西文化比较"不感兴趣，到主张"在理论层次"作中西比

---

[1] 《文学研究的美学问题（下）》，页88。
[2] 《中国文化史中的抒情传统》，页259。这些结论和感想是1985年的《中国抒情美典》所未有的。

较，不是轻率地以今日之我打倒昨日之我；高友工是深入以英美分析哲学为中心的现代理论之后，而得出这样的见解。但他并没有因此简单地批评西方理论不足取，从而闭关自守。他希望把"文化史"的视野带到理论的高度来思考，目标大概是：

> 超越局限自己的美典而设身处地想象其他的经验。只有在这种想象的扩展开拓后，我们的艺术经验才能更成熟，更丰富。也许在遍尝之后，我们仍然回到自己的旧癖。但愿意进入其他人的条件和目的，也是培养人本精神的唯一阶梯。[1]

事实上这种想法是相当有启发性的，可以提醒我们时刻反省自身的偏蔽，尝试了解甚至欣赏别人的传统；或者这就是现今人文学科研究的一个应行的方向。当然，要实践这个理想并不是轻而易举的。就以高友工对"抒情美典"和"叙述美典"的对照比较看来，他还是比较欣赏自己所熟悉的文化艺术，认同其背后的人生理想。[2]

此外，高友工的"美典"论述还有一些特点值得我们深思。其一是理论与历史的轻重问题。高友工论述的重要贡献在于其理论思考的深刻和格局的整齐；对于中国传统诗学以至文化艺术理论之现代诠释，应有极大的助益。然而，正如前文所述，高友工的理论思考主导往往让具体的历史现象没有机会呈现，容易招致学有专门的文史研究者非议。例如论唐代律诗只举初唐诗人、王维的山水诗、杜甫的律诗，目的在说明"律诗美典"的几个面向；但唐诗专家们会很容易

---

[1]《中国文化史中的抒情传统》，页260。
[2] 对于"抒情美典"的局限有较多批评的是《试论中国艺术批评》一文。

指出王维的作品风格不是如此局限,中晚唐以至两宋还有许多别样的诗风等。又如论文人画之不重具象模拟,兼容"气势"与"意境",成就全面的"抒情美典",也曾被艺术史家高居翰(James Cahill, 1926—2014)质疑,举南宋院画反证"抒情"不必放弃"形似"。[1]再者,如我们上文所述,高友工对文学或者艺术的"内部"发展逻辑往往有精微观测,但对其外缘因素的关联却不一定有准确的把握。诸如此类,予批评者很多责难的机会。[2]然而,如果我们能掌握其理论架构的意向,再行补强修正其间历史细节,使其论述更准确周延不是办不到的事。高友工在《试论中国艺术精神》的结语说:

> 我所希望的是这里至少能提出一个大的间架,横的结构和纵的史观有一个轮廓。至于修正补充则有待来日,有待诸君了。[3]

或者我们不应看成是客套的闲言语。

高友工"美典"论述的另一个问题也是因为理论成分特强;其思维的周折繁复,让许多初学者望而却步。幸好高友工的早期难读难懂的文章如《文学研究的美学问题》的主要论点,经过蔡英俊、吕正惠吸收消化,充实以具体例证,修补其不足,写成平易畅达的文章,[4]高友工论述的主体精神才得以在学界有广泛的流播。假如高友工其他长

---

[1] James Cahill, *The Lyric Journey: Poetic Painting in China and Japan* (Cambridge: Harvard University Press, 1996), pp. 7-72.

[2] 事实上,高友工以方腊研究完成博士课程,照理应有足够的史学训练;但他后来的论著却是理论先行,历史论据比较薄弱。

[3]《试论中国艺术精神》,页172。

[4] 吕正惠《形式与意义》、蔡英俊《抒情精神与抒情传统》,均见蔡英俊编《抒情的境界》(台北:联经出版公司,1982),页17—65、69—110。

篇论文也有适当的介绍，让更多年轻学人领会其理论的优缺，则"抒情传统"论述在文学研究以至学术史的意义，相信会更加深远。

辑二

现代文学与抒情论述

左翼诗学与感官世界
——重读"失踪诗人"鸥外鸥的三四十年代诗作

一 前言:"文学史上的失踪者"鸥外鸥

近年好几位评论家在讲及二十世纪三四十年代诗人鸥外鸥(1911—1995)的时候,每每在引言中说他是"文学史上的失踪者"[1]。事实上,文学史本就是时间长河中的一个淘汰的过程,从来不乏"失踪人口";其失踪原因最"合理"的是"水平低下",当然何谓"低下"其实牵涉非常复杂的理论问题。除此以外,有可能是战争或其他祸乱而致作品不及流通,有可能因为作品内容触犯政治忌讳,也有可能是文学风潮转向而促成文学感应结构的变化。以鸥外鸥的情况而言,过

---

[1] 例如张松建《鸥外鸥——地缘政治、反讽诗艺与形式实验》说:"迄今为止,他仍还是一名'文学史上的失踪者'。"见张松建:《现代诗的再出发——中国四十年代现代主义诗潮新探》(北京:北京大学出版社,2009),页195。又如昌政:《文学史上的失踪者——品读寂寞的现代派诗人鸥外鸥》,http://blog.sina.com.cn/s/blog_4882255301009wiw.html(检索日期:2016年10月13日);黄庆云:《文学史上的失踪者——鸥外鸥》,《文学评论》第29期(2013年12月),页88—90。

去主流的中国现代文学史的确对他有所忽略；[1]作品因战乱而流通不广固然是其中因素，更重要的是他的诗风之卓尔不群，自成一格，未有诗派群体的协同力量以形成运动风潮，左右文坛的走向。值得注意的是，因为鸥外鸥与香港这个文化空间结下因缘，鸥外鸥自二十世纪五十年代留居内地，"文化大革命"后复出诗坛，八十年代几度回到香港与当地文学界"相认"，以后一直受到香港文学史研究者的重视，大家对鸥外鸥早期诗作的前卫风格惊艳赞叹，例如郑树森就认为鸥外鸥与柳木下是香港两大诗人[2]；报刊上直接间接讨论他的作品的文章近百篇。此后鸥外鸥也不断把新作交由香港文艺刊物出版，相对来说他在内地文坛所受到的关注远远不如。换句话说，一位原应是中国现代文学史甚至整个华语文化圈所珍视的诗人和作品，却未得到他的居留所在地重视，反而由香港文学论者去认领，这个现象颇堪思考。

鸥外鸥又作鸥外·鸥、欧外欧，或欧外鸥，自署的英文名是

---

[1] 解志熙曾在《现代及"现代派诗"的双重超克——鸥外鸥与"反抒情"诗派的另类现代性》一文说自己"曾被拽进一部《二十世纪中国文学史》的编写工作中去，……(他)趁机介绍了另一个左翼诗派，并将其命名为'反抒情'诗派"，而该诗派"迄今仍然不大为学界所知"。他所讲的诗派代表诗人就是鸥外鸥、胡明树和柳木下；提到的文学史应是严家炎主编，严家炎、袁进、关爱和、方锡德、解志熙、陈思和、孟繁华、王光明、程光炜、黎湘萍等撰写的《二十世纪中国文学史》(北京：高等教育出版社，2010)。解志熙文载《文学与文化》第4期(2011年)，页35—49；又收入解志熙《文本的隐与显——中国现代文学文献校读论稿》(北京：北京大学出版社，2016)，页332—352；下文引述以后者为据。"诗派"之说，我想还可进一步探究；三人之诗很值得从现代诗学史的角度仔细分析。胡明树与柳木下是鸥外鸥的文学知交，也曾合作办诗刊，三人的作品风格确有交集，但相异之处亦多。郑树森继曾比较柳木下与鸥外鸥两人诗风的差异，见黄继持、卢玮銮、郑树森：《早期香港新文学作品三人谈》，《早期香港新文学作品选》(香港：天地图书公司，1998)，页32—33。

[2]《早期香港新文学作品选》，页33。

Outer Out；原名李宗大，其他笔名可考的包括：江水涣、林木茂、司徒越、叶沃若等。他的好朋友黄庆云曾说鸥外鸥最崇拜日本作家森鸥外，因以为名。[1]然而鸥外鸥曾经解释其名字的由来：

> 因为我爱白色，爱自由，爱独立，爱冒险，爱奋斗(意思即刻苦上进)，爱远出，爱合群，爱海洋，爱无限的宇宙。白鸥有着这诸种的美德，也生活在这样的境界。我爱白鸥，而自比为一群白鸥中的一只。我这个名字是洁白的；我这个人的内心也是洁白的，不喜隐藏，掩饰，爽直明快，热烈固执，都是我的特性。[2]

这是他在1946年时的说法。他说自己"爱合群"，"自比为一群白鸥中的一只"，似乎与他在诗坛上的作风不太吻合。四十年后，他在回应香港书话家许定铭的问题时说：

> 我羡慕(海鸥)可以任意翱翔，尤其在群鸥以外，独自飞翔的那只，它没有同伴，独来独往，就像我在诗创作上，独自踏上无名路时一样。于是，我恋上了那只群鸥以外的鸥，就把笔名写成鸥外鸥！[3]

---

[1] 参考黄庆云：《天地一沙鸥》，《文学世纪》停刊号(2000年12月)，页32；以及《文学史上的失踪者——鸥外鸥》，页90。然而许定铭《从无名路走过来的诗人》一文记载他曾亲向鸥外鸥询问其笔名是否因森鸥外而来，鸥外鸥的回答为："绝对不是！"见许定铭：《从无名路走过来的诗人》，《诗双月刊》总第33期(1997年3月)，页63。

[2] 鸥外鸥：《亚当的照像册》，《新儿童》第12卷第1期(1946年9月)，页24。

[3] 许定铭：《从无名路走过来的诗人》，页63。

这个解释虽然是后见之明,但理由很充分。至于他的群体归属,张松建认为:

> 就文学地理而言,鸥外鸥应属于"大西南地区诗人群体",但风格不同,令人侧目。[1]

以鸥外鸥作为"文学地理"的讨论样本,是非常值得的尝试。然而,"大西南地区诗人群体"一说未必合宜;我们可以对鸥外鸥的文学行旅稍作考查。

鸥外鸥出生于广东石龙镇,童年时住在香港跑马地,在美国教会开办的育才书院就读;十四岁(1925年)离港赴广州,入读南武中学。大概在1928年已开始和杜格灵、李浅野、杜冥尼等友好组织文艺活动;[2]和许多省港文学青年一样,他也投稿到上海的重要文艺杂志,因而受到赏识;[3]现在能见到在上海获刊的作品始于1931年。1935年他在上海居停了一个月,结交叶灵凤、穆时英、戴望舒、徐迟、赵家璧、李青等。[4]战前省(广州)港(香港)两地的文化交流颇为畅通;鸥外鸥和两地年轻作家如柳木下、易椿年、侣伦等时相往来;[5]曾在易椿年、张任涛、侣伦、卢敦等编的《时代风景》发表诗作,参

---

[1] 张松建:《现代诗的再出发》,页195。
[2] 见井上蛙次郎:《广州文坛消息片片》,《开明》第29期(1931年1月),页15。
[3] 鸥外鸥:《续亚当——立志做一个诗人》,《新儿童》第16卷第4期(1947年11月),页20。
[4] 鸥外鸥:《续亚当——一个人的成长》,《新儿童》第17卷第1期(1947年12月),页30。
[5] 见许定铭:《侣伦的第一本书〈红茶〉(外一章)》,《文学评论》第11期(2010年12月),页79—82。

与了《诗场》和《广州诗坛》的活动，又与柳木下合办《诗群众》，同时在省港两地发行，可算是当时文学圈的活跃分子。1938年10月日军攻占广州，他与家人重回香港；编杂志《中学知识》，又在马国亮、丁聪、李青等编的《大地画报》发表作品。1941年12月香港被日本占领，鸥外鸥离港到桂林住了三年，与胡明树合编杂志《诗》，与李青、马国亮合办大地出版社；后来再迁到广东钦县、防城。[1] 1948年重回香港，在《新儿童》发表了不少童诗，以及自传《亚当的照像册》和《续亚当》；1950年返广州，在不同的高校任教，其后转职中华、商务广州编辑室。"文化大革命"期间，鸥外鸥和许多内地文化人一样，遭受各种打击，到八十年代才再度公开发表诗作；1991年定居美国直至离世。[2] 由以上的简括叙述可知，鸥外鸥在西南方的居停，只限于1942年到1945年抗战后期几年，他的文学活动主要还是在广州和香港。当然，作品备受文坛注目，则从上海开始。

二 "戴望舒们"、左翼诗学与鸥外鸥

鸥外鸥的文学活动并不限于粤港地区的范围，因为他早期的诗作已在文坛中心上海见刊；获得重要文艺刊物《现代》（施蛰存主编）和《矛盾》（潘子农主编）接纳。不过他和《现代》的关系却不愉快。1987年7月鸥外鸥应邀来香港中华文化促进中心作讲座时说：

---

1 鸥外鸥：《续亚当——做印刷厂经理》，《新儿童》第19卷第6期（1948年8月），页28—30；《续亚当——到南路》，《新儿童》第20卷第1期（1948年9月），页22—24。
2 黄庆云：《文学史上的失踪者——鸥外鸥》，页88—90；黄蒙田：《鸥外鸥诗创作六十五年》，《香港文学》第126期（1995年6月），页9—15。

有人以为我是三十年代的中国现代派，其实三十年代的中国现代派很不现代派，不过是以《现代》月刊作为它的代名词。之前我看到香港的《海洋文艺》，施蛰存有一篇现代派的回忆文章，列举了几个人名，有我在内，将我列入他们一伙，我就很反感。我在《现代》月刊仅仅发表过一首诗《映树》，往后不再写，怎能算作他们的现代派呢？[1]

鸥外鸥提到施蛰存的回忆文章题作《〈现代〉杂忆》，文中罗列了《现代》前三卷诗人和诗篇数字，目的正要说明：

> 他们的风格，即使在当时，也并不完全相同。如果我们现在看了这张名单，说他们的诗作可以成一个流派，恐怕没有人肯同意。[2]

无论如何，鸥外鸥对《现代》所带动的、以戴望舒为首的诗风，非常不以为然；即使是半个世纪以后回想，他还特别提及自己在抗战爆发后所写的一篇很火爆的长文章——《搬戴望舒们进殓房》。这篇文章正因为当时围绕"现代派"的文坛论争而起。

---

1 郑政恒整理：《鸥外鸥讲座——漫话新诗的新与我》，《百家》第19期（2012年4月），页37。
2 施蛰存：《〈现代〉杂忆》，《海洋文艺》第7卷第10期（1980年10月），页52—63。

戴望舒在1937年4月《新中华杂志》发表《谈国防诗歌》。这篇短文原是当期《新中华杂志》的"现代中国文学诸问题特辑"其中一篇。[1]文章并非深入的理论性探索，但对于"国防诗歌"却有尖刻的批评，指"国防诗歌"论者把诗"当作标语口号"，以为"一切东西都是一种工具，一切文学都是宣传"：

> 在这些人的意思，一切东西都是一种工具，一切文学都是宣传，他们不了解艺术之崇高，不知道人性的深邃；他们本身就是一个盲目的工具。

除了批评"国防诗歌"的理念之外，更对其创作表现作出贬抑：

> 现在的所谓"国防诗歌"呢，只是一篇分了行，加了勉强的脚韵的浅薄而庸俗的演说辞而已。"诗"是没有了的，而且千篇一律，言不由衷。……既不是诗歌而又和国防一点也不生瓜葛的"国防诗歌"，留在那么寒伧的书斋中做一个空虚的幌子吧。[2]

"国防诗歌"并不是纯粹的文学论述，它是"国防文学"的一个分支。由1935年冬天开始，"左联"的关键人物周扬因应政治斗争的形

---

[1] "现代中国文学诸问题特辑"，还有《纯文学》(顾仲彝)、《杂文学》(施蛰存)、《剧文学》(予且)、《报告文学论》(沈起予)、《翻译文学论》(傅东华)、《什么是新的通俗文学》(郑伯奇)、《讽刺文学与幽默文学》(盛成)等。

[2] 戴望舒：《谈国防诗歌》，《新中华杂志》第5卷第15期(1937年4月)，页84—86。

现代文学与抒情论述

势宣扬"国防文学",以抗日为前提推动文学统战;[1]"国防诗歌"的口号随之而生。当时华南地区活跃的"广州艺术工作者协会",文艺思想承接由"左联"领导的"中国诗歌会"的"反帝抗日的战斗传统",成员包括黄宁婴、陈残云、温流、芦荻等,先后创办《今日诗歌》(创刊于1936年秋,与刘火子、戴隐郎等在香港主编、1934年9月创刊的杂志同名,但两者的人事与诗风都不同)和《广州诗坛》,是"国防诗歌"的重要宣传阵地。[2]其中贯串"左联"、中国诗歌会,以至《广州诗坛》的蒲风(1911—1942),就撰有《怎样写国防诗歌》,详细论说"国防诗歌"的理念和创作方法。[3]戴望舒这篇完全站在对立面的文章引来左翼诗人们的激烈反应。《今日诗歌》第二期以"本社同人"的名义,发表《斥戴望舒谈国防诗歌》,逐点驳斥戴望舒,其结尾措辞更是狠辣:

> 这株毒草不但又在放射毒气,而且变成一只疯狗乱吠噬人了,全国的新诗歌工作者们!起来吧!我们要合力消灭这种败类,这种无耻与阴谋的汉奸底化身!把他赶出门外,把他扔下

---

[1] 参考陈炳良:《国防文学论战——一笔五十年的旧账》,载陈炳良《文学散论——香港·鲁迅·现代》(香港:香江出版公司,1987),页145—172;陈顺馨:《"国防文学"论争与社会主义现实主义接受的考验》,载陈顺馨《社会主义现实主义理论在中国的接受与转换》(合肥:安徽教育出版社,2000),页133—142;丸山升:《关于"国防文学论战"》,载丸山升著,王俊文译《鲁迅·革命·历史——丸山升现代中国文学论集》(北京:北京大学出版社,2005),页120—165。

[2] 参考陈残云:《风云时代的颂歌——〈中国诗坛〉诗选序》,《新文学史料》第4期(1985年8月),页199—202;陈颂声、邓国伟:《论中国诗坛社及其〈中国诗坛〉》,《中山大学学报》第4期(1984年),页96—106;苏光文:《关于"中国诗坛"派的思考》,《西南师范大学学报》第1期(1992年),页86—90。

[3] 蒲风:《怎样写国防诗歌》,《读书生活》第4卷第9期(1936年9月),页468—471。

海里！[1]

鸥外鸥《搬戴望舒们进殓房》标题之吓人，其实是这种"杀气腾腾"的语言之延续。然而，在语言暴力以外，鸥外鸥文中的诗学论见还是值得参详。特别是现代汉诗一直要面对的"情感"如何措置的观点。我们知道，在浪漫主义风潮之后，现代主义对"情感"的表达非常克制，害怕"滥情"，反对"感伤主义"（sentimentalism）。戴望舒关注"诗的情绪的抑扬顿挫"，认为"情绪不是用摄影机摄出来的"；他不反对"应用旧的古典"，只要能表现出"新情绪"。[2]总之，就是回避情感的直露。鸥外鸥执着这一点来批评"戴望舒们"，认为他们是"情绪魅惑主义"，其"情绪"其实离不开他们自己反对的"感伤"；文中鸥外鸥用他擅长的排比式语句予以奚落——"遁世绝俗追怀凭吊壮志消沉颓唐老朽厌世感伤"，又说他们的诗充斥着陈词，"加之以无端的悲观，女性气质的自怨自艾之所谓情绪的感伤"。[3]

现代诗要面对的另一个重要问题是如何表现"现代性"。施蛰存曾经以主编的身份说明《现代》刊出的诗是：

纯然的现代的诗。它们是现代人在现代生活中所感受的现代的情绪，用现代的辞藻排列成的现代的诗形。[4]

---

[1]《今日诗歌》社同人：《斥戴望舒谈国防诗歌》，《今日诗歌》第2期（1937年6月），页4。

[2] 见《望舒诗论》，《现代》第2卷第1期（1932年11月），页92—94。

[3] 鸥外鸥：《搬戴望舒们进殓房》，《广州诗坛》第3期（1937年10月），页7—13。以下引述本文同据此。

[4] 施蛰存：《又关于本刊中的诗》，《现代》第4卷第1期（1933年11月），页6。

上文提到施蛰存在多年后回忆《现代》杂志，说在此发表作品的诗人，其实风格不尽齐一，但当日他既然对杂志上刊出的诗作整体说明，论者也会就其表现与影响作出概括归纳，例如1934年蒲风已撰写《所谓"现代生活"的"现代"诗》一文作针锋相对的批评；稍后又在《"五四"到现在中国诗坛鸟瞰》一文，以"现代派"来统称"戴望舒为代表的《现代》杂志诗人一派"；1936年蒲风又发表《论戴望舒的诗》，大力批评其"题材和内容"与"形式和技巧"，指陈他的诗论之错误。[1]

蒲风的批评焦点，正在于对"现代"的诠释。他眼中的"现代"，和"现实"直接相关联，是指"都市里的火车、工厂，一切资本主义的文明"，以及"破产的农村状况"。然而《现代》杂志的诗却满眼"萤灯""残红""过时的木槿花""虫声""毒蛇""归鸦"……都是"被过时的封建诗人奸淫了千次万次的东西"。[2] 鸥外鸥对"戴望舒们"的批评也相类似，他罗列他们的"习惯用语"：

> 娇女，林擒，动刀天，家园，鼓人，砧杵，华年，风沙之日，果树园，灯，花，珍珠，小巷，在暮霭里，香客，天籁，檐溜，牧羊女，牛群，家乡，木叶，荔园，主人，棕榈园，音乐风，旅人，海贝。

---

[1] 蒲风：《所谓"现代生活"的"现代"诗——评〈现代〉四卷一期至三期的诗》，《出版消息》第29期（1934年2月），页11—16；《"五四"到现在中国诗坛鸟瞰》，《诗歌季刊》第1、2期（1934年12月，1935年3月），收入杨匡汉、刘福春编《中国现代诗论》（上）（广州：花城出版社，1985），页218—223；《论戴望舒的诗》，《东方文艺》第1卷第1期（1936年3月），页97—105。

[2] 蒲风：《所谓"现代生活"的"现代"诗》，页13—14；《论戴望舒的诗》，页99—100、102—103。

又罗列他们的诗题：

荫路，守墓人，督井，檐溜，泪，水，巡游人，当炉女，无题，海上谣，乐园鸟，脱袜吟，有遇，晨兴，古意，答客问，神诰。

他质疑：

有诗的题材古造型古字句古而诗风不古之理否？

鸥外鸥以为"戴望舒们"根本不能表现"新情绪""现代的情绪"，其诗风只是：

Symbolists而已！象征派那已经是十九世纪末之一个诗派！殊不"现代"的了，更非"新"诗了。

这也与蒲风的观点相近，后者也认为戴望舒是"象征派"诗人，摆脱不了"神秘"与"看不懂"；而"象征主义"只在十九世纪抬头，今日的潮流已经是"现实主义"。鸥外鸥或者蒲风用这种线性时间观来评价诗学取向的高下，其实不一定公允。但他们的思虑主要在于如何接近合乎"现实"的"现代"。蒲风认为"现代派"诗人远离"现代"、脱离"现实"。鸥外鸥也说他们"并不Going to Society（进入于社会）而深中了Back to Nature（回返于自然）之毒！——不是到农村，是去归隐"。在文中，鸥外鸥对他理解的"现代性"，以及诗与诗人之"社会责任"

有如下的申述：

> 今日工业社会为产生现代文化之母，吾人又岂能否认。况且"人为政治的动物""人为社会的动物"的学说昭示吾人以必须接触社会生活而后乃明了社会责任；及尽力社会义务才完成自己的天职。诗与诗人皆有其社会责任政治服役的天职，我们的武器，我们的诗，我们的鼓手，我们的诗人（——马也活夫司机金言）。诗人与政治家并无轩轾之不同。我们所接触的环境已经是工业思潮的环境，我们要求的当然是与工业思潮并行的诗了。时间与空间及产出人间的宇宙观念，诗的型与质当以不超出此法则为合理化；诗人所抱取的人生态度亦当以不超出此法则为合理化。伫对柳梢头的初升之月而感慨系之的怀了一肚腹世纪末的感情的诗人，与伫对兵工厂或战斗舰的烟突旁之落日而热血沸腾抱负了一肩社会责任的斗志的诗人，谁者为更尊重诗的时间效率的同存性空间效率的同存性？谁更伟大呢？吾人尽可想见的了。

这一大段相当完整的论述——要求摆脱文人士大夫的古典传统，反对朦胧晦涩的语言，主张刻画现实，以文学干预生活——可说是当时左翼文学思潮的响应。我们检出蒲风的类似论述作对照，见到二人论点相同的地方相当多。鸥外鸥的作品既见载于1936年成立的左翼组织"广州艺术工作者协会"主办的诗刊《诗场》及《广州诗坛》（从第一卷第四期开始易名《中国诗坛》）；1986年陈颂声、邓国伟编

《南国诗潮——"中国诗坛"诗选》，也收入"欧外鸥诗"四首。[1]如果文学史上有所谓"无产阶级革命诗歌运动"的"中国诗坛派"，看来鸥外鸥就是其中的人物。[2]

然而，我们若细考《搬戴望舒们进殓房》这篇"反'反国防诗歌'"的论辩文章，再参详鸥外鸥的诗学发展，对他的"左翼诗学"会有不同的观照。首先是鸥外鸥在文中并没有正面鼓吹"国防诗歌"，反而把戴望舒的议论扩阔，说他"公然侮蔑了'社会诗''国防诗'"；鸥外鸥主张诗人要介入社会，但没有提到要"鼓动群众的爱国御敌之心"，像《今日诗歌》社同人《斥戴望舒谈国防诗歌》一文的主张；他也不曾提到诗歌要"大众化"，也不崇拜集体力量，他推许的反而是"独立独行的超卓"；他又不讲"农村破产"，没有对农民之艰苦表示同情，反而蔑视那些"土头土脑村气未除的一班自穷乡僻壤负笈而来寄住于都会不久的乡土观念特重的怀乡病的村童、田舍郎"（他常以"村佬"称呼他眼中没有见识的人）；又不无歧视地把"女性气质"与"情绪的感伤"联结；这种独特的个人风格，与当时重视群众运动的共产主义思维，有很大的差别。

鸥外鸥出道以后，风格独特，往往被视为"未来主义诗人"，例如屠蒙对他早期作品有如下的描述：

---

[1] 陈颂声、邓国伟编：《南国诗潮——"中国诗坛"诗选》（广州：花城出版社，1986），页107—115。
[2] 陈颂声、邓国伟指鸥外鸥是这个华南新诗歌运动的"核心"人物；见陈颂声、邓国伟：《中国诗坛社与华南的新诗歌运动》，《学术研究》第3期（1984年），页92。又参苏光文：《关于"中国诗坛"派的思考》，《西南师范大学学报》第1期（1992年），页86—90。

现代文学与抒情论述

在二十世纪的意大利，已经有所谓未来主义的诗歌了。我们的诗人欧外欧，就是受了那些诗歌的影响，努力去创制那一类的诗篇。像他在《矛盾》月刊中的《罐头阿拉伯太子的罐》《金钢石的呼吸》《锁的社会学》《技术政治力的贫困的丈夫》《纸饭巾的本兼各职》《论爱情乘了BUS》《皮肤病的常备须刀》《性[植]物乘了急行列车》，《现代》月刊中的《映树》，《妇人画报》中的《枕席之俭节》等等，已十足地表现了意大利未来主义的作风，所不同的，是诗的歌咏上多在情爱那一方罢了。他是中国的马里内蒂（Marinetti）啊！他最近常为良友图书公司出版之《妇人画报》撰稿，极受妇女界赞许。但他的诗曾有看不懂在《新垒》上攻击过，结果，他处之泰然。[1]

有关意大利和俄罗斯的"未来主义"思潮，早于1914年《东方杂志》上已有介绍；[2]继后左翼文人更重点介绍俄罗斯的未来主义诗人马雅可夫斯基（Vladimir Mayakovsky, 1893—1930），例如茅盾早在1924年发表的《苏维埃俄罗斯的革命诗人——玛霞考夫斯基》，已有简单介绍；[3]继后未名社的李霁野和韦素园译介托洛茨基《文学与革命》，

---

1 屠蒙：《欧外欧徐迟与林英强》，《十日谈》第41期（1934年10月），页237。又宋衡心《未来派诗人鸥外鸥》说鸥外鸥的诗"都以科学为归。是暴动与机械力的赞美者。……未来派诗的表现方式，恰如立体派"，转引自许定铭：《福州的〈诗之叶〉》，《大公报》2009年8月26日。

2 章锡琛：《风靡世界之未来主义》，《东方杂志》第11卷第2期（1914年8月），页66—68。

3 玄珠（茅盾）：《苏维埃俄罗斯的革命诗人》，《文学》130期（1924年7月），页1。

当中对未来主义的论述颇为详备，引起广泛的注意。[1] 屠蒙的文章以意大利未来主义开创者马里内蒂（Filippo Tommaso Marinetti, 1876—1944）比诸鸥外鸥，事实上前者不少论点可资对照。马里内蒂在《未来主义宣言》中宣称"世界的新美感"是"速度的美感"："跑车的排气管呼啸声"有如"蟒蛇的喷薄气息"，"比胜利女神还要美"。此外，他又曾嘲讽爱伦坡（Edgar Allan Poe）、马拉美（Stéphane Mallarmé）、魏尔伦（Paul-Marie Verlaine）等"象征主义大师们"是"最后的月之恋人"（the last moon lovers），批评他们的诗歌"离不开怀旧、总是召唤已逝岁月的亡魂、走不出历史与传说的雾霾"。[2]

鸥外鸥对"象征主义"的贬抑、对现代工业文明的欣赏，颇有马里内蒂的意味。然而，以当时文坛和政治的气氛，支持法西斯主义的马里内蒂，人心之归向远远比不上苏联"十月革命"拥护者马雅可夫斯基。后者在艺术表现上也非常激进；他和俄罗斯的"未来主义者"，也反传统、反象征主义，他们的共同宣言《给社会趣味一记耳光》（1912）开篇就与传统决裂，要把普希金、陀思妥耶夫斯基、托尔斯泰从航向现代之船（ship of modernity）扔出去；又对俄罗斯的象征主义诗人如巴尔蒙特（Konstantin Bal'mont, 1867—1942）、勃留索夫（Valerii Briusov, 1873—1924），以及"安德烈耶夫（Leonid Andreyev,

---

[1] 托洛茨基著，李霁野、韦素园译：《文学与革命》（北京：未名社，1928）。
[2] 参考 F. T. Marinetti, "The Founding and Manifesto of Futurism"（1909）, "We Abjure Our Symbolist Masters, the Last Lovers of the Moon（1911）," in Lawrence Rainey, Christine Poggi, Laura Wittman, eds., *Futurism: An Anthology*（New Haven: Yale University Press, 2009）, pp. 49-53, 93-95; Eleonora Conti, "Marinetti in France between Symbolism and Futurism: Vers et Prose and Les Guêpes," in Geert Buelens, Harald Hendrix, Monica Jansen, eds., *The History of Futurism: The Precursors, Protagonists, and Legacies*（Plymouth: Lexington Books, 2012）, pp. 53-80。

1871—1919）们"大张挞伐。[1]更值得注意的一点是，他们猛烈冲击语言的传统语法规限，务求解放字词的意义能量，对文字的音声和视觉效果尤其究心。[2]

鸥外鸥的诗歌创作和诗论观点与意大利及俄罗斯未来主义都有相近之处，不过在他的作品中，却多见马雅可夫斯基的名字（例如《搬戴望舒们进殓房》一文就引述"马也活夫司机的金言"）。也可能受到马雅可夫斯基的前卫诗学影响，鸥外鸥即使以抗战为主题的诗歌，都与当时左翼主流的"大众化"诗学倾向并不相同。这一点我们可以再以蒲风的论述作进一步申明。蒲风在1938年发表《表现主义与未来主义》，先引述列宁的话：

> 我无法承认表现主义未来主义等等是文艺天才的最高表现，因为我不懂他们，不能从他们感到丝毫的愉快。

以下蒲风把表现主义与未来主义概括为同样陷于"机械的表现方

---

[1] 鸥外鸥所谓"戴望舒们"，是以众数表达轻蔑之义，这与《给社会趣味一记耳光》中"安德烈耶夫们"是同一种手法。

[2] 参考 D. Burliuk, Alexander Druchenykh, V. Mayakovsky, and Victor Khlebnikov, "Slap in the Face of Public Taste," A. Kruchenykh and V. Khlebnikov, "From *The Word as Such*," in Anna Lawton and Herbert Eagle, eds., *Russian Futurism through Its Manifestoes, 1912-1928* (Ithaca and London: Cornell University Press, 1988), pp. 51-52, 57-62。至于马雅可夫斯基与未来主义的专论，可参考 Zbigniew Folejewski, "Mayakovsky and Futurism," *Comparative Literature Studies*, Special Advance Number(1963), pp. 71-77; Bengt Jangfeldt, *Majakovskij and Futurism: 1917-1921* (Stockholm: Almqvist & Wiksell International, 1976)。郑政恒曾以马雅可夫斯基与叶赛宁（Sergei Yesenin, 1895—1925）之对立，比喻鸥外鸥与戴望舒的对峙；见郑政恒：《前卫的现代诗人——鸥外鸥诗歌再探》，《百家》第19期(2012年4月)，页30。

法"。他认为"未来主义之所以在俄国大革命时代有所贡献,是在其冲破旧形式的桎梏","不过是新旧两个时代的桥梁"。他的正面主张是：

> 凡能真正呼吸着现实生活,凡能真正投身于群众的热烈而英勇的斗争中,冲击起感情之波,凡能认识艺术之应为自由解放尽点任务,无论何时都应该属于整个大众的一方面的,他们的正确的路都是新现实主义,亦即是社会主义的现实主义。[1]

蒲风也对当时中国文艺界的"未来派诗"作点评,说它们"并没有抓住未来主义文学精义……,既不是力的表现,也不见充分被表现着的声色,赘述的话一大篇"。文中没有点名,但他的批评对象很有可能包括跟《今日诗歌》与《广州诗坛》团队合作,预备将戴望舒及其同群"赶出门外,把他扔下海里""搬进殓房"的鸥外鸥。

如果我们细察鸥外鸥的诗学活动,就可以了解鸥外鸥其实与黄宁婴、陈残云、温流、芦荻、蒲风、雷石榆等"中国诗坛派",关系很难说得上密切。鸥外鸥与这一团体结交,大概是始于1937年5月《诗场》创刊之时。据黄宁婴后来回忆,是他们有意"把欧外鸥也串联了进来",成为《诗场》编辑团队之一;鸥外鸥也在这个刊物的先后三期发表了诗作。[2] 1937年7月抗日战争全面爆发,《诗场》并入《广州诗坛》,鸥外鸥的《搬戴望舒们进殓房》也就在合并后的《广州诗坛》第

---

[1] 蒲风:《表现主义与未来主义》,《狂潮》第1卷第3期(1938年3月),页54。
[2] 参考陈颂声、邓国伟:《广州的诗场社及其〈诗场〉》,《中山大学学报》第4期(1983年),页85—98;陈颂声、邓国伟:《论中国诗坛社及其〈中国诗坛〉》,页97—98;黄宁婴:《〈中国诗坛〉杂忆》,《新文学史料》第2期(1980年),页217。

3期发表。但从下一期,即1937年11月《广州诗坛》改名《中国诗坛》开始,到1946年5月《中国诗坛》光复版新4期为止,十年间鸥外鸥只在上面发表过一次,就是以《父的感想》为题的两首诗。[1]事实上,在参加《诗场》编辑以前,鸥外鸥还一直在上海的刊物《妇人画报》《诗志》等发表作品。在《诗场》以后,他的心思主要放在与柳木下合编、在省港两地发行的《诗群众》,创刊号于1938年1月15日出版。[2]这一期《诗群众》现在不及见,从第2期的出版资料所见,诗刊的"编辑人"是鸥外鸥与柳木下,而"印刷者"及"发行所"是"少壮诗人会"。[3]紧接于《诗群众》面世,蒲风1938年1月28日撰写《"少壮"精神——谈〈诗群众〉创刊号》,在广州的《前夜》半月刊发表,对准鸥外鸥和柳木下泼一盆冷水。他语带讥讽地说:

> 少壮精神之振起、行动,在什么时候都是极可珍贵的。可

---

[1] 鸥外鸥:《父的感想——给女儿ninika的诗with Father's Love》,《中国诗坛》复刊号(1939年5月),页4;又参陈颂声、邓国伟:《华南新诗歌运动的珍贵史料——有关〈中国诗坛〉总目的几点说明(附〈中国诗坛〉1—25期总目)》,《广东民族学院学报》第1期(1984年),页73—87。

[2] 参考鸥外鸥:《续亚当——在炸弹的雨下》,《新儿童》第17卷第3期(1947年),页36—38。

[3] 至于"少壮诗人会"究竟包括哪些人,现时未有详确的资料。推想两位"编辑人"以外,或者可以加上他们的好朋友胡明树。又第二期的作者还有黄鲁和林林二人;他们是否有会员身份暂时无法稽核。又《诗场》第2期(1937年6月)卷后有"鸥外鸥、柳木下共同诗集《社会诗帖》"的广告,说明此诗集由"少壮诗人会刷出,诗选手会发行",又标榜此集"明快!壮丽!男性!绝对否斥情绪,感伤,颓丧。生命力洋溢,元气十足!肩负社会责任,政治服役!"看来"少壮诗人会"与"诗选手会"均是以鸥外鸥和柳木下为首的小众团体,这本二人合集大概也未有真正出版;但据此可见鸥外鸥当时的文学活动和诗学主张。

是，徒慕名词的新颖动辄以标新立异为鹄的人们却也不少。……现今的"少壮"自命者究竟有若何程度的少壮精神显现我可不晓得，不过，少壮精神应该是非常现实的，非是预约券上的未来主义的。譬如，抗日战争中，少壮精神便是英勇抵抗，踢开诗人的手提包，踏碎那种靡弱的声音的域外诗帖，起码不能有少卜卜的机关枪式的声、色、力的交奏，而且，当顾虑到眼前，不能徒慕汽车阶级的荣耀，要想做革命广告，却不一定要在飞机上散发传单，或汽车上涂绘革命广告，我们得了解，我们的真实的大众对于这些还是未来的预约。[1]

"未来主义"这个标签，由蒲风等加诸鸥外鸥身上，与前时屠蒙等之论有抑扬之异。鸥外鸥显然对此耿耿于怀，颇费气力地在《诗群众》第2期的两个栏目中作出辩白；作为"编后记"的《告群众》说：

> 在我们的周围正好有了这样的家伙："你是未来派啊"！"他是未来派呵"！"我也是未来派"！纷纭扰攘不休。

另外又有《我们的态度——致读众的备忘录》：

> 我们并不标榜什么既成主义——如未来派之类，……我们

---

[1] 蒲风：《"少壮"精神——谈〈诗群众〉创刊号》，《前夜》第1卷第3期(1938年2月)，页16；此外"中国诗坛派"的陈残云，又在1938年10月1日香港《立报》副刊《言林》发表《谈报告诗》，文中提到鸥外鸥时也不无微词："曾致力于政治报告诗鸥外鸥，到今日，这倾向好像给炮火毁坏了，几乎又回复到昔日的原来面目。"

再三声明：我们绝不是什么未来派。对于抗战我们并不后人，"诗之国民责任是今日诗人之光荣的义务"。在宣言中我们郑重列举出了我们的责任，……有些论客，颠倒是非，故意抹杀，对此我们概不置答的——此乃诗人应有的风度也。[1]

鸥外鸥不愿意接受"未来派"的帽子，因为其中黏附了贬抑与责难的成分。今天我们有了足够的历史距离，在重读鸥外鸥的作品时，"未来主义"作为一种观照的角度，或者仍有其参考价值。例如他与马雅可夫斯基同样尝试以破格形式推动诗歌领土的扩展；这种以诗语言介入社会的方式，又与诗人的禀赋和能力有关。以下我们会以他的一篇别有异色的文章作切入点，进而剖析这位二十世纪三四十年代卓然特立的诗人及其诗作。

三　鸥外鸥的身体诗学与"黑之学说"

据现存资料所见，鸥外鸥的作品早在1931年已见载于上海的《时代前》杂志；继后诗文陆续在《新时代月刊》《矛盾》《现代》《东方文艺》《妇人画报》等刊登。以文坛上的名声而言，《现代》杂志最受尊崇。1933年鸥外鸥曾在此发表过一首作品——《映树》：

　　　　明空下　幼年之映树之叶
　　　　八月之晨风轻漾

---

[1]《告群众》和《我们的态度——致读众的备忘录》，均见《诗群众》第2期(1938年3月)，页20。

一联队　一联队的轻梦呢

　　映树的心　映树的身

　　飘然的游泳

　　轻松松的

　　映树的身

　　映树的心的感觉[1]

这首诗可说是"戴望舒们"的风格——轻柔、梦幻、抒情；鸥外鸥以此诗为敲门砖，打开了《现代》之门。但他并不满足于这种梦幻书写。[2]《映树》留下的线索，是诗中"身"与"心"的对立并置，"身"是"心"感觉的来源。这种以"身体"经验世界、面向生活，是鸥外鸥以后文学之路的重要特色。依着这条线索再看他同一年发表的《幽怨于沙漠》就会更清晰了；诗的第一节写"刁斗营房"传来"幽怨的琴音"，接下来就是问"幽怨"有何意义？第二整节是"凿空"，想象种种"不存在的存在"：

　　但可惜幽怨是徒然的幽怨而已

　　在这火山平静无事的沙漠

　　乳房跌荡的饥馑

　　熏色的不袜的腿的饥馑

---

[1] 鸥外鸥：《映树》，《现代》第3卷第5期(1933年9月)，页650—651。
[2] 据鸥外鸥回忆，在《映树》之后他再寄诗给《现代》，却被施蛰存退了稿，回信说："不敢奉誉，还是写《映树》一类好。"从此他不再与施蛰存有稿件上的来往。见《漫话新诗的新与我》，页37。看来鸥外鸥对《现代》不满或有意气的成分，然而诗学路线取向不同，应是更为深层的原因。

现代文学与抒情论述

娴娜的高跟鞋的饥馑

银色的电火浸住的柏油的街的饥馑

绸的垂帘的水滑的车乘佳人兮过往的饥馑

鼓着幽怨的琴音不太徒然的吗[1]

鸥外鸥在"边塞诗"的传统氛围之上幻设匮乏的"城市生活",可说是向"戴望舒们"的正面挑战。他带着一种拒绝幽怨的不羁,进入现世界。他早期的诗作,有不少是直闯情欲空间,冲击传统的婚姻爱情观,如《火药库的守卒》(1932)、《陷阱》(1932)、《不贞的烟草匣》(1933)、《两半球的旅行》(1933)、《劳动节》(1933)、《金钢石的呼吸》(1933)、《爱情乘了BUS》(1933,1934)[2]、《性植物乘了急行列车》(1934)等。他又在诗中植入现代商品,而以独特的角度加以审察,例如《罐头阿拉伯太子的罐》(1933)在观物的过程以"那么善良的被刀俎的被吞咽的民族"点出帝国主义的殖民恶行;[3]《皮肤病的常备须刀》(1934)出现多款剃刀的名牌,然后以"皮肤溃烂症"——非常不"诗意"的意象——呈现拒抗的态度。[4]事实上,他以这不羁的浪漫进行"诗的革命"。[5]

---

[1] 欧外欧:《幽怨于沙漠》,《东方文艺》第1卷第3期(1933年),页266。

[2] 这时期鸥外鸥以《爱情乘了BUS》为题的诗有两首,篇幅一短一长;前者简括,后者细析,对男女关系的观念则一。1985年出版的《鸥外鸥之诗》又收入同名诗,表达方式有较大的差异。分见《新时代》第5卷第5期(1933年11月),页7;《矛盾》第2卷第5期(1934年1月),页219—221;《鸥外鸥之诗》(广州:花城出版社,1985),页8。

[3] 鸥外鸥:《罐头阿拉伯太子的罐》,《矛盾》第2卷3号(1933年11月),页46—47。

[4] 鸥外鸥:《皮肤病的常备须刀》,《矛盾》第2卷5号(1934年1月),页222—224。

[5] 他在1987年的讲座中回顾说:"我带着革诗的命的气概去写,别人不认为是诗的诗。"见《漫话新诗的新与我》,页39。

1933年上海的《妇人画报》创刊；翌年开始，鸥外鸥在此发表了大量作品；看来这份摩登时尚刊物是他建立早期文学风格的重要平台。《妇人画报》的内容广及妇女与现代生活的各个方面，如恋爱、时装、美容、电影、文艺；图（包括照片、肖像画、漫画、素描）文（随笔、小说、现代诗）并茂，可说是城市生活的浮世绘。[1]值得注意的是这种模式的文化载体，与鸥外鸥诗学的"现代性"走向如何互动。他在此发表过随笔杂文、小说、诗，甚至绘画（多用"江水涣"作笔名）与摄影等不同文体、不同媒介的作品。在这个宽阔的平台上，鸥外鸥几乎没有边界地发挥他的才华。

他在《妇人画报》最早发表的是1934年第15、16期连载，题为《恋爱宪章》的随笔。文中继续发挥鸥外鸥超前的社会伦理观念甚或违禁的思想，例如提倡女性身体自主，挑战传统人伦关系等；再者，在这一类"恋爱指南"的通俗言说中，他先后插入"日本创立挽近体新派诗人"堀口大学《乳房》一诗的片段，以及自己的诗作《皮肤病的常备须刀》，以一种奇异的方式让诗歌介入生活。[2]同年，鸥外鸥在《妇

---

[1] 参考向雯：《都市文化情境里的女性刊物——评析〈妇人画报〉》，《职大学报》第1期（2008年），页52—54；陈子善：《上海的美丽时光》（台北：秀威资讯公司，2009），页81—84；陈子善编：《脂粉的城市——〈妇人画报〉之风景》（杭州：浙江文艺出版社，2004）。

[2] 堀口大学：《乳房》，见《人间的歌》（东京：宝文馆，1947），页60；堀口的另一首诗《少女对马利亚的祈祷》又被鸥外鸥引入他的"类报告文学"的小说《找寻处女膜的生理专家》，《妇人画报》第45期（1937年2月），页16—19。鸥外鸥：《皮肤病的常备须刀》，《矛盾》第2卷第5期（1934年1月），页222—223。郑政恒曾指出堀口大学是对鸥外鸥有重要影响的两位日本现代派诗人之一，另一位是北园克卫；见郑政恒：《前卫的现代诗人——鸥外鸥诗歌再探》，页31—34。又参考鸥外鸥：《续亚当——与北园克卫的友谊》，《新儿童》第17卷第4期（1948年1月），页26—30。

现代文学与抒情论述

人画报》第18、19两期发表了一篇绝对称得上"激进"的论说——《黑之学说》。用今天的标准来看,当中有不少"政治不正确",甚至可以说是"冒犯性"的观点。我们可以稍稍列举文中的论点,以见一斑:

> 黑为色中之色;美色中之美色。
>
> 既霸道复王道为黑之善行品。黑亦色之Don Juan。颜色之Don Juan的黑;不仅占领妇人的肉体(俸仕为着物),更且占领妇人倾心的灵魂(慰安她们对镜不伤感自己的渐渐老去之痛心)。……
>
> 在人类上黑的人种及涉及黑色的人种倾于黑的人种都是最色情的最早熟的;且最善恋歌的。墨西哥人的西班牙人的黑的瞳子以及黑的眼肚,黑的发。人类史上我人至验到彼等是多情的狂热如火的人种。……
>
> 对有色人种如果不再下意识地存以偏狭的排他思想去立论时,有色人种是有生理上特赋的美的,有色人种之美是逐渐的跟了人类的思想文明的成为国际的时髦。黑色的人自然亦有他骄人的美的地方,从美学上承认之吧!……
>
> 它是狂、急、热、力、明朗。它是黑的。黑的现代人情感呵!黑的现代人五官之官感呵,黑的现代人的血脉呵。黑的现代人呵!现代人勿论何物皆贵重黑了呢,黑是煽动,黑是刺激,黑是今人的灵肉之雄姿。[1]

---

[1] 鸥外鸥:《黑之学说》,《妇人画报》第18期(1934年6月),页25—32;第19期(1934年7月),页17—24。

《妇人画报》的编者在《编辑余谈》中特别标举这篇文章：

《黑之学说》是鸥外鸥先生的佳作。此种美学理论在中国尚未有人写过。其论题范围之广泛，洞察力之锐利，跟作者聪慧而富于异样魅力之笔墨，定会给读者深奥的兴味。我们读后所尝得的滋味，又好像作者在本文中说过的，一杯"浓厚的咖啡"般。[1]

上篇刊出后，在下一期（第19期）杂志就载有上海读者"黄小姐"的来信说："鸥外鸥君的《黑之学说》给我刺激太深了。"[2]

编者和读者所得的反应，正是鸥外鸥进入上海文坛的资本。他个人的不寻常的敏锐感官深入生活的各种细节缝隙，以"反常合道"的言说突显城市人的欲望与想象。《黑之学说》文中征引马雅可夫斯基作品的方式更令人惊讶：

未来主义诗人Mayakovsky的对《艺术军的命令》第一节：
这就是——在工场励精
脸污煤烟
轻蔑
别人底奢华呀

不问人种本身是否黑不黑了呢，诗人以最前线的美学，

---

[1]《编辑余谈》，《妇人画报》第18期(1934年6月)，页32。
[2]《读者信箱》，《妇人画报》第19期(1934年7月)，页24。

最今代的美之意识启示出脸污煤烟的生产的男性黑之美来了；Mechanism（机械主义）下的黑之美来了。主张人造黑人的美了。

马雅可夫斯基的《艺术军的命令》写于1918年，在俄罗斯"十月革命"之后。马雅可夫斯基与他的未来主义同道，认同苏维埃革命精神，以这首意气昂扬的诗，宣扬以艺术全面投入革命与无产阶级携手前进。诗中的"煤烟"象征工人的劳动，但生产的成果被剥削，享受奢华的是"别人"。因此，所有人（未来派诗人、鼓手、钢琴家、工厂工人）都应该走到街上，加入革命的行列前进。[1]鸥外鸥作为这一首吹响革命号角的诗的读者，却读出不同的意义。他以为马雅可夫斯基歌颂"煤烟"带来的"黑"，而这是"男性黑"，甚而是"人造黑人"；这既是对所谓现实主义美学的嘲讽，又是对传统崇尚自然的美学的反叛。因此，他说由此可见诗人的"最前线的美学，最今代之美之意识"，应该超出了马雅可夫斯基的预期，甚至可以说是他处理革命美学的"易容术"，是前卫思潮所追求的"形塑可能"（plasticity）的一种表现。

四 《鸥外诗集》中的感官世界与政治

考察鸥外鸥的书写姿态，可以明白他在二十世纪三四十年代的诗学路径，虽然在题材及内容上或有变化异同，但介入"现实"的原则可谓一以贯之。以下我们借助鸥外鸥在1943年编成、1944年出版

---

[1] 参考 "An Order to the Art Army," in James H. McGavran III, trans., *Vladimir Mayakovsky: Selected Poems*（Evanston: Northwestern University Press, 2013）, pp. 72-73; Edward James Brown, *Mayakovsky: A Poet in the Revolution*（Princeton: Princeton University Press, 1973）, pp. 340-341。

的《鸥外诗集》，再参考相关但未收入集中的诗作，来探析他的异乎寻常的，既"左翼"又"现代"的诗学。

作者在《鸥外诗集》卷前说明这是"1931—1943之搜集"，但在书后的《备忘录》，他再解释："1936以前的无从收入了。即1936至1939亦不过零零碎(碎)的一部分。"[1]这诗集是鸥外鸥逃避战祸，从广州、香港，流寓桂林时所编集，网罗不可能完备，但鸥外鸥在整理手上作品时，会展现出一些总结性的思考，可以视之为他这时期的诗学意识之样本。我们先留意他所作的分类。

《鸥外诗集》共有六辑：

一、地理诗·政治诗(7首)；

二、香港的ALBUM(目录作"香港的照像册"，5首)；

三、被开垦的处女地(7首)；

四、社会诗(9首)；

五、抒情·恋诗(17首)[2]；

六、童话诗(6首)；

全集合共51首。[3]

以《鸥外诗集》的分类看来，前四类作品都属于"介入现实"之作；一、四两类不用说，二、三类分别以"香港"和"桂林"为焦点，

---

[1] 鸥外鸥：《鸥外诗集》(桂林：新大地出版社，1944)，页176。

[2] 《鸥外诗集》第五类指明是恋诗、抒情诗，而且数量也不在少数。有关鸥外鸥的"抒情"诗学，有必要另文细论。

[3] 至于1985年广州花城出版社出版的《鸥外鸥之诗》，则按时期分类："三十、四十年代之作"(46首)；"五十、六十年代之作"(8首)；"七十、八十年代之作"(64首)，合共118首。本文主要处理鸥外鸥五十年代以前的作品，《鸥外鸥之诗》所收同期诗与《鸥外诗集》不尽相同，但新集有不少篇章经作者大幅度改写，与早期诗思有相当距离，故本文参用时会特别审慎。

现代文学与抒情论述

但关注的也是两地的政治现实。再细心看,即使第六类"童话诗",共收6首:《父的感想》《时事演讲》《怕羞的鼻巾》《肚饿的鼠》《乘车的马》,在童趣之间,也弥漫着战乱的阴霾。在战时鸥外鸥对现实的关切不用怀疑;重点还是他的"介入"方法。就以诗集中"童话诗"第一首《父的感想——给女儿ninika的诗with Father's Love》为例,鸥外鸥写女儿在广州被日军轰炸的炮弹声中诞生,在"生"与"死"并置之际诘问"生命的意义",其结尾一节:

> 屏息静气的我们
> 瞠目结舌的注视你了
> 竖起了耳朵每一秒惴惴着室外的地面
> 枪声,炮声,爆炸弹声,
> 引擎声
> 远远近近远远近近远远近近[1]

最后一行的"声""义"并行,喻意"远远近近"的"枪声,炮声,爆炸弹声",带来战场的临即感:这是鸥外鸥最为擅长的艺术手段,用身体去感觉世界。

这种技法最成功的运用,应该是1937年写民间疾苦的《乘III等卡的甘地之肚S'》。这首诗以绝食的"甘地"之饥饿感为取义的重心,诗中随时变化为"GANDHI",以之状声;三等火车卡,又变身为"IIICAR",而取其车卡的形状;"肚S'"和"GANDHI们"则有众数

---

[1] 本诗原刊《中国诗坛》复刊号(1939年5月),页4;收入《鸥外诗集》时,副题改为"给女儿李朗的诗",见《鸥外诗集》,页157—159。

148　　　　　　　　　　　　　　　　　　　　　　　抒情·人物·地方

的形式变化。分别来看，这些小变化不过是"雕虫伎俩"；然而整合起来，就可以见到形式与内容的互相支援加力。全诗以"形""声"配搭来开篇，而意义则逐渐渗进：

IIICAR！

GANDHI，们！

IIICAR！

GANDHI，们！

GANDHI的肚S'！

GANDHI的肚S'！

满载慢行列车IIICAR。

早安？

午安？

晚安？

IIICAR的GANDHI的肚S'：

GANDHI们，GANDHI们，GANDHI们，

GANDHI们，GANDHI们，GANDHI们，

乘在超现实派的散步之IIICAR；

没有装置袖珍食桌的IIICAR！

……。[1]

"甘地/GANDHI"的意义，是由饥饿、由腹中因饿而隆隆作响，

---

[1] 鸥外鸥：《乘III等卡的甘地之肚S'》，《诗志》第2期(1937年1月)，页66—67；这首诗未收入《鸥外诗集》。

连及火车开动的隆隆声,同时呈现出来。这几节诗行数由少至多(两行、两行、三行、四行、四行);"GANDHI"与"们"之间由停顿至不停,都见匠心。这又是由感官先行,再带动文字传意的精彩示范。

鸥外鸥这种以形式先声夺人的风格,最为传诵的是1942年《被开垦的处女地》。全诗47行,以三种不同大小的字体刊印,尤其开始两节以"山"字的重复和大小排列,写桂林的群山拥叠,造成强烈的视觉效果,而又切近客观物象予人的感觉:

| 都又北南山山西西山山山东山山 |
| 是是面面   面面   面 |
| 山山望望   望一   一 |
| 一一   一带   带 |
| 望望   带 |

鸥外鸥在营造了现场气氛之后,他又将群山比拟为"一双双拒绝的手","绕住了未开垦的处女地/原始的城";但手毕竟有"指隙","无隙不入的外来的现代的文物"在不知不觉中闪身进来,由是山、原野、林木、河川,以至宇宙星辰的天空都为之撼动。"现代文明"究竟是"善"抑或"恶"?在诗中是一个问题,在读者眼中会是重重的疑虑,带来更多的思考。[1]

这种字形设计(typographic design)的显义方式,源自"未来主义"

---

[1] 鸥外鸥:《被开垦的处女地》,《诗》第3卷第4期(1942年11月),页42—44;《鸥外诗集》,页75—79。

的风尚；鸥外鸥尝试应用于中文现代诗之中，应是最早的一人。[1]他早在1934年于《矛盾》月刊中刊出的《锁的社会学》《技术政治力的贫困的丈夫》《爱情乘了BUS》《皮肤病的常备须刀》《性植物乘了急行列车》《纸饭巾的本兼各职》等诗中，已开始应用大小字体交错排列的方式；[2]有时他甚至直接引符号入诗，如1937年刊于《妇人画报》的《没有了太阳的街》就出现："︶"和"★"。[3]当然应用得最为恰切妥当的还是《被开垦的处女地》这一首。

这种看来以"形式"取胜的"具象诗"（concrete poetry），其实来自鸥外鸥特别敏锐的感官触觉。他的"身体""器官"的高灵敏度，让他看世界（由城市、山林的形貌，到社会道德、国族政治）的角度异于常人，感官固然走在最前面，而联想力的飞腾与视野的开阔，也让读者惊讶不已。再以《被开垦的处女地》的标题来说，这原是肖洛霍夫（Mikhail Sholokhov, 1905—1984）于1932年发表的小说（*Virgin Soil Upturned* 上卷，下卷于1960年完成）的书名；1936年由周立波翻译为中文，由上海生活书店出版。原著叙述苏联社会主义建设时期的集体农场化过程的波澜。[4]但在鸥外鸥手中，则转成战时大后方的桂林所面对的"现代文明"的入侵；他对"处女地"之被"开垦"，抱持一种

---

1 郑树森在《早期香港新文学作品三人谈》说："鸥外鸥的成就在中国现代诗的发展上是独一无二的，尤其是在具象诗的尝试方面，似乎一直到后来五六十年代台湾的林亨泰等，我们才再次看到类似的表现。而鸥外鸥在时间上是很早，所以在个人成就方面，我觉得他在整个二十世纪中国文学中有其独特的位置。"见《早期香港新文学作品选》，页40—41。

2 鸥外鸥：《锁的社会学外五首》，《矛盾》第2卷第5期（1934年1月），页216—225。

3 鸥外鸥：《没有了太阳的街》，《妇人画报》第44期（1937年1月），页18—20。

4 参考伊林：《被开垦的处女地》，《写作与阅读》第2卷第2期（1937年6月），页16—22。

现代文学与抒情论述

抗议的、批判的态度。在《鸥外诗集》中，他还用同一标题来总括其他以桂林为焦点的7首诗；其中如《传染病乘了急列车》的"疾病"与"速度"、《食纸币而肥的人》的医学解剖，都是奇特的喻象系统，鸥外鸥以之介入现实政治，用来却得心应手。[1]

由《被开垦的处女地》等诗看来，鸥外鸥的"战争诗学"，与蒲风等全力鼓动的"国防诗歌"大大不同。《鸥外诗集》第四类虽然也有《不降的兵》《鼓手的城》《铁的兵役》等诗，借助马雅可夫斯基"我们的武器／我们的歌／／我们的鼓手／我们的诗人"为先导，说要"擂着鼓吹着号"；[2] 又说自己是"诗的战斗兵／架着为正义而战的PARKER牌的枪""我，我，我，我要战争"。[3] 但我们注意到《鸥外诗集》把这些诗分类作"社会诗"（而不是"国防诗""抗战诗"），可见鸥外鸥对"现实"的定位，与当时左翼主流不同。

此外，我们还见到1985年版的《鸥外鸥之诗》把这一组刻画战时桂林的诗，命名为"桂林的裸体画"。何谓"裸体"？《鸥外诗集》的"地理诗·政治诗"当中就有一首《古巴的裸体》，可作证。鸥外鸥意想中的"裸体"就是要穿透外表而进入一个赤身的"真像"；比方说古巴是"1个艳冶女体，健壮而充实"，然而"膝以下疯瘫了哪"，"猎艳之徒的美国舰队却缠绕住了／这疯瘫的裸体古巴了"。[4] 这就是鸥外鸥观物的方法。由此引申，可以见到一方面他有《欧罗巴的轮癣》（1939）

---

1 《鸥外诗集》，页80—82、86—87。鸥外鸥还有一首以笔名"林木茂"发表的同类型诗《胃肠消化原理》，见《诗》第3卷第4期（1942年11月），页12。

2 《鼓手的城》，见《鸥外诗集》，页93—95。

3 《不降的兵》，见《鸥外诗集》，页91—92。

4 林木茂（鸥外鸥）：《古巴的裸体》，《诗群众》第2期（1938年3月），页16—17；《鸥外诗集》，页10—15。

讲纳粹德国的势力扩展,《将欧罗巴的肚放血》(1944)讲同盟国反攻欧洲大陆的战况与战略等作,显示出对国际政治的触觉,而其感应方式,却又是从身体出发;另一方面,他会以同样的体质敏感,以深入生活所在地。例如他有《有秩序的让步》(1942)、《都会的悒郁》(1942)、《男人身上的虱子》(1942)、《与自然无关》(1943)等"桂林的裸体画",写大后方政治的败坏、社会之不平。

五　鸥外鸥与香港

从鸥外鸥的"战争诗学"可以见到,他是一位具有国际视野的诗人,也是一位能够用自己的方法深入社会、面对生活的诗人。这就是真正左翼文学家的品格。上文提到,他和香港有一段文学因缘,或者可以说,"香港"曾是他作品中"移动的风景"。即使在他的"桂林的裸体画"系列中,香港似乎也占了一个相当重要的位置——虽则是负面的成分居多。著名的《被开垦的处女地》被收入1985年版《鸥外鸥之诗》时,诗后加了一段长长的注文:

> 1941年香港沦陷,大批香港的资本家及原香港住民涌入桂林,在桂林暂居、在桂林投资经营商业、饮食、娱乐业,也把香港的生活方式带来给这个纯朴的山城。那种香港人的风尚,对当时桂林人影响相当大。[1]

他自己"颇喜欢"的其中一篇作品《都会的悒郁》,收入1985年的

1《鸥外鸥之诗》,页54。

诗集时又注明：

> 1941年香港沦陷后，自香港来的人挤满了桂林，住房问题至为紧张；可是富有的人到处有家，他们买了房子还有花园，起居舒适之至呢。[1]

《传染病乘了急列车》又有注：

> 这也是为当日的桂林受到香港人风气的冲击，而忧心忡忡的一首诗。[2]

香港是他避战祸到桂林前一站，"桂林裸体画"的黑影留有"香港"的痕迹，相信在他的记忆中还有不少鲜活的感觉。

事实上，读鸥外鸥诗一定不能忽略他的"香港的ALBUM"（或"香港的照像册"）系列。1944年版《鸥外诗集》这一项下有诗五首：《和平的础石》(1938)、《礼拜日》(1939)、《大赛马》(1939)、《文明人的天职》(1939)、《狭窄的研究》(1937)；1985年版《鸥外鸥之诗》更把《军港星加坡的墙》(1936)也列入其中。"香港的ALBUM"虽说以"香港"为主，但视野并不囿限于本地风物。当中《军港星加坡的墙》及《和平的础石》两首诗更尽显鸥外鸥的国际政治眼光。前者对当时欧亚之间的政治军事形势作出判断与推测，指出香港既是英帝国的远东商业

---

[1]《鸥外鸥之诗》，页61。鸥外鸥在《鸥外诗集》的后记《备忘录》说《都会的悒郁》是自己颇喜欢的作品之一，见《鸥外诗集》，页178。

[2]《鸥外鸥之诗》，页56。

基地，军事上又是南洋的屏障。1944年版《鸥外诗集》书后的《备忘录》，对此诗有所说明：

《军港星加坡的墙》是1936年写的，执笔地点却不在香港。当时日本已经从精神上爱上了香港了。日本的杂志和欧美的杂志都互相以香港的可爱，假如太平洋战争以香港的可取为话题了。[1]

在诗后又有三点补充解释，大意是：一、据 *World Almanac 1937*，香港是世界第七大商港，进出口船舶数量占第五位；二、汇集于香港的原料及商品可输入广州及华南各地，内地矿产及农作物可经香港集散出境；三、诗中所提及形势危急的地方，此时均落入日本手中，可见推算不误。由这首诗附带的许多说明和解释，可以见到这首诗的内容与政治评论无异。然而我们不会忘记这是一首诗，因为当中有别样的"诗意"。首先是其中的实况铺陈之由感觉印象作导航，例如第一节：

最初的欧罗巴的旗竖立到东方来之地。
家屋的灯悬在2千呎的崖端，星一样。
烟突的森林场，锚的家。
1个用汽笛说话的海港。
孩子们的发音初阶
咬着咀巴 F —— F —— F ——

1《备忘录》，页177。

的，学习汽笛的声音
幼稚园的课本第1页
"帆船
　　　汽船
兵船"
印刷着船的状态给儿童读。
……[1]

有"旗""灯""烟突""锚"，加上"汽笛声""孩子们的发音"；又以加大字体重现幼稚园课本的"帆船""汽船""兵船"的视像，以"往昔至今日"作历史记忆的设定。全诗内容可以是非常枯燥的事实陈列与推敲，但作者调动了各种形式的感官反应，牵起读者对时局关怀的意识与情绪；这就是鸥外鸥式的"诗意"。

至于《和平的础石》一诗，曾经朱自清在《朗读与诗》品题，朱自清认为："'金属了的他''金属了的手''腮与指之间，生上了铜绿的苔藓了'这三个新创的隐喻，可以注意。"[2]后来许多评论家，都细意探析过这篇杰作。[3]值得一提的是，这篇作品与"香港的ALBUM"的其余篇章：《礼拜日》《大赛马》《文明人的天职》《狭窄的研究》等，最初在杂志发表时，均有相应的照片同时刊载。鸥外鸥在《鸥外诗集》

---

[1]《鸥外诗集》，页3—9。

[2] 朱自清：《朗读与诗——新诗杂话之一》，《当代评论》第4卷第3期(1943年12月)，页17。

[3] 参考梁北(也斯)：《鸥外鸥诗中的"陌生化"效果》，《八方文艺丛刊》第5辑(1987年4月)，页81；也斯：《鸥外鸥与香港》，《百家》第19期(2012年4月)，页20—22；陈智德：《诗笔下的港督》，《明报》2008年6月30日；解志熙：《文本的隐与显》，页332—352。

的《备忘录》说：

> "香港的ALBUM"的确是ALBUM，当时和一个赞助我计划写这一辑诗的朋友，手握了照像机每日到街上去摄取诗的镜头，拍了百多张照片，一面也写成了诗集。……现在本集所收的，亦不完全。只得其中的三分一而已。将来打算找回了照片与其中的三分二的诗另外单独出版一本。写"香港的ALBUM"的动机，是出于这样的：想把几个较大的沿海岸的城市政治的经济的内外透视一番。所以首先便以香港为题材了。[1]

以诗与摄影并置互动以传达深层意义，也是鸥外鸥的越界艺术思维的表现，在三十年代来说，非常前卫。例如《狭窄的研究》一题，写香港空间狭小，民众容身不易，住屋成为一大难题。全诗分五节，鸥外鸥布置了五张照片，与诗句互相配合：一、"永远没有一寸冷落了的土地"；二、"无力移住到搬场车上去的，惟有饮泣着从街的一端，移住往别一街的一端"；三、"香港，家家户户的家屋都是洗衣店么？"四、"香港，炊烟的雾已四起"；五、"屋与屋的前壁，仅有一寸的隙，一寸的阳光，一寸的空气！"这些照片取景的角度，都能穿透辟表象，深入骨髓；而诗意的指向，既刻画香港现实生活的困境，更有触及本质意义上香港的无根与浮游：

不建筑在土地上。
建筑在浮动的海洋上，

1《鸥外诗集》，页177—178。

建筑在搬场汽车上：
我们的住宅
"大陆浮动说"并非谬论
住宅也浮动说的不可固定。
一匹邮船一样的住宅呵！
虽抛下了碇泊的锚。
亦不会永久。
……[1]

以上《狭窄的研究》的第一节，颇有"浮城志异"的意味；半个世纪后的旅港诗人钟玲读到这首诗，大为讶异，以为：

诗人的触觉何等敏锐！五十年前就那么确切地描写了香港在本质上的暂时性，以及香港的拥挤。[2]

事实上，即使到了21世纪的今天，鸥外鸥的观察仍然有效；或许这就是"诗的力量"。

在动荡的时局中，鸥外鸥基本上认同时代大潮中左翼文艺的方向，却走出一条与别不同的前卫新路；他的政治诗学充满相当浓厚的个人主义式的感官激情。可惜大时代似乎没有给这种个人主义的文化留有太多的空间。1949年以后，鸥外鸥选择离开香港，回到内地迎

---

1 《狭窄的研究》，《大地画报》第4期(1939年3月)，页32—33。
2 钟玲：《论鸥外鸥之诗——〈狭窄的研究〉》，《八方文艺丛刊》第5辑(1987年4月)，页83—84。

接革命的胜利，从此他与香港有一段长时间的割断，诗作不再在香港流传；而诗人也无法分身去感应省港区隔后的受殖民统治的状况，因为他要面对更严峻的政治考验。

六 结论：由"失踪"到"相认"

二十世纪五十年代以后，鸥外鸥首先要发现自己过去的错误。1958年他发表《也谈诗风问题》，检讨自己：

> 多少年以来，大多数的新诗不仅是形式上，就是它的构思与想象的表现也全部仿照西洋格调，是跟群众远离，没有广大群众基础的。……我自己，也就是自以为是，瞎跑了20多年冤枉路的其中一个。一直到今天新民歌蓬勃地发展起来。党号召我们要向民歌学习，要继承民歌传统；要民族化，群众化；创作出有民族风格、气魄的新诗风。我才恍然大悟过来。[1]

这些话，是二十世纪三四十年代的前卫激进、充满自信的鸥外鸥所说不出口的。然而鸥外鸥发现，承认自己错误其实还不足够，因为他的认错还是被认为基于错误的认知，被视为是"虚无主义"，没有认识"无产阶级的新诗革命"之蒸蒸日上。[2] 对于鸥外鸥来说，"认

---

[1] 欧外鸥：《也谈诗风问题》，《诗刊》第10期(1958年)，页74。
[2] 参考李树尔撰写《鸥外鸥错了》，《诗刊》第12期(1958年)，页74—75。继而孙腾芳、陈剑淦也指鸥外鸥没有见到"五四"新诗的"反帝反封建的时代精神，现实主义和革命浪漫主义的精神"；见《"五四"新诗的历史评价》，《厦门大学学报》第2期(1959年)，页149—161。

错"的路还有很长，再也不能照他在《鸥外诗集》的前言《感想》所说，"在诗的沙漠上我独来独往。自己行自己的路"[1]。后来编集《鸥外鸥之诗》，当中"五十、六十年代之作"只有寥寥8首诗；[2]他只能写颂歌，在大潮中也被嫌落后，名字开始消失于文坛，更难见载于意识形态为重的文学史。

二十世纪八十年代，是香港本土意识觉醒的年代。香港文化人开始追认"过去"，寻找今生之"前世"；在零散的碎片中，捡拾遗落四方的集体记忆。诗人诗作如鸥外鸥，就被重新发现，进而被追认。鸥外鸥的香港因缘，主要在于童年与少年时期香港的生活，以及在中日战争与国共战争的缝隙在香港推动文化工作；以诗人一生的行旅来看，居停于香港的时间不算长，他写香港的诗作，也不是浪漫缠绵、恋恋不舍，反而是不假辞色的深刻批判。然而香港作为一个"文化空间"，对这些文学因缘都会珍而重之。在内地的政治空间有所舒缓的时候，鸥外鸥就与香港的文化界再次建立了联系以至互信，多次来港参加文化活动，或者追思往日足迹。首先是香港的《八方文艺丛刊》在1987年4月组织了一个内容丰富的《重读鸥外鸥》专辑；[3] 1987年7月，鸥外鸥应香港中华文化促进中心之邀来港座谈，更卷起一阵"鸥

---

[1]《鸥外诗集》，页2。
[2] "五十、六十年代之作"收录《初恋女》(1957)、《祖国颂（二题）》(1958)、《海南行（五题）》(1960)，见《鸥外鸥之诗》，页102—112。此外鸥外鸥在这段时期发表的诗作可知的还有未收入《祖国颂》的第三首《六亿人民都起来了——同志们走快点》，《诗刊》第10期(1957年)，页56—57；《田间三唱》，《诗刊》第8期(1958年)，页67；《党交给我们一枝枪》，《诗刊》第10期(1958年)，页326；《象山沐血》，《上海文学》第3期(1962年)，页53。
[3] 戴天主编：《重读鸥外鸥》，《八方文艺丛刊》第5辑(1987年4月)，页64—85。

外鸥旋风"。[1]

回广州后,他写了《重返香港(外十二首)》,很值得参看。[2]《重返香港》一诗说自己重回"这四十年前/风华正茂少年得志/露头角显身手之地",又想到"当年踢前卫如今却踢back(后卫)的我"。前卫(avant-garde)的确是当年鸥外鸥的标志;如今却只能殿后、作防守的功夫了。这系列诗中《香港的包装》一首特别有趣,因为他重提他往日的名篇《黑之学说》:

三十年代我写过《黑的哲学》(一篇以黑为美的理论)
八七年今日竟然大行其道
我还是个老而不老的弄潮儿
一个踏浪者
也穿上了
黑色的T恤包装

但他补充说:

黑色的包装
仅仅是视觉的美学
不能让心脏肝肺也感染上

---

1 他后来发表文章《"旋风"的尾巴——三十八年重返香港的观感》记述这次聚会,载《香港文学》第36期(1987年12月),页4—7。
2 鸥外鸥:《重返香港(外十二首)》,《香港文学》第39期(1988年3月),页48—54。以下引述《重返香港》《香港的包装》《ON与OFF》《二而一的东西》都是其中的诗篇。

现代文学与抒情论述

这"语重心长"的按语正好说明，他已不再是以前勇猛激进的鸥外鸥了。

系列诗又有一首《ON 与 OFF》，也可以带来'相认'于时光隧道中。1933年鸥外鸥写过一首题材相近的诗《电灯制的伤感》，只有四行：

> 彼此的身体是敷设在墙上的电灯制
> 规规矩矩谁被按进去了
> 谁便走了出来
> 何时　彼此都不会相叙在一起的呵[1]

鸥外鸥以一个"巧喻"将身体、情欲，与生活细节交错穿越，构筑出充满现代感的情绪，是非常成功的书写策略。至于《ON 与 OFF》虽然同样是写电源开关，但寓意却在于保守平常的起居作息要均匀：

> ……
> －ON－OFF（一开一关）
> 这正是一张一弛劳逸交替的文武之道
> 作为社会固定的体制
> 一开一关（ON 与 OFF）合情合理
> ……

所谓"文武之道"是久经生活折腾而得出的"世故"。

他的《二而一的东西》一诗就道出其间原委，因为鸥外鸥充分明

---

[1] 鸥外鸥：《电灯制的伤感》，《东方文艺》第1卷第5期(1933年)，页439。

白"政治即生活，生活即政治"："你对政治没兴趣/政治对你却很有兴趣(时时刻刻不分昼夜寒暑)/搂住你肩背脖子紧紧抱住你、抱住你/超出了恋人和妻子/关怀得无微不至"。

诗人晚年移居美国，继续把作品寄到香港发表，其中《念念不忘忘不得》一首讲述"六六年七七年的噩梦"，在去国后再复发："那十一年险死还生的岁月/难以泯灭/真是念念不忘忘不得/'阶级斗争'(？)/根深蒂固/已成潜意识。"[1] 香港，可能是晚年鸥外鸥认为可以信赖之所在。他在《节录给和子的家书》一篇中忆述再回香港的经验：

> 最奇怪的是
> 我的诗并不是风花雪月的诗
> 没有绮词丽句
> 没有什么韵味、蜜味、香味、脂粉气、眼泪、鼻涕
> 男读者喜欢它已经难能
> 女读者喜欢它更使人讶异
> 不过由于如此
> 我更自信！
> 没有写错我没有写错
> 应该写下去
> 这样写下去　写下去　写下去……[2]

1　鸥外鸥：《诗三首——念念不忘忘不得》，《诗双月刊》第11期(1991年4月)，页4。

2　鸥外鸥：《节录给和子的家书》，《香港文学》第39期(1988年3月)，页53。

当我们看到"没有写错我没有写错"一句，可知鸥外鸥过去认了多少的错；如今，香港让他重获一份信心、一种自尊。

资料显示，从1983年开始，《星岛日报》副刊《星座》就刊载鸥外鸥的新撰诗和文。1987年4月香港的《八方文艺丛刊》编刊《重读鸥外鸥》特辑，更是一个重要标记，鸥外鸥在特辑上发表新撰诗6首、素描4幅。再检核《香港文学资料库》所载，撇除旧作重刊的部分，可以见到鸥外鸥不断把作品送到香港发表，计开：《八方文艺丛刊》刊诗共8首，《香港文学》诗36首、散文及论述6篇，《诗双月刊》诗3首，《素叶文学》诗1首，《星岛日报》诗3首、文3篇，《星岛晚报》诗4首；换句话说，鸥外鸥由1983年到1994年(谢世前一年)，十一年间在香港发表的诗文以及素描画幅超过60篇。至于八十年代后鸥外鸥在内地刊载的作品暂时未有可靠的统计资料，估计不会比香港为多，尤其上文引述他对过去创作生活的回顾，似乎香港是他可以投下信心的地方；另一方面，香港文化界也对这位曾经如此前卫勇进的诗人，非常尊重。香港若要编修文学史，鸥外鸥一定是其中最重要的书写对象之一。鸥外鸥一定不会"失踪"。

放逐抒情

——从徐迟的抒情论说起

一 现代主义与"抒情的放逐"

在二十世纪三四十年代,由于抗日战争爆发,不少文人从内地南下,在香港居停。1938年,被战火放逐远离的徐迟(1914—1996),与戴望舒、穆时英、卜少夫、路易士等上海旧识,同在香港从事文化工作。[1]当时的徐迟,可说是中国新诗史上"现代派"的一个追随者,曾经在施蛰存主编的《现代》和其他上海刊物发表了不少诗作,以及西方现代主义作品的译介,例如《意象派的七个诗人》介绍依慈拉·旁(Ezra Pound[2])、阿媚·萝惠尔(Amy Lowell)、H.D.、茀莱切儿(John Gould Fletcher)、亚尔亭顿(Richard Aldington)、罗兰斯(D.H. Lawrence)、茀灵突(F.S. Flint)等人的诗学思想;[3]翻译埃笛

---

[1] 参徐迟:《我的文学生涯》(天津:百花文艺出版社,2006),页171—230。
[2] 即庞德,徐迟的译名与现今通行者有所不同,他自己也先后用不同译法,如稍后发表同是论庞德的文章,就题作《哀慈拉·邦德及其同人》;见《现代》第5卷第6期(1934年10月),页981—984。这里只依徐原文所译罗列。
[3] 徐迟:《意象派的七个诗人》,《现代》第4卷第6期(1934年4月),页1013—1025。

现代文学与抒情论述　　165

斯・西脱惠尔（Edith Sitwell，1892—1969）的论文《论现代诗人》等。[1] 他的文学生涯以"现代主义"开其端，日后虽历经风雨，但根本犹在；且看他于1980年发表的《外国文学之于我》，在还未能轻轻放下"无产阶级革命文艺"旗帜的情势下，仍尝试为"现代派"辩解：

> 现代派是反映资产阶级现代化大工业文明和大城市生活的。……它用了难以理解的语言和形式来表达它的难以理解的思想与感情，但其中也有一些可理解的较为深刻的内容，因为它毕竟是被生活所规定的。现代派反映了个人的内心心理，人的潜意识，人的灵魂深处。有几代人，起码是三代人，乃至四代人的灵魂通过现代派文艺得到了一定的宣泄。……这些现代派中的优秀者并不是狂妄之徒，有不少人有高度的文化水平。他们是十分严肃地为探索新的文艺的内容和形式而努力着。[2]

这里刻画的现代派的形象，或许投影了徐迟早年的自我镜像，也见到他未能忘情于往昔。

由1938年到1941年，是徐迟文学生涯的"香港时期"；徐迟的文学思想在这个时段有了一个重要转折：从一个服膺现代主义的精英知

---

[1] 徐迟：《论现代诗人》，《六艺》第1卷第3期（1936年3月），页230—237。又参考徐鲁：《上海摩登——徐迟与"〈现代〉派"的交往》，见《载不动，许多愁——徐迟和他的同时代人》（台北：秀威资讯科技，2011），页101—121。

[2] 徐迟：《外国文学之于我》，见《文艺和现代化》（成都：四川人民出版社，1981），页203—204。

识分子，转型为共产主义的追随者；[1]而这个转折又关联到现代诗学一场有关"抒情"的论争。"抒情"有何意义？诗与诗人如何介入政治？这些本来可以是纯学理的思考，在家国危急存亡之际，却是生命倾注其中的抉择。

香港，由于历史的种种原因，是一个包容能力极强的海隅城市，在三四十年代之交，与抗日战争相关的不同政治势力，都在这个宣传基地之上竞逐。[2]"中华民族文艺界抗敌协会"就是当时一个活跃的组织，其香港分会的领导人包括许地山、乔木、戴望舒等。戴望舒又是香港《星岛日报》极具影响力的副刊《星座》的主编，另外又创办诗刊《顶点》。[3]作为戴望舒的同伴好友，徐迟在《顶点》创刊号发了两首诗——《怀柔》和《述语》，以及一篇论文《抒情的放逐》。《顶点》在当年7月才正式出版，但戴望舒先在5月的《星座》刊登徐迟那篇一千多字的短文，即时引起了不少反响。

---

[1] 徐迟后来回忆说1940年元月读过恩格斯的《社会主义从空想到科学的发展》与《论费尔巴哈》后，有了"觉醒"，是"第二次诞生"，表示他已正式认同共产主义；见《我的文学生涯》，页227，又参考徐鲁《载不动，许多愁》，页137—156。

[2] 有关当时各种势力在香港活动的情况，可参考袁小伦所作的几篇追记文章：《战时香港文坛矛盾和周恩来的态度》，《史海纵横》第4期(1994年)，页41—44；《港岛殊勋——周恩来与战时香港文坛》，《党史纵横》第3期(1998年)，页4—9；《抗战时期，由激化到淡化的香港文坛矛盾》，《纵横》第3期(2003年)，页35—37。又参王宇平：《学士台风云——抗战初中期内地作家在香港的聚合与分化》，《中国现代文学研究丛刊》第2期(2007年)，页115—128。

[3] 参考卢玮銮：《中华文艺界抗敌协会香港分会(1938—1941)——组织及活动》，《香港文学》第23期(1986年11月)，页91—94；第24期(1986年12月)，页85；第25期(1987年9月)，页21—29。以及戴望舒：《十年前的星岛和星座》，《星岛日报·星座》1948年8月1日；周良沛：《望舒的香港》，《香港文学》第254期(2006年2月)，页59—65。

《抒情的放逐》开篇引述戴-刘易斯(徐译"C.台刘易士",Cecil Day-Lewis, 1904—1972)所著《诗的希望》(*A Hope for Poetry*, 1934)的讲法,徐迟说:

> 关于近代诗的特征的说明,C.台刘易士在他的《诗的希望》里所说艾略脱开始放逐了抒情,我觉得这是最中肯的一句话。因为抒情的放逐是近代诗在苦闷了若干时期以后,始能从表现方法里找到的一条出路。[1]

徐迟所认同"放逐抒情"之说,就是以英美现代主义诗歌为范式,思考中国诗歌当下的发展方向。在徐迟笔下,"抒情"既是诗的一种表现方式,也是一种生活态度:

> 有诗以来,诗与抒情几乎是分不开的,但在时代变迁之中,人类生活已开始放逐了抒情。……人类虽然会习惯没有抒情的生活,却也许没有习惯没有抒情的诗。

换句话说,徐迟心中有两个系列的传统:一是生活,另一是诗。生活早已摆脱了"抒情",但诗还只是伺机而动。因为:

> 千百年来,我们从未缺乏过风雅和抒情,从未有人敢诋辱风雅,敢对抒情主义有所不敬。

---

[1] 徐迟:《抒情的放逐》,《星岛日报·星座》1939年5月13日第8版;以下引述本文同此。

这个说法，无疑认定中国诗歌就是"风雅"和"抒情"的传统。这个传统之终结、"抒情"之被放逐出诗国，是因为当下的战争：

> 轰炸已炸死了许多人，又炸死了抒情，而炸不死的诗，她负的责任是要描写我们的炸不死的精神的。你想想这诗该是怎样的诗呢。

"抒情"与那种"炸不死的精神"显然是两回事；诗之不死，是因为那精神的存在。然而"炸不死的精神"究竟是什么？"抒情"又是什么？

作为第二个问题的回应，徐迟的解说是简单直截而不予人遐想的："抒情精神"不外乎是"感伤主义"，感触于"大自然""山水风景"，甚至是属于过时的生活经验范式，相连属的是"千百年来的风雅"，与"都会""科学"等现代状况不相侔，在面对战争的当前，更是不合时宜：

> 自人类不在大自然界求生活，而恋爱也是舞榭酒肆唱恋爱的overture 以来，抒情确已渐渐见弃于人类。……
>
> 也许在流亡道上，前所未见的山水风景使你叫绝，可是这次战争的范围与程度之广大而猛烈，再三再四地逼死了我们的抒情的兴致。

于是传统诗学所谓"江山之助""诗人感物，联类不穷"，全不管用了；中国的"抒情传统"仿佛是时代的绊脚石。

现代文学与抒情论述　　169

徐迟本文对"抒情"的排斥，有两个重要的指向：首先是现代主义诗学于表现手法的崇尚；继而是诗人面对战时国家民族的需求所应作的回应。以现代诗学而言，徐迟的理论根源正是当中主张"理性化"的一脉，其大宗师就是艾略特（徐迟译"艾略脱"，T.S. Eliot, 1888—1965），以"反浪漫主义"为号召，主张"非个性化"（impersonality）、"情感逃避"（escape from emotion）；艾略特在《传统和个人的才能》文中说：

> 诗不是情绪的放纵，而是情绪的逃避；诗不是个性的表现，而是个性的逃避。然而，当然，只有那些具有个性和情绪的人才明白逃避个性和情绪是什么意思。[1]

这些话已成现代派的信条。事实上，徐迟在三十年代初就接触到艾略特及其现代派诗论；他曾在北京大学听过叶公超讲艾略特的名篇《荒原》，不久又专门邮购他的《论文选》（*Selected Essays*）。1938年他在自己主编的《纯文艺》中，以"余生"的笔名评论赵萝蕤翻译的《荒原》，自己也翻译过艾略特的作品。[2] 徐迟之说与艾略特的关系，不少

---

[1] T.S. Eliot, *Selected Prose*. ed. John Hayward (Harmondsworth, Penguin Books, 1953), p. 30. 中译见杜国清译：《艾略特文学评论选集》（台北：田园出版社，1969），页13。

[2] 见余生（徐迟）：《〈荒原〉评》，《纯文艺》第1卷第1期（1938年3月），页49—54；艾略脱（T.S. Eliot）原著，余生译释：《波彭克一册贝侬特茄——勃来斯太因一枝雪茄》，《纯文艺》第1卷第3期（1938年5月），页1—6。又参考徐迟《我的文学生涯》，页90、103；王凤伯、孙露茜：《徐迟著译系年》，收入王凤伯、孙露茜编《徐迟研究专集》（杭州：浙江文艺出版社，1985），页501；又参考刘继业：《新诗的大众化和纯诗化》（北京：北京大学出版社，2008），页173—175。

学者都已讨论过，这里不必再赘。[1] 本文可以补充的是徐迟对艾略特以下一代诗人如奥登（徐译奥顿，W.H. Auden, 1907—1973）、史本德（徐译斯班特，Stephen Spender, 1909—1995）、戴-刘易斯等之理念的征用。

徐迟在文章开端引用戴-刘易斯《诗的希望》其中第十章的话，来说明现代诗人已经"放逐抒情"；然而他这个讲法却受到论敌质疑。"中华民族文艺界抗敌协会"的机关刊物《文艺阵地》在徐迟文章发表后不久，刊登了陈残云的批评《抒情的时代性》，篇后有编者按语，说：

> 徐迟先生在《顶点》《抒情的放逐》一文中，引用英国C. Day Lewis的《诗的希望》，其中说到艾略脱放逐抒情的话，原意是否定的，不知什么缘故，徐迟先生却看错了原文，利用来作自己论断的根据？兹译述该文的一节如下，以资参证：……。[2]

《文艺阵地》由茅盾和楼适夷主编，香港是其中最重要的编务中心；这段《编者按》有可能出自楼适夷手笔，但不能确定。由徐迟与这位编者都可以随心引述原文，可见当时文艺界对西方文学思潮都非

---

1 参考姜涛：《从〈抒情的放逐〉谈起》，《扬子江诗刊》第2期(2005年)，页21—23；古远清：《徐迟与现代派》，《外国文学研究》第4期(2006年)，页152—159。
2 陈残云：《抒情的时代性》，《编者按》，《文艺阵地》第4卷第2期(1939年11月)，页1265。

常关心。[1]当然这又跟奥登的中国之旅有关,他在1938年春天与依修伍德(徐迟译易守吴,Christopher Isherwood, 1904—1986)前来中国采访中日战争,与文坛中人如邵洵美等多有往来,并写下同情中国的游记与诗歌,从而引发国人对这一群英国左翼诗人更多的关注。[2]徐迟有可能是最早介绍奥登等人的评论家之一。1937年他在戴望舒于上海主编的期刊《新诗》中发表《英国诗——1932—1937》,当中就提到奥登诗群;[3]在香港期间又先后中译奥、依二人合写的《前线访问记》和奥登的《中国诗》,前篇译文附记说明奥登、史本德与戴-刘易斯在英国诗坛的意义;《中国诗》译后也有"作者按":

> 英国名诗人奥顿,去年偕小说家易守吴来华旅行,归著《到一个战争的旅行》,已于今春出版。其中中国商籁诗共二十八章……。这里所译的,是二十八章中的前四章,是一种"难"诗,但并非不能懂。而且,这种"难",是很值得下些功夫一读的。[4]

---

1 《诗的希望》第十章,以及第九章,都有朱维基的中译,但发表的时间却后于徐迟和陈残云的辩论,可能是因为这次风波而促成。见戴-刘易斯著,朱维基译:《近代抒情诗产生的困难——一个对于诗的希望第十章》,《文学新潮》第2卷第9期(1940年2月),页346—348;《近代诗中的词藻问题——一个对于诗的希望第九章》,《诗创作》第7期(1942年1月),页48—51。

2 后来结集为成书:W.H. Auden, and Christopher Isherwood, *Journey to a War* (London: Faber and Faber, 1939);翌年,有朱维基的选译本《在战时——十四行联体诗附诗解》(上海:诗歌书店,1940)。

3 余生:《英国诗——1932—1937》,《新诗》第2卷第2期(1937年5月),页222—229。

4 徐迟译:《前线访问记》,《星岛日报·星座》1938年8月2日第14版;《中国诗》,《星岛日报·星座》1939年7月2日第8版。

译诗发表的时间与《抒情的放逐》一文相近,我们可以看到徐迟当时对这些"现代派"诗的态度。至于《诗的希望》中的论说应如何理解?徐迟和《文艺阵地》的编者孰是孰非?似乎并不是容易说清的事,而当中又牵扯到在"现代状况"中,"抒情"与社会及政治的关涉。以下我们先检视戴-刘易斯《诗的希望》的相关论述。

二 "抒情的冲动"

戴-刘易斯,与奥登、史本德,以至麦克尼斯(Louis MacNeice, 1907—1963)等同属英国"三十年代诗人"群体(The Thirties Poets)[1],他们的共通点是出身牛津大学的精英分子,但对下层社会不乏人道关怀,政治上倾向马克思主义,是当时的重要左翼作家,但却没有丢弃诗艺的思考。有论者认为:奥登和戴-刘易斯等在诗与政治的表现,说明三十年代"英国的共产主义,在很大程度上是一种文学的现象"[2]。这个讲法,在政治意义上可能不算是褒扬;但从文学的角度来看,却

---

[1] 以奥登为首的"三十年代诗人"在今天已视为英国文学的正典作家,相关研究相当多,其要者有:Julian Symons, *The Thirties: A Dream Revolved* (rev. ed.) (London: Faber, 1975); Samuel Lynn Hynes, *The Auden Generation: Literature and Politics in the 1930s* (London: Bodley Head, 1976); Bernard Bergonzi, *Reading the Thirties: Texts and Contexts* (London: Macmillan, 1978); Valentine Cunningham, *British Writers of the Thirties* (Oxford: Oxford University Press, 1988); Adrian Caesar, *Dividing Lines: Poetry, Class and Ideology in the 1930s* (Manchester: Manchester University Press, 1991); Jem Poster, *The Thirties Poets* (Buckingham: Open University Press, 1993)。

[2] 当朱利安·贝尔(Julian Bell, 1908—1937)还是剑桥大学的学生时,曾经对奥登等"牛津人"在三十年代的影响作出这样的评断:"Communism in England is (at 1930s) largely a literary phenomenon." Qtd in Adrian Caesar, *Dividing Lines: Poetry, Class and Ideology in the 1930s*, p. 24.

现代文学与抒情论述

是政治与文学作出磨合的一种实践。

戴-刘易斯的《诗的希望》可说是这一诗群的文学宣言,面世于1934年,立时轰动文坛。[1]以后多次再版,二次大战前就有六版,战时又有三版,到七十年代中期仍有重印。在七十多年后,英国《卫报》上还有文章在讨论这本书的意义。[2]这本不满百页的小书,开篇先是奥登为首的一批战后诗人("post-war poets"——指欧战完结以后开始发表诗作的一群,大概相当于后来所说的"三十年代诗人")追溯谱系——认定霍金斯(Gerard Manley Hopkins, 1844—1889)、欧文(Wilfred Owen, 1893—1918)、艾略特等是他们的"近祖"("immediate ancestors")。戴-刘易斯在书中表明"认祖"的意义在于建立自身与"过去""传统"的关系。以下他分别论及当世批评与诗的关系、当代诗"晦涩"(obscure)之由、诗与"宣传"(propaganda)并存的可能性、现代化社会新物象形成新的"感触材料"(sense-data)从而拓展诗歌语汇,以及诗与诗人的本质等等许多重要的诗学问题。

全书的关切点,主要就是"诗与社会""诗与政治"的关系。当中的精彩论点非常多,有助我们理解英国"三十年代诗人"在文艺与政治之间穿梭时所秉持的信念与理据。例如戴-刘易斯提示我们注意当时诗歌意义的生成模式主要是"诗中的私我与公众意义之恒常互动":

> 私领域的交流常被延伸甚至被体认为外在环境的公领域;另一方面,外在环境许多具体的现代物象常被征用以反映诗人的内心活动。[3]

---

1 C. Day-Lewis, *A Hope for Poetry*, reprint with a Postscript. (Oxford: Basil Blackwell, 1936).
2 Peter Stanford, "Sacred Indignation," *The Guardian* (London), 28 February 2009.
3 C. Day-Lewis, *A Hope for Poetry*, p. 37.

戴-刘易斯又借叶芝之说,区分"诗"与"修辞"——前者是"与自己吵架",后者是"与别人吵架",指出:

> 不成功的宣传诗就是那种修辞:诗人想说服别人,但自己没有真正经历那种惶惑或者坚定的信念。[1]

他认为:

> 如果一个"诗人"要接受某政治意念,他先是能强烈感受这些意念的一个"人"。……那"人"要以自己的情感为中介以传达意念,然后"诗人"才开始处理之。[2]

他批评当时英国不少"革命诗"只在空洞地"哀求"新世界的来临（the vague cri-de-cœur for a new world）,而他所推崇的诗是:

> 诗人以其情体验某种政治境况,而以其本领融会到诗质之中。[3]

在这个脉络中,我们再看徐迟曾经引用的第十章,就可以有更

---

[1] C. Day-Lewis, *A Hope for Poetry*, p. 55.
[2] Ibid., pp. 54-55.
[3] Ibid., p. 56. 有关戴-刘易斯在三十年代对文学与政治关系的看法,还可以参考他的《作品中的革命》,以及他的同道史本德后来的追述;见C. Day-Lewis, *Revolution in Writing*（London: Hogarth Press, 1935）; Stephen Spender, *The Thirties and After: Poetry, Politics, People 1933–1970*（New York: Random House, 1978）。

现代文学与抒情论述

深的体会。

徐迟在《抒情的放逐》中说：

> 年轻诗人如C.台刘易士……都写了已放逐了抒情的诗。……
> 西洋的近代诗的放逐抒情并不像我们的，直接因战争而起，不过将间接因战争尤其因纳粹的恐吓政策而使这个放逐成为坚硬的事实。

徐迟对戴-刘易斯等之时代背景的判断无误，他们是在欧战劫余，法西斯主义阴霾蔽日的情况下思考诗的方向和意义；[1]这与徐迟身处国难、心存抗日的情况其实是可以比拟的。可是，徐迟对戴-刘易斯书中如何安顿"抒情"位置的问题，却未有太准确的拿捏。正如《文艺阵地》编者所指，戴-刘易斯在这一章开始时提及一位批评家的论说，指奥登、史本德和他的作品"复现那被艾略特摒弃的抒情的冲动"（the return of the lyrical impulse, banished by Eliot），而戴-刘易斯的回应是：即使艾略特也没能拒斥"冲动"，而"抒情的冲动"是每个诗人都存有的，这"冲动"使他选择写诗而不是写散文作品；[2]按文意戴-刘易斯并不是要放逐"抒情"。因此，徐迟似乎真是误解了戴-刘易斯的原意。

然而，戴-刘易斯在文中又确实有说明：今天要写抒情诗非常困

---

1 参考 Robert C. Manteiga, "Politics and Poetics: England's Thirties Poets and the Spanish Civil War," *Modern Language Studies* 19/3（summer, 1989）: 3-14; Peter Stanford, *C. Day-Lewis: A Life*（London: Continuum, 2007）。

2 C. Day-Lewis, *A Hope for Poetry*, p. 66.

难。但他的理由不是因为战争、社会不安等条件的制约。他举出三个理由：

现代的心理学理论带来更多的自觉意识，干扰了原来透过创作诗歌以调节情绪的功能。

抒情诗要求只倾听内在的声音（inner voice），只依从诗的内在逻辑发展，但今日的诗人不能不清醒地面对这个愈来愈疯狂的世界，因而把内在的声音（即"抒情的冲动"）压抑下来。

当今读诗者多用眼而少用耳，游吟诗人与诗剧难见，故此抒情诗的音乐性不再易得。

这三个因素之被提出，是基于戴-刘易斯对"抒情诗"所下的定义：首先，抒情诗是"自有自足的"（self-contained and self-sufficient）；再者，抒情诗最近乎音乐，由情绪发动以后，其字词语言会自动起舞，自然构成诗形；其间的意态（mood）与肌理（texture）自会造就流畅与和谐的形象。基于此，戴-刘易斯认为抒情诗是：由诗之物料（字词语言）之"不受人力主宰"，加上创作者之"泯灭自觉意识"，联合提升至其最强力度的一种形式。[1] 从戴-刘易斯对抒情诗的定义及当代抒情诗之不易为的判断可见，他绝对意识到"现代性"与"抒情性"并不容易得到协调。"情动于中而形于言"式的直抒胸臆，与现代心理学发扬后以理性、科学的态度审视"自我"，是两种完全不同的立场。

戴-刘易斯认同现今纯粹的抒情诗人已难再得，但仍觉得需要为"抒情的冲动"找到宣泄的出口，于是这一章的最多篇幅就用以说明战后诗人如何从诗艺上应接这个"抒情的冲动"，例如故意摒除诗中用词之已成惯性的联想义，突显其原受轻忽的具体内在意义以达成新鲜

---

[1] C. Day-Lewis, *A Hope for Poetry*, p. 66.

的感受；又如在诗中参错使用抒情与平铺的句式，或者试验多种章内交叉叶韵、隔句双声叠韵等以加强诗歌的音乐性质。观此，可知戴-刘易斯实在并没有放逐"抒情"，反而是想尽办法去安顿这"抒情的冲动"。事实上，戴-刘易斯对诗歌之抒情精神的关切，一直持续。直到六十年代他还很用心探讨这"抒情的冲动"。[1]

三 "抒情的时代性"

徐迟思考为何要"放逐抒情"时，中国当前的战争状况是其中关键。他说：

> 我也知道，这世界这时代这中日战争中我们还有许多人是仍然在享赏并卖弄抒情主义，那末我们说，这些人是我们这国家所不需要的。至于对于这时代应有最敏锐的感应的诗人，如果现在还抱住了抒情小唱而不肯放手，这个诗人又是近代诗的罪人。在最近所读到的抗战诗歌中，也发现不少是抒情的，或感伤的，使我们很怀疑他们的价值。

按照徐迟的讲法，因为当前正处战争境况，若有国人还只"享赏"于"抒情"的生活方式，他们应不容于国；若有中国诗人还只作"抒情小唱"——大概指抒写个人空间，而不见家国情怀的作品，则其为"诗的罪人"；若诗人写"抗战诗"，却又以"抒情""感伤"的方式为之，则这些诗也无甚"价值"。事实上，徐迟是在发展他的"战争诗学"：以

---

[1] C. Day-Lewis, *The Lyric Impulse* (London: Chatto and Windus, 1965).

他涵泳于现代主义所得，来省思家国多难时诗歌应有的表现，因此其论述同时有诗学和功利的要求。然而单以这篇论文而言，徐迟所论实在太疏简，尤其他向当时走在诗歌"大众化"路上的大量"抗战诗"叫阵，招惹到猛烈的抨击也就不足为奇了。[1]以下我们先从陈残云《抒情的时代性》谈起，因为这篇文章发表于备受全国注目的《文艺阵地》之上，徐迟的原文可能因为这篇批评而广为人知。

陈残云（1914—2002）是广州人，1938年有诗集《铁蹄下的歌手》在广州出版。徐迟发表《抒情的放逐》时，陈残云正在香港参与中华全国文艺界抗敌协会香港分会的活动。《抒情的时代性》一文，刊于1939年11月的《文艺阵地》。文中最重要的观点是："抒情"的内涵"会"——或"应该"——随着时代转变代而有所变化：

> 人底情感是随着时代动荡的，同时，新的时代是需要新的情感！在现阶段的战争底中国，如果仍抱住其"寂寞呀""苦恼呀"的个人主义的颓废的抒情诗篇，无疑地，这个人是有意蒙昧

---

[1] 从《抒情的放逐》发表以后到1942年间的讨论或者批驳的文章，最低限度有以下几篇：陈残云：《抒情的时代性》，《文艺阵地》第4卷第2期（1939年11月），页1265；胡风：《今天，我们的中心问题是甚么？——其一：关于创作与生活的小感》，《七月》第5卷第1期（1940年1月）；锡金：《一年来的诗歌回顾》，《戏剧与文学》第1卷第1期（1940年1月）；穆旦：《〈慰劳信集〉——从〈鱼目集〉说起》，《大公报·文艺综合》1940年4月28日；艾青：《诗论》（桂林：三户图书公司，1941）；胡明树：《诗之创作上的诸问题》，《诗》第3卷第2期（1942年6月）；胡危舟：《新诗短短》，《诗创作》第10期（1942年8月）；伍禾：《生命的胎动·题记》，《诗创作》第17期（1942年12月）。相关讨论可参考刘继业：《新诗的大众化和纯诗化》，页74—88；张松建：《抒情主义与中国现代诗学》（北京：北京大学出版社，2012），页23—32。

现代文学与抒情论述

了铁血的现实，这不仅是近代诗坛上的罪人，而且是中华民族的罪人！[1]

我们比对徐迟与陈残云以上两段引文，发觉其实差异不大：都以当前战争现实是否得到有积极意义的反映，向诗人问责。战争夹带着民族大义，挤压了诗与生活的讨论空间，但这有限的空间也可能让诗与政治、诗与道德等诗学不应回避的问题，得到更深刻的思考，而传统诗学中的"抒情精神"之存在意义，也面临最严峻的考验。

陈残云与徐迟之别，就在于两人如何定义"抒情"。徐迟上攀"千百年来"的传统，但只把"抒情"限定在一个"小我"的范围。陈残云原先就这一点批评徐迟"以为抒情是不变的，而至咀骂写抒情诗的诗人"；他认为"人是情感的动物，任何年代任何环境情感都不僵硬的"，都可以在诗上表现。但下文他却提出"时代"的要求：

> 在今日，执行民族解放斗争的中国诗人，决不能让情感背叛了战争，事实上，背叛了战争，情感也就无法产生，即使有，都是偶然的，不真切的，所以我们的抒情是革命的，是一种斗争，而且比一切诗的形体，抒情诗是一种更有力的斗争工具！[2]

---

[1] 陈残云：《抒情的时代性》，页1265。我们注意到同年稍前孙毓棠曾在香港发表《谈抗战诗》，以"时代的诗情"为中心论旨，说："历史进展使得'时代的诗情'也随之而变。"见《大公报》(香港)第8版(文艺)，1939年6月14—15日。但孙、陈二人的诗论方向却刚刚相反：孙毓棠主张诗要在工具和技巧上完成"时代的诗情"的表现，反对诗的"大众化"；陈残云则是诗歌"大众化"的支持者。
[2] 陈残云：《抒情的时代性》，页1265。

依此,"抒情"含义的流动性就不是无所束缚的,因为"时代性"——尤其战争底下的"时代性"——不仅是一个观察抒情内涵变化的标记,而且是限定抒情变化内容的框套。换句话说,"抒情"的变化不是因历史过程中各种力量的周旋互动而生,而是必须能为"时代"所用,以利某种历史进程的一种工具。他再推许日本社会主义文学理论家森山启(1904—1968;原文误作"森山欧"[1])所介绍的"优秀的普罗列塔利亚的抒情诗",认同苏联抒情诗从"个人"到"社会"的转向;再引用穆木天之说:"必须在我们的抒情诗中,彻底地,去克服我们的个人主义的感伤主义,以及一切的个人主义的有害的遗留。"[2]我们可以看到,陈残云(以及其他革命文学论者[3])非常重视文学的感染力量,因为革命需要的是激烈昂扬的情绪,各种力量才能汇聚,才有动力;却又因革命的需要而容不下太多个体的回转空间。"抒情"之义,并不会因为"去小我以成大我"而见得宽广包容。从论述的出发点来看,"徐迟是基于艺术考虑而反抒情,陈残云则以诗为'斗争工具'而肯定抒情"[4],但从目标取向来看,"抒情"的空间在二人的讨论当中都变得非常狭小;不是因"过时"而被放逐,就是限定在"去私存公"的

---

1 森山启所著的《文学论》,在1936年已有廖壁光译本,由读书书房出版。另一本专著《社会主义的现实主义论》则由林焕平译出,希望书店1940年10月出版。

2 参见穆木天:《建立民族革命的史诗的问题》,《文艺阵地》第3卷第5期(1939年6月),页961—962。

3 刘继业指出:"陈残云的思路就是当时不少批驳文章的思路。"见《新诗的大众化和纯诗化》,页79。

4 这是陈智德的精准观察,见陈智德:《抒情与斗争——论陈残云》,《诗潮》第8期(2002年9月),页72;又参考梁秉钧:《中国三、四十年代抗战诗与现代性》,《现代中文文学报(汇编)》第6卷第2期页167和第7卷第1期页168(2005年6月)。

境地之内。

回看徐迟之论,他对"抒情"失去了信任,以为战争已把它"炸死",但他认为仍有"炸不死的精神",由"炸不死的诗"负责书写。那么,"炸不死的精神"究竟是什么?该如何书写?《抒情的放逐》并没有直接交代。胡风(1902—1985)在随后的一篇诗论《今天,我们的中心问题是甚么?》,针对徐迟这个说法提出疑问:

> "炸不死的精神",要得,然而,如果抽去了体现它们的诗人底主观精神活动,如他们不在诗人底"个人的"情绪里面取得生命,"你想想这诗该是怎样的诗呢!"[1]

胡风以为徐迟把诗作过程中属于"个人的"情绪以及精神活动视为"抒情"而放逐出去,诗就不成诗了。这批评显然源自胡风一贯的诗学思想——对诗人的"主观精神活动"的重视。[2]事实上,胡风的许多想法,可与戴-刘易斯《诗的希望》中有关"诗与宣传"的论述相比拟。他又尝试剖析徐迟的思路,以为徐迟"远离了生活主流","用了小知识者在资本主义都会里的茫然失措的心境来理解'抒情'底发展";

---

[1] 胡风:《今天,我们的中心问题是甚么?——其一:关于创作与生活的小感》,收入《胡风评论集》(北京:人民文学出版社,1984),中册,页104—117。刘继业认为在诗歌"大众化"阵营中,"真正有分量的批判来自胡风";张松建也说:"胡风的反思较有理论深度。"分见刘继业:《新诗的大众化和纯诗化》,页79;张松建:《抒情主义与中国现代诗学》,页27。

[2] 刘继业指出胡风一贯强调"情绪对新诗创作的决定性意义",早在1935年已提出"诗底特质是对于现实主义关系的艺术家底主观表现,艺术家对于客观对象所发生的主观的情绪波动,主观的意欲"的观点;见刘继业:《新诗的大众化和纯诗化》,页81。

"炸不死的精神"是出于"拜物主义的情绪"的"一句'感伤'的叫喊","一个空壳子"般的抽象概念。

以"感伤主义"为忌讳的徐迟,被形容为"感伤"的叫喊,标举"炸不死的精神"被贬为向"空壳子"作"拜物",他的内心一定大受创伤。两年后徐迟为了诗集《最强音》的增订本撰写跋文,表示自己"已经抛弃纯诗(pure poetry),相信诗歌是人民的武器"[1],篇中回顾《抒情的放逐》一文发表后的争议,其说颇值得玩味:

> (戴)望舒、艾青编《顶点》的时候,逼我写诗,我也硬着头皮写,结果写了一点很硬很硬的诗。但同时,我对于诗的理解似乎提高了一些。……一篇转载到《顶点》上的《抒情的放逐》一千几百个字却倒了霉,吃了点苦头。但是,我也在对一些是口号标语的,印刷品诗的抗战诗,而又是可笑地歌唱"自我"的抒情诗,摇头摇了这两年。我企图着超过这水准,在创作上是始终没有,但在理论上,我自信我较早的超过了它。[2]

徐迟说"吃了点苦头",因为来自各方的批评实在是难受的打击。但他反思之后的结论,是自己的理论水平有所提升,比时人为高;当日批评那些歌唱自我的"抗战诗",并非错判。然而,如果我们仅以《抒情的放逐》为据,徐迟的理论水平很难说得上有多高;其论述只是粗陈梗概,个别概念也没有厘清定义或者实以例证。当中疏

---

1 《最强音》是徐迟"政治觉醒"以后的第一本诗集。
2 《〈最强音〉增订本跋》,《诗》(桂林)第3卷第3期(1942年8月),页44;又参考徐迟:《我的文学生涯》,页193、239。

漏可以给批评者放大，然后加以抨击。其实徐迟同期还撰写过较为深刻的文章，如：《诗的道德》(1939年6月)、《从缄默到诗朗诵》(1939年7月)、《文艺者的政治性》(1939年9月)等，可以补足他的论述。尤其《从缄默到诗朗诵》一文可与《抒情的放逐》并读。文中绕过"抒情"一词，却更清晰地从诗学观念说明他对"战争与诗"关系的思考。

《抒情的放逐》其中一个论点是为传统的抒情作一个历时性的切割，认为现代社会再容不下抒情的生活和抒情的诗。与此同时，国家正处抗日战争的时刻，于是这切割更加义无反顾；但诗还是要创作的，只其书写不应再抒情。《从缄默到诗朗诵》则从更普遍的原则去解说这一种割裂，以至诗歌应如何重新上路。首先徐迟从"人和宇宙"的关系立说，他认为"人和宇宙"的关系协调时，诗人的任务是感受这协调，"抒咏并表现这种协调"，"这是我们对于诗的一个传统的观念"：

> 只要世界是好的，这种传统的观念是好的，美学的。只要时代并不悖逆宇宙的原则，那末这观念也是值得抓住的。……如宇宙正有一个悖逆而诗人则抒咏协调，这决非诗产生的本意，这样的协调的抒咏，还不如那些缄默的诗人。[1]

无论我们同不同意这样的解说，都不能否认徐迟正就中国诗歌传统作出一种冷静的剖析。抒咏宇宙之协调，也是"抒情传统"的一个面向。至于"战争"，徐迟认为是"一种最大悖逆的行为"，与"代表协调"的"诗"背道而驰。于是，"战争"会把一时的诗和诗人"加以杀

---

[1] 徐迟：《从缄默到诗朗诵》，《星岛日报·星座》1939年7月10—11日。

戮",诗人只好缄默。战时虽或有诗,后来都罕能流传。然而,徐迟又说:"诗是人类一种需要"(可与《抒情的放逐》"炸不死的诗"互相诠释),新的时势促成"建立新的传统"之必要(以"描写炸不死的精神"?):

> 这个神圣抗(日)战争给了我们政治上的觉醒,给了我们诗的觉醒。……现在人和宇宙的悖逆的关系中,却已分裂了善与恶,道德与不道德,是与非,正与邪,侵略与抗战……诗人的抒咏在这时代是对了这些而发的,……现在却必须赶快建立新传统,使诗发生正义感,使诗从抒咏协调改变到抒咏正义的斗争。[1]

从"协调"与"悖逆"论说人和宇宙的关系变化以及诗的"传统"与"现代"之差异,实有其论述的逻辑;当中没有提及"情",但却讲到"抒咏"之延续与变奏,其实也可以算是观测"抒情传统"演变的一种论述;因为"抒情"的空间其实可宽可狭,究之亦是人与宇宙的一种对话关系而已。以下我们再以几篇可关联的文章稍作申论。

四 "新的抒情"

1940年4月,还是西南联合大学学生的穆旦(1918—1977),在香港《大公报·文艺综合》发表《〈慰劳信集〉——从〈鱼目集〉说起》。

---

[1] 徐迟:《从缄默到诗朗诵》,《星岛日报·星座》1939年7月10—11日。

徐迟的《抒情的放逐》又成为其中的话题。文中指出卞之琳(1910—2000)的《鱼目集》发扬了艾略特的以"机智"来写诗的风气,"以脑神经的运用代替了血液的激荡","自'五四'以来的抒情成分"到此"真正消失了";按照他的观察:

> 从《鱼目集》中多数的诗行看来,我们可以说,假如"抒情"就等于"牧歌情绪"加"自然风景",那么诗人卞之琳是早在徐迟先生提出口号以前就把抒情放逐了。[1]

从引文语气看来,穆旦好像要挑战徐迟的"抒情"定义,但若果我们期待穆旦在文章内要全面梳理"抒情"的来龙去脉,指出其"真正涵义"如何远超"牧歌情绪"加"自然风景",那一定会大失所望。因为文章呈现出来的,只是这样一张"时间表":

(1)"五四"以来新诗有"抒情成分"(但穆旦没有评价这种表现);

(2)1931—1935年"在日人临境国内无办法的年代",卞之琳"放逐了抒情",写下"《鱼目集》中没有抒情的诗行",这是当时"最忠实于生活的表现";

(3)"'七七'抗战以后的中国大不同前",诗坛需要"新的抒情"。

"自然风景加牧歌情绪"仍然是穆旦笔底下的定义,只是称之为"旧的抒情",以别于他所向往的"新的抒情"。按照"时间表","旧的抒情是仍该放逐着"。至于抗战以来的中国,"已经跳出了一个沉滞的泥沼,……已经站在流动的新鲜空气中了,她自然会很快地完全变为

---

[1] 穆旦:《〈慰劳信集〉——从〈鱼目集〉说起》,《大公报·文艺综合》1940年4月28日。以下引文同此。

壮大而年青",因此,他认定:

> 为了表现社会或个人历史一定发展下普遍地朝着光明面转进,为了使诗和这时代成为一个感情大谐和,我们需要新的抒情。这新的抒情应该是,有理性地鼓舞着人们去争取那个光明的一种东西。……
>
> 强烈的律动,洪大的节奏,欢快的调子,——新生的中国是如此,"新的抒情"自然也该如此。

孙毓棠曾说:"历史进展使得'时代的诗情'也随之而变。"陈残云也说:"人底情感是随着时代动荡的,同时,新的时代是需要新的情感!"大家都认定当前的战争驱使诗人作出新变,有"新的情感",作"新的抒情",只是穆旦行文中充满更多美好的想象,认为经历抗战的洗礼,中国必得到,或者,已得到"新生"。[1]他举出艾青《吹号者》作为正面的示例,以为当中的"情绪与意象"有"健美的糅合"。[2]

---

[1] 姚丹曾指出"当时的'战争乌托邦'不是穆旦个人所独有的,而几乎是全民性的一种精神狂欢"。见《"第三条抒情的路"——新发现的几篇穆旦诗文》,《中国现代文学研究丛刊》第3期(1999年),页147—148。这个讲法有其道理,但"战争中国"的想象却非简单同一的;比方说陈残云和穆木天所讲的"民族解放斗争"和"抗战建国论",都没有穆旦水到渠成般乐观。穆旦的确如姚丹所说:"真诚地相信战争能带来一个'新生的中国'。"

[2] 就在评《慰劳信集》前不久,穆旦发表了另一篇书评,赞扬艾青诗在语言上成功找到"枯涩呆板的标语口号"及"贫血的堆砌的词藻"之外的"第三条路",以"歌颂新生的中国",是"光明的鼓舞";见穆旦《他死在第二次》,《大公报·文艺综合》1940年3月3日。穆旦在本篇再以《他死在第二次》其中的一首诗,补充申论艾青的"新的抒情"。

现代文学与抒情论述

至于书评的主要对象——卞之琳的近作《慰劳信集》，穆旦却认为"是一个失败"，因为"'新的抒情'成分太贫乏了"。《慰劳信集》是卞之琳为响应文艺界书写"慰劳信"的活动而启动的创作，以慰劳"自己耳闻目睹的各方各界为抗战出力的个人或集体"，1940年在香港的明日社出版；[1]这是卞之琳创作历程中一个重要的转折点。然而看在穆旦眼里，当中不少诗行还是"太平静"，多见停留于"脑神经运用"的"机智"，未曾"指向一条感情的洪流里，激荡起人们的血液"。从穆旦这篇书评的取向看来，他所谓"新的抒情"是在"战争乌托邦"里进行情感的倾泻：

　　无论是走在大街、田野，或者小镇上，我们不都会听到了群众的洪大的欢唱么？这正是我们的时代。

虽然文中提到"新的抒情"是"有理性地鼓舞人们去争取那个光明的一种东西"，是"情绪和意象的健美的糅合"，也明白地说："我着重在'有理性地'一词，因为在我们今日的诗坛上，有过多的热情的诗行，在理智深处没有任何基点。"然而，在讨论卞之琳的诗例时，穆旦却不曾认真剖析"理性"所能发挥的作用，只说过"机智"（或可视作与"理性""理智"同一范畴）可以"和感情容受在一起"，但表现出来的是"正从枷锁里挣脱出来的'新的抒情'的缓缓的起伏"；事实上，穆旦认为"机智"有时会"麻木了情绪的节奏"，"顶好的节奏可以无须'机智'的渗入，因为这样就表示了感情的完全的抒放"。因此，按照

---

[1] 参考卞之琳：《重印弁言》，见《十年诗草1930—1939》（台北：大雁书店，1989），页20—21。

文章的论述逻辑,"理性"之于"新的抒情",其功能大概只是"有理性地"导向"光明","因为如果它不能带给我们以朝向光明的激动,它的价值是很容易趋向于相反一面的"。"理性"在此,似乎不是和"感情"对话、协商,而是创作导向的一种监控。[1]穆旦以后的创作道路,似乎远远超越了这里标示的"新的抒情",但这已是后话了。[2]

当穆旦用"喑哑沉郁"来形容卞之琳过去的诗作,用"平静"作贬义来评述《慰劳信集》,认为"机智"有可能"麻木了情绪的节奏",期待卞之琳以《慰劳信集》为过渡,终有一天"摆脱开这种气质"的时候,我们见到徐迟有完全相反的判断。1943年,已经完全脱离"纯诗"的徐迟,却撰写了《圆宝盒的神话》这篇可能是他毕生最华丽的评论文章,来称赏卞之琳的《十年诗草》。[3]《十年诗草》出版于1942年,收入《音尘集》《音尘外集》《装饰集》和《慰劳信集》,算是当时卞之琳诗作的总集。[4]徐迟借诗集中"圆宝盒"的意象为象征,细意探析卞之琳的十年诗艺。

---

[1] 姚丹曾发掘出穆旦在撰写这篇书评之前的一首诗《1939年火炬行列在昆明》,指出这首诗(尤其后半部分)"诗句成了热烈的呼喊,情感膨胀单一,甚至出现了牧歌式的抒情方式。……这样明快、热烈、简单、乐观的诗情,似乎有些幼稚。"见《"第三条抒情的路"——新发现的几篇穆旦诗文》,页144。"新的抒情"的论述方向或者可以在这首诗看出端倪。至于穆旦这篇书评是否开示出"第三条抒情的路",笔者与姚丹有不同的看法,请读者并参。

[2] 参考易彬的著作《赞美:在命运和历史的慨叹中——论穆旦写作(1938—1941)》,《中国现代文学研究丛刊》第5期(2006年),页254—271;《从"野人山"到"森林之魅"——穆旦精神历程(1942—1945)》,《中国现代文学研究丛刊》第5期(2005年),页229—245;以及《穆旦与中国新诗的历史建档》(北京:中国社会科学出版社,2010)。

[3] 徐迟:《圆宝盒的神话》,《抗战文艺》第8卷第4期(1943年5月),页72—73。以下引文见此。

[4] 参见卞之琳:《初版题记》,见《十年诗草1930—1939》,页26。

穆旦说卞之琳诗有时是"机智"和"感情"容受在一起；徐迟说《十年诗草》的诗作就是"感情的思想"，卞之琳是"思想的诗人"，"所思想的是感情"，其企划是"把官能感受还原为知性""把感情明确起来"，这便是"提炼知性的美"。徐迟特别用心笺疏《圆宝盒》的这几句：

　　一颗晶莹的水银
　　掩有全世界的色相
　　一颗金黄的灯火
　　笼罩有一场华宴

徐迟以为卞之琳的诗一直在尝试创造"掩有全世界色相的水银"，追求"金黄的灯火"；在《慰劳信集》以前，卞之琳想把具体的"华宴"或者"全世界的色相"抹去，则"水银"难以得到，幸而还得到《鱼化石》——足以"怀抱着并照出了全世界各时代的恋"。如果我们再诠释徐迟之意，可以说"华宴"是实实在在的生活，"金黄的灯火"是"华宴"之撮综以成诗篇，而"水银"更是诗境之升华；"鱼化石"已照见世间不朽的恋爱的诸种色相，但尚未及掩有全世界色相的最高境界。徐迟所以存寄望于卞之琳者，是因为他写出的"慰劳信"源自亲历第七二二团在太行山的战斗，好比身在"华宴"而歌咏"华宴"以成"金黄的灯火"，"水银"终会提炼出来。

　　我们知道这时徐迟的思想已经转移到左翼的文学大众化方向，但他对诗如何在艺术层面介入生活仍然有极为深刻的思考；他强调从"特殊"以见"一般"，更完全认同卞之琳所说的"狭义的也可以代表广义的"。[1]这一份对个别殊相与全世界色相之间的往返映照的关注,也让我们联想到卞之琳的大学同窗陈世骧(1912—1971)的一篇评论:《战火一诗人》("A Poet in Our War Time", 1942)。[2]

陈世骧与卞之琳同毕业于北京大学外文系,抗战爆发后南下到湖南长沙大学任教,1941年转赴美国;这篇以英语写成的文章是他抵达美国以后发表的第一篇著作。在此以前,陈世骧已经评论过卞之琳早期的诗作;[3]《战火一诗人》则以战时的卞之琳为讨论中心。相对于穆旦和徐迟之特别关心卞之琳《慰劳信集》与前期作品的异同变化,陈世骧则尝试说明诗人在变中之不变:既直面战争,亦保守其诗人质性。文中对卞之琳有一个精巧的喻象描写:

设想一只浮泛于崩石的浪涛间的白鸽,它最能感应到其中的怒潮,但却能翩然地舒展如雪的双翼,混浊不沾。无论面对任何困厄艰辛,诗人直该如是。

陈世骧特别提醒读者,卞之琳不是高蹈风尘外的隐逸诗人;他一直是一位战士,不仅面对战火,还包括政治经济的旋涡,甚而是语言("白话""文言""外来语")的角力,都能保存自我。陈世骧从多个角度指出他的独特性:指出他有非凡的诗艺(superb mastery of

---

[1] 参见卞之琳:《重印弁言》以及《关于圆宝盒》,见《十年诗草1930—1939》,页21、263。

[2] Chen Shih-hsiang, "A Poet in Our War Time," *Asia*(New York) 42/7(Aug. 1942): 479-481. 以下引文见此。

[3] 见陈世骧:《对于诗刊的意见》,《大公报·文艺综合》1935年12月6日;Harold Acton, and Chen Shih-hsiang, eds., *Modern Chinese Poetry*(London: Duckworth, 1936), pp. 170-171。

a unique technique），天生的诗的触觉（inborn poetic sensitivity），独立的性格（independent character），以及独有的观照世界的方式（his own characteristic way of looking upon the world），天生的魅力（inborn poetic charm），特殊的诗的触觉（unique poetic sensitivity），等等。个别殊相（individuality）是陈世骧这篇诗评的关键词。与其他战争诗学论者要求诗人改变态度——放弃个人，投入集体——以迎向战时中国不同，陈世骧认为卓立而敏锐的诗人如卞之琳，在战争中寻诗，就发现诗，并以他的诗为国家这场战争提供贡献。陈世骧再翻译了多首《慰劳信集》的诗篇，分析其中的诗艺，也点出诗中所展露战时生活的悲悯与忧喜、人际间的深情、中国之上下一心（the one heart of China）。陈世骧日后在中国文学研究发扬"抒情传统"之说，重视抒情之个体，并对诗（以至文学）之于人世宇宙间的积极意义充满信心，在本篇已见苗芽。

陈世骧没有"新的抒情"的求索。"抒情"在中国文学传统本来就指向人世诸种情怀在个人与公共领域之间的流动；读卞之琳诗，可以看到"情"由"人"的个体出发，流注到其他个体，以至由众多个体汇成的公众，再往返于其间。卞之琳解释圆宝盒中的"桥"，说是"感情的结合"，说"感情的结合"不限于狭义，"要知道狭义的也可以代表广义的"[1]。陈世骧的诠解正好和卞之琳的诗学相呼应。

对此，徐迟也有感应。他看到卞之琳如何思想"感情"，在"慰劳信"中看到"感情结合"的正式兑现，看到感情结合的"'明确'的表情"。已转向"大众化"思潮的徐迟，宣言：

---

[1] 卞之琳：《关于圆宝盒》，见《十年诗草1930—1939》，页263。

离开了民族革命,这与时代还有什么"存在"呢?离开了这样"狭"的观点,世界还有什么色相是值得注意的呢?但这"狭"的观点,需要有何等"广"的心肠。

徐迟的"战争诗学"自有其时代需要,以诗介入战争,或是适时之举;而此种"介入",如徐迟说,"要有何等'广'的心肠",这"心肠",不就是"情"?不就要"抒情"吗?换句话说,陈世骧与徐迟都看到"抒情"的意义,即使在战时。由是,徐迟又何须"放逐抒情"呢?再者,"情"之转注流动,本就能适时应变;这样,又何须强调"新的抒情"呢?或者可以说:"抒情"可譬诸日月,虽终古常见,而光景常新;而"抒情传统",应该是一个动态的传统,一个活的传统。

本文初稿曾于 2012 年 11 月 22 日
于台湾花莲东华大学华文文学系发表,
原题《家国与抒情:从徐迟〈抒情的放逐〉说起》

"梁文星"与"林以亮"的因缘

1976年出版的《林以亮诗话》记有一段很感人的故事：身处香港的作者与1949年以后留在北京的旧同学本来一直保持书信的往来。一天收到同学来信，上抄王安石诗（自言"记忆可能有错"）：

愿为五陵轻薄儿
生当开元天宝时
斗鸡走狗过一生
天地兴亡两不知

然后断绝了音问。[1]读书到此，不胜感喟。想到苍茫大地，波诡云谲；人生命途，多少亲情友爱，因为不可逆料、难以抗拒的历史大断裂，从此参商永隔。夏志清在《〈林以亮诗话〉序》也特别提及这首诀别诗，说这位友人就是吴兴华（1921—1966），"文化大革命"刚开始就遭斗争惨死。[2]对许多文学研究者来说，在二十世纪七十年代，吴兴华还是一个陌生的名字；或者可以说是一个已被遗忘的诗人之名。这位早慧才高的诗人，在三四十年代创作了许多精彩诗篇，也撰

---

1 林以亮：《诗的创作与道路》，见《林以亮诗话》（台北：洪范书店，1976），页61。
2 夏志清：《〈林以亮诗话〉序》，载《林以亮诗话》，页7。

写了不少深刻的诗论。但流通不广，尤其在1949年之后。

二十世纪五六十年代，吴兴华的诗文被冠上另一个名字"梁文星"，在香港和台湾不同的文艺杂志出现。一时间仿佛港台文坛新出现一位诗人兼评论家。例如由夏济安、刘守宜、吴鲁芹等合办的《文学杂志》创刊号（1956年9月）上，有梁文星的《岘山》一诗。同年12月的第1卷第4期又刊出梁文星的评论《现在的新诗》，在台湾文坛引起一番讨论；[1] 先有周弃子《说诗赘语》对梁文星之论作出呼应，继后还有夏济安《白话文与新诗》《对于新诗的一点意见》，劳干《对于白话文与新诗的一个预想》、覃子豪《论新诗的发展——兼评梁文星、周弃子、夏济安先生的意见》等文参与讨论。[2] 这位梁文星又常常有作品出现在香港五十年代最重要的文学杂志《人人文学》之上；他的诗风又直接影响年轻一代的香港诗人，如叶维廉、昆南、蔡炎培等；其中蔡炎培就更以梁文星为私淑老师，仰望倾心不已。[3]

---

1 梁文星：《现在的新诗》，《文学杂志》第1卷第4期（1956年12月），页18—22。

2 周弃子：《说诗赘语》，《文学杂志》第1卷第6期（1957年2月），页4—11；夏济安：《白话文与新诗》，《文学杂志》第2卷第1期（1957年3月），页4—16；《对于新诗的一点意见》，《自由中国》第16卷第9期（1957年5月），页20—22；劳干：《对于白话文与新诗的一个预想》，《文学杂志》第2卷第2期（1957年4月），页16—19；覃子豪：《论新诗的发展——兼评梁文星、周弃子、夏济安先生的意见》，《笔汇》第7期（1957年6月），页1。又参考杨宗翰：《台湾现代诗史——批判的阅读》（台北：巨流图书公司，2002），页69。

3 参考卢因：《从〈诗朵〉看〈新思潮〉——五六十年代香港文学的一鳞半爪》，《香港文学》第13期（1986年1月），页59；《重读〈林以亮诗话〉》，《读书人》第8期（1995年10月），页73；也斯：《那段跟宋淇吃西餐的日子》，《星岛日报》副刊《年华》2009年10月5日；叶维廉：《现代主义与香港现代诗的兴发》，见《晶石般的火焰》（台北：台大出版中心，2016），页477—482。

不过，自夏志清的两篇文章：《〈林以亮诗话〉序》和《追念钱锺书先生——兼论中国古典文学研究之新趋向》面世以后，"梁文星"的真身是吴兴华，在文化学术界已无疑义。夏志清的学生耿德华（Edward Mansfield Gunn, Jr.）于1978年完成博士论文《上海与北京的中国文学（1937—45）》"Chinese Literature in Shanghai and Peking（1937—45）"，当中就有专章讨论吴兴华，后经改写修订，补加正题《不受欢迎的缪斯》（*Unwelcome Muse*），于1980年正式出版。[1] 由是，吴兴华其人其作正式进入学术研究的视野。

然而吴兴华的故事还未完。他之诗文从五十年代开始流出大陆地区外，其背后推手就是《林以亮诗话》的作者。"林以亮"看来是吴兴华在大学时期开始认识的好朋友宋悌芬（Stephen Soong, 1919—1996），又名宋奇，或者宋淇。宋淇用过许多笔名，据"林以亮"的太太"林文美"在林以亮著《昨日今日》的序文说：

> 他生怕被人目为作家，不惜先后采用许多笔名，包括宋悌芬、欧阳竟、飞腾、唐文冰、余怀、杨晋等，连近年为人熟知的林以亮也是在半开玩笑的情形下取的——就是把女儿的名字颠倒凑成。[2]

后来述及宋淇生平者，多半依样罗列。只是宋淇儿子宋以朗在《宋淇传奇——从宋春舫到张爱玲》一书中，于这一串笔名之余，增

---

[1] Edward Gunn, *Unwelcome Muse: Chinese Literature in Shanghai and Peking, 1937-45*（New York: Columbia University Press, 1980）.

[2] 林文美：《序》，载林以亮《昨日今日》（台北：皇冠出版社，1981），页8。

添了"欧阳询"和"庞观清"两项。[1]其中"欧阳询"大概是"欧阳洵"的笔误；此名两见于宋淇主编的《文林月刊》。[2]至于"林以亮"之名是否由"开玩笑"而来，实在可以斟酌；反而"林文美"之名，应该是宋淇太太所开的玩笑，她的名字原是"邝文美"。据宋以朗的考述，"林以亮"之名的来源非但不是开玩笑，反而有深情在：

> 父亲常常用"林以亮"作笔名。……他应该是用这名字来纪念他和孙以亮的友谊。孙以亮又叫孙道临。[3]

宋以朗又说他父亲：

> 心底根本没有将"林以亮"当成自己一个人。我父亲有数十个笔名，"林以亮"只是一个角色，但这个角色有某种特殊的意义，它代表了作为"天生诗人"的孙道临，也象征了吴兴华和他自己，即是说，"林以亮"是三位一体的位格，是他和他的朋友的共同暗号。[4]

宋以朗对"林以亮"一名的说明，是想解释为什么《林以亮诗话》中总题《诗的教育》的五首十四行诗，原作者不是宋淇，而是吴兴

---

1 宋以朗：《宋淇传奇——从宋春舫到张爱玲》(香港：牛津大学出版社，2014)，页32。
2 欧阳洵：《介绍庞薰琴的画》，《文林月刊》第3期(1973年2月)，页44；《写在〈写在人生边上〉的边上》，《文林月刊》第5期(1973年4月)，页75—76。
3 宋以朗：《宋淇传奇》，页38。
4 同上书，页195。

华。[1]按道理这时期宋淇要发表吴兴华诗,可以沿用"梁文星"或"邝文德"这些专为吴兴华而设的名号。事实上,夏志清为《林以亮诗话》写序时,就盛赞林以亮这一组诗是"传世之作","把他多少年萦绕心头的问题写出来,是足以自傲的。……任何有抱负的中国诗人都可以这组诗为事业抱负的参考";显然没有怀疑是吴兴华的作品,而宋淇看到夏志清序文时,大概也没有打算澄清。[2]宋以朗认为他父亲"不是想把吴兴华的诗据为己有",因为"林以亮"不等于宋淇,而是宋淇编造的"一个角色"。我们依着这一条线索再作探寻,也会发现一些颇有兴味的现象。

我们知道少年宋淇也写诗。1938年,19岁的宋悌芬在上海租界私立光华大学借读时,就在《众生半月刊》发表了《波斯笛》一诗:

> 唉!你这支波斯笛!
> 你的嘴抵得这样密。
> 挂在我的墙上那么久了,
> 我还没听过你一次叹息。
>
> 你是在想念你的家乡?
> 那里的原野是无边的长。

---

1 《诗的教育》,载《林以亮诗话》,页47—52。按这一组诗先见载于《祖国月刊》第148期(1955年10月),页24,有副题"为《祖国周刊》文艺征文而作",作者署名是"林以亮"。原诗应是吴兴华于1943年之作,原题《自我教育》,载吴兴华《森林的沉默——诗集》(桂林:广西师范大学出版社,2017),页296—300;又参吴兴华《风吹在水上——致宋淇书信集》(桂林:广西师范大学出版社,2017),页85—89。

2 夏志清:《〈林以亮诗话〉序》,载《林以亮诗话》,页7—8。

多少个清晨和夜晚；
你曾呼招过多少牛羊？
还是在怀念你的主人，
她的抚爱和她的深情？
你是在重温她双月睛的梦，
海一样的远，海一样的深？

你为什么不飘一缕天音？
让我来做你驯伏的羊群；
你可要轻的唱呀，
可不要惊醒我梦着的灵魂。[1]

典型的浪漫主义诗风。诗不算上乘，但可以见到他的敏感心灵。这种敏感度正是文艺青年宋悌芬的文学能力，尤其在观察世情，作出文学判断的时候。少年宋淇也因此见重于吴兴华，称他为"批评家中的王子"[2]。这一点我将另文讨论。

宋淇早年写的诗只有少量收录在日后的文集之中。其中1981年林以亮著《昨日今日》有"诗选"一辑，收入1940年到1953年作品：《给兴华》《今天晚上别再去点燃那金色的烛台》《深夜中作》《歌》《重读莎士比亚的〈暴风雨〉》《有感》《闻某女演员割舌》《励志诗》《四月

---

[1] 宋悌芬：《波斯笛》，《众生半月刊》第2卷第3号（1938年11月），页95。此诗后来又刊于宋淇主编的光华大学刊物《文哲》之上，并附有《后记》；见《文哲》第1卷第5期（1939年4月），页25。

[2] 吴兴华：《短诗十首·献词》，《燕京文学》第1卷第6期（1941年3月），页5。

的女郎——根据道生诗作》《看卓别林〈舞台春秋〉后》,共10首。[1]《林以亮诗话》则收入本是吴兴华所作的《诗的教育》和林以亮在1956年《文艺新潮》发表的《喷泉》。[2]此外,陈子善编《林以亮佚文集》也收录宋悌芬于1939年到1941年诗:《波斯笛》《第一次听见CUCKOO》《无题》《日晷仪》《四行》共5首。[3]

经宋以朗提示后,我们就不得不再细审"林以亮"的作品有没有可能是吴兴华所作。2017年广西师范大学出版社刊行了五卷的《吴兴华全集》,其中包括《森林的沉默》一卷,可供参照。对比之下,见到《昨日今日》所录诗中,有三首重出:《重读莎士比亚的〈暴风雨〉》,于吴兴华集中作《重读莎士比亚之〈暴风雨〉》;《有感》于吴兴华集中题《为××作》;《闻某女演员割舌》,于吴兴华集中题作《闻黄宗英割舌有感》。[4]

其中吴兴华诗集中的《闻黄宗英割舌有感》一首,有评家曲楠《吴兴华的最后一首诗》作出分析。文中根据《诗集》此诗末注明:"1948年8月青岛"一语,详细考查吴兴华创作的具体语境,并引录当时上海《申报》记载影剧界"甜姐儿"黄宗英因生活困闷抑郁而割舌的新闻,追述黄宗英与兄长黄宗江,以及孙道临、宋淇之友谊,总结说:

> 吴兴华所作拟古、咏古诗,大多取材历史,然而,《闻黄宗英割舌有感》却是唯一一首直接以现代新闻为本事的诗作。……

---

[1] 林以亮:《昨日今日》,页28—47。
[2] 林以亮:《林以亮诗话》,页63—67。
[3] 陈子善编:《林以亮佚文集》(香港:皇冠出版社,2001),页10—12、24—32。
[4] 吴兴华:《森林的沉默——诗集》,页175—177。

诗歌内外，诗人终究还是未离开自己的世界。[1]

整篇文章对吴兴华于四十年代的创作与交游的互动关系，作出细致的分析，对我们理解这时期吴兴华的文学活动很有帮助。然而，我们是否就可断定此诗不是宋淇的作品？事实上，黄宗英早前在上海"孤岛"时已活跃于话剧界，其活动得到宋淇在人力和物力上大力支持。后者与黄宗英的好友同群关系，不输吴兴华。[2]《昨日今日》的《闻某女演员割舌》诗后注明："一九四八年 上海"。"割舌"事情正发生于上海，当时宋淇处身其间，也极有可能感触写诗。诗题隐去"黄宗英"的名字，究竟是后来的改订，还是初写的原题，已不可考；但这诗的著作权，实难有定论。

至于重出于两人文集的另外两首诗，则可以作出比较具体的判断。吴兴华诗集中的《重读莎士比亚之〈暴风雨〉》和《为××作》，诗末同有注："1947年8月"；《昨日今日》中的《重读莎士比亚的〈暴风雨〉》和《有感》同注明："一九四七年 牯岭"。我们检索《吴兴华全集》的《风吹在水上——致宋淇书信集》，就可知其间的细节。1947年9月25日吴兴华给宋淇信说：

牯岭两封信俱已收到，这封信大约可以在上海赶到你。……你那首诗很好，……我想我可以诚实的说那篇诗每行每字都流露出一个gentlemen；……我尤其爱那perfectly balanced的一行：夏日和暖并不可爱，秋风也不残暴。……下次来信时那首诗也

---

[1] 曲楠：《吴兴华的最后一首诗》，《新民周刊》第13期（2017年3月），页112。
[2] 参考宋以朗：《宋淇传奇》，页39—41。

可寄来一观。[1]

致宋淇书信集又有1947年10月28日信,吴兴华说:

> 我想你附上的第二首诗主要的麻烦是在题材,Prospero的独白本身已是不可及,而《暴风雨》全剧的象征意味深厚要眇,你诗前半八行的build-up很好。后面仅以学得宽恕为结,就显得稍软弱。[2]

把这两封信的内容与二诗对照,可知吴兴华先后阅读宋淇在牯岭所写的两首诗,对之作出细意的批评;由此又可见到兴华与悌芬知音相惜的文学交谊。换言之,《森林的沉默》是误把吴兴华所藏的宋淇诗收入;这两首诗的作者应是宋不是吴。

以上的简单考索,其实未必能够将所有流传的"梁文星"和"林以亮"作品完全厘定,分配给吴兴华和宋淇。宋以朗在揭明林以亮的《诗的教育》组诗原本是吴兴华所作的《自我教育》时,提出"林以亮"只是"一个角色","反正都是'编剧'技巧"。他说宋淇"不是想把吴兴华的诗据为己有",看来好像是"曲为之护",实质上的确是了解宋、吴二人的文学史意义的重要角度。人生如果是艺术的模仿,不一定就是不真。正如林以亮编的剧本:在政治区隔的情况下,朋友送来"愿为五陵轻薄儿"的诗句,然后音讯断绝,原本不符"史实"。宋以朗指出宋淇在1951年2月20日收到此诗,以后到1952年7月19日,其间还收

---

1 吴兴华:《风吹在水上》,页178—181。
2 同上书,页183。

到来信12封。[1]然而历史现实经林以亮编派之后，戏剧性浓厚得多。从生命意义来说，剧中人"林以亮"的感喟，不正是历史大断裂带来人情跌宕之最真么？或者，这就是亚里士多德所讲"诗比史更真"的一个颇恰切的例证。

---

[1] 宋以朗：《宋淇传奇》，页193。

诗意与唯情的政治
——司马长风文学史论述的追求与幻灭

香港受英国殖民统治近百年,其文化的多元混杂,游离无根,已是众所同认的现象。因为无根,所以没有历史追寻的渴望;香港有种种的文化活动,可是没有一本自己的"文学史"。历史的意识,每每在身份认同的求索过程中出现。在香港书写的寥寥可数几本"文学史",都是南移的知识分子对中国文化根源的回溯。当然在这个特定时空进行的历史书写,往往揭示了在地文化的样式及其意义。香港既是一个移民都市,异地回忆作为文化经验的主要构成也是正常的,到底香港还有一个可以容纳回忆的空间。现在我们要讨论的司马长风(1920—1980),正是一位于1949年南移香港的知识分子。[1] 他写成的《中国新文学史》,是香港罕见的有规模的"文学史"著作,但也是一份文化回忆的记录。在这本多面向的书写当中,既有学术目标的追求,却又像回忆录般疏漏满篇;既有青春恋歌的怀想,也有民族主义的承担;既有文学至上的"非政治"论述,也有取舍分明的政治取向。以下的讨论会试图从这本"文学史"书写的语意元素、思辨范式,从其文本性(textuality)到历史性(historicity)等不同角度来作出初步的探索。

---

[1] 参关国煊:《司马长风小传》,见司马长风著,刘绍唐校订《中国新文学史》(台版,台北:传记文学出版社,1991),页417—418。

据司马长风自己描述，他在1973年到香港浸会学院代徐訏讲授现代文学，才苦心钻研文学，并且在1974年完成《中国新文学史》上卷，于1975年由香港昭明出版社出版，[1]1976年中卷出版，下卷在1978年出版。当时在香港比较易见的"新文学史"包括王瑶《中国新文学史稿》、刘绶松《中国新文学史初稿》、丁易《中国现代文学史略》（以上内地出版的著作都有翻印本在香港流通）、李辉英《中国现代文学史》等，但司马长风所著一出，令人耳目一新，很受读者欢迎，以至再版、三版。[2]在台湾亦有盗印本出现[3]，远在美国的夏志清也有长篇的书评[4]。到八十年代初本书又传入内地，对许多现代文学的研究者都产生过影响。[5]但打从夏志清的书评开始，司马长风《中国新文学史》就被定性为一本"草率"之作，很多学术书评都同意司马长风"缺乏学术

---

1 司马长风：《中卷跋》，见《中国新文学史》（初版，三卷）（香港：昭明出版社，1975—1978），页323；《代序：我与文学》，见《文艺风云》（台北：时报文化公司，1977），页4—5。除非另外说明，本文引用《中国新文学史》都以香港出版的各卷初版本为据。

2 《中国新文学史》正式刊印的版次情况是：1.港版：昭明出版社；上卷：1975年1月初版，1976年6月再版（1976年6月再版序），1980年4月三版（1979年12月三版序）；中卷：1976年3月初版，1978年11月再版（1978年11月再版说明），1982年8月三版，1987年10月四版；下卷：1978年12月初版，1983年2月再版，1987年10月三版。2.台版：传记文学出版社，1991年，上下二册。

3 司马长风：《台版前记》，见《中国新文学史》（台版），页1。

4 夏志清：《现代中国文学史四种合评》，《现代文学》复刊第1期（1977年7月），页41—61。

5 黄修己：《中国新文学史编纂史》（北京：北京大学出版社，1995），页424、431。

现代文学与抒情论述

研究应有的严肃态度"[1]。可是上文提到这本"文学史"的繁复多音的意义，还未见有充分的讨论。本文就尝试在已有的众多学术批评的基础上，作另一方向的剖析。

一　从语言形式到民族传统的想象：一种乡愁

（一）　语言与新文学史

《中国新文学史》的批评者之一王剑丛，在《评司马长风的〈中国新文学史〉》一文指出司马长风的其中一项失误：

> 作者把文学革命仅仅看成是文学工具的革命，……以一九二〇年教育部颁布全国中小学改用白话的命令作为文学革命胜利的标志，就说明了他这个观点。……这是一个形式主义的观点。[2]

偏重语言的作用是不是失误或可再议，但毋庸置疑，这确是司马长风"文学史"论述的一个特征。他在全书的《导言》中就以"白话文学"的出现作为"新文学史"开端：

> 因此要严格的计算新文学的开始，可以从一九一八年一月算

---

[1] 黄里仁（黄维梁）:《略评司马长风〈中国新文学史〉》,《书评书目》第60期（1978年4月），页87；陈思和:《一本文学史的构想——〈插图本二十世纪中国文学史〉总序》,见陈国球编《中国文学史的省思》（香港：三联书店，1993），页61。

[2] 王剑丛:《评司马长风的〈中国新文学史〉——兼比较内地的〈中国现代文学史〉》,《香港文学》第22期（1986年10月），页39—40。

起。因该年一月号《新青年》上，破天荒第一次刊出了胡适、沈尹默、刘半农三人的白话诗，是新文学呱呱坠地的第一批婴儿。[1]

据他看来，文学革命的成功在于"白话文的深入人心"，"政府不能不跟着不可抗的大势走"，在1920年1月12日颁令国文教科书改用白话的命令。[2]这种阅读文学革命的方式，并非司马长风独创；胡适在1922年写成的《五十年来中国之文学》小册子，就以教育部的颁令作为"国语文学的运动成熟"的标志。[3]作为新文学运动的重要倡导者，胡适的策略就是以形式解放为内容改革开路；他在1919年的《尝试集自序》中清楚地说明：

> 我们认定文学革命须有先后的程序：先要做到文字体裁的大解放，方才可以用来做新思想新精神的运输品。[4]

他在《〈中国新文学大系〉第一集导言》再次说明他的想法：

> 这一次的文学革命的主要意义实在只是文学工具的革命。[5]

---

1 司马长风：《中国新文学史》(上卷)，页9。
2 同上书，页74。
3 胡适：《五十年来中国之文学》(上海：新民国书局，1929)，页104。
4 姜义华编：《胡适学术文集——新文学运动》(北京：中华书局，1993)，页382。
5 同上书，页259。

由于胡适既是运动中人，他的历史叙述又轻易得到宣扬，[1]于是较早出现的"新文学史"论述如陈子展《最近三十年中国文学史》[2]、王哲甫《中国新文学运动史》[3]、霍衣仙《最近二十年中国文学史纲》[4]等都承袭了胡适的说法，已经成为不少早期的"新文学史"所认同的历史论述。事实上文言白话之争，可说是"现代文学史"必然书写的第一页。[5]

然而胡适并没有以白话取代文言的变化，涵盖一切新文学运动的论述。他在《〈中国新文学大系〉第一集导言》中，就重点提到周作人的"人的文学"论，视为新文学运动的思想取向。[6]到晚年追忆时，胡适又作了这样的概括：

> 事实上语言文字的改革，只是一个我们曾一再提过的更大的文化运动之中，较早的、较重要的和比较成功的一环而已。[7]

---

1 《申报》在二十年代已请胡适为过去的文学发展作历史的回顾，写成的《五十年来中国之文学》很快(1923年)就由日本人桥川译成日文，当中写文学革命的"第十节"又被阿英收入《中国新文学大系》的《史料·索引》卷首，可见这一段论述的广为接受。再者，1935年赵家璧主编《中国新文学大系》，又请胡适主编当中的《建设理论集》，集内的《导言》亦成了当时的"正史"论述。此外，他的《说新诗》《尝试集自序》《逼上梁山》，以至许多描叙文学革命的演说文章都有多种形式的流通。

2 陈子展：《最近三十年中国文学史》(北平：太平洋书店，1937)，页215—217。

3 王哲甫：《中国新文学运动史》(北平：杰成印书局，1933)，页51—52。

4 霍衣仙：《最近二十年中国文学史纲》(广州：北新书局，1936)，页21、29。

5 参王瑶：《中国新文学史稿》(上海：新文艺出版社，1953)，页24—27；唐弢：《中国现代文学史》(北京：人民文学出版社，1979—1980)，页50；钱理群、温儒敏、吴福辉：《中国现代文学三十年》(修订本)(北京：北京大学出版社，1998)，页7、11、19—20。

6 姜义华编：《胡适学术文集——新文学运动》，页255—258。

7 唐德刚译注：《胡适口述自传》(台北：传记文学出版社，1986)，页174。

其他的"文学史"著作在检讨过"文学革命"一段历史之后，也很快就转入文学思潮的报道；尤其是当中的"启蒙精神"，或者"文学革命"之演变为"革命文学"的历程，都是后来"文学史"论述的中心。[1]部分论述在回顾早期胡适的主张时，就反过来指摘他只重形式：

> 提倡文学革命的根本主张只有"国语的文学，文学的国语"十个字，这只是文体上的一种改革，换言之就是白话革文言的命，没有什么特殊的见解。[2]

批评者认为语言变革的言论"没有什么特殊的见解"，其实是没有考虑到语言与意识形态的密切关系。从这些文学史的资料安排以至论断褒贬，可知语言因素被看成是次要的，比不上"思想"的言说那么"有意义"。

司马长风对"语言"在新文学史上的作用，却有比他们更持久的执着。在他的叙述中，白话文还有一段从初生到成熟的历史；在"诞生期"（1917—1921）的语言是生涩不纯的：

> 作品的特色是南腔北调、生硬、生涩不堪，因为还没有共通的白话国语，不得不加杂各地方言；语文既不纯熟，写作技巧也很幼稚；百分之九十以上的作品，都不堪卒读。[3]

---

1 陈子展：《最近三十年中国文学史》，页274；王哲甫：《中国新文学运动史》，页58—59、94；王瑶：《中国新文学史稿》，页84；唐弢：《中国现代文学史》，页43—44；钱理群、温儒敏、吴福辉：《中国现代文学三十年》，页5、25。
2 王哲甫：《中国新文学运动史》，页94。
3 司马长风：《中国新文学史》（上卷），页11。

现代文学与抒情论述

到了"收获期"（1929—1937），作品的语言已臻成熟：

> 白话文直到抗战时期才完全成熟。由于各省同胞的大迁徙，使各地方言得到一大混合，遂产生了一新的丰富的国语，可称之为抗战国语。这种新的国语才是最多中国同胞喜见乐闻的国语，同时期的白话文才是流行最广的白话文。[1]

以"白话"（或者加上民族主义意识形态卷标的"国语"）为焦点，视其变化为一段"成熟"的过程，作为新文学史历时演进的表现，司马长风这种论述方式，看来正是一种"形式主义"的"工具论"。

（二）"国语文学"与"文艺复兴"

司马长风的"新文学史"论述，与胡适关于"文学革命"的历史论述都被人批评，都被指摘为语言工具论或者形式主义。二人的论述又确实有承传的关系。然而这些以语言形式为中心的论述，背后却隐藏了丰富的意识形态内容。从这个角度作进一步的观察，我们会发觉由于文化语境的差异，司马长风和胡适的论述其实各有不同的深意。

胡适论"新文学运动"以"国语的文学，文学的国语"作中心。这个论述先见于1918年写成的《建设的文学革命论》，当时这是推行革命的一项行动。到了1935年应赵家璧之邀写《中国新文学大系》的导言时，同类的论述已变成历史的叙述。在历史中的行动与后来描述历史的书写当然有本质的差异，但胡适占有一个特殊的位置，在历史行动当中他已不断地挪用回忆（如《留学日记》、书信等），故此他在行

---

[1] 司马长风：《中国新文学史》（中卷），页156。

动中的书写与描述历史的书写之间,可谓互相覆盖,这是文学史研究的一个极有兴味的课题。有关情况,还待另文探讨。这里只能先立下这分警觉,以免论述时迷失了方向。

从文学革命的开端,胡适就一直以文学史为念,以行动去写文学的历史,并以"文学史"的方式去报道行动。他对"国语文学"一词非常重视,因为他心中有一段文学史供他参照,甚至代入。这就是他理解的欧洲文艺复兴时期各国的国语文学史变革。他的文学革命第一炮《文学改良刍议》,已提到:

> 欧洲中古时,各国皆有俚语,而以拉丁文为文言,凡著作书籍皆用之,如吾国之以文言著书也。其后意大利有但丁诸文豪,始以其国俚语著作。诸国踵兴,国语亦代起。……故今日欧洲诸国之文学,在当日应为俚语。迨诸文豪兴,始以"活文学"代拉丁之死文学,有活文学而后有言文合一之国语也。[1]

更清楚的思想记录是胡适在1917年回国前,日记中有关阅读薛谢儿女士(Edith Sichel)《文艺复兴》(*Renaissance*)一书的感想:

> 书中述欧洲各国国语之兴起,皆足供吾人之参考,故略记之。中古之欧洲,各国皆有其土语,而无有文学(;)学者著述通问,皆用拉丁。拉丁之在当日犹文言之在吾国也。国语之首先发生者,为意大利文。……[2]

---

[1] 姜义华编:《胡适学术文集——新文学运动》,页28。
[2] 胡适:《胡适留学日记》(上海:商务印书馆,1937),页1151—1152。

胡适的整个新文学和"国语"的观念，其实是建构在"文艺复兴"这个比喻上的。他是看了文艺复兴的历史，再将自己的种种思考整合成类似的历史，并按照这个认识去行动，也依此作书写。胡适对"文艺复兴"之喻可说达到迷恋的程度，1926年11月胡适在英国皇家国际事务研究所作的演讲，就正式以历史叙述方式标举"'中国'文艺复兴"。[1]往后他对新文学运动的历史叙述都一定会借用这个比喻。

　　目下"文艺复兴"的研究，由于新历史主义的带动，已成为各种文学理论的实验场；[2]然而对于胡适及其同辈而言，他们的理解主要还是受当时西方学界的观念所支配：以欧洲中世纪与文艺复兴时期作二元对立；前者是充满种种束缚限制的时代；后者是觉醒时期，是从黑暗步向光明，步向现代世界的开端。这些观念大抵根源于1860年布克哈特(Jacob Burckhardt)的经典著作《意大利文艺复兴时期的文明》(*The Civilization of the Renaissance in Italy*)。到今天布克哈特的许多论点已经备受质疑，例如伯克(Peter Burke)就把那些二元对立的想象称为"文艺复兴的神话"(the myth of Renaissance)。[3]

1　这次演讲及讲评的记录载 *Journal of the Royal Institute of International Affairs*, 5 (1926): 265-283。见周质平主编《胡适英文文存》(台北：远流出版公司，1955)，页195—217。后来胡适对"中国文艺复兴"一说迷恋愈来愈深，就如高大鹏所说的"历史幅度愈来愈扩大、愈来愈深化"，将中国近千年的学术文化演变都包融在内。见高大鹏：《传递白话的圣火——少年胡适与中国文艺复兴运动》(板桥：骆驼出版社，1996)，页xiv。胡适这种思想演化的格局，好比他将晚清到"五四"的白话文学发展讲成几千年的"国语文学史"一样。

2　这些研究方向的较新评估可参 Viviana Comensoli and Paul Stevens, ed. *Discontinuities: New Essays on Renaissance Literature and Criticism* (Toronto: U of Toronto P, 1998)。

3　Peter Burke, *The Renaissance*, 2nd ed (London: Macmillan, 1997), pp. 1-6. 又参见 Peter Burke, *The European Renaissance: Centres and Peripheries* (Oxford: Blackwell, 1998)。余英时早年有《文艺复兴与人文思潮》一文介绍四五十年代西方学界对布克哈特的批评，见余英时：《历史与思想》(台北：联经出版公司，1976)，页305—337。

回到中国的情况。即使以传统的解释为据,"文艺复兴"这个概念在欧洲的历史意义,也不尽能配合"五四"前后的文化境况。"文艺复兴"的"复"是指恢复中世纪以前的希腊罗马的文化精神,而欧洲各国以方言土语为国家语言以及伴随的国族意识却是中世纪以后的新生事物。胡适等"五四"时期的文化领袖并没有复兴某一时段中国古代文化的怀旧意识,反之破旧立新才是当时的急务。[1]早在1942年李长之写的《五四运动之文化的意义及其评价》一文,就认为"外国学者每把胡适誉为中国文艺复兴之父",是"张冠李戴",他认为五四运动"乃是一种启蒙运动"。[2]

当时唯一可称得上是"复"的,只有在语言层面所作的"发明"或者"发现"中国的"白话文传统",并以之为新文学运动承传的遗产。[3]

---

[1] 他在1917年的日记上说应以"再生时代"去取代"文艺复兴"这个旧译,其重点正在一"生"字(《胡适留学日记》,页1151);他在回到北京大学任教时,为学生傅斯年等办的杂志《新潮》选上Renaissance为英文刊名,也说明了他看重"新"的一面(唐德刚译注:《胡适口述自传》,页174—175);在1958年的一次演讲中,胡适干脆说:"Renaissance这个字的意思就是再生,等于一个人害病死了再重新更生。"见胡适:《胡适演讲集》第一册(台北:远流出版公司,1986),页178。正如Jerome B. Grieder所说,他毋宁是取其新生的意义多于复旧;见Jerome B. Grieder, *Hu Shih and the Chinese Renaissance: Liberalism in the Chinese Revolution 1917-1937* (Cambridge: Harvard UP, 1970), pp. 314-319。

[2] 李长之:《五四运动之文化的意义及其评价》,见邵元宝、李韦编《李长之批评文集》(珠海:珠海出版社,1998),页330。高大鹏《传递白话的圣火——少年胡适与中国文艺复兴运动》(页87—104)一书从心理的角度尝试追踪胡适的"白话文运动"如何演变提升为"一个文艺复兴运动",很值得参考;但只能说是胡适心中情意结的解释。

[3] 陈国球:《传统的睽离——论胡适的文学史观》,收入陈国球、王宏志、陈清侨编《书写文学的过去——文学史的思考》(台北:麦田出版社,1997),页25—84。

这种比附当然也有不恰当的地方,[1]但已经不是"革命时期"的参与者所能细思的了。无论如何,欧洲的语言变革确实触动了胡适的心弦,增强了他的革命信心。他所提出的"国语的文学,文学的国语"的口号,结合了清末的白话文运动以至民国时期的"国语运动",正如黎锦熙

---

[1] 由中世纪到文艺复兴的语言境况,并不是拉丁文被各国方言取代的简单过程。Peter Burke 就指出当时意大利要"复兴"的语言不是本国土语,而是相对于中世纪拉丁文(Medieval Latin)的古典拉丁文(Classical Latin)或希腊文,最低限度在1500年以前,方言文学并不受重视。再者,以欧洲各国语言书写的文献,也有不少被译为拉丁文作国际流通之用;又方言书写兴起之后,各国又出现混杂的方言拉丁化(Latinization)现象(Peter Burke, *The Renaissance*, 2nd ed, pp. 11-15; *The European Renaissance: Centres and Peripheries*, pp. 135-137)。另一方面,在中世纪时期亦不见得各国方言没有应用于知识传授的环节上,现存资料可以看到中世纪的经籍注疏既有拉丁文,也有各地的方言文字;见Klaus Siewert, "Vernacular Glosses and Classical Authors," *Medieval and Renaissance Scholarship*. Ed. Nicholas Mann and Firger Munk Olsen (Leiden: Brill, 1997), pp. 137-152。至于"五四"时期的语言发展,唐德刚也认为不应以极度简化的"白话取代文言"去理解,而拉丁文于欧洲各国的历史作用并不同于中国的文言文(唐德刚译注:《胡适口述自传》,页182—185注)。近时宇文所安又对"文言/白话"与"拉丁文/欧洲各国语言"的比附提出异议,认为中国的文言白话之间没有拉丁文和欧洲各国语言之间那样清晰的分界线;见Stephen Owen, "The End of the Past: Rewriting Chinese Literary History in the Early Republic," *The Appropriation of Cultural Capital: China's May Fourth Project*,. Ed. Milena Doleželová-Velingerová and Oldřich Král (Cambridge, Mass.: Harvard University Asia Center, 2001), pp. 172;宇文所安:《过去的终结——民国初年对文学史的重写》,见《他山的石头记——宇文所安自选集》(南京:江苏人民出版社,2003),页312—313。Masini 对中国现代"国家语言"的历史渊源,与前代各种文化因素的关系,有比较详尽可信的解释;Federico Masini, "The Formation of Modern Chinese Lexicon and Its Evolution Toward a National Language: The Period from 1840 to 1898," *Journal of Chinese Linguistics Monograph Series* No. 6 (Berkeley: UC Berkeley, 1993), pp. 109-120。

《国语运动史纲》所说:"文学革命"与"国语运动"呈双潮合一之势。[1]胡适在《建设的文学革命论》所提出、《〈中国新文学大系〉第一集导言》再度引述的论点,特别值得我们注意:

> 我们所提倡的文学革命,只是要替中国创造一种国语的文学。有了国语的文学,方才可以有文学的国语。有了文学的国语,我们的国语才可算得真正的国语。国语没有文学,(便没有生命,)便没有价值,便不能成立,便不能发达。[2]

近代欧洲民族国家以方言文学建立文化身份的过程,对胡适的"国语文学"说有很大的启发作用。所以看重文学语言的作用,并非简单的"工具论";钱理群等就认为胡适的主张在当时具有特殊的策略意义,在文学革命成长的"国语",成为"实现思想启蒙和建立统一的现代民主国家的必要条件"[3]。

(三) 文言、白话的"二言现象"

要进一步说明胡适的文学革命与语言的关系,我们可以用社会

---

[1] 黎锦熙:《国语运动史纲》(上海:商务印书馆,1934),页70—71;又参李孝悌:《胡适与白话文运动的再评估——从清末的白话文谈起》,见周策纵等《胡适与近代中国》(台北:时报文化公司,1991),页1—42。
[2] 姜义华编:《胡适学术文集——新文学运动》,页41、249。
[3] 钱理群、温儒敏、吴福辉:《中国现代文学三十年》,页20。

语言学的"二言现象"（diglossia）说去解释当时的语言境况。[1] 据弗格森（Charles Ferguson）题为"Diglossia"的一篇经典论文所界说："二言现象"是指在一个言语社群（a speech community）之中存在着两种不同功能阶次的语言异体（language varieties），而这两种异体又可以根据不同的语用而分划为高阶次语体（H or "high" variety）和低阶次语体（L or "low" variety）。[2]

---

[1] Diglossia 不译作双语，因为双语应为 bilingualism 的中译，与 diglossia 并不相同。Fishman 说 bilingualism 是心理学家或语言心理学家的研究对象，而 diglossia 则是社会学家或社会语言学家的对象。见 Joshua Fishman, "Societal bilingualism: Stable and Transitional," *The Sociology of Language* (Rowley, MA: Newbury House, 1972), p. 92；又参见 Ralph W. Fasold, *The Sociolinguistics of Society* (Oxford: Blackwell, 1984), p. 40。

[2] 弗格森从"功能"（function）、"声价"（prestige）、"文学承传"（literary heritage）、"掌握过程"（acquisition）、"标准化程度"（standardization）、"稳定性"（stability）、"语法"（grammar）、"词汇"（lexicon）、"语音状况"（phonology）等方面去解释 H 与 L 的"二言现象"。例如阿拉伯地区以古兰经的语言为基础的古典阿拉伯文就是 H，而如埃及开罗的通用口语却只能算是一种 L；在大学的正式课堂，就只会用 H，不少国家甚至有法例规定中学老师不能以 L 教学。见 Charles Ferguson, "Diglossia," *Language and Social Context: Selected Readings*, Ed. Pier Paolo Giglioli (London: Penguin, 1972), p. 236。他所作的简明定义是："DIGLOSSIA is a relatively stable language situation in which, in addition to the primary dialects of the language (which may include a standard or regional standards), there is a very divergent, highly codified (often grammatically more complex) superposed variety, the vehicle of a large and respected body of written literature, either of an earlier period or in another speech community, which is learned largely by formal education and is used for most written and formal spoken purposes but is not used by any sector of the community for ordinary conversation."（Charles Ferguson, "Diglossia," p. 245.）又参 R.L. Trask, *Key Concepts in Language and Linguistics* (London: Routledge, 1999), pp. 76-78。

在清末民初的中国，弗格森所描述的"二言现象"非常明显[1]："文言"是属于庙堂的、建制的 H，"白话"是民间的、非公用的 L。以林纾为例，他自己曾写过不少白话文，但这是为启导"下愚"而写的。[2]至于胡适等人的主张，在他眼中，是"行用土语为文字"，依此则"都下引车卖浆之徒所操之语，按之皆有文法"[3]，这是他完全不能接受的。于是写了论文《论古文白话之相消长》厘清两种语体的历史功能，又写小说《荆生》痛骂陈独秀、胡适，[4]再写信给北京大学的校长蔡元培大声抗议；这都是当时在不少知识分子心中，H、L 两种语体泾渭分明、不容侵夺的戏剧性表现。正是在这个语言状况下，才会有胡适所领导的"文学革命"——对"二言现象"的功能阶次作出一个重要的调整（repermutation）甚至消灭；将原属 L 的"白话"的位置调为 H，而宣布原来居高位的"文言"是"死文字"。若果这是历史发展的报道，则新的国家语言就正式建立。可是，如果我们细心考查当时语言运用的情况，"文言"绝对未"死"；当前的"白话"还未能完全适应新的位阶，所以胡适等除了要作宣传工作之外，还要进行不少的探索和试

---

1 弗格森在他的经典论文中也借助赵元任的论说，指出汉语中的"二言现象"（Charles Ferguson, "Diglossia," pp. 246-247），又参 Harold F. Schiffman, "Diglossia as a Sociolinguistic Situation," *The Handbook of Sociolinguistics*, Ed. Florian Coulmas（Oxford: Blackwell, 1997）, p. 210。

2 张俊才《林纾年谱简编》记载："本年（1900 年），林纾客居杭州时，林万里、汪叔明二人创办白话日报，林纾为该报作白话道情，颇风行一时。"又："（1919 年）3 月 24 日，北京《公言报》为林纾等辟《劝世白话新乐府》专栏。……4 月 15 日和 23 日，又在《公言报》发表《劝孝白话道情》各一篇。"见薛绥之、张俊才编《林纾研究资料》（福州：福建人民出版社，1983），页 26、49。又据包天笑《钏影楼回忆录》说："其时创办杭州白话报者，有陈叔通、林琴南等诸君。"见薛绥之、张俊才编《林纾研究资料》，页 168。

3 林纾：《致蔡鹤卿书》，见薛绥之、张俊才编《林纾研究资料》，页 88。

4 薛绥之、张俊才编：《林纾研究资料》，页 81—82。

验。"怎样做白话文？"在当时还是一个要讨论研究的问题，傅斯年在《新潮》杂志中，以此为题写了探索的文章，[1]而胡适在《〈中国新文学大系〉第一集导言》的话，也很能显示出运动之不能一蹴而就：

> 我们提倡新文学的人，尽可不必问今日中国有无标准国语，我们尽可努力去做白话的文学。……中国将来的新文学用的白话，就是将来中国的标准国语。造中国将来白话文学的人，就是制定标准国语的人。[2]

胡适、傅斯年等人的建议包括：一、讲究说话，根据"我们说的活语言"去写；二、多看《水浒》《红楼》《儒林外史》一类白话小说；三、欧化；四、方言化。[3]可见这时期的关切点，是"文言"如何被取代，"白话文"还只是一个模糊的概念，是尚在追寻的目标。这个运动的终点确如胡适所宣扬的一样，是一种新的国家语言标准的建立；然而当时只不过是革命的开端，离开行动成功而作历史追述的地步还有距离。[4]

（四）"纯净"白话文的追求在香港

以胡适的情况来参照，我们就可以叩问，司马长风对语言形式的执着，是否有深一层的文化政治意义。司马长风在《中国新文学史》上卷提出一种"纯净"语言的要求：

---

1 傅斯年：《傅斯年全集》(台北：联经出版公司，1980)，页1119—1135。
2 姜义华编：《胡适学术文集——新文学运动》，页250。
3 同上书，页251。
4 参 Charles Ferguson, "Diglossia," p. 247。

笔者认为散文的文字必须纯净和精致,庞杂是大忌。吸收外国语词虽然不可避免,但是要把它消化得简洁漂亮,与国语无殊才好,不可随便的生吞活剥,方言和文言则越少越好。[1]

下卷又反复申说:

新文学自一九一八年诞生以来,散文的语言,为两大因素所左右,一是欧化语,二是方言土话。这两个因素本是两个极端,居然同栖于现代散文中,遂使现代散文生涩不堪。欧化语是狂热模仿欧美文学的结果;方言土话是力求白话口语的结果。这两个东西像两只脚镣一样,套在作家们的脚上,可是因为兴致太高,竟历时那么久,觉不出桎梏和沉重。[2]

在"文学史"中标示这种语言观,表面看来只是白话文的推重,与胡适的说法相去不远。但在历史语境不同的情况下,两者的意义却大有差别。胡适的革命很清楚,是寻找一种新的国家语言,以改变原来的H、L并存的"二言现象"。依照这个想法,文言文的H地位不但要被推翻,它在社会的一般应用功能也要取消。在"国语"建立的过程中,除了要向他构筑的"白话文学传统"学习之外,还有必要参酌欧化和方言化的进路。但司马长风则强烈排斥欧化和方言化的倾向。原因是什么呢?我们或者应该考察一下司马长风所面对的语言环境及其文化政治状况。他在全书开卷不久,解释文学革命以前的语言环境

---

[1] 司马长风:《中国新文学史》(上卷),页176—177。
[2] 司马长风:《中国新文学史》(下卷),页144。

时说:

> 古文(文言文)是科考取士的根本,是士人的进身之阶,与富贵尊荣直接相关。这正如今天的香港,中文虽被列为官方语文,只要仍受英国的殖民统治,重视英文的心理就难以消失,因为多数白领阶级,要依靠英文讨生活。道理完全一样。[1]

这段话向我们透露了一个讯息:司马长风的"文学史"论述不是一段抽离自身处境的第三身"客观"报道。他的叙述体本身就包藏了不少的社会文化意识。司马长风将文言文的地位与香港的英文相比,就是其中一个值得注意的现象。在二十世纪七十年代以前,香港存在的不是弗格森所描述的"经典二言现象"(classical diglossia)[2],而是如费什曼(Joshua Fishman)所定义的"广延二言现象"(extended diglossia)[3]。在此,高(H)低(L)位阶的语体不再是同一语言的异体,而是本无语系关联的英语和粤语。社会上的精英以英语作为政府公文、法律甚或高等教育的通用语体;而粤语则是普通大众的母语,最贴近日常生活

---

[1] 司马长风:《中国新文学史》(上卷),页25。
[2] 弗格森后来也有补充申明:他提出的"二言现象说"不能完全解释所有多元的语用情况; Charles Ferguson, "Diglossia Revisited," *Southwest Journal of Linguistics* 10 (1991): 91-106。
[3] "Classical diglossia"及"extended diglossia"是 Schiffman 在检讨 Ferguson 及 Fishman 的理论之后所作的概括; Harold F. Schiffman, "Diglossia as a Sociolinguistic Situation," *The Handbook of Sociolinguistics*, p. 208。

的语言。[1]当然香港的语言环境中还有以普通话(或称国语)为基础的中文书面语,看来是一种"三言现象"(triglossia)或者"复叠二言现象"(double overlapped diglossia),[2]但实际上在七十年代的香港,这第三语体的运用并不全面,因为香港人一般都沿用粤语去诵读这种书面的"雅言",通晓北方官话的口语及其书面形式的,只属少数。

准此,我们可以检视"白话"和"白话文"在香港的特殊意义。"白话"在中国其他地区往往是指口语,而"白话文"与口语的密切关系,就如胡适和傅斯年《怎样做白话文》所说:"白话文必须根据我们说的活语言,必须先讲究说话。话说好了,自然能做好白话文。"[3]但在香港"白话"只与"白话文"一词连用,而"白话文"(或称"语体文")是与日用语言有极大距离的北方官话相关的,是在学校的语文课内学习而得的。对于以粤语为母语的香港人来说,这种书面语并没有"活的语言"的感觉。

可是,如司马长风这样一个成长于北方官话区的文化人,当南下流徙到偏远的香港时,面对一个高位阶用英文、日用应对用粤语的语言环境,当然有种身处异域的疏离感。他反对欧化、方言化的

---

1 在1974年以前,英语是香港的唯一法定语文,直到《一九七四年法定语文条例》在立法局通过之后,中文才被承认为一种有法律地位的语文;见王齐乐:《香港中文教育发展史》(修订版)(香港:三联书店,1996),页351—352。

2 Abdulaziz Mkilifi, "Triglossia and Swahili-English Bilingualism in Tanzania," *Advances in the Study of Societal Multilingualism*. Ed. Joshua Fishman (New York: Mouton, 1978), pp. 129-152; Ralph W. Fasold, *The Sociolinguistics of Society*, p. 45.

3 姜义华编:《胡适学术文集——新文学运动》,页251;参傅斯年:《傅斯年全集》,页1121—1127。

现代文学与抒情论述

主张，正好和他所面对的英文与粤语的环境相对应；[1]"白话文"就是他的中国文化身份的投影。这个民族文化传统的意识更显示在"文艺复兴"概念的运用上。司马长风在《中国新文学史》的开卷部分，引述胡适1958年的演讲《中国文艺复兴运动》和《白话文学史》卷首的《引子》，说明中国有上千年的"白话文学传统"，"文学革命"也就是"文艺复兴"：

> 照我们以往顺着"文学革命"这个概念来看，新文学是吸收西方文学，打倒旧文学的变革过程。现在既然知道，我们自己原有白话文学的传统，那么上述的变革方式显然存在着重大的缺点。因为单方面的模仿和吸收西方文学、所产生的新文学，本质上是翻译文学，没有独立的风格，也缺乏创造的原动力，而且这使中国文学永远成为外国文学的附庸。……
>
> 我们必须深长反省。首先要决然抛弃模仿心理和附庸意识，应该回过头来，看看自己的传统——尤其是白话文学的传统。我们的传统不止有客观的价值；而且每一中国作家有继承

---

[1] 他在《新文学与国语》一文说："今天许多(香港的)广东人，所以感到写作困难，也主要因为不会讲国语，或者国语讲得不好。"《文学士不写作》一文又提到香港学生："日常生活讲的是粤语，从幼稚园到中学被填塞了一脑袋半生不熟的英文；进了大学的中文系，则被引进敦煌的石窟里去，不见天日，只能与言语不通、生活迥异的古人打交道。粤语、英文、古文这三种东西，都妨碍使用国语白话写作，换言之，三种东西缠住他们的心和脑，没有余力亲近白话文学，哀哉！"见司马长风：《新文学丛谈》(香港：昭明出版社，1975)，页23、42。

的义务。[1]

经胡适的建构，白话文学有一个悠久的传统，因此又可以承担起民族意识的重责。对于胡适来说，这个"白话文学传统"是为革命开道的一种方便，一种手段，他的重点在于新生的新文学。对于司马长风来说，这个"传统"的符号意义，却是一种回归，是漂泊生涯中的一种盼望。究其实，他并没有真的认为新文学史是一段"中国文艺复兴"的历史，他只是借用胡适的概念来作历史回顾的判准，甚至是为还未出现的文学理想定指针：

> 现在我们来清理源头，并不是想抹杀过去的新文学，而是重新估评新文学；以及从新确定今后发展的路向。我们发现凡是经得起时间考验的作品，都是比较能衔接传统，在民族土壤里有根的作品。[2]

（五）司马长风的"乡愁"

在司马长风的时空里，白话文的作用不在于响应当前的政治现实，而只在于建构内心的"中国想象"，或者说是，重构那份乡土的回忆：

---

[1] 司马长风：《中国新文学史》（上卷），页2—3。司马长风在《周作人的文艺思想》一文说周作人在1926年11月写的《陶庵梦忆序》中已提出"文艺复兴""现代文学革命"之说，比胡适1958年的演讲早了三十多年（《中国新文学史》上卷，三版，页271）；其实周作人之说肯定是从胡适中来，见上文的讨论。

[2] 司马长风：《中国新文学史》（上卷），页3。

文学革命时期，本有现成而优秀的散文语言，那就是水浒传、红楼梦、儒林外史，传统白话小说的散文语言，胡适曾有气无力的提倡过，可是没有认真的主张，遂令那些作家们，在欧化语和方言土话中披荆斩棘，走了一条艰辛的弯路。这条弯路，到了李广田的《灌木集》才又回归了康庄大道。

在《灌木集》中，罕见欧化的超级长句，翻译口气的倒装句；也绝少冷僻的方言土话，所用语言切近口语，但做了细致的艺术加工。换言之，展示了新鲜圆熟的文学语言，也可以说，重建了中国风味的文学语言。[1]

"传统白话小说的散文语言"，不用"欧化"句子、不掺杂"方言土话"，就是"中国风味的文学语言"的基础，这是司马长风的文学理想。然而在香港，白话文是以外地方言为基础的书面语，与在地有空间的距离；白话文学传统以《水浒》《红楼》为依据，与当下又有几百年的时间区隔。白话文只能透过教育系统进入香港的文化结构。香港的语言环境与司马长风的中国想象有很大的冲突，可是司马长风却对此不舍不弃，甚至要努力将这个中国想象纯洁化——要求文学语言的"纯"，排斥驳杂不纯的"欧化"和"方言化"现象：

二十年代后起的作家如萧乾、何其芳、李广田、吴伯箫等，一开始就以纯白的白话，纯粹的国语撰写他们的篇章，他们是崭新的一代。[2]

---

1 司马长风：《中国新文学史》(下卷)，页144。
2 司马长风：《中国新文学史》(中卷)，页156。

我们从未见过胡适标榜"纯净"的文学语言，可是在司马长风的眼中，"纯净"的语言，可以神话化为中国的乡土：

> 《在酒楼上》所写的景物、角色以及主题都满溢着中国的土色土香……，都使人想到《水浒传》，想到《儒林外史》或《三言二拍》里的世界，再再使人掩卷心醉。在这里没有翻译文学的鬼影，新文学与传统白话文学衔接在一起。[1]

从司马长风的论述看来，语言已不只是形式、工具，它可以与"人民""亲情"绾合，升华为"民族""乡土"：

> 《边城》里所有的对话，真正是人民的语言，那些话使你嗅出泥味和土香。[2]
>
> 中国文学作品特重亲情和乡愁。[3]

中国文学与"亲情""乡愁"的关系，司马长风并没有作确切的论证，只是直感的综合，可是司马长风自己的确"特重"乡愁。他有两本散文集都以"乡愁"为名，分别题作《乡愁集》和《吉卜赛的乡愁》，在另一本散文集《唯情论者的独语》中有《不求甚解的乡愁》一文，文中说：

---

[1] 司马长风：《中国新文学史》(上卷)，页152。
[2] 司马长风：《中国新文学史》(中卷)，页39。
[3] 司马长风：《中国新文学史》(下卷)，页155。

现代文学与抒情论述

什么是乡愁？苏东坡词中有"故国神游"四字，足以形容。我们些(这?)些黄帝的子孙，都来自海棠叶形的母土。我们的脑海里、心里和血里，都流满黄河流域的泥土气味；我们对于孔子、远比耶稣亲切，对王阳明远比对马克斯熟悉；我们的英雄是成吉思汗，不是亚历山大；最使我们心醉的是《水浒传》和《红楼梦》，不是《异乡人》和《等待果陀》，……因为我们是黄帝的子孙，是地道的中国人！说到这里，只有一团浓得化不开的情绪，再无任何道理可讲了。[1]

在这段抒情的话语中，我们可以看到《水浒传》《红楼梦》等司马长风一直挂在口边的传统白话文学的位置，这是他的"乡愁"的主要元素。当他的身边只是些"国语讲得不好"的、"没有余力亲近白话文学"的香港人时，[2]他的"乡愁"自然更加浓重了。他在五十岁时误以为得了绝症，写了遗言似的《噩梦》一文，当中有这样的话：

"再会了，香港人！"不禁想起了二十七年来在这里的生活。生在辽河，长在松花江，学在汉江，将终于香江，香港虽小，也算是世界名城，她不但美如明珠，并且毗连着母土！呵！小小的香港，你覆载我二十七年，是我居住最久的地方，也是最没有乡土感的地方，现在觉得实在对不起你。[3]

---

[1] 司马长风：《唯情论者的独语》(香港：创作书社，1972)，页149。
[2] 司马长风：《新文学丛谈》，页23、42。
[3] 司马长风：《绿窗随笔》(台北：远行出版社，1977)，页63。

香港虽是司马长风一生居住最久的地方，但他总觉得是在异乡做客，因为他心中存有一个由回忆和想象合成的，包括语言、文化、风俗、民情的中国乡土。套用他自己的话作比喻，可以这样总结《中国新文学史》全书：

> 书中什么也没有，只有一缕剪不断的乡愁。[1]

正是这一缕乡愁，蕴蓄了司马长风"文学史"书写的文化意义。

二 诗意的政治：无何有的"非政治"之乡

（一） 美文、诗意、纯文学

除了"语言"的重视之外，司马长风《中国新文学史》最惹人注目的一个特色就是"纯文学"的论述取向。[2]这和他要求语言的"纯"有类似的思考结构，但也有不同方向的文化政治意义，我们预备在此作出探析。所谓"纯文学"的观念，一般就简单地判为西方传入的观念；其实即使在西方，这也是近世才逐渐成形的。[3]文学在西方的早期意义与中国传统所谓"文质彬彬"的"文"或者"孔门四科"的"文学"都

---

[1] 司马长风：《中国新文学史》(下卷)，页84。
[2] 王剑丛：《评司马长风的〈中国新文学史〉——兼比较内地的〈中国现代文学史〉》，页35—36；许怀中：《中国现代文学史研究史论》(厦门：厦门大学出版社，1997)，页67；王宏志：《历史的偶然——从香港看中国现代文学史》(香港：牛津出版社，1997)，页113、117。
[3] Peter Widdowson, *Literature* (London: Routledge, 1999), pp. 26-62.

很相近，与学识、书本文化相关多于与抒情、审美的联系。[1]"纯文学"的出现一方面可以说是从"排他"（exclusion）的倾向而来；另一方面也可以说是从"美学化"（aestheticization）的步程而来。所谓"排他"是指在其他学科如宗教、哲学、历史等个别的价值系统确立之后，各种传统的文化文本（"经籍"）以及其嗣响，在十八世纪以还，纷纷依类独立，所剩下的"可贵的"文化经验只能够由"美学价值"支持。与此同时，从十八世纪后半到十九世纪中叶，康德、黑格尔、席勒（Johann Schiller）、柯勒律治（Samuel Taylor Coleridge）等的"审美判断""美感经验"等论述在欧洲相继面世，文学就以语言艺术的角色，承纳了这种论述所描画或者想象而成的特殊，甚而是神秘的能力。从

---

[1] Peter Widdowson 在 *Literature* 一书指出：The English word literature derives, either directly or by way of the cognate French litterature, from the Latin litteratura, the root-word for which is littera meaning "a letter" (of the alphabet). Hence the Latin word and its European derivatives all carry a similar general sense: "letters" means what we would now call "book learning", acquaintance/familiarity with books. A "man of letters" (or "literature") was someone who was widely read (Peter Widdowson, *Literature*, pp. 31-32)。又参 René Wellek, "The Name and Nature of Comparative Literature," *Discriminations: Further Concepts of Criticism* (New Haven: Yale UP, 1970), pp. 4-8. 有关西方文化传统中早期的"文学"概念可参 Adrian Marino, *The Biography of the Idea of Literature: from Antiquity to the Baroque* (Albany: SUNY Press, 1996)。中国传统对"文学"的解释参见王梦鸥：《文学概论》（台北：艺文印书馆，1975），页1—16。

此现代意义的"文学"就以这个特征卓立于其他学科之外。[1]

司马长风的"纯文学"应该与这些近代西方的观念有比较密切的关系，因为中国传统的诗文观（无论是"言志"还是"兴观群怨"，又或者"载道""征理"）都是以社会功用的考虑为主流，而他则主张撇开这些思想文化或者道德政治的考虑。他在讨论鲁迅时，力图把杂文从"文学史"论述的范围"排除"出去：

> 在"为人生"的阶段，他（鲁迅）创造了不少纯文学的作品，尤其在散文方面《野草》和《朝花夕拾》，为美文创作留下不朽的篇章。可是自参加"左联"之后，他不但受所载之道的支配，并且要服从战斗的号令，经常要披盔带甲、冲锋陷阵，写的全是"投枪"和"匕首"，遂与纯文学的创作不大相干了。[2]

> 直到一九三〇年二月"自由大同盟"成立、三月"左联"成立后，（鲁迅）始将大部分精力投进政治漩涡，几乎完全放弃了纯文学创作。从那时起到一九三六年逝世为止，除写了几个短篇历史小说之外，写的全是战斗性的政治杂文，那些东西在政治史上，或文学与政治的研究上，有其独特的重要性，但与文学

---

1 Peter Widdowson 又说："Critics are now (mid-eighteenth century)talking of a kind of literary writing which is distinguished from other kinds of writing (e.g. history, philosophy, politics, theology) that had hitherto been subsumed under the category 'literature', and which is precisely so distinguished by its aesthetic character....By the second half of the nineteenth century, then, a fully aestheticised notion of 'Literature' was becoming current"(Peter Widdowson, *Literature*, pp. 35-37).又参看 Terry Eagleton, *Literary Theory: An Introduction*(Oxford: Blackwell, 1983), pp. 20-21; Bernard Bergonzi, *Exploding English: Criticism, Theory, Culture* (Oxford: Clarendon Press, 1991), pp. 36-37, 193-194。

2 司马长风：《中国新文学史》（中卷），页111。

现代文学与抒情论述

便不大相干了。……其实在那个年代，他绝无意趣写什么散文，也更无意写什么美文，反之对于埋头文学事业的人，他则骂为"第三种人"，痛加鞭挞。在这里我们以美文的尺度来衡量他的杂文，就等于侮辱他了。[1]

照司马长风的说法，"美文"是属于"纯文学"范畴之内的文类，而"投枪""匕首"一类的"战斗性的政治杂文"却是不同领域的语言表现。我们应该注意，司马长风在这里并没有否定鲁迅杂文的价值，只是说不能用"纯文学"（"美文"）的尺度为论，可知这是有关价值系统的选择和认取的问题。此外，在讨论"文以载道"的弊端时，司马长风正式表示自己的立场：

> 我们……是从文学立场出发，认为文学自己是一客观价值，有一独立天地，她本身即是一神圣目的，而不可以用任何东西束缚她，摧残她，迫她做仆婢做妾侍。[2]

他又反对"为人生的文学"，因为这个主张：

> 破坏了文学独立的旨趣，使文学变成侍奉其他价值和目标的妾侍。[3]

这是"文学自主观"（the autonomy of literature）的宣示。夏志清曾经批评说：

---

[1] 司马长风：《中国新文学史》（中卷），页148。
[2] 司马长风：《中国新文学史》（上卷），页5。
[3] 同上书，页8。

> 文学作品有好有坏，……有些作品，看过即忘，可说是一点价值也没有，实无"神圣目的"可言。……世上没有一个"独立天地"，一座"艺术之宫"。[1]

其实夏志清的切入点与司马长风不同。夏氏讲的是个别的作品，而司马长风所关注的是作为集体概念的"文学"，在响应批评时他就表明了这个"独立旨趣"是经由"排除"过程而来：

> 我所说的"文学自己是一客观价值，……"这几句话，乃针对具体的情况，有特殊的意义。具体的情况是有许多的"道"，欲贬文学为工具，特殊意义是争取维护文学独立、创造自由。[2]

所谓"许多的'道'"就是指不同的价值系统；在排拒了这许多不同的系统之后，所剩下的正是那神秘的、缥缈的、"无目的"(disinterested)的"美感价值"。[3] 司马长风推崇"美文"的基础就在于"美"的"无目的"性质，没有"实用"的功能。我们只要看看他对新文学各

---

[1] 夏志清著，刘绍铭等译：《中国现代小说史》(香港：友联出版社，1976)，页276。

[2] 司马长风：《答复夏志清的批评》，《现代文学》复刊第2期(1977年10月)，页95。

[3] 司马长风对周作人《中国新文学的源流》所说过的"文学是无用的东西"一语〔周作人著，杨扬编校：《中国新文学的源流》(上海：华东师范大学出版社，1995)，页14〕表示认同〔《中国新文学史》(中卷)，页247—248〕。由康德到席勒的美学思想，都标举这种"实用"以外的价值；参Bernard Bergonzi, "Beyond Belief and Beauty," *Exploding English: Criticism, Theory, Culture*, p. 88。对这个观念的政治批判可参Tony Bennett, *Really Useless Knowledge: A Political Critique of Aesthetics*, Outside Literature (London: Routledge, 1990), pp. 143-166。

现代文学与抒情论述

家"美文"的实际批评,虽然反复从文字或内容立说,[1]但其归结总不离以下一类的评语:

> (评周作人《初恋》)美妙动人。[2]
> (评徐志摩《死城》)这篇散文真美。[3]
> (朱大柟散文)文有奇气,极饶诗情,有一种凄伤的紫魂之美。[4]
> (何其芳散文)作品集合中西古典文学之美。[5]
> (冯至《塞纳河畔的无名少女》)人世间从未有这么美的文字,……所谓美文,以往只是一空的名词,现在才有了活的标本。[6]
> (废名散文)孤独的美。[7]
> (朱湘散文)美无所不在。[8]

司马长风并没有对各家(或各篇)散文之"美"的内容,作出理论的解说,但当他在进行感性的阐发时,所说的"美"往往指向一种超乎文类的性质——"诗意":

> (徐志摩的)散文比他的诗更富有诗意,更能宣泄那一腔子

---

[1] 司马长风所说的"内容"在大多情况下是指语义结构,而没有文本以外的历史社会等实际指涉。
[2] 司马长风:《中国新文学史》(上卷),页178。
[3] 同上书,页181。
[4] 同上书,页185。
[5] 司马长风:《中国新文学史》(中卷),页114。
[6] 同上书,页124。
[7] 同上书,页129。
[8] 同上书,页155。

美和灵的吟唱。[1]

（何其芳）以浓郁的诗情写诗样的散文。[2]

（何其芳的散文）词藻精致诗意浓。[3]

朱湘的散文也和徐志摩相似、诗意极浓。[4]

（无名氏《林达与希绿断片》）显然超越了散文，这是诗。[5]

这种"诗意"的追寻，甚至延伸到小说的阅读，例如论鲁迅的《故乡》：

字里行间流露着真挚的深情和幽幽的诗意。这种浓厚的抒情作品，除了这篇《故乡》还有后来的《在酒楼上》。[6]

又谈到郁达夫的小说：

《迟桂花》较二者（《春风沉醉的晚上》《过去》）更有气氛，更有诗意；若干描写凝吸魂魄。[7]

再而是连戏剧的对话与场景都以当中的"诗意"为论，例如读田汉的《获虎之夜》：

---

[1] 司马长风：《中国新文学史》（上卷），页180。
[2] 司马长风：《中国新文学史》（中卷），页114。
[3] 同上书，页118。
[4] 同上书，页154。
[5] 司马长风：《中国新文学史》（下卷），页158。
[6] 司马长风：《中国新文学史》（上卷），页107—108。
[7] 司马长风：《中国新文学史》（中卷），页79。

> 这一山乡故事,约两万字长的独幕剧,一口气读完不觉其长,极美丽动人,许多对话,场景饶有诗意。[1]

论李健吾的《这不过是春天》:

> 这段对话,自然,美妙,诗情洋溢,映衬了"这不过是春天"的情趣。[2]

更能说明问题的,是他对诗歌的论析;他索性将"诗意"从诗的体类抽绎出来,诗与"诗意"变成没有必然的关联。例如他评论田汉的诗《东都春雨曲》说:

> 有诗意,像诗。[3]

评废名的《十二月十九日夜》说:

> 诗句白得不能再白,淡得不能再淡,可是却流放着浓浓的诗情。[4]

在评论艾青的《风陵渡》时却说:

---

[1] 司马长风:《中国新文学史》(上卷),页224。
[2] 司马长风:《中国新文学史》(中卷),页296。
[3] 司马长风:《中国新文学史》(上卷),页103。
[4] 司马长风:《中国新文学史》(中卷),页203。

既没有诗味，也没有中国味，……不像诗的诗。[1]

评李白凤的《小楼》时说：

诗句虽有浓厚的散文气息，但诗意浓得化不开。[2]

诗有可能没有"诗味"，散文、戏剧可以充满"诗意"，可见在司马长风的论述中，"诗意"这种本来是某一文类(诗)所具备的特质，被提升为超文类的"文学性质"(literariness)，其背后作支持的，当是非功利的"美感价值"。这种情况会让我们想起注重文学本体特质的英美新批评家如艾略特(T. S. Eliot)、瑞恰慈(I. A. Richards)、布鲁克斯(Cleanth Brooks)等，都倾向以诗的特性来界说文学，俄国形式主义理论和布拉格的结构主义理论的文学观也是围绕诗的语言(poetic language)和诗的功能(poetic function)来立说；[3]照伊格尔顿(Terry Eagleton)的分析，这是因为相对于小说戏剧等文类，诗最能集结读者的感应于作品本身，更容易割断作品与历史、社会等背景因素的关系。[4]司马长风"寻找诗意"的政治意义，也可以借伊格尔顿的理论来作说明。但他自己的解说是：

诗是文学的结晶，也是品鉴文学的具体尺度。一部散文、戏剧或小说的价值如何，要品尝她含有多少诗情，以及所含诗

---

[1] 司马长风：《中国新文学史》(下卷)，页202。
[2] 同上书，页232。
[3] Terry Eagleton, *Literary Theory: An Introduction*, pp. 50-52, 98-99.
[4] Ibid., p. 51.

现代文学与抒情论述　　　　　　　　　　　　　　　235

情的浓淡和纯驳。[1]

以"诗"的成分去量度其他文学体裁,当中实在有许多想象的空间,而"诗意""诗情"除了可知是与"美"相关之外,究竟是何所指,也有待进一步的界定。或者我们可以对照参考司马长风另一段关于"文学尺度"的解说:

> 衡量文学作品,有三大尺度:(一)是看作品所含情感的深度与厚度,(二)是作品意境的纯粹性和独创性,(三)是表达的技巧。[2]

正如上文所言,司马长风排拒就政治或社会意义为文学立说;他所注重的方向是:一、文学与情感抒发的关系("含有多少诗情""情感的深度与厚度");二、这些情感经验如何在文学作品中措置("浓淡""纯驳""表达的技巧")。至于"意境",在中国传统文学理论中一般是指文学作品整体的艺术效果,是美感价值的判定,但在司马长风的论述中则是指文学家由触物而生的感怀、经想象提升为艺术经验,但尚待外化为具体艺术成品的一种状态:

> 诗人从生活得到感兴,经过想象升为意境,再经字句锻炼成为诗。形成次序为下:生活→感兴→意境→诗。感兴来自生活,生活是人生的具体表现;自然会反映人生;无须说,"为人生而艺术";而从感兴到意境,再从意境到诗,是艺术的进程,必须倾

---

[1] 司马长风:《中国新文学史》(中卷),页37。
[2] 司马长风:《中国新文学史》(下卷),页100。

力于艺术技巧，这就是艺术本身，又何须说："为艺术而艺术"？[1]

这个环节可以是美学思考的一个重点，[2]但司马长风只轻轻一笔带过，并未就其作为"量尺"的可行性作出足够的解释；依司马长风的简述，我们充其量只能从具体成形的文学作品入手，按其所带给读者的美感经验，还原为想象中作者曾有过的艺术经验（就是司马长风定义的"意境"）。这把衡度的量尺其实没有另外两个标准那么容易检视；在司马长风的批评实践当中，运用的频率也相对地少。

所以说，司马长风对文学性质（或者"诗意"）的观察点，主要还是离不开主体的"情"，和客体的"形式"。后者是"纯文学"论的重点，我们可以先作剖析。司马长风并不讳言对"形式"的重视，他说：

> 任何艺术，都免不了一定的形式，否则就不成艺术了。但形式并非一成不变。创新形式正是大艺术家的本领。[3]

这份对"形式"的重视，又可以结合他常常提到的"纯"的追求；例如他在讨论郁达夫的散文理论时说：

---

[1] 司马长风：《中国新文学史》（下卷），页320；又参《感兴·意境·词藻》，见《新文学史话——中国新文学史续编》（香港：南山书屋，1980），页86—87。

[2] 柯勒律治对这内化的过程有很重要的讨论，有关论述见 John Spencer Hill 编的资料选 *Imagination in Coleridge*(London: Macmillan, 1978)；又参 M. H. Abrams, *The Mirror and the Lamp: Romantic Theories and the Critical Tradition* (Oxford: Oxford UP, 1953), pp. 167-177；克罗齐（ Benedetto Croce ）的美学理论更是以这个阶段为艺术的完成，见 Merle E. Brown, *Neo-Idealistic Aesthetics: Croce-Gentile-Collingwood* (Detroit: Wayne State UP, 1966), pp. 26-31。

[3] 司马长风：《中国新文学史》（中卷），页186。

现代文学与抒情论述

> 散文的要旨在一个"纯"字,文字要纯,内容也要纯。不能在一篇文章里无所不谈,而是要从宇宙到苍蝇抓住一点,做细致深入、美妙生动的描述。[1]

批评何其芳的散文《老人》时又说:

> 散文最重要的原则是一个"纯"字。对旨趣而说,须前后一贯,才能元气淋漓,大忌是支离;对文字来说,要朴厚,耐得寻味,切忌卖弄或粉饰。[2]

所谓"内容"的纯、"旨趣"的纯,都是指内容结构的统一,仍然是形式的要求。司马长风就是用这种论述,将本来指向历史社会现实的课题导引到形式的范畴。[3]至于"文字"的纯,无论是上文讲的国语

---

[1] 司马长风:《中国新文学史》(上卷),页178。
[2] 司马长风:《中国新文学史》(中卷),页116。
[3] 王宏志在《历史的偶然》中,对司马长风这方面的"纯"的要求,有一个非常严重的误读。他说:"更极端的是,司马长风甚至曾经说过内容上谈到外国的东西也不无问题。我们可以举出他讨论何其芳的一篇散文《哀歌》为例,他认为《哀歌》是一篇佳作,但却也有不妥当的地方,原因在何其芳在描写年青姑母被禁锢而夭折的时候,开头一大段写了许多西方古代的哀艳美女,它的罪状是'中西史迹杂糅,也有伤"纯"的原则'。"(王宏志:《历史的偶然——从香港看中国现代文学史》,页147。)其实司马长风的论说观点很明晰:先是提出"从艺术水准看",何其芳《老人》一文有"缺陷","缺陷"之一是"支离","破坏了全文的氛围";下文再评《哀歌》"开头一大段写了许多西方古代的哀艳美女,与后面的主文不大相干"。王宏志有意或无意地略去最后"与后面的主文不大相干"一句,将司马长风刻画成义和团式的盲目排外,未免有厚诬之嫌。司马长风的论说当然有意识形态的指涉,但不是如王宏志所讲的,无理地排斥所有涉及西方文化的内容。有关意识形态的问题,下文再有析论。

方言的问题,还是文字风格的要求,都属于形式的考虑。

但司马长风却不是个非常精微的"形式主义"者。尤其是对诗的形式要求,他的主要论述只停留在格律的层次:

> 不论哪个国家,哪个时代的诗人都会知道,诗的语言绝对不是自然的口语,必须经过致密的艺术加工。……所谓艺术的加工,便是诗的格律,换句话说,要讲求章句和音韵,否则便没有诗。[1]

由是新月派的格律诗主张便成了司马长风诗论的归宿:

> 唯独诗国荒凉寂寞,直等闻一多,徐志摩等新月社那群诗人出现,才建立了新诗的格律,新诗才开始像诗。[2]

又说他们代表"新诗由中衰到复兴"[3]。其他诗人如冯至以卓立的形式、徐訏以近乎新月派的风貌,都赢得司马长风的称赏:

> 诗句韵律虽异于中国传统的诗词,但是铿锵悦耳,形式与内容甚是和谐,自新月派的格律诗消沉之后,这是最令人振奋的诗了。……诗所以别于散文,诗必须有自己的格调,那么,十四行诗比自由诗更像诗,更有诗味。[4]

---

[1] 司马长风:《中国新文学史》(上卷),页50。
[2] 同上书,页51。
[3] 同上书,页190。
[4] 司马长风:《中国新文学史》(下卷),页191—195。

> 徐訏的诗，无所师承，但从风貌看与新月派极为接近。……由于音节、排列和词藻，都这样顺和古典和现代的格律，徐訏的诗遂有亲切悦人的风貌，特具吸引读者的魅力。[1]

当然司马长风在赞扬新月派的时候也说过他们"创格"的"格"，"不止是格律和形式，也是格调，风格"；[2]但他也没有作进一步的阐发。事实上司马长风也不擅长这方面的思考。据我们的推想，司马长风所指应该是结构形式的效应，照这样的思路，才能从形式层面提升到他所常标举的"诗意""诗味"的美感范畴。

（二）"即兴以言志"的抒情空间

相对来说，司马长风于形式客体的论述，比不上他对文学主体层面——"诗情"或者"情"——的探索那么富有兴味。比较精微的形式主义论述如俄国形式主义以至法国的结构主义，都尽量疏离文学的主观元素，以求科学的"客观"精密。只有新批评前驱的瑞恰慈，对诗与情感的关系作了本质的联系。他认为诗是"情感的语言"（emotive

---

1 司马长风：《中国新文学史》（下卷），页218。
2 司马长风：《中国新文学史》（上卷），页191。

language），而不是"指涉的语言"（referential language）。[1]瑞恰慈的理论基础是：文学（诗）足以补科学之不足，这种情感语言正好是科学实证世界的一种救济。这其实是一种文学功利主义和美学主义的结合。[2]

司马长风的论述却另有指向，我们可以从他标举的"美文"开始说起。司马长风视为"纯文学"表征的"美文"，在他笔下却又是"抒情文"的别称。他在申论《中国新文学大系》的散文卷导言时说：

散文应以抒情文（美文）为主是不易之论。[3]

在《何其芳确立美文风格》一节又说：

抒情文——美文是散文的正宗，叙事文次之，这是必须确

---

[1] 近代西方由形式主义方向开展的论述，基本上都在索绪尔（Ferdinand de Saussure）的"符码"（signifier）与"符指"（signified）的结构之内运转，这个理论模式将语言结构外的实际指涉（referent）从理论系统中剔除。瑞恰慈将"情感语言"与"指涉语言"分割的讲法，就很能说明这种倾向。其实西方不少语言或思想的理论模式都没有忘记我们经验的实存世界，例如Frege 的 Expression, Sense, Reference；Carnap 的 Expression, Intension, Extension；Ogden and Richards 的 Symbol, Thought, Referent；Pierce 的 Sign, Interpretant, Object 等都包括 referent 的环节。参 Robert Scholes, *Textual Powers: Literary Theory and the Teaching of English* (New Haven: Yale UP, 1985), p. 92；Raymond Tallis, *Not Saussure: A Critique of Post-Saussurean Literary Theory* (Basingstoke: Macmillan, 1988), pp. 3-4；Bernard Bergonzi, *Exploding English: Criticism, Theory, Culture*, pp. 112-115。司马长风虽然以文学自主为前提，但他没有自困于文学的形式结构之内；或者说他的能力并没有让他在形式结构上作出精微的推衍，他的性向和对传统的倚赖使他不能不把目光转移到"言志"（以至"缘情"）的思考，亦因此而得以跨越"文学的独立"疆域。

[2] Terry Eagleton, *Literary Theory: An Introduction*, pp. 45-46.

[3] 司马长风：《中国新文学史》（上卷），页177。

现代文学与抒情论述

立的一个原则。[1]

由这个好像不解自明的等同,可知在司马长风心目中"抒情"与"美"及"纯文学"的关系非常密切。正如上文所论,司马长风所刻意追寻的"诗意"和"诗情",就是文学性质(literariness);看来"抒情"的表现就是这种性质的主要特征。他在论鲁迅的《故乡》时说:

> 字里行间流露着真挚的深情和幽幽的诗意。这种浓厚的抒情作品,除了这篇《故乡》还有后来的《在酒楼上》。[2]

后面论《在酒楼上》又说鲁迅"流露了温润的柔情"[3]。有时司马长风更会将"情"的"文学性"位阶定于结构语言之上,他在比较鲁迅与郁达夫的短篇小说时,就判定郁达夫作品的"文学的浓度和纯度"较优,因为当中有"情":

> 鲁迅的作品篇篇都经千锤百炼,绝少偷工减料的烂货,但是郁达夫则有一部分失格的作品;在谨严一点上,郁达夫不及鲁迅。但是,郁达夫由于心和脑无蔽,所写的是一有情的真实世界,而鲁迅蔽于"疗救病苦"的信条,所写则多是没有布景,缺乏彩色的概念世界;在文学的浓度和纯度上,鲁迅不及郁达夫。[4]

---

1 司马长风:《中国新文学史》(中卷),页118。
2 司马长风:《中国新文学史》(上卷),页107—108。
3 同上书,页150。
4 同上书,页159。

司马长风在很多地方都提到自己是"唯情论者"[1]，在《中国新文学史》中确实是"唯情"到"感伤"的地步，书中常有"深情似海，赚人眼泪"[2]、"至情流露，一字一泪"[3]、"一往情深"[4]一类的评语。我们在经过现代主义的洗礼之后，可以很轻松地批判司马长风的"滥情主义"（sentimentalism）。不过，这种批评可能比司马长风还肤浅。因为我们忘记了司马长风"感伤"背后的意义：其中最重要的是他以"抒情"或者说"缘情而绮靡"的主张，去与现实世界作连接，而又抗衡了中国现代"文学史"主流论述的"政治先行"观点。

司马长风主张文学自主、独立，但他没有把文学高悬于真空绝缘的畛域。作者在整个文学活动的作用，就是司马长风打通文本内的艺术世界与文本外的现实世界的主要信道。他在评论朱自清的诗论时说：

> 从文艺独立的观点看，……文艺基本是忠于感受，不从感受出发，无论是玩弄技巧，或者侍候主义，都是渎亵文艺。[5]

---

[1] 他曾写过《唯情论者的独语》《"唯情论"的因由》《情是善和美的根源》等文解释自己的"唯情论"，分见司马长风：《唯情论者的独语》，页1—8；《新文学史话——中国新文学史续编》，页75—79；《吉卜赛的乡愁》（台北：远行出版社，1976），页47—50。胡菊人在《清贫而富足的司马长风》一文说："他是一个浪漫主义者，这主要表现在文学取向上，他似乎特别喜欢感情澎湃的著作。"见胡菊人：《清贫而富足的司马长风》，《香港作家》第123期（1999年1月），页10。

[2] 司马长风：《中国新文学史》（上卷），页182。

[3] 司马长风：《中国新文学史》（中卷），页142。

[4] 司马长风：《中国新文学史》（下卷），页152、199。

[5] 同上书，页332。

他又赞赏刘西渭在《咀华二集》的跋文中的话,说是"维护文学的独立自主",因为刘西渭认为文学批评家有其特定的责任:

> (批评家的)对象是文学作品,他以文学的尺度去衡量;这里的表现属于人生,他批评的根据也是人生。[1]

可见司马长风所界定的"文学的独立",正在于作品能显出对人生的忠实感受。这种"忠于感受"的表现理论(expressive theory)[2],更具体的表述见于他对周作人的文艺观点的剖析。他先说周作人在1923年放弃了《人的文学》的"为人生的文学"的主张,提出"文艺只是表现自己",[3]再阐发周作人在《中国新文学大系》的散文卷导言和《中国新文学的源流》的"载道"和"言志"的观念。周作人原来的说法是:"文学最先是混在宗教之内的,后来因为性质不同分化了出来",因为"宗教仪式都是有目的的",而文学"以表达出作者的思想感情为满足的,此外再无目的之可言"。[4]他把文学表达思想感情的性质概称为"言志"。与此对立而在中国文学史上互为起伏的文学潮流是"载道",其产生的原因是:

> 文学刚从宗教脱出之后,原来的势力尚有一部分保存在文学之内,有些人以为单是言志未免太无聊,于是便主张以文学为

---

[1] 司马长风:《中国新文学史》(下卷),页340。
[2] M. H. Abrams, *The Mirror and the Lamp: Romantic Theories and the Critical Tradition*, pp. 21-26.
[3] 司马长风:《中国新文学史》(上卷),页121、231。
[4] 周作人:《中国新文学的源流》,页14—17。

工具。再借这工具将另外的更重要的东西——"道",表现出来。[1]

周作人的理论可说是非常粗糙;钱锺书在一篇书评中,指出周作人根据"文以载道"和"诗以言志"来分派是很有问题的,因为在中国文学传统中"诗"和"文"本来就属于不同的门类,"载道"与"言志"原是"并行不悖"的。[2]再者,"言志"说在传统诗学思想中往往包含道德政治的目的,[3]与此相对的"诗缘情"说反而更接近周作人的主张。[4]司马长风的"文学表现说"正是"言志"与"缘情"的混成物。周作人又提到:

> 言志派的文学,可以换一名称,叫做"即兴的文学",载道派的文学,也可以换一名称叫做"赋得的文学"。[5]

司马长风受到这些概念的启发,建立了一个层次分明的架构,很能说明他的思路,值得在此详细地引述:

> 载道是内容的限制,赋得是形式的限制,有了这一区别,可产生左列四组观点:

---

1 周作人:《中国新文学的源流》,页17。
2 钱锺书(中书君):《〈中国新文学的源流〉书评》,见《中国新文学的源流》,页83—84。
3 朱自清《诗言志辨》说:"现代有人用'言志'和'载道'标明中国文学的主流,说这两个主流的起伏造成了中国文学史。'言志'的本义跟'载道'差不多,两者并不冲突;现时却变得和'载道'对立起来。"见《朱自清古典文学论文集》,页190。
4 裴斐:《诗缘情辨》(成都:四川文艺出版社,1988),页18—22、97—105。
5 周作人:《中国新文学的源流》,页38。

现代文学与抒情论述

（一） 赋得的载道

（二） 即兴的载道

（三） 赋得的言志

（四） 即兴的言志

赋得的载道，是说奉命被动的写载道文章；即兴的载道是说自觉主动的写载道文章；这种文章虽然载道，为一家一派思想敲锣打鼓，但他对这一家一派思想有自觉的了解、自愿的向往；道和志已经合为一体，这样的载道，也可以说是言志。虽是载道文字也有个性流露，因为有自觉尊严，绝不肯人云亦云。……

赋得的言志，直说是被动的言志，确切的说(是)有限度的言志，……有些人受了外界的压力或刺激，把自己的心灵囚禁于某一特定范围，不再探出头来看真实的世界……

即兴的言志，是说既不载道，思感也没有"框框"，这才是圆满的创作心灵。[1]

司马长风很满意这个论说架构，认为自己"把周作人的言志论发挥尽致"[2]。事实上，这个架构的确比周作人的简单二分来得精微，而且能显示司马长风的文学观点。

对于周作人来说，"言志"与"载道"本来是从"文学的功用"立论，其焦点在文本以外。意思是"载道"的文学于社会有其宗教或者道德的作用；"言志"的文学于社会就欠缺这种作用的力量。他说"文

---

[1] 司马长风：《中国新文学史》(中卷)，页110。参见司马长风《周作人的文艺思想》，《中国新文学史》(上卷，三版)，页270。

[2] 司马长风：《周作人的文艺思想》，页270。

学是无用的东西"正是以"言志"为文学的正途,"载道"为偏行斜出。司马长风则以"内容的限制(或无限制)"去诠释"载道"(或"言志"),"限制"如果是一种文学活动的操作过程,则"内容"云者,转成了文本内的语义结构。这个关节就是优秀的形式主义者最令人惊叹的地方;至此,文本外的历史社会指涉就可以存而不论。可是司马长风并没有停留在这个转化程序;认真来说,这部分工作也不是他的专长。他再以"形式的限制(或无限制)"去诠释"赋得"(或"即兴"),吊诡的是这个"形式"正与一般理解的文学形式相反,是指文学活动所受的、外加的"限制"。这些制约的宽紧有无,据他的诠释,直接或间接影响了"言志"或者"载道"(文本的内容)的美感价值。[1]由此看来,在这个论述架构内的两组元素无疑是处于互相依存的关系,可"即兴""赋得"甚或比"言志""载道"重要,[2]因为这是司马长风的"文学独立自主说"跨越形式主义藩篱的信道。在此,我们可以见到司马长风在《中国新文学史》一切的痛陈哀说。

以创作主体的"忠于感受"为论,文学的思辨中自然会介入所"感受"的"生活"。沿着这个方向再进一步,就会继续探索创作主体与外

---

[1] 这一点可参看布拉格学派的 Jan Mukařovský 对俄国形式主义者 Viktor Šklovskij "文学如纺织"的著名譬喻所作的补订。Šklovskij 说过,如果把文学比作纺织,批评家只需考查棉纱的种类和纺织的技术,无须理会世界市场的状况或者企业的政策变化。Mukařovský 则认为纺织的技术问题离不开世界市场的供求状况,所以文本内的形式构建必会承受文本外的历史社会变化的影响。见 Jan Mukařovský, "A Note on the Czech Translation of Šklovskijs Theory of Prose," *Word and Verbal Art*. Ed. John Burbank and Peter Steiner (New Haven: Yale UP, 1977), p. 140。

[2] "即兴"组中即使有"载道",但因为不是为外力所强加,司马长风就认为近于"言志";"赋得"组中的"言志",却是因外界压力而自囚于某一范围,所以并不可取。

在环境的不同接合方式。司马长风对何其芳的"风吹芦苇"和闻一多的"钢针碰留声机片子"的比喻十分着迷,曾多番引述:

> 我是芦苇,不知那时是一阵何等奇异的风吹着我,竟发出了声音。风过去了我便沉默。
>
> 诗人应该是一张留声机的片子,钢针一碰它就响。他自己不能决定什么时候响,什么时候不响。[1]

他觉得闻一多的创作是:

> 无囿无偏,保持圆活无蔽的敏感,无论是族国兴亡,同胞福祸还是春花秋月,皆有感皆有歌,不单调的死唱一个曲子。[2]

对这种"即兴以言志"的更具体的论说是:

> 把文艺回归"自己的表现",……每个自我都对时代有所感受,都可能反映时代的苦难,换言之也自然有鲁迅所说"揭出病苦""引起疗救"的作用,不过自我的感受不受局限,作家的笔端也不受束缚;除了这些之外,他仍可以表达爱情、兴趣、自然和整个的宇宙人生;所谓"天高海阔任鸟飞"。[3]

---

[1] 司马长风:《中国新文学史》(中卷),页115;又参《中国新文学史》(中卷),页176;《中国新文学史》(下卷),页320;《新文学丛谈》,页52;《新文学史话——中国新文学史续编》,页103。
[2] 司马长风:《中国新文学史》(中卷),页201。
[3] 司马长风:《中国新文学史》(上卷),页231—232。

（三）"怵目惊心"的"政治"

"风吹芦苇""风拨琴弦"[1]都是浪漫主义的遐想，但司马长风的浪漫感伤不是无病的呻吟，却是沉重的政治压力下的哀鸣。他所体会的中国新文学的现实处境是困厄重重的：

> 叶绍钧曾说："……新文艺从开头就不曾与政治分离过，它是五四运动时开始的，以后的道路也不曾与政治分开。"三十年代南京当局对左翼作家的镇压，固使人怵目惊心，但是在抗战时期的四十年代初，由于国共两党交恶，政治之刀又在作家们的头上挥舞了。[2]

> 大敌当前，救亡第一。面对伦理的和政治的要求，一切艺术的尺度都瘫痪了，苍白了。这个漩涡自九一八（一九三一）形成，经一·二八、七七事变，越转越强，到了抗战后半期，由一个漩涡变成两个漩涡，一是抗日战争的冲击形成的漩涡，二是国共摩擦的冲击形成的漩涡。战后，前一漩涡消失了，后一漩涡，则继续约制了历史的洪流。[3]

> 从一九三八到一九四九，在文坛上是社会使命、政治意识横流的时代。[4]

---

1 风弦琴（Aeolian lyre）是英国浪漫主义表现理论的一个重要比喻，闻一多和何其芳的比喻大有可能是受雪莱等诗人的影响而创造的；参 M. H. Abrams, *The Mirror and the Lamp: Romantic Theories and the Critical Tradition*, pp. 50-51。
2 司马长风：《中国新文学史》（下卷），页35。
3 同上书，页317—318。
4 同上书，页223。

现代文学与抒情论述

司马长风在《中国新文学史》中绝对没有回避政治历史的叙述，而且不乏态度鲜明的政治判断；尤其在面对抗日战争的时候，他甚至连文学化为宣传都认为值得原谅：

> 当整个的民族，被战火拖到死亡边缘，触目尸骸（骸）、充耳哭号的情景，……纵然混淆文学和宣传，是可悲的谬误，但实在是难免的谬误，对那一代为民族存亡流血洒泪的作家，我们只有掬诚礼敬。[1]

对于"左翼作家"的作品，他也尽其所能去作评论。比方说他对曾获得斯大林文艺奖的丁玲小说《太阳照在桑干河上》，有这样的评论：

> 这部小说一直得不到公允的品鉴，多以为是典型的政治小说，其实并不尽然。基本上虽是政治小说，主题在反映一九四七年前后，中共的土地改革，但是在人物、思想、情节诸多方面，都表现了独特的个人感受，颇有立体的现实感，读来甚少难耐的枯燥，具有甚高的艺术性。同时，作者贯注了全部的生命，每字每句都显出了精雕细刻的功夫。[2]

---

[1] 司马长风：《中国新文学史》（下卷），页182。
[2] 同上书，页120。这也不是唯一的例子，其他的左翼作家的作品如茅盾的小说《腐蚀》、夏衍和陈白尘的戏剧等，都有正面的评价；见《中国新文学史》（下卷），页119、277、280。即使是他所谓"自困于政治斗争"的作家如蒋光慈、胡也频等的小说，都有褒有贬，并特别指出蒋光慈的小说非常畅销，对青年读者颇有吸引力〔《中国新文学史》（中卷），页36〕。绝非王宏志《历史的偶然》（页143）所说的"完全没有提及"，更不能说成是"打击及否定"。

当然我们可以不同意他的评价，甚至可以怀疑他的品位，但总不能说他盲目排斥含有政治意味的文学作品。值得注意的是，"忠于感受""表现自己"的主张，使他的文学观没有在"民族大义"或其他的政治重压下破产。他仍然坚持争取一个抒情的空间：

> 禁制爱情和自然入诗，是一时的呢，还是永久的。例如到了国泰民安的时代，是不(是)也照旧禁制呢。但无论一时的或永久的，都违反文艺的原则。我绝不相信，在苦难的时代，人们不恋爱，不欣赏自然之美。把任何实有的感受加以禁制或抹杀，都会伤害文艺生命。[1]

在《中国新文学史》中，他努力地翻寻挖掘那虚幻的"独立作家群"，正是为了体现"即兴的言志"的构想。[2]这许多的评断和取舍的背景就是司马长风的幽暗意识。[3]在他的意识中，"政治"已成"怵目惊心"

---

[1] 司马长风：《中国新文学史》(中卷)，页181。

[2] 司马长风在全书第四编《收获期》和第五编《凋零期》的综论和分体论中，常常先就整体情况分划三到四个流派，当中多有一个"独立作家"的名目，代表那些不受左右两派政治力量支配的作家。然而如果我们仔细考查他的几个名单，就会发觉这些派别的界限很模糊。例如《三十年代的文坛》一章郁达夫、张天翼和叶灵凤属于"左翼作家"，在《中长篇小说七大家》中郁达夫被列为"独立派"，叶灵凤、穆时英则划为"海派"，张天翼和靳以则入"人生派"；到了《诗国的阴霾与曙光》一章，则穆时英、靳以都列为"独立派"。见《中国新文学史》(中卷)，页21、33、34、174。这版图周界的随时变迁，说明不受政治干扰的"独立作家"的群体很可能是司马长风自己一厢情愿的构想。

[3] 这里是借用张灏讨论中国文化的一个概念；张灏在《幽暗意识与民主传统》说："所谓幽暗意识是发自对人性中或宇宙中与始俱来的种种黑暗势力的正视和省悟。"见张灏：《幽暗意识与民主传统》(台北：联经出版公司，1989)，页4。司马长风对政治也有这种体会。

的刀斧，文学家处身于"漩涡""横流"之中。[1]司马长风自己的心境很难说是平静的，但他却刻意去追寻文学史上的平静；例如他非常宝贵李长之的"反功利""反奴性"的主张，说"在那个是非混淆的漩涡时代"，李长之的话是"金石之音，不易之理，是极少数的清醒和坚定"。[2]《中国新文学史》在"全书完"三字之前的终卷语是这样的：

> 在饥求真理（下意识的救世主）的社会，在激动的漩涡的时代，遂引起殊死的争论，终导致残酷的镇压。这是无可如何的悲剧。[3]

司马长风自处于这种阴暗、沉重的气压下，他所讲求的"文学自主"，其实只是一种设想、一分希冀。他个人的历史经验让他在南天一角的香港仍然怀抱家国之痛。[4]可以说：他期待的"任鸟飞"的"海阔天高"不在他寄身之地香港，也不在海峡两岸；而只会是一个符码（signifier），它的符指（signified）是"文学的独立自主"。当这个符号再成符码，其符指就是他翘首盼望的，遥不可及的那个"自由、开放

---

[1] "漩涡"的比喻源自刘西渭的《咀华二集》，"我们如今站在一个漩涡里。时代和政治不容我们具有艺术家的公平（不是人的公平）。我们处在神人共怒的时代，情感比理智旺，热比冷容易。我们正义的感觉加强我们的情感，却没有增进一个艺术家所需要的平静的心境"。见《中国新文学史》（下卷），页317。
[2] 司马长风：《中国新文学史》（下卷），页344。
[3] 同上书，页356。
[4] 有关他个人的历史经验下文再有讨论。

的社会",那种"国泰民安"的生活。[1] 然而这亦不过是巴尔特(Roland Barthes)所定义的"神话"罢了。[2]

(四) 政治化地阅读司马长风

司马长风的"文学非政治化"的主张,正如一切主张"文学自主""艺术无目的"的学说,当然具有深刻的政治意义,这已是不需深究都可知的。可是这却成了学者们表现评论机智的机会。例如有学者批评说:

> 这种"远离政治"的观点,看来似乎是要脱离任何政治,但其实也是一种政治。[3]

又有评论说:

> 本意或在于希望文艺能摆脱政治;他大概未曾想到,结果却是使自己的书因浓厚的政治批判色彩,也显得相当政治化。[4]

---

[1] 司马长风曾引述朱光潜"反口号教条文学"的言论,评说:"这些话在自由社会本是常识,可是在中国新文学史上竟成为空谷灵音。"见《中国新文学史》(下卷),页338。又批评胡风的《置身在为民主的斗争里面》说:"像这样傲慢的呓语,烦琐的理论,若在开放的社会中,他只能得到无人理睬的待遇",但实际上胡风却遭受"残酷的镇压"。见《中国新文学史》(下卷),页356。

[2] Roland Barthes, *Mythologies*. Trans. Annette Lavers (London: Grafton Books, 1973), p. 115.

[3] 许怀中:《中国现代文学史研究史论》,页69。

[4] 黄修己:《中国新文学史编纂史》,页426。

现代文学与抒情论述

更严厉的批判是：

> 司马长风只不过是以另一种政治来代替内地出版的新文学史里所表现的政治思想吧。[1]
>
> 单纯地把文学和政治截然划分，还会带来一个危险，便是把一些曾经发生重大影响的作品排斥出来，这其实跟以狭隘的政治标准来排斥作品没有多大分别。……这其实就是我们在上文提到，司马长风以一种看来是"非政治"的态度来达到政治的效果，他以作品的艺术性为工具，打击及否定了很多政治色彩浓烈、在中国现代文学史上产生过影响、而这些影响更及于政治方面，因而受到内地过去的文学史吹捧的作家。[2]

说司马长风以"艺术性为工具"，"打击及否定"了许多有影响力的作家，未免言重，也是过分的抬举。以政治阅读（to politicize）任何书写活动，一定可以读出当中的政治意味。但"政治"不是中性的，其作用也有分殊。如果我们参照伊格尔顿等的政治阅读，我们会得悉十八世纪出现的美学思潮，例如康德的"美感无目的论"，席勒的"游戏论"，主要作用不外是维护中产阶级的"理性"信念及其政治体现的霸权；[3]我们又会知道重视文本、坚持"文学作品为有组织的形式整体"

---

[1] 王宏志：《历史的偶然——从香港看中国现代文学史》，页136。

[2] 同上书，页143。

[3] Terry Eagleton, *The Ideology of the Aesthetic* (Oxford: Blackwell, 1990), pp. 13-28, 70-119; Bernard Bergonzi, *Exploding English: Criticism, Theory, Culture*, pp. 88-90; Tony Bennett, *Outside Literature*, pp. 150-162; Nicolas Tredell, *The Critical Decade: Culture in Crisis* (Manchester: Carcanet Press, 1993), pp. 130-133.

的英美新批评家,其政治态度也非常保守,文本的不变结构原来是他们心中的传统社会的投射。[1]再回看司马长风的论说,一方面我们可以有这样的观察:司马长风并不是个严谨的"形式主义者"或"艺术至上论者";他有太多的妥协,对于艺术形式的关注只是一种姿态。另一方面我们更要明白:他的焦点其实是一个可以容纳"无目的"的艺术的空间,或者说,可以"即兴以言志"的空间。他的态度好像非常保守:标举"民族传统",讲求艺术形式的"纯"、语言的"纯";可是若将他的言说落实(contextualize)于他所处的历史时空——一个南来的知识分子,处身于建制之外,以卖文为生——就可以知道他只是在作浪漫主义的梦游、怀想。这份浪漫主义的血性,驱使他向当时已成霸权的"文学史"论述作出冲击;他的反政治倾向更有利他对成说的质疑,在文学评断上,重钩起许多因政治压力而被遗忘埋没的作家和作品;在政治言说上,他痛斥政治集体力量对文人、知识分子的奴役。他没有,也不可能捍卫任何一个现世的霸权。他曾经说过:

> 我们知道任何全体性的坚硬的思想体系,都具有侵犯性,难以容忍异己思想,一旦与政治权力结合,就是深巨的历史灾难。[2]

这不是成熟的政治思想,只能算作一种历劫后的沉痛哀鸣。他

---

[1] Terry Eagleton, *Literary Theory: An Introduction*, pp. 39-53; John Guillory, *Cultural Capital: The Problem of Literary Canon Formation* (Chicago: U of Chicago P, 1993), pp. 155-156; Peter Widdowson, *Literature*, pp. 48-59; Chris Baldick, *Criticism and Literary Theory: 1890 to the Present* (London: Longman, 1996), pp. 64-88; Mark Jancovich, *The Cultural Politics of the New Criticism* (Cambridge: Cambridge UP, 1993), pp. 15-20.

[2] 司马长风:《中国新文学史》(下卷),页343。

现代文学与抒情论述

的确排斥鲁迅的杂文，低贬茅盾的《子夜》；然而，背后有政治力量支持他去"打击"别人吗？被他放逐于《中国新文学史》之外的作家作品，还不是鲜活地存现于大量"正统的""文学史"之中？为什么我们不能承认这是一种文学的见解、一种文化的取向？将他的"反政治压制"的政治态度简约，抽去内容，再与"以集体的政治力量压制异己"的政治取向同质化，称之为"只不过是另一种政治"，不单是对司马长风不公平，更是为过去曾损害了许许多多文人、知识分子的政治行动保驾护航。难道这是我们客观的、严谨的、公正的学术批评所追求的目标吗？

三 唯情论者的独语

（一） 文学史的客观与主观

司马长风认为文学史是客观实存的；他在讨论文学史的分期时说：

> 文学史有她自然的年轮和客观的轨迹。[1]
> 某些文学史家，不顾客观事实，只凭主观的"尺度"乱说。[2]

相对于那些不顾"史实"的主观文学史家，他认为自己是客观、公正的。在《中国新文学史》中他每每宣称要尽"文学史家的责任"、显明"文学史家的眼光"。[3] 当然，如果文学史有的是"自然的年轮""客

---

[1] 司马长风：《中国新文学史》（上卷），页8。
[2] 同上书，页9。
[3] 同上书，页68、109；《中国新文学史》（中卷），页48；《中国新文学史》（下卷），页4。

观的轨迹","文学史家"的工作只是如实报道;但有趣的是,每次司马长风要表明他这个特殊身份时,都作了非常主观的介入。例如他"以文学史家的眼光来看"鲁迅的《狂人日记》、以"认真研究和重估"《阿Q正传》为"文学史家无可推卸的责任"时,都着意推翻其他"文学史家"的判断,又说:

> 鲁迅的才能本来可以给中国新文学留下几部伟大的小说,可是受了上述观点(按:指把小说看成改良社会的工具)的限制,他只能留下《呐喊》与《彷徨》两本薄薄的简素的短篇小说集。[1]
> 鲁迅如不把阿Q当作一个人物,一开始就以寓言方式,把他写做民族的化身,那么会非常精彩。[2]

这显然是非常主观的臆度。司马长风坚持文学史上有一套客观的价值标准,"文学史家"的判断就是这个客观标准的体现。事实上,我们应该再认真深思这是不是一种"课虚无以责有"的假设。然而这种假设已是不少文学史家、文学评论家共享的信念,不独司马长风为然。只是,司马长风往往有更进一步的幻构,想象每一个文学文本背后都有一个柏拉图式的理想版本,有待一位文学史家,如他,去揭示。所以,他在评论周作人的名作《小河》时,不但要批驳康白情、胡适、朱自清、郑振铎等人的讲法,更会有改诗的冲动:

---

[1] 司马长风:《中国新文学史》(上卷),页68—69。
[2] 同上书,页111。

在这里笔者忍不住做一次国文教师，试改如左：……。[1]

类似的情况又见于对何其芳散文《哀歌》的评论：

这段话和第二段类似的话只是炫耀和卖弄，如果完全砍掉，整篇文章会立刻晶莹夺目，生气勃勃。[2]

又如评冯至《塞纳河畔的无名少女》时说：

题目太长了，如果改成"天使的微笑"或"天使与少女"就好了。[3]

"文学史"如果要强调纪实，就会尽快把读者引入叙述的时序框架之内，让读者顺着时间之流去经历这段虚拟的真实。除了在书前书后的前言跋语显露形迹之外，"文学史"的书写者都会极力隐匿自己的主观意识。在正文中即使有所论断，亦以"为千秋万世立言"的"客观"意见出之。可是在司马长风的"文学史"当中，叙事者的声音却不断出现，毫不掩饰地宣露自己的意识，甚至思虑的过程，例如：

笔者考虑再三，感到非选这首诗（刘半农《教我如何不想她》）不可。[4]

我告诉读者一个大秘密，也是一个大讽刺，周作人自己对

---

[1] 司马长风：《中国新文学史》（上卷），页94。
[2] 司马长风：《中国新文学史》（中卷），页116。
[3] 同上书，页125。
[4] 司马长风：《中国新文学史》（上卷），页91。

上述的主张，却只坚持了一年多，很快就悄悄地把它埋葬了。[1]

据我的鉴赏和考察，(何其芳)最好的几篇作品是……笔者最喜爱……[2]

笔者曾不断提醒自己是否有偏爱(沈从文作品)之嫌。[3]

李健吾的散文作品这样少，而今天能读到的更少得可怜，执笔时不胜遗憾。[4]

笔者忍不住杜撰，将他(巴金)的《憩园》《第四病室》《寒夜》合称为"人间三部曲"。[5]

这样的全情投入，则读者被带引浏览的竟是叙事者——"司马长风"——的世界。我们看到他的犹豫、冲动、遗憾。于是，一个本属于"过去的""客观的"世界，就掺进了许多司马长风的个人经验。最有代表性的例子是对孙毓棠《宝马》的评论，司马长风认为这首长诗是"中国新文学运动以来唯一的一首史诗"，"前无古人，至今尚无来者"；但他不止于评断，更伴之以感叹：

悠悠四十年竟默默无闻。唉，我们的文学批评家是不是太贪睡呢？或者鉴赏心已被成见、俗见勒死，对这一光芒万丈的

---

[1] 司马长风：《中国新文学史》(上卷)，页116。
[2] 司马长风：《中国新文学史》(中卷)，页116。
[3] 同上书，页125。
[4] 同上书，页136。
[5] 司马长风：《中国新文学史》(下卷)，页73。

巨作竟视而不见，食而不知其味！[1]

我们看到的不只是司马长风的读诗经验，还有他对"无识见"的文学论断的愤慨。如果我们再作追踪，会发现这里更植入司马长风的少年经验。他在《〈宝马〉的礼赞》一文说：

> 我初读《宝马》时还是十几岁的孩子，当然还没有鉴赏力来充分欣赏它，但是我记得确曾为它着迷。并且从报纸上剪存下来，读过好多次，后来还把它贴在日记上。时隔三十年，最近我重读它，六十多页的长诗，竟一口气又把它读完了，引导我重回到曾经陶醉的世界。[2]

司马长风说过许多遍，他中年以后再读文学，是一次回归的历程；[3]他的"文学史"论述，就像重读《宝马》，其实是"重回到曾经陶醉的世界"的一个历程。现在很多评论家认同司马长风"文学史"的一项优点，是重新发掘了不少被（刻意或者无心）遗忘的作家。[4]究之，这些钩沉不一定是司马长风单凭爬梳整理存世文献而得的新发现，个

---

[1] 司马长风：《中国新文学史》（中卷），页187—188。司马长风论艾青诗时又有这样的感叹："啊艾青，纯情的艾青，悲剧的艾青！伟大的良心，迷途的羔羊。"见《中国新文学史》（下卷），页329。

[2] 司马长风：《新文学丛谈》，页128。

[3] 司马长风：《中卷跋》，见《中国新文学史》（中卷），页323；《文艺风云》，页1—5。

[4] 王剑丛：《评司马长风的〈中国新文学史〉——兼比较内地的〈中国现代文学史〉》，页35；黄修己：《中国新文学史编纂史》，页428；王宏志：《历史的偶然——从香港看中国现代文学史》，页138—139；古远清：《香港当代文学批评史》（武汉：湖北教育出版社，1997），页183—184。

人往昔的记忆可能是更重要的根源。他在《文艺风云》的序文《我与文学》中，回叙自己上了中学之后，受国文老师的熏陶，兴致勃勃地读新文学作品的经验：

> 抗战前夕，正逢新文学的丰收期，北方文学风华正茂，沈从文、老舍的小说，何其芳、萧乾等的散文，刘西渭、李长之的文学批评，都光芒四射，引人入胜。[1]

更感性的，或者说"唯情的"记叙有《生命之火》的一段：

> 一九三七年的深秋，日军的铁蹄下，这座千年的古城，阴森得像洪荒之夜；那面色苍白的少年，为民族而哭，为家人而泣，又为爱情的萌芽而羞涩……我居然活过来了。一方面靠外祖父遗传给我的生命力，一方面得要感谢文艺女神的眷顾。每天坐到北海旁边的图书馆里去，……何其芳的《画梦录》、萧红的《商市街》、孙毓棠的《宝马》，也曾使我如醉如痴，我活过来了，居然活过来了。[2]

只要比对一下，不难发觉以上提到的作家作品在《中国新文学史》中都得到相当高的评价。再者，《生命之火》提及少年时的萌芽爱情，也是后来司马长风的"文学史"论述的泉源之一；《中国新文学史》

---

[1] 司马长风：《我与文学》，见《文艺风云》，页2。
[2] 司马长风：《绿窗随笔》，页47。

中对于周作人的《初恋》[1]、无名氏的《林达和希绿》[2]等写"朦胧的"或者"充满诗情的"恋爱的作品特别关顾，[3]对何其芳的《墓》[4]、冯至《塞纳河畔的无名少女》[5]、徐訏的《画像》[6]等作品出现的天真纯美的少女形象反复吟味；这都是司马长风个人情怀的回响。甚至弥漫全书的"唯情"色彩，以及维护抒情美文等主张，可以说，都源自他自己眷恋不舍的爱情回忆。

一般认为，"文学史"书写的目的是传递民族的集体记忆，但"文学史"的书写者是否必须，或者是否有可能完全排除个人的经验，是一个值得思考的问题。事实上，有特色的"文学史"都是个人阅读与集体记忆的结合。而个人的阅读过程当中必然受过去的生活经验影响甚或支配。例如已被视为经典著作的夏志清的《中国现代小说史》[7]，据刘绍铭说，当中"给人最大的惊异"是"对张爱玲和钱锺书的重视"[8]；夏志清这个评断对后来的"文学史"论述有莫大的影响，现在已成为集体记忆的一部分。然而我们也知道，钱锺书和夏志清早年有个人的

---

[1] 司马长风：《中国新文学史》（上卷），页178。
[2] 司马长风：《中国新文学史》（下卷），页158。
[3] 司马长风《初恋的情怀》一文，将自己的初恋与周作人、郁达夫的恋爱回忆连合(《吉卜赛的乡愁》，页41—45)。他对周作人的《初恋》一文感受特深，在很多其他地方都提到，例如《新文学丛谈》就有《周作人的初恋》一文(《新文学丛谈》，页199—200)；又在自己编的《中国现代散文精华》中选入周作人此篇〔司马长风编：《中国现代散文精华》(香港：一山书屋，1982)，页18—21〕。
[4] 司马长风：《中国新文学史》（中卷），页116—118。
[5] 同上书，页123—125。
[6] 司马长风：《中国新文学史》（下卷），页221—222。
[7] 夏著在1999年被选为"台湾文学经典"；参陈义芝主编《台湾文学经典论文集》(台北：联经出版公司，1999)，页477—487。
[8] 刘绍铭：《中译序》，见《中国现代小说史》。

交往,张爱玲的《天才梦》刚刊出时已为夏志清欣赏,他在书写的选剔过程中有自己旧日的阅读记忆作支持,是很自然的事。这里要说明的不是"文学史"著作如何因私好而影响"公断";反之,是要指出"文学史"论述往往包含个人与公众的纠结,"文学史"的书写不乏个人想象和记忆。

(二)"学术"追求之虚妄

在撰写《中国新文学史》时,司马长风以传统概念的文学史家为自我期许。他努力地去追踪新文学史的"自然的年轮和客观的轨迹",而他也着实为这一分学术忠诚付出不少精力,可是换来的却是书评家的猛烈批评和嘲弄。例如王宏志《历史的偶然》一书,既指斥他的"学术态度"不严肃,又说全书所用资料只有几种:

> 仔细阅读三卷《中国新文学史》,便不难发觉司马长风所能利用的资料十分有限,他主要依靠的资料有以下几种:《中国新文学大系》《中国新文学大系续编》、王瑶的《中国新文学史稿》、刘西渭的《咀华集》及《咀华二集》、曹聚仁的《文坛五十年》等几种。以撰写一部大型文学史来说,这明显是不足够的。[1]

司马长风若看到这种批评,一定气愤不平,觉得受到很大的冤屈。我们可以在他的《新文学丛谈》中,见到他几番提到自己挖掘资料的艰辛:

---

[1] 王宏志:《历史的偶然——从香港看中国现代文学史》,页149。

> 费九牛二虎之力验明了他（阮无名）的正身，原来是左派头号打手钱杏邨。[1]
>
> 今天研究新文学史最辛苦的是缺乏作家的传记资料，为了查一个作家的生卒年月日，每弄到昏天地黑，数日不能下笔写一字。[2]
>
> 因为找不到李劼人的《死水微澜》和《暴风雨前》，只好向该书的日文译者竹内实先生求救。[3]
>
> 四月二十五日又去冯平山图书馆看资料，无意中发现了叶公超主编的《学文》月刊，大喜望外。[4]
>
> 在旧书摊上买了一本冷书——《现阶段的文学论战》。[5]

我们还知道他勤劳地往香港大学冯平山图书馆"寻宝"，用心地追寻刘呐鸥的身世、穆时英的死因，以至为了翻查沈从文在香港发表的一篇文章，辗转寻觅1938年《星岛日报》的《星座》副刊；[6]可见他的文学史构筑，既有借助现成的记述，也有不少是个人一点一滴的积累。尤其他在各章后罗列的作家作品目录、期刊目录、文坛大事年表等，都是根据繁多的资料所整理出来。正因为司马长风没有参照严格的学术规式，不少资料没有注明出处，转引自二手资料也没有——交

---

1 司马长风：《新文学丛谈》，页113—114。
2 同上书，页115。
3 同上书，页141。
4 同上书，页151。
5 同上书，页187。
6 司马长风：《新文学史话——中国新文学史续编》，页59、230；《文艺风云》，页96。

代，我们很难准确计算他引用资料的数量；但他所用的资料绝对不止几种。[1]仅以各章注释所列，去其重复，可见全书征引个别作家的作品凡35种（其中鲁迅作品引用甚多，只计《鲁迅全集》一种），作品选集及文献资料集29种，文学史13种，各家文学论集32种，相关的传记16种，历史著作9种，报纸副刊7种，期刊19种（其中有七八种不能确定是否转引）。就中所见，他一方面固然得助于当时香港出现的大量新印或者翻版的现代文学资料，[2]另一方面他也注意吸收刚刊布的研究成果。[3]

在两次总结自己的"文学史"写作时，司马长风都以"勇踏蛮荒"作比喻。[4]"蛮烟瘴气的密林榛莽"是他对居垄断位置的意识形态的想

---

1 例如他在下卷《跋》中说自己为了写《长篇小说竞写潮》一章，"耐心的研读了近百部主要作家的代表作"。见《中国新文学史》（下卷），页373。

2 大约在1955年开始，香港的文学出版社就版行了《中国新文学丛书》，当中包括冰心、朱自清、郁达夫、巴金、老舍、叶绍钧、郭沫若、张天翼、闻一多、沈从文等家的选集；香港上海书局又在1960年及1961年编印《中国文学名著小丛书》第一、二辑，当中包括鲁迅《伤逝》、茅盾《林家铺子》、王统照《湖畔儿语》、许钦文《鼻涕阿二》等各十种；又由台湾传入不全的《徐志摩全集》《朱自清全集》《郁达夫全集》等；这些作品都一直有多次的重印，流行不衰。至于三四十年代作品，更有创作社、神州书店、实用书局、波文书店、一山书屋等大量翻印。这些翻印出版，虽然谈不上是有系统的整理，但对于作品的流通有很大的帮助。相对于八十年代以前中国的其他地区，香港的一般读者可以接触到更多不同思想倾向的现代文学作品。

3 例如胡金铨在1974年《明报月刊》发表的老舍研究，《中华月报》1973年开始刊登的夏志清《中国现代小说史》各章中译，甚至刚面世的报章副刊等，司马长风都有参用。

4 见司马长风：《跋》，《中国新文学史》（中卷），页324；《跋》，《中国新文学史》（下卷），页373。

象，[1]"不顾一切"的"勇踏"行为，则是他个人作为悲剧英雄的表现。在他想象的世界里，他需要"提起笔跃马上阵杀上前去"，而且迫不及待的；他说："人们等得太久了，我也等得太久了。"[2]整部《中国新文学史》显现出来的，就是一段急赶的追逐过程。

司马长风自己和他的批评者，都说他写得太快。1975年1月上卷出版，仓促到连一篇序跋都来不及写，"有关的话"到中卷出版时（1976年3月）才"赶在这里说"，上卷初版书后更附了一份长长的"勘误表"，当中大部分都不是排印的技术错误，而是司马长风对自己论述的修订；到再版序文（1976年6月）又说改正了不少错误。中卷初版时又有密密麻麻的"勘误表"；到1978年3月的版本，书前说明校正错漏近百处，又发觉当中有关三十年代文学批评与论战部分遗漏了梁实秋的主要论见，于是加上附录一篇。1980年4月上卷三版，序中再指出上中两卷尤其作家作品录的部分错漏特多，所以重新校订一遍；此外增添了《周作人的文艺思想》一文作为正文论述的补充，另附《答夏志清的批评》一文。由1975年直到1980年他离世前，《中国新文学史》的上卷出了三版，中卷两版，下卷一版。每卷每版刊出时，都要追补之前的缺失，而且好像永远都补不完。在全书的正文论述中，我们不难见到前面的叙述被后来的增补或者变更。最有启示意味的是文学史分期中就1938年至1949年一段所设的卷标：在写上卷《导言》时，司马长风实在还未开始抗战时期文学的研究，只想当然地说这时

---

[1] 他写过《新文学三层迷雾》(《新文学丛谈》，页31—32)、《失魂落魄六十年》(《新文学史话——中国新文学史续编》，页19—22；又见《绿窗随笔》，页183—186)等文，都是同类的历史想象。

[2] 司马长风：《中国新文学史》(中卷)，页323。

文坛"值得流传的东西,少之又少",所以名之为"凋零期"。[1]到后来才发觉这时期有许多成熟的作品,尤其长篇小说质与量俱优。但大概因为和夏志清论战而稍作坚持,[2]下卷行文故意沿用同一名称;1980年上卷三版,《导言》已改用"风暴期"的新说,[3]可惜他没有来得及在生前再修改下卷,所以在言文自相追逐的情况下,又增加了一个矛盾。[4]

司马长风以为自己营营逐逐,做的是一件学术工作,但是他始终不明白,他写的永远都不会被视为学术著作;他没有受过按西方模式所规限的学术训练,对资料的鉴别不精细,论文体式不整齐。他有的是冲劲热诚,有的是敏锐触觉,但学术标准不包括他所具备的优点,学界不会接受他的草率、疏漏。尤其对于二十年后的现代学者来说,由于有更多资料重新出土,更多研究成果可供参照,当然可以安

---

1 司马长风:《中国新文学史》(上卷),页13。

2 司马长风说自己"也曾对这个称谓感到怀疑。当初选择'凋零期'这个字眼,因为这个期间赶上两场战争:抗日战争,国共内战。……到现在为止,我还没有决定舍弃'凋零期'这个字眼,但是也未完全消失不妥当的疑惑"(《答复夏志清的批评》,页103—104)。

3 同时收入《文艺风云》(《文艺风云》,页8—9)和《新文学史话》(《新文学史话——中国新文学史续编》,页6—7)的《中国新文学运动六十年》一文,也采用了"战争风暴"的字眼来描述1937—1949年的新文学。

4 此外,黄维梁《略评司马长风〈中国新文学史〉》指出中卷论"收获期"诗时先说选评十大诗人,但后来所论却有十四人(《略评司马长风〈中国新文学史〉》,页88)。这个书写计划与正式论述的距离正好把当中的时间流程突显,而这也不是仅有的例子,例如中卷论小说时,先提"六大小说家"之名,再说"此外萧军、萧乾都有优异作品问世",但正式论述却没有讲萧乾,本章则题为《中长篇小说七大家》。见《中国新文学史》(中卷),页37。

现代文学与抒情论述

心地去蔑视这本不再新鲜的"文学史"。[1]

(三) 司马长风的"历史性"与"文本性"

司马长风完成《中国新文学史》中卷以后,在《跋》中写道:

> 本书上卷十五万字自一九七四年三月开笔、九月杀青,前后仅约半年时间;中卷约二十万字,自一九七五年七月到本年二月,也只花了约七个月时间。这里所说的六个月、七个月,并不是全日全月,实是鸡零狗碎的日月!这期间我在两个学校教五门课,每周十四节课;同时还在写一部书,译一部书,此外还平均每天写三千字杂文。在这样繁剧的工作中,我榨取一切闲暇……我把自己当做一部机器,每天有一个繁密、紧张的进程表,几乎每一分钟都计算,都排入计划。因为时间这样可怜、这样零碎,工作起来便势如饿虎、六亲不认。在难以置信的时间里,读了那么多页,写了那么多字,我自己都感到是奇迹。是的,奇迹,一点也不含糊![2]

在文本以外,我们见到的司马长风就是这样的争分夺秒,与时

---

[1] 胡菊人在《忆悼司马长风兄》一文说:"尽管他的《中国新文学史》有人认为略有瑕疵,但是大脉络上仍是相当充实的。而且因为缺乏安全的环境,没有固定的收入,更不像学院派的人那样,先拿津贴,申请补助,才决定写不写一部书。是以以学院派的要求来批评他,似不公允。基本上他一方面是卖文,另方面卖得有其道——著书立说。"见胡菊人:《忆悼司马长风兄》,见《司马长风先生纪念集》(香港:觉新出版社,1980),页70。可算是学院外的一种响应。

[2] 司马长风:《中国新文学史》(中卷),页323—324。

间竞赛。胡菊人《忆悼司马长风兄》说:

> 他这样催逼着时间,时间又反过来催逼他。[1]

在文本之内,我们又见到"文学史"的论述在追逐一种奉学术之名的"严谨真确"。但这个"以析述史实为宗"的学术目标,[2]显然没有达到。司马长风也为这个落空的追逐而感到痛苦:

> 这样匆忙、潦草的书,竟一版、再版、三版,这不但使我不安,简直有点痛苦难堪了。[3]

他明明知道处身的境况不可能让他全力于学术的追寻,但还是刻刻以此为念。到最后,学府内秉持量尺的专家,就判定他的失败。好比他在文本中竭力构建的"文学自主",本来就寄寓他对一个"自由开放社会"的追求、"海阔天高任鸟飞"的国度的期盼。这种对"自由民主"的向往,基本上只能停留于言说的层面;在行动上,就如徐复观《悼念司马长风先生》所说,"必然是悲剧的收场"[4]。至于由民族主义所开发的中国文化企划,也是司马长风移居香港以后的另一个追求,这方面和唐君毅、牟宗三等新儒家在香港开展的文化论述有着同一方向;[5]但实际上,在五十年代的新界建设文化村,以表现中国传统生活

---

1 胡菊人:《忆悼司马长风兄》,见《司马长风先生纪念集》,页70。
2 司马长风:《新文学史话——中国新文学史续编》,《序》。
3 司马长风:《中国新文学史》(上卷,三版),《序》。
4 徐复观:《悼念司马长风先生》,见《司马长风先生纪念集》,页85。
5 司马长风与唐君毅、牟宗三、徐复观等新儒家中人都有来往。

方式的想法,也只能落实为《盘古》杂志上的文字设计;[1]其最终结穴就成为《中国新文学史》之中萦绕不绝的乡愁。

看来,文本以外的司马长风,虽有种种的追寻,也确实付出了真心诚意,最后也只能归结为文本,好像"司马长风"一名,本来就是承担他的文学事业以至"文学史"书写的一个笔名、一个符码。[2]实际生活中的胡若谷[3],究竟是否存在,好像不太重要;就如香港这个他生活时间最长的一个地方,也成不了他的乡土,然而,在这块受殖民统治的土壤上,居然容他一个寻觅理想的空间,于是他可以作一个"明天的中国"的梦,[4]于是他可以以司马迁的"浪漫主义风格,和化不开的诗情"[5],去书写新文学史"失魂落魄的六十年",以李长之的"焕发传统,疏导沟通传统与新文学"的精神,去为新文学招"民族的灵魂"。[6]

---

1 纪念集编委会:《司马长风先生纪念集》,页29。

2 司马长风在《李长之〈文学史稿〉》说:"我现在这个笔名是在读过李长之著《司马迁的人格与风格》一书之后起的。"(《新文学丛谈》,页135。)可知司马长风是以司马迁和李长之的风骨和才华为追慕的理想。

3 据《司马长风先生的生平行谊》一文记载:司马长风原名胡若谷,又名永祥、胡欣平、胡越、胡灵雨(见《司马长风先生纪念集》,页20)。这里说他原籍沈阳,但黄南翔《欣赏中的叹息》指出他是蒙古人,本姓呼丝拔〔《欣赏中的叹息——略谈司马长风的文学事业》,《香港作家》第123期(1999年1月),页8〕。

4 司马长风《噩梦》一文有这样的话:"(我)现在觉得实在对不起你(香港)。多亏你这点屋檐下的自由,使我奔腾的思考,汹涌的想象,得到舒展和憩息。"(《绿窗随笔》,页63。)他著有《明天的中国》一书,胡菊人《清贫而富足的司马长风》说他"为中国的将来设计了一幅美丽的蓝图","是不是可行,是不是合于实际,是否纯属主观幻想,当然是可以诘疑的,但至低限度,代表了他对国家的满腔热爱,无限遐想。"(《清贫而富足的司马长风》,页10。)

5 司马长风:《新文学史话——中国新文学史续编》,页176。

6 司马长风:《中国新文学史》(下卷),页341、354。

尽管在现实中只见司马长风不断的落空,但他的追逐过程本身,就有丰富的蕴涵可供我们解读。

再以本书中卷所附的两张照片为说。两张照片都附有说明,大概都是司马长风的书写。图一的说明是:

作者赶写本书的情景,旁边是作者小女儿莹莹。

所见影像是穿上整齐西服的司马长风和他的天真可爱的女儿。图二的说明是:

作者赶写本书时,书桌一景。

书桌上横放着纸笔文稿、中外文参考书籍。两张照片与本节开首所引的跋文可以互为呼应,司马长风希望读者看到他的辛劳不懈。但这里表述的不单是文本以外的书写过程;当已成过去的一刻以显然经选择设计(但不能说是虚假)的方式凝定于文本之内时,整个书写过程就被彻底文本化。推而广之,司马长风的整个追寻行动,正是一页南来香港的中国知识分子生活史。

(四) 唯情的"文学史"

前面我们讨论的是司马长风的"文学史"书写行动,主要的审思对象是当中的学术追求过程;我们见到他憬然地去追求,但所愿却一一落空。以严格的学术标准而言,他的成绩不及格。然而我们不必就此盖棺,我们可以进一步省思,"文学史"论述的学术规条,是否不能逾越。

　　学术论述要求严谨，是学术制度化在言说层面的一种体现。在现今社会价值系统混杂不齐的情况下，制度化的作用就是品质管理（quality control），但更重要的意义当在超越个别视界，使论述为超个体的（集体的）成员所共享。而所谓"control"的意义就除了"管理"之外，还起"支配"的作用。基于此，许多不符现行范型（paradigm）的、不严谨的言述就被排除于共享圈之外。司马长风虽然也在香港的大专院校任兼职，但他所兼的社会角色太多太杂，又专又窄的学术规范实在不是他能一一紧随的。但我们是否就要简单地把他的"文学史"论述排拒在视界之外呢？事实上，如果不严谨仅指当中匆促的笔误（如"无产阶级文学"写成"无产阶段文学"之类）[1]、语言表述的前后抵牾（如先说评介十大诗人，下文却讨论了十四位诗人）[2]、资料的错判误记（如长篇小说误为短篇、把民国纪年讹作公元等）[3]，则僭居学府的我们似乎不应就此判为"不可原谅"[4]。司马长风生前确已诚惶诚恐地拼命追补更正，我们只要看看他在各卷前言后记所作的自供状就会知道。司马长风所需的，可能是一个称职的研究助理。今日，如果我们怕误导青

1　王宏志：《历史的偶然——从香港看中国现代文学史》，页148。
2　黄维樑：《略评司马长风〈中国新文学史〉》，页88。
3　王剑丛：《评司马长风的〈中国新文学史〉——兼比较内地的〈中国现代文学史〉》，页40；司马长风：《前记》，见《中国新文学史》（台版），页2。
4　王宏志《历史的偶然》说："最令人不满的是里面很多非常简单、毫无理由出错的情况，例如一些重要而且耳熟能详的文章名称或文学史常识也弄错了，诸如胡适的《文学改良刍议》被写成《改良文学刍议》；梁启超的《论小说与群治之关系》变成《小说与群治的关系》，'无产阶级文学'变成'无产阶段文学'等。"（《历史的偶然——从香港看中国现代文学史》，页148。）

年后生,则由严谨的学者们制作一个《中国新文学史》的勘误表,[1]又或者另行刊布一部"精确的"新文学史大事年表或资料手册,就可以解此倒悬了。

对《中国新文学史》的另一个学术评鉴是:司马长风有没有在书中准确地描述或者"再现"文学史。当中所谓"准确"包括有没有遗漏"重要的"作家作品、有没有对作家作品作出"恰当的"(或者"公正的")评价。再推高一个层次,是他的"文学史"论述是否前后矛盾,论证过程是否周密无漏,是否经得起逻辑的推敲;评断有没有合理的基础,有没有圆足的解说。

于作家作品的见录数量而言,司马长风所论相对比以前的"文学史"为多,这是大部分学术书评都同意而且赞许的一点。在评价的判定上,司马长风的异于左派"文学史"也是众所同认的。主要的批评是指他以艺术基准为号召,但恰恰显示了他另一种政治意识。再而是分期的卷标与内容不符、褒贬的自相矛盾,论述的简单化甚至前后不能照应。[2]有关政治化的问题,前文已经讨论过,至于其他的学术考量,则或许可以有其他进路的思考。

司马长风的"文学史"论述,的确矛盾丛生。但这重重的矛盾却产生一些非常有趣的现象。我们可以参看他和夏志清的论战。夏志

---

1 传记文学出版社在刊行台版时已作了一些补订,但显然未够完备。又据悉小思女士曾有校勘之议,但最后未及实行。
2 王剑丛:《评司马长风的〈中国新文学史〉——兼比较内地的〈中国现代文学史〉》,页40;王宏志:《历史的偶然——从香港看中国现代文学史》,页143、145、147。

清对他的每一项批评，他都可以作出反驳。[1]事实上，除了上文讲的资料或文字语言的讹误之外，其他学者就司马长风的个别论见所作批评，我们几乎都可以在《中国新文学史》中找到足以辩解的论点。这不是说司马长风的论述周备无隙；相反，当中大量的局部评论本来就未曾作系统的、全盘的联系。但因为司马长风惯常使用对照式的评论，让他有许多追加补充或者解说的机会；所以甲漏可以乙补，丙非可以丁是；然而甲与丙、乙与丁之间，却也可能产生新的矛盾。换一个角度看，论者要指摘其错漏，当然也非常容易。我们不打算仔细地计量这些细部的问题，我们想问的是：这种不周密的"文学史"论述，是否还值得我们去阅读？

我想，大部分学术论评所揭示《中国新文学史》的"异色"——被忽略的作家作品的钩沉、唯美唯情的评断等，固然值得留意，但我们应该可以在司马长风的"文学史"论述中，读到更多的深意，其关键就在于我们的阅读策略。

司马长风的"文学史"论述结构，主要是由几组不同层次的语意元素（如纯净白话、美文诗意、文学自主、乡土传统等）筑建而成；各种元素之间，本来就不易调协。最重要的是，他的叙述基调是立足于"不见"（absence）之上，又因"不见"而创造了怀想的空间。这可以他在正文中没有讨论，但在《导言》中标志的"沉滞期"说起。他不单把1950年到1965年定为"沉滞期"，在导言中更感慨地说：

---

[1] 例如夏志清批评司马长风对朱自清《匆匆》的评价过高（《现代中国文学史四种合评》，页54—55），他却可以轻易地找到响应的方法（《答复夏志清的批评》，页98—99）。

> 一九六六年掀起"文化大革命",那些战战兢兢,搁笔不敢写的作家们,也几乎全部被打成"牛鬼蛇神"。
>
> 另一方面在台湾,……(因为与大陆的母体隔断),竟出现"新诗乃是横的移植,而非纵的继承"的悲鸣。……
>
> 中国文坛仍要在沉滞期的昏暗中摸索一个时期。[1]

司马长风所感知的中国文坛正处于昏沉的状态,所以他竭力地追怀他所"不见"的"非西化"和"非方言化"的文学传统、"非政治"的文学乡土。在这其中,就有感性切入的缝隙。我们发觉,在司马长风的叙述当中,悲观的气色非常浓厚。全书各章的布局,只有上卷由"文学革命"到"成长期"算有比较积极的气氛。中下两卷合占全书超过三分之二的篇幅,其中语调已转灰暗:篇章标题中出现的"歉收""泥淖""阴霾""贫弱""凋零""飘零""歧途""彷徨""漩涡"等字眼,掩盖了其他描叙成果的词汇。正是在这种哀愁飘荡的空间,司马长风敏感的个人触觉可以游刃其中。学术训练的不足,反而少了束缚,任凭自己的触觉去探索,将个人的感旧情怀自由地拓展,为"新文学史"带来不少新鲜的刺激。可以说,这些创获是与个人经验的介入,撕破学术的帐篷,有很大的关系。

当然,我们无意说唯情的"文学史"论述比紧守学术成规的著作优胜,也不能为司马长风的草率隐讳;在此,只想再思"文学史"的论述是否与科学客观、逻辑严谨、摒除主观情绪等学术规范有"必然"的关系。"文学史"书写最大的作用是将读者的意识畛域与过去的文学世界作出联系。读者对这种联系的需求,可能出于知识的好奇,可

---

[1] 司马长风:《中国新文学史》(上卷),页14。

现代文学与抒情论述

能出于文化寻根的需要，可能出于拓展经验世界的希冀；作为"文学史"的叙述者，为什么一定要有庄严的学术外观？为什么不能是体己谈心的宽容？正如文学批评，既可以是推理论证、洋洋洒洒的著述，也可以是围炉夜话的诗话札记。西方"文学史"著述中既出现了如《哥伦比亚美国文学史》(Emory Elliott et al.)、《新法国文学史》(Denis Hollier)等不求贯串的反传统叙事体，而赢得大家的称颂，我们为什么容不了一本与读者话旧抒怀的"文学史"？

辑三

抒情与地方

南国新潮
——香港早期文学评论与境外文学思潮

一　前言

从2009年开始，我们集结了十多位志同道合的学人和文化人，开始编整香港早期的文学资料为《香港文学大系1919—1949》，计划编成十二卷（包括新诗卷、散文两卷、小说两卷、评论两卷、旧体文学卷、戏剧卷、通俗文学卷、儿童文学卷、文学史料卷），现在陆续出版了八卷，还有四卷也在紧锣密鼓准备中，希望年内或者明年初出齐。当我们对外宣称要整理编辑1919—1949的香港文学时，许多人投以怀疑的目光，说香港当时"文化落后"，怎么可以与"五四"的"伟大传统"同一起跑线？"香港文学"是否有足够分量，超越以"本土"为名的"自我陶醉"和"自我膨胀"？我们在开展这个历程时，也不敢有过分的期许。同人只是以开放的心灵，抱持谨慎的态度，进入"文学香港"，去体会、去发现。从《香港文学大系》十二卷主编的回报得知，我们可以很有信心地响应这种种提问。以下是以笔者主编的《文学评论》卷为据，就个人的发现向大家简报一二。

二　五四运动·易卜生主义·香港身影

我们的"发现"之一是：早在"新文学运动"以至"新文化运动"发轫之初，已有香港之踪影。

1917年1月《新青年》第2卷第5号胡适发表《文学改良刍议》；1917年2月同刊第6号，陈独秀响应胡适之说，发表《文学革命论》。这两篇宣言可说为"新文学运动"吹响了号角。继后《新青年》也成为早期新文学创作发表的平台，如胡适、沈尹默、刘半农等的新诗，鲁迅的短篇小说《狂人日记》等；[1] 更陆续引入西方思潮，以推动文化的更新，例如托尔斯泰的生平思想、博格森（现通译作伯格森）之哲学、弥尔（现通译作穆勒）之自由论等。[2] 当中最为隆重的是1918年6月《新青年》第4卷第6号刊载的《易卜生号》。这一期专号包括胡适的《易卜生主义》，罗家伦、胡适合译的《娜拉》（*A Doll's House*）（三幕），陶履恭译的《国民之敌》（*An Enemy of the People*），吴弱男译的《小爱友夫》（*Little Eyolf*），以及袁振英的《易卜生传》。专号面世以后，对新文学和新文化的发展产生巨大影响。茅盾后来回顾当时的景况说：

> 易卜生和我国近年来震动全国的"新文化运动"是有一种非同等闲的关系；六七年前，《新青年》出"易卜生专号"，曾把

---

[1] 例如《新青年》第4卷第1号刊出《诗九首》，分别是胡适的《鸽子》《一念》《人力车夫》《景不徙》，沈尹默的《月夜》《鸽子》《人力车夫》，和刘半农的《相隔一层纸》《题女儿小蕙周岁日造像》；《新青年》第4卷第5号发表鲁迅《狂人日记》。

[2] 《新青年》第3卷第4期有凌霜《托尔斯泰之平生及其著作》，《新青年》第4卷第2期有刘叔雅《博格森之哲学》，《新青年》第4卷第3期有高一涵《读弥尔的自由论》。

这位北欧的大文豪作为文学革命，妇女解放，反抗传统思想等等新运动的象征。那时候，易卜生这个名儿，萦绕于青年的胸中，传述于青年的口头，不亚于今日之下的马克思和列宁。[1]

由此可见《新青年·易卜生号》引领风骚的盛况。专号以胡适的《易卜生主义》开篇。胡适所关注的"易卜生主义"，在文学上是"写实主义"，在思想上也是由"写实主义"引申的"健全的个人主义"：肯说老实话，要个人有自由选择之权，还要个人对于自己所行所为都负责任，从而造就独立的人格。[2]这些观点，成为后来不少文学创作的主题，更是文化思想的新价值取向。胡适文章之后，下接三个易卜生的作品翻译，作具体说明；然后以一篇易卜生传记，总括论述易卜生的生平、创作与思想。这个总合的重责，担负者是当时北京大学西洋文学系的毕业班学生袁振英；而袁振英可说是出身于香港的新文学运动参与者。

袁振英（1894—1979）别名震瀛，号黄龙道人，广东东莞人。11岁（1905年）随父母来到香港，在香港完成中学教育，先入读英皇书院（King's College）、皇仁书院（Queen's College）。这两所学校都是香港著名的官立英文中学，历年来造就了不少人才。袁振英在两校受到非常好的外语训练，并肆意吸收西方思想，影响了他以后的人生历程。辛亥革命后，在广州有刘师复成立的无政府主义团体"心社"，主张不做官吏、不饮酒、不食肉、不吸烟、不坐人力车轿、废婚姻和姓氏等。社员包括林直勉、莫纪彭等；二人原是袁振英父亲袁居敦在

---

[1] 沈雁冰（茅盾）：《谭谭〈傀儡之家〉》，《文学周报》第176期（1925年6月），页38。
[2] 胡适：《易卜生主义》，《新青年》第4卷第6号（1918年6月），页489—507。

广州任教私塾时的学生，袁振英受了影响，也在皇仁书院与同学杜彬庆、钟达民等组"大同社"，主张无家庭、无国家，提倡世界大同，与广州的"心社"遥相呼应。[1]

袁振英1915年考入国立北京大学英文门（后来的"西洋文学系"），受教于辜鸿铭。陈独秀到北大任教以后，非常欣赏袁振英的英语能力和前卫思想，让他在《新青年》第3卷第5号发表《结婚与恋爱》译文。这是俄裔美国无政府主义及激进女权主义者埃玛·戈德曼（Emma Goldman, 1869—1940）的名著《无政府主义及其他》（Anarchism and Other Essays, 1910）当中的第十一章（"Marriage and Love"）。[2]戈德曼在书中屡屡提到易卜生，尤其第十二章《现代戏剧——激进思想的强力发散器》（"The Modern Drama: A Powerful Disseminator of Radical Thought"），这一章也被袁振英译为《近代戏剧论》，刊于1919年《新青年》第6卷第2号。[3]后来，袁振英还把他的翻译编成《高曼女士文

---

[1] 参考袁振英：《发掘我的无治主义的共产主义的思想底根源》，转引自李继锋、郭彬、陈立平《袁振英传》（北京：中共党史出版社，2009），页10—15；孙秀芳、曹至枝：《自由的追求——无政府主义者袁振英的政治信仰历程》，《南京林业大学学报》第12卷第2期（2012年6月），页75。

[2] 参Emma Goldman, *Anarchism and Other Essays*, 2nd revised edition (New York and London: Mother Earth Publishing Association, 1911）。袁振英在译文后记介绍作者："高曼女士，美洲著名之无政府党员也。其先本俄属之波兰人，善雄辩，著书极富。主张激烈；凡聆其言论者，莫不感动。其一生之革命运动，勇往无伦；曾以是入狱数次。其罢工之运动，今为尤甚。现任美国纽约之《大地》杂志之编辑。又设星期讲演会，极力鼓吹无政府主义。其著述有《近代戏曲之社会意趣》《无政府主义》《政治暴动之心理》《工会主义》《祖国主义》《道德之牺牲与耶教之失败》等。此篇《结婚与恋爱》，亦女士之杰作。凡我男女青年不可不读也。"震瀛译：《结婚与恋爱》，《新青年》第3卷第5号（1917年7月），页9。

[3] 震瀛译：《近代戏剧论》，《新青年》第6卷第2号（1919年2月），页179—195。

集》，1926年在香港的受匡出版部刊行。

《易卜生号》上的《易卜生传》是袁振英在《新青年》发表的第二篇文章，底稿是以英文撰写的毕业论文，特别为专号翻译成中文。发表时胡适在文前加上按语：

> 替易卜生作传，不是一件容易的事。袁君这篇传，不但根据于Edmund Gosse的《易卜生传》，并且还参考他家传记，遍读易氏的重要著作，历举各剧的大旨，以补Gosse缺点。所以这篇传是很可供参考的材料。袁君原稿约有一万七千字，今因篇幅有限，稍加删节。[1]

可见胡适对袁振英的重视。袁振英对易卜生的阅读，既有个人信仰之寄托，亦与当时的文化风尚有关。例如他认为易卜生自五十岁以后，"排斥国家主义，而提倡个人主义"，"所著之剧曲，皆反对文言，而取用寻常之白话"；《娜拉》一剧的女主角"开女界广大之生机；为革命之天使，为社会之警钟"，"此剧真为现代社会之当头棒，为将来社会之先导"；又称赞易卜生"虽为一有名之大剧曲家，然亦一大革命家也。……其得意自豪之挑战，果敢刚毅之热诚，宁为真理之牺牲，始终不变其操守。可爱哉，易氏可敬哉。易氏！诚吾党青年之好模范也！"[2] 这都是袁振英作为五四运动之一员的论见。

袁振英毕业后，曾先后两度回到香港工作：先是1919年在香港的《香江晨报》短暂担任编辑；另一段较长的居停时间是1937年底到

---

[1] 袁振英：《易卜生传》，《新青年》第4卷第6号（1918年6月），页127。
[2] 袁振英：《易卜生传》（香港：受匡出版部，1928），页606—619。

1942年10月，其间他参与筹建华南汽车工程学校，并任教务长。此外，他曾到菲律宾短暂居留（1919—1920），留学法国里昂中法大学博士院（1921—1924），回国后分别在南京、上海等地工作，而在广东生活的时间最久。[1]袁振英的人生历程，同时在政治和文教两条道路双向发展，而二者又往往互相关联。政治上他从无政府主义走向共产主义，曾经是中国共产党创办人陈独秀的追随者，由1920年开始在《新青年》主持"俄罗斯研究"专栏，大量译介苏维埃革命论述和社会研究。后来虽然与陈独秀分道扬镳，但仍然因为他的共产党员的背景而在不少政治与文教岗位上工作。另一方面，他继续关注介绍外国文艺思潮，这些著述刊行于香港的实在不少。例如他在毕业论文的基础上多番修订补充自己的《易卜生传》和相关研究；在1928年香港受匡出版部新版《易卜生传》的叙论中，他交代其书源起时就提到香港：

> 《易卜生传》起先登于《新青年》杂志"易卜生号"，离隔现在已经有十数年了。民国七年在香港印单行本；民国九年广州新学生社拿来再版；民国十三年回国后，我又拿来翻版，当做实社丛书；现在香港受匡出版部又要翻印，这就算是第四版了。我由法回国后，在广东大学曾经讲过易卜生社会哲学，印有单行本，今年又由上海泰东书局再版，但始终没有印完，因为关于易氏的著作要有详细的批评，旧稿太长，无暇整理，所以至今未能把全书出版，将来如果有空，定然再出一本《易卜生平生和著作》。[2]

---

1 参考李继锋、郭彬、陈立平：《袁振英传》，尤其页320—332。
2 袁振英：《易卜生传》，页2。

更有兴味的是，在一本被视为早期香港鸳鸯蝴蝶派代表的刊物《双声》第一集(1921)，居然刊载了"新文化运动"象征的易卜生的《恋爱喜剧》(Love's Comedy)，翻译者也就是袁振英。[1]这种情况可以揭示早期香港文坛"新"与"旧"混杂、"五四"文学与"鸳蝴作品"间未有强烈对立的情况。此外，1929年2月间香港《大光报》副刊《光华》连载袁振英介绍康德、黑格尔以至哲学方法的《谈谈现代哲学》，1930年7月到10月间香港《工商日报》副刊《文库》中，又连篇刊载袁振英《托尔斯泰主义》《托尔斯泰小说》《托尔斯泰底总评》等文。1932年2月《工商日报·文库》连载袁振英的《世界的女性主义》，1932年4月连载袁振英的《法兰西之自然主义》。诸如此类，可见袁振英与香港的文艺副刊有着密切的联系，继续为香港的读者引进西方思潮。职是之故，我们认为香港文学史应该给予这位文艺思想家充分的敬意。

三 南国精华总集的《红豆》

1933年12月，香港出现一份图(摄影、插画)文(散文小品、诗、短篇小说、评论)并茂，水平相当高的现代文学期刊——《红豆》。这月刊的创办人是香港梁国英药局的少东梁晃与梁之盘兄弟；刊物维持了几近三年，到1936年8月停刊，总共出版了4卷24期。这个刊物也可以揭示香港文艺的一些特色：寄生于一个风土不宜文艺的商业环境，居然又开出了奇葩异卉。

创刊号有笔名"风痕"撰写的一首新诗《红豆》"代创刊语"，歌咏

---

[1] 《双声》第一集(1921年10月)的作者就包括周瘦鹃、黄昆仑、黄天石、徐枕亚、许指严、徐天啸等。

"南国精华底总集呵/娇小玲珑的相思子"。同期风痕尚有写得比《红豆》好的另一首新诗《印象》,以及散文《黄昏和黑夜》。从所占位置与分量看来,相信风痕是本刊的骨干分子。梁国英药局少东梁晃自创刊号起,为杂志供应他的摄影作品;而列名"督印·编辑"的梁之盘,则在这一期发表了他的文学评论《论苏轼——宋代词人论丛稿之一》,以后也是曝光率甚高的作者之一。

这篇评论除了引用传统的苏轼论评如胡寅、李清照、陆游、王渔洋、王国维的说法以外,又借重胡适的评断,作为讨论的主要根据。光凭这些论据来看,本篇可谓无甚特色。然而,值得注意的是,文中又征引了伊可维支(Marc Ickowicz)《唯物史观的文学论》(*Le Littérature à la lumière du matérialisme historique*, 1929),这是戴望舒以"江思"之名所译出的左翼文艺论著;[1]用以评论中国传统文学,又别具一种特色。类似的文学评论而更为耀目者,还有第1卷第5号风痕的《王渔洋——中国的象征主义者》。文中以十七世纪的王渔洋"神韵说",与十九世纪西方的"象征主义运动"相比拟,以为都是"情调底表现和感觉底描写",提倡"含蓄和微妙"的诗风。这种草创期的比较文学练习在香港这个文化环境产生并不稀奇;稍后我们才看到内地的同类论述,例如北平燕京大学《文学年报》刊载余焕栋《王渔洋神韵说之分析》(1938)、钱锺书在1939至1948年间完成的《谈艺录》,也有同样的比拟。[2] 由此我们可以推想当时的文学研究正正有这种方

---

1 伊可维支著,江思译:《唯物史观的文学论》(上海:水沫书店,1930)。
2 余焕栋(原名余文):《王渔洋神韵说之分析》,《文学年报》第4期(1938年4月),页147—158;又参考燕大文史数据编委会:《燕大文史资料(第十辑)》(北京:北京大学出版社,1997),页35。钱锺书《谈艺录》起草于1939年冬,当时正在湖南蓝田国立师院任教,至1942年完成初稿,一再修订后于1948年由上海开明书店正式出版。

法学上的需求。循此观之，我们再读到梁之盘《诗人之告哀——司马迁论》(1934)，一直与西方史学著作及史诗来对照并比，就不会觉讶异。

我们再检视《红豆》在文艺评论上之表现，会见到视野开阔的梁之盘，可说是其中的关键人物。他一面以现代的感觉去重探古代文学作品，如《五代的词人》《读诗偶记》《以自然之眼观物，以自然之舌言情》等篇，更特别组织专辑以承纳世界文学思潮。他在《红豆》第3卷第1期《英国文坛之漫游》的编者按语说：

> 如果不以若谷的胸怀去接受先民底伟大的成就，便是自绝于春色豪华，红绿芬芳的文学园地。是的，世界杰作的绍介与享受，乃我们这时代的人底任务与愉悦；尤其这中国新文学的发芽期，更需要丰富的养料，以培成葱茏青翠的大森林。所以《红豆》创办伊始，同人即愿竭尽绵薄，努力于西洋文学绍介。除贰卷三期出版《世界史诗专号》，现更以能代表时代为标准，介绍古今英国作家十人，发刊为《英国文坛十杰专号》。[1]

这里提到《红豆》两个重要专号，《英国文坛十杰专号》除了由广州中山大学英国文学教授张宝树(Prof. J. D. Bush)撰写导言《英国文坛之漫游》之外，再有文章十篇，分别介绍乔叟、斯宾塞、莎士比亚、弥尔顿、菲尔丁、华兹华斯、拜伦、狄更斯、布朗宁、乔伊斯等十位英国作家。至于《世界史诗专号》，先有编者梁之盘撰《"金色

---

[1] 张宝树：《英国文坛之漫游》，编者(梁之盘)识，《红豆》第3卷第1期(1935年6月)。

抒情与地方

的田畴"——世界史诗谈》作为导言,以下分别译介希腊、芬兰、罗马、法国、德国、英国、俄国、西班牙、印度九个国度的史诗传统或重要作品。整体而言,这个专号是近代以来文学期刊上最具规模的外国史诗介绍。[1]梁之盘又解释他编辑这个专号的用心:

> 说到国民性的表现,则俺们铁蹄下的人,当这东北是"屐痕"处处,而中原是醉生梦死,粉饰太平之候,除了学陆放翁以伤心的语调唱出"云外华山千仞,依旧无人问"而外,只有觉得今日是民气销沉。自从清骑度过了山海关而来,国人就怀有孜孜为利之心,徒以"爱好和平"为掩饰的护符;利令智昏,自信力渐然尽失,黄魂至今还在无何有之乡,虽然太阳旗是使人伤心惨目的飘扬于白山黑水之间。这,可以说中国民族没有强烈的中心信仰,可以说中国民族没有伟大的篇章——如史诗以维持其强烈的中心信仰吧。因此,为了要促人们注目这既倒的狂澜,为了促人注目这将残的火焰,使靡靡之音不致一转而为哀思无极的亡国之音,我们,除却介绍文学,竭力想国人认识世界最伟大的作品之外,毅然地不自量力,竭尽绵薄尝试这艰巨的工作,(是一种冒险呀!)希望这伟大的国民诗之介绍,能有微益于中华民族精神之复兴。所以,介绍的尽是最能表国民性

---

[1] "中国为何缺乏史诗?"是近代以来中国文学史论者深感遗憾之事;然而从晚清直至二十世纪三十年代,各报刊中曾正面介绍"史诗"者不多,例如郑振铎曾在《文学旬刊》对"史诗"有简单的介绍,见西谛:《史诗》,《文学旬刊》第87期(1923年9月),页2;其他零落的介绍有黄谷山:《法国史诗溯源》,《史学杂志》第1期(1929年),页102—103;谭仲超《史诗的诞生》,《文艺》第3卷第5期页13(1935年)和第3卷第6期页15(1935年)。

的美轮美奂的作品。[1]

梁之盘在两个专号都表露出对时世与家国的关怀；这种迷情，即使在受殖民统治的土地上，尚似袅袅不绝之游丝在日光下闪耀。或者正因为处于被殖与反殖之间，至能加力于中外的鉴照。

我们知道梁之盘曾往广州中山大学当旁听生，结交了英籍教授张宝树，由此得到更多的西洋文学知识，在《红豆》的编辑方针上，亦多所显现。各期中有关英美文学作家和思潮的介绍特别丰富，例如第2卷第6期又出现一个"英国小说特辑"，各卷中还有译介Coleridge, Leigh Hunt, Matthew Arnold, Arthur Clutton-Brock, Edmund Gosse, Edwin Muir, I.A. Richards, G. K. Chesterton, Bernard Shaw等英国文艺论评；也翻译过V. F. Calverton, George Santayana等美国文学评论家之言。除了张宝树的影响之外，英国殖民教育的文化沾溉，也应该是重要成因。

就在这种英美文艺气息之间，我们又可见到《红豆》中有许多本土的文学创作出现，如李育中、侣伦、陈芦荻、路易士、柳木下、陈江帆、侯汝华、林英强、黎学贤等的小说、散文和诗。上面提及的西方文艺评论对我们这些年轻作家的影响，可以供有心人作进一步研究。至于《红豆》中出现的本土评论，除了上文提到的中西比观的"比较文学"试验之外，也有诗人由创作而实感实悟的心得，如第4卷第2期就有林英强《作诗杂话》，路易士在居港期间，也在《红豆》发表过《诗论小辑》和《诗坛随感》；这都成为诗人创作生命的重要证物。

---

[1] 编者：《"金色的田畴"——世界史诗谈》，《红豆》第2卷第3期(1923年11月)。

四 结语

笔者在编选《香港文学大系》的《文学评论》卷之初，与不少人的假设一样，以为可供选取的材料不多。但事实证明这个想法并不准确。

上文我们提到袁振英之异军突起，在北上求学时参与五四运动，并以他在香港的文化养成提供了贡献。至于香港境内之引进文化新潮，也没有显著落后于时代。例如早在1928年香港大学的一位学生叶观楘，就发表了评介"达达主义"（Dadaism）的文章，题作《襍襍派》，图文并茂，凡五千余字。[1] 这篇文章有异于内地早期介绍"达达主义"之依赖日本文坛作为中转站，[2] 作者直接取径于美国"达达主义"艺评家舍尔顿·切尼（Sheldon Cheney）之论，[3] 再据以反思中国新文学的发展。又如1935年十九岁的黎觉奔，在香港刊物上发表八千字的长文《新艺术领域上底表现主义》[4]；当中不少理念与见解，成为他一生在香港推动戏剧运动的理论基础。

事实上，从二十到四十年代，开放的视野和敏锐的触觉可说是

---

1 叶观楘：《襍襍派》，《香港大学杂志》第2期（1928年9月），页67—81。

2 内地最早以专文介绍这一个思潮的，应该是（黄）幼雄于1922年4月发表的《襍襍主义是甚么》，文章基本上是日本批评家片山孤村在1922年2月于《太阳杂志》发表的《駄駄主義の研究》的摘要翻译，而片山又是参考德国文艺家胡森贝克（Richard Huelsenbeck）1920年的 *Eine Avant Dada: Eine Geschichte des Dadaismus*；见幼雄：《襍襍主义是甚么》，《东方杂志》第19卷第7号（1922年4月），页80—83。

3 Sheldon Cheney, "Why Dada? An Inquiry into the Connection between the War's Ruins, Peace-Time Insanity, and the Latest Sensation in Art," *The Century Magazine*, 104.1 (1922.5): 22–29.

4 黎觉奔：《新艺术领域上底表现主义》，《时代风景》第1卷第1期（1935年1月），页27—46。

香港报刊的常态：大量外国作品和文艺思潮透过评介和翻译传送到读者面前。更值得一提的是，当内地和欧洲已是漫天战火，而香港还未卷进太平洋战争的一九四〇年到四一年，报刊上出现了追踪战时外国作家的专稿，如林丰（叶灵凤）的系列文章：《动乱中的世界文坛报告》[1]、林焕平《第二次大战与世界作家》；后者又撰写长文讲述《战时日本之文化动态》，刻画当时日本官方与民间文人于文学和文化的不同态度。[2]战争于人类固然是不幸，但又会催逼人们更深切思量在生死存亡的危急关头，精神文化可以有多少的承担能力，诘问文学究竟向谁负责。而香港就在历史的缝隙中，提供了省思的空间。

当然，香港文坛并非仅仅崇尚外方潮流，而忘却传统与本土。我们看到新旧文学、本土作家作品与中国现代文学的成果，同样进入香港批评家的视野。例如1925年游走于新旧文学之间的吴灞陵撰文细论由上海到广州香港的"侦探小说"；[3]1935年忠于写实的香港诗

---

[1] 林丰：《动乱中的世界文坛报告之一——他们在那里？》，《星岛日报·星座》1941年4月13日；《动乱中的世界文坛报告之二——欧洲流亡之作家在美国》，《星岛日报·星座》1941年4月18日；《动乱中的世界文坛报告之三——流亡中的波兰作家》，《星岛日报·星座》1941年4月21日；《动乱中的世界文坛报告之四——捷克作家在英国》，《星岛日报·星座》1941年5月16日；《动乱中的世界文坛报告之五——弗朗哥治下的西班牙文化》，《星岛日报·星座》1941年5月28日；《动乱中的世界文坛报告之六——纳粹占领下的巴黎出版界和贝当文化政策》，《星岛日报·星座》1941年5月30日。林丰又有《动乱中的欧洲艺术宝藏》，《星岛日报·星座》1941年9月17日。

[2] 林焕平：《第二次大战与世界作家》，《文艺阵地》第4卷第10期（1940年3月），页1535—1538；《战时日本之文化动态》，《笔谈》第2、3、4、5、6、7期（1941年9月），页18—21；页10—13；页25—28；页28—30；页20—22；页14—18。

[3] 吴灞陵：《谈侦探小说》，《小说星期刊》第5、6、7、8期（1925年4—7月），页1—2；页1—2；页1—2；页1—2。

人刘火子总评施蛰存主编的《现代》杂志的诗风；[1]而他个人的新诗集《不死的荣誉》出版后，也有黎明起的赏析；[2]另一位本土作家侣伦的四十年代作品《黑丽拉》，更有连篇的评论，可说是香港文学"正典化"的雏形。[3]

  总体来说，从我们搜罗所得各种单行本、杂志，以及报章副刊见到，香港的文艺评论资料非常繁富，当然也相当庞杂。整理选汰的过程可谓艰辛，然而却也每有惊喜。我们看到：香港这个文化空间能够培育出一些政治和文艺思想都非常前卫勇进的文化人，也能够搭建出让不同文化思潮交汇碰撞的平台。另一方面，我们在编纂《香港文学大系》的过程中，也深深体会到现实中香港的主流论述，焦点离不开经济与政治；对文学的态度，从来只在轻视与漠视之间。然而，文学却在种种不利的环境中坚持挺进；而且从历史角度看来，更深层地显示香港文化的生命力与前瞻性。我们相信，《香港文学大系》的编纂，是重拾香港文化记忆的一项重要举措；而"文学香港"的考掘与发现，也是对"刻意遗忘"力量的抗衡。如此说，其意义当然不会仅存于疆界之内，更会流转于四方，与不同地域的文学文化并置参照，从而相互支援与激励，以求创发与更新。

---

[1] 刘火子：《论〈现代〉诗》，《南华日报·劲草》1935年1月18日、19日、20日、21日、23日、26日、27日。

[2] 黎明起：《〈不死的荣誉〉读后》，《华侨日报·华岳》1941年3月23日。

[3] 梦白：《〈黑丽拉〉读后——侣伦其人及其小说》，《华侨日报·华岳》1941年11月4日、5日、6日；寒星女士：《论侣伦及其〈黑丽拉〉》，《国民日报·新垒》1941年11月25日、26日、27日；冬青（黄谷柳）：《从一个人看他的作品——侣伦著〈黑丽拉〉、〈无尽的爱〉、〈夜岸〉》，《华侨日报·华岳》1947年12月21日。

情迷中国

——香港五六十年代现代主义文学的运动面向

一 从梦到梦

1963年3月1日文艺杂志《好望角》创刊。这一期作者包括：大荒、于还素、王无邪、司马中原、吕寿琨、李英豪、汶津、李欧梵、洛夫、金炳兴、朵思、季红、庄哲、陈映真、张默、商禽、管管、郑愁予、秦松、云鹤、叶泥、戴天、昆南、颖川、毕加。从这份名单，我们大概可以有两点观察：一是作者群大概可以归入宽泛定义的"现代主义"支持者；二是这是香港和台湾的文学艺术工作者的著述汇聚地之一。[1] 它的创刊词题作《梦与证物》。所谓"梦"，指向创办这个刊物的理想：

>我们不会坐等阳光、雨分、泥土，现代"知识"充分使我们的"植物"滋长、开花，然后结果。

---

[1]《好望角》当然不是唯一的特例。这例子或者可以有助我们窥探二十世纪五六十年代港台间文化思潮的交流与汇聚，或进而省察在面对不同的境遇下文化思潮的交汇究竟有何意义，然而更细致的讨论则有待异日，本文的重点在于当时香港现代主义思潮的表现。

同时这个"梦"的经历，也指向这个刊物所处的时世和境况：

> 从筹备到付印一份刊物，我们仿佛经历着熟悉却殊异的梦境，其中重复的苦痛与工作，确实标志了特别的解说或意义。……当《好望角》的油墨气味充溢于眼前空间，我们从疲乏的喜悦中醒过来，不禁轻轻叫道："一个偌大代价的梦！"
>
> 处于现代社会中，人们似乎渐渐感到文学艺术陌生起来，或者他们认为所谓文学艺术已被科学时代所淘汰，发觉不接触什么"存在""意识流""抽象"等等，一样舒适地，快乐地生活着；宁愿服膺那种群众文化的潮流（MASS CULTURE），因此，朋友们忠告我们不要冒险，说："一点火花在无限黑暗中算得什么呢？"他们大概找错了对象。[1]

诉说这段"梦话"的，是香港文学的传奇人物昆南（1935— ）。昆南说这是个"熟悉"的"梦"，因为在这以前，他已和王无邪、叶维廉合办刊物《诗朵》（1955年8月创刊）。香港现代主义文学的冠冕——《文艺新潮》，第1卷第3期（1956年5月）刊出叶冬翻译艾略特的《空洞的人》；这位"叶冬"，便是昆南。接着，他还在《文艺新潮》第1卷第5期发表长诗《卖梦的人》，自此更成为这份重要刊物的中坚分子。1959年，他又和王无邪、卢因合办《新思潮》；"梦"作得够多了。[2]

---

[1] 昆南：《梦与证物——代创刊词》，《好望角》创刊号（1963年3月），页1。
[2] 参考马博良（马朗）：《〈文艺新潮〉杂志的回顾》，《文艺》第7期（1983年9月），页25；何杏枫、张咏梅：《访问昆南先生》，《文学世纪》第4卷第1期（2004年1月），页23—30；卢因：《从〈诗朵〉看〈新思潮〉——五、六十年代香港文学的一鳞半爪》，《香港文学》第13期（1986年1月），页58—61。

他的"梦",想来还是一脉相承的。这个"梦"的世界,早见于马朗(1933—)以"新潮社"署名,在1956年3月1日发表的一篇宣言:《人类灵魂的工程师,到我们的旗下来!——〈文艺新潮〉发刊词》:

> 今日,在一切希望灭绝以后,新的希望会在废墟间应运复苏,竖琴会再讴歌,我们恢复梦想。也许在开始,我们只想到一片小小的净土,我们可以唱一些小歌,讲一些故事,也可以任意推开窗去听遥远的歌,遥远的故事,然后我们想到这原是千万人的向往,一切理想的出发点,于是再到一个我们敢笑敢哭、敢歌唱、敢说话的乌托邦。

这个似乎是卑微的"梦"——在"一片小小的净土"之上,"唱一些小歌,讲一些故事",其实蕴蓄着巨大的能量。在轻柔竖琴伴奏的"话梦/画梦"细语的背后,却是"翻天覆地"的"黑暗":

> 我们处身在一个史无前例的悲剧阶段,新的黑暗时代正在降临。
>
> 曾经是惶惑的一群,在翻天覆地的大动乱中,摸索过,呐喊过,同时,也被领导过,被屠宰过,我们曾一再相信找到了完美的乐园,又再一次被欺骗了,心阱和魔道代替了幸福的远景。我们希望,我们期待过的前驱,今天都倒下来了,迷失了,停止了探询,追寻。大家没有方向,在冲撞,在陷落,在呼救,然后趋向颓废和死亡。
>
> 文艺的潮汐从远古奔腾而来,到今天,在这里,水花静止了。

因此,"梦想"为的是召唤,为的是薪传:

> 那样的世界总会到来的,——如果,我们憧憬、悲哀、追求、快乐和争斗的本能没有湮消。因此,我们想到呼喊,要举起一个信号。
> 我们要重新观察一切的世界。我们要求一切灵性的探求者,在这里立住脚。……理性和良知是我们的旌旗和主流,缅怀、追寻、创造是我们新的使命,人类灵魂的工程师,是斗士的,请站起来,到我们的旗下来!我们期待你,欢迎你!
> 让我们采一切美好的禁果!扯下一切遮眼屏障!剥落一切粉饰的色彩!让我们建立新的乐园!把伟大的火种传到人间![1]

这个"梦"的宣言,也是行动的"信号";马朗期待的,是众志成城的文学运动。

二 宣言的诗学与政治

作为文艺运动的西方"现代主义",其中重要的表现形式之一就是为各项大大小小运动扬声呐喊而撰成种种长篇短制的"宣言"(Manifesto)。晚近学者对这些言说形式非常注意,认为其间别有一

---

[1] 马朗:《人类灵魂的工程师,到我们的旗下来!——〈文艺新潮〉发刊词》,《文艺新潮》第1期(1956年3月),页2。

门"宣言的诗学"（poetics）。[1]"宣言"原是向公共展陈的证物，目的在说明已作的和将作的行为。"宣言"又是意识形态的言说，立意劝服和导引公众的想法；正如具有莫大影响力的1848年《共产党宣言》，就是"宣言"文类的重要祖本之一。[2]至于文艺"宣言"的典范作者，应当是意大利未来主义诗人和宣传家菲利波·托马索·马里内蒂（Filippo Tommaso Marinetti, 1876—1944），他先后撰写了几篇充满激情、意念鲜明的《宣言》，使得意大利"未来主义"的精神淋漓于纸上。据学者们归纳，"宣言"往往是阳刚、响亮、明朗的，"宣言"必会界分"我们""他们"，显示"我们"在说话；因此"宣言"既要创造"好奇"，以接引群众加入"我们"，也创制"对抗"，掀动集体的力量；总之，"宣言"要厕身于过去"种种不是"与将来"种种该当"之间，召唤的是"当下"（nowness）与"新生"（newness）。[3]依此来看，这篇以"散文诗"形式书写的发刊词，只是变种的"宣言"。这里的"理想"与"现实"，都寄托在"禁果""乐园""普罗米修士"，以及"黑暗时代""心阱""魔道"的喻词之上；喊声的分贝并不高，只是温情的招纳，暖意的鼓励。

---

[1] Janet Lyon, *Manifestoes: Provocations of the Modern*（Ithaca: Cornell UP, 1999）; Mary Ann Caws, *Manifesto: A Century of Isms*（Lincoln and London: U of Nebraska P, 2001）; Luca Somigli, *Legitimizing the Artist: Manifesto Writing and European Modernism 1885-1915*（Toronto: U of Toronto P, 2003）.

[2] 参考 Martin Puchner, *Poetry of the Revolution: Marx, Manifestoes, and the Avant-Gardes*（Princeton: Princeton UP, 2006）, pp. 11-66。又 Janet Lyon 从历史角度探索"宣言"与西方激进政治诉求的纠结，以至与"公共领域"的共生关系，认为"宣言"的形式可以追溯到十七世纪中叶，至今有三百多年的发展；Luca Somigli 更从"manifesto"的字源到其展现意义的变化作出考察，很有参考价值。分见 Lyon, *Manifestoes*, pp. 16-23; Somigli, *Legitimizing the Artist*, pp. 29-56。

[3] Caws, *Manifesto*, pp. xix-xxvi; Somigli, *Legitimizing the Artist*, pp. 93-161; Puchner, *Poetry of the Revolution*, pp. 69-93.

"我们"的盼望虽宏远但谦卑,"他们"的世界还是笼罩四野的巨大的阴影;说不上"铁屋的呐喊",只不过是一种不屈的坚持,以"压制会消除,人性必然归来"的信念互勉。实际上,《文艺新潮》的追求是什么呢?要对抗的是什么呢?多年后马朗在不同场合发表了他的回忆。他在1983年的《〈文艺新潮〉杂志的回顾》说:

> 《文艺新潮》创刊前后,大陆正进行翻天覆地的大变动,现代文学的发展已被连根拔起;而台湾方面,一切都在草创,还未成为什么气候。[1]

马朗及其同道觉得"处身悲剧阶段",面对"黑暗时代",因此他们需要一份"有中心思想的刊物,破除蒙蔽的屏障,重新观察里外的世界"。马朗更具体地指出《文艺新潮》的两个使命:推动"现代主义"和要求"自由民主"。我们必须注意,马朗将大陆、台湾和香港并置,在他描述的时间段落,似乎只有香港这个空间,才能发挥作用。虽然这是事后的追忆,我们似乎不应过分引申;但有趣的是,马朗在2003年的追忆,又让我们闯进"新"的"过去"。原来马朗在四十年代就与吴祖光、张爱玲、纪弦(路易士)、邵洵美……往来;这个记忆敞开来的大陆、香港和台湾,原就是一个可以点联线串的平面世界。[2] 依照这种看法,《文艺新潮》要推动的"现代主义",本来就是紧扣政治,并非仅止于文学的表现方法。正如他在八十年代的一次访谈

---

[1] 马博良:《〈文艺新潮〉杂志的回顾》,页25。
[2] 见杜家祈、马朗:《为什么是现代主义?——杜家祈、马朗对谈》,《香港文学》第224期(2003年8月),页21—31。

中说：

> 鼓吹现代主义并不仅只是追随时尚，当然还是由于我们对现代主义艺术的爱好。最主要的是，那是我们打开世界之窗所看到（的）现象，在这个时期以前，受到政治势力影响，我们视听都被蒙蔽多时。……当时，我认为，通过现代主义才可以破旧立新。[1]

后来马朗更清楚地说：

> 我到了香港，和一些周围的朋友感到迷失、空洞、惶惑……我感觉到比以前更想要重新观察外面的世界，要随自己的意思唱唱歌，讲一些故事，做做梦，也要自由地推开窗去听遥远的歌、遥远的故事。当我们拉开幕，打开窗，看到外面的世界的时候，现代主义就是我们看见的美丽的风景、梦想和希望。……我本对国家民族是强烈的，《文艺新潮》以及后来做的好多事，关于文学上的事，来在香港做的，都是因为这个理念。[2]

马朗等人认为"现代主义"可以更有效地观察这个世界，这种观察带来的结果将会是"民主自由"的认识和拥戴。这种文化与政治关系的想象，以文艺力量建构一个"理想中国"的神话想象，却在国人

---

[1] 张默：《风雨前夕访马朗——从〈文艺新潮〉谈起》，《文讯》第20期（1985年10月），页84。
[2] 见杜家祈、马朗：《为什么是现代主义？——杜家祈、马朗对谈》，页24。

几乎全无政治作用力的香港出现，不能不说虚幻，也不能不说悲壮，与西方"现代主义"吹着号角昂扬踏步的姿态迥异。[1]当然这个悲壮的虚幻，其实背后也有马朗个人经验的写实成分。

相对来说，同在1956年出现的台湾第一个现代主义宣言，表现形式就有相当大的差异。这篇由纪弦——即马朗四十年代在上海认识的路易士——主催的《现代派的信条》，并没有香港的宣言的哀怨，显得比较理性：

第一条：我们是有所扬弃并发扬光大地包容了自波特莱尔以降一切新兴诗派之精神与要素的现代派之一群。

第二条：我们认为新诗乃是横的移植，而非纵的继承。这是一个总的看法，一个基本的出发点，无论是理论的建立或创作的实践。

第三条：诗的新大陆之探险，诗的处女地之开拓。新的内容之表现，新的形式之创造，新的工具之发见，新的手法之发明。

第四条：知性之强调。

第五条：追求诗的纯粹性。

这的确是"强调知性"的宣言；对现代诗发展，有清楚的取向；即使最震撼的"横的移植"说，也没有诉诸情绪语言。从政治、商业和文学的关系来看纪弦主持《现代诗》和马朗办《文艺新潮》的不同境

---

[1] 当然西方"现代主义"的美学与政治也有盘缠交结的复杂关系，从各种"宣言"中也不乏映照；参考 Lyon, *Manifestoes*, pp. 92-167; Puchner, *Poetry of the Revolution*。

遇，就很可以比较。我们知道，《文艺新潮》之得以出版，主要是因为当时出版流行书刊的"环球书报社"老板罗斌同意在经济和物质上作出支持；马朗就是以这些"商业余资"进入文学。文学当然是马朗献身的祭坛，不过，他的终极境地却是政治世界；他之选择"现代主义"的进路，是希望透过这个途径去纾解政治的灾厄。另一方面，纪弦则从政治上谋得文化资本，进入文学以后其重点却在美学的追求。两者以不同的文学态度，因应不同的社会政治局势，都开创了活动的空间，留下相应的文学业绩。

三 "为政治"与"为文学"的文化政治

《文艺新潮》的"宣言"虽然不算高亢响亮，然而其感染力却也不容忽视。例如同是1949年前后从内地南来香港的杨际光（笔名"贝娜苔"），就是因为在报摊上翻到这篇《人类灵魂的工程师，到我们的旗下来！》而受感召，加盟《文艺新潮》，在香港这个小岛上寻找他的"纯境"。甚至背景不同，在香港成长，读英文书院的"番书仔"昆南，也兴冲冲地奔到旗下；他忆说自己看了《文艺新潮》的发刊词而生感动，把艾略特的《空洞的人》译出投稿，认识了马朗，由此开始了他在《文艺新潮》的协作阶段。[1]

在1959年马朗离港，《文艺新潮》不再出版之后，这一阕载梦的悲歌，又由昆南续唱。他在1958年12月已和王无邪、叶维廉组成了

---

[1] 见杨际光：《李维陵描绘的香港面貌》，《香港文学》第162期（1998年6月），页16—18；杨际光：《香港忆旧——灵魂的工程师》，《香港文学》第167期（1998年11月），页50；昆南：《文之不可绝于天地之间者——我的回顾》，《中国学生周报》第679期（1985年7月23日）。

"现代文学美术协会",1959年1月1日草拟《现代文学美术协会宣言》(以下简称《宣言》)。这篇《宣言》的正文没有标点,只以空格来断句,所以特别易于触人心目;内容首先说明当前时代的艰难、民族的流离、文化的肢解;因着时势的迫切,"现代文学美术协会"作出自我期许:

> 希望是我国文化再造运动的旗帜　号召所有文学美术工作者组成钢铁的行列　希望是一股新思潮　奔向广阔的世界
> 　　让所有人　有共同善良的愿望的年青人紧密地站在一起　站在一起肩负一个伟大而庄严的使命[1]

接着昆南又谱写一支"中华民族儿女高歌前进"的《序曲》,以下才是分段的解释说明"我们年青的一群"如何在意义迷失的香港,因应"中华民族的精魂"的呼唤而"自觉""自救"。而探寻"新乐土"的具体行动,就是从事"文学与美术"的工作。至于"文学与美术"是否以"现代主义"的精神促进这个新思潮,并没有明确的交代;但从《宣言》与《人类灵魂的工程师,到我们的旗下来!》在精神上的延续,我们大抵可以看到其相承的血脉。《宣言》与《文艺新潮》发刊词的相异之处,主要在于前者哀歌气氛的消减,以及于政治的关怀有更清晰的表现。《宣言》高悬起"中国"的意象,并以这个"中国"意象来解释香港的现况,显示出对香港的社会生活方式、香港的文坛风气,有强烈不满的情绪——看来,昆南所挂系心间的,是那吊诡的"香港的中国"多于"中国的香港"。《宣言》乃有谋求以"新一代"年轻人的集体力量,

---

[1] 载昆南:《打开文论的视窗》(香港:文星图书公司,2003),页161。

从文化的角度去改变"中国/香港"的现状。这大概是《宣言》中所揭橥的"运动"意识：他与同道要推行一个"文化再造运动"。[1]我们先不问其成败，就以《宣言》表现出来的那种青春的躁动和所散发出的能量而论，"新潮社"的"宣言"就有所不及。

至于台湾方面，夏济安在1956年9月《文学杂志》创刊号发表的《致读者》，也是一篇与"现代主义"相关而可以参照讨论的"宣言"。《文学杂志》是当时台湾"自由主义"与"现代主义"结盟的一个文学阵地，对官方严加操控文艺的政策有所回避甚至排斥。[2]这篇"宣言"表现出来的，是一种非常"防卫性"的态度，文中出现最多的字眼是——"不"：

> 不想在文坛上标新立异……，不想逃避现实……，不想提倡"为艺术而艺术"……，反对舞文弄墨……，反对颠倒黑白……，反对指鹿为马……，不相信单凭天才，就可以写作……。[3]

这套"防卫式"的语言，是以柔性的态度，表面顺应了一些官方

---

[1] 昆南在1960年于《新思潮》发表的另一篇文章，又提到"一个文化再造运动将必完成"，文章的题目是：《文学自觉运动》。由此可见昆南意识中的"文化运动"与"文学运动"分别不大；见昆南《打开文论的视窗》，页43。

[2] 陈芳明指出"台湾的现代主义运动是在五十年代与自由主义的结盟下展开的"，而《文学杂志》正是这个结盟的重要基地；见陈芳明《台湾现代文学与五十年代自由主义的关系——以〈文学杂志〉为中心》。有关《文学杂志》与"现代主义"的关系，又可参考吕正惠：《文学"小杂志"与六十年代台湾文学》，载吕正惠《战后台湾文学经验》（台北：新地文学，1995），页43—45。

[3] 夏济安：《致读者》，《文学杂志》第1卷第1期（1956年9月），页70。

抒情与地方

政策，但又委婉地抗拒了官方要求的"宣传文学"，其最重要的目的是："想在弥漫着'反共'和'战斗'气氛的政治文学中为文学保留一块'纯正'的园地。……从政治的手中找回文学的自主性，从而让文学走上一条比较健康的道路。"[1]

台湾《文学杂志》的"宣言"，与香港的《宣言》，同样关乎"文学的政治"；前者是"为文学"而政治，后者却是"为政治"而文学。从"文学"的立场来看，当然以《文学杂志》的作为比较容易赢得嘉许，但当我们考虑到具体的文化政治环境，看到香港"现代文学美术协会"的年轻人，穷极思考文学、文化与国族认同的问题，也应当予以尊敬。事实上二者都曾经为时代供上重要的贡献。

《文学杂志》的态度，明显世故而稳重，这大概与主事人夏济安、吴鲁芹等的大学老师身份有关。至于当地年轻人的冲劲，却可觅诸另一篇台湾的"现代主义宣言"——由夏济安的学生刘绍铭执笔，刊载于1960年3月《现代文学》的发刊词。与同是年轻人书写的《宣言》不同，《现代文学》中人焦躁灼热之心情，不是源自政治社会的冲击，反而"文学"才是思虑的焦点：

> 我们在这几年来一直受着对文学热爱的煎磨和驱促。……我们有感于旧有的艺术形式和风格不足以表现我们作为现代人的艺术情感。所以，我们决定试验，摸索和创造新的艺术形式和风格。我们可能失败，但那不要紧，因为继我们而来的文艺工作者可能会因为我们失败的教训而成功。

---

[1] 吕正惠：《文学"小杂志"与六十年代台湾文学》，页44。

这里见到的，又是一种烈士情怀，然而烈士之身心投入的不是匡世救民的政治，而是"文学试验"。当然篇中也不乏政治语言，集中出现在"宣言"的结尾部分：

> 对于国家，我们有传统中国知识分子的热爱，甚至过而远之。我们有生而为中国人的光荣骄傲，但我们的骄傲中有着沉痛的自责。让我们——中国的知识分子——鞭策自己吧！[1]

这个结尾的话语与全篇格局非常的不搭配，但正因其语言忽有此种"反常"表现，其背后的政治含义就更极丰富了。据陈芳明的分析，当时《现代文学》主事人如白先勇等的内心困境，实在与"白色恐怖"相关。[2] 无论如何，在今天的不少评论者眼中，《现代文学》的成功就是其文学的贡献，尤其于小说创作上可说揭开了"现代主义"文学的新一页。[3] 它的"宣言"与往后的业绩，是谐协呼应的。

反观香港，1963年出现的《梦与证物》可能也开展了香港"现代主义"文学的新阶段，可是这篇"宣言"所揭示的文学氛围却大不同。四年前《宣言》中所洋溢的青春动感，经岁月风霜的淘洗，只化作唏嘘感喟。1963年《好望角》从创刊号开始，一至三号的首页版头以反白体印上了《宣言》主要段落的文字，上面再拼贴覆盖了散乱不齐的几个字

---

[1] 刘绍铭：《发刊词》，《现代文学》第1期（1960年3月），页2。

[2] 陈芳明：《台湾现代文学与五十年代自由主义的关系——以〈文学杂志〉为中心》，页187；又参考白先勇：《现代文学的回顾与前瞻》，见《蓦然回首》（台北：尔雅出版社，1970），页79—101。

[3] 参考 Yvonne Chang, *Modernism and the Nativist Resistance: Contemporary Chinese Fiction from Taiwan* (Durham: Duke UP 1993), p. 4；吕正惠：《文学"小杂志"与六十年代台湾文学》，页45—46。

抒情与地方

样："文""学""美""术""现""代""中""国""诗"。好像说：《宣言》的精神尚在，只是面目有点模糊，内心非常凌乱。于此时，与梦相连的是"偌大的代价"，是"苦痛与工作"；梦中闪烁的是"一点火花在无限的黑暗中"。然而，昆南等人还是绕道于"好望角"，继续追寻遥远的梦；因为此刻此时，他们还能够在梦中的旅程享受到那"疲乏的喜悦"。

四　汗青上的梦影

昆南在《好望角》的《代创刊词》继续说"梦"。出版了十期以后，《好望角》需要改版；在此前夕，昆南以"本社"名义，发表《小小总结与重新出发》一文，再续"梦话"：

> 在过去九期内一些朋友也曾有过抱怨、怀疑，甚至信心动摇；但当我们坚定决意地去选择时，会否自甘逃避退缩？会否投身商业群众潮流？会否自愿典当了自己和自己的"梦"？

这些徘徊挣扎，或者是昆南等人异日改变航道的预示；但在《好望角》时期，他们还是在痛苦中坚定自己：

> "梦"不算是什么；但只有不断去干，才能不断有把梦成为"实在"的可能性。我们的"梦"，从自力而非外力中，会一步一步的实现出来的。[1]

---

[1] 昆南：《小小总结与重新出发》，《好望角》第10号（1963年7月），页1。

《好望角》第十一号正式改版，昆南又以"本社"的名义自相勉励：

> 我们不问暴风暴雨，不问野兽野禽，不问狂风狂蝶，只问个别的坚忍与劲力。唯如此，一种接力赛式的文学运动才能推展与生长。"五四"的巨厦已饱受"战火"摧残，灵魂工程师工作的季节应该开始了。[1]

"灵魂工程师"的意象犹在"梦"中，可知昆南及其同道要接的棒，就是前驱如马朗交来的"现代主义文学运动"的棒。

可是这段"梦"之旅确实艰辛，在稍休喘息的时刻，不期然就会反省这个"梦"的价值——所为何来？于是会想到"梦"的凭证，思量"梦的证物"：

> 我们确切认识到多年来当代文学各主要问题已在各报章副刊及杂志上热烈讨论过，而绘画中的"抽象"渐被认识，大会堂美术馆第一批购入的永久藏画，大部均是本港新锐现代画家的作品。凡此种种，皆是"文学艺术植物"能够继续生长的"证物"。……《好望角》也是过程中"证物"之一部分。[2]

第十号《小小总结与重新出发》说：

> 当我们拿出十期"证物"出来时，不知经历了多少艰苦与愉

---

1 昆南：《春秋之颜面》，《好望角》第11号（1963年10月），页1。
2 昆南：《梦与证物——代创刊词》，《好望角》创刊号（1963年3月），页1。

抒情与地方

悦；不知多少石块朝我们头上掷来，不知多少尖器怪叫在耳边鼓噪和虚张；我们都一一忍受着。[1]

从一方面看，昆南关切"梦"后所遗下的痕迹，表示他早已意识到：梦的虚幻之必然、梦的破灭之有时；"证物"无非是事过境迁之后聊以凭吊咏怀的根据。但另一方面，清点证物的行动，又显示出一种历史的意识。可见昆南和《好望角》的同人，已意识到这个香港"现代主义"的运动必会进入历史书写的视野。"本社"在《好望角》十一号改版的"宣言"，题目就是《春秋之颜面》，昆南说：

> 每一年代，春秋有其不朽之颜面。唯有工作，才使我们不朽，才使我们之颜面显示于春秋之颜面中。[2]

"春秋"既是光阴推移，也是历史载记。《文艺新潮》、"现代文学美术协会"、《好望角》等相关的文学活动，已成陈迹；我们从其中留下如歌似梦的"宣言"声中，或许可以重认其"颜面"，提醒后来的香港文学史书写者，在汗青上刻上"不朽"二字。

五　期待批评家之出现

香港五十年代的现代主义文学运动以马朗创办《文艺新潮》最见成绩，可说是当时华文地区的文学先锋。然而《文艺新潮》也有不足

---

[1] 昆南：《小小总结与重新出发》，页1。
[2] 昆南：《春秋之颜面》，页1。

之处，就是缺少理论和批评的文章。昆南在1960年的《文学的自觉运动》一文中说：

> 《文艺新潮》亦有不尽善之处；太侧重翻译介绍，创作方面，限于诗歌、小说，缺乏理论文章，关于有建设性地批评香港文坛的文字，从创刊至停刊，一直没有出现过。因此，它仅能做到"铺路"的工作，未能担当起文化再造运动的使命。我们不能苛求，这是个必经的"过渡阶段"，这就是历史。[1]

他在同年又有文章题作《期待大批评家之出现》，响应当时刊于《大学生活》的一篇同名文章，应是有感而发。[2] 昆南的文友卢因在八十年代追忆《文艺新潮》时也说：

> 遗憾的是，《文艺新潮》向香港文学引进的现代主义，缺乏理论支持。[3]

甚至马朗对这方面的匮乏，也不讳言。他回想当日：

> （《文艺新潮》）最缺乏的还是批判性的作家专论和建设性的

---

[1] 昆南：《打开文论的视窗》，页40。
[2] 昆南：《期待大批评家之出现》，《香港时报·浅水湾》1960年3月15日。
[3] 卢昭灵（卢因）：《五十年代的现代主义运动——〈文艺新潮〉的意义和价值》，《香港文学》第49期（1989年8月），页12。

技巧研究,如果那时有了李英豪,应该可以不同凡响。[1]

换言之,香港的"现代主义文艺运动"可说到了"期待批评家来临"的一个历史时刻,马朗提到的李英豪,正是以其理论和批评应运而生。1963年3月1日《好望角》创刊号就刊载了李英豪的"宣言"——《论现代文学批评》。[2]

李英豪(1941—)与昆南一样,都是香港成长的"番书仔"。他在皇仁书院完成英文中学课程,然后进入罗富国师范学院,毕业后在元朗的乡村小学任教;1963年说服昆南重组"现代文学美术协会",由他担当第二任会长,秘书是昆南[3]。这一年他才22岁。他又与昆南共同创办《好望角》文艺半月刊(共出13期),二人轮任执行编辑。他也是当时香港的"国际绘画沙龙"主席。作为文学和艺术的批评家,他的活跃时期是六十年代,评论除了见诸《好望角》之外,也常出现在《中国学生周报》、《香港时报》副刊"浅水湾"、《海光文艺》等。从1963年6月《创世纪》第18期开始,李英豪为这本台湾现代诗刊供稿;1965年9月李英豪更成为《创世纪》编委。[4]事实上,李英豪之加入《创世纪》,几乎与《好望角》创刊同步。《好望角》创刊号上就有《创世

---

[1] 马博良:《〈文艺新潮〉杂志的回顾》,页25。马朗又对台湾诗人张默说:"创办《好望角》的李英豪,虽然不写诗,但对现代主义的鼓吹以至香港现代诗的发展,贡献极大。"见张默:《风雨前夕访马朗——从〈文艺新潮〉谈起》,《文讯》第20期(1985年10月),页85。

[2] 李英豪:《论现代文学批评》,《好望角》第1期(1963年3月),页3;这篇文章又题作《略论现代批评》,收入李英豪《批评的视觉》(台北:文星书店,1966),页3—9。下文续有讨论。

[3] 第一任会长是王无邪,秘书也是昆南。

[4] 参张默:《〈创世纪〉大事记——1954—1970》,《现代文学》第46期(1972年3月),页128、130。

纪》第18期的广告，上面的"要目"开列李英豪的文章《论里尔克与尼采》和他的翻译《圣约翰·濮斯长诗〈年代纪〉》。除此以外，他还为台湾的《文星》《诗·散文·木刻》等刊物撰稿。七十年代以后，李英豪的写作路向有很大的转变，改为致力于舞台剧、电视剧、广播剧的编写，后来更多写花鸟虫鱼，及古董表、古玉等专栏小品和札记，少有写文学评论的文章；用他自己的话是："正式和六十年代的李英豪告别"。[1]

在《好望角》发表《论现代文学批评》之前，李英豪早已开始了他的评论写作。早期他先在《中国学生周报》试笔。[2] 1962年李英豪开始在刘以鬯主编的《浅水湾》撰写介绍外国文学和艺术的文章；同时继续向《中国学生周报》供稿。这时他的评论文章已渐渐成熟。这也是他重组"现代文学美术协会"，创办《好望角》的基础。《好望角》合共出版了13期，每一期都有他评论和翻译文学艺术的文章。他的批评论述，尤其诗论相关的主要文章，大都收入《批评的视觉》一书，另外几篇重要的小说评论，则载入张默和管管主编的《从流动出发——

---

[1] 参李英豪：《喝着旧日——怀六十年代》，《香港文学》第8期（1985年8月），页90—92；张焕聘：《李英豪"空掉杯子"以后》，《博益月刊》第10期（1988年6月），页40—41。

[2]《中国学生周报》第276期（1957年11月）有"助学金征文"栏，上面刊登了16岁就读中学三年级的李英豪的文章《怎样读报》。以后他的文章陆续在《中国学生周报》上发表；例如1958年的《中国学生周报》第304期，17岁的李英豪发表了《不朽的红楼梦》一文，同类的评论文章还有《漫谈〈第一片落叶〉》《我看〈樱子姑娘〉》《纪伯伦及其〈先知〉》《曼殊与〈断鸿零雁记〉》《读〈朱自清诗话〉》等。这些文章还是充满稚气，是典型的中学生阅读报告。

抒情与地方

现代小说批评》之中。[1]

李英豪的评论文章，在当时的香港，固然引来注目，但其影响力在台湾更意外地广泛。台湾不少学者在检讨台湾"现代主义"诗史发展时，都毫不犹疑地，或者说毫不警觉地，把李英豪的诗论纳入讨论范围。[2]《批评的视觉》一书1966年在台湾出版，1969年获得台湾《笠》诗社的评论奖。[3]其中《论现代诗之张力》一篇，更是台湾现代诗史上的重要文献；在《创世纪》第21期刊登以后，最少曾经入选洛夫、张默、痖弦编《中国现代诗论选》(1969)，张汉良、萧萧主编《现代诗导读》(1979)，痖弦、简政珍编《创世纪四十年评论选1954—1994》(1994)等不同年代的选本之内。

换言之，这位香港"本地"诗论家"已经进入"台湾的文学史。这个现象或者有助说明当时港台两地文学和文化如何周转流通，以至华文文学活动中的文化政治，值得另文深入探讨。于此，我们先集中于李英豪如何引进与西方现代主义文学相关的"新批评"诗论，以《批评

---

[1] 张默、管管主编：《从流动出发——现代小说批评》(台中：普天出版社，1971)。李英豪还编有《沙特戏剧选》，由台湾北投的开拓出版社于1965年8月出版，收李英豪译《没有影子的人》，戴钦之、沈树萱译《无路可通》，尚木译《苍蝇》三剧。

[2] 参萧萧：《〈创世纪〉风格与理论之演变——"新民族诗型"与"大中国诗观"之检讨》，《创世纪》第100期(1994年9月)，页44；游唤：《〈创世纪〉与传统》，《创世纪》第100期(1994年9月)，页67；简政珍：《创作性的理论——代序》，痖弦、简政珍编《创世纪四十年评论选1954—1994》(台北：创世纪诗杂志社，1994)，页5—6；林耀德：《环绕现代台湾诗史的若干意见》，彰化师范大学国文学系主编《现代诗学研讨会论文集》(台中：彰化师范大学国文学系，1993)，页4；孟樊：《导论》，见孟樊编《当代台湾文学评论大系·新诗批评卷》(台北：正中书局，1993)，页21—50。

[3] 参张默：《李英豪的〈批评的视觉〉》，《文讯月刊》第17期(1985年4月)，页157；以及《台湾现代诗编目》(台北：尔雅出版社，1992)，页195。

的视觉》为主要的根据,有需要再旁及他别的文章。

六 批评的视觉

　　李英豪在《批评的视觉》正文第一篇,收录了他在《好望角》创刊号的文章,改题《略论现代批评》。这篇文章可说宣示了他的批评立场,说明他要以批评家的身份介入"现代文学运动"。李英豪声明自己的评论是属于"现代批评",是"二十世纪的批评";他以"现代"的指向,解释他对"陈旧"的文艺法规的扬弃:

　　　　今日时迁境异,风云流荡,文学家早回向对内在真实之捕捉,非止于自然主义科学手法之外在描绘。田纳西的戏剧,是否必得遵从亚里士多德之"三一律"?乔哀思或卡夫卡的小说,是否仍得从情节、纠葛、人物刻画等等的一套入手?痖弦或商禽的诗,是否须根据钟嵘《诗品》的原出于某人某体,定为上中下三品,而以形貌为准则,加以置评?或如刘勰之先标六观而重体性,振叶寻根,观澜溯源?赵无极或新派画家的作品,是否要以谢赫的气韵生动,骨法用笔,应物象形,随类赋彩,经营位置,传移模写的六法所指限不可?……。[1]

　　李英豪在此把亚里士多德之"三一律"、钟嵘、刘勰、谢赫"六法"、塞尚"六原色光谱画法"……都归并成不应"墨守"的"绳规",以一往无前的勇气,扫荡清剿;语言本来很粗疏,却能耀人心目。

---

[1] 李英豪:《批评的视觉》,页5—6。

抒情与地方

李英豪文中属于对立面的批评系统和方法，还包括："历史批评方法""以科学方法的架构来'量化'文学作品""学院式迂腐批评家""以教化之论为准则"等，看来都是英美"新批评"要否定的对象。事实上，他正面提到的人物包括：A. 泰特（Allen Tate）、C. 布鲁克斯（Cleanth Brooks）、韦勒克（René Wellek）、赫伯特·里德（Herbert Read）、E. 法兰克（笔者按：疑是"Spatial Form in Modern Literature"的作者 Joseph Frank）、J.C. 兰瑟姆（J.C. Ransom）等；[1] 看来其参照的批评体系，是以美国南部学院以及耶鲁大学的批评家为主的一脉"新批评"；在文中李英豪称之为"新派批评"。[2]

这样大规模地罗列举荐美国"新批评"，并认真地实践应用的中

---

[1] 这些批评家中，只有赫伯特·里德算是英国的批评家，后来更专注于美术理论和批评。至于"E. 法兰克"如果是 Joseph Frank，则也不能简单贴上"美国新批评"的标签，他是俄罗斯文学专家，研究重点是陀思妥耶夫斯基；不过他在1945年的著名论文"Spatial Form in Modern Literature"，发表于"美国新批评"的重要刊物 Sewanee Review，当时的主编正是泰特（Allen Tate）。

[2] 李英豪在1963年发表《论现代文学批评》时，似乎还没有视"新批评"为专名的意识，只是将相关的批评家看作一个新兴的群体。到了1964年7月24日，李英豪以笔名"余横山"在《中国学生周报》发表的《刘西渭和"五四"以来的文艺批评》一文，才正式标出"新批评"，以概括 J.C. Ransom, A. Tate, Y. Winters, Empson, L. Trilling 等人。1965年7月完成的《批评的视觉·自序》，亦以泰特、兰瑟姆等为"新批评家"。

文评论,在李英豪以前可谓少见。[1]香港出版物中最早见到多位"新批评家"汇聚的,是林以亮(宋淇)编选,1961年出版的《美国文学批评选》。所选十四篇批评论文中,夏济安译艾略特《传统与个人的才具》固然是"新批评"的重要先导文献,其他如夏志清译布鲁克斯《诗里面的矛盾语法》(Cleanth Brooks, "The Language of Paradox")、余光中译泰特《诗的三型》(Allen Tate, "The Three Types of Poetry")、张爱玲译罗伯特·佩·华伦《海明威论》(Robert Penn Warren, "Hemingway")、陈文涌译韦勒克与华伦《文学理论·批评·文学史》(René Wellek and Austin Warren, "Literary Theory, Criticism, and History")、唐文冰(宋淇)译韦勒克与华伦《文学与传记》(Wellek and Warren, "Literature and Biography")等,都可以归入"新批评"的范围。[2]然而,编选者林以亮

---

[1] T.S. Eliot、I.A. Richards 等 "新批评" 前驱的个别论说被介绍到汉语世界固然肇始于二十世纪二十年代,但当时根本没有 "新批评" 学派的集体概念。甚至在西方,这个学派之命名被公众体认,是在1941年 J. C. Ransom 的 *The New Criticism* 一书出版之后。在内地,袁可嘉曾在四十年代撰有题作《新批评》的书稿,但要到1988年才正式出版,改题《论新诗现代化》;内容是现代诗的学理讨论,而非 "新批评" 的引介,其中征引最多的是 I.A. Richards 的理论。袁氏正面论述 "新批评" 的文章,最早是1962年发表的《新批评派述评》;依作者后来的忆述,这是在 "革命大批判" 旗号下写的批判文章之一;在同样背景底下,他还主编了一部 "内部发行" 的《现代美英资产阶级文学理论文选》,其中 "新批评" 也包括在内;参考袁可嘉:《袁可嘉自传》及《袁可嘉著译目录》,见《半个世纪的脚印——袁可嘉诗文选》(北京:人民文学出版社,1994),页 575—578、603—606。

[2] Wellek 在讨论 "新批评" 时,声明自己虽然同情其观点,但雅不愿被视作 "新批评" 学派中人;见 René Wellek, *A History of Modern Criticism 1750-1950*, Vol. VI (New Haven: Yale UP, 1986), p.158。不过其他论者大多把他归入 "新批评" 体系,《美国文学批评选》(香港:今日世界出版社,1961)所选两篇均出自他和 Austin Warren 合著的 *Theory of Literature*,一般人都以为是 "新批评" 的重要理论著述。

抒情与地方

在序文中，却完全没有提过以上各人凡六篇（占入选文章几乎一半）属于同一派系；文中只有在介绍布鲁克斯时，与庞德作比照，说两人分别是"新派"和"旧派"的代表，前者的特色是：

> 比较激烈，主张批评上的"绝对论"；他们认为批评是绝对的标准的，这标准就存在于作品本身之内，所以他们主张进一步的精读和分析作品本身，并且否认研究作家的传记、时代背景等对文学批评有任何关系，所以"新派"的文学批评又称"分析的文学批评"。[1]

这个含含糊糊的说明，也接近一般人对"新批评"的概括；但明显地，林以亮说时没有想到本书其他入选的人物和篇章。据林以亮序文交代，这本书所选各文的基本名单是根据在美国的夏志清之建议而定；令人诧异的是，在"新批评"大本营耶鲁大学曾受业于布鲁克斯的夏志清，既没有提醒林以亮美国文学有"新批评"一派，而他自己翻译布鲁克斯之文的前言，也没有点明作者与"新批评"的关系。想来夏、林二人也没有意识到要整体地介绍这个美国自二十世纪三四十年代以来已相当兴盛的批评学派。[2]

香港出版物中以批评学派的概念介绍"新批评"的，最早应该是

---

[1]《美国文学批评选》，页4。
[2]《美国文学批评选》收有吴鲁芹译《新批评》一文，但这篇文章却与"新批评"学派无关，据Wellek说，如果J. C. Ransom闻知有Spingarn这篇"The New Criticism"的演讲，他一定不会把自己的著述题作 The New Criticism（1941）；见Wellek, A History of Modern Criticism, Vol. VI, p. 63。又有关Spingarn与"新批评"中人论述的异同，可参Marshall Van Deusen, J.E. Spingarn（New York: Twayne Publication, Inc., 1971）, pp. 151-152。

1961年刊载于《大学生活》的一篇译文《当代文学批评的倾向》；译者是当时身在台湾的刘述先。文中介绍了"印象主义的批评""新人文主义""心理派的批评""社会派与马克斯派的批评"，以及"新派的批评"五种"倾向"；对于"新批评"的描述大体可靠，但并没有如李英豪一样的推许之意。[1]六十年代香港评论界另一位正面讨论"新批评"的是王敬羲，他在1967年《中国学生周报》第757期发表一篇题为《新批评》的短文，简述瑞恰慈、布鲁克斯、华伦等"新批评家对文学教授的挑战"，但这已是李英豪《略论现代批评》出现后四年了。

李英豪在文章中虽然罗列这许多的"新批评"中人，但我们也要留意他是否只是随意点名，要看他是否对新批评的论点有具体的掌握。上面提到他反对"历史批评方法"，其根据就是泰特和布鲁克斯的主张；他又进一步讨论到"现代批评，尤其是新派批评"的原动力：一为批评家的涉猎渐渐广博及于其他各类知识，二为批评家试图将文学作为美的实质去研究，而较重技巧、语言、符号甚至文体的分析。李英豪对"新派批评"最准确的判断是：

> 新派批评潜藏许多相克相生的矛盾性，其部分伟大的成就，正正引发自这些"矛盾性"所造成的"多面性"。[2]

---

[1] 这篇译文的原作者为Donald W. Heiney，但出处却没有交代。笔者估计此文选译自1955年出版的 *Essentials of Contemporary Literature*（Great Neck, N.Y.: Barron's Educational Series, 1955）。值得注意的是此文虽有讲及Allen Tate，但没有提到李英豪非常重视的"张力"说。见刘述先：《当代文学批评的倾向》（上），《大学生活》第7卷第14期（1961年12月），页13—19；《当代文学批评的倾向》（下），《大学生活》第7卷第15期（1961年12月），页19—23、26。

[2] 李英豪：《批评的视觉》，页7。

"模棱""矛盾""多面性"的性质元素，可说是"现代主义"与"新批评"最核心的交集。[1]李英豪把握到这一点，正能帮助他在"现代主义运动"中开展"批评"的作用。所以这篇文章一再强调"文学批评并无固定不移之规律"，"现代批评注重分析与启发"，这样才能理解"作品的本质"——"作品基本上乃从最原始的人类想象力与经验感受而成形的；这亦暗示了其含蕴现代世界的繁复性和动力"。[2]在处理"现代主义"的文学和美术时，李英豪必须面对"原始主义"（primitivism）与"现代性"（modernity）的微妙关系；"新批评"的"两种抗力"说，正好提供他所需要的辩证式解释。李英豪认为"批评"是动态的、指向创造的，必须尊重作品自身之标准。这些主张使得他的评论看来严谨但却开放，很能配合一直试验、追求打破常规的现代主义创作方式。他在另一篇文章《论诗人与现代社会》就强调这个"生生不停""新新不息"的态势与诗作及诗评活动的关系：

> 诗及其他文学作品，固非教化，但无不生生不息，赓续启悟人类自己更无知的和更自蔽的部分。如何以深远之识见，洞悉诗之全体，判别与诗有关的知识底不同模式，剖析其界限与语字等等，当属一种知性冷静的判断；而且具有社会性的作

---

[1] 参 Richard J. Calhoun, "A Study of the New Criticism," *The South Carolina Review* 37.1 (Fall 2004): 23; Chris Baldick, *Criticism and Literary Theory 1890 to the Present* (London: Longman, 1996), pp. 80-83; A. Walton Litz, Louis Menand, and Lawrence Rainey, ed., *The Cambridge History of Literary Criticism* Vol. 7 *Modernism and the New Criticism* (Cambridge: Cambridge UP 2000), pp. 13-14; Karen O'Kane, "Before the New Criticism: Modernism and the Nashville Group," *The Mississippi Quarterly* 51.4 (Fall 1998): 683-697。

[2] 李英豪：《批评的视觉》，页8。

用。这工作就要落在批评家的身上了。

诗人对语言的创造,诗评人对语言的剖析,必须生生不停,新新不息。……我们实在缺乏了重个人启发和有精关深见之"居间人"。[1]

在《论洛夫〈石室的死亡〉》一文,李英豪又说:

诗评人虽非一定是诗人,但诗评人必得有诗人的灵视,甚至要更为锐利,始能更纯粹更深入去检视、去获见。诗人需要创造的直觉;诗评人却需要批评的视觉。[2]

"居间人"的定位,既谦卑而又勇于承担;"知性冷静的判断"和"锐利的视觉"则是批评家值得崇敬的一面,李英豪为"批评"划定这样的位置,难怪赢得大量创作者的尊重。

七 批评的"张力"

李英豪在《创世纪》发表的第二篇论文《剖论中国现代诗的几个问题》[3],也是一篇能够体现他的视野,而又有影响的重要文章。论文首先指出中国是一个"诗"的民族,自有"奇偶相生,物我合一"的融蕴诗观。中国现代诗不是欧美的投影或者代理支店,因此要检讨的是

---

[1] 李英豪:《批评的视觉》,页31、41。
[2] 同上书,页147。
[3] 又收入洛夫、张默、痖弦编《中国现代诗论选》(高雄:大业书店,1969),页158—165;李英豪:《批评的视觉》,页43—58。

"现代诗内在本身诸面",而不是外在因素。他认为现代诗在陷于低潮,蒙受双重病害:一为"情绪至上论",一为"浅薄的知性主义"。他认为目下诗人太过执迷于一面,失了东方精神那种特有的"融蕴性"和"一性"。他举出严羽《沧浪诗话》所讲的"诗有别材,非关书也;诗有别趣,非关理也",以为这是强调"情"的一面,但严羽又说"然非多读书、多穷理,则不能极其至",补充了"知性"的讲求。可见要统合诸义,才能见"诗的整体"。

李英豪继而指出:诗之成"形"必自然浑结生命的感知;诗会将"现实升变为个人内在生命"。他提醒诗人要重新重视"真实经验"。他又从"整一"(整体)的观念去理解"传统"的意义,以为传统"是一条活流",同时包含了"连续不断的现在"。他又看到当时"不少有才具的诗人都曾试或企图去创作长诗",认为诗人要明白诗的"规模"不在于外在的量的"广""健",而在于表现整个内在生命的"深""浑";这个"健""浑"之分,其实是化用严羽的见解。[1]李英豪又指出"凡诗人皆在追寻语言和内感的绝对准确性,而超越约定俗成的惯性的表现制限","艰涩"对他来说,不是一种"否定性的质素",问题存于读者身上,而不在诗人。

这篇论文从不同的面向,分析现代诗创作所可能遭逢的和所需要思考的问题,讨论的语言策略也相当聪明,在现代语言之上酿嵌了传统文化的元素,以"奇偶相生,物我合一""诗有别裁、别趣"等话语,引导读者自行构筑一个"现代"+"中国"的语境;对当时文坛中人

---

[1] 严羽《答出继叔临安吴景仙书》说:"(吾叔)又谓:'盛唐之诗,雄深雅健'。仆谓此四字,但可评文,于诗字则用'健'字不得。不若《诗辨》'雄浑悲壮'之语。"见郭绍虞:《沧浪诗话校释》(北京:人民文学出版社,1983),页252。

确能激起共鸣感应。

事实上，在中国面具的背后，主要的声音还是来自西洋。只要看过新批评家泰特的《三种诗歌》(即《诗的三型》，1934)，我们就知道李英豪笔下的《沧浪诗话》只是魔术师的道具。泰特在文中交代的第一种诗歌，就是十七世纪的主智诗风；第二种是十九世纪的感伤主义浪漫派诗歌。这才是李英豪心中"浅薄的知性主义"和"情绪至上论"的原型。至于他标举的"东方精神那种特有的'融蕴性'和'一性'"，就是泰特讲的第三种诗歌的特质，其代表诗人是"西方的"莎士比亚。[1]李英豪在文中讨论语言的"传达"(communication)和"感通"(communion)的分别时[2]，以姜白石"以心会心"之说为后者作证，其实"感通"也是泰特的概念，只是其背后的基督教精神，已被李英豪清洗干净了。[3]细审之，泰特也有不少观念由艾略特的论述发展而来，尤其感性与知性联合的观点，推而广之也就是李英豪最常用的"融和"或者"齐一"的"整体"的理念。[4]我们发现在李英豪的诗论当中，罗列的欧美论说虽然不胜枚举，但作为最中心的支柱者，还是艾略特与泰特的意见。

比方说，李英豪最驰名的文章是《论现代诗之张力》。"张力"这个"新批评"术语源出泰特，在今天已是普通常识；但在1964年前后

---

1 参Allen Tate, *Essays of Four Decades* (Wilmington, DE: ISI Books, 1999), pp. 173-196; Allen Tate, *Ferman Bishop* (New Haven, Conn.:College & University, 1967), pp. 124-129。

2 李英豪又曾在《论诗人与现代社会——兼谈文学的交感与传达》《论洛夫〈石室的死亡〉》等文讨论二者的分野，见《批评的视觉》，页27—41、159。

3 参Allen Tate, *Essays of Four Decades*, pp. 3-16; Steven Faulkner, "Two Mid-Century Critics," *Modern Age* 45.1 (2003): 85-91。

4 参René Wellek, *A History of Modern Criticism 1750–1950*, Vol. VI, pp. 174-187。

抒情与地方

的香港和台湾，"张力"还是一个新鲜的概念。李英豪把这个概念引进，使得这个术语成为现代文学批评最常见的术语之一，贡献自是不小；[1]至于其引进的方式，也颇有可述之处。

泰特《诗中的张力》("Tension in Poetry"，1938） 一文架设论点的方式与《三种诗歌》类似。他先举出一种倚赖"感伤性质"（sentimentality）鼓动读者本已潜藏之情绪的诗歌，认为这种诗经不起分析，因为其中语言的外延义（denotation/extension）往往不受尊重；泰特以为这是十九世纪诗人的通病，他们以为准确的语言是科学家专用，诗人自甘退居感情的世界。另一种是逻辑秩序非常清晰的玄学诗（metaphysical poetry），这种诗如果写得不好，忘却语言原来的丰富内涵（connotation/intension），就可能与读者的已有经验相违背，造成荒谬的效果。因此，泰特认为理想诗歌是：外延义与内涵义走得最远，而又不相妨碍、可以相辅相成。依此而达致的诗歌意义，他就称作"tension"，即是去掉了"*ex*-tension"和"*in*-tension"的前缀。用泰特自己的话是：

> What I am saying, of course, is that the meaning of poetry is its 'tension,' the full organized body of all the extension and intension that we can find in it.[2]

按照泰特的解释，虽说"外延"与"内涵"之间应有互动的作用，

---

[1] 参林耀德：《环绕现代台湾诗史的若干意见》，载彰化师范大学国文学系主编《现代诗学研讨会论文集》，页4。

[2] Allen Tate, *Essays of Four Decades*, p. 64.

但整体而言重点应在"配合""相生",而不在"拉扯""争持",更不在"力量"的高低大小。只要参看泰特的《三种诗歌》和《文学作为知识》("Literature as Knowledge",1941)等篇,我们就可知道他的理论重点是:文学(诗歌)的经验,就是一种知识;这种知识比科学能提供的更全面,因为它是"整体"的,包融了"知性"和"感性"的认识;而提出"tension"的意义,在于揭示人类"表达的复杂性"(the complexity of human expression)与人类"经验的复杂性"(the complexity of human experience)的关联。这是我们上文所说,泰特从艾略特诗学发展出来的一贯主张。[1]

问题是"tension"又是一个物理学的术语;泰特为他的概念命名时,施用了一点文人的小聪慧(或者幽默),以旧词表新义,造成的效果就是"原来"的"新义"轻易被"旧义"侵夺,以致互相扭曲。[2] 李英豪在引介这个概念时,就充分利用这个语义的空间。

李英豪《论现代诗之张力》一文开宗明义说,"什么叫做诗的'张力'呢?我想最好用新派批评家阿伦·泰特的话来解释",接着他就翻译泰特的"原文":

……诗的意义,全在于诗张力;诗的张力,就是我们在诗

---

1 Allen Tate, *Essays of Four Decades*, pp. 173-196, 72-105; Allen Tate, *Ferman Bishop*, pp. 129-131; Wellek, *A History of Modern Criticism 1750-1950*, Vol. VI, pp. 175-178; "A Study of the New Criticism," *Calhoun*: 18-19.

2 在 Allen Tate 以后,其他与新批评相关的论者,由 Philip Wheelwright 到 Murray Krieger,就开始照"tension"的字面意义自由发挥,于是开展了一页一页多样化的"张力"诗学史;参 Fabian Gudas, "Tension," in Alex Preminger and T.V.F. Brogan ed., *The New Princeton Encyclopedia of Poetry and Poetics* (New York: MJF Books, 1993), pp. 1269-1270。

抒情与地方

中所能找到一切外延力和内涵力的完整有机体。[1]

单以这小小片段的译文，我们已可以见到其中的篡夺的成分。首先，"organized body"当然与"有机体"（organism）不同；更巧妙的，就是李英豪为"外延"和"内涵"都加上个"力"字，去坐实"张力"的物理学的喻意，虽则他说他的用法"并不包括什么科学上或逻辑上的释义"。再参看他评论他眼中最能掌握"张力"的洛夫，其重点是指出洛夫诗的"原始之存在"：

充满雷般彻空的音响和劲度十足的动作。因此富于动感、动向和动力，以飞跃的意象作流荡的闪露和放射。[2]

他依着这个旨向游走于各种欧美现代主义的理论间，整合收编；例如把庞德（Ezra Pound）一个字形相似的术语"intensity"借来"加力"。再一个有趣的例子是约瑟夫·法兰克（Joseph Frank）的征用。李英豪说法兰克"也曾申论诗的张力和结构"，接着他又翻译"原文"，开首一句的译文是：

任何一组语字原义的指涉（reference），都是存诸诗的本身之内；在现代诗中，语言着实是反射性的；以多元的语言空间，

---

[1] 李英豪：《批评的视觉》，页118。
[2] 同上书，页155。

和同时存在的张力,组成诗的意义关系……[1]

法兰克这篇论文的重点是:现代诗的语言因为倾向自我指涉,各个字词的意义组合关系至关重要,而字词的合成关系只能在同一时间(即共处于一个空间)之内,才能见得清楚。如果字词在时间流程中个别出现,反而没法完整显现其意义;那么读者必须等待字词结构成形后,以之为一个整体(unity)作体会了解。法兰克因此认为"空间逻辑"(space-logic)是现代诗之美学形式的基础。到了李英豪手上,"多元"二字被偷偷安插进来,相信是为了加强其间的杂乱气氛;"同时存在的张力"一语,也是李英豪添加的。其实法兰克全篇只有一处讨论杜娜·巴恩斯(Djuna Barnes)小说《夜森林》(*Nightwood*)的人物情绪时用到"张力"一语,与李英豪所引录的诗歌语言组合之讨论并无关联。[2] 李英豪的作法使得法兰克本来相当静态的语言美学变成充满"力学"意味的论述了。[3]

---

[1] 李英豪:《批评的视觉》,页121。李英豪没有交代原文的题目和出处,但法兰克的《现代文学的空间形式》("Spatial Form in Modern Literature")是著名论文,比起六十年代的读者,今天我们要翻查原文并不困难:"Since the primary reference of any word-group is to something inside the poem itself, language in modern poetry is really reflexive: the meaning-relationship is completed only by the simultaneous perception in space of word-groups which, when read consecutively in time, have no comprehensible relation to each other." Joseph Frank, "Spatial Form in Modern Literature," *The Sewanee Review*, 53 (1945): 229;全文又收入 Robert Wooster Stallman ed., *Critiques and Essays in Criticism 1920-1948* (New York: Ronald Press, 1949), pp. 315-328。

[2] Jopseph Frank, "Spatial Form in Modern Literature," p. 453.

[3] 李英豪在下文讨论"自由诗"时,干脆以这个自制的话语塞到法兰克口中,说自由诗所欠缺的正是"法兰克所谓同时存在的整个张力";见《批评的视觉》,页129。

抒情与地方

泰特讲"tension"时，虽然也提到它是一种"活动"（action），但这不过是一种喻词，其根本还是语言与其使用者（作者及读者）之间契合会通的作用。[1]但李英豪的"张力"的活动空间却大得多，除了存在于语言（"音义的复沓、语法相克的变化"）以外，还可以出现在语言之前（"在一首诗未曾产生之前……，在诗人心中，散布着许多模模糊糊的观念；它们仅是影子。……它们互相杀戮，互相抗拒，互相交合；在潜意识的底层中，渐次加强自身的张力"）；可以是"组织上"的，又可以是"感情上"的；李英豪的罗列还包括："无数布列的主体和整首诗之间；意象或象征的潜在面之间；示现与显现之间；诗中事件的连锁与省略之间；完美的形式与内容组合之间；内联想与流动之间……"经他这样的引申发挥，"张力"的意义几乎可以涵括所有诗歌的指义空间和活动层面。

"现代诗"最易为人诟病的是其"晦涩"，李英豪除了以意义的"丰繁"来作安抚式的解释以外，更在理论上虚设了无处不在的"张力"来引发阅读的预警心理；在以后的阅读过程中，读者即使多番碰上障碍阻隔，也会有耐性作出各种层次的拆解和组合。读者求索之"用力""吃力"，被理论上设定的作品的特质——诗的"张力"——隐性收编；本来属于阅读环节的各种知性和感性的活动，都已被归并统摄，全数投射到"作品"（文本）的世界里去。

以诗歌本身，尤其是当中的语言成分，作为文学经验的中心，本来就是从艾略特到美国新批评的文学论述特色。李英豪的发挥可说

---

[1] 泰特的原文是："Good poetry is a unity of all the meanings from the farthest extremes of intension and extension. Yet our recognition of the action of this unified meaning is the gift of experience, of culture, of, if you will, our humanism." *Essays of Four Decades*, p. 63.

有过之而无不及。[1]这种论述的偏向,特别有利于支援当时现代主义诗歌在创制过程的大胆实验,也有助于疏导解读者面对文本成为实验场时所生的种种心理压力。再加上李英豪在文章内大量举列了香港和台湾的现代诗人如：叶维廉、管管、商禽、郑愁予、洛夫、瘂弦、方莘、罗门、昆南、张默、大荒、叶珊、林亨泰、马觉、纪弦、周梦蝶等人的作品,由是更易触动人心。正如上文所说,李英豪的"张力"说,已不能说是泰特术语的引介,但此个人"改编本"(adaptation),仍能风行一时,成为往后二三十年的港台的重要批评话语。[2]

八 "去政治"的批评

李英豪的"张力"论把文学活动相关的各种力量都导引到文本世界之内,可说象征了他整套诗论的论述方向。我们留意到,李英豪诗论对文本以外的世界,着墨特少。他对作为文学脉络的"现代社会"的描述,大概是这样的：

> 这是一个喑哑而痴聋的时代,……过去文化的崩溃瓦解,使旧有的价值标准荡然无存,战争及机械文明,使现代人心灵

---

1 《缪斯的跫音》说："诗的灵魂是什么？……是它的语言。诗的创造就是语言的创造。"见《批评的视觉》,页98。
2 李英豪这篇《论现代诗之张力》在三十年后瘂弦和简政珍主编的诗论选集《创世纪四十年评论选1954—1994》中仍然被选录；简政珍写在卷前的《创作性的理论——代序》,还说李英豪此文"颇具说服力",又为"张力"下定义说："所谓张力正如泰德(Allen Tate)所说的是诗的外延力和内聚力的紧张饱满状态。"(页5)这里的用字虽然有所变化,但也不难见到其说接近李英豪多于泰特的原义；由此可以进一步说明李英豪此文的影响力。

抒情与地方

陷于分裂和悲惨的境况。

现代的社会是机械与工商业的畸生胎儿。

自从科学和工业革命后,诗被"贬黜"……。诗的感性被科学物质世界谋杀了;……工业至上论的抬头,促使一切作机械和物质上的分化,更使生命变成实用的"活动";人只是一架毫不重要的机器![1]

这种"反现代性"(anti-modernity)的社会政治批评其实和西方不少"现代主义"的论调雷同。[2]但当类似的修辞隔世渡洋,漂移到二十世纪六十年代的香港的《批评的视觉》时候,其感觉却极为虚泛模糊。即使讲到具体的社会文化脉络时,李英豪还是一以贯之的派生修辞,一贯的含混模糊:

大战后的西方文化,固呈支离破碎;在中国,更经历了惨痛的年代。以香港的知识分子,尤其是诗的创作者言,于工商业及一种非人的机械狂流席卷之顷,更令人不寒而栗。香港的社会是一个木虱充塞的社会;香港人的思想是木虱的思想。[3]

上文提到,由1956年《文艺新潮》开展出来的香港现代主义文艺

---

[1] 分见《论文学与传统》《论诗人与现代社会》《孤峰顶上》,载李英豪《批评的视觉》,页11、33、64—66。

[2] 参Matei Calinescu, *Five Faces of Modernity* (Durham: Duke UP, 1987); Steve Giles, ed., *Theorizing Modernism: Essays in Critical Theory* (London: Routledge, 1993); Peter Childs, *Modernism* (London: Routledge, 2000)。

[3] 《论诗人与现代社会》,见《批评的视觉》,页35。

运动,与当世政治本来就密切相关;无论从马朗的诗、从昆南的诗和小说,我们都清楚见到赤裸裸的政治起着支配的作用,激发深巨的心灵反应。"现代主义"是马朗、昆南他们以为可以解决"政治困扰"的良方——虽然这药方似乎从未奏效。耐人寻味的是,从批评家李英豪对他们作品的精微解读中,我们看到那种可以预期的、"现代主义"面对"现代性"的反应;例如读马朗的《相见日》,李英豪说:

> 马朗呈现的是战末的情绪和感受。诗人是流浪在"第三个岛屿"(现代的优力息斯,现代的奥德赛)的"焚琴的浪子"。
>
> 这种哀怨伤逝之情,……显示诗人在这片时空中,被放逐了。马朗的"孤绝",实是战争的孤绝,文化失谐的孤绝。……诗人以自觉的孤绝无望,显示了文明世界的危机;那提升人重新精神的信心;在废墟中重建自己的城![1]

昆南写"殖民之尘埃""超蚕孔棠叶/如此去 贴缝中华"的《大哉骅骝也》,李英豪的解读是:

> 所谓"耕非吾土之土",正说出"独曲全,独往来,独独"的诗人孤绝的痛苦心境。他正视被殖民社会放逐了的精神的自我,坚寻自己的内在生命,在孤绝中践行自己的意志。现代的工商业文明,成了一种负荷,成了一种对个人形上世界最大的威胁。[2]

---

1 《孤峰顶上》,见《批评的视觉》,页67。
2 《小如世界·大如孤寂》,见《批评的视觉》,页73。

抒情与地方

再具体不过的政治——逃避政治斗争、殖民统治、感时忧国——都被普遍性的"文明世界的危机""工商业文明成了负荷"替换了;诗的主体,都被接引到个人孤寂的心灵里去。李英豪另有一篇没收入《批评的视觉》的文章《诗与政治》,更是他在这个课题的最清晰的论述。这篇1966年发表的文章的主旨是说明:

> 诗不应是政治性的,因为它不是一种"手段";但诗人不应逃避表现它的元素。[1]

篇中要阐释的诗例是今天已成名篇的昆南的作品《旗向》。李英豪以为诗中的句子,如"之故/起来(不愿做奴隶的人们)/噫 花天兮花天兮",或者"敬启者 公子梦梦中国否/君之肌黄乎 眼瞳黑乎",没有"政治性":

> 诗人是忠实地呈现自己的处境。……目的是呈现诗人内心对这困惑所感的荒谬动向,和抵死地向这处境狠狠刺一下。……不论从目标上看,这首诗绝不是具有任何政治性色彩的,而且连"主题"也不是。[2]

于此,我们见到李英豪如何着意地洗刷,把一首政治意味如此浓厚的诗说成是"为诗而诗,并不涉及诗以外的目标与手段"的"纯诗";这当然是李英豪的苦心,他就是立意维护文学的"独立"

---

[1] 李英豪:《诗与政治》,《大学生活》第1卷第3期(1966年3月),页15。
[2] 同上。

(autonomy)地位，以"非政治"(apolitical)的态度来为文学规划周界。这也是"新批评"在考察诗歌时所奉行的诗学宗旨。然而我们都知道，这种"去政治""非政治"的姿态，本来就是一种清晰的"政治"立场，都是对特定时势的社会文化的"政治"反应。事实上，无论"新批评"前驱的艾略特，或者美国"新批评家"，都不是避世的艺术家或者不问尘俗事的隐士，他们的政治意见既强烈而清晰。[1]

就在李英豪这篇力图"去政治"的文章，我们也可以看到许多语言背后的"政治"。文中李英豪调用了两批现代西方诗学的资源：一边是他肯定的萨特(Jean-Paul Sartre)、史班德(Stephen Spender)、帕斯捷尔纳克(Boris Pasternak)、叶夫土山高(Evgenii Evtushenko)等，另一边是他抨击的"政治诗人"如加斯纳(Robert Gessner)、赖特(Richard Wright)、卡拿(Joseph Kalar)、希尔士(Alfred Hayes)等。进一步考

---

[1] 学者对艾略特、庞德、美国新批评家等的政治立场，由六十年代至今，已有大量批判或者同情的研究，比较重要的有：Alexander Karanikas, *Tillers of a Myth: Southern Agrarians As Social and Literary Critics* (Madison: U of Wisconsin P, 1966); Richard Ohman, *English in America* (Chicago: Chicago UP, 1976); Gerald Graff, *Literature Against Itself* (Chicago: Chicago UP, 1979); Mark Jancovich, *The Cultural Politics of the New Criticism* (Cambridge: Cambridge UP, 1993); Anthony Julius, *T. S. Eliot, Anti-Semitism, and Literary Form* (Cambridge: Cambridge UP, 1995); Kenneth Asher, *T. S. Eliot and Ideology* (Cambridge: Cambridge UP, 1995); Paul Morrison, *The Poetics of Fascism: Ezra Pound, T. S. Eliot* (Oxford: Oxford UP, 1996); Joseph Harrington, *Poetry and the Public: The Social Form of Modern U.S. Poetics* (Middletown, Conn.: Wesleyan UP, 2002)。

抒情与地方

察这两份名单，除了萨特的情况比较复杂之外[1]，我们大抵可以见到李英豪的取舍基本上与冷战时期美国的主流论述相同。帕斯捷尔纳克和叶夫土山高是"自由世界"所期待的、身在苏联的异议分子；二人本来自有其文学上的贡献，但在西方的隆盛声价，却与政治的考虑不无关系。加斯纳、赖特、卡拿、希尔士等则是美国的左翼诗人，因为思想问题，在当时受尽种种不公平的打压。[2]至于香港现代主义运动中人经常征引的史班德，在二战前曾是共产党员，后来宣布对共产主义信仰幻灭，继而成为冷战期间"自由世界"的文学战士。[3]他在1953到1967年担任美国中央情报局出资的杂志《笔汇》(*Encounter*)的文学编辑，并四处发表"自由与艺术家""艺术与极权的威胁"等为题的演讲，主要的邀约经费也来自中情局支持的"文化自由联盟"(Congress

---

[1] 萨特"介入的文学"(littérature engagé)的观念，正是认为作家应以其文学介入政治、投入社会；参Jean-Paul Sartre, "What is Literature?" trans. Bernard Frechtman (1947; New York: Philosophical Library Sartre, 1949)。但李英豪却把重点调动，说成"对人生真实的存在，非但充满追寻的热情，且进一步从自由的创造行动去表现"；终点站设在"文学"。他在《论洛夫〈石室的死亡〉》就因为洛夫"无一不写""涉及人生诸面"，就称之为"介入境遇的文学"；见《批评的视觉》，页157。

[2] 有关美国二战前左翼诗人学于文化政治的意义，以及如何在当时受到不公平地压抑和扭曲的情况，可参Cary Nelson, *Repression and Recovery: Modern American Poetry and the Politics of Cultural Memory, 1910–1945* (Madison, WI: U of Wisconsin P, 1989); Robert Shulman, *The Power of Political Art: The 1930s Literary Left Reconsidered* (Chapel Hill: U of North Carolina P, 2000); Alan Wald, *Exiles from a Future Time: The Forging of the Mid-Twentieth-Century Literary Left* (Chapel Hill, NC: U of North Carolina P, 2002); Paul Lauter, "Searching for Lefty," *American Literary History* 17.2 (2005): 360-368。

[3] 例如马朗回忆当年，就说过自己如何受现代派诗人史班德影响，包括他编的杂志《笔汇》和对马朗很重要的"The God That Failed"。见杜家祁、马朗：《为什么是现代主义？——杜家祁、马朗对谈》，页23—24；又参下注。

for Cultural Freedom）或者英国文化协会（British Council）。到今天他的声誉已经大不如前，甚至有人以为他是"谄媚者"（"toady"）多于一位值得尊重的诗人。[1]由此观之，李英豪"非政治"文学的主张，所仰仗的理论资源，其实并没有真的摆脱西方政治活动的影响。[2]

我们在此指出李英豪的论说甚至由马朗以还的香港现代主义论述背后隐存了"冷战"的思维，目的不在彰显"美援文化"的强大影响，也无意嘲弄这几位香港文学的先导者如何堕入意识形态的网罗而不自知。[3]我们想探讨的是，他们如何在极艰难的环境中走他们的文学道路，他们的文学创作和论述，在重重牵扯的场域中寄寓了哪种模样的文化情怀。

---

[1] 参Stephen Metcalf, "Stephen Spender, Toady: Was There Any Substance to His Politics and Art?" http://slate.msn.com/id/2113164/, accessed 24 November 2005。有关史班德的文学事业和生平的研究，最新的著作有John Sutherland, *Stephen Spender: A Literary Life*（Oxford: Oxford UP, 2004）。又有关冷战期间美国中央情报局如何进行文化战争的情况，可参Frances Stonor Saunders, *The Cultural Cold War: The CIA and the World of Arts and Letters*（New York: The New Press, 2000）; Giles Scott-Smith, *The Politics of Apolitical Culture: The Congress for Cultural Freedom, the CIA and Post-war American Hegemony*（London: Routledge, 2002）。

[2] 有关"非政治"美学与"冷战"政治关系密切的一个最有代表性的案例是"抽象表现主义"在美国的推广，参Eva Cockcroft, *Abstract Expressionism: Weapon of the Cold War, Art Forum* 12.10（1974）: 43-54; Serge Guilbaut, "How New York Stole the Idea of Modern Art: Abstract Expressionism, Freedom and the Cold War," Saunders, *The Cultural Cold War*（New York: Scribner's, 1992）, pp. 257-278。

[3] 二十世纪五六十年代香港有不少文人都卷进所谓"美援文化"的潮流中，马朗等人虽然都先后投稿到美元支持的《中国学生周报》《大学生活》等刊物，但关系不算密切。有关"冷战"与香港文学的关系，可参郑树森：《东西冷战、左右对垒、香港文学》，载冯品佳主编《通识人文十一讲》（台北：麦田出版社，2004），页165—172。

抒情与地方

九 "传统论"与国族想象

回看李英豪的《诗与政治》和《批评的视觉》的论述,其主要的思辨方向是:诗人无论碰到任何艰难的时势(比方说:"非人的机械狂流""文化失谐""殖民统治"等),最根本的应对之方还是求诸"个人"的内心。而"内心"透过与"诗"的交合,自有"创造"的能力,以诗呈现内心,又反过来增强个人的自觉和追寻的能力:

> 诗有时之所以呈现政治上的元素和境况、或个人对于这些元素和境况的感受,也可以是说一面在肯定创造的价值,一面抗拒加诸创造上的限制和由这限制境况所产生的困惑。诗人的职责也只在呈现,而非在于解决。我们经由这呈现而增强个人更大的自觉。[1]

李英豪声明其目的"非在解决",但实际上,这种具备开发创造能力的"心学"正是马朗、昆南等人试图纾脱其牢牢的政治心结的方法。以昆南在1959年1月1日写成的《现代文学美术协会宣言》为例,很明显,这一群现代主义运动的旗手追求的就不仅是文学(和美术)的发展。《宣言》清晰地表明他们"年青的一群"如何在意义迷失的受殖民统治的香港,因应"中华民族的精魂"的呼唤而"自觉""自救"。他们要过问的是"中华民族"的将来、"中国文化"的新生。[2]

要进一步理解个中种种幽微,我们可以细看李英豪《批评的视

---

[1] 李英豪:《诗与政治》,页15。
[2] 昆南:《现代文学美术协会宣言》,见《打开文论的视窗》,页161。

觉》中的《论文学与传统》一文。这里的"传统观"基本上就是艾略特名文《传统与个人的才具》(1919)的演绎。[1]艾略特传统论最重要的一点是把"前卫主义"(avant-gardism)与传统的断裂关系调整为连续关系,但仍然能吸纳"新创"——现代主义的重要原则。[2]艾略特认为"传统"是一活的"理想的秩序"(an ideal order),现今的诗人与整个欧洲以至诗人祖国的文学共同组成这个"同时并存的秩序"。新作要以这个超越个人的"秩序"的标准衡度,但现存的"秩序"也会因着新作的加入而重新调整为一个新的"秩序"。[3]李英豪基本上把这个"同时并存的""理想的"秩序接收过来,虽然他还是念念不忘艺术的"自由"和"反叛"。[4]最值得注意的是,李英豪强调:

> 今日的文化已呈解体,而在某种程度上,失去了对过去及其价值的关连;因此引致一项重要的问题,就是对一新传统的寻求。……以现代的意识,重新发掘传统有价值的一面,而活用这价值于现代,或启示文学真的发展。换言之,乃将解体的意识,再度组合(非还原)成新的秩序。[5]

---

[1] 然而李英豪在本篇似乎有意不提及艾略特的文题;在正式引用时,只标上艾略特文章后来结集的书名《圣林》(*The Sacred Wood: Essays on Poetry and Criticism*, 1920)。

[2] 参Jane Goldman, *Modernism, 1910-1948: Image to Apocalypse* (Houndmills: Palgrave Macmillan, 2004), pp. 85-86。

[3] T. S. Eliot, *Selected Prose*, ed. John Hayward(London: Penguin, 1953), pp. 23-24. 近时学者对艾略特的"传统"有许多的批评,在此不暇细论。部分的评论可参本文注所列专著。

[4] 李英豪:《批评的视觉》,页20—22。

[5] 同上书,页25。

抒情与地方

这样的发挥，已经超出艾略特的论述范围；因为艾略特此文主要是讲个别诗人如何置身那"理想的秩序"的问题，"新秩序"之形成，是自然而然的、整个体系的调整，而不是个体有意的改组建构。相反，李英豪主张的正是个体主动"再度组合"已解体的"意识"，以形成"新的秩序"。

显然，李英豪的思考别有其文化政治的脉络。他所说的"今日"失去与"过去"的关联，其实隐喻了与"中国"的分隔。由于1949年以后中国政权转换，意识形态有急剧的变化；对于大陆境外的华人（包括大批离开故土南迁的知识分子）来说，社会、文化的时空关联，顿然断裂。这种失落的空虚，有待填补。一个建筑于共享意识中的文学艺术以至文化的超越结构，正是可以抚慰人心的替代品。李英豪文章结尾提到的"中国文艺复兴"之说，在五六十年代风行于香港和台湾。事实上，其用意也同于马朗《人类灵魂的工程师，到我们的旗下来！》和昆南倡议的"文化再造运动"的诉求。在远离广袤的故土、亿万的同胞以后，整体性的文化艺术传统，就成为国族想象的寄寓所。李英豪借用改造艾略特的"传统论"，更有助这种和"记忆""想象"缠斗的运动。[1]

李英豪在文中几番强调："我们深信传统必有其未被发现或注意的丰饶一面"，"从整体中，我们可以基根于现代意识及观点，而发现其新的价值和秩序"。[2] 南下文人如马朗等，固然心存恐惧，害怕自己的"历史记忆"日渐流失；在香港成长的一代如昆南、李英豪，也担

---

[1] 有关"记忆""历史"与"现代主义"的纠结关系，Nicholas Andrew Miller 有很精微的思辨，见 Nicholas Andrew Miller, *Modernism, Ireland and the Erotics of Memory*（Cambridge: Cambridge UP, 2002）。这里参考了他的理论解说。

[2] 李英豪：《批评的视觉》，页16—17。

心一直支撑其国族认同的母体文化异化变种。于是，即使他们一直以创新为念，但也不能、不敢离弃"传统"，尤其是"传统"可以是艾略特定义的、可以经常新变的"理想的秩序"，更有赓续创发的空间。于是从《文艺新潮》开始，我们就见到这种与"记忆"协商的"重构文学史"活动。

晚近学界在回顾《文艺新潮》的历史位置时，焦点往往放在这份刊物对西方现代主义思潮和文艺作品的介绍和传播，这当然是马朗及其同侪的一大贡献；然而《文艺新潮》还有一项业绩值得我们注意。该刊第1卷第3期（1956年5月）设有《三十年来中国最佳短篇小说选》专辑，收入沈从文、端木蕻良、师陀、郑文、张天翼五篇小说。若以篇幅及所选作品分量而言，这个专辑并不算特别丰富；但从其用意和选择的作家名单来看，其间的意义就不容忽视。[1] 马朗在《选辑的话》感慨"中国新文学书籍湮没的程度实在超乎意料，令人吃惊"，他并举出当时已寻找不着，而只存于记忆中的作品，如新感觉派奇才穆时英、擅写心理的施蛰存、"中国纪德"爵青，以至萧红、罗烽、万迪鹤、荒煤、路翎、丰村等。[2] 这份名单只是举隅性质，并不全面；但将之与当时流通的内地出版的"新文学史""现代文学史"对照，一方面我们就会明白马朗的惊惧和担忧，不是没有理由的；另一方面，也

---

[1] 我们可以举出六十年代面世的夏志清的《中国现代小说史》作为参照。夏著最为人传诵的，或者说，他自己最重视的，是重新发掘了张爱玲、钱锺书、沈从文、端木蕻良、师陀和张天翼等人在现代中国小说史上的地位；参季进：《对优美作品的发现与批评，永远是我首要的工作——夏志清先生访谈录》，《当代作家与评论》第4期（2005年），页30。马朗这个1956年的专辑，篇幅如此有限，但名单居然有超过一半的雷同，这又是值得我们审视细察的地方。

[2] 马朗：《选辑的话》，《文艺新潮》第1卷第3期（1956年5月），页69。

会见到马朗心中的现代文学传统的"理想秩序",是如何鲜活可贵了。

这样的记忆重构活动,后来有一次更大规模的表现;1964年7月24日出版的《中国学生周报》第627期,刊载了《"五四"·抗战中国文艺的新检阅》专辑,分别有论述文章八篇和"佳作一览"三篇,介绍"从'五四'到抗战"间的小说、散文、诗歌、戏剧、翻译等的"重要"作品。其中照顾面最广的文章,就是李英豪的《从"五四"到现在》。他又以笔名"余横山",再写了《刘西渭和"五四"以来的文艺批评》一文,可说是这个专辑的中坚人物。他在《从"五四"到现在》一文中说:

> 我们只以为,"五四"及抗战时,中国只有写实小说,或自然主义作品,却漠视了如以新感觉手法表现的穆时英,捕捉内在朦胧感觉的穆木天,打破沿袭语言的骆宾基,追寻纯美的何其芳,写《水仙辞》的梁宗岱和运用小说"对位法"的爵青。

文中主要论述新诗和小说,分别正反面评析"五四"以来的作家,其中受到推许的诗人有"真正运用口语成功而铿锵有力"的艾青、田间,写"天狗"和"凤凰"而"有豪气"的郭沫若,以《渡河》作"一连串新体的试验,很讲音尺和旋律"的陆志韦,"注重想象,重视感觉,借联想、暗喻和表现手法来表现情调,可以意会,不可以言传;且在诗体上融浑一体"的卞之琳,"'主知'的、'静观'的和富'诗想'的"冯至,"将时空主体化超浑化,一气呵成;讲苍郁,如龙潜山岳;讲气势,如长风出谷"的孙毓棠,"幽寂和无限相融,使人驰向伟大东方"的马君玠,分别"富心象动向""富心象内容""富心象的色彩感"的穆木天、王独清和冯乃超,"诗风哀婉动人,音节轻清铿锵"的戴望舒，从"五四"至五十年代的第一"纯诗诗人"王辛笛；小说家除了上引文激赏的穆时英、无名氏、骆宾基、爵青、端木蕻良、李劼人之外，还特别褒扬写《无名氏》《落日光》的师陀，写《彷徨中的冷静》的陈铨，写《围城》的钱锺书，写《死人之叹息》和《迷宫》的滕固，写《怂恿》的彭家煌，写《华威先生》《背脊与奶子》的张天翼，写《劈刺》的万迪鹤，写《将军底头》的施蛰存，写《大姊》的郑定文。文中又乘间介绍了李广田、朱自清、施蛰存等的诗论；最后更附带提及徐懋庸、钟敬文、谢六逸、冯三昧、梁遇春、储安平和王了一的小品文，唐弢、秦似和聂绀弩的杂文，何其芳和陆蠡的散文等。李英豪的心意是：

> 我们虽不敢在此妄言作什么"新发现"，也得为这些默默追寻个人建立的早一代作家作一点儿见证；且肯定的说：在中国新文学的发展史中，他们应该占着重要的一席位。我们不能让名声去掩盖了真正的才华！[1]

种种"招魂"的举措，其实源自一种危机的意识。正如《"五四"·抗战中国文艺的新检阅》专辑的编者在《写在专辑面前》说：

> 他们，还有其他许多的他们，都是在"五四"到抗战期间跃出而现今已少为人知（甚至无名）的英雄。他们的声名给"正统作家"们盖过了，他们的作品被战乱的烽火烧毁了。但是，他们的功绩是不可磨灭的。

---

[1] 李英豪：《从"五四"到现在》，《中国学生周报》第627期（1964年7月24日）。

抒情与地方

"逝者如斯"的忧虑,与《文艺新潮》中马朗所担心的一样。于是,赶在一切化作云烟以前,抓紧"记忆";编者恳切地说:

> 只希望能够提醒今日的读者们,不要忘记从"五四"到抗战到现在这一份血缘![1]

"血缘"二字,当然是"国族"的喻辞。亦因为这一喻辞的强大召唤能力,于是漂泊南来的文人与受殖民统治的无根孽子,可以分享如真似幻的"记忆"。类似的"记忆"采撷活动,还陆续出现。[2]

在二十世纪五六十年代的香港,"理想秩序"的形成与艾略特所构想的并不相同。这里,一个不太理想的"秩序"由具备强大书写力量,但意识形态迥异的"现实中国"提供。在异族统治的香港,却留有一个诡异的空间,让乱杂无章的"记忆"浮现,不断冲击"现实的秩序"。虽然这许多的"记忆"提供者,可能只是出于"崇古主义"(antiquarianism)而不一定是"现代主义"的支持者,也不一定有国族想象相伴其中。但这个足供提、存"记忆"的空间,正好让带着"主流"以外记忆的马朗(又或者比较专注小说的刘以鬯)在此地开发"现代主

---

1 编者:《写在专辑面前》,《中国学生周报》第627期(1964年7月24日)。
2 例如《特辑》刊出不久,以"书话"享誉的黄俊东就写了一篇《"'五四'·抗战中国文艺专辑"读后随笔》,作出拾遗补阙,后来还发表了题目充满喻意的《云封雾锁的三四十年代文学》;分见《中国学生周报》第630期(1964年8月14日)和《中国学生周报》第992期(1971年7月23日)。类似的关怀又见陈宁实的《闲读再记》,《中国学生周报》第617期(1964年5月15日)。刘以鬯在1963年出版的小说《酒徒》中也借小说人物的嘴巴,供应了许多他私有的"前卫"作家和作品的记忆;见刘以鬯《酒徒》(北京:解放军文艺出版社,2000)。

义"的省察和表现方式，促成一波"香港现代主义"的运动。又由于各人与"记忆"协商的过程中，往往掀动"国族认同"的想象，尤其当现实政治使得记忆世界与实存世界几乎完全割断，"国族政治"就只能以想象的形式寄寓内心。于是，专求开发内心世界的"现代主义"，在这个特定的时空中，反而载满了政治的激情。李英豪是这个运动中最小心防卫"政治侵夺"的理论家，但当他参与"记忆考古"活动时，他也不能回避"国族"想象的召唤，《从"五四"到现在》文中他也放声说：

> 我们必得肩负数千年来沉重的中国文化，高瞻远瞩的看看世界，默默的在个人追寻中求建立，自觉觉他。[1]

十　余话："情迷中国"的香港现代主义

本文以"情迷中国"为题，其实是夏志清先生讨论现代文学时提出的重要观念"Obsession with China"的借用。夏志清《中国现代小说史》英文原著1971年第二版《附录一》收入"Obsession with China: The Moral Burden of Modern Chinese Literature"一文，这个论述观念随着夏著及其中译本的通行而广为人知。[2] 其实原文早在1967年面世，中译也先见于1970年的《纯文学》月刊，由丁福祥与潘铭燊合译，题作《现代中国文学感时忧国的精神》，再收录于香港友联出版社的《中国

---

[1] 李英豪：《从"五四"到现在》，《中国学生周报》第627期（1964年7月24日）。
[2] C. T. Hsia, *A History of Modern Chinese Fiction*, 2nd edition (New Haven: Yale UP, 1971), pp. 533-544; 夏志清著，刘绍铭等译：《中国现代小说史》（香港：友联出版社，1970），页457—477。

现代小说史》中文版。[1]本篇译笔非常流畅典雅，令人完全不觉得是外文的中译。然而，正为其译笔太迁就中文的文章体貌与思想习套，于是失真的地方也不少。就以"感时忧国"一语而言，雅矣驯矣，奈何与原意颇有距离。"Obsession"原意指陷溺其中，不能自拔；夏志清再以副题补充，点明现代中国作家之"道德包袱/重担"，以指陈现代文学之问题与缺失；而中文"感时忧国"却只有正面褒扬的意义。原文多次使用"obsession"，以及"obsessive""obsessed"等词，在中译本中变成"感怀""关心""无时或忘"等，看来都像是"爱国精神"的颂扬。我们在此尝试以"情迷中国"作为"Obsession with China"之中译，并回到夏志清的原文以理解这个论述观念。"情迷中国"一语的性质本在描叙一种文学史现象，这现象是夏志清阅读现代中国文学之发现；但经过说解引申后，这个术语在文中转化出一种诠释的力量，在说明文学作品的内容之余，借之更可分析文学创作的思考方向和建构模式。

夏志清认为现代作家的忧怀只局限于国家的具体边界之内，相信外国是更先进的世界，故而未及以更广阔的视野去关切普遍意义的人性尊严或人道困厄（human dignity and human suffering）。与此同时，夏志清提出一个对照的观念——"现代"（modern）。"现代"不是简单的"进步"和"现代化"（progress and modernization）；不是理性的"民主"与"科学"，如中国现代文学的追求。夏志清根据特里林（Lionel

---

[1] C. T. Hsia, "Obsession with China: The Moral Burden of Modern Chinese Literature," in Alona E. Evans, Henry F. Schwarz, and Woen S. Stratton, ed., *China in Perspective* (Wellesley: Wellesley College, 1967)；夏志清著，丁福祥、潘铭燊译：《现代中国文学感时忧国的精神》，《纯文学》第8卷第3期（1970年9月），页10—28。

Trilling）之说，认为现代文学充满怀疑精神，甚而虚无主义，对现世文明带来的人性失陷痛加针砭，而"现代"的意义就在于此。撤除了其中的"欧洲中心主义"，夏志清的"情迷中国"论，可说直击现代中国文学的要害；以"人道尊严"与"人文关怀"为基础以肯定现代文学的"怀疑"和"批判"精神，并此为"现代"特质，也可以超越"地方主义"的狭隘。夏志清就是并用这两把标尺，丈量中国现当代文学，而别见心裁。

我们讨论香港二十世纪五六十年代的现代主义运动，当然见到其具体表现与中国现代文学不尽相同；然而夏志清所提出的观察角度，却又能犀燃烛照，让我们察见其中的幽微。香港文学的现代主义，从马朗开始，到昆南、李英豪，就要求文学艺术超越各种有形无形的边界，务求与普遍的、世界的"现代"看齐。然而这种追求背后的动力，原来又与一个虚拟的、想象的"中国"的存在相关。他们情陷其中，才会有勇气与胆量在受殖民统治的情况下，作出这许多文化的诉求，而促成了别有特色的创作风气，也发展出相应的理论与批评基础。我们注意到，在五六十年代受英国殖民统治的香港，在语言环境和政治背景的无意凑合下，成就了一个发展"现代主义"文学的空间，更神奇地构设了一个"中国想象"的寄存所。于此时空，"文学"与"政治"有最诡异的结合。

岁月推移，人世沧桑；随着个别参与的人物基于各种因由改变人生的航道，随着政治、经济、社会发生变异，这一波的运动不久就隐没于市廛的喧闹声中。先导者马朗，在《文艺新潮》出版了15期以后，离开香港；承先启后，由《文艺新潮》到"现代文学美术协会"、《好望角》的重要人物昆南，因为生活的压力而一时放弃小众文学；最重要的理论家李英豪,在《好望角》因经费枯竭而结束以后,也没有坚持太久,于二十世纪七十年代以后遁入花鸟虫鱼,投身于他在《批评的视觉》时期最轻视的"传达"事业。[1]然而,这一时之盛所留下的,不只是历史遗迹,还有精神上之不绝若线,时相萦绕。到二十世纪八十年代开始,另一波文化身份、地方感与世界观又有不同方式的纠结交缠;当年现代主义与国族政治的互动,于时既有传承又有变奏,形成香港文学的新局面。

> 附记:本文曾于2005年10月28—29日美国哥伦比亚大学举办的"夏济安、夏志清昆仲与中国文学研讨会"上宣读

---

[1] 参方娥真:《和而不同——李英豪》,《博益月刊》第5期(1988年1月),页6;李傲山:《我的爸爸李英豪》,《博益月刊》第5期(1988年1月),页62。

诗里香港
——从金制军到也斯

一 从1925年的一首"香港"诗说起

受英帝国殖民统治的香港,其人口结构仍是以华人为主,民间的应用语言也是以中文为中心,口语是粤声,手写则文言语体并行,此外还有一段"三及第文体"——文言文、现代书面语、粤语的拼合——语言应用史。[1]职是之故,香港文学以华语文学为基调不难理解。然而,在英国管治期间,以英语书写的"香港文学"并非不存在。据学者的研究,现代英国著名作家如康拉德(Joseph Conrad, 1857—1924)在他的中篇小说《阴影线》(*Shadow-Line*, 1917)中曾以香港作为季候风航海路线所应趋避之险地;[2]至于以《香港》为题的诗作,前有吉卜林(Rudyard Kipling, 1865—1936),后有奥登(W. H. Auden, 1907—1973);[3]继后更有诗人学者布伦登(Edmund Charles Blunden,

---

[1] 有关这种具有在地风味的文体发展,可参考黄仲鸣:《香港三及第文体流变史》(香港:香港作家协会,2002)。

[2] Joseph Conrad, *The Shadow-Line: A Confession* (New York: Doubleday, Page & Co., 1921).

[3] Rudyard Kipling, *Rudyard Kipling's Verse: Inclusive Edition* (London: Hodder and Stoughton, 1933), p. 175; W. H. Auden and Christopher Isherwood, *Journey to a War* (London: Faber and Faber, 1939), p. 23.

抒情与地方

1896—1974）曾在香港大学英文系任讲座教授多年，其诗集就命名为《香港居》(*A Hong Kong House: Poems 1951—1961*)。[1]

在众多与香港相关的英诗中，我们举出一首兼具文化与政治意味的作品展开讨论。这首诗也题为《香港》("Hong Kong")，写于1925年：

> LAMP-BESTARR'D, and with the star-shine gleaming
> From her midnight canopy or dreaming
> Mirror'd in her fragrant, fair lagoon:
> All her streets ablaze with sheen and shimmer:
> All her fire-fly shipping-lights a-glimmer,
> Flitting, flashing, curving past Kowloon:
>
> Oh, to see her thus! Her hill-recesses
> Bright with household glow that cheers and blesse
> Weary men and guides them home to rest:
> And the criss-cross strings of light ascending
> Round the Peak, a-sparkle, circling, ending
> Where the roadways touch the mountain-crest.
>
> Ending? No! For human aspiration
> Passes here to starry consummation,
> Mountain-roads into the Milky Way.

1　E. C. Blunden, *A Hong Kong House: Poems 1951–1961*（London: Collins, 1962）.

Earth is strewn with Danaë's golden dower.
Grandly here the Master Builder's power
Crowns the work of England in Cathay.[1]

这首诗运用了许多语言技巧，翻译不易得其神髓，以下笔者的尝试，只能意取：

灯火若星闪闪，伴随着星辉熠熠
自那午夜天蓬或梦境
　　映照在那芳香淡雅的濒海小湖：
她所有街道都散发光芒，在亮在闪；
她所有萤火、船灯，掩映烁烁
　　掠过、闪过、跨过九龙

噢，看她哪！她那山峦深处
有家居光照，腾欢祝祷
　　引领疲惫归人回程休歇：
纵横交错的光线缕缕攀升
绕着山顶四射、转圈，终止于
　　车路登及峰顶之处

终止？不！有人类之想望
经此而进入繁星照耀之境

---

[1] Cecil Clementi, *A Journal in Song* (Oxford: Blackwell, 1928), p. 85.

抒情与地方

> 登山路以臻银河
>
> 大地满布神许的黄金嫁妆
>
> 造物者磅礴之力
>
> 为英伦在中国之创发加冕

风格上这首诗与维多利亚时期及现代主义之间的乔治时期诗风（Georgian Poetry）相近。[1] 全诗气象高华，以光亮闪耀的意象贯串，配合大量双声头韵，铿锵有致，节奏爽朗。全诗以灯火与星光起兴，前两节描写路灯、船舶灯号、天上星光、水中光影，渡过维多利亚海峡，从九龙半岛到香港岛，闪亮山径蜿蜒至太平山顶；最后一节，以"终止？不"一句接通人间天上，直达九天银河，并以神女嫁妆（Danaë's golden dower）为喻，接引古希腊神话的世界，以英伦王国无穷无极之境为结。

这首诗的作者，不是别人，正是鲁迅笔下的"金制军"。

1927年2月鲁迅从广州到香港作两场演讲，分别是2月18日《无声的中国》及19日《老调子已经唱完》，根据他对中国文化当下现象的观察，以及对未来的预想，为于"新文化"尚在懵懵懂懂之间的听众作点启蒙工作。大概鲁迅这次香港之旅有一些不快的经验，他回广州后写了《略谈香港》《再谈香港》，以及《述香港恭祝圣诞》三篇文

---

[1] 英皇乔治五世（King George Ⅴ），1910年到1936年在位。从1912年开始，英国诗坛上陆续出现了由马殊编的五辑《乔治时期诗集》（Edward Marsh, ed., *Georgian Poetry, 1912–1922*），收入 Edmund Blunden, Rupert Brooke, Robert Graves, D. H. Lawrence, Walter de la Mare, Siegfried Sassoon and John Drinkwater 等人的诗作，被视为这时期诗风的代表。

章，对香港冷嘲热讽。[1]《略谈香港》特别提到当时的港督金文泰(Cecil Clementi, 1875—1947；1925年11月至1930年5月在任)的一篇演说；金文泰用粤语演讲，主张香港大学要重视中文科发展。在鲁迅眼中，这位"金制军"与他演讲时在场的"晋绅""遗老"，沆瀣一气，共同在香港提倡"保存国粹"，抗拒"新文化"。[2]

中国自新文学运动以来，一直以正邪对决的方式去理解和宣传"新文学"，所有新文学以外的传统文学和文化，包括文言文、传统诗词、复古尊孔的言论，以至消闲文学，以及文言小说等鸳鸯蝴蝶派的作品，均被视为腐败的和落后的旧势力。新文学的成功宣示邪不胜正，光明打败黑暗。这套公式也被挪用到不少香港文学史的书写上，例如谢常青《香港新文学简史》有这样的论述：

> 因适应此地商埠的趣味需要，庸俗低级下流色情的"文学"作者亦随国粹派登场而出笼；……这些庸俗下流污秽文字，和章行严、罗五洲等代表的保守势力，国粹派势力，无形的合流，企图扼杀新思想新思潮新文学的输入传播。……而新文学则在国粹派卫道士们一片嚣闹的攻击中悄悄诞生。

鲁迅的对金文泰的批评，也引导了后来的文学史论述添加殖民统治阴谋的元素，使得反方更显邪恶；例如谢德铣《鲁迅先生与香港》说：

---

[1] 三文均发表于《语丝》，分别是第144期(1927年8月)、155期(1927年11月)、156期(1927年11月)。其中《述香港恭祝圣诞》一文发表时的形式是致编者信，署名华约瑟。

[2] 鲁迅：《略谈香港》，页69—71。

> 鲁迅对英国殖民统治者的愤懑，对于港督利用宣传封建文化"国粹"麻痹与压迫中国人民的罪行，可谓深恶痛绝之至了！（谢德铣《鲁迅先生与香港》，1998）

这是具备强烈戏剧张力的叙述。然而，香港文学的历史裁断或许可以有不止一种的角度。事实上，"五四"以后的香港，主要的文化出版风格正是鸳鸯蝴蝶派，但其间却包容了繁复的文化内涵；例如鸳蝴期刊《双声》主编之一的黄天石，却也是后来"国际笔会·香港中国笔会"的首任会长，办过纯文学杂志《文学世界》，此外又曾经以杰克的笔名撰写流行小说，盛极一时。一人之身，就有多种面貌，多重声音。又如以骈四俪六的文言小说进入文坛的罗澧铭，其主编的《小说星期刊》就有不少文章探讨新旧文学的关系，如罗澧铭《新旧文学之研究和批评》、何筌《四六骈文之概要》、许梦留《新诗的地位》等，都可以见到早期香港文学的思考之多元混杂。文学之于时，既以多种方式介入社会——或则迎向潮流，或则批判时局，也存有种种怀想——包括对神州的想望，包括对现代文明的追逐。中国新、旧文学的提倡，也可被视作对殖民统治的语言权力的一种抗衡，以维系在地的民俗和文化生态。另一方面，殖民统治也吊诡地为当日香港以至中国揭示现代化的鳞爪。香港的文学与文化，可以说在异常复杂的境况下存活。

再细看被鲁迅批评的周爵绅和赖太史等人，固然思想跟不上内地的新文化新思潮，但在昔时此地，也有其正面的意义。周寿臣是与詹天佑等同被容闳选作清朝派往美国留学的幼童之一，后来成为香港受殖民统治时期第一名华人议政局成员。赖济熙在香港大学任教中文，积极促成港大中文学院的设立；同时他又与同道创办学海书楼，定期举办免费讲座，出借经史子集，在民间推动中国文化。虽然他于中文学科的理念没有跟上现代学术发展的步伐，但其贡献也不容一笔抹杀。赖济熙有子恬昌，是香港有名的书画家，也曾英译不少古典诗词。沟通中西文化既是实际环境所必需，也有长远的文化意义。至于"金制军"，是少数精通国粤语的香港总督。他本是牛津大学古典学系毕业生，曾出版古典拉丁诗集 *Pervigilium Veneris* 的翻译和研究（1911初版，1936三版），又译招子庸（1782—1850）的《粤讴》为英文（*Cantonese Love Song*，1904初版），其余还有哲学与历史地理的著作。可以说，在从政生涯以外，金文泰还是一位诗人、学者。《香港》一诗载于他的诗集《诗游记》（*A Journal in Song*，1928），是他1925年11月刚就任香港总督之职时作。这不是他第一次来香港；在此以前，金文泰已经有丰富的香港经验，历任新界助理田土官、巡理府、助理辅政司、行政立法两局秘书，以及署理辅政司兼两局当然官守议员等职。然而，这时他刚从锡兰辅政司调职回来，接替以强硬手段处理"省港大罢工"但效果并不理想的司徒拔（Reginald Edward Stubbs，1876—1947；1919—1925在任）。

金文泰回到香港履任高职，应是满腹鸿鹄之志，内心也尽是喜悦，眼中的香港一片清明光亮，和平安静。当然，香港夜景之灯影璀璨，并不是虚言。香港地势崎岖而市区人口密集，随着城市发展渐渐构筑出独特的夜景。早在1887年，港督德辅（George William Des Vœux，1834—1909；1887—1891在任）曾赞赏香港的夜色，说入夜以后的香港之美,"童话世界以外,无可比拟"[1]。金文泰诗中以光明的意象描述香港,显示他没有鄙视香港为化外之地。反之,金文泰对香港情深意厚,据说至1930年他与妻子要离开香港,转赴新加坡担任英国海峡殖民地总督及驻马来亚高级专员的时候,十分不舍,说:"我乐意留在这里,多于到任何其他地方去。"[2]另外,根据其后人忆述,金文泰常说他在香港度过一生中最快乐的时光。[3]

当然,诗中也毫不隐讳地展现出帝国殖民主义的视角。金文泰从一个全景的、鸟瞰式的角度描叙;这种叙述方式加强了叙事者与所叙述事物之间的距离感,而香港被"物化",显而易见。翻译家闵福德(John Minford)形容这首诗为"吉卜林式"(Kiplingesque)的英诗[4];结尾两行以为"香港"之明亮,正是上帝造物之工,为英伦在远东霸业加冕(Grandly here the Master Builder's power / Crowns the work of England in Cathay)。金文泰是出色的管理人,被视为"严肃、无所畏惧的老派帝国主义者"[5]。他以相对柔软的身段抚平"省港大罢工"引发

---

1 原文是"could hardly be equaled outside of fairyland";引自 Austin Coates, *A Mountain of Lights: The Story of the Hong Kong Electric Company* (London: Heinemann, 1977), p. 3。

2 原文是"I would gladly have stayed here rather than anywhere else in the world",引自 Frank Welsh, *A History of Hong Kong* (London: Harper Collins, 1993), p. 390。

3 May Holdsworth, Foreign Devils, *Expatriates in Hong Kong* (Oxford, England: Oxford University Press, 2002), p. 38.

4 John Minford, "Foreword: 'PK'," *Islands and Continents: Short Stories* by Leung Ping-kwan, ed. John Minford (Hong Kong: Hong Kong University Press, 2007), p. xiii.

5 原文是"a no-nonsense, fire-eating imperialist of the old school",见 Peter Wesley-Smith, Clementi, Customs, and Consuls and Cables, *Some Issues in Hong Kong-China Relations* (Hong Kong: s.n., 1973), p. 3。

的政治与社会问题[1];他扩大本地人参政的权利,与新界乡民建立良好关系;他支持成立官立汉文中学,又向英国政府申请运用庚子赔款以成立香港大学中文学院;诸如此类的政绩,赢得当时舆论的好评。在西方历史学者眼中,"这位深思远虑、学问渊博的总督让香港变成更好的居住地"[2]。然而,人和历史,都是复杂多向的。同一位金文泰总督,在1930年离港到新加坡担任英国海峡殖民地总督及驻马来亚高级专员,对其评价却大大不同,所行政策被认为是"亲巫反华",由当时以至后世,他的名声多是负面。[3]

再者,我们翻看1925年的历史,知道金文泰笔下光辉灿烂的都市,并非当时整个香港的真实写照。当时省港大罢工尚在炽热进行中,社会秩序及经济大受影响,事件直至翌年才渐渐平息。二十世纪二十年代香港还深受水荒困扰,又面临房屋不足、租金高昂、卫生情

---

1 参考 John M. Carroll, *Edge of Empires: Chinese Elites and British Colonials in Hong Kong* (Hong Kong: Hong Kong University Press, 2005), pp. 135-158。

2 原文是"the thoughtful, learned Governor left Hong Kong a better place to live with",见 Russell Spurr, *Excellency, the Governors of Hong Kong* (Hong Kong: Form Asia, 1995), 156;又参考鲁言:《区议会史话》,《广角境》第116期(1982年5月),页67—69。

3 参考 C. F. Yong and R. B. McKenna, *The Kuomingtang Movement in British Malaya 1912-1949*, Chapter 6, "The Clementi Onslaught and the Lampson Diplomacy: The Taming of the 'Double-Headed Snake', 1930-1931" (Singapore: Singapore University Press, 1990), pp. 134-171;古鸿廷:《东南亚华侨的认同问题——马来亚篇》(台北:联经出版公司,1994),《六、金文泰总督(1930—1934)统治下的马来亚华侨》,页111—141;杨进发:《新马华族领导层的探索》(新加坡:新加坡青年书局,2007),《金文泰总督与海峡华人1930—1934》,页345—364;陈哲雄:《殖民与移民——史密斯、金文泰总督与新加坡华人社团》(新加坡:南洋学会,2015),页178—225、265。

抒情与地方

况恶劣、贫富悬殊等问题。[1] 闪耀星空覆盖下，并非如诗中描述般岁月静好，而是一个在躁动中与生活缠斗的移民社会。我们有必要换一个角度，再细看过去的"香港"。

二　三十年代香港诗中的"维多利亚城"

二十世纪三十年代以诗歌为香港地景留下记录的有鸥外鸥（1911—1995）、柳木下（1914—1998）、刘火子（1911—1990）、李育中（1911—2013）等本土诗人。例如鸥外鸥就有"香港的照像册"等一系列刻画香港生活的诗，其中的《大赛马》与《礼拜日》，以不同的场景与事件，讽刺香港人精神生活的贫乏，将命运寄托于赌博，而"奢望"往往转成"叹惜"。《狭窄的研究》写"香港/狭窄极呵/高极呵/拥挤极呵"。更重要的是诉说香港之无根、变幻、浮游无所归依的生活："没有一株树永久/没有一座山永久/没有一寸冷落了的土地永久/没有一所房子永久。"[2] 又如柳木下在1957年整理三四十年代的诗作，题作《海天集》，因为"香港的碧海和青空，在某一个时期，曾经是我的寂寞的伴侣"[3]。当中收入如1938年的诗《大厦》，写一个乡

---

[1] 参考科大卫（David Faure）有关于早期香港普通市民生活的描述，"The Common People in Hong Kong History: Their Livelihood and Aspirations Until the 1930s," in Lee Pui-tak, ed. Colonial Hong Kong and Modern China: Interaction and Reintegration (Hong Kong: Hong Kong University Press, 2005), pp. 9-38。

[2]《礼拜日》原刊《大地画报》第3期（1939年2月），《狭窄的研究》刊《大地画报》第3期（1939年2月），载陈智德编《香港文学大系·新诗卷》（香港：商务印书馆，2014），页139—141。《大赛马》原刊1939年，载《鸥外鸥之诗》（广州：花城出版社，1985），页44—45。

[3] 柳木下：《海天集》（香港：上海书局，1957），《后记》，页83。

村少年与城市的高楼大厦对话，大厦的窗如眼睛望向远方；少年意想这是"望乡"，但得到的回应却是想望"纽约、伦敦"。当中"城"与"乡"、"世界"与"本土"等不同的期待视野互相颉颃，正是香港的写照。三十年代香港有不少高楼落成，其中最具代表性的是于1935年启用，位于中区的旧汇丰银行大厦。新的高层建筑物改变了都市的面貌，亦预示了以摩天楼作为城市标志的香港的未来。柳木下用简洁朴素的语言写出香港日益富裕，并且渐趋西化的境况。诗的结尾略带感伤，暗指这城市将会朝着资本主义大都会的方向慢慢演变，往昔的纯朴一去不返。

城市高速都市化与工业化，造成贫富不均、环境破坏等问题。新文学运动以来"为人生的艺术"与"写实主义"思潮在香港更有发展的空间。不少诗人在作品中刻画社会的黑暗面。例如作为写实主义的坚定拥护者的刘火子，于1934年写成《都市的午景》一诗，主题就是社会之不公平：

> 长短钟针交指着正午的太阳，
> 说这是最平等的一瞬吧；
> 而地狱与天堂间的距离呢，远着呵！
>
> 金属的钟音回荡于都市之空间，
> 一下，一下，紧敲着人们之颗心。
> 于是标金局里的人散了，
> 堂皇的写字间也空着肚子
> 看那意大利批档的门阶，

流注着白色的人流,
而雪铁龙车子又把这人流带走,
一队,一队,水中的游鱼哪!

白色的人流把Café的肚子充实了,
丰满的Tiffin,奇味的饮品,
雷电机播散着爵士歌音,
一口茶,一口烟,
笑语消磨这短促的一瞬。

金属的钟音回荡于都市之空间,
一下,一下,紧敲着人们之颗心。
于是繁杂的机声戛然停止了,
黑洞洞的机房放走了人,
揩着汗珠,喘息!
低矮的门阶,
流注着黑色的人流,
凉风拂去心之郁抑,
才知道阳光那么令人可爱!
肚子空了,走吧,
行人道上游着疲惫的人鱼。

街头,渠边,蹲满了人,
两碗茶,一件腐饼,

耳间还留存着权威者吆喝的厉声,
一阵愁,一阵怨,
悲愤消磨这短促的一瞬。

长短钟针交指着正午的太阳,
说这是最平等的一瞬吧;
而地狱与天堂间的距离呢,远着呵![1]

这首诗虽以写实为宗,但结构上颇为用心。开首和结尾的重复构建文本世界的框架,中心部分则以相对错落的重复以并置贫富之间("地狱与天堂间")生活的差异。作者利用"正午"时针分针重叠喻意在同一时空之下不同阶层却处于不同境地:"堂皇的写字间""意大利批挡的门阶""雪铁龙车子""Café""Tiffin"等描写有闲阶级的日常生活;这些华丽的意象与接着写低下阶层的"黑洞洞的机房""低矮的门阶""疲惫的人鱼""街头,渠边""茶"与"腐饼"等形成强烈对比。时钟在时针分针两相交叠之际敲响,钟音回荡之间就出现"现在进行式"("交指着""紧敲着""空着""流注着""游着""留存着")的各种活动,与全诗此起彼落的对位节奏互相支援("一下,一下""一队,一队""一口茶,一口烟""一阵愁,一阵怨"),由音声牵动因各种意象而生的情绪,造成看似平实,却暗存巧思的"现实主义"佳作。

至于李育中发表于同年的《维多利亚市北角》,则刻画香港的另一个面向:

---

[1] 刘火子:《都市的午景》,原刊《南华日报》1934年11月23日,收入陈智德编《香港文学大系·新诗卷》,页103—104。

抒情与地方

蔚蓝的水

比天的色更深更厚

倒像是一幅铺阔的大毛毯

那毛毯上绣出粼粼纹迹

没有船出港

那上面遂空着没有花开

天呢却编回几朵

撕剩了的棉絮

好像也旧了不十分白

对岸的山秃得怕人

这老翁仿佛一出世就没有青发似的

峥嵘的北角半山腰的翠青色

就比过路的电车不同

每个工人驾御的小车

小轨道滑走也吃力

雄伟的马达吼得不停

要碾碎一切似的

把煤烟石屑溃散开去

十一月晴空下那么好

游泳棚却早已雕残了[1]

---

[1] 李育中:《维多利亚市北角》,原刊《南华日报》1934年12月29日,收入陈智德编《香港文学大系·新诗卷》,页90—91。

《维多利亚市北角》可说是一首"反抒情传统"的诗。全诗先预设了一个水光水色的"抒情"境域：飘着白云的蔚蓝天空、波光粼粼的蔚蓝海水，北角半山尽是翠青之色；但当这些"抒情式"的意象还未开始发挥作用时，作者马上配以绝不抒情、逆反自然的"人工"比喻，把读者的抒情感觉摧毁粉碎：蔚蓝海水的波纹好比足履践踏之下的毛毯纹迹，天上的白云看似工厂作业间撕剩的"不十分白"的棉絮，对岸的山有如秃发老翁，这边北角半山的树色却拿来与老电车的斑驳绿油漆相比较；"人"在此间不是享受自然之乐，而是吃力地推着矿产走在铁轨上。象征工业文明的马达"吼得不停""要碾碎一切"，煤烟石屑四散……成为全诗的高潮。结尾更清晰地点明："人"与"自然"相交亲近的"游泳棚""雕残了"。[1]这种对"山水告退，城市方滋"的感喟，对"现代化""城市化"的批判，当中的环境保护意识，在二十世纪三十年代的香港而言，可说是"前卫"。

三 五十年代到七十年代：城市的"回忆"与"展望"

北角位于港岛东北端，是最早期发展的区域之一。二十世纪四十年代国共内战以来，大量内地移民来港；其中来自上海、宁波、南京一带的移民因文化相近，主要聚居于北角一带，故此五十年代的

---

[1] 北角的七姊妹区从1911年起，有中华游乐会搭建游泳棚，供水上活动；以后不同体育会先后在此区修建同类设施，广受市民欢迎。1933年香港政府预备在七姊妹区填海，要求各体育会迁离，由此引发了一场"保卫七姊妹海浴场"运动。李育中的诗写于1934年，意味着一种以文学介入社会的态度。香港政府于1935年正式开展填海工程，泳滩愈受环境污染，1940年政府全面收回各浴场。参考潘淑华、黄永豪：《闲暇、海滨与海浴——香江游泳史》(香港：三联书店，2015)，页41—66。

北角有"小上海"之称。六十年代以后，因为印尼以至东南亚地区排华，不少闽籍华侨迁进北角，而渐渐取代迁出的上海人而成为地区主要社群，所以又有"小福建"之称。物换星移，现时的北角各式高楼大厦林立，社会设施增加，聚集了不同种族、籍贯的居民。北角的种种变化，是香港作为一个移民城市的表征；而此地也生发出许多香港文学的记忆，例如五十年代香港现代主义运动的推手马朗，就在1957年写下过传诵不绝的《北角之夜》：

> 最后一列的电车落寞地驶过后
> 远远交叉路口的小红灯熄了
> 但是一絮一絮濡湿了的凝固的霓虹
> 沾染了眼和眼之间朦胧的视觉
>
> 于是陷入一种紫水晶里的沉醉
> 仿佛满街飘荡着薄荷酒的溪流
> 而春野上一群小银驹似的
> 散开了，零落急遽的舞娘们的纤足
> 登登声踏破了那边卷舌的夜歌
>
> 玄色在灯影里慢慢成熟
> 每到这里就像由咖啡座出来醺然徜徉
> 也一直像有她又斜垂下遮风的伞
> 素莲似的手上传来的余温

永远是一切年轻时的梦重归的角落
也永远是追星逐月的春夜
所以疲倦却又往复留连
已万籁俱寂了
营营地是谁在说着连绵的话呀[1]

马朗(1933—)是华侨子弟,在澳门出生,小时曾在香港居住;但他的文学事业主要在上海开始。他年纪轻轻就是《文艺新潮》杂志的主编;是张爱玲小说最早的评论者之一,又与文坛前辈邵洵美、吴伯箫等人多有往还。他有一段思想左倾的时期,二十世纪五十年代初理想幻灭,南下香港,为上海旧识罗斌主持环球出版社的业务,利用商业报刊的余资办了香港五十年代最重要的现代主义刊物《文艺新潮》,在1956年3月创刊,发刊词《人类灵魂的工程师,到我们的旗下来!》是香港文学史上重要的文艺宣言,也吸引了不少年轻的本土作者投入这一波现代主义的风潮。五十年代的马朗,就是带着像许多来自上海的"南来文人"的文化资本,虽则他的文化养成本来就有香港的成分。[2]

1957年的"小上海",对于沪上风华仍然锁在心头的马朗来说,

---

[1] 马朗:《北角之夜》,原刊《文艺新潮》第11期(1957年5月),收入马博良(马朗)《焚琴的浪子》(香港:素叶出版社,1982),页67—68。

[2] 马朗生平参考马朗、郑政恒:《上海·香港·天涯——马朗、郑政恒对谈》,《香港文学》第322期(2011年10月),页84—93。无可置疑,马朗是早慧文人。然而,现在一般记录马朗的生年为1933年,却未必可靠。根据香港教育大学中国文化研究中心助理李卓贤的查考,马朗曾在1936年上海《粤风》以及1938年香港《儿童世界》发表作品,各自标明为小学四年级及小学五年级学生。依此推算,其出生年应该早于1933年。

抒情与地方

其意义当不止于眼前风物。叮叮作响的最后一列电车，走在北角街头；它是从云雾间的记忆轨迹开到眼前，还是由春秧街角转向驶入心内的时间匣子？"濡湿了的凝固的霓虹"营造了"朦胧的视觉"；"紫水晶里的沉醉""满街飘荡着薄荷酒的溪流"，把北角点染成一片春野；"登登"之声，既是小银驹驰骋的蹄响，也是舞娘们穿着高跟脚在踱步。"卷舌的"当然不是粤语，但这"夜歌"是北角的呢？还是上海的？"素莲似的手上传来的余温"，与"营营地""说着连绵的话"，究竟都属幻觉还是全然现实？北角，对于不少南来文化人而言，是一个时空交错的迭影迷宫；北角大概就是马朗"年轻时的梦重归的角落"，或者说是"怀想北地的角落"。马朗这首诗，让北角的夜晚，投下香港文化记忆中最迷离凄美的光影。

相对而言，本土诗人也斯在1974年写的北角，却是另一种风景。诗题是《北角汽车渡海码头》：

寒意深入我们的骨骼
整天在多尘的路上
推开奔驰的窗
只见城市的万木无声
一个下午做许多徒劳的差使
在柏油的街道找寻泥土

他的眼睛黑如煤屑
沉默在静静吐烟
对岸轮胎厂的火灾

冒出漫天袅袅
众人的烦躁化为黑云

情感节省电力
我们歌唱的白日将一一熄去
亲近海的肌肤
油污上有彩虹
高楼投影在上面
巍峨晃荡不定

沿碎玻璃的痕迹
走一段冷阳的路来到这里
路牌指向锈色的空油罐
只有烟和焦胶的气味
看不见熊熊的火
逼窄的天桥的庇荫下
来自各方的车子在这里待渡[1]

也斯(1949—2013)，梁秉钧，是本土文学发展的关键人物。他既是诗人、小说家、散文家，也是学者、大学教授；他又常常跨越文学边界，与从事不同媒体(如摄影、舞蹈、戏剧等)的创作人合作。他的作品，充满本土气息，又有非常国际的视野。这或者是香港的

---

[1] 梁秉钧(也斯):《北角汽车渡海码头》,《中国学生周报》第1116期(1974年1月20日)。

"本土"意涵：既不离弃脚下尘土，又经常流动、漂移，不停越界、溢出；又或者可以说，只有香港这种文化风土，才能孕育出也斯这种特性的文学家。我们说也斯"本土"，要注意他原在内地出生，来香港后居于港岛南端的一个村落，十岁时举家搬到北角。北角是他认识城市生活的出发点。

也斯的"北角"诗没有马朗的浪漫迷醉。他以"寒意"开展这个文本世界，而承受这外力的是"我们"。"我们"与"外界"有所周旋。我们"找寻泥土""歌唱白日"，想"亲近海的肌肤"，这都是本于人性"情感"，出诸自然。可是结果总是"徒劳"，因为所面对的是"柏油的街道"；城市由电力发光，已渐渐取代日照；虽然见到彩虹，但实际这是海面上的"油污"。这个城市的无声"万木"，是不是"三合土森林"？"巍峨"的"高楼"，只觉"晃荡不定"，如水中倒影。"我们"穿越这个城市，看到包围着"他"与"众人"的是"黑如煤屑""吐烟""漫天袅袅的黑云"，路上只见"碎玻璃""锈色的空油罐""烟和焦胶的气味"。这是一个"冷阳"的世界：有光有影，可是感觉是"冷"的、"寒意"逼人的。直至"我们"遇上来自各方的同道，在汽车码头前"待渡"。

二十世纪七十年代的香港，本来就是充满现代城市的冷漠；经济腾飞，改善物质生活成为社会的主旋律；在殖民统治下的权贵与精英眼中，文化活动仅仅是"康乐文娱"的末节。然而这时不少的年轻文化人，在躁动之中思量存在的意义，批判现实种种不公义，叩问未来前途的可能与不能。在二十五岁的也斯笔下，北角也不见得是一个温煦和暖的地方。也斯以冷静的笔触，摹写山水田园的技艺，捕捉城市物象的形与色，展示这个不再田园的境界；当中隐含的，正是对"我城"的反思。用也斯自己的讲法，诗中出现的各种"物色"，固有其深意：

> 尝试同时描绘内在及外在两个空间，用"漫天衾衾""黑云"等表达城市的焦躁愤怒，又以"高楼投影在上面 / 巍峨晃荡不定"刻画眼前房地产及经济蓬勃的虚幻本质，还有未来的难以预计。[1]

可见写城市冷漠的也斯，内中并非冷感。正是心中火热，他才有冷静批判的力度；他才会在结尾想到"我们"与"来自各方的车子"，同在"逼窄的天桥的庇荫下"。"庇荫"的意象、"待渡"的想望，让读者有许多想象的空间。"来自各方"的车子，与"我们"的车，将会同船共渡，航向未来。[2]或者，也斯还是怀着"共济"的期待，盼望有抵达"彼岸"的一日。

也斯写这首诗的时候，香港的"1997"问题还未浮现。直到八十年代中英开始谈判，1984年签订"中英联合声明"，香港将会结束港英殖民统治，回归中国。由是人类政治史上罕见的漫长的"过渡"时期，才开始出现。我们不必渲染诗人的超自然预感能力，但也斯对香港在政治、社会，以至文化的"边缘"性等问题，显然有深刻的省思。

---

[1] 原文是 "(The poem) tries to simultaneously portray the inner and outer space, using 'floods and black clouds' to hint at the city's anguish, 'staggering giants on waves' to depict the illusive growth of property and prosperity that one faces and the unpredictability of the future"，见 Leung Ping-kwan, "Urban Poetry of Hong Kong," in Leung Ping-kwan, Amanda Hsu, Lee Hoi-lam, ed., *Hong Kong Culture & Urban Literature* (Hong Kong: Hong Kong Story Association, 2009), p. 74。

[2] 也斯曾说这结局暗喻香港的情况："大家等着过渡，却不知未来会怎样。"原文是 "everybody is waiting in place to cross, not knowing what the future holds"；见 Leung Ping-kwan, "Urban Poetry of Hong Kong," p. 74。

抒情与地方

四 "完了吗？"：与港督说再见

由1984年12月19日《中华人民共和国政府和大不列颠及北爱尔兰联合王国政府关于香港问题的联合声明》签订，到1997年7月1日政权移交，有十四年的悬宕与焦虑；其间，中国、世界，以至香港，都经历不少扣人心弦的变化。该来的终于到来。四十八岁的也斯在这一年写下了《悼逝去的——和金制军香港诗》：

> 我从山脚下仰望已经看不见星空
> 太灿烂了日本电器广告牌一重重
> 不会以为这是蓬莱这经济的特区
> 费尽思量勉强步和你异乡的韵律
> 多年来你的言语总令我结结巴巴
> 是冷漠还是伤感呢对于你的离去？
>
> 眼前闪过一列又一列璀璨的意象
> 犹似汉赋雄辩滔滔把我们来丈量
> 书写我们在传统的铁画银钩之中
> 洒落一点墨迹，是被弃的文字孤儿
> 不如你的期望，聆听世代人的善颂
> 我们没有窃笑，默对你弥留的病床
>
> 完了吗？不，消逝又幸存，辗转反侧
> 商人与士兵共舞取悦抑嘲讽星辰？

> 在言语买卖里也做过欢快的生意
> 大家习惯了在僵硬的形式里舒伸
> 雾岛迷湖连同巍巍昆仑泰山压顶
> 把宝珠埋葬，这样就完了吗？也许？不？[1]

1997年也斯追和的，正是1925年金文泰以总督身份到香港履任时写的一首诗。也斯很少会写这种每行字数相同的齐整诗句；当中押上好几个行末韵，也不多见于也斯其他的诗篇。这是以汉语诗的形式以回应金文泰对诗歌韵律颇为讲究的"乔治诗风"。这次隔世的诗歌应和，应是香港受殖民统治历史的一个重要的文学铭刻。

金文泰满目是繁星闪耀的夜空；也斯从山下向上望，星空已不见了，因为街上灿烂的广告牌——香港的角色已被认作"经济特区"——掩盖了往昔如梦的星光。开篇的"今昔之比"，打开一条往返于"历史"与"现实"的通道。而"现实"与"未来"，也是由另一段"历史"来规限："汉赋"与"铁画银钩"——传统的中国文化象征，会来"丈量"我们、"书写"我们；这与诗人说金制军所运用的帝国语言，"总令我结结巴巴"一样。事实上，语言文化本是一种宰制的力量；当不能自主时，就好比"被弃的文字孤儿"。英帝殖民时代要结束了，"我"——诗人、香港人——应该"冷漠"？"伤感"？还是"窃笑"？在烟花灿烂的日子里，"商人"（＝经济）与"士兵"（＝军事政治）共舞，合谋互利；诗人想到的是：昆仑泰山之倾压下，在迷惘中的岛民与金文泰想象的

---

[1] 梁秉钧：《悼逝去的——和金制军香港诗》，《呼吸诗刊》第4期（1998年1月），页69；也斯对这首诗的背景也作出说明，见梁秉钧：《关于〈悼逝去的——和金制军香港诗〉》，《呼吸诗刊》第4期（1998年1月），页67—69。

抒情与地方

神女嫁妆,一并被"埋葬"了吧?是否一切都"完了"呢?

金文泰回应"Ending?"的疑问时,很坚决地说"No";他以为帝国是"无穷无极"的。也斯对"完了吗?"的问题,无法如昔日港督的肯定,只会充满焦虑地"辗转反侧","也许""不"之后,都要加上问号。

"费尽思量勉强步和你异乡的韵律",是一种很复杂的感觉。也斯,和许多香港人一样,与昔日的金文泰的交往,就是他留下的一种殖民者与被殖民者如何在帝国权力架构内找到某种可以共容的空间。然而,殖民主义的不公义,并不会随之而消失。1997年7月1日,还要为"殖民主义"唱一阕哀歌吗?

百年来,香港人亲临身受许多历史的荒谬,种种不解莫名,唯有香港的诗歌可以做证。

诗人刘以鬯
——读刘以鬯《浅水湾》作品札记

六月八日夜中传来刘以鬯先生往生的消息。

黑色与黑色在黑色中搏斗……刘先生在暗夜里，以文字串联成星星；夜光闪耀于岛之南的浅水湾，洒落在城中的大会堂，渗润香港文学之心田。

搏斗的力量，来自文学的信念，与坚持；这坚持，这搏斗，来自个人的信念，转成光，照亮在地一代又一代的灵魂。[1]

前面若有曙光，文学的灵魂坚执行远，以文字彩绘这看似灰暗的香港，刘先生天上安息。

一 刘以鬯与诗

2001年刘以鬯有一本非常别致的著作面世，书名是《不是诗的诗》[2]。序文《我写过一些不是诗的诗》，原先在同年7月香港《大公报》副刊《文学》发表。这篇序文从形式看来，就"与别不同"；全文不落

---

1 请参考刘以鬯小说《盘古与黑》结尾的寓意："死后，依旧睁大眼睛望着黑暗。然后，左眼飞出，变成太阳；右眼飞出，变成月亮。"见刘以鬯：《盘古与黑》，《香港文学》第104期（1993年8月），页21。
2 刘以鬯：《不是诗的诗》（香港：获益出版公司，2001）。

标点，开篇两段是：

  我常在诗的边缘缓步行走　审看优美意境的高长宽　我写过一些不是诗的诗
  站在十字路口的小说趑趄不前　我用酒浇注文字　酒可助文字成诗　诗可助小说重获活力

下文又说：

  误失道路　必须辨认东南西北　每一次想起COHEN讲的"诗是文学继续生存的希望"　就会用不是诗的诗抒发浓郁感情　甚至将文字当作颜料描绘抽象画

结尾再作回环复沓：

  我常在诗的边缘缓步行走　审看优美意境的高长宽　我写过一些不是诗的诗

  通篇语言简洁精练，思维跳跃，就像一首散文诗。除了"序"，《不是诗的诗》内容分为七类，包括："评论""文学批评""散文""独幕剧""微型小说""短篇小说"和"中篇小说"，共收作品15篇。刘以鬯以这本著作向读者宣示：他书写的各种文体，其实都可以看作是"诗"。
  刘以鬯提到的科恩（J. M. Cohen, 1908—1965），是一位非常重

370　　抒情·人物·地方

视诗歌的文学研究者和翻译家，曾著《西方文学史——从中世纪史诗到现代诗歌》，编《这时代的诗歌1908—1958》。[1]他的原话是"In poetry, therefore, remains the hope for literature's survival"[2]。刘以鬯引述他不止一次。早在小说《酒徒》之中，他已借麦荷门之口，引用科恩的文学史，提出"戏剧与诗早已联盟，然则小说与诗有联盟的可能吗？"[3]后来他在《我怎样学习写小说》一文，再宣明自己接受科恩的见解。[4]在接受卢玮銮等访问时，又说：

> 我一直认为诗是文学中最重要的文类。最近我也提过，文学要继续生存，唯一的希望在于诗。如果不写诗，文学早晚被淘汰。所谓"淘汰"是指纯文学的淘汰。[5]

这是刘以鬯从文学本质以及文学发展的角度对"诗"作出的判

---

1 J. M. Cohen, *A History of Western Literature: From Medieval Epic to Modern Poetry* (London: Penguin, 1956); *Poetry of This Age, 1908-1958* (London: Arrow Books, 1959).

2 Cohen, *A History of Western Literature*, p. 354.

3 刘以鬯：《酒徒》(《星岛晚报》副刊，1962年10月18日至1963年3月30日连载；香港：海滨图书公司，1963年初版；台北：行人文化实验室，2015年注释版)，此处参引台北行人版，页41。

4 刘以鬯：《我怎样学习写小说》，《香江文坛》第4期(2002年4月)，页6。

5 卢玮銮、熊志琴主编：《文学与影像比读》(香港：三联书店，2007)，页151。此外，刘以鬯在《文学的将来》一文中亦有引述科恩的论见；见刘以鬯：《文学的将来》，《香港文学》第97期(1993年1月)，页16—17。事实上在香港较早引介科恩《西方文学史》的论者，可能是马朗；见马朗：《卡缪和〈异客〉简介》，《文艺新潮》第2卷第3期(1959年5月)，页80，以及马朗：《失去焦点的现代小说》，《香港时报·浅水湾》1960年3月30日；《西方文学史》的著者先后被译作"高衡"和"哥衡"。又请参考须文蔚：《刘以鬯在港台意识流小说推广的一段公案》。

抒情与地方

断。在他眼中，"诗"不仅是作为文学体类的诗，更是"文学"本质之所在，所以引文中"文学"要再由"纯文学"来补充解说；换句话说："诗"最能见证"文学"之"纯"。虽然在一般读者眼中，刘以鬯并不是诗人，但他的确满怀诗心。我们细读他在《浅水湾》的作品，可以更清楚见到诗人刘以鬯。

二　刘以鬯在浅水湾写诗

刘以鬯先生1948年移居香港，一直从事报刊编辑和创作，对香港文学往后的发展影响既深且远。[1]1960年2月15日《香港时报》副刊改版，由刘以鬯主持，定名《浅水湾》。这是香港文学史上必须刻记的一个重要事件。[2]刘以鬯的重要贡献，是在香港这个商业经济几乎淹没一切的环境中，为文学争取到一个生存的空间。即使《浅水湾》只有半版的篇幅，只能看作是一个小小的窗户，但这个窗户之打开却为香港文学提供了通向无限的可能。刘以鬯在《浅水湾》积极引进现代文学观念，容纳了许多愿意创新的本地（以及台湾）作者的试验。然而，我们也不要忽略他在这副刊发表的个人作品。《浅水湾》之中，刘以鬯署名发表的作品包括短篇小说、文学评论、西洋文艺报道及翻译，以及本文重点关注的几首诗：[3]

1　刘以鬯在1952年曾离港到新加坡工作，1957年重返香港。参考刘以鬯：《自传》，《香港作家》改版第31期（1993年3月），页8。

2　参考刘以鬯：《从〈浅水湾〉到〈大会堂〉》，《香港文学》第79期（1991年7月），页11—14；何杏枫、张咏梅：《访问刘以鬯先生》，载何杏枫、张咏梅主编《刘以鬯主编〈香港时报·浅水湾〉时期研究资料册》（香港：香港中文大学，2004），页264—271。

3　我们不能肯定刘以鬯在《浅水湾》中是否还有以其他笔名发表的其他作品。

1.《金钱》(1960年2月19日，署名同绎);
2.《诗》(1960年10月13日);
3.《赴宴·盗书·借箭——千行长诗〈战争〉之一》(1960年10月27日);
4.《第四种时间》(1960年12月24日)。

四首之中,《金钱》似是相当直白的隽语,全篇15行旨在刻画追求金钱的社会现象,并没有许多语言的经营,只是其分行的排列靠近诗的形式。当中最精警的可能是最后三行:

如果一个人花了一生的劳力才获得多少金钱的话——
他是一个傻瓜。
(因为,他并没有从生命获得什么?)

我们可以猜想:所谓"傻瓜"有没有自嘲的意味?在香港这个环境中辛勤编务,所得的是什么?于生命的追寻有无意义?我们说这篇分行排列的隽语,未必是刘以鬯用心经营的诗篇,他大概也没有把它视作诗;但从中可能也透露出他内心一些想法,好比《浅水湾》改版第一期的栏目《语丝》,有署名"绎"的两则:

像举行了一个派对,事先你作了许多准备,你很高兴;事后你看到这零乱的局,你感到头痛了。(《育婴》)
妈妈喜欢吃鱼,哥哥喜欢吃鱼,弟弟也喜欢吃鱼,但是爸爸喜欢吃肉。于是大家吃肉。(《独裁》)

抒情与地方 373

对普通读者而言，两则文字好像是当前某些社会现象的描写，但再比照刘以鬯编辑副刊所面对的艰难困局，这"婴儿"会不会是比喻新改版的《浅水湾》之呱呱坠地？这"独裁"的"爸爸"是否是霸道的报纸老总之写照？

《金钱》未必是刘以鬯心中的诗，但安置在《新诗坛》专栏的《诗》，就一定是他的诗：

> 诗
> 当所有的噩梦合力制成一个"！"时
> 黑色与黑色在黑色中搏斗
> 如果没有多事的女娲补好天空
> 夜晚或可窥见第二个太阳吗
>
> 夜是一张黑纸
> 神用星星题一首短诗
> 凡人眼力差
> 竟把它称作银河
>
> 于是千眼熠耀齐照织女之坚定
> 有河之彼岸的牛郎仍在期待鹊群
>
> （九月廿四日写于病榻上）

这不仅是刘以鬯的诗，更是刘以鬯以诗写他心中的诗；或者可说，这是一首"后设诗"(meta-poetry)。

刘以鬯对于诗的本质的理解，又可以由《酒徒》主角老刘的话见到：

> 诗人受到外在世界的压力时，用内在感应去答复，诗就产生了。诗是一面镜子。一面蕴藏在内心的镜子。它所反映的外在世界并不等于外在世界。……内心世界是一个极其混乱的世界，因此，诗人在答复外在压力时，用文字表现出来，也往往是混乱的，难懂的，甚至不易理喻的。[1]

这段话正正可以解说《诗》的诗意。感叹号"！"代表的是情绪的大幅波动。[2] 这波动由"所有的噩梦"合制而成；而"噩梦"之出现，也表示诗人正在承受外在世界的莫大的压力。《诗》的第一节还有诗人"内心世界"的描述——"黑色与黑色在黑色中搏斗"。搏斗之余，诗人要提醒自我去梳理、整治——或者救赎——这混乱的内心，如女娲之补天，以救治共工与祝融之激斗所造成的"天柱折，地维缺"。在"内心"设下一面"镜子"也就是诗人的内省、体味、领悟，所进入的境界，当然有异于受限物理的外在世界。在这非自然的世界，或者可以在晚上见到太阳，或者见到的太阳不止一个；这是超自然的境界。

再看《酒徒》中的诗论，小说中老刘再接着解释：

---

[1] 刘以鬯：《酒徒》，页137。
[2] 这种以符号入诗的技巧，早见于1930年代省港诗人鸥外鸥的作品；参考陈国球：《左翼诗学与感官世界——重读"失踪诗人"鸥外鸥的三、四十年代诗作》，《政大中文学报》第26期（2016年12月），页163—164。相对来说，刘以鬯之运用比较有节制；鸥外鸥则有时过滥。

抒情与地方

不易理喻并非不可理喻，诗人具有选择的自由。他可以选择自己的语言。那种语言，即使不被读者所接受；或者让读者产生了另外一种解释，都不能算是问题。事实上，诗的基本原理之一，就是让每一位读者对某一首诗选择其自己的理解与体会。[1]

这里申论的是诗的创作和阅读之间的问题。在创作过程中，诗人承受外在世界的压力而致波涛扬起于内心之后，还要面对如何以语言抒发、表达内心世界的诸般情意的问题；而抒情之语言选择，绝对是属于诗人的权力范围。但在另一方面，读者也不必简单地重组同于作者的心路历程；读者的阅读过程和理解方式同样应该受到尊重。这些理念在《诗》的第二节以诗化的语言来象喻。"神"在"黑夜"以"星星"题诗，喻指诗人的创造力；可见在刘以鬯心中，文学创作至为高尚、神圣。读者，是凡人，眼力不足，不一定看清楚夜空中的星星；但这"眼力差"，也未尝没有创造力："神"写的"诗"，被他看成了一道"银河"！由诗人创作到读者阅读，其间的互动，在刘以鬯的后设诗歌中，幻化成迷人的喻象："星星" = "诗" = "银河"！

《诗》的第三节指向"文学"在时间轨迹上不息的生命力，一代一代的读者（"千眼熠耀齐照"）阅读诗、欣赏诗，从诗中意蕴寻找寄托，传递天地间神与人的动人故事——织女与牛郎之间的银河、遥望与期待。诗，或者文学，有传承千秋的永续生命（afterlife）。

《诗》的结尾以"坚定"与"期待"并置，其实就是人类面对时间长河的一种态度。在千载流传的故事中，这种"期待"并未带来团圆的结局。在时间的无限延展中，人的感觉如何？大概是刘以鬯《第四种

---

[1] 刘以鬯：《酒徒》，页137。

时间》一诗的主题。以人世经验为量尺，时间不外乎"现在""过去"与"未来"。刘以鬯驰想于此外的"第四种时间"；诗的第一节和末节重复点明他的关注点：

除了现在之外，而又不是过去与未来。

以文字技巧而言，刘以鬯这首诗并没有太多琢磨。比较重要的是诗中意象的运用，例如："无休止的转""无休止的变"的"万花筒"，以及"无头无尾"的"几何学上的直线"，目的是要揭示生命只是无常与无尽的时间变幻中的两个驻点，"没有开始的结束，没有结束的开始"。"脱网的蛛蜘"被"投向火炉"，则明喻人之被"上帝捉住""投向地狱"。至于全诗最重要的意象是显示主体玄思的"镜子"，因为这首诗的枢纽正在于主体的玄思与反照：

风暴占领大海时，镜子里的我看到了我。狼毫底下的东南西北，在炯炯的目光下觳觫依然。

"风暴占领大海"即是《酒徒》所说的"外在世界的压力"；"镜子里的我"不只是反映的物象，反而具有能动性，可以"看到了我"，是"蕴藏在内心的镜子"在映照。"狼毫"当然是作家手上的笔，写下的文字语言往"东南西北"四方奔流，对应着内心观照下的种种悸动。我们可以说，诗中的宿命观以至所有迷惘，根源在此。这是现代境况下，人的心灵与外在的昏乱世界激烈交锋，诗人以其文字艺术作出的"答复"。事实上刘以鬯多年的文学创作，都可以被视为他对这个世界的回应。

抒情与地方

三　诗与小说

　　刘以鬯的文集《不是诗的诗》收入一篇"微型小说",题目是《借箭》。[1]而这一"小说",却是《浅水湾》所刊的《赴宴·盗书·借箭——千行长诗〈战争〉之一》的其中一部分,原本就是"诗"。[2]

　　这三首诗应是套用《三国演义》第四十五回"群英会蒋干中计"以及第四十六回"用奇谋孔明借箭"中的部分情节。《赴宴》的故事背景是周瑜宴请刘备,密谋于席间杀之,却发现曾诛袁绍大将颜良、文丑的关云长陪伴于刘备之侧,不得不放弃。全诗抛开情节叙事,完全不见人名,只聚焦于周瑜的内心世界:"野心在蓝色中""肉体与灵魂对调""昨夜的噩梦""阴谋接吻""杀机趑趄"……《三国演义》写关云长"按剑于玄德背后";但《赴宴》诗却以"青龙偃月刀"替代。可见刘以鬯没有被原典的具体细节所限,因为他要呈现的是当时的气氛与感觉。

　　下接《盗书》的故事背景是:曹操派蒋干到东吴见周瑜,原意要劝降,却中了周瑜设下的反间计;蒋干偷取了伪冒曹营水军统领蔡瑁、张允私通东吴的书信,驱使曹操斩杀二人,自损水战的力量。原本《三国演义》的行动情节颇多,在诗中却都化成心理活动;例如"两颗心犹如拨弦者失去正确""骤然有跫音来自毂觫"等;诗内虽不乏动作,但却非情节的推进,而是象征意义的开展;尤其结尾一节:

---

[1] 刘以鬯:《不是诗的诗》,页49—50。
[2] 后来刘以鬯又说《借箭》"是我在一九六〇年写的诗,也是传统的诗体小说";见刘以鬯:《我怎样学习写小说》,《香江文坛》第4期(2002年4月),页11。

蔡瑁张允的头颅抛向明日之失败
春天将阴谋播种在心田里的
　　　　　秋天必会长出仇恨
但十一月的东风依旧站在远方等候孔明招手

第三首《借箭》被收入《不是诗的诗》作为书中的"微型小说"，可能是因为其中故事情节最为完整。然而，这首诗也只有第二节出现戏剧性的场面，全诗还是去除了大部分的动作情节。诗中最能见到刘以鬯之别出心裁，是第三节以稻草人——诸葛亮借箭的工具——为主体：

雾衣给稻草人以透明的生命
　　稻草人个个年轻
　　　稻草人不需要壹CC胆汁
　　　稻草人借不到粗糙的感情
稻草人也会在箭雨中狂笑

这种聚焦方式（focalisation）在刘以鬯其他作品也可以见到，例如短篇小说《天堂与地狱》（1948）中的苍蝇，《动乱》（1968）中的各种静物，都占有主体的位置，带来经验的"陌生化"。在《借箭》中，"稻草人"被赋予生命，表面看来，场面变得轻松滑稽；然而，我们不要忘记当中是一场以生命的毁灭来成就的战争。一般人看三国故事的"草船借箭"，注意力多放在诸葛亮于谈笑间赚得曹营十万箭，又可戏弄周瑜，战争好比一场斗智的游戏。刘以鬯的《借箭》没有忘记诸葛亮

抒情与地方

的智慧，但更重要的是揭示与战争直接相关联的死亡之恐惧。稻草人之"生命"的有与无，是个提示；从旁观看箭雨中的稻草人，除了"镇定"的诸葛亮以外，还有"震颤"中的鲁肃。伴随战争的恐惧的心理，在诗中主要透过鲁肃一角来演绎，诗中第一节说：

鲁子敬对自己宣战冀能征服内在的恐惧

第四节更是"死亡"与"恐惧"的全力刻画：

十五万支箭等于一个"！"
一个"！"等于十五万死亡的预约
诸葛亮的镇定与如湿衫紧沾鲁肃的震颤
鲁肃在死亡边缘叩不开心扉
　大江平静
　　但杯中的酒液久已掀起波浪

感叹号"！"在《借箭》再度出现。第一个"！"是反应的指标，指曹营恐惧雾夜的敌军来袭，是面对死亡的恐惧。第二个"！"转化为象征：曹营因恐惧死亡而乱放的箭，将会被用来射杀曹兵，所以是"死亡的预约"，恐惧转成事实。诸葛亮超人的镇定，好比不需要胆汁的稻草人，映衬出鲁肃作为普通个体之害怕死亡；"杯中的酒液久已掀起波浪"，正因为内心的震荡！

刘以鬯在诗前序文对这三首诗作的创作动机作出解释：

用新的表现方式向旧小说寻觅诗情，赋以现代人的感受，捕捉传说中的至趣，也许还没有人尝试过。我在这里故意舍"正史"而取"演义"，正因为"传说"比较富于文学意味。我认为：在企图攫取一种新的情绪时，这样的固执是必需的。

"寻觅诗情""赋以现代人的感受""攫取一种新的情绪"，可能是刘以鬯文学旅程的重要取向。

四　刘以鬯的诗与白日梦

"诗情"虽然说来缥缈，好像难以捉摸，但其存在本来就离不开生活，离不开人生，故所以其中必须有"现代人的感受"。就如当香港的报刊编辑，诸般压力，人事的，经济的，政治的，纷至沓来。但有所坚持的编辑，如刘以鬯，在各种不利条件之下，还是要争取"诗情"之收容所。他的另一篇微型小说《副刊编辑之白日梦》，也收在《不是诗的诗》之中。小说的主人公不是诗人，是副刊编辑；但他的梦中之旅，其实也可以见到他"面对外在世界的压力"时，如何"用内在感应去答复"。因此我们可以说，《副刊编辑之白日梦》也是刘以鬯的一首诗，是显示一位副刊编辑如何"寻觅诗情"的一首诗。小说开首就提出问题：

梦呢？且卷起梦之百叶帘，探手捕捉团围月。月光四射，围个花边框，不大不小，颇与家院门前的大灯杆相似，标题："李白之希望"。

抒情与地方

小说中这位编辑"常在梦与现实之间爬来爬去"。现实与梦,看来界线也不是很清晰,例如:

于是我踏上梦中道路了。出现在眼前的是:满版六号恰像一窗烟雨。四号楷书令人想起玛哥芳婷的腰肢,右边有一行,左边也有一行,像张龙,也像赵虎,紧紧夹住怒目而视的大黑头。

究竟他在执行编辑工作,还是在造白日梦?小说中有许多梦境的描写,例如走到《水浒传》中的紫石街,听郓哥讲西门庆与潘金莲幽会,见到劳伦斯(D. H. Lawrence)嘲笑曹雪芹,见到乔伊斯(James Joyce)、伍尔夫(Virginia Woolf)、托马斯·曼(Thomas Mann)、萨洛扬(William Saroyan)、奥尼尔(Eugene O'Neill);但这些梦中人本就出现在编辑现实中所面对的文字世界。他"在梦之道路上踯躅",还是见到:

尽管有鸳鸯日日交颈。
尽管有蝴蝶夜夜双飞。
文字的手淫,只能骗取愚者的踌躇。

对于梦,他有这样的认知:

梦境非仙境,行远时,荆棘绊脚,山道崎岖,虽然值得留连,一样也会流汗流血流眼泪。

至于他从"梦境爬回现实"之所见：

天黑时，我掀开幕布从梦境爬回现实，抬头远望，九龙半岛有灯火如繁星。

何者是梦？何者是现实？小说中其实只提供了模棱两可的答案。正如小说的第一段以排印的方式突显出来：

现实世界是：
东半球的人这样站
西半球的人那样站

小说的结尾也有一段回环呼应：

现实世界是：
东半球的人看到了月亮
西半球的人看到了太阳

"东半球""西半球"以"对倒"的方式排印，当中的寓意有二：一是自我省察，知道作为主体的自己所在位置的作用和限制——站立在某一个特定方位只能有某种立场和判断；二是理解现实可以超越一元论——他人可以有不同的立场和判断。因为刘以鬯肯定这个世界有多元的空间，于是"诗情"才不会被残酷的物理现实完全埋葬，副刊编辑才可以在梦与现实之间"爬来爬去"。

抒情与地方　　　　　　　　　　　　　　　　　　　　383

刘以鬯告诉我们《副刊编辑的白日梦》是"不是诗的诗",提醒我们要注意他如何在文本中"答复"他所面对的"外在世界的压力"。他的"答复"既是出诸他本人的"内在感应",则文本中的"副刊编辑"可说是现实中刘以鬯的镜像。也斯在讨论这篇小说时特别提到:

> 小说固然是虚构的,是实际经验浓缩与反刍后的建构,但其中当然亦有现实经验累积的智慧。刘以鬯……是在五十年代的香港报刊编副刊,经历了种种挫折,在经济与政治的种种大压力底下仍然想推广文艺,因而发展出来的智慧与策略。而这是刘以鬯独自走出来的路。这短篇已显示了雏形,为两年后的《酒徒》初定了方向。[1]

把也斯这段话再对照上文讨论过的《诗》的首两行:

> 当所有的噩梦合力制成一个"!"时
> 黑色与黑色在黑色中搏斗

就会更加明白刘以鬯的诗心。

✦　　✦　　✦　　✦　　✦　　✦

---

[1] 也斯:《从〈迷楼〉到〈酒徒〉——刘以鬯:上海到香港的"现代"小说》,见《刘以鬯与香港现代主义》(香港:香港公开大学出版社,2010),页12。

刘以鬯的确没有写出许多的诗。[1]但他在香港的文学创作和文艺编辑工作，他的文学生涯，就是他写的诗；他为香港创造出可措置"诗心"的空间，发愤以抒情，在这个史诗中的乱世。

　　香港的文学史册，已深深地铭刻。

二〇一八年六月一日初稿，十月廿八日重订

---

[1] 刘以鬯的文学生涯主要以小说为主，但早期创作并不缺乏诗。他曾为香港三联书店出版的《香港文丛》自编《刘以鬯卷》，以年代先后排序，当中出现的第一篇《沙粒与羽片》由11首短诗组成，篇末注明："原载1939年2月28日第12版《文汇报·世纪风》"；见《刘以鬯卷》（香港：三联书店，1991），页6。许定铭曾发现《星岛周报》1952年8月第39期有刘以鬯的《峇里风情及其他》共5首诗；见许定铭《刘以鬯的诗》，《大公报·文学》2015年9月13日。又陈子善指出刘以鬯于1947年7月《幸福世界》第9期上发表《诗卄》共6首；见陈子善《刘以鬯的〈诗草〉》，《明报·世纪》2018年10月7日。又承梁淑雯提示，知悉刘以鬯在《国民公报·国语》发表诗作《偶撷》（1944年2月6日）、《缱绻》（1944年2月17日）、《恋》（1944年3月2日）等3首。

抒情与地方

抒情 在弥敦道上
——香港文学的地方感

一 地方感与弥敦道

地方感(Sense of Place)是人文地理学的一个重要概念,其主要倡导者是美国华裔地理学家段义孚(Yi-fu Tuan)[1],这一派学者认为我们所处的"空间"(Space),会因为我们赋予其特殊的意义而转成我们的"地方"(Place)。故此"地方"除了是物理上或者地志上的定点空间外,还是身处其中的人寄寓其情感、记忆、信念,以至相应的态度行为之所。当中关涉的感觉面向包括地方依附(place attachment)、地方认同(place identity)、地方依赖(place dependence)、地方根源(place rootedness),以至地方意象(place image)等。简言之,所谓"地方感",体现的是人在情感上与"地方"的深切联结,是人与环境互动的产物;而这个概念已被挪用到不同的领域,如历史、文学、社会学、

---

[1] 段义孚的代表作包括:Topophilia, A Study of Environmental Perception (Englewood Cliffs, NJ: Prentice-Hall, 1974), Space and Place: The Perspective of Experience (Minneapolis, Minn : University of Minnesota Press, 1977), 以及 Landscapes of Fear (Oxford: Oxford University Press, 1979)。

建筑学,以至环境研究、公共政策研究、文化保育研究等。[1]

在此我们还可以就"地方感"与"地方意识"之不同稍作说明。"地方意识"主要性质在于区隔,以厘清"人(他者)我(主位)"之别;"地方感"的重点在于认同与投入,而不在乎畛域的界划。因此我们在探讨香港文学的本土关怀时,或者可以"地方感"作为一个切入点。以下我们以两篇同以"弥敦道"为题的作品为讨论对象,察看其中香港文学的地方感缘何而发,兼及其中的"抒情"的意义。

弥敦道是九龙半岛自南至北的一条跨越三个地区的街道,南段的起点与尖沙咀的梳士巴利道连接,跨越油麻地区、旺角区和深水埗区,末端与大埔道连接。这是九龙半岛最早筑成的康庄大道;1860年夏天开始由英国工兵修筑,最初名为罗便臣道(Robinson Road)。1909年3月香港政府为与港岛上的同名道路相区别,遂采用了第十三位港督弥敦爵士(Sir Matthew Nathan,1862—1939)的名字来命名。弥敦任港督的时间为1904—1907;他非常用心于香港的城市规划,对九龙半岛的开发也有不少贡献,九广铁路英段的修筑也在他任内开

---

[1] 又参考 Paul Ward English and Robert C. Mayfield, eds., *Man, Space and Environment* (Oxford: Oxford University Press, 1972); Paul Rodaway, *Sensuous Geographies: Body, Sense, and Place* (London: Routledge, 1994); Steven Feld and Keith H. Basso, eds., *Senses of Place* (Santa Fe, N.M.: School of American Research Press, 1996); Paul C. Adams, Steven Hoelscher, and Karen E. Till eds., *Textures of Place: Exploring Human Geographies* (Minneapolis, Minn.: University of Minnesota Press, 2001); Ian Convery, Gerard Corsane, and Peter Davis, eds., *Making Sense of Place: Multidisciplinary Perspectives* (London: Boydell Press, 2012)。

始。[1]

弥敦道后来成为九龙半岛的交通干线，也因为南接尖沙咀码头，与渡轮合成连贯维多利亚海港两岸交通的要道。直至二十世纪六十年代，弥敦道两旁尽是乔木林荫，时有秀逸雅致之趣，却又商肆林立，富于繁华胜景。因此，弥敦道是香港地理的重要标志，更是香港市民生活中可以系心依恋的地方，本土的文艺作品中时时见到这条大道的踪影。以现代主义小说留名于香港文学史的李维陵，非常钟爱香港风景，以他的画笔留下许多港九风光；当中《弥敦道》一幅绘于五十年代，画中树影与红楼大酒店（Honor Hotel）悠然在目。[2] 再如六十年代亦舒一篇小说《杏花吹满头》，写一个失恋少女的心境，中间穿插了尖沙咀码头的渡海小轮、树荫下的弥敦道的景致；写来似不经意，但却细致入神。[3]

弥敦道是我们要讨论的两篇作品的中心意象，其中一篇写于新世纪之初，另一篇在二十世纪六十年代；两篇不同体裁不同风格的作品却颇有交集之处，以下先谈鲸鲸的诗《弥敦道》。

二　鲸鲸《弥敦道》（2001）

叶辉以鲸鲸的笔名，在2001年11月4日《明报》的《世纪诗页》

---

[1] 参考叶灵凤：《港九街名小考证》，见《香岛沧桑录》（香港：中华书局，1989），页29—31；梁涛：《九龙街道命名考源》（香港：香港市政局出版，1993），页4。

[2] 李维陵：《李维陵画集》（香港：香港大宗出版社，1974）。

[3] 原刊《中国学生周报》716期（1966年4月8日），后收入李辉英、黄思骋合编《短篇小说选》（香港：香港中国笔会，1968），页198—203。

发表《弥敦道》一诗。[1]

这首诗以"他"——一位经历沧海桑田的年长者——作为叙事者,处于21世纪的时空,向着一群比他年轻的听众,诉说自己年轻时的爱情故事。这位长者,引领他的听众穿越记忆,从"黑白的弥敦道"说起;而昔日的点点滴滴,其实是多彩的("伊士曼的一九六一")[2]:一个裁缝业的"学师仔",与"七姨"有一段未及开花结果的恋爱。二十世纪六十年代弥敦道的风光,就随着这个爱情故事的开展而散入眼帘——美丽都大厦、皇上皇餐厅、新华戏院、乐宫戏院、车厘哥夫、平安大厦、油麻地戏院、琼华大酒楼,都是六十年代成长的香港市民的生活铭刻。故事中的学裁缝偷师、剪裁洋娃娃时装、钉珠片、吃一客常餐、排队买电影院戏票、到酒楼买月饼……种种情态和活动,使得沿着弥敦道南北所见的地标,尽成实感的风景,深深嵌入"个人史"之中。

然而,故事中又多有失落的经验:"排长龙"购得的戏票、替师傅轮得的"挂号",以及与七姨的合照,都被"文雀"扒走了;"七姨嫁了人""师傅过了身"……"失落"不一定是命定,却是历史的事实;昔日的"梦断城西",好比今天找不到"尖沙咀火车站",因为一切都逝去了。

叶辉把弥敦道比喻为一条贯通南北的河流,上游接壤的是草根阶层聚居的旺角码头、深水埗(医局街),下游是充斥游客、消费者的尖沙咀(包括"美丽都大厦"内的裁缝店)。叶辉公开说过,他视这

---

[1] 鲸鲸:《弥敦道》,《明报·世纪诗页》2001年11月4日;后收入鲸鲸:《在日与夜的夹缝里》(香港:文化工房,2009),页116—117。
[2] 伊士曼彩色(Eastman Color)继特艺七彩(Technocolor)之后,曾在香港电影业的彩色化过程中处于主导地位。

抒情与地方

首诗为香港的"乐府",[1]意思大概是以实事实感为诗,好比汉乐府的"真"。故事中的主人翁是来自民间的"学师仔",在尖沙咀美丽都大厦"干四百小时粗活",而老家在弥敦道以北的深水埗;他的恋人七姨也是在深水埗"钉珠片"的女工。他们的生活并不宽裕,却在联系南北的弥敦道上留下温暖的光影。不过,我认为这首诗不是汉乐府一类民间文学,反而类似杜甫和元稹、白居易的"新乐府"。这些新乐府诗的主旨是揭露民间疾苦,但视角和声音还是出发自"惟歌生民病,愿得天子知"的士人。叶辉虽然想化身为说故事的草根长者,但这首诗的终极关怀,却是来自一位属于知识阶层的诗人。他所揭露的是城市风景与其间"地方感"的变迁;"一九六一年"的地标和感觉,从活生生的"伊士曼",褪色成记忆中的"黑白"。诗中没有大声的控诉,而是有节制的感怀——熟悉的风光如汨汨不息的流水般逝去。子在川上曰"逝者如斯夫,不舍昼夜"的意象,贯串整个诗篇。在地方风景上,弥敦道绵绵延伸如河道的上下游;诗中人物在这里游走流动。弥敦道之悠长,就如诗中长者的感慨——"一世流流长",而诗人的感慨更是"逝水年华",以及"地方"的失落:尖沙咀再找不到象征动态人生的"火车站",遗下"如墓""如墙"的感觉。[2]

---

[1] 叶辉在第二届"香港国际诗歌之夜2011"朗诵并解释自己的作品《弥敦道》以及《莲之食谱》两首。
[2] 参考 Edward Relph, *Place and Placelessness* (London: Pion, 1976); Yi-fu Tuan, *Religion: From Place to Placelessness* (Chicago: University of Chicago Press, 2009); Steven Miles, *Spaces for Consumption : Pleasure and Placelessness in the Post-Industrial City* (Los Angeles : SAGE, 2010)。

三　华盖《弥敦道抒情》(1964)

"华盖"应是个笔名，原名我们还未查明，只知他是二十世纪六十年代居港的南来文人，是《中国学生周报》其中一位编辑，曾发表了不少散文和报道文章。当时《中国学生周报》的社址正是弥敦道666号五楼。华盖这篇1964年完成的《弥敦道抒情》[1]，并不是文人凭虚的创作，而是处身于生活作息无限相关的地方有所感怀的一种表现。

《弥敦道抒情》全文约2800字，在刊出的版面上立了五个标题："龙虱和鹅""红棉树""马和螳螂""砂砾‧陨石‧抽象画""'爱情无价'与贝多芬"，这些标题其实都是喻象，而不是标题下文字主要书写的内容。具体来说，本篇的书写方法，就是透过大量意象的并置或者错置以营造弥敦道所带来的"地方感"；而意象的纷陈，与语意在"肯定"和"否定"之间的往返，又放大了这种感觉的幅度，让"抒情"的概念灌注了更复杂的意蕴。

所谓"抒情"，在现代文学最容易引起"模山范水""闲风逸雅""诗情画意"等联想。[2] 华盖的文章中就有这样的呼应：

> 如果我能够，我要整天躺在弥敦道中间的安全岛上，去看那些斑驳的大厦，如林的招牌，缤纷的衣饰，去听汽车的轰鸣，好像古代的隐者卧对松涛。但我实在不能这样做……

1　见《中国学生周报》639期(1964年10月16日)。
2　事实上，在中国文学传统中，从屈原在《九章‧惜诵》所说的"惜诵以致愍兮，发愤以抒情"开始，"抒情"的含意已经不限于"风花雪月"的个人世界。请参阅陈国球：《"抒情"的传统——一个文学观念的流转》，《淡江中文学报》第25期(2011年12月)，页173—198。

"卧对松涛"固是闲情逸趣，但在二十世纪六十年代的香港，此情恐怕不再。差不多同期，叶灵凤《日益消失的古老香港》(1962)如此诉说当时：

> 我怀疑香港的经营计划，这几年在基本上有了一个极大的变化，已经将美化市容搁在一边，尽量地将一切可以开辟、填塞、腾挪出来的公地，迫不及待地拿出来拍卖，并且鼓励将房屋建得愈高愈快愈好。凄凄惶惶，好像不可终日，一点也无闲暇再来讲求诗情画意了。[1]

这里的城市化发展已容不下"诗情画意"的"抒情"，那么华盖"抒"的是怎样的"情"呢？

华盖以他的眼光观看弥敦道，我们可以由他选用的喻象说起。他看到"鹅"，是因为弥敦道上有往来不绝的白顶红身、连群结队的巴士；他看到挤压于盘中的"龙虱"——往昔港人又名之"和味龙"，因为交通堵塞时满街尽是躁动不安的汽车。在道路两旁竞逐空间的招牌，让他想起"红棉树"争高向上。"马"和"螳螂"是他看不顺眼的女人。这些意象大概是华盖在广西故乡所惯见；这一脉乡情现在要移转到香港弥敦道上了。面对城市的光怪陆离，他的态度是暧昧的；他目光所及，也是充斥着圆凿与方枘的。巴士：初看是"拖拖沓沓"而"滑稽"可笑，再看，却又变成"冠盖满京华"的"庄严"；招牌："当信主耶稣"之下是九龙大舞厅，他问："人们会嘲笑哪一方面呢？是传播福

---

[1] 叶灵凤：《日益消失的古老香港》，《新晚报》1962年4月2日；收入小思选编《叶灵凤书话》(北京：北京出版社，1998)，页21。

音的,或是传播'罪恶'的?"他一方面说"弥敦道并不是唱圣诗的地方",请神父修女和尚尼姑回到高山深谷去,但接着就说"这一点不调和,反而增加了弥敦道的魅力"。出现在弥敦道的女人,在他凝视之下,有时是诱人的"罩着透明和半透明衫裙"的"维纳斯",有时是惹笑的高大的"马"和矮小的"螳螂"。

游移摆荡的心神,渐渐陷入光影、颜色和声响的感官世界。由车灯、交通灯,到霓虹灯,幻化成"纯红、橘红、紫红、玫瑰红、粉红、橙黄、淡黄、深黄、金黄、粉蓝、普鲁士蓝、深绿、碧绿、浅绿、紫、琥珀色、鲑鱼色、紫丁香色……"——"一幅瑰丽的抽象画"。声响上,巴士转弯声、刹车声、汽车喇叭声、货物相碰声、挖路机声……率被披头士歌声所盖过;他们唱的《爱情无价》(*Can't buy me love*),一方面是"狼号一样粗野和刺耳",但也是"美妙而动人的""可爱的",因为这就是(华盖所把握的)弥敦道的脉动。[1]

《弥敦道抒情》整篇的书写,显示出一种非常不稳定的意向:弥敦道没有松涛声,没有鹅、马、螳螂,有的是"巨型的双层巴士""滔滔滚滚的汽车涌流""招牌森林""妖娆大胆的女人"。一位南来借居的文人要寄情其间,本就不易;但这既是生命旅程中无以逆转的段落,"总要停下脚步,细细的欣赏一番",体味这城市要道的光影音声,与其脉搏同跳动。文章的结尾先说:"弥敦道,你是耽于肉欲的。但我爱你";最后再说"弥敦道呵,你是神采飞扬的。我爱你"。在"耽于肉欲"与"神采飞扬"两个判断之间,可以见到有犹豫踟蹰,也有包容

---

[1] 不久前《中国学生周报》620期(1964年6月5日)曾刊载华盖、陆离等的采访报道《文化人士说狂人》,是本期《周报》的《狂人问题专号》其中一篇;"狂人"就是Beatles乐队。观此可见当年Beatles风潮袭港的影响。

抒情与地方

接纳，再进而拥抱的变化；这大概也反映华盖为自己的感情世界尝试画出航道。在弥敦道上所抒发的情，已不可能是田园牧歌的了；这"情"，与爱欲、感官刺激，已纠结交缠；其感怀兴发，使得弥敦道也成了华盖的"地方"。

四　抒情的救赎

　　华盖和鲸鲸笔下的主要场景，同是二十世纪六十年代的弥敦道；可是因为所站立的时空位置不同，其间的感情结构就有了差异。六十年代的香港，其城市化及相伴随的商业化大浪潮，对一个由传统文化空间滋润成长的读书人来说，确是充满"陌生化"的混乱与不和谐。华盖尝试以日常生活经验（如"龙虱""鹅"）去理解城市的新兴事物，企图以文人的知识系统与情怀（如"卧对松涛""冠盖满京华"）去诠释现代文明。但资本文化的汹涌来袭，传统的生活秩序再难以应接，必须加以调整、修订；古典的兴象风神渐渐被现代的符号系统取代，于是光、热、力（Light, Heat, Power），以至相关的感官经验——前景化。"情之所钟"置换成"我爱你"；这番调节整顿，可说是出于无奈，但也可说是出于重新认识以后的体会与包容；因此，华盖可以抒情于弥敦道上。

　　相对于华盖《弥敦道抒情》的"陌生化"观感，鲸鲸《弥敦道》带来了"历史化"的向度。鲸鲸诗中同样铺陈了"城市香港"的种种物象：大厦、霓虹灯、餐厅、电影院、酒楼……但这些资本主义经济与商品文化构筑的社会空间，却未完全阻断了传统的伦理与秩序：草根人物以应天命的辛勤工作、传统朴素的师徒关系、缱绻而含蓄的爱情生活——这是个"有情的世界"。然而，我们必须清楚记得，这个世界，是一个回忆中的世界，是二十一世纪的一位长者回望的"过去"；换句话说：这世界其实浮游于"伊士曼的一九六一"与"黑白的一九六一"之间。

河流是《弥敦道》一诗的中心意象。鲸鲸把弥敦道化为一个广袤开阔的上下游空间；诗中的"他"出入于尖沙咀与深水埗，就好像往返于城与乡、繁华与朴素、物质与情感之间。在2001年的当下，随着城市发展、交通便捷，弥敦道的空间感当然大幅度缩减了。再者，更庞大的资本力量也改写了弥敦道的风景，过去的地方商品文化被全球化、均质化的商业力量摧毁，生活渐渐失去"在地"的质性，好比走入坟墓之中；这是诗中的年长者"他"，也是鲸鲸/叶辉的代言人的感伤与叹喟之由。

处于这个"地方感"散失的危机之中，叶辉一代的香港人，固无所逃于天地间，唯其尚可凭依的力量，正是能把"过去"留住的"情感记忆"。叶辉对"时间"和"记忆"总有许多迷思和迷恋。他在内地出版的《昧旦书》加上副题："关于时间、记忆和离别，书中有一篇《在同一条河里洗N次脚》，引用了墨西哥诗人帕斯（Octavio Paz, 1914—1998）的诗句：

  The river that runs by

     is always

  running back[1]

---

[1] "Last Dawn," in Eliot Weinberger, ed., *The Collected Poems of Octavio Paz 1957–1987* (New York: New Direction Books, 1987), p. 137.

抒情与地方

叶辉接着说：

> 三言两语，教逝水倒流，教一个血肉之躯出生入死，是的里面是有一种创造性的时间呢。[1]

这个体会，就是《弥敦道》诗的："听他细说黑白的弥敦道/倒流着伊士曼的一九六一/不舍昼夜的逝水年华。"在2001年，诗中的长者随着倒流的逝水回到过去。这倒流之水洋溢温情，把记忆中的世界打造成"有情的天地"；而这个记忆中的过去，其实是"现实"的一种延伸。叶辉在《在同一条河里洗N次脚》中又引用普鲁斯特（Marcel Proust, 1871—1922）之说：

> 我们所说的现实，就是同时存在于我们周围的那些感觉和记忆之间的一种关系……这是一种独特的关系，作家只有发现它，才有可能用语言把两种不同的存在永远地联结在一起。[2]

叶辉在讨论"消失的美学"时又说：

> 记忆乃是更深刻更复杂的一种现象，意味着"内在化"和"强化"，意味着我们以往生活的一切因素的互相渗透。往事在记忆

---

[1] 叶辉：《昧旦书——关于时间、记忆和离别》（长沙：湖南人民出版社，2011），页65—66；按：台湾版《昧旦书》（台北：新锐文创，2011），未有副题。这篇文章更早版本的题目是《另一种"时间简史"》，收入叶辉：《浮城后记》（香港：青文书屋，1997），页217—218。

[2] 同上书。

里与人的"现在时态"接通,从而获得新生。[1]

可以说,叶辉以今日"地方感"消失的忧伤,与可供"抒情"的过去接通;而"地方感"透过向往昔"抒情"以建立起历史的维度,从而死而复生。故"抒情"成了"现代"种种遗失与消亡的救赎。

回顾华盖与鲸鲸两篇作品,同样抒情于"弥敦道"。华盖因应"现代性"而对"抒情"的内涵有所开拓或者改造,从而建立当下的"地方感";而鲸鲸则以"抒情"接通往昔,重认/重构已属过去的"地方",从"地方感"的历史维度以抗衡"现代性"的侵逼。这两种抒情的态度,都具有转化的力量,足以把"过去""现在",以至"未来"的弥敦道,或者任何我们厕身的"空间",打造成属于我们的"地方"。

本文初稿曾于2012年7月7日
"第九届香港文学节研讨会:
香港文学与抒情传统"上发表

---

[1] 叶辉:《舒巷城诗的消失美学》,原刊《秋萤》复活号58(2008年4月);收入叶辉:《诗话——诗缘与诗教》(香港:麦穗出版社,2008),页98。

附录（一）

弥敦道抒情

华盖

如果我能够，我要整天躺在弥敦道中间的安全岛上，去看那些斑驳的大厦，如林的招牌，缤纷的衣饰，去听汽车的轰鸣，好像古代的隐者卧对松涛。但我实在不能这样做，于是，每当我经过弥敦道，总要停下脚步，细细的欣赏一番，好像在我面前正走过一个俏丽的女孩子。

龙虱和鹅

我爱看那些成群结队，慢慢驶着的巴士。它们摇摇摆摆地，就像一群傲慢的鹅，它们的身太重而脚太小，所以走起来，无法不拖拖沓沓。我看着它们滑稽的姿势，忍不住要笑。不过当我长久地注视这个行列后，一种庄严的感觉会自然升起，它们高高的、白顶红底、摩肩接踵的样子，倒有点"冠盖满京华"的气象。

你可曾注意到交通阻塞时，弥敦道上的奇景吗？这时大小汽车排列成行，以交叉路口为中心，拼成一个巨大无比的十字架。在这个奇特的国际汽车展览会上，全世界的汽车设计师拿出聪明、才智、学养、风格、出奇制胜、争妍斗艳。而所有民族的气质、性格、爱好和趣味，不待你慢慢去研究，已经像浓烈的花香一样扑面而来。你要知道汽车的发展史吗？不必去翻书，它已经清清楚楚地写在弥敦道上了。汽车在不断地轻微地跳动着，很不耐烦地，发出格格的声音，一阵焦躁的浪潮在行列中流转着，汹涌着，最后爆发为喇叭的齐鸣，这是司机们催促前面的车快点走。而在交叉路口，积架、获素、喜临门、奥斯汀、福士、奥普、福特、士刁碧克、新边、雷诺、康素、苏地亚、宝轿、闪卡、MG、快意、雪佛兰，也许还有劳斯莱斯，星罗棋布，互相挣扎着，冲突着，终于大家不能动弹，像一盘待吃的龙虱。

红棉树

我小时在广西，曾见过红棉树，它的花是红色的，形状像一只毽子。据说它有一种英雄气概，一定要长得比周围的树高，我见到的那株树，的确非常高，有点伟丈夫的派头。不过，如果两株红棉树放在一起，结果会怎样呢？是不是会把青天穿个洞？那时我也想到这个问题，但我不敢提出来问，我知道大人们不能回答，反而会把我骂一顿。现在，当我看到弥敦道两边鳞次栉比的招牌，我常常想起那棵红棉树。所有的招牌都越来越大了，每一个都想在招牌的树林中显露头角。那些动用了一座大厦整幅墙的，是招牌群中的巨无霸，但其他并没有被吓倒，相反的它们用另一方法进行斗争：这就是拼命由两边向路中伸展，好像梵蒂冈西斯廷天顶上，上帝和亚当的手臂。它们努力地伸长着，想互相接触起来。一旦它们真的接触到了，巨无霸就倒下去，因为它已经不能被路上的行人看见。

抒情与地方

如果你以为这一幕招牌的战斗,全是为了争生意和为了满足人类的物质欲望,那么你是错了。在这浩瀚的招牌的海洋中,也不乏目的系导人向善的。譬如在弥敦道尾端有一幅长条白底红字的招牌,上面写着:"当信主耶稣,你和你一家都必得救"。在这招牌跨越之下,是九龙大舞厅。这长幅招牌是如此夺目,或者会使一些冒失鬼以为下面是教堂呢!另一幅悲天悯人的招牌是在弥敦道中段,它上面写着:"敬畏上帝就有福"。和它同样大小,并排着的是"可乐公寓"的招牌,而恰巧在它下面的,另一个招牌写着:"好景公寓"。

马和螳螂

人们会嘲笑哪一方面呢?是传播福音的,或是传播"罪恶"的?但就我看来,弥敦道并不是唱圣诗的地方。所以当我看到黑衣的神父、白衣的修女、黄衣的和尚、灰衣的尼姑出现街头,就浑身不舒服。我很想走上前去,劝他们回到高山深谷去,回到古寺巨刹的阴暗的神殿去。不过也许这一点不调和,反而增加了弥敦道的魅力,就像西餐甜品中常常加上一两颗酸梅子那样。

把弥敦道留给那些披着长发、裸着背脊的女人走罢,留给那些穿着红色和黑色的袤服而罩着透明和半透明衫裙的女人走罢,留给那些穿着无领无袖衣服,穿着露膝短裤的女人走罢。弥敦道是她们的。也许你在她们旁边,觉得很不好受,但这是没有办法的,你无法阻止她们的出现。你最好走开一点。不过远远地观察她们,倒是一件赏心乐事。又窄、又短、又薄的衣服,虽然能把有些女人变成维纳斯,但把另一些高大的女人变成马，把矮小的女人变成螳螂。而当她们摇曳生姿、顾盼自豪、对影自怜的时候，我保管你会心微笑，而庆幸你的一生能有一部分在弥敦道上度过。

你看那边一对情侣来了。他们手臂交抱着对方的腰和背，头发纠结着，耳朵摩擦着，也许他们心中的爱情太多，无法在家中、咖啡室中、酒楼茶肆中、公园中、电梯中、汽车中倾泻完，而必须拿到通衢大道上来倾泻。

砂砾·陨石·抽象画

在小说《子夜》的开头，茅盾指出大都会的基调是 Light, Heat, Power，这实在也是弥敦道的基调。无论是活动的比萨斜塔——巨型的双层巴士；无论是滔滔滚滚的汽车涌流；无论是密蔽天空的招牌森林；无论是妖娆大胆的女人，哪一样不是炫人眼目，热力四射？但是弥敦道散发的光，热和力只有到晚上才达到极峰。你看那无数忽明忽暗的小红灯和小黄灯，就像烈日下沙滩的闪烁，它们有的是汽车的后灯，在转向时亮起来，有的是斑马线两侧的指示灯。那些垒垒的光团，不是陨石在摩擦大气层，是汽车的头灯。那些似哨兵的排列，由弥敦道头站到弥敦道尾，眼睛的颜色会变化的，不是封神榜里的三眼天神，那是十字路口的交通灯。然而有什么能比得上霓虹灯呢？霓虹灯，你是夜间城市的生命！纯红、橘红、紫红、玫瑰红、粉红、橙黄、淡黄、深黄、金黄、粉蓝、普鲁士蓝、深绿、碧绿、浅绿、紫、琥珀色、鲑鱼色、紫丁香色，由行人的脚下攀登到黝黑的夜空，由看得见的角落到看不见的角落。呵！我还能在什么地方，找到更多种类的颜色？我还要用多少时间，学习各种颜色名字？

就只是霓虹灯照射下，汽车顶上彩色的变幻的纹理，已经够你欣赏一辈子了。而在雨后的弥敦道，更是一个调色板。在霓虹灯下，各种颜色混合着、渗透着、掺杂着，本身就是一幅瑰丽的抽象画。它的画题可标作"都市"或"夜"或"Light, Heat, Power"。这时若有汽车碾过，这幅纯色彩的抽象画上再添加一些诡秘线条。

"爱情无价"与贝多芬

弥敦道的脉搏，还可以用耳朵听到。那边震耳欲聋的，是Beatles在唱《爱情无价》(*Can't buy me love*)。你无法不去听它。它的节奏和这条大动脉的跳动是如此吻合，你无法不惊奇。而当你走在弥敦道，你无法否认：这歌声是美妙而动人的。盖过所有车辆引擎发动声，盖过巴士转弯时车身铁板的撞击声，盖过刹车时轮胎与地面尖锐的摩擦声，盖过清亮的汽车喇叭的长号，盖过货车上货品的相碰声，盖过挖路机连珠炮似的拍拍声，盖过水泥搅拌机的运转声，盖过行人们大声的谈话，Beatles高唱"爱情无价"，于是在那一瞬间，你几乎相信了他们的忠贞。也许在静夜或在乡间，他们的歌声像狼号一样粗野和刺耳，但在弥敦道上，它们是可爱的。不管贝多芬那首献给他的爱人裘莉哀德(Guiliett)的《月光朔拿大》，怎样圣洁深情，如果拿到弥敦道去，就变成毫无意义的叮叮当当。据说Beatles也不知道他们为什么这样受欢迎，但我知道。

弥敦道，你是耽于肉欲的。但我爱你，就像我爱希腊神话那放纵情欲，又充满光、热、力的戴奥尼西斯，何况你的面影是如此瑰丽，使我难以忘记。你可知道，每当我半夜从梦中惊醒，你的声音笑貌就包围着我，令我怦然心动，久久不能复眠。

弥敦道呵，你是神采飞扬的。我爱你。

附录(二)
弥敦道
鲸鲸

走遍尖沙咀他找不到火车站
天空旋转如墓,他们围绕如墙
听他细说黑白的弥敦道
倒流着伊士曼的一九六一
不舍昼夜的 逝水年华

他说那时他学裁缝
在下游的美丽都大厦
干四百小时粗活
月底才向师傅请半天假
带三十块钱回上游的老家

他可没有告诉他们
半夜爬起床借霓虹光线
用隔夜收藏的布碎
剪裁偷师学懂的时装

给七姨的洋娃娃

七姨呢,他说,钉珠片嘛
在上游的深水埗
他们在皇上皇吃一客常餐
在新华戏院排长龙
买三日后的九点半,然后

七姨去旺角码头搭船送货
他到医局街替师傅轮筹
戏票呢,他说,放在银包
连同他和七姨的合照
师傅的挂号,都给文雀扒走

警察先生送他上了救护车
窗外流过乐宫戏院车厘哥夫
他说七姨嫁了人师傅过了身
弥敦道好似一世流流长
忘了哪间戏院上演梦断城西

窗外流过黑白的一九六一年
流过平安大厦油麻地戏院
卑家伙,他说,几点钟了
差点忘了给七姨买双黄莲蓉
到了琼华,劳烦叫我落车

抒情与地方

辑四

书写浮城

"文学大系"与"香港文学"
——《香港文学大系1919—1949》总序

香港文学未有一本从本地观点与角度撰写的文学史,是说腻了的老话,也是一个事实。早期几种境外出版的香港文学史,疏误实在太多,香港文艺界乃有先整理组织有关香港文学的资料,然后再为香港文学修史的想法。由于二十世纪三十年代面世的《中国新文学大系》被认为是后来"新文学史"书写的重要依据,于是主张编纂香港文学大系的声音,从一九八〇年代开始不绝于耳。[1] 这个构想在差不多三十年后,首度落实为十二卷的《香港文学大系1919—1949》。际此,有关"文学大系"如何牵动"文学史"的意义,值得我们回顾省思。

---

[1] 例如当时《星岛晚报·大会堂》就有一篇绚静写的《香港文学大系》,文中说:"在邻近的大陆、台湾,甚至星洲,早则半世纪前,迟至近二年,先后都有它们的'文学大系'由民间编成问世。香港,如今无论从哪一个角度看,都不比他们当年落后,何以独不见自己的'文学大系'出现?"绚静:《香港文学大系》,《星岛晚报·大会堂》1984年5月10日。十多年后,也斯在《信报》副刊发表《且不忙写香港文学史》说:"在编写香港文学史之前,在目前阶段,不妨先重印绝版作品、编选集、编辑研究资料,编新文学大系,为将来认真编写文学史作准备。"见也斯:《且不忙写香港文学史》,《信报》2001年9月29日第24版(副刊)。

一 "文学大系"作为文体类型

在中国,以"大系"之名作书题,最早可能就是1935至1936年出版,由赵家璧主编,蔡元培总序,胡适、鲁迅、茅盾、朱自清、周作人、郁达夫等任各集编辑的《中国新文学大系》。"大系"这个书业用语源自日本,指汇聚特定领域之相关文献成编以为概览的出版物:"大"指此一出版物之规模;"系"指以"时"联系或以"体"联系。[1] 赵家璧在《中国新文学大系》出版五十年后的回忆文章,就提到他以"大系"为题是师法日本;他以为这两字:

> 既表示选稿范围、出版规模、动员人力之"大";而整套书的内容规划,又是一个有"系统"的整体,是按一个具体的编辑意图有意识地进行组稿而完成的;与一般把许多单行本杂凑在一起的丛书文库等有显著的区别。[2]

《中国新文学大系》出版以后,在不同时空的华文疆域都有类似的制作,并依循着近似的结构方式组织各种文学创作、评论以至相关

---

[1] 有关"大系"于日本书业意义之解说,蒙京都大学金文京教授之指正与提忱,谨致谢忱。日本最早用"大系"名称的成套书大概是1896年11月出版的《国史大系》。日本有称为"三大文学全集"的《新释汉文大系》(明治书院)、《日本古典文学大系》(岩波书店)、《现代日本文学大系》(筑摩书房),都以"大系"为名,可见他们的传统。

[2] 据赵家璧的讲法,这个构思得到施蛰存和郑伯奇的支持,也得良友图书公司的经理支持,于是以此定名《中国新文学大系》。见赵家璧:《话说〈中国新文学大系〉》,《新文学史料》第1期(1984年2月);收入赵家璧:《编辑忆旧》2008年再版(北京:生活・读书・新知三联书店,1984),页100。

410　　　　　　　　　　　　　　　　　　　　抒情・人物・地方

史料等文本，渐渐被体认为一种具有国家或区域文学史意义的文体类型。[1] 资料显示，在内地出版的继作有：

- 丁景唐主编《中国新文学大系1927—1937》（上海：上海文艺出版社，1984—1989年）；
- 孙颙、江曾培等主编《中国新文学大系1937—1949》（上海：上海文艺出版社，1990年）；
- 冯牧、王蒙等主编《中国新文学大系1949—1976》（上海：上海文艺出版社，1997年）；
- 王蒙、王元化总主编《中国新文学大系1976—2000》（上海：上海文艺出版社，2009年）。

另外也有在香港出版的：

- 常君实、谭秀牧主编《中国新文学大系续编1928—1938》（香港：香港文学研究社，1968年）。

在台湾则有：

- 余光中等主编《中国现代文学大系》（1950—1970）（台北：

---

[1] 在此"文体类型"的概念是现代文论中"genre"一词的广义应用，指依循一定的结撰习套而形成书写传统的文本类型。作为一个文体类型的个别样本，对外而言应该与同类型的其他样本具有相同的特征；对内而言则自成一个可以辨认的结构。中国文学传统中也有"体"的观念，其指向相当繁复，但也可以从这个宽广的定义去理解。

巨人出版社，1972年）；

❖ 司徒卫等主编《当代中国新文学大系》(1949—1979)(台北：天视出版事业有限公司，1979—1981年)；

❖ 余光中总编辑《中华现代文学大系——台湾1970—1989》（台北：九歌出版社，1989年)；

❖ 余光中总编辑《中华现代文学大系(贰)——台湾1989—2003》（台北：九歌出版社，2003年）。

在新加坡和马来西亚地区有：

❖ 方修编《马华新文学大系》(1919—1942)(新加坡：世界书局/香港：世界出版社，1970—1972年)；

❖ 方修编《马华新文学大系(战后)》(1945—1976)(新加坡：世界书局，1979—1983年)；

❖ 李廷辉等编《新马华文文学大系》(1945—1965)(新加坡：教育出版社，1971年)；

❖ 云里风、戴小华总编辑《马华文学大系》(1965—1996)(新山：彩虹出版有限公司，2004年)。

内地还陆续支持出版过：

❖ 方修编《战后新马文学大系》(1945—1976)(北京：华艺出版社，1999—2001年)；

❖ 新加坡文艺协会编《新加坡当代华文文学大系》(北京：中

国华侨出版公司，1991年）。

其他以"大系"名目出版的各种主题的文学丛书，形形色色还有许多，当中编辑宗旨及结构模式不少已经偏离《中国新文学大系》的传统，于此不必细论。

（一）"文学大系"的原型

由于赵家璧主编的《中国新文学大系》正是"文学大系"编纂方式的原型，其构思如何自无而有，如何具体成形，以至其文化功能如何发挥，都值得我们追迹寻索，思考这类型的文化工程的意义。在时机上，我们今天进行追索比较有利，因为主要当事人赵家璧，在一九八〇年代陆续发表回顾编辑生涯的文章，尤其文长万字的《话说〈中国新文学大系〉》，除了个人回忆，还多方征引记录文献和相关人物的记述，对《新文学大系》由编纂到出版的过程有相当清晰的叙述。[1] 后来不少研究者如刘禾、徐鹏绪及李广等，讨论《中国新文学大系》的编辑过程时，几乎都不出《编辑忆旧》一书所载。[2] 在此我们不必再费词重复，而只揭其重点。

---

[1] 《话说〈中国新文学大系〉》以及《鲁迅怎样编选〈小说二集〉》等文，均收录于赵家璧《编辑忆旧》。此外，赵家璧另有《编辑生涯忆鲁迅》（北京：人民文学出版社，1981）、《书比人长寿》（香港：三联书店，1988）、《文坛故旧录——编辑忆旧续集》（北京：三联书店，1991）等著，亦有值得参看的记述。当然我们必须明白，这是多年后的补记；某些过程交代，难免掺有后见之明的解说。

[2] Lydia H. Liu, "The Making of the 'Compendium of Modern Chinese Literature'," in Liu, *Translingual Practice: Literature, National Culture, and Translated Modernity—China, 1900-1937* (Stanford University Press, 1995), pp. 214–238; 徐鹏绪、李广：《〈中国新文学大系〉研究》（北京：社会科学文献出版社，2007）。

首先我们注意到作为良友图书公司一个年轻编辑，赵家璧有编"成套文学书"的事业理想；同时，身为商业机构的雇员，他当然要照顾出版社的成本效益、当时的版权法例，以至政治审查等种种限制。[1] 从政治及文化倾向而言，赵家璧比较支持左翼思想，对国民政府正在推行的"新生活运动"，以至提倡尊孔读经、重印古书等，不以为然。因此，他想要编集"五四"以来的文学作品成丛书的想法，可说是在运动落潮以后，重新召唤历史记忆及其反抗精神的尝试。[2]

在赵家璧构思计划的初始阶段，有两本书直接起了启迪作用：阿英（钱杏邨）介绍给他的刘半农编《初期白话诗稿》，以及阿英以笔名"张若英"写的《中国新文学运动史》。前者成了赵家璧"理想中的那本'五四'以来诗集的雏形"，后者引发他思考："如果没有'五四'新文学运动的理论建设，怎么可能产生如此丰富的各类文学作品呢？"由是，赵家璧心中要铺陈展现的不仅只是历史上出现过的文学现象，他更要揭示其间的原因和结果；原来仅限作品采集的"'五四'以来文学名著百种"的想法，变成"请人编选各集，在集后附录相关史料"的比较立体的构想，再进而落实为"一套包括理论、作品、史料"的"新文学大系"。《史料集》一卷的作用主要是为选入的作品布置历史定位的坐标，提供叙事的语境；而"理论"部分，因为郑振铎的建议，扩

---

[1] 据国民政府1928年颁布的《著作版权法》，已出版的单行本受到保护，而编采单篇文章以合成一集则没有限制；又1934年6月国民党中央宣传部成立图书杂志审查会，所制定的《修正图书杂志审查办法》第二条规定：社团或著作人所出版之图书杂志，应于付印前将稿本送审。第九条规定：凡已经取得审查证或免审证之图书杂志稿件，在出版时应将审查证或免审证号数刊印于封底，以资识别。均见刘哲民编：《近现代出版社新闻法规汇编》（北京：学林出版社，1992），页160、232。

[2] 据赵家璧追述，阿英认为"这样的一套书，在当前的政治斗争中具有现实意义，也还有久远的历史价值和学术价值"。见《话说〈中国新文学大系〉》，页98。

充为《建设理论集》和《文学论争集》。这两集被列作《大系》的第一、二集，引领读者走进一个文学史叙事体的阅读框架：新文学好比这个叙事体中的英雄，其诞生、成长，以至抗衡、挑战，甚而击溃其他文学"恶"势力（包括"旧体文学""鸳鸯蝴蝶文学"等）的故事轮廓就被勾勒出来。其余各集的长篇《导言》，从不同角度作出点染着色，让置身这个"历史图像"的各体文学作品，成为充实"写真"的具体细部。

《中国新文学大系》的主体当然是其中的《小说集》《散文集》《新诗集》和《戏剧集》等七卷。刘禾对《大系》作了一个非常瞩目的判断；她认定它"是一个自我殖民的规划"（"self-colonizing project"），证据之一是《大系》按照"小说、诗歌、戏剧、散文"的文类形式四分法（"four-way division of generic forms"）组织"所有文学作品"，而这四种文类形式是英语的"fiction" "poetry" "drama" "familiar prose"的对应翻译，《大系》把这种西方文学形式的"'翻译'的基准"（"'translated' norms"）典律化，使自梁启超以来颠覆古典文学经典地位的想法得成具体（crystallized）；所谓"自我殖民"的意思是，赵家璧的《中国新文学大系》视西方为"中国文学"意义最终解释的根据地。[1] 衡之于当时的历史状况，刘禾这个论断应该是一种非常过度的诠释。首先西方的文学论述传统似乎没有以"小说、诗歌、戏剧、散文"的四分法来统领"所有文学作品"。[2] 而现代中国的"文学概论"式

---

[1] Liu, "The Making of the 'Comperdium of Modern Chinese Literature'," p. 235.
[2] 自歌德以来，以三分法——抒情诗（lyric）、史诗（epic）、戏剧（drama）——作为所有文学的分类才是"共识"。西方固然有"familiar essay"作为文类形式的讨论，但并没有把它安置于一种四分的格局之中。事实上西方的"散文"（prose）是与"诗体"（poetry）相对的书写载体，在层次上与现代中国文学的四分观念并不吻合。现代中国文学习用的四分法，在理论上很难周备无漏，需要随时修补。参考《"抒情"的传统——一个文学观念的流转》。

书写浮城　　　　　　　　　　　　　　　　　　　　　　　　　　　　　415

的文类四分法可说是一种糅合中西文学观的混杂体；其构成基础还是中国传统的"诗文"分类，再加上受西方文学传统影响而致"文学位阶"得以提升的"小说"与"戏剧"，统合成文学的四种类型。这四种文体类型的传播已久；翻查《民国时期总书目》，我们可以看到以这些文类概念作为编选范围的现代文学选本，在《大系》出版以前或约略同时，就有不少，例如《新诗集》(1920)、《近代戏剧集》(1930)、《当代小说读本》(1932)、《现代中国戏剧选》(1933)、《现代中国诗歌选》(1933)、《短篇小说选》(1934)等。[1]赵家璧的回忆文章提到，他当时考虑过的"文类"是："长篇小说""短篇小说""散文""诗""戏剧""理论文章"，[2]而不是四分文类的定型思考。因此，这种文类观念的通行，不应该由赵家璧或《中国新文学大系》负责。事实上后来出现的"文学大系"亦没有被赵家璧的先例所限囿，例如：《中国新文学大系1927—1937》增加了"报告文学"和"电影"；《中国新文学大系1937—1949》的小说类再细分"短篇""中篇"和"长篇"，又另辟"杂文"集；《中国新文学大系1976—2000》的小说类除长、中、短篇以外，增设"微型"一项，又调整和增补了"纪实文学""儿童文学""影视文学"。可见"四分法"未能概括所有中国现代文学的文类。

刘禾指《中国新文学大系》"自我殖民"——完全依照西方标准(而不是中国传统文学的典范)来断定"文学"的内涵——更是一种"污名化"的诠释。如果采用同样欠缺同情关怀的批判方式，我们也可以指摘那些拒绝参照西方知识架构的文化人为"自甘被旧传统宰制的原教

---

1 这些例子均见于北京图书馆编：《民国时期总书目》(北京：书目文献出版社，1986—1992)。
2 赵家璧：《话说〈中国新文学大系〉》，页97。

主义信徒"。无论是哪一种方向的"污名化",都不值得鼓励,尤其在已有一定历史距离的今天作学术讨论时。近代以来中国知识分子面对西潮无所不至的冲击,其间危机感带来的焦虑与彷徨,实在是前所未有。正如朱自清说当时学术界的趋势,"往往以西方观念为范围去选择中国的问题,姑无论将来是好是坏,这已经是不可避免的事实"[1];在这个关头,有责任感的知识分子都在思考中国文化"如何应变""如何自处"的问题。无论他们采用哪一种内向或者外向的调适策略,都有其历史意义,需要我们同情地了解。

胡适、朱自清,以至茅盾、郑振铎、鲁迅、周作人,或者郑伯奇、阿英,这些《中国新文学大系》各卷的编者,各怀信仰,尤其对于中国未来的设想,取径更千差万别;但在进行编选工作时,其相同的思路还是明显的——就是为历史做证。从各集的《导言》可见,其关怀的历史时段长短不一;有只注目于关键的"新文学运动第一个十年",如郑振铎的《文学论争集·导言》,或者朱自清的《诗集·导言》;也有由今及古、上溯文体渊源,再探中西同异者,如郁达夫的《散文二集·导言》。[2] 当然,其中历史视野最为宏阔的是时任中研院院长的蔡元培所写的《总序》。《总序》以"欧洲近代文化,都从复兴时代演出"开篇,将"新文学运动"比附为欧洲的"文艺复兴"运动;此时中国以白话取代文言为文学的工具,好比"复兴时代"欧洲各民族以方言而非拉丁文创作文学。蔡元培在文章结束时说,"欧洲的复兴"历三百年,"我国的复兴,自五四运动以来不过十五年":

---

[1] 朱自清:《评郭绍虞〈中国文学批评史〉上卷》,见《朱自清古典文学论文集》(上海:上海古籍出版社,1981),页541。

[2] 观乎郁达夫和周作人两集散文的《导言》,可以见到当中所包含自觉与反省的意识,不能简单地称之为"自我殖民"。

书写浮城

新文学的成绩，当然不敢自诩为成熟。其影响于科学精神民治思想及表现个性的艺术，均尚在进行中。但是吾国历史，现代环境，督促吾人，不得不有奔逸绝尘的猛进。吾人自期，至少应以十年的工作抵欧洲各国的百年。所以对于第一个十年先作一总审查，使吾人有以鉴既往而策将来，希望第二个十年与第三个十年时，有中国的拉飞尔与中国的莎士比亚等应运而生呵！[1]

我们知道自晚清到民国，欧洲历史上的"Renaissance"是一个重要的象征符号，是许多文化人的迷思；然而这个符号在中国的喻指却是多变的。有比较重视欧洲在中世纪以后追慕希腊罗马古典著述之古学复兴的意义，认为偏重经籍整理的清代学术与之相似；也有注意到十字军东征为欧洲带来外地文化的影响，谓清中叶以后西学传入开展了中国的"文艺复兴"；又有从欧洲"文艺复兴"时期出现以民族语言创作文学而产生辉煌的作品着眼，这就是自1917年开始的"文学革命"的宣传重点。[2] 蔡元培的《总序》也是这种论述的呼应，但结合了他对中西文化发展的观察，使得"新文学"与"尚在进行中"的"科学精

---

[1] 蔡元培：《总序》，见赵家璧主编《中国新文学大系》（上海：良友图书，1935），页11。又赵家璧为《大系》撰写的《前言》亦征引"文艺复兴"的比喻，说中国新文学运动"所结的果实，也许不及欧洲文艺复兴时代般的丰盛美满，可是这一群先驱者们开辟荒芜的精神，至今还可以当做我们年青人的模范，而他们所产生的一点珍贵的作品，更是新文化史上的瑰宝"。

[2] 参考罗志田：《中国文艺复兴之梦——从清季的"古学复兴"到民国的"新潮"》，见《裂变中的传承——二十世纪前期的中国文化与学术》（北京：中华书局，2003），页53—90；李长林：《欧洲文艺复兴在中国的传播》，载郑大华、邹小站编《西方思想在近代中国》（北京：社会科学文献出版社，2005），页1—48。

神""民治思想"及"表现个性的艺术"等变革相互关联,从而为阅读《大系》中各个独立文本的读者提供了诠释其间文化政治的指南针。[1]

《中国新文学大系》的结构模型——赋予文化史意义的"总序"、从理论与思潮搭建的框架、主要文类的文本选样、经纬交织的导言,加上史料索引作为铺垫——算不上紧密,但能互相扣连,又留有一定的诠释空间,反而有可能胜过表面上更周密,纯粹以叙述手段完成的传统文学史书写,更能彰显历史意义的深度。

(二)"新文学大系"的继承

《中国新文学大系》面世以后,赢得许多的称誉;[2]正如蔡元培和

---

[1] 蔡元培有关"文艺复兴"的论述,起码有三篇文章值得注意:一、《中国的文艺中兴》(1924);二、《吾国文化运动之过去与将来》(1934);三、《中国新文学大系·总序》(1935)。几篇文章对"文艺复兴"或者"文艺中兴"的论述和判断颇有些差异,第一篇演讲所论的"文艺中兴"始于晚清;但二、三两篇则专以新文学/新文化运动为"复兴"时代;又颇借助胡适的"国语的文学,文学的国语"的论述。然而胡适个人的"文艺复兴"论亦不止一种,有时也指清代学术,见胡适《中国哲学史大纲(卷上)》1987年影印本(北京:商务印书馆,1919),页9—10;有时具体指新文学/新文化运动,见胡适1926年的演讲"The Renaissance in China",收录于周质平主编《胡适英文文存》(台北:远流出版公司,1995),页20—37。他曾认为Renaissance中译应改作"再生时代";后来又把这用语的含义扩大,上推到唐以来中国历史上几次大规模的文化变革。有关胡适的"文艺复兴"观与他领导的"新文学运动"的关系,参考陈国球:《文学史书写形态与文化政治》(北京:北京大学出版社,2004),页67—106。

[2] 姚琪:《最近的两大工程》,《文学》第5卷第6期(1935年7月),页228—232;毕树棠:《书评——〈中国新文学大系〉》,《宇宙风》第8期(1936),页406—409;都非常正面。又赵家璧指出《大系》销量非常好,见《话说〈中国新文学大系〉》,页128—129。

茅盾等的期待，赵家璧确有意续编第二、第三辑。[1]1945年抗战接近尾声时，赵家璧在重庆就开始着手组织"抗战八年文学"的第三辑编辑工作，并邀约了梅林、老舍、李广田、茅盾、郭沫若、叶绍钧等编选各集。[2]但时局变幻，这个计划并未能按预想实行。1949年以后，政治气氛也不容许赵家璧进行续编的工作；即使已出版的第一辑《中国新文学大系》，亦不再流通。

直至1962年及1972年香港文学研究社先后两次重印《中国新文学大系》[3]；香港文学研究社还在1968年出版了《中国新文学大系·续编》。这个《续编》同样有十集，取消了《建设理论集》，补上新增的《电影集》。至于编辑概况，《续编·出版前言》故作神秘，说各集主编名字不适宜刊出，但都是"国内外知名人物"，"分在三地东京、新加坡、香港进行"编辑，以四年时间完成。事实上《续编》出版时间正逢内地"文化大革命"，文化人备受迫害；各种不幸的消息，相继传到香港，故此出版社多加掩蔽，是情有可原的。据现存的资讯显示，编辑的主要工作由在内地的常君实和香港文学研究社的谭秀牧担当；[4]然而两人之间并无直接联系，无法互相照应。另一方面，二人各因所处环境和视野的局限，所能采集的资料难以全面；在内地政治运动频仍，

---

[1] 茅盾回忆录中提到他把《大系》称作第一辑，"是寄希望于第二辑、第三辑的继续出版"；转引自赵家璧《书比人长寿——编辑忆旧集外集》（北京：中华书局，2008），页189。

[2] 赵家璧：《话说〈中国新文学大系〉》，页130—136。

[3] 李辉英：《重印缘起》，见《中国新文学大系·续编》1972年再版（香港：香港文学研究社，1968），页2；《再版小言》。

[4] 常君实，资深编辑，1958年被中国新闻社招揽，担任专为海外华侨子弟编写文化教材和课外读物的工作，主要在香港的上海书局和香港进修出版社出版。谭秀牧，曾任《明报》副刊编辑、《南洋文艺》主编、香港文学研究社编辑等。

顾忌甚多；在香港则材料散落，张罗不易；再加上出版过程并不顺利，即使在香港的谭秀牧亦不能亲睹全书出版。[1]这样得出来的成绩，很难说得上完美。不过，我们要评价这个"文学大系"传统的第一任继承者，应该要考虑当时的各种限制。无论如何，在香港出版，其实颇能说明香港的文化空间的意义，其承载中华文化的方式与成效亦颇值得玩味。[2]

《中国新文学大系》的"正统"继承，要等到"文化大革命"正式落幕。从1980年到1982年，上海文艺出版社征得赵家璧同意，影印出版十集《中国新文学大系》，同时组织出版《中国新文学大系1927—1937》二十册作为第二辑，由社长兼总编辑丁景唐主持，赵家璧作顾

---

[1] 参考谭秀牧：《我与〈中国新文学大系·续编〉》，见《谭秀牧散文小说选集》（香港：天地图书公司，1990），页262—275。谭秀牧在2011年12月到2012年5月的个人网志中，再交代《续编》的出版过程，以及回应常君实对《续编》编务的责难。见http://tamsaumokgblog.blogspot.hk/2012/02/blog-post.html（检索日期：2014年5月31日）

[2] 罗孚《香港文学初见里程碑》一文谈到《中国新文学大系·续编》说："《续编》十集，五六百万字，实在是一个浩大的工程，在那个时候要对知识分子批判，触及肉体直到灵魂的日子，主编这样一部完全可以能被认为是替封、资、修'树碑立传'的书，该有多大的难度，需要多大的胆识！真叫人不敢想象。谁也没有想到，这样一个伟大的工程竟然在默默中完成了，而香港担负了重要的角色，这实在是香港在中国新文学运动史上一个重要的贡献，应该受到表扬。不管这《续编》有多大缺点或不足，都应该得到肯定和表扬。"载丝韦（罗孚）：《丝韦随笔》（香港：天地图书公司，1997），页101。又参考罗宁：《〈中国文学大系续编〉简介》，《开卷月刊》第2卷第8期（1980年3月），页29。此外，大约在香港文学研究社筹划《续编》的时候，在香港中文大学任教的李辉英和李棪，也正在进行另一个《中国新文学大系》的续编计划，由中大拨款支持；看来构思已相当成熟，可惜最后没有完成。见李棪、李辉英：《〈中国新文学大系·续编〉的编选计划》，《纯文学》第3卷第3期（1968年3月），页158—170；徐复观：《略评"中国新文学大系续编编选计划"》，《华侨日报》1968年3月31日。

问，1984年至1989年陆续面世；随后，赵家璧与丁景唐同任顾问的第三辑《中国新文学大系1937—1949》二十册于1990年出版，第四辑《中国新文学大系1949—1976》二十册于1997年出版。2009年由王蒙、王元化总主编第五辑《中国新文学大系1976—2000》三十册，继续由上海文艺出版社出版；二十世纪以前的"新文学"，好像都有了"大系"作为相照的汗青。这"第二辑"到"第五辑"的说法，显然是继承、延续之意。然而第一辑到第二辑之间，其政治实况是中国经历从民国到共和国的政权转换，社会文化曾经发生翻天覆地的剧变。"嫡传""正宗"的想象，其实需要刻意忽略这些政治社会的裂缝。当然赵家璧的认可，被邀请作顾问，让这个"嫡传"的合法性增加一种言说上的力量。不过，这后四辑对其他"大系"却未必有明显的垂范作用；起码从面世时间先后来说，比起香港、台湾以至海外新加坡等各大系之承接"新文学"薪火，反而是后发的竞逐者。

在这个看来"嫡传"的谱系中，因为时移世易，各辑已有相当的变异或者发展。在内容选材上，最明显的是文体类型的增补，可见文类观念会因应时代需要而不断调整；这一点上文已有交代。另一个显而易见的形式变化是：第二、三、四辑都没有总序，只有《出版说明》。《大系》原型的第一辑每集都有《导言》，即使是同一文类的分集，如《小说》三集分别有茅盾、鲁迅、郑伯奇的论述；"散文"两集又有周作人和郁达夫两种观点。其优势正在于论述交错间的矛盾与缝隙，可以生发更繁复的意义。第二、三辑开始，同一文类只冠以一位名家序言，论述角度当然有统整齐一之效。再看第二、三两辑的《说明》基本修辞都一样，声明编纂工作"以马克思列宁主义，毛泽东思想为指针，坚持从新文学运动的实际出发"，前者以"反帝反封建的作品占主导地位"，后者的主导则是"革命的、进步的作品"，毫不含糊地为文学史的政治叙事设定格局；这当然是第一辑以"新文学"为叙事英雄的激越发展；第二、三辑的理论集序文，大概有着指标的作用，据此可以推想：第二辑的主角是"左翼文艺运动"，第三辑是"文艺为政治（战争）服务"。

第四辑《出版说明》的文字格式与前两辑不同，逗漏了又一种讯息。这一辑出版于1997年，形势上无论出于外发还是内需，有必要营构一个广纳四方的空间："对那些曾经遭受过错误批判和不公正对待，或者在'文革'中虽未能正式发表、出版，但在社会上广泛流传产生过较大影响的作品，都一视同仁地加以遴选"；"这一时期发表的台湾、香港、澳门作家的新文学作品，一并列选。"于是少不了台湾余光中的一缕乡愁、痖弦挂起的红玉米；异品如马朗寄居在香港的焚琴浪子，也得到收容。第五辑《出版说明》继续保留"这一时期发表的台湾、香港、澳门作家的新文学作品，一并列选"的句子，其为政治姿态，众人皆见；尤其各卷编者似乎有很大的自由度决定他们对台港澳的关切与否。因此我们实在不必介怀其所选所取是否"合理"、是否"得体"。只不过若要衡度政治意义，则美国华裔学者夏志清、李欧梵和王德威之先后入选四、五两辑，或者有需要为读者释疑，可惜两辑的编者都未有任何说明。

第五辑回复有《总序》的传统，共有两篇。其中《总序二》是王元化生前在编辑会议上的发言；因此王蒙撰写的一篇才是正式的《总序》。这一篇意在综览全域的序文，可与王蒙在第四辑写的《小说卷·序》合观；两篇分别写于1996年及2009年的文章，都表示要以正面、积极的态度去面对过去。王蒙在第四辑努力地讨论"记忆"的意义，说"记忆实质是人类的一切思想情感文化文明的基础和根源"，其目的是找到"历史"与"现实"的通感类应。在第五辑《总序》王蒙则标举"时间"；说时间是"慈母"，"偏爱已经被认真阅读过并且仍然值得重读或新读的许多作品"；又说时间如"法官"，"无情地掂量着昨天"：

> 时间的法官同样会有差池，但是更长的时间的回旋与淘洗常常能自行纠正自己的过失，时间的因素同样能制造假象，但是更长的时间的反复与不舍昼夜的思量，定能使文学自行显露真容。[1]

《中国新文学大系》发展到第五辑，其类型演化所创造出来的方向、习套和格式已经相当明晰。不过，我们还有一系列"教外别传"的范例可以参看。

（三）"文学大系"的"教外别传"

我们知道台湾在1972年就有《中国现代文学大系》的编纂，由巨人出版社组织编辑委员会，余光中撰写《总序》，编选1950年到1970年的小说、散文、诗三种文类作品，合成八辑。另外司徒卫等在1979年至1981年编辑出版《当代中国新文学大系》十集，沿用《中国新文学大系》原型的体例，唯一变化是《建设理论集》改为《文学论评集》，而取材以1949年到1979年在台湾发表之新文学作品为限。

---

[1] 王蒙：《总序》，收入王蒙、王元化总主编《中国新文学大系1976—2000 史料·索引卷二》(上海：上海文艺出版社，2009)，页727。

两辑都明显要继承赵家璧主编《大系》的传统,但又要作出某种区隔。司徒卫等编委以"当代"标明其时间以1949年为起点,与止于1927年的赵编《大系》并非线性相连。余光中等的"大系"则以"现代文学"之名与"新文学"区辨。他撰写的《总序》非常刻意地辨析台湾新开展的"现代文学"与"五四"早期新文学之不同。相对来说,余光中比司徒卫更长于从文学发展的角度作分析;司徒卫的论调却多有迎合官方意志之嫌。然而我们不能说《当代中国新文学大系》水准有所不如;事实上这个《当代大系》各集的编者大都具有文学史的眼光,取舍之间,极见功力;各集都有导言,观点又起纵横交错的作用。其中痖弦主编的《诗集》视野更及于台湾以外的华文世界——从体例上可能与全书不合,但从概念上却是当时的"中国"概念的一种诠释;香港不少诗人如西西、蔡炎培、淮远、羁魂、黄国彬的作品都被选入。余光中等编《现代文学大系》的选取范围基本上只在台湾,只是朱西宁在"小说辑"中收录了张爱玲两篇小说,另外(张)晓风编的"散文辑"又有思果三篇作品,但都没有解释说明;张爱玲是否是"台湾作家"是后来台湾文学史一个争论热点;这些讨论可以从此出发。论规模和完整格局,《当代中国新文学大系》实在比《中国现代文学大系》优胜,但后者的编辑团队——余光中、朱西宁、洛夫、晓风——也是有分量的本色行家,所撰各体序文都能照应文体通变,又关联到当时台湾的文学生态。其中朱西宁序小说篇末,详细交代《现代文学大系》的体例,其中一个论点很值得注意:

> 我们避免把"大系"作为"文选",只图个体的独立表现,精选少数卓越的小说家作品中的菁华,而忽略了整体的发展意

义。这可以用一句话来说，我们所选辑的是可成气候的作品。如此"大系"也便含有了"索引"的作用，供后世据此而获致从事某一小说家的专门研究资料搜集的线索。[1]

朱西宁这个论点不必是《中国现代文学大系》各主编的共同认识，[2]但却为"文学大系"的文类功能作出一个很有意义的诠释。

"文学大系"的文类传统在台湾发展，余光中最有贡献。在巨人出版社的《中国现代文学大系》以后，他继续主持了两次"大系"的编纂工作：由九歌出版社先后于1989年出版《中华现代文学大系——台湾1970—1989》、2003年出版《中华现代文学大系（贰）——台湾1989—2003》。两辑都增加了《戏剧卷》和《评论卷》；前者涵盖二十年，共十五册，后者十五年，十二册。余光中也撰写了各版《现代文学大系》的《总序》。在巨人版《大系·总序》，余光中的重点是把1949年以后台湾的"现代文学"与五四时期的"新文学"一起讨论，也讲到台湾文学"与昨日脱节"——对三四十年代作家作品的陌生——带来的影响：向更古老的中国古典传统和西方学习。他又解释以"大系"为名的意义："除了精选各家的佳作之外，更企图从而展示历史的发展和文风的演变，为二十年来的文学创作留下一笔颇为可观的产业。"他更曲终奏雅，在《总序》的结尾说：

---

[1] 朱西宁：《序》，收入朱西宁编《中国现代文学大系·小说第一辑》（台北：巨人出版社，1972），页19。

[2] 晓风的序"散文"从开篇就讲选本的意义，视自己的工作为编辑选本，明显与朱西宁的说法不同调；见晓风《序》，收入晓风编《中国现代文学大系·散文第一辑》（台北：巨人出版社，1972），页1—4。

我尤其要提醒研究或翻译中国现代文学的所有外国人：如果在泛政治主义的烟雾中，他们有意或无意地竟绕过了这部大系而去二十年来的大陆寻找文学，那真是避重就轻，一偏到底了。[1]

九歌版的两辑"大系"，改题《中华现代文学大系》，并加注"台湾"二字。"中华"是民族文化身份的标志，其指向就是"文化中国"的概念；"台湾"则是具体的地理空间。余光中在《台湾1970—1989》的总序探讨《中国现代文学大系》到《中华现代文学大系》前后四十年的变化，注意到1987年解除"戒严令"后两岸交流带来的文化冲击，从而思考"台湾文学"应如何定位的问题。"中国的文学史"与"中华民族的滚滚长流"，是当时余光中和他的同道企盼能找到答案的地方。到了《中华现代文学大系（贰）》，余光中却有另一角度的思考，他说：

台湾文学之多元多姿，成为中文世界的巍巍重镇，端在其不让土壤，不择细流，有容乃大。如果把……非土生土长的作家与作品一概除去，留下的恐怕无此壮观。[2]

他还是注意到台湾文学在"中文世界"的地位，不过协商的对象，不再是外国研究者和翻译家，而是岛内另一种文学取向的评论家。

究之，余光中的终极关怀显然就是"文学史"或者"历史上的文学"。在他主持的三辑"文学大系"中，他试图揭出与文学相关的"时

---

[1] 余光中：《总序》，见《中国现代文学大系》，页11。
[2] 余光中：《总序》，见余光中总编辑《中华现代文学大系（贰）——台湾1989—2003》（台北：九歌出版社，2003），页13。

间"与"变迁",显示文学如何"应对"与"抗衡"。"时间"是"文学大系"传统的一个永恒母题。王蒙请"时间"来衡量他和编辑团队(第五辑《中国新文学大系》)的成绩:

> 我们深情地捧出了这三十卷近两千万言的《中国新文学大系》第五辑,请读者明察,请时间的大河、请文学史考验我们的编选。[1]

余光中在《中华现代文学大系(贰)·总序》结束时说:

> 至于对选入的这两百多位作家,这部世纪末的大系是否真成了永恒之门、不朽之阶,则犹待岁月之考验。新大系的十五位编辑和我,乐于将这些作品送到各位读者的面前,并献给漫漫的廿一世纪。原则上,这些作品恐怕都只能算是"备取",至于未来,究竟其中的哪些能终于"正取",就只有取决于悠悠的时光了。[2]

(四)"文学大系"的基本特征

以上看过两个系列的"文学大系",大抵可以归纳出这种编纂传统的一些基本特征:

---

[1] 王蒙:《总序》,收入王蒙、王元化总主编《中国新文学大系1976—2000 史料·索引卷二》,页727。
[2] 余光中:《总序》,见《中华现代文学大系(贰)——台湾1989—2003》,页14。

1. "文学大系"是对一个范围的文学(一个时段、一个国家/区域)作系统的整理,以多册的、"成套的"文本形式面世;

2. 这多册成套的文学书,要能自成结构;结构的方式和目的在于立体地呈现其指涉的文学史;"立体"的意义在于超越叙事体的文学史书写和示例式的选本的局限和片面;

3. "时间"与"记忆","现实"与"历史"是否能相互作用,是"文学大系"的关键绩效指标;

4. "国家文学"或者"区域文学"的"划界"与"越界",恒常是"文学大系"的挑战。

二 "香港的"文学大系:《香港文学大系1919—1949》

(一)"香港"是什么?谁是"香港人"?

叶灵凤,一位因为战祸而南下香港,然后长居于此的文人,告诉我们:

> 香港本是新安县属的一个小海岛,这座小岛一向没有名称,至少是没有一个固定的总名……这一直要到英国人向清朝官厅要求租借海中小岛一座作为修船晒货之用,并指名最好将"香港"岛借给他们,这才在中国的舆图上出现了"香港"二字。[1]

---

[1] 叶灵凤:《香港村和香港的由来》,见《香岛沧桑录》(香港:中华书局,2011),页4—6。现在我们知道"香港"之名初见于明朝万历年间郭棐所著的《粤大记》,但不是指现称香港岛的岛屿,而是今日的黄竹坑一带。见《广东沿海图》,载郭棐撰,黄国声、邓贵忠点校:《粤大记》(广州:中山大学出版社,1998),页917。

"命名"是事物认知的必经过程。事物可能早就存在于世，但未经"命名"，其存在意义是无法掌握的。正如"香港"，如果指中国南部边陲的一个海岛，据史书大概在秦帝国设置南海郡时，就收在版图之内。但在统治者眼中，帝国幅员辽阔，根本不需要一一计较领土内众多无名的角落。用叶灵凤的讲法，香港岛的命名因英国人的索求而得入清政府之耳目；[1]而"香港"涵盖的范围随着清廷和英帝国的战和关系而扩阔，再经历民国和共和国的默认及进一步确认，变成如今天香港特区政府公开发布的描述：

> 香港是一个充满活力的城市，也是通向内地的主要门户城市。……香港是中华人民共和国成立的特别行政区。香港自1842年开始由英国统治，至1997年，中国政府按照"一国两制"的原则对香港恢复行使主权。根据《基本法》规定，香港目前的政治制度将会维持五十年不变，以公正的法治精神和独立的司法机构维持香港市民的权利和自由。……香港位处中国的东南端，由香港岛、大屿山、九龙半岛以及新界(包括二六二个离岛)组成。[2]

"香港"由无名，到"香港村""香港岛"到"香港岛、大屿山、九

---

[1] 又参考马金科主编：《早期香港研究资料选辑》(香港：三联书店，1998)，页43—46。叶灵凤又提醒我们，根据英国伦敦1844年出版的《纳米昔斯号航程及作战史》(Narrative of the Voyages and Services of the Nemesis)，早在1816年"英国人的笔下便已经出现'香港'这个名称了"。见叶灵凤：《香港的失落》(香港：中华书局，2011)，页175。

[2] 香港特区政府网站 http://www.gov.hk/tc/about/abouthk/facts.htm (检索日期：2014年6月1日)。

龙半岛以及新界（包括二六二个离岛）"合称，经历了地理上和政治上的不同界划，经历了一个自无而有，而变形放大的过程。更重要的是，"香港"这个名称底下要有"人"；有人在这个地理空间起居作息，有人在此地有种种喜乐与忧愁、言谈与咏歌。有人，有生活，有恩怨爱恨，有器用文化，"地方"的意义才能完足。

猜想自秦帝国及以前，地理上的香港可能已有居民，他们也许是越族畲民。李郑屋古墓的出土，或许可以说明汉文化曾在此地流播。[1]据说从唐末至宋代，元朗邓氏、上水廖氏及侯氏、粉岭文氏及彭氏五族开始南移到新界地区。许地山，从台湾到内地再到香港直至长眠香港土地下的另一位文化人，告诉我们：

> 香港及其附近底居民，除新移入底欧洲民族及印度波斯诸国民族以外，中国人中大别有四种：一、本地；二、客家；三、福佬；四、疍家。……本地人来得最早的是由湘江入苍梧顺西江下流底。……稍后一点底是越大庾岭由南雄顺北江下流底。[2]

"本地"，不免有外来；香港这个流动不绝的空间，谁是土地上的真正主人呢？再追问下去的话，秦汉时居住在这个海岛和半岛上的，是"香港人"吗？大概只能说是南海郡人或者番禺县人，再晚来的，就是宝安县人、新安县人吧。因为当时的政治地理，还没有"香

---

1 参考屈志仁（J. C. Y. Watt）：《李郑屋汉墓》（香港：市政局，1970）；香港历史博物馆编：《李郑屋汉墓》（香港：香港历史博物馆，2005）。
2 许地山：《国粹与国学》（长沙：岳麓书社，2011），页69—70。

港"这个名称、这个概念。然而，换上了不同政治地理名号的"人"，有什么不同的意义？"人"和"土地"的关系，就会有所改变吗？

（二）定义"香港文学"

"香港文学"过去大概有点像中国南部的一个无名岛，岛民或渔或耕，帝力于我何有哉？自从二十世纪八十年代开始，"香港文学"才渐渐成为文化人和学界的议题。这当然和中英就香港前途问题进行谈判，以至1984年签订中英联合声明，让香港进入一个漫长的过渡期有关。"香港有没有文学""什么是香港文学"等问题陆续浮现。前一个问题，大概出于与"香港文学"，或者所有"文学"都无甚关涉的人。香港以外地区有这种观感的，可以理解；值得玩味的是在港内有同样想法的人并不是少数；责任何在？实在需要深思。至于后一个问题，则是一个定义的问题。

要定义"香港文学"，大概不必想到唐宋秦汉，因为相关文学成品（artifact）的流转，大都在"香港"这个政治地理名称出现以后。[1] 即便如此，还是困扰了不少人。一种定义方式，是以文本创制者为念，说文学是性灵的抒发，故"香港文学"应是"香港人所写的文学"。这个定义带来的问题首先是"谁是香港人"？另一种方式，从作品的内容着眼，因为文学反映生活，如果这生活的场景就是香港，当然就是"香港文学"。依着这个定义，则不涉及香港具体情貌的作品，是要排除在外了。再有一种，以文本创制工序的完成为论，所以"香港文学"

---

[1]《新安县志》中的《艺文志》载有明代新安文士歌咏杯渡山（屯门青山）、官富场（官塘）之作。我们今天应如何理解这些作品，是值得用心思量的。请参考程中山：《导言》，见程中山主编《香港文学大系·旧体文学卷》（香港：商务印书馆，2014）。

是"在香港出版、面世的文学作品"。此外，与出版相关的是文学成品的受众，所以这个定义可以改换成以"接受"的范围和程度作准："在香港出版，为香港人喜爱（最低限度是愿意）阅读的文学作品。"先不说定义中还是包含未有讲明白的"香港人"一词，而且"读者在哪里"是不易说清楚的。事实上，由于历史的原因，以香港为出版基地，但作者读者都不在香港的情况不是没有。[1]因为香港就是这么奇妙的一个文学空间。[2]

从过去的议论见到，创作者是否是"香港人"是一个基本问题；换句话说，很多讨论是围绕着"香港作家"的定义来展开。有一种可能会获得官方支持的讲法是："持有香港身份证或居港七年以上，曾出版最少一册文学作品或经常在报刊发表文学作品"[3]；这个定义的前半部分是以"政治"和"法律"论文学的一例，很难令人释怀；[4]兼且"法

---

[1] 例如不少内地剧作家的剧本要避过政府的审查，而选择在香港出版，但演出还是在内地。

[2] 二十世纪八十年代以来，为"香港文学"下定义的文章不少，以下略举数例：黄维樑：《香港文学研究》（1983），见《香港文学初探》1988年第2版（香港：华汉文化事业公司，1985），页16—18；郑树森：《联合文学·香港文学专号·前言》（1992），删节后改题《香港文学的界定》，收入黄继持、卢玮銮、郑树森《追迹香港文学》（香港：牛津大学出版社，1998），页35—55；黄康显：《香港文学的分期》（1995），见《香港文学的发展与评价》（香港：秋海棠文化企业出版社，1996），页8；刘以鬯：《前言》，收于刘以鬯编《香港文学作家传略》（香港：市政局公共图书馆，1996），页 iii；许子东：《香港短篇小说选1996—1997·序》，见《香港短篇小说初探》（香港：天地图书公司，2005），页20—22。

[3] 刘以鬯：《前言》，见《香港文学作家传略》，页 iii。

[4] 在香港回归以前，任何人士在香港合法居住七年后，可申请归化成为英国属土公民并成为香港永久居民；香港主权移交后，改由持有效旅行证件进入香港、连续七年或以上通常居于香港并以香港为永久居住地的条件，可成为永久性居民。参考香港特区政府网站 http://www.gov.hk/tc/residents/immigration/idcard/roa/verifyeligible.htm（检索日期：2014年6月1日）。

律"是有时效的，这时不合法并不排除那时的"非违法"。我们认为："文学"的身份和"文学"的有效性不必倚仗一时的统治法令去维持。至于"出版"与"报刊发表"当然是由创作到阅读的"文学过程"中一个接近终点的环节，可以是一个有效的指标；而出版与发表的流通范围，究竟应否再加界定？是可以进一步讨论的。

（三）划界与越界

我们在归纳"文学大系"的编纂传统时，第一点提到这是"对一个范围的文学(一个时段、一个国家/区域)作系统的整理"，第四点又指出"国家文学"或者"区域文学"的"划界"与"越界"，恒常是"文学大系"的挑战；两点都是有关"划定范围"的问题。上文的讨论是比较概括地把"香港文学"的划界方式"问题化"（problematize），目的在于启动思考，还未到解决或解脱的阶段。

以下我们从《香港文学大系》编辑构想的角度，再进一步讨论相关问题。首先是时段的界划。目前所见的几本内地学者撰写的"香港文学史"，除了谢常青的《香港新文学简史》[1]外，其余都是以1949或1950年为正式叙事起点。这时中国政情有重大变化，内地和香港两地的区隔愈加明显；以此为文学史时段的上限无疑是方便的，也有一定的理据。然而，我们认为香港文学应该可以往上追溯。因为新文学运动以及相关联的五四运动，是香港现代文化变迁的一个重要源头。北京、上海的波动传到香港，无疑有一定的时间差距，但"五四"以还，直到1949年，香港文学的实绩还是斑斑可考的。因此我们选择"从头讲起"，拟定"1919年"和"1949年"两个时间指标，作为《香港

---

[1] 谢常青：《香港新文学简史》(广州：暨南大学出版社，1990)。

文学大系》第一辑工作上下限；希望把源头梳理好，以后第二辑、第三辑……可以顺流而下，进行其他时段的考察。我们明白这两个时间标志源于"非文学"的事件，却认为这些事件与文学的发展有密切的关联。我们又同意这个时段范围的界划不是确切不能动摇的，尤其上限不必硬性定在1919年，可以随实际掌握的材料往上下挪动。比方说"旧体文学卷"和"通俗文学"的发展应可以追溯到更早的年份；而"戏剧"文本的选辑年份可能要往下移。

　　第二个可能疑义更多的是"香港文学"范围的界划。我们在回顾《中国新文学大系》各辑的规模时，见识过边界如何"弹性"地被挪移，以收纳台港澳的作家作品。这究竟是"越界"还是随"非文学"的需要而"重划边界"？这些新吸纳的部分，与原来的主体部分如何，或者是否可以，构成一个互为关联的系统？我们又看过余光中领衔编纂的《大系》，把张爱玲、夏志清等编入其中。前者大概没有在台湾居停过多少天，所写所思好像与台湾的风景人情无甚关涉；后者出身上海北京，去国后主要在美国生活、研究和著述。[1]他们之"越界"入选，又意味着什么样的文学史观？

　　《香港文学大系》编辑委员会参考了过去有关"香港文学""香港作家"的定义，认真讨论以下几个原则：

> 1. "香港文学"应与"在香港出现的文学"有所区别（比方说痖弦的诗集《苦苓林的一夜》在香港出版，但此集不应算作香

---

[1] 夏志清长期在台湾发表中文著作，但他个人未尝在台湾长期居留。又《中华现代文学大系（贰）——台湾1989—2003》由马森主编的小说卷，也收入西西、黄碧云、董启章等香港小说家。

港文学);

2.(在一段相当时期内)居住在香港的作者,在香港的出版平台(如报章、杂志、单行本、合集等)发表的作品(例如侣伦、刘火子在香港发表的作品);

3.(在一段相当时期内)居住在香港的作者,在香港以外地方发表的作品(例如谢晨光在上海等地发表的作品);

4.受众、读者主要是在香港,而又对香港文学的发展造成影响的作品(如小平的"女飞贼黄莺"系列小说;这一点还考虑到早期香港文学的一些现象:有些生平不可考,是否同属一人执笔亦未可知,但在香港报刊上常见署以同一名字的作品)。

编委会各成员曾将各种可能备受质疑的地方都提出来讨论。最直接的意见是认为"相当时期"一语太含糊,但又考虑到很难有一个学术上可以确立的具体时间(七年以上?十年以上?)。各项原则应该从宽还是从严?内容写香港与否该不该成为考虑因素?文学史意义以香港为限还是包括对整体中国文学的作用?这都是热烈争辩过的议题。大家都明白《香港文学大系》中有不同文类,个别文类的选辑要考虑该文类的习套、传统和特性,例如"通俗文学"的流通空间主要是"省港澳"(广州、香港、澳门),"新诗"的部分读者可能在上海,"戏剧"会关心剧作与剧场的关系。各种考虑,林林总总,很难有非常一致的结论。最后,我们同意请各卷主编在采编时斟酌上列几个原则,然后依自己负责的文类性质和所集材料作决定;如果有需要作出例外的选择,则在该卷《导言》清楚交代。大家的默契是以"香港文学"为据,而不是歧义更多的"香港作家"概念,尤其后者更兼有作家"自认"与他人"承认"与否等更复杂的取义倾向。历史告诉我们,"香港"的属性,从来就是流动不居的。在《香港文学大系》中,"香港"应该是一个文学和文化空间的概念:"香港文学"应该是与此一文化空间形成共构关系的文学。香港作为文化空间,足以容纳某些可能在别一文化环境不能容许的文学内容(例如政治理念)或形式(例如前卫的试验),或者促进文学观念与文本的流转和传播(影响内地、台湾及南洋,其他华语语系文学,甚至不同语种的文学,同时又接受这些不同领域文学的影响)。我们希望《香港文学大系》可以揭示"香港"这个"文学/文化空间"的作用和成绩。

(四)"文学大系"而非"新文学大系"

《香港文学大系》的另一个重要构想是,不用"大系"传统的"新文学"概念,而称"文学大系"。这个选择关系到我们对"香港文学"以至香港文化环境的理解。在内地,"新文学"以"文学革命"的姿态登场,其抗衡的对象是被理解为代表封建思想的"旧文化"与"旧文学";为了突出"新文学",于是"旧"的范围和其负面程度不断被放大。革命行动和历史书写从运动一开始就互相配合,"新文学"没有耐心等待将来史册评定它的功过,文学革命家如胡适从《留学日记》《文学改良刍议》《建设的文学革命论》,到《五十年来中国之文学》,都是一边宣传革命、实行革命,一边修撰革命史。这个策略在当时中国的环境可能是最有效的,事实上与"国语运动"同时并举的"新文学运动"非常成功,其影响由语言、文学,到文化、社会、政治,可谓无远弗届。[1]十多年后赵家璧主编《中国新文学大系》，其目标不在经验沉淀后重新评估过去的新旧对衡之意义，而在于"运动"之奋斗记忆的重唤，再次肯定其间的反抗精神。

香港的文化环境与内地的最大分别是香港要面对一个英语的殖民政府。为了帝国利益，港英政府由始至终都奉行重英轻中的政策。这个政策当然会造成社会上普遍以英语为尚的现象，但另一方面中国语言文化又反过来成为一种抗衡的力量，或者成为抵御外族文化压迫的最后堡垒。由于传统学问的历史比较悠久，积聚比较深厚，比较轻易赢得大众的信任甚至尊崇。于是通晓儒经国学、能赋诗为文（古文、骈文），隐然另有一种非官方正式认可的社会地位。另一方面，来自内地——中华文化之来源地——的新文学和新文化运动，又是"先进"的象征，当这些带有开新和批判精神的新文学从内地传到香港，对于年轻一代特别有吸引力。受"五四"文学新潮影响的学子，既有可能以其批判眼光审视殖民统治的不公，又有可能倒过来更加积极学习英语文学及文化，以吸收新知，来加强批判能力。至于"新文学"与"旧文学"之间，既有可能互相对抗，也有协成互补的机会。换句话说，英语代表的西方文化，与中国旧文学及新文学构成一个复杂多角的关系。如果简单借用在内地也不无疑问的独尊"新文学"观点，就很难把"香港文学"的状况表述清楚。

事实上，香港能写旧体诗文的文化人，不在少数。报章副刊以至杂志期刊，都常见佳作。这部分的文学书写，自有承传体系，亦是香港文学文化的一种重要表现。例如前清探花，翰林院编修，官至南书房行走、江宁提学使的陈伯陶，流落九龙半岛二十年，编纂《胜朝

---

[1] 参考陈国球：《文学史书写形态与文化政治》，页67—106。

粤东遗民录》《明东莞五忠传》等，又研究宋史遗事，考证官富场（现在的官塘）宋王台、侯王庙等历史遗迹；他的所为和叶灵凤捧着清朝嘉庆二十四年（1819）刊《新安县志》珍本，辛勤考证香港的前世往迹有什么不同？一个传统的读书人，离散于僻远，如何从地志之"文"，去建立"人"与"地"与"时"的关系？我们是否可以从陈伯陶与友侪在1916年共同制作的《宋台秋唱》诗集中，见到那上下求索的灵魂在叹息？他脚下的土地，眼前的巨石，能否安顿他的心灵？诗篇虽为旧体，但其中的文心，不是常新吗？[1]可以说，"香港文学"如果缺去了这种能显示文化传统在当代承传递嬗的文学记录，其结构就不能完整。[2]

再如擅写旧体诗词的黄天石，又与另一位旧体诗名家黄冷观合编"通俗文学"的《双声》杂志，发表鸳鸯蝴蝶派小说；后来又是"纯文学"的推动者，创立国际笔会香港中国笔会，任会长十年；又曾办《文学世界》，支持中国文学研究；影响更大的是以笔名"杰克"写的流行小说。这样多面向的文学人，我们希望在《香港文学大系》给予充分的尊重。这也是《香港文学大系》必须有《通俗文学卷》的原因之一。我们认为"通俗文学"在香港深入黎庶，读者量可能比其他文学类型高得多。再说，香港的"通俗文学"贴近民情，而且语言运用更多大

---

[1] 参考高嘉谦：《刻在石上的遗民史——〈宋台秋唱〉与香港遗民地景》，《台大中文学报》第41期（2013年6月），页277—316。

[2] 罗孚曾评论郑树森等编《香港文学大事年表》（1996）不记载传统文学的事件，郑树森的回应是："虽然有人认为《年表》可以选收旧体诗词，但是，恐怕这并不是整理一般廿世纪中国文学发展的惯例。"《年表》后来再版，题目的"文学"二字改换成"新文学"。见丝韦《丝韦随笔》，页100；郑树森、黄继持、卢玮銮编《香港新文学年表（1950—1969）》（香港：天地图书公司，2000），页5。

胆试验,如"粤语入文",或者"三及第化",是香港文化以文字方式流播的重要样本。当然,"通俗文学"主要是商业运作,产量多而水准不齐,资料搜罗固然不易,编选的尺度拿捏更难;如何澄沙汰砾,如何从文学史的角度与其他文类协商共容,都极具挑战性。无论如何,过去《中国新文学大系》因为以"新文学"为主,把影响民众生活极大的通俗文学弃置一旁,是非常可惜的。

《香港文学大系》又设有《儿童文学卷》。我们知道"儿童文学"的作品创制与其他文学类型最大的不同是,其拟想的读者既隐喻作者的"过去",也寄托他所构想的"未来";当然作品中更免不了与作者"现在"的思虑相关联。已成年的作者在进行创作时,不断与自己童稚时期的经验对话,时光的穿梭是一个必然的现象;在《香港文学大系》设定1949年以前的时段中,"儿童文学"在香港还有一种"空间"穿越的情况,因为不少儿童文学的作者都身不在香港;"空间"的幻设,有时要透过在香港的编辑协助完成。另一方面,这时段的儿童文学创制有不少与政治宣传和思想培育有关。部分香港报章杂志上的儿童文学副刊,是左翼文艺工作者进行思想斗争的重要阵地。依照成年人的政治理念去模塑未来,培养革命的下一代,又是这时期香港儿童文学的另一个现象。可以说,"儿童文学"以另一种形式宣明香港文学空间的流动性。

(五)"文学大系"中的"基本"文体

"新诗""小说""散文""戏剧""文学评论",这些"基本"的现代文学类型,也是《香港文学大系》的重要部分。这些文类原型的创发与"新文学运动"息息相关,是"现代性"降临的一个重要指标。[1]其中新诗的发展尤其值得注意。诗歌从来都是语言文字的实验室,尤其在移走可以依傍的传统诗词的格律框架之后,主体的心灵思绪与载体语言之间的缠斗更加激烈而无边际。朱自清在《中国新文学大系・诗集》的《选诗杂记》中提到他的编选观点:"我们要看看我们启蒙期诗人努力的痕迹。他们怎样从旧镣铐解放出来,怎样学习新言语,怎样寻找新世界。"香港的新诗起步比较迟,但若就其中杰出的作家作品来看,却能达到非常高的水平。[2]这可能是因为香港的语言环境比较复杂,日常生活中的语言已不断作语码转换,感情思想与语言载体互相作用的频率特别高,实验多自然成功机会也增加。相对来说,小说受到写实主义思潮的引导,而香港的写实却又是内地小说的再模仿,其依违之间,使得"纯文学"的小说家难以无障碍地完成构筑虚拟的世界。例如理应展现香港城市风貌的小说场景,究竟是否是上海十里洋场的复制,就需要推敲。与包袱比较轻的通俗小说作者相比,学习"新文学"的小说家的道路就比较艰难了,所留下缤纷多元的实绩,很值得我们珍视。

散文体最常见的风格要求是明快、直捷,而这时期香港散文的材料主要寄存于报章副刊,编者重回"阅读现场"的感觉会比较容易达成。《香港文学大系》的散文样本,可以更清晰地指向这时段香港的世态人情,生活的忧戚与喜乐。所以说,"香港"作为一个文化地理

---

[1] 英国统治带来的政制与社会建设,也是香港进入"现代性"境况的另一关键因素。

[2] 郑树森等在讨论香港早期的新文学发展时,认为"诗歌的成就最高",柳木下和鸥外鸥是"这时期的两大诗人"。见郑树森、黄继持、卢玮銮编《早期香港新文学作品选》(香港:天地图书公司,1998),页3—42。

的空间，其功能和作用往往不限于本土。两卷散文，少不了对此有所揭示。类似的情况又可见于我们的《戏剧卷》。中国现代剧运以动员群众为目标，启蒙与革命是主要的戏码；这时期香港的剧运，不计由英国侨民带领的英语剧场，可谓全国的附庸，也是政治运动的特遣。读《香港文学大系》的戏剧选辑，很容易见到政治与文艺结合的前台演出。然而，当中或许有某些不求外扬的艺术探索，或者存在某种本土呼吸的气息，有待我们细心寻绎。至于香港出现的"文学评论"，其来源也是多元的。越界而来的文艺指导在中国多难的时刻特别多；尤其抗日战争和国共内战期间，政治宣传和斗争往往以文艺论争的方式出现；其论述的面向是全国而不是香港；这就是"全国舆论中心"的贡献。[1]然而正因为资讯往来方便，中外的文化讯息在短时间内得以在本地流转，由此也孕育出不少视野开阔的批评家，其关注面也广及香港、全中国，以至国际文坛。这也是"香港"的一个重要意义。

三　结语

综之，我们认为"香港"是一个文学和文化的空间，"香港"可以有一种"文学的存在"；"香港文学"是一个文化结构的概念。我们看到"香港文学"是多元的而又多面向的。我们以1919到1949为大略的年限，整理我们能搜罗到的各体文学资料，按照所知见的数量比例作安排，"散文""小说""评论"各分"1919—1941"及"1942—1949"两卷；"新诗""戏剧""旧体文学""通俗文学""儿童文学"各一卷，加上"文

---

[1] 参考侯桂新：《文坛生态的演变与现代文学的转折——论中国作家的香港书写》(北京：人民出版社，2011)。

学史料"一卷,全书共十二卷。每卷主编各撰写本卷《导言》,说明选辑理念和原则,以及与整体凡例有差异的地方和差异的理据。编委会成员就全书方向和体例有充分的讨论,与每卷主编亦多番往返沟通。我们不强求一致的观点,但有共同的信念。我们不会假设各篇《导言》组成周密无漏的文学史叙述,所有选材拼合成一张无缺的文学版图。我们相信虚心聆听之后的坚持更有力量;各种论见的交错、覆迭,以至留白,更能抉发文学与文学史之间的"呈现"(representability)与"拒呈现"(non-representability)的幽微意义。我们期望这十二卷《香港文学大系1919—1949》能够展示"香港文学"的繁复多姿。我们更盼望时间会证明,十二卷《大系》中的"香港文学",并没有远离香港,而且继续与这块土地上生活的人对话。

2014年8月3日修订

书写浮城
——论叶辉与香港文学史的书写

一 浮城·书写·香港

叶辉的《书写浮城》就像许多文学评论文集一样，是一个文化人持续书写的见证。所录各篇的撰成时间始于1985年，最迟的完成于2001年。读者看到的，不会是周详规划下的故事情节。然而在2001年结集的时候，叶辉把这本副题"香港文学评论集"的各篇，总题之曰"书写浮城"，又有什么意义呢？"浮城"很容易让人联想到西西的名篇《浮城志异》——香港投影成"浮城"以超现实主义的意义存在于无定的空间。[1]《书写浮城》内没有任何一篇提到"浮城"，但叶辉在1997年出版了一本题目相近的散文集《浮城后记》，封面折页有这样的文字介绍：

> "浮城"也自有另一种时间简史，是水族馆式的、是围困式的透明；时间在累积着、虚构着、倒数着、混沌着。身处如此的"浮城"，或许只能做一个（精神上）的安那其，只能悬身在括

---

[1] 西西：《浮城志异》，见《手卷》（台北：洪范出版社，1988），页1—19。

弧中。[1]

"香港文学评论"变成"书写浮城",应是回顾前尘然后下的判语。在迎向读者的《题记》中,叶辉以历史探索的笔触重整"个人"和"公众"的记忆。以此为提纲,则一段二十年的书写,既留下遗迹,也显现历程,让我们看到文学史意识的形成,让我们联想不少文学史的理论问题。下文尝试一一疏说,以为读者谈助。

叶辉,本名叶德辉,广西合浦人,1952年生于香港。曾任职记者、翻译、编辑、报社社长。业余曾参与《罗盘》诗刊、《大拇指》《秋萤诗刊》《诗潮》的编辑工作。著有散文集《瓮中树》《水在瓶》《浮城后记》,小说集《寻找国民党父亲的共产党秘密》。[2]

二 文学史的兴起

"香港文学"的评论和研究一般只能上溯到二十世纪七十年代,到现今为止的发展历程,可说为时尚短,甚至可以说只在萌生阶段。最明显的论据是,今日香港境内还未能生产一部"香港文学史"。[3]因此,要剖析"香港文学史"的书写问题,大可比照西方学者对"文学史的兴起"阶段的一些研究;然后再就具体的文化语境,作出适当的修

---

[1] 书中有一篇散文题作《再见浮城》,一篇题作《另一种时间简史》,另一篇题作《精神上的安那其》;见叶辉:《浮城后记》(香港:青文书屋,1997),页132—139、214—218、303—305。

[2] 见《书写浮城》(香港:青文书屋,2001)封面折页。以下引用本书仅举页码。

[3] 参考陈国球:《文学史视野下的"香港文学"》,《作家》(香港)第14期(2002年2月),页76—86。

订调整，进行分析。当然时世有异，经验亦不尽相同；由此到彼总不会一一对应契合。这是必须有的警觉。

西方近世有关文学的研究，可以概分为两个传统："语文学"（philology）传统和"修辞学"（rhetoric）传统。前者偏向历时（diachronic）层面的探索，后者则以并时（synchronic）的角度，追求普遍的原则。

语文学可以追源到柏拉图的著述，经历中世纪的经籍研究，到十七世纪在德国建立了一个影响深远的学术传统，然后影响流播到英法等地。语文学主要以历史发展的角度研究语言文字，讲求文献证据，以及科学研究的精神；其视野所及，不仅限于语文，而广被文化、政治、神话、艺术、风俗等领域，可说是文化整体的历史研究。到十九世纪时期，语文学更以"硬科学"（hard science）的面貌，进占现代大学的语言文学系。[1]

修辞学亦有自亚里士多德以来的传统，从"雄辩术"的成规，发展为散文理论，后来更与"诗学"结盟，合成对"言说艺术"（the art of discourse）的追求。中古以还，这个"修辞/诗学"传统在法国的发展比较深远。例如十五世纪末到十六世纪初出现的"修辞学派"诗人（la grande rhétorique）就对散文、韵文、虚构（poétrie）的规律，都作出很

---

[1] 参考 Peter Uwe Hohendahl, *Building a National Literature: The Case of Germany, 1830-1870* (Ithaca: Cornell University Press, 1989); Peter Uwe Hohendahl, ed. *A History of German Literary Criticism, 1730-1980* (Lincoln: University of Nebraska Press, 1988); Denis Hollier, ed. *A New History of French Literature* (Cambridge, Mass.: Cambridge University Press, 1989); Roger Fayolle, *La Critique* (Paris: Armand Colin, 1978); Chris Baldick, *The Social Mission of English Criticism: 1848-1932* (Oxford: Clarendon Press, 1983); Gerald Graff, *Professing Literature: An Institutional History* (Chicago: University of Chicago Press, 1987); Herbert Lindenberger, *The History in Literature: On Value, Genre, Institutions* (New York: Columbia University Press, 1990)。

具影响的探索。直到十九世纪后期,"修辞学"在学校教育一直占有主导地位;"语文学"式的研究要到朗松(Gustave Lanson, 1857—1934)取代尼扎尔(Désiré Nisard, 1806—1888)主管师训以后,重要性才有所提高。在英德等国,当然也有"修辞学"和"诗学"的著述,但在近世学统的力量相对比较弱,例如在英国二十世纪初的新批评,就要换上严谨学科训练的外貌,才能与"语文学"传统争锋。[1]

至于西方文学史的书写,前身应是经籍文献的记录或记述,现代学者多以拉丁文"historia litteraria"称之。其中"litteraria"(文学)一词应作最宽的解释,因为早期"文学"包括一切类型的文字著述。与这种著述相近的,另有一种专事个别书册的载志(bibliomania)——类似中国的藏书目录,在法国尤其盛行。这些记述和记录,一方面是知识的整理,另一方面则是"崇古主义"(antiquarianism)的表现。当崇古主义以国族立场出现之后——如德国的"语文学"的建立就是缘此而来,再加上从"修辞学"和"诗学"提升的"审美意识"的参与,现代意义的文学史书写就得以萌生发展。当然这些文学史在不同国家也有不一样的发展倾向,例如被誉为德国第一本具现代意义的文学史——盖尔维努斯(Georg Gottfried Gervinus, 1805—1871)的《德

---

1 参考 George E. Kenndey, ed. "Vol. 1: Classical Criticism," *The Cambridge History of Literary Criticism* (Cambridge: Cambridge University Press, 1989); Denis Hollier, ed. *A New History of French Literature* (Cambridge, Mass.: Cambridge University Press, 1989); Roger Fayolle, *La Critique* (Paris: Armand Colin, 1978); Chris Baldick, *The Social Mission of English Criticism: 1848-1932* (Oxford: Clarendon Press, 1983); Peter Widdowson, ed. *Re-Reading English* (London: Methuen, 1982); Peter Widdowson, *Literature* (London: Routledge, 1999); Joe Moran, *Interdisciplinarity* (London: Routledge, 2002); Peter Uwe Hohendahl, ed. *A History of German Literary Criticism, 1730-1980* (Lincoln: University of Nebraska Press, 1988)。

国文学史》(*Geschichte der deutschen Dichtung*, 1835—1842), 就倾向视文学史为历史发展的表现, 而较轻视美学的意义; 法国则因为修辞学的影响相对较强, 在朗松《法国文学史》(*Histoire de la littérature française*, 1895)以前的文学史, 都以肯定法国文学(及语言)的普遍价值为主, 不太着意于历时变化的追踪。[1]

回到香港的情况, 时世经历固然有异, 但我们发觉文学史研究的开展也有类似的两种不同偏向。比较接近"语文学"传统, 重视资料搜集, 以科学求真为目标的典型的例子, 就是香港文学研究的奠基人——小思老师卢玮銮。她在1981年完成的硕士论文《中国作家在香港的文艺活动, 1937—1941》, 显示出她对史料搜寻发掘的兴趣。她的工作从七十年代开始, 早期比较偏重追寻内地作家在香港的文学遗迹; 其背后根源大概来自寓港的唐君毅、钱穆等新儒家的思想, 对中国文化的企慕成为主要的推动力。后来她也广集有关香港本土作家作品的材料, 自1996年开始, 与郑树森、黄继持合作, 陆续整理出版《香港文学大事年表(1948—1969)》(后来改订为《香港新文

---

[1] 参考 Denis Hollier, ed. *A New History of French Literature* (Cambridge, Mass.: Cambridge University Press, 1989); Roger Fayolle, *La Critique* (Paris: Armand Colin, 1978); René Wellek, *The Rise of English Literary History* (New York: McGraw-Hill, 1961); René Wellek,"English Literary Historiography during the Nineteenth Century," *Discriminations: Further Concepts of Criticism* (New Haven: Yale University Press, 1970), pp. 143-163; Neil Kenny,"Books in Space and Time: Bibliomania and Early Modern Histories of Learning and 'Literature' in France," *Modern Language Quarterly* 61.2 (June 2000): 253-286l; Peter Widdowson, *Literature* (London: Routledge, 1999); Joe Moran, *Interdisciplinarity* (London: Routledge, 2002); Michael S. Batts, *A History of Histories of German Literature: Prolegomena* (New York: Peter Lang, 1987); Hohendahl, *Building a National Literature*; 陈国球:《文学史的兴起——西方与中国》, 未刊稿。

学年表(1950—1969)》]、《香港文学资料册，1927—1941》《香港小说选，1948—1969》《香港新诗选，1948—1969》《香港散文选，1948—1969》《国共内战时期香港本地与南来文人作品选——1945—1949》《国共内战时期香港文学资料选——1945—1949》《早期香港新文学资料选(1927—1941)》等；对香港文学的研究，有很大贡献。她对文学史资料的严谨态度，与西方求精确、重实证的"语文学"研究方法很接近。然而，对资料、对史实追求全备无遗的想法，也可能是一种迷思。她一直认为"短期内不宜编写文学史"[1]。这种想法，在面对内地从八十年代开始编写了许多香港文学史论述的情况下，当然有其合理的成分。然而，以小思老师多年积渐之厚、功夫之深，大家都相信她最有能力写成一本重要的"香港文学史"。

至于从"修辞学/诗学"切入的进路，叶辉的评论集《书写浮城》或者是一个很好的例证，也是本文的主要讨论对象。

三 文学·现实；香港·中国

《书写浮城》所收文章，最早写定的是1985年的三篇：《〈游诗〉的时空结构》《〈罗盘〉杂忆》，以及《香港的滋味——余光中诗二十年细说从头》。

《〈游诗〉的时空结构》讨论的对象是梁秉钧和骆笑平合作的诗画合集。叶辉的重点在于诗；他对梁秉钧诗"空间形式"的呈现、在

---

[1] 她这个见解早在1988年发表的《香港文学研究的几个问题》已经提出，到今天还没有改变。见卢玮銮：《香港故事——个人回忆与文学思考》(香港：牛津大学出版社，1996)，页144。

不同空间的"游"、在游走中的"观看"、在观物过程的"重整秩序"等"言说艺术"层面（the art of discourse），都有精细的疏说。又因为《游诗》本来就是诗画合集，他也就诗画两种不同的艺术载体立论，参照现代中国学者对莱辛的《拉奥孔》"诗画异质说"的思辨，[1]反复论析"梁秉钧的时间和空间结构和综合媒体的探索"。这种从文本的言说层面推敲斟酌，企图推向文学艺术原则的体认或破解的批评方式，还见于《复句结构、母性形象及其他》（1988）；对不同艺术媒体界域跨越的思考，又见于《诗与摄影》（1986）和《文字与影像的对话》（1987）等篇。正如书中另一篇论文《两种艺术取向的探讨》（1986）的解释，该文细读两篇香港青年诗人的作品，目的在"分析诗中艺术取向"，"希望通过对问题的思辨，探讨两诗以外更广泛的诗学问题"（页200）。主要的思辨探讨活动就于个别文本与普遍原理之间进行，叶辉这一类的评论可以归入多利策尔（Lubomír Doležel）所讲的"例示式诗学"（exemplificatory poetics），而其指向也是偏于"并时"（synchronic）的层面。[2]

一般而言，"诗学"的意义在于建立普遍（甚而永恒）的准则——如亚里士多德《诗学》，或者重申这些基准系统的重要性——如欧洲中世纪诗学或者新古典主义的主张；[3]因此其指向往往是静态的（static）、规范的（normative）；然而，我们却可以在叶辉这些八十年

---

[1] 这个话题先由梁秉钧自己在《〈游诗〉后记》中点明。见梁秉钧：《书与城市》（香港：香江出版公司，1985），页328。

[2] Lubomír Doležel, *Occidental Poetics: Tradition and Progress* (Lincoln: University of Nebraska Press, 1990), pp. 25-26.

[3] Doležel, *Occidental Poetics*; Jean Bessiére, et al ed., *Histoire des Poétiques* (Paris: Presses Universitaires de France, 1997).

代的论述中，找到穿破"并时"思考的线索。其关捩就在于叶辉对"文学"与"现实"关系的思考。

叶辉在散文集《瓮中树》一篇题作《秋天的声音》(1985)的文章里，引用朋友的话说：

> 在此世还谈诗，实有点悲壮。

他接着追问：

> 我们真的是少数民族么？[1]

作为一个读诗写诗谈诗的人，叶辉对于自己处身的境况，有很真切的感觉。所谓"少数民族"，是相对于"现世""大众"而言；所谓"悲壮"，是因为有所坚持，不愿随波逐流。有这样想法的人，必须接受命定的"遗世独立"的孤寂。

以这个隐喻式的(metaphorical)感喟为线索，可以帮助我们去理解叶辉和他的朋友们如何建构文学的"自我"与文学以外的(或者说"外文本"的；extra-literary/extra-textual)"现实"的关系。"现实"可以有两个指涉范畴，一是"少数民族"要抗衡的对立面：包括对文学冷感的"大众社会"，以及他们无法认同的"文学社会"。后者的形相可以《深藏内敛，就地取材》(2001)一文所描述为例：

---

[1] 叶辉：《瓮中树》(香港：田园书屋，1989)，页116。这本散文集收录叶辉写于1983年至1987年的文章。

书写浮城　　　　　　　　　　　　　　　　　　　　　　　　451

  在我们这个文词膨胀、讲究包装、连读诗也要求效率、凉薄的功利社会里——我尤其要指明，这里所说的，是所谓"文学社会"，一个不肯花任何时间精神而时刻都存心捡便宜争利益的所谓"文学界"——要取艺术上的认同，简直是缘木求鱼。
（页259）

  另一种"现实"是指文学创作所要处理的"生活经验"，或者创作活动的"背景"——所谓"社会背景""时代背景"。如果接受机械"反映论"的信仰，文学便是"生活""社会""时代"的镜像。然而，"反映现实"大概不足以说明叶辉的理念，"脱离现实""逃避现实"也不是他要讨伐的罪名。在他眼中，"现实也许是一种最受误解的东西"，他在《诗与女性》中申明：

  现实就是文学艺术所要抗衡和从中纾解出来的东西。
（页277）

  叶辉的目的是想界定他构想中的"现实"，但在这个定义中，还有值得细味之处，那就是"文学艺术"和"现实"之间的"抗衡"以至"从中纾解"的活动和力量。如果"现实"是某种文本以外的东西，此"物"与"我"之间，就存在一种"抗衡"的动态关系，能否得"纾解"反而是后话。[1]我们再借用E. 巴里巴和马歇雷《论文学作为意识形态的形式》一文的概念来作进一步解说：[2]"现实"在这个定义中自然可以保有其物质性（materiality），不致虚幻无凭；只是"现实"与"文学"之间，并没有一条直达的通道；[3]而想象（imaginary）的力量，主要存乎当中的"抗衡"（和意图"纾解"）的活动之中。正是这种"能动力"，把叶辉带引到上下求索的"历时"（diachronic）的观照方向，省察更多层面的"现实"。

---

1 所谓"纾解"，如果参照E. 巴里巴和马歇雷的说法，就只能在"想象"层次中出现——一种"想象的纾解"（imaginary solution）。他们认为文学之中没有"真正的纾解"，其背后的理据是：一、文学中的"想象纾解"是在现实中不能纾解的矛盾的出路，这是文学形构意识形态的作为；二、作为在特定社会中的个体，难逃当时统治阶级的意识形态支配。Etienne Balibar, and Pierre Macherey, *On Literature as an Ideological Form*, in Robert Young, ed., *Untying the Text: A Post-Structuralist Reader*（Boston: Routledge & Kegan Paul, 1981）, pp.88-89.

2 说"借用"是因为我们理解E. 巴里巴和马歇雷的马克思主义导向有许多理论的前设，而这些前设我们没有打算——应和跟从；我们愿意谨慎地"借用"他们的论说，因为其中的精微思考有助我们梳理一些比较复杂或者隐存的现象。有关论点的讨论，可参Hohendahl, *Building a National Literature*, pp.18-24, 28-30; Zygmunt G. Barański, *Literary Theory*, in Zygmunt G. Barański, and John R. Short, ed., *Developing Contemporary Marxism*（New York: St. Martin's Press, 1985）, pp.254-262; Tony Bennett, *Formalism and Marxism*（London: Methuen, 1979）, pp.67-71, 156-158。

3 E. 巴里巴和马歇雷固然肯定文学话语以外确有"现实指涉"，但他们的重点是说明文学话语只会提供"虚幻的真实"（"hallucinatory reality"）："[T]he real referent 'outside' the discourse...has no function here as a non-literary non-discursive anchoring point predating the text.（We know by now that this anchorage, the primacy of the real, is different from and more complex than a 'representation'.）But it does function as an effect of the discourse. So, the literary discourse itself institutes and projects the presence of the 'real' in the manner of a hallucination." Etienne Balibar, and Pierre Macherey, *On Literature as an Ideological Form*, pp.91-92.

《书写浮城》中有几篇感旧回忆的文章(事实上全书各篇包括《题记》,几乎都是各种"记忆"的展陈),可以帮助我们把问题说得具体一点。其中《〈罗盘〉杂忆》提到叶辉曾经参与编务的诗刊——《罗盘》1976年12月创刊,1978年12月休刊——同人的文学观,分别有以下几点:

　　《罗盘》同人对诗有基本相同的看法,厌恶浮奢、架空、因袭和堆砌,倾向生活化和诗艺结合。

　　大多数同人都同意的,大抵就是《发刊辞》所说的"创为诗刊,应以呈现当时的中国人的情思为依归"。

　　刊物本身无宏大抱负。大家的构想,是以创作为主,辅以当前本港作者的评介和不同流派的外国诗翻译。多关心本港的诗作者大概是《罗盘》较明显的路向。(页300)

　　第一点可说是"诗学"("诗艺")的要求,其对立面就是"浮奢、架空、因袭和堆砌"等存在于"文学界"中的风气;然而当中提到"生活化"一说,自然牵扯到"文学"与"生活"的关系。第二点所讲的"当时"(具体的环境)的"情思"(由行动或事件生成的经验)就是"生活"的另一种说明。第三点提出"在地"的关心,和借鉴"外方"的经验。综言之,思考范围都在于并时层面。这些话,看来淳朴无奇,平实近人。然而就是在一切都"理所当然"的话语中,或者埋藏了复杂和暧昧的"现实"。譬如说:"中国"与"本港"的指涉是否可以重叠?又怎样覆盖重叠?又比方说:"外国"是否真的是"外"?这元素如何简约或者拆解上述的重叠?

《罗盘》中人大概不会忘记在台湾的尉天骢写的《为香港〈罗盘〉诗刊而作》(1978)一文,以下引述其中提到有关概念的文字:

> 香港是帝国主义从中国抢走的一块土地,然后它不仅利用这块土地推展对中国和亚洲的侵略,而且还把它培育成罪恶的渊薮。……我们相信这绝不是由于居住在那里的大多数中国人都自私、低能、命里注定要当次一等的公民,而是有人透过高楼大厦、灯红酒绿、燕瘦环肥、赌狗赛马……不知不觉中散布了比鸦片更令人瘫痪的麻醉剂。于是,一些人上一时刻还沾沾自得于香港的街景,下一时刻已在各种有形无形的麻醉中萎靡下来。……诗人啊,你应该写些什么呢?你是用一整页的篇幅去讨论散文中该不该多用引号,在忘却中国是什么样子的情况下卖弄廉价的乡愁?还是用血泪写下被侮辱的香港,为中国历史作下亚洲人奋斗的记录?[1]

在此无暇讨论尉天骢的简约主义,我们只打算将《罗盘》中人提到的"香港""中国""外国",加上作为主体(或者客体)的"人"等几个概念,从《罗盘》批评者的角度去理解其意义。结果是:"香港人"只是"被殖民的中国人","香港人"的责任是写"中国"之被"外国"侮辱,而不应写"香港"的街景。

---

[1] 尉天骢:《为香港〈罗盘〉诗刊而作》,《夏潮》第5卷第4期(1978年10月),页71。

现今有关"香港"的历史论述，都会指出二十世纪七十年代是"本土"意识浮现的时刻。以文学活动而言，今天已成神话的《中国学生周报》，在当年就曾发起过"香港文学"的讨论(1972);《诗之页》又办过"香港专题"(于1974年7月5日刊出)。《罗盘》主张"多关心本港的诗作者"，应该是这种意识的延续。换句话说，某些香港论述以为从七十年代开始，"香港人"的意识的出现，是以"去中国化"为前提的想法，不一定很准确。"香港人"意识，与"殖民的""中国人"等概念，还是在交锋争持之中，以一个繁复而且起伏不定的方式共存。当叶辉在《书与城市——在混沌中建立秩序》(1986)一文中，提到"香港及海外中国人"可以借鉴墨西哥人处于外来的现代文化和本土传统文化之间的反省时(页119)[1]，我们可以看到"香港的中国人""海外的中国人"和"大陆的中国人"是可以分拆处理的；或者说，我们看到一个可与"中国的香港"观念比较对照的"香港的中国"。至于"外国"("外来的现代文化")，则似乎是"香港""海外"中国人的文化资本之一，是有异于"中国"的中国人的条件。

《香港的滋味——余光中诗二十年细说从头》的内容也包括"回忆"与"当下"的并置。文章从二十年前读余光中《钟乳石》谈起，一直谈到余光中离港赋别的《老来无情》。当中不少论点也可以划归"诗艺"的范畴：例如批评余光中用"水晶牢"代"表"，"贴耳书"代"电话"，是《人间词话》所批评的"意欲避鄙俗，而不知转为涂饰"。然而，本篇更重要的地方，在于检视作者余光中和读者叶辉如何在"文学"与

---

[1] 梁秉钧《书与城市》一书有《孤寂的迷宫》(1976)一文，提到移民美国的墨西哥青年摆荡于墨西哥和美国不同的文化之间，并说："香港或海外的中国人，不也是同样处于两种不同的文化中的摆荡者，同样是感到难以适应吗？"(页18)叶辉对这个想法是认同的。

"现实"之间回旋周转。

叶辉回忆往昔如何被《凡有翅的》《敲打乐》打动,如"无数海外中国战后一代的年轻的心"被打动一样。叶辉说余光中的"美国时期"是"最接近中国的时期"(页191)。这个"中国"当然不是实际的地理中国。这"中国"是余光中、叶辉、"无数海外中国战后一代的年轻的心"所共享的文化语言所能建构的"想象中的指涉"(imaginary referent);"现实"就由这套共同语言运作而生。[1]可是,经过岁月的淘洗,共同语言已经拆散崩离,虽则余光中就在"中国大陆身旁的沙田",虽则叶辉就在余光中身旁不远。叶辉说:二十年前,余光中令他心动,是因为"诗里有人";二十年后,余光中的诗更能"匠心独运",可是"再没有生命,再没有人情"(页193)。我们如果再细意究问"生命"和"人情"的落脚处,就会发现叶辉关注的"现实",正是"香港的滋味"。于此,"诗艺"实不足以解释这种"滋味"。[2]"余光中旅港前后十一年",叶辉问:"他对香港有些什么感情呢?""香港只是他的瞭望台,香港的山水,是'缩成一堆多妩媚的盆景'";他的诗中也

---

[1] 参E. 巴里巴和马歇雷所说的"imaginary referent of an elusive 'reality'", Etienne Balibar, and Pierre Macherey, *On Literature as an Ideological Form*, p.92.
[2] 王良和《三种声音——论余光中"香港时期"的诗歌》同是讨论余光中的"香港诗",也有论及余光中之疏离"现实",说这是因为余光中身处自成一角的中文大学,这个环境"让余光中更容易归属于一个封闭的、山水田园式的历史文化空间,使他的审美心理越发趋向古典,而造成对都市事物、都市经验和现代感的疏离"。见王良和:《三种声音——论余光中"香港时期"的诗歌》,《文学世纪》第2卷第9期(2002年9月),页8—13。王良和的关切点显然与叶辉不同,而更重视"诗艺"。其实我们可以把王良和的"殊相主义"(particularism)的解释稍加修补扩充,说明香港上层文化的部分共相:香港的社会政治气候,很有利于殖民统治者,以至外来的"精英人才",封闭于一个不吃"人间烟火"的圈内。当然,"港式美食"可以不在唾弃之列。

出现了旺角、尖沙咀、红磡……却只是"'老来无情'的诗人笔下的一堆虚渺的地理名词而已"(页197)。叶辉的结论是:

> 那香港的滋味,根本不是滋味。(页199)

四　港味・粤味

我们说叶辉参与的,是构建"香港文学史"的始创工程,因为到目前为止,他还没有宣示撰写文学史的雄心。[1]然而就以《书写浮城》的各篇所见,叶辉正在把他的批评触觉伸展到有关文学史思考的不同角落,在若干环节又搭建了粗具规模的历时论述架构。以下我们就几个选点,稍作疏释。

在叶辉的论述中,我们看到"香港"的文化身份与"中国"意识的互动关系。二者的离合纠缠,决定了他的"香港文学史"的叙述方向。比方说,叶辉论"情迷中国"的余光中诗,[2]就究问其中可有"香港

---

[1] 叶辉曾于1988年发表过一篇《香港新诗三十年——一个大略的纲要》,载《经济日报》(《文化前线》)1988年6月20日;这篇文章后来改写成一篇三千多字的讲稿《香港新诗七十年》。文章虽然不长,但可以见到他的文学史意识;"三十年"与"七十年"之别,也值得注意。

[2] 夏志清的著名概念"Obsession with China"最适合用来描述余光中对"中国"的冥思苦想。这概念通常译作"感时忧国",词虽典雅,却似未尽其意;见C. T. Hsia, "Obsession with China: The Moral Burden of Modern Chinese Literature" (1967), in C.T. Hsia, *A History of Modern Chinese Fiction*, 2nd ed.(New Haven: Yale University Press, 1971), pp.533-554;中译见夏志清著、丁福祥、潘铭燊译:《现代中国文学感时忧国的精神》,载夏志清著,刘绍铭等译《中国现代小说史》(香港:友联出版社,1979初版;香港:香港中文大学,2001再版),页459—477;又参考王德威:《重读夏志清教授〈中国现代小说史〉》,载《中国现代小说史》(2001再版),页xi-xxxi。

滋味"？这是从笼统模糊的"中国"概念割分出一份"香港"意识。这种"滋味"在他的论述中，又以"粤味"的另一形象出现。这又与"华南"——依附于"中国"——的概念相关联。《书写浮城》中《粤味的启示》(1985)一文，主要从"粤语"与"文学语言"的关系出发。粤语的运用，当然不限于香港，文中也有举深圳和广州作家的作品和观点为例证；可是整篇文章的关切点，又似乎是"港味"居多。或者说，叶辉心中的"粤味"，其实以"港味"为其主要内涵。经过这样的变位换相，叶辉的论述就可以深入幽微，带来许多启示。

　　文学史与语言的关系，本来就千丝万缕。"民族语言""民族国家"与"国族文学"的概念互相依存。自十九世纪以来西方的历史和文学史论述，都以这种关系的确立，解释欧洲各地民族语言和民族国家兴起的关系。由清末以至"五四"下来的现代中国知识分子，也企图仿照西方模式，复制一个"现代的"民族国家，至有以文言文比附拉丁文，以白话文比附近世欧洲民族语言，而以政治社会文化运动的方式，建立"国语"，以及"国语的文学"。然而，晚近的政治社会理论却提醒我们："国家""民族"等等在往昔似是"确凿不虚"的事物，都不外由"想象"所构设。[1] 至于民族语言，亦复如是。比方说，照 R. 巴里巴的分析，无论法国初级学校讲授的"基础语言"，还是高等阶层使

---

[1] 无论安德森的"想象的社群"（"imagined communities"）论，还是 E. 巴里巴的"虚幻的族群"（"fictive ethnicity"）说，都有助戳破"国族主义"或者"民族国家"的迷思。 参考 Benedict Anderson, *Imagined Communities* (London: Verso, 1983); Etienne Balibar, "The Nation Form: History and Ideology," in Etienne Balibar, and Immanuel Wallerstein, ed., *Race, Nation, Class: Ambiguous Identities* (London: Verso, 1991), pp.86-106; Ernest Gellner, *Nations and Nationalism* (Oxford: Blackwell, 1983); Ronald Grigor Suny, "Constructing Primordialism: Old Histories for New Nations," *The Journal of Modern History* 73 (2001.12): 862-896.

用的"文学语言",都是与现实有距离的"虚幻法语"(français fictif)。[1]

以香港的情况来说,语言的"虚幻性"(fictionality)更觉明显。首先是英语在殖民统治中占有政治、法律等领域的特权,成为"二言现象"(diglossia)的"高阶次语体"。[2]中文在殖民统治者眼中,是一种土话,称之为"punti"(本地话),没有禁制其流通,也没有刻意规管。[3]但对于占香港人口超过百分之九十八的人来说,最主要的应用语言还

---

[1] R. 巴里巴之说见 Renée Balibar, *Les Français fictifs: le rapport des styles littéraires au français national* (Paris: Hachette, 1974); Renée Balibar, "National Language, Education, Literature," in Barker, Francis, et al ed. *Literature, Politics and Theory* (London: Methuen, 1986), pp.126-147; Etienne Balibar, and Pierre Macherey, "On Literature as an Ideological Form," in Robert Young, ed., *Untying the Text: A Post-Structuralist Reader*, p. 92; John Guillory, *Cultural Capital: The Problem of Literary Canon Formation* (Chicago: University of Chicago Press, 1993), pp.77-78。

[2] 参考 Charles Ferguson, "Diglossia Revisited," *Southwest Journal of Linguistics* 10 (1991): 200-208; J. A. Fishman, *Sociolinguistics: A Brief Introduction* (Rowly, M.A.: Newburry House, 1971), pp.78-79; Harold F. Schiffman, "Diglossia as a Sociolinguistic Situation," Florian Coulmas, ed., *The Handbook of Sociolinguistics* (Oxford: Blackwell, 1997), p.208; John Guillory, *Cultural Capital*, pp.77-78; 陈国球:《诗意与唯情的政治——司马长风文学史论述的追求与幻灭》,《中外文学》第28卷第10期(2000年10月),页77—81。

[3] 在整个殖民时期,英语于香港的重要性不容置疑;在1974年以前,英语更是唯一"合法"的法律和公事语言。从二十世纪六十年代后期到七十年代,居港华人组织社会运动,积极争取中文的"合法应用",直到1974年1月11日,《法定语文条例》正式在《香港政府宪报》公布,"宣布英文及中文为香港之法定语文,以供政府或任何公务员与公众人士之间在公事上来往时之用"。自此,"中文"在香港的存在,才有其"合法性"。一种活生生的、一直在社群中口讲手写的语言,在过去竟然可以"合法地"视而不见,可见"现实"之"魔幻"。有关英语在受殖民统治的香港的垄断地位,和香港人对此的反应,可参考 Alastair Pennycook, *English and the Discourses of Colonialism* (London: Routledge, 1998), pp. 95-128, 205-214。

是概念模糊的"中文",视之为"母语"。[1]中小学校课程教授的规范"中文",包括"文言文"和新文学运动以来的"白话文"(或称"语体文");其设计基本模仿战前内地的"课程标准"。[2]课本范文来自古今中国文学正典,都是"认可的"文学语言。因此,在香港以中文创作的文人,基本上以"中国"的文学传统——包括新文学和旧文学传统——为典范,遵从其语言规范和习套。可是,无论文言文还是白话文的规范准则,都与社群中交谈应用的粤语有许多的不同。文学创作者一方面以粤语阅读和思考写作,另一方面又要同时"悬置"正在运用中的粤语词汇、语法和逻辑;这个过程可说相当的"虚幻"。正如叶辉说:

> 情况是这样的:我们的口语是广东话,写作的时候用国语(大多是以粤语发音的"国语")思考和组织句子,再写成书面语,中间不免有一层翻译的过程:说的是柜桶、单车、巴士、睇波、睇戏、揸车⋯⋯,写的却是抽屉、自行车、公共汽车、看球赛、看电影、驾驶⋯⋯(页149)

于是在香港的语言运作方式是分裂的:口语(让人觉得比较接近

---

[1] 有关"母语"和"语言群体"组成的关系、以语言建构的"现实"与"民族感情"投射的关系等,可参考 Etienne Balibar, *The Nation Form: History and Ideology*, pp.98-99。

[2] 内地政权转换以后,殖民统治注意区隔的是香港与内地政治的联系,中文教育只要内容不涉具体政治,规管就不会严格;由于留有许多空间让南移的知识分子继续传递"五四"以来的文学观;参考陈国球:《叙述、意识形态与文学史写作》,载《中外文学》第25卷第7期(1996年12月),页135—162;陈国球:《感伤的教育——香港、现代文学和我》,载《联合文学》第153期(1997年7月),页43—46。

"现实"的"真")与受教育而掌握的书面语(因为往往牵涉一重"容易失真"的翻译,所以显得"虚假")总有那种不能逾越的距离。由"口语"到书面应用的"规范语",到"文学语言",通过教育建制的编排,形构成从低到高的文化价值阶次。愈为"虚假"的一面,其价值阶次就愈高。最高的,当然是距离"现实"更远更远的、精英阶层才能纯熟运用的所谓的"高阶次"英语。"现实"受到重重压抑,被封锁、被埋没。所以反抗语言压制的诉求,包含了政治、文化、道德和美学的想象。叶辉以及不少香港的文学创作者不满"粤味、港味的句子一直被视为瑕疵,被排拒于文学语言之外"(页147),和被统治的华人向殖民政府争取应用"中文"的权利,其心理因素大概是相同的。这是对"普通话也讲不好,怎能写出好作品?"(页146)一类语言沙文主义的反抗。

叶辉的反抗,表面看来,是"温柔敦厚"的。文中三番四次说:"无意提倡粤式或港式句法"(页147)、"并不是要提倡粤语写作"(页149),好像不敢冒犯北方话的尊贵地位。其实潜藏在他的姿势底下,有更深刻的思考。他追求的,远远超出语艺的层次,而关乎文化空间内的力量调整。他的简单问题是:"书面语以北方话为标准是不是无可变易的事实?"(页152)这个问题不必由他来回答。但接下来他借助一位广州作家的讲法"广州文化和香港文化,相对于北方大陆文化,有着岛文化的倾向",然后提出自己的理念:

> 岛文化……当然不单是语言问题或地理问题,而是一种语言与文化(词与物的互证与互补)、语言与思维(命名所意味的概念和价值)的综合关系,而且往往在地图上向标准语中心折射反馈。(页155)

他提出的，是语言"现实"的另一种想象空间；在"词"与"物"的交换中发掘越界（transgression）的可能，重理"香港"在"文化传统"的空间结构的位置。在另一篇题作《选择语言》（1990）的文章，叶辉说：

> 在大陆中文和台湾中文以外，我们还有香港中文。[1]

叶辉这种理解，并不指向简单的"文化认同"的自豪——如杜·贝莱（Joachim du Bellay）于1549年的"民族文学"宣言《保卫与发扬法兰西语言》（"La défense et illustration de la langue française"）[2]；他反而在意于如何在多种牵缠语体的交错活动中反思文化位置的安排。正如前述，这不是纯语艺的考虑。他的悲叹，源自他的深思：

> 选择语言真的是一个教人感到混乱、困惑乃至自我怀疑的问题。[3]

1　叶辉：《水在瓶》，页66。
2　Margaret Ferguson, "1549: An Offensive Defense for a New Intellectual Elite," in *A New History of French Literature*, pp.194-198. 德国文学史中也有如"结果学会"（Fruchtbringende Gesellschaft，成立于1617）和奥皮茨《德国诗论》（Martin Opitz, "Buch von der Deutscher Poeterey," 1624）等宣扬民族语言和文学的主张；参考Wolfang Beutin, et al ed., *A History of German Literature: From the Beginnings to the Present Day*, 4th ed.（London: Routledge, 1993）, pp.113-119; Michael. S. Batts, *A History of Histories of German Literature: Prolegomena*（New York: Peter Lang, 1987）, pp.31-32。
3　叶辉：《水在瓶》，页66。

他的叩问，带来"无穷的可解"（页151）。[1]

五　华南·双城·香港

联系"香港"与"华南地区"，从而寻找"香港"文化位置，是叶辉论述中的一个探讨方向。十余年后他再写成《三四十年代的华南新诗》（2001）。相对于上文讨论过的"诗学/修辞"式论述，这篇文章的文学史探索意味非常浓厚。它的开展方式是先肯定一个"南方新诗传统"，并为这个传统溯源到二十世纪二十年代来自广东的诗人梁宗岱和李金发。尤其李金发曾在香港受教育，三十年代中又曾为香港诗人侯汝华的诗集《单峰驼》和林英强的诗集《凄凉之街》写序，可以见证早期香港现代诗与李金发的渊源。这也是全篇的历史叙述模式：一方面追摹南方新诗的发展，另一方面时时留意发掘香港新诗史的资料。叶辉在本篇为我们揭出可能是香港第一本的新文学诗文集——李圣华写于1922年至1930年的《和谐集》，可能是香港"最早出现、论点最完整的现代诗论文"——隐郎写于1934年的《论象征主义诗歌》。把罕为人知的早期文献翻检出来，当然有探幽寻胜的乐趣；可以说，这种态度已经很接近专意资料发掘的崇古主义。

除了资料钩沉和文学史描叙（尤其对三十年代的勾勒更见明晰）之外，叶辉这篇文章还有其他值得注意的地方。或者我们可以再结

---

[1] 研究"虚幻法语"的R.巴里巴，另撰有一本《法国文学史》*Histoire de la Littérature française*（Paris: Presses Universitaires de France, 1999），从欧洲语言和不同语体交错影响支援的角度去看文学史的发展；这些历史事迹，或者可以补充叶辉的思考。R.巴里巴的书有胡其德中译，见荷内·巴里巴著，胡其德译：《法国文学史》（台北：麦田出版社，2002）。

合叶辉另外几篇牵及早期香港文学史的文章合论。这几篇是:《三十年代港沪现代诗的疾病隐喻》(2000)、《城市——诗意和反诗意》(2001),以及《记诗人柳木下》(1999)、《鸥外鸥与香港》(2001)、《找寻生命线的连续物——诗人易椿年逝世六十四周年》(2001)。

"香港"与"中国"的关联,可以从地理毗邻、语言无殊的华南地区广州切入,也可以从生活形态相近、往昔交流频仍的上海着眼。尤其叶辉对香港的"城市"风景有特别深刻的感受,这一个切入点更显得顺理成章。《城市——诗意和反诗意》一文,借用德塞都(Michel de Certeau)论述城市游走的诗学概念,说明诗与城市的某些关系——尤其是"诗意"与"反诗意"的关系,属于叶辉"例示式诗学"的论述,而非文学史的探索。但有趣的是,取以印证的两组作品却出自"三十年代的上海和香港"以及"七十年代经验"。后者是叶辉的重要"记忆"时段,下文再有讨论;前者则有赖上述的文学史访寻工作了。文章主要以静态方式、并时的角度,分别讨论施蛰存、鸥外鸥和梁秉钧的作品如何在"诗意"与"反诗意"之间回旋。[1] 叶辉在《三四十年代的华南新诗》提过香港诗人李育中《都市的五月》一诗有施蛰存《意象抒情诗》的影响痕迹。(页341)在本篇,他又为施蛰存诗"对香港的年轻诗人有很大的影响"作更清晰的解说:《桥洞》启迪了陈江帆以乡镇生活为背景的诗;《沙利文》启迪了鸥外鸥大量并无"诗意"的城市诗。(页164)这些论述既显示出叶辉于诗艺的敏感触觉,也见到他辨识影响借鉴的文学史眼光。这个特色在《书写浮城》另一篇香港上海合论的文章中更为明显。

---

[1] 其实叶辉在1986年就写过《"诗意"的字》一文,可见他对这个问题的长期关注;见叶辉《瓮中树》,页264—265。

《三十年代港沪现代诗的疾病隐喻》主要讨论"'疾病'作为一种表述方式，（因）辗转沿用而演变成为诗人、小说家等边缘族群所共用的'圣词'"（页324），按理也应归类到"诗学/修辞"的范畴——事实上这是叶辉最关心，也是他最得心应手的范畴。然而，本篇的文学史意义却也非常丰富，因为全篇论说是建基于具体人物情事在特定时空中活动的分析。这些活动的描摹解说，就是文学史一个段落的书写。叶辉也提醒我们注意一个事实：这个时段在现存的文学史著作中还没有充分的讨论。他在文中先交代二十世纪前期香港和上海两个城市文化交流（包括文学、电影、视觉艺术）的规模，然后说：

> 就是在这样的文化大交流的背景下，香港和上海在三十年代涌现了一批年轻诗人。他们花了约莫十年的时间，为中国新诗激起一阵不为文学史所注意的波澜。也许时间太短了，又或者这批诗人都比较低调，他们的作品往后对港、台新诗尽管发生过或隐或显、或直接或间接的影响，作为诗人，他们在往后的数十年迹近寂寂无闻，只可以在一些诗选中见到他们零星的作品。（页306）

为了不让这批诗人继续"寂寂无闻"，叶辉就起劲地追访调查。他重检三十年代香港出版的文艺刊物如《红豆》《今日诗歌》《诗页》《时代风景》《星岛日报·星座》等，以及上海出版的《新时代》《矛盾》《现代》《诗歌月报》《文饭小品》《新诗》等，发现所载诗篇作者有很大程度的重叠。他再考订他们的生平行迹，推断其创作环境；然后，更重要的是，配合由资料提供的线索和规划的方向，仔细阅读各家作品,梳理其间的影响传承。例如篇中先后探讨李金发、施蛰存,以至艾青、何其芳等人作品中的"城乡二元性格"和"疾病"隐喻的关系,并举出香港年轻诗人侯汝华、林英强、陈江帆、杨世骥、柳木下、鸥外鸥等的诗篇来比较对照。经过叶辉用心铺排剖析,港沪诗坛间的互动情况就呈现清晰的轮廓了。

香港和上海并称"双城",文化往来多所互动,叶辉的探讨自有其客观的基础,而其论述亦以实证考订为凭据,着意补苴罅漏。然而,如果我们再小心阅读叶辉对现存文学史的批评,就更容易体察他的用心。他在努力爬梳资料、铺陈论点之余,常常表露这一类的意见:"(既有的新文学史)内里原来是充满偏见的,视野也显然十分狭隘"(页328);"我们的新文学史家和评论家向来对史料既不关心也不尊重"(页329);"(南方诗人郑思)在凉薄的文学史里被抹洗得几乎不留痕迹"(页346)。这些"既有的新文学史"之所以让叶辉觉得"狭隘""凉薄",是因为它们摆出"普天之下,莫非王土"的架势,以"中国"之名把"香港"覆盖然后消音。[1]例如三十年代涌现的一批香港诗人,就显得"寂寂无闻";叶辉一边委婉地解释,说"也许时间太短了,又或者这批诗人都比较低调",一边重组他心中的"真实"图像。虽然他作的是港沪并举同列、对照细读,但焦点就是在"香港";他的

---

1 "中国新文学史"的书写传统一直没有注意受殖民统治的香港的文学发展,可以有许多辩解的方式。但自"回归"之局已定,这些现当代文学的书写,纷纷开展"覆盖天下"的意识,可仍然"对史料既不关心也不尊重"。就以最近的论述为例:《文学世纪》在2002年9月刊载陈祖君的论文《二十世纪中国现代诗发展的三大阶段与两大板块》,以庸俗的"板块论"作"中国"拼图;大陆和台湾就是那两块大板,香港在这种"板块"研究中连作破木板的资格都被取消,大概成了碎屑飞灰吧;见《文学世纪》第2卷第9期(2002年9月),页30—35。

心愿应该是寻找"香港"在文学史的位置。他从来没有迷失在访古好奇的趣味中;"既有的文学史"对他来说,就如"凉薄的功利社会",是他要回应、要抗衡的"现实"。我们不难发觉,叶辉重新整理的文学史图像中一些焦点人物,如鸥外鸥、柳木下,甚至易椿年,都曾经以不同方式走进他的生活空间。《书写浮城》中的《记诗人柳木下》一文,就是最清晰的说明。文章有两个不同的情节系列:一是记叙文学史中的柳木下,交代他诗作的特色:"既有传统中国抒情诗的影子,也受过西方现代诗的影响;既保留个人抒情的风格,又流露出那个时代的民族感情",又认同郑树森以柳木下和鸥外鸥为"这时期的两大诗人"的文学史判断;另一是刻画二十世纪八十年代后期常常向叶辉兜销旧书的老人[1]。两条线索、两个形象交错出现,个人世界与历史空间不断互相撞击。这种撞击同见于《鸥外鸥与香港》《找寻生命线的连续物——诗人易椿年逝世六十四周年》等文之中,只是程度或有不同而已。

叶辉要讲历史,并非源自知识上的好奇冲动,而是因为历史无端闯进他的"现实"。

六 个人·历史

上文说叶辉在"现实"的激荡下,闯进了"历史"的领域,意思和这里讲的"历史"无端闯进他的"现实"是一样的。叶辉除了是一个读诗写诗谈诗的人,还是记者、编辑、专栏作家;总之,他不是受历史

---

[1] 叶辉有两篇题作《老人和书》的散文,分别写于1985年和1986年,都是柳木下的剪影;收入《瓮中树》,页284—287。

或文学史专业训练的人。然而，他以自己的生活、记忆介入历史/文学史的书写。在《书写浮城》中，我们见到一个非常有意识地回溯成长经验的叶辉。他不断提醒读者（或他自己）他的成长过程，并以此来开展不同的文学话题。最明显的是《七〇年代的专栏和专栏写作》一篇，文章劈头就说：

> 我是一个"七十年代人"。那是说，我是香港战后"婴儿潮"的其中一人，跟同代人一样，在六十年代末七十年代初完成学校教育，开始接受社会教育。那是说，我跟好一些同代人都是在 1966 年至 1967 年间，开始重新认识自己和世界，往后几年，困惑又愉悦地学习思考和写作，到七十年代初才渐渐明白写作是怎么一回事。……（页 131）

类似的话，有用来交代一代人的阅读经验或者文艺信念（《〈书写浮城〉题记》《十种个性与二十多年的共同记忆——〈十人诗选〉缘起》），有用来见证城市发展带来的新经验如何促成对既定概念的重新思考（《复句结构·母性形象及其他——序也斯〈三鱼集〉》《城市——诗意和反诗意》），有用来延伸"1997"的历史意义（《1997 及其他》）。叶辉在本书《题记》解释说，他"无意强调我们这一代的香港经验"。其实，以他"书写浮城"的理路来说，其"强调"之意是难以掩饰，亦不必讳言的。他的成长、阅读、思考等经验，决定了他"和这世界的关系"——视"香港"为"浮城"，"回顾大半个世纪的香港文学"也就是"整理和重写自己"。（页 vii-xii）

然而，"个人"经验或者"个人"记忆，是否能代表/反映"公众"

书写浮城　　469

的历史/文学史呢？这当然是个值得审思的问题。

香港的文学(新文学)史历程不足百年，而书写香港文学史的意识由初现至今亦不过二十年左右。在材料(甚至连"什么才是香港文学史的材料"也有待讨论)流散、主流论述尚未定型的情况下，不少个人的"回忆"纷纷冒现，抢先为自己在文学史订座划位。如罗贵祥《"后设"香港文学史》指出，1986年以来，有关香港文学历史的"文章、回忆录、零碎记述"大量涌现，"一下间给人的印象是仿佛史事纷陈，每个人都曾为本地文学的发展尽了不少血汗劳力"。[1] 卢玮銮也提过有关香港早期文艺刊物的论述，"往往给某些人的一两篇回忆文章定调了"，"这种研究方法其实是有问题的"。[2] 叶辉也有这个警觉，明白"自己"不等于"众人"，他在《1997及其他》说：

> 个人的记忆和众人的历史固然有着这样那样的牵缠，关系有时却未必是那么直接的关系。也许是由私我到他人，然后才跟历史有了某些契合。(页281)

叶辉的"浮城书写"能够超越"个人"的视野，或者就在于"由私我到他人"的意识。例如"专栏"文章是否是"文学"，能否进入"香港文学史"，正是文学史兴起阶段常常要处理的"文学定义"的问题。叶辉以七十年代的新闻从业员、专栏作者的身份，见证了香港报业由"活版印刷"变成"柯式印刷"的"革命"，并以本雅明(Walter

---

[1] 罗贵祥：《"后设"香港文学史》，载阮慧娟等《观景窗》(香港：青文书屋，1998)，页159—161。

[2] 黄继持、卢玮銮、郑树森：《早期香港新文学作品三人谈》，载郑树森等编《早期香港新文学作品选》(香港：天地图书公司，1998)，页8。

Benjamin)的《机械复制时代的艺术作品》作为考察报纸专栏的理论框架，注意"文艺青年"与"专栏文学"的关系，以至报纸与文学杂志的分工协作等，虽由"个人记忆"出发，却能够贯通"私我到他人"，为"公共"的历史/文学史作出有意义的检讨。[1]这又是叶辉于香港文学史书写的另一建树了。

七 余话：书写浮城

叶辉在《题记》中说，他在整理"大半个世纪的香港文学"的文稿时，感到有如"整理和重写自己"。所谓"整理和重写自己"，其实不能改变自己的过去，只是重新为自己在一个虚拟的公众和历史世界上定位，以期重新（或"更好"）认识自己。这个认识是因着人生历程的某个阶段的主客观条件而生成的；意思是，这种认识是有阶段性的、暂存性的，有可能随着历史改变而改变的。从这个角度再推想有关"个人经验"和"香港文学史"的问题，我们或者可以有更通达的看法。"香港文学史"的兴起，是历史的产物，不是"恒久之至道"，亦非"不刊之鸿教"。在内地开展的"香港文学史"书写，和香港本土意识支撑的，各有不同的基础。如果"本土意识"随着叶辉这一代（或者下一代、再下一代）改变，转向，则要求有主体意识的文学史的想法，也可能有所改变。这样说，没有否定香港的文学活动、作家和作品作为现实的"物质性"（materiality）。这些活动和相关生产的文本曾经存在的事实，是谁都不能改变的。只是这些资料和文献会以哪一种形式传

---

[1] 参《七〇年代的专栏和专栏写作》(1998)、《〈水在瓶〉后记——兼谈专栏写作》(1998)，以及《〈书写浮城〉题记》(2001)。

述流播：是地方志的"文苑""艺文"卷，还是如黄继持口中的"地方文学史"？[1]果如是，则现在香港熙熙攘攘的文学史书写的诉求，还不是个"未曾开始已结束"的故事？[2]

原题《浮城书写与香港文学史：论叶辉的〈书写浮城〉》，
载《文学世纪》第2卷第12期（2002年12月）

---

[1] 黄继持、卢玮銮、郑树森：《早期香港新文学作品三人谈》，页39。
[2] 叶辉在《浮城后记》引述Vasko Pepa的故事，有这样的话："故事还没开始/已经结了局/然后开始/在结局之后"；见《浮城后记》，页119。

我城景物略
——三序陈智德香港文学史论

陈智德《地文志——追忆香港地方与文学》，台北：联经出版公司，2013年；

陈智德《板荡时代的抒情——抗战时期的香港与文学》，香港：中华书局，2018年；

陈智德《根著我城——战后至2000年代的香港文学》，台北：联经出版公司，2019年。

一 我看陈灭的"我城景物略"：序陈智德《地文志》

谁是陈灭？

很多年前，故人影印《信报》一篇专栏文章给我看，还笑着脸，说："是你的仇人写的吧？"文章作者是"陈灭"——他的阅读是"灭陈"，内容是评论我和朋友合编的一本书。故人的阅读方式，是文人的，迷信文字有其魔力；也是庶民的，一切行为以实用为尚，不作无谓之事。

我回说："你没有看到'灭'字的'火'吗？"

我这个解释，当然不合字源之学；可是，我看到的，确是陈灭不灭的火，那"抗世"的火。后来看到更多陈灭的诗与诗话。

后来认识了岭南大学博士陈智德。看到智德在研讨会宣读论文，解说香港文学历史，编集香港的诗与诗论；从他说话的节奏、语调，的确是唯智尚德。

在香港，如果对文学还未绝望，大概有赖心中的一团火。在香港，如果要提倡文学，还是需要智慧、需要具备"足乎己而无待于外"的意志。

读《地文志》，我既看到陈灭，也看到陈智德：

> 历史不容窜改？历史一向被现实窜改，还有生命、故事、文学、香港或什么都可以……
>
> 音乐是一种美，摇滚教我们看穿假象。假象不美，假象令人作呕生厌，但有时却竟和美融合，这是悲哀的。……
>
> 由一九九七年起，香港的时钟开始拨快，各种事物加速变化，彼此的距离愈行愈远……

读《地文志》，我看到我城我民的前世今生。

我的父母长辈，经历战火乱离、时代兴废，别去中国南部的故土，只带来"休洗红"的文化记忆；同乡聚居，他们营造了香港又一个互相取暖的"半下流社会"，无效地抗衡城市经济与一切的声光化电；父亲手握一管蘸满乡音浓情的笔，心中有一面虚幻的旗。这许多的精神史，以超简式的书写，呈现为《地文志》。

打开《地文志》，还见到我的童年往事、我的青葱岁月，洒落在九龙半岛的西岸。"芒角"是我的"好望角"；爸爸跟小时候的我说：不要怕迷路,只要你记得弥敦道,你一定可以回到旺角西陲,你的家。像同时代的小孩、少年,我们还有一个可以历险成长的实景空间;书,还是可以手捧揭页的。花近高楼,登楼访书可以望尽天涯;由花园街的"寰球",弥敦道的"大东""港明",洗衣街的"新亚""南山",奶路臣街的"学津",到西洋菜街的"田园""学峰""文星"……我们走在这时间旅程之上;途中最有象征意义的,莫如九转百折走到离棺材店不远的"广华",店内灰尘扑面,盈眼是朦胧书影。

如斯种种,感荡心灵;《地文志》对于一辈香港人如我,弦动共鸣自是萦回不尽。

然而,《地文志》不止于伤逝的金针指南。智德写《地文志》,寄心乎晚明的《帝京景物略》。

方逢年序《帝京景物略》说:

> 燕不可无书,而难为书。……曰:"燕难为书,燕不可无书也。"

一个城市的故事,真的这么难说?

方逢年又说:

> 其言文,其旨隐;其取类广以僻,其篇幅无苟畔。其刻画也,景若里之新丰,鸡犬可识也;物若偃师之偶,歌舞调笑,人可与娱,可与怒也。……爱有于子奕正采厥事,周子损采厥诗,以佐刘生之笔华墨沈。

书写浮城　　475

"里之新丰",甚或"偃师之偶",已不必再赘。"采事采诗","以佐""笔华墨沈",直是《地文志》的书目提要。时而智德采事,时而陈灭采诗:

> 时流洗净铅华,九龙城只暗自追怀,不肯在人前话旧,我们都理解,它藏着半岛最幽隐的历史记号,……待得双燕归来,也未必愿意记起。

> 似听得楼台夜语,不想早归宿处,半途停驻
> 漫回头空见海角寂静,极目寄予船灯,早发航程
> ……
> 整个世界都在飘移,在你伫立的山岗,围绕面前
> 是风吹旗动,还仅是满室茶烟,逸出袅袅的记忆?
> 我从铁闸缝隙往内望,书店像一只大蛀牙,地面隐约有零散残留的书籍,已完全被尘埃覆盖。这家书店和它的尘埃,历经流转与变幻,终于合而为一。

"其言文"不是最重要,当然不是不重要;"其旨隐"才是《地文志》之"志"的意蕴所在。智德说:

> 我们的文学,我们的历史,以至由土地化生的愿望、情志,本归于更超越的共同。

这大概就是仲尼之言:"其义则丘窃取之矣。"

康熙二十三年（1684），《帝京景物略》面世后五十年，乡试又一次名落孙山的蒲松龄偶然遇上这本书，不胜欣喜。对于其间的书写，蒲松龄是这样阅读的：

> 昔子昂画马，身栩栩然马；疑先生写树，身则梗叶，写花则便须蕊，写山若水，则又丘壑影、细浪纹也。

这种与生命同在的书写，也许是"我城景物略"在陈灭的键盘中敲打出来的景况。

《地文志》，也许是"休洗红"之意；因为，洗多红在水，洗多红色淡。

2013年10月21日写于露屏之后

二　历史中的"战争诗学"：序陈智德《板荡时代的抒情》

1939年7月10日，由戴望舒主编，在香港出版的《顶点》创刊号，发表了自上海避战祸而南下，寄居于香港西环桃李台，在汇丰银行大厦上班的徐迟的一篇名文《抒情的放逐》，展示出这时期的一种"战争诗学"。徐迟说："轰炸已炸死了许多人，又炸死了抒情，而炸不死的诗，她负的责任是要描写我们的炸不死的精神的。你想想这诗该是怎样的诗呢。"中日战争爆发，民坠涂炭；苍茫大地，容不下风雅闲情；但徐迟还相信"诗"有"炸不死的精神"。这诗该是怎样的呢？《顶点》同期有徐迟的一首诗《述语》，诗的正文如下：

虽然我是主语，而我也很有一些述语，
每一句我应该有一个述语才能完成的，
可是在这里我似乎不大懂得文法了，
我的述语与我无论如何不适合，
没有一个"动"词可以做我的述语吗？

我"买"外汇"跳"舞"游"泳"喝"啤酒"吃"三明治，
我不要这样的述语他们不适合我
像迦洛连山麓足球场大看台和人口密度，
当守望战争而没有一个热情的啦啦队，
我只有一个述语"寂寞"也不适合我不要它，
我要的是一个真正的动词来做我的述语。

　　诗中出现了"战争"的字眼，但细看却只是"足球赛"的常见隐喻。诗的主体内容，是以"文法"（语法）的格式——"主语"（subject）和"述语"（predicate）的组合——比喻人生的动向。这种手法，很有英国十七世纪"玄学派诗人"（Metaphysical Poets）习用"巧喻"（conceit）的味道。"玄学派诗人"在二十世纪重新得到关注，得力于艾略特（T. S. Eliot）等现代派诗人的推崇，作为抗衡浪漫主义末流"滥情倾向"（sentimentalism）的文学史依据；因此玄学诗风也是"现代主义"诗学的重要元素。徐迟原是三十年代的"现代派"中人，他这首诗把抗战时身处香港的文化人的生命形态以淡乎寡味的方式呈现：当下生活的各种可能——"买外汇""跳舞""游泳""喝啤酒""吃三明治"——只带来不协调的感觉，唯一实存的"寂寞"，又是"我"所急欲摆脱。当中的思考以主语与述语的语法关系出之，显示出一种似乎可以逻辑切割，但实际又必然要联结组合的矛盾和复杂境况；这都可以看成是智性的思考，合乎"现代主义"的诗学主张。我认为徐迟这首在香港完成、在香港发表的作品，是中国现代诗的一首上乘之作，尤其我们结合诗的一段序文同读，更可以交织出丰富的意蕴：

> 诗序：香港油麻地渡头的时钟铛铛地敲给一个车站听。这是九龙车站，去年广九路粤汉路被轰炸。有一次人们买了车票临时车却开不出站。一连二旬左右，他们在这站上候车而又生活，如生活于列车饭店。列车饭店早已闭歇，车站现在有一颗寂寞的心，渡头的时钟敲罢，我有一个歌唱。

"诗序"一方面为正文空悬的意念置入具体的语境：香港油麻地、九龙（尖沙咀）火车站、中日战事方酣，另方面序文也有自身的意象经营："渡头"与"车站"均是可以开展行旅的地点，"渡头"以"铛铛"钟声向"车站"抒发己怀，"我"的"歌唱"也是倾诉寻找"动词"那种上下求索的焦虑。我们可以想象：正文中理想的"真正动词"会不会是从渡头、车站出发，以投身于大时代中更具意义的事功的意思？依此思路，"寂寞的心"，与正文中要排除的"寂寞"，应如何解说？作为全诗的序文，"一颗寂寞的心"的"我"要"歌唱"，又如何与《抒情的放逐》所指摘的"抒情小唱"共存？

《述语》诗序与正文的并置、《抒情的放逐》与《述语》的同期并置，都带给我们许多文学史解读以至文学理论思考的可能性；"诗"如何直面"战争"？或者说"战争"能够容纳什么样的"诗"？"战争"与

"诗",可说是"文学"与"政治"这永恒纠葛最尖锐的展现。

陈智德《板荡时代的抒情——抗战时期的香港与文学》写的是一段以战争铭刻的文学与文化史,是"战争诗学"的立体模塑之剖析。当"地方"(香港)与"战争"("七七事变""三年零八个月")扣连时,"文学"有何意义?曾经发挥什么作用?在书中陈智德追记香港如何在"抗战局势"中成为"突破封锁的文化中心",香港如何承纳以至催生各种与时局关联的文学题材与表现形式:正因为香港在战事发生之前已有一场"新文艺大爆炸",在本土成长的文艺青年如李育中,才能在"国防文学"的主流思潮下谈"抗战文学中的浪漫主义质素",望云(张吻冰)才能写出既继承"五四"精神,也充分表现本土意识的小说《人海泪痕》;正因为战火灾劫,才有大规模人口流动与文化播迁,正因为香港有这个"据点"的位置,徐迟才会在此时此地完成他在诗学与政治的"思想转折",鸥外鸥才能以他特有的透视眼光写出以身体感觉世界的《和平的础石》《狭窄的研究》一类作品。

陈智德为我们复刻的,是一段轰动世界的历史,却同时是一段早被遗忘的文学时光。学界不乏"抗战文学"的讨论,但其间"香港"只是各种奋战历程的一个地理记号;故事叙述者无心关顾香港这个文学空间如何得以形构,无法理解这别有异色的文化空间如何催化"文学"与"政治"、"文学"与"社会"的互动。陈智德提醒我们:

> 当抗战爆发后,内地多个城市相继沦陷,内地作家转移至香港继续抗战文学工作时,所面对的实在不是一片空白的文化环境,而是有本身文化轨迹的城市,新文学发展了至少十年,报刊有固有的独立言论传统,亦有充足的读者群,这些都是抗

战期间香港接续和支援抗战文艺工作的基本。

陈智德的重点之一是论文学，但他的"文学"观念是开放的；他不像有些论者以为香港文学之讲论旧体诗词活动是一种"破例"。本书整整一章论"香江雅声"，可以见到新旧文学在香港之声气相通，如擅写旧诗词的柳亚子，与新诗作者刘火子及流落香港的小说家萧红，多有交谊。事实上，当时在地旧诗充满生命力；既能连接地方感觉，也可通达文化渊薮。如古卓仑七言歌行的《香江曲》写香港开埠，到日本空袭、侵占，"俯仰今昔，感慨系之"，"窃取庾信赋《哀江南》之遗意"；《续香江曲》写日本苛政，盟军反攻、终战，"据事抒情，发为歌咏"，"不尽低回，用续待焚之稿"。历史中的香港，泅浮在"鲤门月落潮声急，香海寒生剑气光""宋帝台夷春草绿，龙城秋晚夕阳红"的诗句之中。陈智德指出古卓仑二曲：

> 提出一种历史观，在苦难中回顾而点出"香江"的可珍惜处，谈到战争时局的批评，不从国族主义而论，却仍标示真伪和是非之辨，使其成为一种更有流传价值的香港角度诗史。

试想如果我们单单追踪当时由意识形态主导的"国防文学"在香港如何循环再用，就会错过了这些在地文化的另一深度表现。

陈智德本书的另一项重要探索，是对香港的汪派"和平文艺"与香港日占时期文学的整理与分析。在过去文学史论述中，二者都因为"汉奸""通敌"等标签而被弃置。然而，若有适当的历史距离作缓冲，我们或者可以从中得出一些文学史的教训或文学理论的警醒。从政治与文学的关系来看，二者可以说是"战争诗学"的变体。"战争"是一种放纵暴力的过程，毁灭等同成就；"文学"如何与之相结盟？国民政府在1938年3月提出"抗战建国纲领"，在军事的摧毁力量之上补充正面的建设意义；当战争看来是一段漫长的历程时，"抗战建国"就成为文学界维系斗志的信念；不少文学创作都视"战争"为火浴，试炼的经历将会带来中国的新生。至于汪精卫一方的论述，则在1939年开始以"和平、反共、建国"作为口号，或则放大民众对"战争"的恐惧心理，或则指出"战争"之毫无意义，宣扬"反战""和平"才是真理；作为"抗战文艺"对立面的"和平文艺"应运而生。陈智德在书中细致检视了"和平文艺"之来龙去脉，在政治宣传上的不同形态与表现，但更精彩的是他对"和平文艺"论者在香港日占时期创作的分析。例如李志文写于1944年的诗《乡音》，开首说"故乡"（珠江）在"惯常之战斗中"——没有意义、不值得关心；接着说"我"已少梦故乡了，但下文马上接上"珠江正洪流浩荡"一句，要舍弃的"现在"、要忘记的"过去"——"奔驰于山川丛林""扶着母亲守望"，不期然历历现于心目；结句的"年青人记着我"，这"年青人"恐怕就是"我"想忘记的过去的"我"。往昔的时光追缠今日，记忆与遗忘，转成一场"心灵的战争"。陈智德说："在遗忘与记忆中，作者最后强调的是记忆。"

对了，在"板荡"的岁月，陈智德要强调的就是"记忆"的可贵。他在书中慨叹侣伦、刘火子、舒巷城等人在动乱时代中逼不得已的焚稿，庆幸黄伟伯未刊稿在街头垃圾收集站中被救出；让他更感无奈的是"谁都不在乎"香港文学的"显与隐以至有或无"，"遗忘"是"一以贯之的共同"。陈智德透过本书提醒读者："香港"，不应被遗忘；而"文学"，为我们刻记了许许多多的心灵骚动；因为其间有情，文学"抒情"；"抒情"不应被放逐，抒情诗人更不应被逐。本书切切实实为我们指陈"1937年至1945年间散发特殊氛围的香港，以及文学"，为我们疏证其间的"一种忧时伤国的、在板荡时局中的抒情"。当年的一场"战争"，大抵不会是愉快的记忆；但重拾这记忆，反思各种厄难临即时寄寓在文学的感觉与应对态度，或许可以加我们以力，迎向生命旅程中层出不穷的"战争"。

以上是我读智德书稿的感想，借以为序。

2017年11月30日写于八仙岭下

三　废兴成毁，相寻于无穷：序陈智德《根著我城》

大概是1963年，中学时代的也斯（梁秉钧），在北角街头闲逛，于旧书摊的书堆之间，发现了一叠《文艺新潮》。他发现，原来香港也有马朗、叶维廉、昆南这样的诗人，写过这样的诗；他惊讶，之前香港有这么高水准的文艺杂志，他一直没看过这份五十年代出版的文学刊物。香港不断热闹地向前发展，另一方面却好像失忆地忘却了在这城市住过的人做过的事。十多年过去，1977年，也斯重游北角，好像兜了一个圈，又回到原来的地方。但又已经不是原来的地方了。他一遍又一遍在它的路上闲荡，有种种不同的感想。"今天晚上，会不会有另一个中学生，又再走过北角菜馆附近的报摊？他会不会在一份旧刊物里，看到一个叫作马朗的名字？"

也斯见证了香港的"遗忘"。他对"遗忘"的惊觉，记载在陈智德《根著我城——战后至2000年代的香港文学》第二十四章《香港文学的遗忘史》。陈智德以这香港文学的宿命作全书终卷。这一章的主要论述围绕两宗相关联的事件：马朗的"失踪与复出"、梁秉钧的"发现马朗"。智德为我们细细说明："遗忘"虽然是香港文学最平常不过的经验，然而当"遗忘"进入主体的意识之中，当主体直面"遗忘"，就有"反遗忘"的冲动；这又成为书写香港文学史的动力。智德推断，透过直面"遗忘"，可以达致"反遗忘"。智德此书，就是"反遗忘"的行动。

智德为我们细诉香港战后左翼思潮在国族政治影响下如何运转浮沉；遗民南下带来文化想象与感旧怀乡情绪的流播与熏染；青年文人以诗语言再现殖民统治与商业文化压制下的苦闷与挣扎；东西冷战局面中的香港与台湾现代诗的表现；等等。他重新检视各种期刊如《七十年代双周刊》《星期日杂志》《博益月刊》《诗双月刊》《越界》《香港文学》《今天》等，以至刘以鬯、西西、也斯、邓阿蓝、董启章、洛枫、潘国灵、谢晓虹等作家的书写，以印证他自身亲历的经验世界中，所谓"国籍""城籍"，所谓"去殖""回归"，种种逼临的实况。

智德为我们复刻香港文学的过去，其深意更寄寓在全书终卷的两章：《香港文学的怀旧史》与《香港文学的遗忘史》。"怀旧"与"遗忘"，如同本书不断出现的"本土"与"外来"，"流动"与"根著"，"断裂"与"延续"……都是智德辩证式思维的表现。这些正反力量之间，不必是简单的对立，而往往是互相作用，相克也相生。正如马朗的失踪，既是文学史的一次"断裂"，也带来也斯以个人文学生命追寻的一种"延续"。这"延续"又缘起于少年也斯对香港文学之"遗忘"的惊讶。他对未来更多"遗忘"的戒惧与忧虑,又见于他在北角街头的悬想;他想,会不会有另一个中学生,再次发现马朗——香港文学原来有这样精彩的作家与作品!

也斯的悬想没有落空。果真有一位后来以笔名陈灭写诗的中学生,在街头旧书摊遇上了如也斯一样的惊讶。今天他为香港写下《根著我城》。

2019年6月7日完稿于屈原节

附录
原刊出处

1 导论 "抒情" 的传统——一个文学观念的流转
  原刊《淡江中文学报》第25期(2011年12月)

2 通往 "抒情传统论" 之路——陈世骧论中国文学
  原刊《汉学研究》第29卷第2期(2011年6月),收入本书时有修订

3 异域文学之光——陈世骧论鲁迅与波兰文学
  原刊《东亚观念史集刊》第15期(2018年12月)

4 诗意的追寻——林庚文学史论述与 "抒情传统" 说
  初稿为2010年1月10日林庚先生百周年诞辰学术研讨会发言稿,又刊《北京大学学报(哲学社会科学版)》第47卷第4期(2010年7月),收入本书时有修订

5 "抒情精神" 与中国文学传统——普实克论中国文学
  原刊《现代中国》第10辑(2008年1月),收入本书时有修订

6 从律诗美典到中国文化史的抒情传统——高友工 "抒情美典论" 初探
  原刊《政大中文学报》第10期(2008年12月),收入本书时有修订

7 左翼诗学与感官世界——重读 "失踪诗人" 鸥外鸥的三四十年代诗作
  原刊《政大中文学报》第26期(2016年12月)

8 放逐抒情——从徐迟的抒情论说起
  原刊《清华中文学报》第8期(2012年12月)

9 "梁文星" 与 "林以亮" 的因缘
  原刊《方圆:文学及文化专刊》总第2期(2019年秋季号),收入本书时有修订

10 诗意与唯情的政治——司马长风文学史论述的追求与幻灭
原刊《中外文学》第28卷第10期（2000年3月），收入本书时有修订

11 南国新潮——香港早期文学评论与境外文学思潮
原刊《华东师范大学学报》第48卷第2期（2016年4月），收入本书时有修订

12 情迷中国——香港五六十年代现代主义文学的运动面向
初稿曾于2005年10月28—29日美国哥伦比亚大学主办的"夏济安、夏志清昆仲与中国文学研讨会"宣读；又刊《中外文学》第34卷第10期（2006年3月），收入本书时有修订

13 诗里香港——从金制军到也斯
初稿曾在2015年4月29日于台湾大学台湾文学研究所报告，收入本书时有修订

14 诗人刘以鬯——读刘以鬯《浅水湾》作品札记
原刊《香港文学》总第403卷（2018年7月），收入本书时有修订

15 抒情 在弥敦道上——香港文学的地方感
原刊《文学评论》双月刊第25卷（2013年4月），收入本书时有修订

16 "文学大系"与"香港文学"——《香港文学大系1919—1949》总序
原刊《香港文学大系1919—1949》（香港：商务印书馆，2014），收入本书时有修订

17 书写浮城——论叶辉与香港文学史的书写
原刊《文学世纪》第2卷第12期（2002年12月），收入本书时有修订

18 我城景物略——三序陈智德香港文学史论
原刊陈智德《地文志——追忆香港地方与文学》（台北：联经出版公司，2013）、陈智德《板荡时代的抒情——抗战时期的香港与文学》（香港：中华书局，2018）、陈智德《根著我城——战后至2000年代的香港文学》（台北：联经出版公司，2019）

图书在版编目（CIP）数据

抒情·人物·地方/陈国球著.——成都：四川人民出版社, 2021.8
ISBN 978-7-220-12329-0

Ⅰ.①抒… Ⅱ.①陈… Ⅲ.①中国文学－文学评论－文集 Ⅳ.①I206-53

中国版本图书馆CIP数据核字（2021）第105832号

SHUQING RENWU DIFANG
抒情·人物·地方

陈国球　著

出 版 人	黄立新
责任编辑	李京京
特约编辑	刘盟赟
装帧设计	毕梦博
内文排版	吴　磊
责任印制	祝　健
出版发行	四川人民出版社（成都市槐树街2号）
网　　址	http://www.scpph.com
E-mail	scrmcbs@sina.com
新浪微博	@四川人民出版社
微信公众号	四川人民出版社
发行部业务电话	（028）86259624　86259453
防盗版举报电话	（028）86259624
印　　刷	成都兴怡包装装潢有限公司
成品尺寸	145mm×210mm
印　　张	16.5
字　　数	362千
版　　次	2021年8月第1版
印　　次	2021年8月第1次印刷
书　　号	ISBN 978-7-220-12329-0
定　　价	68.00元

图书策划：活字文化

■版权所有·侵权必究
本书若出现印装质量问题，请与我社发行部联系调换
电话：（028）86259453